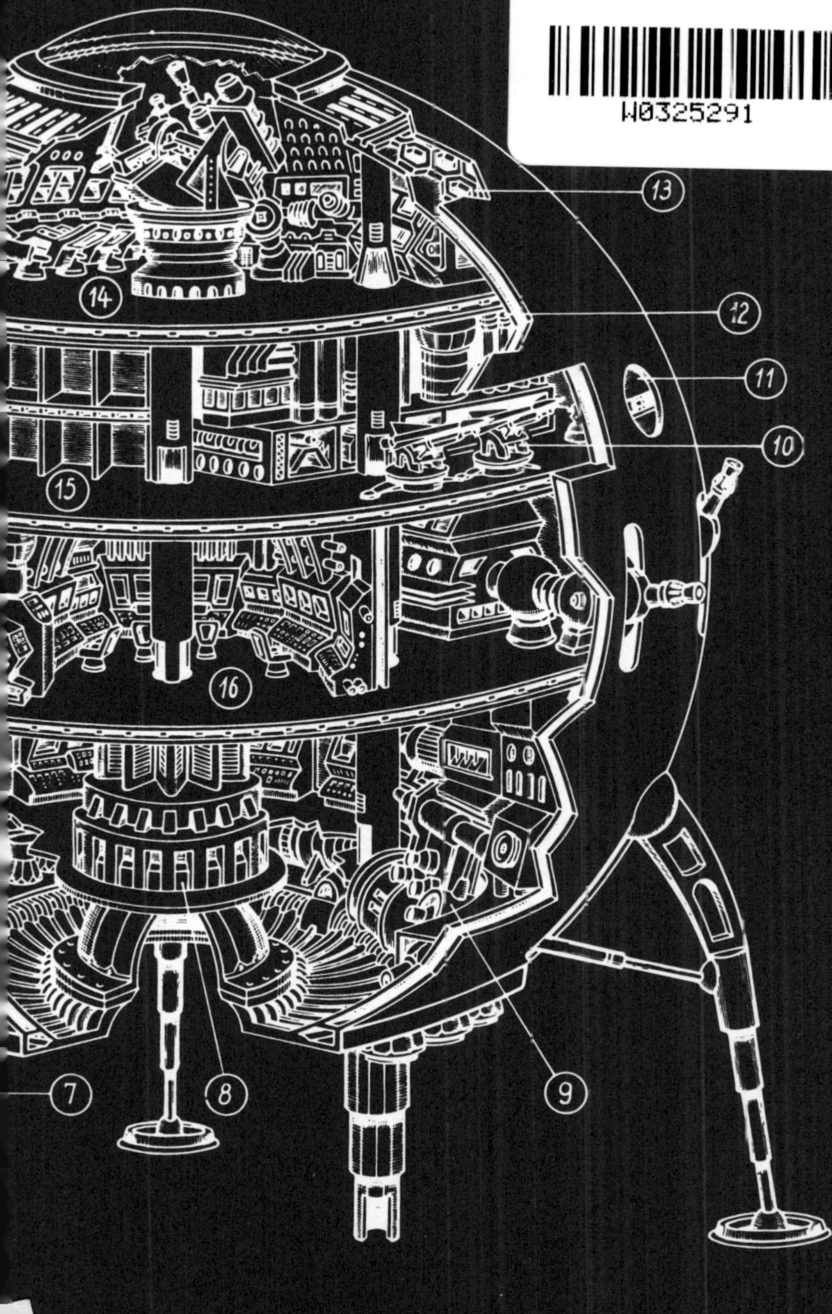
13
14
12
11
15
10
16
7
8
9

Perry Rhodan

Der Zeitagent

Kampfraumschiff der K

Perry Rhodan

Der Zeitagent

Verlag Arthur Moewig GmbH,
Rastatt

Redaktion: Horst Hoffmann
Beratung: Franz Dolenc
Satz: Utesch Satztechnik, Hamburg
Druck und Bindung: Mohndruck
Graphische Betriebe GmbH, Gütersloh
Printed in Germany
ISBN 3-8118-2044-3

Einleitung

Das große Spiel mit der Zeit geht weiter. Nach wie vor stecken Perry Rhodan und seine Gefährten tief in der Vergangenheit, die ihre Rätsel längst preisgegeben hat. Nun geht es darum, mit diesem neuen Wissen fertig zu werden und den Weg zurück in die Realzeit zu finden. Dieser Weg ist lang und steinig, und so handelt dieses Buch auch in erster Linie von den Abenteuern, die die Versprengten zu bestehen haben – auch auf der Erde der letzten großen Eiszeit. Es ist ein Buch, bei dem die Aktion im Vordergrund steht, nicht die großen Fortschritte im Kampf gegen die Meister der Insel – damit geht es im nächsten Band weiter.

Der eine oder andere Leser mag sich auch fragen, weshalb der Titel „Der Zeitagent" lautet, wo doch Frasbur nur eine relativ untergeordnete Rolle spielt. Hier ist ein Beispiel dafür, daß bei der konkreten Ausarbeitung der Perry Rhodan-Bücher und einem streng verflochtenen Handlungsbogen am Ende einiges plötzlich ganz anders aussehen kann als bei der Vorplanung, die jeweils etwa ein Jahr vor Bearbeitungsbeginn für drei Bände gemacht wird. Frasbur sollte eigentlich das zentrale Thema des Buches sein, was aus redaktionstechnischen Gründen dann doch nicht so realisierbar war.

Die diesem Band zugrunde liegenden Originalromane sind: *Stoßtrupp in Raum und Zeit* und *Jagd auf den Zeitagenten* von *Clark Darlton; Ultimatum an Unbekannt* von *K. H. Scheer; Die Welt der Körperlosen* und *Flaggschiff in Not* von *H. G. Ewers; Unter den Gletschern von Nevada* und *Zwischen Feuer und Eis* von *William Voltz.*

Mein Dank gilt – wie stets – Franz Dolenc und den vielen Perry Rhodan-Lesern, die nicht mit Anregungen und konstruktiver Kritik sparten und somit wertvolle Hilfe beim Zustandekommen dieses Bandes leisteten.

Rastatt, im Frühjahr 1987 Horst Hoffmann

Zeittafel

1971 Perry Rhodan erreicht mit der STARDUST den Mond und trifft auf die Arkoniden Thora und Crest.

1972 Mit Hilfe arkonidischer Technik Aufbau der Dritten Macht und Einigung der Menschheit.

1976 Das Geisteswesen *ES* gewährt Perry Rhodan die relative Unsterblichkeit.

1984 Galaktische Großmächte versuchen, die Menschheit zu unterwerfen.

2040 Das Solare Imperium ist entstanden. Der unsterbliche Arkonide Atlan taucht auf.

2102 Entdeckung der Akonen im Blauen System.

2103 Perry Rhodan erhält von *ES* einen Zellaktivator.

2114 Bündnis mit den Posbi-Robotern nach Kampf um die Hundertsonnenwelt.

2326 *ES* verstreut 25 Zellaktivatoren in der Galaxis.

2327 Terraner entdecken das Zweite Imperium der Blues.

2328 Sieg über die Blues und Friedensvertrag zwischen den galaktischen Imperien.

2400 Entdeckung der Transmitterstraße nach Andromeda und Kampf gegen die Maahks. Perry Rhodan hört erstmals von den geheimnisvollen Herren Andromedas, den Meistern der Insel (MdI).

2401 Die Invasion der Milchstraße durch die Maahks wird mit Hilfe der Parasprinter abgewehrt.

2402 Terranischer Vorstoß in den Andromeda vorgelagerten Betanebel. Neutralisierung der Kontrollstation Modul, der letzten Bastion der MdI in Andro-Beta.

2404 Mit dem neuen Flaggschiff CREST III fliegen Terraner und Verbündete unter Perry Rhodan den Andromedanebel an. Die von dem Paddler Kalak gegebenen Informationen führen zur Entdeckung der völlig menschenähnlichen Tefroder, die als „Sektorenwächter“ das wichtigste Hilfsvolk der MdI stellen. Erste Begegnung mit einem Meister der Insel. Durch die Zeitfalle Vario wird die CREST III um rund 50 000 Jahre in die Vergangenheit versetzt. Zusammentreffen mit den Lemurern (erste Menschheit), den gemeinsamen Vorfahren von Tefrodern, Terranern und der meisten hominiden galaktischen Völker. Kampf um die Rückkehr in die Realzeit.

Prolog

Seit jenem Tag im Jahr 2400, an dem Icho Tolots vage Hinweise zur Entdeckung des galaktischen Sonnentransmitters aus sechs blauen Riesensternen führten, ist vieles geschehen. Von ungeheuren Gewalten ins Nichts zwischen den Galaxien geschleudert, mußten Perry Rhodan und seine Begleiter mit der CREST II in den Fallensystemen der Unbekannten um ihr Leben kämpfen, die von ihren Hilfsvölkern geheimnisvoll „Meister der Insel“ (MdI) genannt werden.

Genaueres weiß selbst Grek-1, der nach einem gescheiterten Invasionsversuch der Milchstraße zu den Terranern übergelaufene Geheimdienstchef der Maahks, nicht über die Beherrscher Andromedas auszusagen. Die Maahks, wasserstoffatmende Intelligenzen und vor 10 000 Jahren von den Arkoniden aus der Milchstraße vertrieben, leben als unfreiwilliges Hilfsvolk der Meister der Insel im Zwergnebel Andro-Alpha.

Greks Hinweisen ist es zu verdanken, daß die Terraner im Jahr 2402 in einem weiteren intergalaktischen Transmittersystem Fuß gefaßt haben. Von dort aus dringt Perry Rhodan in den zweiten Andromeda vorgelagerten Zwergnebel Andro-Beta ein, um mehr über die Pläne des Gegners zu erfahren. Die Terraner erleben phantastische Abenteuer mit den planetengroßen Mobys, nach deren Aktivierung durch Hyperimpulse in der Sterneninsel das Chaos ausbricht und fast alle Welten der Twonoser vernichtet werden, die als Wächtervolk der MdI fungieren.

Es gelingt, den Hypersender zum Schweigen zu bringen. Die Moby-Gefahr ist gebannt, Perry Rhodan macht den Planeten Gleam zum terranischen Stützpunkt in Andro-Beta.

Mit der Vernichtung des Andro-Beta-Sonnentransmitters durch die Meister der Insel ist den Beherrschern Andromedas der direkte Zugriff auf die Zwerggalaxis abgeschnitten.

Im Jahr 2404 erfolgt mit dem neuen Flaggschiff CREST III der terranische Vorstoß nach Andromeda, wo inzwischen heftige Auseinandersetzungen zwischen den rebellierenden Maahks und den Hilfsvölkern der MdI im Gange sind. Als wichtigen Verbündeten gewinnt Perry Rhodan den Kosmischen Ingenieur Kalak, einen der letzten aus dem uralten und von den Meistern der Insel fast völlig ausgerotteten Volk der Paddler.

Ein Schock erwartet die Terraner, als sie den „Sektorenwächtern“ begegnen: Die Tefroder als bisher wichtigstes Hilfsvolk der MdI sind auch in ihrer Kultur so absolut menschenähnlich, daß Rhodan nicht an einen Zufall glauben kann. Der zweite Schock ist die Erkenntnis, daß viele tefrodische Raumschiffsbesatzungen aus Duplos bestehen, die bei einem Versagen durch Hypersignale getötet werden können.

Die Antwort auf die Frage, wann und wie die Herrscher Andromedas auf die Operationen der Terraner in ihrem unmittelbaren Herrschaftsbereich reagieren werden, läßt nicht lange auf sich warten: In die Zeitfalle Vario gelockt, wird die CREST zeitlich um rund 50 000 Jahre in die Vergangenheit und räumlich in die Heimatgalaxis zurückversetzt, wo zu dieser Zeit ein Vernichtungskrieg zwischen Lemurern und Halutern tobt. Die Niederlage der Lemurer ist bereits besiegelt. Um den Vernichtungskommandos der Haluter zu entkommen, fliehen die Überlebenden durch die zu diesem Zweck errichteten Sonnentransmitter in großem Maßstab in die Andromeda-Galaxis. Zum zweitenmal wird Perry Rhodans Weltbild erschüttert, als er erkennen muß, daß die Lemurer ihr Sternenreich von der Erde aus beherrschen, die in dieser Zeit Lemur heißt. Sie sind die Vorfahren aller humanoiden Völker der Galaxis und der Tefroder, die aus den nach Andromeda Geflüchteten hervorgehen.

Der Kampf um die Rückkehr in die Realzeit beginnt, wobei sich herausstellt, daß die MdI ihre Zeitagenten in wichtige Positionen der Lemur-Hierarchie eingeschleust haben. Vor allem der einflußreiche Zeitagent Frasbur versucht mit allen Mitteln, die Terraner zu eliminieren. Der Weg zurück in die Gegenwart, so scheint es, kann nur über ihn führen . . .

1.

Oberstleutnant Stef Huberts, Erster Offizier der zweitausendfünfhundert Meter durchmessenden GENERAL DERINGHOUSE, war ein großer, schlanker Mann, der meist kühl und überlegt handelte. Er hielt sich in seiner Kabine auf und beschäftigte sich in Gedanken mit den Ereignissen der letzten Tage.

Reginald Bull hatte mit einer großen Flotte Vario angegriffen, nachdem Major Henderson, der mit seiner KC-41 das Verschwinden der CREST III beobachtet und danach die terranischen Einheiten auf KA-preiswert informiert hatte, und Bull durch ein Kurierschiff auf Gleam alarmiert worden waren. Doch mitten im Angriff waren überraschend die Woolver-Zwillinge aufgetaucht und hatten Bull veranlaßt, seine Flotte aus dem Big-Blue-System zurückzuziehen.

Seither war eine Woche vergangen. Man schrieb Ende Mai 2404. Die DERINGHOUSE befand sich zehntausend Lichtjahre vom Zentrum Andromedas entfernt, an der Grenze der verbotenen Zone, und umkreiste eine namenlose Sonne.

Die Informationen, die Rakal und Tronar Woolver zu liefern hatten, waren allgemein mit großer Bestürzung aufgenommen worden. Die Wellensprinter hatten unermüdlich sämtliche Fragen beantwortet und jede Einzelheit ausführlich dargelegt. Man war nun über die Ereignisse, die sich vor über 50 000 Jahren abgespielt hatten, genauestens informiert.

Huberts schüttelte sich unwillkürlich, als seine Gedanken an diesem Punkt angelangt waren.

Die Lemurer, die Stammväter der Akonen, Arkoniden, Aras, Springer und Antis, befanden sich in einem schrecklichen Existenzkampf gegen die Haluter. Als einziger Ausweg stand ihnen die Flucht nach Andromeda offen.

Auf der anderen Seite standen die geheimnisvollen Meister der Insel, die in den Lemurern offensichtlich nichts anderes sahen als Schablonenmaterial für ihre Duplos. Regnal-Orton war einer von ihnen gewesen. Sein Aussehen entsprach jenem der Lemurer oder Tefroder – und er hatte einen Zellaktivator besessen! Regnal-Orton war gestorben, und sein Aktivator hatte sich kurz darauf selbst zerstört. Das Rätsel um die MdI war durch diese Begebenheit nicht kleiner geworden. Im Gegenteil. Man wußte nicht, welchen Schluß man daraus ziehen sollte. Die Organisation der MdI, ihre zahlenmäßige Stärke war, wie so vieles andere auch, nach wie vor unbekannt. Auch die Frage, ob alle MdI Zellaktivatorträger waren, ließ sich nicht eindeutig beantworten, obwohl Vermutungen in diese Richtung angestellt wurden. Ein weiteres Rätsel war auch die Herkunft ihrer Aktivatoren. Regnal-Ortons Gerät hatte sich geringfügig von den bekannten Aktivatoren, die von ES stammten, unterschieden. Ob dies jedoch als Indiz dafür zu werten war, daß ES im Fall der MdI-Aktivatoren *nicht* seine „Hände“ im Spiel hatte, war Gegenstand unzähliger Spekulationen gewesen, die aber alle im Sande verlaufen waren. Das einzige greifbare Ergebnis war, daß die MdI offensichtlich von Lemurern oder Tefrodern abstammten.

Huberts seufzte. Irgendwann, so sagte er sich, werden auch diese Rätsel eine Lösung erfahren. Vorerst galt es jedoch, der CREST Hilfe zukommen zu lassen und Rhodan über die Situation in der Realzeit zu unterrichten.

Huberts war über die Planung nicht in allen Einzelheiten informiert. Er wußte aber, daß die fünfhundert Meter durchmessende HELPA, unter dem Kommando von Oberst Fracer Matenbac, die vor wenigen Minuten am Standort der DERINGHOUSE eingetroffen war, mit dieser Planung unmittelbar im Zusammenhang stand.

Der schrille Summtom des Interkoms riß Huberts aus den Gedanken. Er zuckte zusammen, faßte sich aber schnell und aktivierte die Verbindung. Auf dem Bildschirm erschien Oberst Masser und teilte ihm mit, daß er in die Offiziersmesse kommen sollte, um bei der entscheidenden Einsatzbesprechung anwesend zu sein.

„Bin schon unterwegs, Sir.“

Er wollte schon ausschalten, da sagte Masser noch:

„Kommen Sie nicht wieder mit geöffnetem Hemdkragen, Huberts.“

„Wird geschlossen sein, Sir.“

Er schaltete endgültig ab und überprüfte den Sitz der Uniform. Es stimmte alles. Selbst die schwarzen Stiefel waren blank geputzt und das Energiemagazin des Handstrahlers im Gürtel frisch nachgefüllt.

Er verließ seine Kabine und machte sich auf den Weg zur Offiziersmesse. Reginald Bull würde dort noch einmal die letzten Einzelheiten des Plans erläutern und die Meinung aller Beteiligten dazu hören wollen.

Gerade wollte Stef Huberts vom Haupteingang abbiegen und die Tür zur Messe öffnen, da hörte er eine feine, helle Stimme sagen:

„Sir, würden Sie die unendliche Güte besitzen, Ihre Gehwerkzeuge dort zu belassen, wo sie sich jetzt augenblicklich befinden?"

Huberts blieb stehen und rührte sich nicht mehr. Die Stimme war aus dem Nichts gekommen, und es war auch niemand zu sehen. Seine Hand, die sich bereits dem Türknopf genähert hatte, sank wieder herab.

„Wie, bitte?" fragte er verblüfft. „Gehwerkzeuge?"

„Ich meinte Ihre Füße, Sir. Öffnen Sie die Tür, aber bleiben Sie stehen und lassen Sie mich vorgehen."

Die Stimme kam von unten.

Stef Huberts sah also nach unten.

Was er erblickte, verschlug ihm für einige Sekunden die Sprache, aber dann schaltete er blitzschnell. Er nahm Haltung an und salutierte.

„Bitte um Verzeihung, General Danger! Fast hätte ich Sie übersehen."

„Das wäre ja auch kein Wunder", erwiderte Generalmajor Lemy Danger großmütig und gab den Gruß zurück. „Ich danke Ihnen für Ihre Umsicht, Sir . . ."

„Oberstleutnant Stef Huberts, Herr General. Erster Offizier der DERINGHOUSE. Ich freue mich, Sie kennenzulernen."

Das meinte Huberts wirklich ehrlich. Er hatte schon viel von dem fast sagenhaften Spezialagenten der USO gehört und die Erzählungen über seine unglaublichen Heldentaten stets mit Skepsis aufgenommen. Aber das alles war es weniger, was ihn so in Erstaunen versetzte. Es war vielmehr die Größe des Siganesen.

Lemy Danger war ein Mensch, aber er war nur zweiundzwanzig Zentimeter und zwei Millimeter groß. Unter normalen Schwereverhältnissen wog er ganze achthundertfünfzig Gramm, aber er konnte Gewichte bis zu fünf Kilogramm mit Leichtigkeit in die Höhe stemmen. Das hatte ihm auf seiner Welt einen Meistertitel eingebracht, auf den er sehr stolz war. Lemy war einhundertsiebzig Jahre alt, aber seine Lebenserwartung betrug fast neunhundert. Er war also noch ein Jüngling.

„Die Freude ist ganz auf meiner Seite“, versicherte er höflich, obwohl er rangmäßig weit über dem Ersten Offizier stand. „Würden Sie nun bitte die Tür öffnen? Wir kommen sonst zu spät. Der Chef kann sehr ungemütlich werden.“

Huberts beugte sich vor und öffnete die Tür.

Lemy Danger spazierte über die Schwelle und betrat die Messe.

An dem hufeisenförmigen Tisch saßen die führenden Männer des geplanten Unternehmens. Neben Bull hatte Oberst Fracer Matenbac Platz genommen, ein kleiner, blonder Mann mit Anlagen zur Korpulenz. Als er Lemy erblickte, sprang er auf und rief:

„Da ist er ja endlich! Wir hatten schon angenommen, Lemy, jemand hätte Sie versehentlich irgendwo eingesperrt.“

Lemy Danger blieb unbeeindruckt. Er ging bis zur Mitte des Raumes, blieb stehen und salutierte lässig.

„Meine Herren Terraner“, sagte er und verbeugte sich leicht in Richtung der versammelten Offiziere und Mutanten. „Es freut mich, Ihnen behilflich sein zu dürfen. Nicht verzagen, Lemy fragen.“

Matenbac schluckte heftig und sank auf den Stuhl zurück, dessen Polster sich sofort seinen runden Körperformen anpaßten. Neben ihm grinste Bull flüchtig, dann klopfte er auf die Tischplatte.

„Ich schlage vor, Lemy, Sie nehmen hier oben Platz, damit Sie nicht zwischen die Füße geraten.“

„Sollten Sie auf meine geringe Körpergröße anspielen“, erwiderte Lemy feierlich, „so muß ich Sie davon in Kenntnis setzen, Sir, daß alles relativ ist. In meinen Augen sind *Sie* es, die von der Norm abweichen. Besonders Sie, Mr. Bull. Selbst in den Augen der Terraner gelten Sie als . . . nun, sagen wir mal: beleibt. Für mich sind Sie ein Koloß.“ Er räusperte sich. „Würde jemand die Freundlichkeit besitzen, mich auf den Tisch zu heben?“

Stef Huberts, der Lemy gefolgt war, bückte sich schnell und hielt dem Zwerg die flachen Hände hin. Lemy nahm das Angebot mit einem dankbaren Nicken an, trat auf die Hände und hielt sich an den Armen fest.

Sekunden später stand er vor Bull auf der Tischplatte.

Rondo Masser, der Kommandant der GENERAL DERINGHOUSE, schob ihm die Zigarrenkiste hin.

„Nehmen Sie Platz, General Danger. Achten Sie auf die Silberverzierungen der Dose, damit Sie sich nicht die Hose zerreißen."

Lemy ignorierte die Warnung und setzte sich. Er sah Bull an. „Von mir aus können Sie anfangen, Sir."

Auch Huberts hatte inzwischen Platz genommen.

Reginald Bull begann.

„Sie alle kennen die Lage. Die Informationen der Woolver-Zwillinge waren aufschlußreich. Inzwischen wurden die Sicherheitsmaßnahmen im Schrotschuß-System und auf Gleam verstärkt. Die dort stationierten Einheiten befinden sich in erhöhter Alarmbereitschaft, um etwaige Angriffe der Tefroder abzuwehren. Lediglich KA-preiswert ist derzeit noch relativ ungefährdet, da die Position der Paddlerplattform den MdI unbekannt ist. Obwohl die MdI nun von unserer Präsenz in ihrem Machtbereich Kenntnis haben und daher gegen unsere Stützpunkte vorgehen könnten, glaube ich, daß vorerst noch keine primäre Gefahr besteht, da die tefrodischen Flotten zu sehr mit der Offensive der Maahks beschäftigt sind. Unsere Aufgabe ist es nun, Rhodan zu unterrichten. Er muß wissen, daß wir auf die potentielle Gefahr vorbereitet sind. Dadurch gewinnt er Zeit, den Versuch zu unternehmen, mit der CREST in die Jetztzeit zurückzukehren. Daß das möglich ist, haben die Woolvers bewiesen. Für die CREST wird auch ein Weg gefunden werden.

Wie wir wissen, befindet sie sich auf einer Kreisbahn um die rote Riesensonne Redpoint, mehr als zweieinhalbtausend Lichtjahre von Kahalo entfernt. Dort wartet Rhodan, bis er eine Nachricht von uns erhält. Um das zu bewerkstelligen, müssen wir die Zeitfalle der Meister abermals bemühen. Wir müssen sie praktisch übertölpeln. Niemand darf auch nur ahnen, daß wir freiwillig in die Falle gehen. Oberst Matenbac, würden Sie so freundlich sein und uns schildern, wie weit Sie meine Anordnungen bisher durchführen konnten . . .?"

Fracer Matenbac faltete die Hände, als wolle er sie daran hindern, allzu lebhafte Bewegungen beim Sprechen durchzuführen.

„An Bord der HELPA haben wir die HELLTIGER nach Ihren Vorschlägen verändert, Sir. Aufgeschweißte Stahlteile geben dem kleinen Schiff das Aussehen eines Trümmerstücks. So getarnt sollte es Lemy gelingen, auch den aufmerksamsten Beobachter zu täuschen." Er sah sich forschend um. „Ich weiß nicht, ob alle Anwesenden wissen, was es mit der HELLTIGER auf sich hat."

„Einige Erklärungen wären wohl angebracht", meinte Bull.

Matenbac nickte.

„Es handelt sich bei der HELLTIGER um ein Spezialraumschiff, das nur von General Danger geflogen werden kann. Es ist nur drei Meter lang und hat einen Durchmesser von dreiviertel Metern. Dieses einzigartige Kleinstraumschiff besitzt einen Überlichtantrieb. Der auf Siga erbaute Mikro-Kalup hat eine Reichweite von zweihundertfünfzigtausend Lichtjahren. Die starr eingebaute Transformkanone, deren Abstrahlkegel aus der Bugspitze des Schiffes herausragt, ist in der Lage, Geschosse mit einer Energieentwicklung von einer Gigatonne abzufeuern. Im Lagerraum der HELLTIGER befindet sich die Spezialausrüstung General Dangers. Eine zweite Spezialausrüstung füllt einen Beutel von Tornistergröße. Es handelt sich um die Reserve, die von Tako Kakuta getragen werden soll, damit Danger bei Verlust der HELLTIGER darauf zurückgreifen kann."

Auf dem Tisch klapperte etwas. Es war die Zigarrenkiste Massers. Lemy war aufgesprungen. Seine Augen funkelten zornig.

„Die HELLTIGER, verehrter Herr Oberst, wird nicht verlorengehen, wenn ich mir die Bemerkung gestatten darf. Sie ist für Ihre Begriffe viel zu klein, um getroffen werden zu können. Außerdem unterschätzen Sie bitte nicht die Kampfkraft. Nicht umsonst habe ich das Schiff auf den Namen ‚Höllentiger' taufen lassen."

Matenbac lehnte sich vor und schaute Lemy durchdringend an.

„Ich habe nur eine vage Möglichkeit erwähnt, mehr nicht. Wir müssen bei diesem Einsatz mit allen Eventualitäten rechnen. Auch damit, daß die HELLTIGER vernichtet wird. Tut mir leid, General, aber wir sind Realisten. Wären wir es nicht, stünde es schlecht um uns."

Lemy setzte sich. Er betrachtete die dicht vor ihm auf dem Tisch ruhenden Hände Matenbacs so, als wolle er am liebsten hineinbeißen.

Matenbac fuhr fort:

„An Bord der HELPA sind zwei Beiboote vom Typ Korvette. Bei der R-10 handelt es sich um ein vollautomatisch gelenktes Robotschiff, das notfalls auch von zwei erfahrenen Piloten gesteuert werden kann. Die zweite Korvette wurde äußerlich vollkommen verändert, so daß sie wie ein Flottentransporter der Tefroder aussieht. Da die Tefroder mit den Maahks im Krieg liegen, wird sie zweifellos von den Methanatmern bei Ortung sofort angegriffen werden und verfolgt. Das ist der Sinn der Tarnung. Die TALLA wird nach Vario flüchten."

„Da war noch etwas", begann Bull, wurde aber sofort von dem Abwehrchef unterbrochen:

„Ich weiß. Die Bezeichnung ‚TALLA' ist ein Trick. Es handelt sich um einen tefrodischen Namen. An Bord sind die Leichen von vierunddreißig Tefrodern, die wir aus treibenden Wracks bargen. Captain Arnulf Kapenski und fünf andere Abwehroffiziere werden die TALLA an einen Kampfverband der Maahks heransteuern und mit drei an Bord befindlichen Moskitojägern flüchten, sobald die Maahks das Feuer eröffnet haben. Alles andere erfolgt dann automatisch, denn die Navigationsautomatik der TALLA enthält falsche Informationen über den Zeitfallenplaneten Vario. Den Maahks werden, wenn sie die TALLA entern, gefälschte Daten in die Hände fallen, die sie dazu veranlassen müssen, Vario anzugreifen. Diese Informationen enthalten neben den echten Positionsdaten Varios auch Hinweise auf eine angebliche neuartige Vernichtungswaffe, die auf Vartio produziert werden soll und den Krieg schlagartig zugunsten der Tefroder beenden würde, wenn sie einmal zum Einsatz käme. Wenn die Maahks darauf hereinfallen, werden sie Vario angreifen. Wir rechnen damit, daß die Tefroder den Zeittransmitter aktivieren werden, um die Maahkschiffe in die Vergangenheit zu schleudern und sie auf diese Art loszuwerden. Dadurch wird es uns möglich sein, unbemerkt in das Zeitfeld einzudringen und die Vergangenheit zu erreichen. Das ist der ganze Sinn des Täuschungsmanövers."

Abermals erhob sich Lemy Danger zu seiner vollen Größe von zweiundzwanzig Zentimetern.

„Wenn ich richtig verstanden habe, sollen die Zwillinge, Tako und ich in die Vergangenheit reisen. Kann das nicht zu Komplikationen führen?

Die Gesetze der Zeit sind noch zu wenig erforscht. Wir wissen nicht einmal genau, wie die Zeitfalle Vario funktioniert."

Reginald Bull warf ihm einen forschenden Blick zu, dann meinte er langsam:

„Aus dem Bericht der Woolvers wissen wir, daß die Zeitverschiebung mit Hilfe der Erzeugung eines absoluten Nullfeldes erfolgt. Es handelt sich um einen Zeitwandler. Die Krümmungslinien der sechsten Dimension und der differierenden Zeitebenen werden einfach durchbrochen. Eine Veränderung der Bezugsnachweise erfolgt dabei nicht."

„Aha“, machte der Siganese und nickte, ohne das Gesicht zu verziehen. „Das klingt ja sehr einleuchtend.“

Bull grinste kurz.

„Unter Bezugsachse verstehen wir eine physikalisch und biologisch gleichartige Zeitebene. Außerdem wissen wir, daß die Zeitversetzung nicht nur auf der gegebenen Bezugsachse stattfindet, sondern auch handlungskonstant bleibt. Wenn wir also in die Zeitfalle geraten, so werden wir immer und in jedem Fall um genau zweiundfünfzigtausenddreihundertzweiundneunzig Jahre in die Vergangenheit geschleudert. Das ist wichtig, denn so kann es niemals zu unvorhergesehenen Zeitverschiebungen kommen. Es ist uns klar, daß diese Zeitmaschine von der Größe eines ganzen Planeten unvorstellbare Energien verschlingt. Sie werden von der blauen Riesensonne geliefert.

Das zu versetzende Objekt wird vom Zeittransmitter erfaßt und in die Vergangenheit versetzt. Danach wird das Objekt mit Hilfe eines Situationstransmitters zum Andromeda-Sechseck abgestrahlt. Von dort aus erfolgt die Transmission zum Mittelpunkt der Milchstraße, über zwokommazwo Millionen Lichtjahre hinweg. Das Sonnensechseck sorgt für eine Weiterleitung zum Planeten Kahalo, uns allen ja durch seine Pyramidenstation bekannt. Über Kahalo erfolgt die endgültige Rematerialisation.“

„Danke“, sagte Lemy höflich. „Jetzt habe ich alles verstanden und somit keine weiteren Fragen mehr. Von mir aus kann’s losgehen.“

„Nicht so hastig“, warnte Reginald Bull. „Unsere Vorbereitungen sind noch nicht abgeschlossen. An Bord der HELPA ist die TALLA; an ihr wird noch gearbeitet. Das Robotschiff R-10 dürfte einsatzbereit sein. Die HELLTIGER wurde bereits derart installiert, daß sie die R-10 jederzeit verlassen und mit Höchstbeschleunigung verschwinden kann. Captain Kapenski und seine Leute wissen Bescheid. Trotzdem – in gewissem Sinne stimme ich General Danger zu: Es kann losgehen. Bis wir in die Nähe Varios gelangen, können gut zwei oder drei Tage vergehen. Vielleicht mehr. Zeit genug also, die Vorbereitungen abzuschließen.“

Die GENERAL DERINGHOUSE nahm Fahrt auf.

Zusammen mit der HELPA verließ das Ultraschiff den Schutz der gelben Sonne und drang in die verbotene Zone des Andromedanebels ein. Hier waren es die Tefroder, die im Auftrag der Meister der Insel die Wächter spielten. Sie verhinderten, daß fremde Schiffe in die verbotene Zone eindrangen. Die Gefahr einer Entdeckung erhöhte sich also schlagartig.

Allerdings wirkte es sich günstig aus, daß die im Sternnebel Andro-Alpha beheimateten Maahks sich zur Großoffensive gegen die Tefroder entschlossen hatten und mit riesigen Flotten angriffen. Die gewaltigen Raumschlachten verminderten die Aufmerksamkeit der Tefroder, denn für sie ging es nun um die nackte Existenz. Die Meister halfen ihnen nicht.

Gemeinsam gingen die DERINGHOUSE und HELPA in den Linearraum, um Tausende von Lichtjahren vorzustoßen. Dann kehrten sie ebenso gemeinsam in den Normalraum zurück, um sich zu orientieren und Ortungen aufzunehmen. Immer wieder erschienen auf den Bildschirmen die Schiffe der Tefroder, aber oft genug auch riesige Kampfverbände der Maahks. Meist war der Überraschungsvorteil auf seiten der Tefroder, die ihre Situationstransmitter dazu benutzten, plötzlich an den unmöglichsten Stellen zu materialisieren. Wie hungrige Wölfe fielen sie dann über die Maahks her.

Während des Fluges wurden die letzten Vorbereitungen zum Risiko-Einsatz getroffen. Captain Kapenski und seine fünf Männer gingen schon an Bord der TALLA, die noch im Hangar der HELPA stand. Die R-10 wurde startklar gemacht. Sie hatte keine Besatzung, nur die Passagiere Tako Kakuta, Rakal und Tronar Woolver – und Lemy Danger mit seinem „Höllentiger".

Tako war Teleporter. Die Zwillinge waren sogenannte Wellensprinter, die sich selbst mit Hilfe eines einfachen Funkstrahls entmaterialisieren und fortbewegen konnten. Im Notfall benutzten sie sogar den Energierstrahl eines Schiffes. Lemy Danger – nun, Lemy war eben Lemy. Sein gewaltiger Vorteil lag in seiner Winzigkeit.

Zwei Tage nach dem Abflug meldeten die Orter einen großen Verband angreifender Maahkschiffe.

Es war soweit.

Sergeant Malaguti, Spezialist der Abwehr wie auch die anderen fünf Männer auf der TALLA, sah sich angewidert nach allen Seiten um.

„Leichen an Bord eines Schiffes gefallen mir ganz und gar nicht", sagte er mit Bestimmtheit. „Obwohl ich genau weiß, daß Tote nicht beißen."

„Du bist eben abergläubisch", sagte sein Freund Cozzini, ebenfalls Sergeant. „Es ist doch egal, ob wir vierunddreißig tote Tefroder an Bord haben oder nicht. Hauptsache ist, die Maahks fallen auf den Trick herein."

„Wenn sie die Leichen untersuchen, werden sie feststellen, daß sie schon einige Tage Leichen sind."

„Sie können von einem früheren Angriff stammen, Bruderherz. Ich würde mir an deiner Stelle nicht soviel Sorgen machen. Warten wir's doch ab."

Sie standen in der Zentrale und hatten die Bildschirme eingeschaltet. Viel war nicht zu sehen, nur das Innere des großen Hangars, in dem die TALLA auf den Einsatz wartete.

Captain Kapenski betrat den Raum. Er räusperte sich.

„Wohl Langeweile, was? Draußen tobt die größte Raumschlacht, und ihr habt Langeweile."

„Raumschlachten sind langweilig", sagte Malaguti indigniert. „Außerdem sieht man von hier aus nichts."

„Wir werden bald mehr sehen", tröstete Kapenski etwas spöttisch. „In wenigen Minuten werden wir ausgeschleust. Dann beginnt unser großer Auftritt. Malaguti, Sie bleiben bei mir. Cozzini, Sie gehen zu den anderen. Die Moskitos müssen startbereit sein, sobald wir den ersten Treffer erhalten haben. Alles klar?"

Cozzini ging zur Tür.

„Habe ich auch noch nicht erlebt – sich freiwillig einen Volltreffer verpassen zu lassen! Aber muß ja wohl sein. Hoffentlich schießen sie uns nicht gleich so zusammen, daß wir nicht mehr davonkommen."

„Wir brauchen etwas Glück", sagte Kapenski trocken.

Er nahm hinter den Kontrollen der Korvette Platz und wartete auf das Einsatzkommando. Malaguti setzte sich neben ihn, aber man sah ihm an, daß er jetzt lieber im kleinen Hangar mit den Moskitojägern gewesen wäre.

„Ausschleusmanöver!"

Die HELPA und die DERINGHOUSE standen knapp zwei Lichtstunden von den kämpfenden Verbänden entfernt. Dank des heillosen Durcheinanders waren sie bis jetzt nicht geortet worden.

Die TALLA verließ ihr Mutterschiff und nahm sofort höchste Beschleunigung auf. In direktem Flug stieß sie auf die in Einzelkämpfe verwickelten Schiffe der Tefroder und Maahks zu und entfernte sich dann wieder. Der Trick hatte Erfolg. Ein großes Schiff der Maahks setzte zur Verfolgung an.

Da Kapenski es nicht für ratsam hielt, sich mitten in den feindlichen Flotten abschießen zu lassen, floh er mit geringer Geschwindigkeit in entgegengesetzter Richtung. Der Maahk-Raumer folgte, wie erwartet.

Kapenski schaltete die Automatik ein. Die TALLA flog auf geradem Kurs mit unveränderter Geschwindigkeit weiter. Sie mußte den Eindruck erwecken, als sei etwas mit der Navigationsanlage nicht in Ordnung, außerdem schien der schützende Energieschirm ausgefallen zu sein – eine leichte Beute für den Verfolger.

Bald waren alle sechs Männer im Hangar versammelt. Um das Ausschleusmanöver möglichst schnell bewerkstelligen zu können, kletterten sie in die kleinen und überlichtschnellen Moskitos und schlossen die Luken. Im Hangar wurde die Luft abgesaugt. Nun genügte ein Knopfdruck Kapenskis, um die großen Luken der TALLA zu öffnen.

Das Warten begann. Das Warten auf den ersten Teffer.

Das schwarze Schiff der Maahks war nahe genug herangekommen, und es eröffnete mit allen seinen Geschützen das Feuer auf den vermeintlichen Truppentransporter der Tefroder. Man glaubte, ein leichtes Spiel zu haben, und verzichtete daher auf den Einsatz der Konverter-Kanonen – und man hatte es auch. Das Feuer wurde nicht erwidert. Ein Energiebündel zersprengte die hervorstehende Beobachtungskuppel. Die durchsichtigen Wände zerbarsten, und mit der explosionsartig herausströmenden Luft kamen auch einige Leichen mit. Das wirkte so echt, daß die Maahks nur noch einmal schossen. Sie mußten annehmen, ein Wrack vor sich zu haben. Vielleicht barg es Geheimnisse, die aufzudecken sich lohnen würde.

Der zweite Treffer vernichtete einige Wulsttriebwerke.

Gleichzeitig ergriffen Kapenski und seine Leute mit den drei Jägern die Flucht.

Sie schossen aus der weit geöffneten Luke der TALLA und funkten dabei in Tefroda ihre Hilferufe hinaus. Damit wurden bei den Maahks alle noch bestehenden Zweifel beseitigt. Ehe die schwarze Riesenwalze zur Verfolgung ansetzen konnte, waren die drei Moskitos im All untergetaucht.

Zurück blieb nur die TALLA.

Ein Wrack mit einer toten Besatzung.

Mit toten Tefrodern.

An Bord der DERINGHOUSE und der HELPA beobachtete man gespannt die Ereignisse draußen im Weltall. Man sah, wie die TALLA von einem Maahkschiff verfolgt und beschossen wurde. Kurz darauf blitzten auf den Ortungsschirmen drei kleine Punkte auf – die ausgeschleusten Moskito-Jets. Danach vergingen einige bange Minuten, in denen die Frage gestellt wurde, ob auch der weitere Verlauf des Planes klappen würde.

Dann schien es, als ob tatsächlich alles wie erhofft ablaufen würde.

Ein Enterkommando der Maahks drang in die TALLA ein. Zwei Stunden vergingen, bis die Methanatmer schließlich wieder zum Vorschein kamen und zum wartenden Walzenraumer zurückkehrten.

Reginald Bull wartete noch, bis das Maahkschiff Fahrt aufnahm und im Linearraum verschwand. Dann ließ er die drei Moskito-Jets einschleusen. Schließlich nahmen die DERINGHOUSE und die HELPA ebenfalls Fahrt auf und verschwanden im Linearraum – in Richtung Vario.

Bull war davon überzeugt, daß das Maahkschiff Kontakt mit seinem Flottenkommando aufnehmen würde und daß bald eine große Flotte der schwarzen Raumer über Vario auftauchen würde.

2.

Die ersten fünftausend Lichtjahre wurden im Linearraum zurückgelegt, dann kehrte man in den Einsteinraum zurück, noch weitere fünftausend Lichtjahre vom Mittelpunkt des Andromedanebels entfernt. Mit einfacher Lichtgeschwindigkeit und gelegentlichen Linearflügen arbeitete man sich weiter vor, wobei beide Schiffe ständige Gefechtsbereitschaft hielten.

Immer wieder wurden Verbände der Tefroder geortet, die sich angreifenden Maahks stellten.

Reginald Bull war nach der Ruhepause in die Kommandozentrale der DERINGHOUSE zurückgekehrt. Oberst Rondo Masser hatte Dienst als Kommandant, während Stef Huberts sich ausruhte. Die ständige Gefechtsbereitschaft stellte hohe Anforderungen an die Mannschaft.

„Zwei Tage sind bald verstrichen, Oberst. Wann, glauben Sie, werden die Maahks reagieren?"

„Bald, Sir. Die Neuigkeit von dem angeblichen Industrieplaneten ist verlockend genug, sofort einen Angriff auf ihn zu starten. Sie werden einen größeren Verband zusammenziehen und Vario anfliegen. Daran kann kein Zweifel bestehen. Wichtig ist nur, daß wir dann in der Nähe sind."

„Darum habe ich die R-10 auch übernommen. Die HELPA soll mehr im Hintergrund bleiben, wenn wir das Robotschiff starten. Uns greift so schnell niemand an. Wie weit ist es noch bis Vario?"

Oberst Masser sah auf die Skalen der Kontrolltafel.

„Zweitausenddreihundert Lichtjahre. Die Entfernung verringert sich ständig. In zwei Minuten erfolgt ein Linearflug über tausend Lichtjahre."

Bull studierte die Sternkarten.

„Wir nehmen am besten den roten Stern hier. Entfernung von Vario vier Lichtmonate. Läßt sich mit den Ortern alles gut überwachen. Sobald die Maahks angreifen, sind wir zur Stelle. Gehen Sie bei der Sonne in Orterschutz, aber nicht zu weit. Wir dürfen nicht blind werden.

Ich habe noch eine letzte Besprechung mit den drei Mutanten und Lemy Danger. Wenn Sie mich brauchen, ich bin im Hangar bei der R-10."

Die Korvette R-10 war startbereit.

Rakal und Tronar Woolver hatten noch einmal alles inspiziert und besonders die Energiezuleitungen überprüft.

Tako Kakuta kümmerte sich um die medizinische Einrichtung und sorgte dafür, daß die Injektionsrationen bereitlagen. Sie würden den

Transitionsschock weitgehend neutralisieren. Dazu besaß die R-10 auch 5-D-Schockabsorber.

Genral Lemy Danger aber, zweiundzwanzig Zentimeter groß, spazierte vor dem Schirm im Hangar auf und ab, die Hände auf dem Rücken verschränkt, und achtete darauf, daß er niemand in die Quere kam.

Als er Reginald Bull sah, kletterte er auf eine Kiste und machte sich durch Winken bemerkbar.

„Wir sind bereit“, rief er, so laut er konnte.

Bull bemerkte ihn und blieb vor der Kiste stehen.

„Wo stecken die anderen?“

Lemy hielt sich die Ohren zu.

„Nicht so laut, wenn ich bitten darf. Sie haben eine Stimme, Sir, die einem glatt die Trommelfelle zerschmettert.“

„O ja, ich vergaß.“ Bully flüsterte nur noch, und Lemy nahm beruhigt die Hände von den Ohren. „Die anderen sind im Schiff?“

„Sie befolgen meine Anweisungen, Sir. Alles wird zur Vorsicht noch einmal überprüft.“

„Das beruhigt mich, General. Wie fühlen Sie sich? Schließlich kommt es nicht alle Tage vor, daß man eine Zeitreise in die Vergangenheit unternimmt. Dazu noch fünfzigtausend Jahre.“

„Danke, ausgezeichnet. Freue mich darauf. Endlich eine Gelegenheit, daß sich die HELLTIGER bewähren kann. Ich natürlich auch.“

Bull grinste und hielt einen vorübereilenden Techniker an.

„Holen Sie die drei Mutanten aus der R-10. Ich möchte mit ihnen sprechen.“

Der Techniker verschwand in dem kleinen Schiff.

„Es ist also soweit?“ erkundigte sich Lemy erfreut.

„Wir gelangen in zwei Stunden in unmittelbare Nähe von Vario. Dann kann jeden Augenblick der Einsatzbefehl erfolgen. Sobald die Maahks angreifen, ist der Moment gekommen.“ Bull schüttelte sich. „Nichts für mich, wenn ich ehrlich sein soll. Aber wenn Sie durchkommen, grüßen Sie Perry Rhodan von mir, General. Sagen Sie ihm, in der Zukunft sei alles in Ordnung.“

Die Woolver-Zwillinge und Tako kletterten aus der R-10 und kamen herbei. Tako setzte sich auf die Kiste und nahm Lemy auf den Schoß. Rakal und Tronar grüßten höflich.

Reginald Bull sagte:

„Ich wollte Ihnen nur mitteilen, daß wir gleich in den Linearraum tauchen und uns bis an Vario heranschieben werden. Wir gehen vier Lichtmonate von der Zeitfalle entfernt in Orterschutz und warten ab. Sie müssen sich von jetzt ab in der R-10 aufhalten und dürfen das Schiff nicht mehr verlassen. Sie stehen durch Interkom ständig mit mir in der Kommandozentrale in Verbindung. So erhalten Sie auch Ihren Einsatzbefehl. Alles andere wird an Ihnen liegen, Sie handeln völlig selbständig." Er sah sie der Reihe nach an. „Noch Fragen?"

Niemand hatte eine.

„Gut also", sagte Bull. „Dann dürfte alles klar sein. Sie kennen Ihre Mission. Ich wünsche Ihnen viel Glück. Finden Sie Rhodan in der Vergangenheit und sorgen Sie dafür, daß er den Weg in die Gegenwart findet."

Er gab ihnen einzeln die Hand. Zu Lemy beugte er sich hinab und flüsterte:

„Wenn Sie Rhodan grüßen, vergessen Sie bitte nicht, auch meinem Freund Gucky einen Gruß zu bestellen."

Drei Stunden später umkreisten die DERINGHOUSE und die HELPA den namenlosen Stern, vier Lichtmonate von dem blauen Überriesen entfernt, der von Vario als einzigem Planeten umlaufen wurde.

Die Ortergeräte arbeiteten auf Hochtouren. Der Raum um Vario stand unter ständiger Beobachtung.

Die Maahks griffen so plötzlich mit dreitausend Schiffen an, daß selbst die wartenden Tefroder überrascht waren. Sie hatten jedoch eine Streitmacht zusammengezogen, die jeden Durchbruchsversuch vereiteln konnte. Die Flotte der dreitausend hatte kaum eine Chance.

Dennoch – so hoffte man – würden die Tefroder die Gefahr ernst genug nehmen und die Zeitfalle aktivieren, um Schäden auf Vario durch durchbrechende Maahks zu verhindern.

Während die HELPA in der alten Position verblieb, verließ die DERINGHOUSE ihre Kreisbahn und entfernte sich von der grünen Schutzzone. Im Hangar wartete die R-10 auf den Startbefehl. Tronar und Rakal saßen in der Zentrale hinter der Steuerung. Obwohl die Korvette ein vollrobotisiertes Raumschiff war, konnte während der nun folgenden Minuten auf die Handbedienung nicht verzichtet werden. Sie hatten sich den jeweiligen Gegebenheiten innerhalb Sekunden anzupassen.

Alle trugen sie die neuen Spezialkampfanzüge. Die atomaren Regeneratoren in den Rückentornistern waren siganesische Meisterwerke. Die im Anzug untergebrachten Nahrungs- und Wasserkonzentrate reichten für drei Monate; der Luftvorrat war praktisch unbegrenzt, da er ständig erneuert wurde. Selbstverständlich verfügten die Anzüge über hochwertige Individualschutzschirme, Deflektoranlagen, Antigravprojektoren und waren flugfähig.

Tako Kakuta war ebenfalls in der Zentrale. Der Funk blieb eingeschaltet, so daß sie ständig mit Lemy Danger in Verbindung standen, der in seiner HELLTIGER saß. Der winzige „Kreuzer“ lag startbereit vor der ausgeschnittenen Ladeluke der R-10. Ein Druck auf einen Kontrollknopf würde genügen, und das Schiff würde wie ein Torpedo aus seinem Versteck hervorbrechen und mit unvorstellbarer Beschleunigung davonjagen.

Rakal sah auf den Bildschirm. Er erkannte den leeren Hangar der DERINGHOUSE und die geöffnete Ausflugluke. Auf einem anderen Bildschirm war das Gesicht von Reginald Bull zu sehen. Er lächelte Rakal ermunternd zu.

Auf dem dritten Schirm schließlich war Oberst Matenbac zu erkennen.

„Wir nähern uns jetzt der Kampfzone“, sagte er, um die in der R-10 Eingeschlossenen zu informieren. „Bis jetzt hat man uns nicht bemerkt. Wir werden nicht näher herangehen, um uns nicht zu verraten. Sind Sie bereit?“

Rakal nickte.

„Wir warten, Sir.“

„Gut. Dann wünschen wir alle Ihnen viel Glück.“

Die R-10 glitt schwerelos aus dem riesigen Hangar und entfernte sich dann schnell von der DERINGHOUSE. Gleichzeitig flammte der grüne Schirm auf, der das Schiff völlig von der Außenwelt abschloß, ohne ihm und der Mannschaft die Sicht zu nehmen. Rakal orientierte sich. Die rote Sonne stand weit hinten, fast vier Lichtmonate entfernt. Unmittelbar rechts vorn in Flugrichtung flammte der blaue Überriese, das Muttergestirn Varios. Vario selbst war ein heller Lichtpunkt genau in Flugrichtung.

Tefroder und Maahks lieferten sich eine erbitterte Raumschlacht. Rakal schüttelte den Kopf. Wie Tronar und Tako war er der Meinung, daß alle diese verschwendeten Energien einem besseren Zweck dienen könnten. Wer immer da auch starb, es waren intelligente Lebewesen, ob sie nun wie Menschen aussahen oder nicht.

Mit Bedauern entsann er sich, daß diese Schlacht das Werk terranischer Taktik war. Sie war durch einen Trick herbeigeführt worden, um vier Menschen den Sturz in die Vergangenheit zu ermöglichen. Vielleicht hätte sie früher oder später ohnehin stattgefunden, auch ohne die Vermittlung der Terraner, aber das Schuldgefühl in Rakal blieb.

Niemand achtete auf die R-10, die sich langsam an das Geschehen heranschob.

Die Tefroder griffen mit unvorstellbarer Wucht an, ohne auf die eigenen Verluste zu achten. Sie rissen Lücken in die Reihen der Maahks, stießen hinein und verbreiteten dort im Verband des Gegners grenzenlose Vernichtung. Kleine Sonnen blitzten auf und erloschen wieder. Dort, wo sie entstanden, gab es danach keine Schiffe mehr.

„Bald werden sie uns entdecken“, flüsterte Tronar berunruhigt. „Wir können nicht ewig hier warten.“

„Wir müssen. Wenn wir allein in Richtung Vario weiterfliegen, fallen wir erst recht auf. Warten wir, bis einige der Maahks ausbrechen und versuchen, Vario anzugreifen. Erst zu diesem Zeitpunkt wird der Zeittransmitter aktiviert werden, um die Angreifer – und uns – einzufangen.“

Fast sah es so aus, als würde keinem einzigen Schiff der Maahks der Durchbruch gelingen, aber dann sonderten sich plötzlich sieben der schwarzen Walzen ab und beschleunigten mit höchsten Werten. Sie rasten in Richtung Vario davon, ohne sich um etwaige Verfolger zu kümmern. Die Kommandanten mußten den Befehl erhalten haben, sich zu opfern und dabei Vario zu vernichten.

Rakal wußte, daß er diese wahrscheinlich einzige Chance nicht verpassen durfte.

Er flog hinter den sieben Schiffen her, hielt aber genügend Abstand, um Feindberührung zu vermeiden.

Vario wurde schnell größer.

Diesmal war seine gesamte Oberfläche scheinbar von riesigen Waldflächen bedeckt, nur durch gelegentliche Höhenzüge unterbrochen. Rakal wußte, daß das eine Täuschung war, ein Teil der Falle. Und die Maahks mußten annehmen, daß unter der Waldtarnung die gesuchten Angriffsziele lagen, die Industriewerte und Waffenfabriken.

Aber noch ehe sie ihre Bomben abwerfen konnten, trat die Zeitfalle erwartungsgemäß in Aktion.

Als erstes veränderte Vario den Anblick seiner Oberfläche. Die Wälder und Gebirge verschwanden und machten der toten Wüste Platz. Dann flammten zwei ultrablau schimmernde Energiebahnen auf – jede von ihnen fünfhundert Kilometer dick – und vereinigten sich mit dem blauen Überriesen, der Sonne. Die Bahnen zapften die benötigte Energie für die beabsichtigte Zeitversetzung direkt von dem Stern ab.

Die Maahkschiffe zögerten. Noch ahnten sie nicht, was ihnen bevorstand.

Rakal und seine Freunde wußten es.

Sekunden später floß die Sonnenenergie in die Maschinenanlagen unter der Oberfläche Varios. Der Traktorstrahl glomm auf und erfaßte die acht Schiffe. Unaufhaltsam zog er sie auf den Planeten zu und hüllte sie gleichzeitig in ein Energiefeld. Wenn die Maahks jetzt ihre Robotbomben losschickten, würden sie sich selbst damit vernichten.

Sie verzichteten darauf.

„Es ist soweit", sagte Rakal. „Tako, bereiten Sie die Injektionen vor. Später ist vielleicht keine Gelegenheit mehr dazu."

„Alles fertig", erklärte der Japaner.

„Lemy?"

„Ja, Rakal?"

„Beunruhigen Sie sich nicht. Sie können alles beobachten, was geschieht, vielleicht noch besser als wir auf den Bildschirmen. Wenn Sie längere Zeit nichts von uns hören, so denken Sie sich nichts dabei. Haben Sie die Injektion ebenfalls vorbereitet?"

„Die Spritze liegt griffbereit neben mir."

„Warten Sie aber ab, bis das Kommando dazu kommt, sonst hat sie im entscheidenden Augenblick ihre Wirkung verloren. Wir wissen nicht, wie lange der Vorgang der Versetzung diesmal dauert. Es können Stunden sein."

„Alles klar, Rakal. Ich warte ab. Was immer auch geschieht."

„Gut, Lemy. Dann passen Sie jetzt auf. Das erleben Sie nur einmal, was jetzt kommt."

Etwa tausend Meter über der Oberfläche von Vario hielt die Energieblase mit den acht Schiffen an. Dicht über dem Horizont flammte der Riesenstern Big Blue. Seine Leuchtkraft schien stärker geworden zu sein, aber es waren nur die beiden Energiebahnen, die sich auf dem Weg zu ihm vereinigten.

Dann, von einer Sekunde zu anderen, lief die Szene rund um die Betrachter in der R-10 wie ein rückwärtsspulender Film ab.

Der Sturz in die Vergangenheit hatte begonnen . . .

Rakal, Tronar und Tako überwachten die Bildschirme, auf denen sich farbige Muster zu formen begannen und allmählich Gestalt annahmen. Mit vielfach überhöhter Geschwindigkeit rasten draußen außerhalb des Schiffes die Geschehnisse vorbei – rückwärts.

Die kaum erkennbare Oberfläche von Vario bewegte sich wie das stürmische Wasser eines Meeres, wie Schatten landeten und starteten riesige Raumflotten. Die Konstellationen am Himmel verschoben sich deutlich sichtbar und veränderten sich.

Rakal schaltete den Robotpiloten ein und stand auf.

„Wir müssen uns auf die Transitionen vorbereiten", sagte er. „Sie erfolgen in schneller Folge, sobald wir die Vergangenheit erreicht haben. Ohne die Injektionen sind wir verloren. Wir legen uns am besten auf die Andruckliegen; von dort aus lassen sich auch die Bildschirme gut beobachten. Wenn wir über Kahalo herauskommen, werden wir sofort handeln müssen. Die Lemurer werden rücksichtslos angreifen."

Wortlos legten sich Tronar und Tako hin, nachdem der Japaner die Injektionen verabreicht hatte. Auch Lemy in seiner HELLTIGER gab sich die Spritze.

Noch war auf den Bildschirmen keine Veränderung zu sehen. Noch immer raste die Zeit vorbei, und die R-10 stürzte mit den sieben Maahkschiffen immer weiter in die Vergangenheit hinein. Sicher wußten die Maahks nicht, was mit ihnen geschah, aber Rhodan und seinen Leuten war es ja auch nicht besser ergangen.

Dann wurden die Bewegungen langsamer, und die Bilder gewannen allmählich an Schärfe.

„Gleich ist es soweit", erklärte Rakal und entspannte sich. „Jeden Augenblick muß nun der Vario-Situationstransmitter erscheinen."

Sie brauchten nicht lange zu warten.

Über Vario erschien am Himmel ein rötlich schimmernder Ring von etwa einer Million Kilometer Durchmesser. Die R-10 und die sieben Schiffe der Maahks wurden gleichzeitig von einer gewaltigen Schubkraft abgestoßen und rasten auf den Ring zu.

Die Injektionen begannen zu wirken. Rakal, Tronar, Tako und Lemy Danger fielen in tiefe Narkose. Ihre Sinne waren ausgeschaltet. Sie sahen nicht mehr, wie die R-10 in den Transmitterring hineinraste und entmaterialisiert wurde. Da die Injektionen so dosiert waren, daß erst nach der abschließenden Rematerialisierung über Kahalo die Narkose aufgehoben wurde, sahen sie auch nicht, wie die R-10 nach der Wiederverstofflichung im Zentrum Andromedas auf die sechs blauen Riesensonnen zuflog, um kurz darauf, mitsamt den sieben Maahkschiffen, vom Transmissionsfeld des Androsechsecks erfaßt und in die Milchstraße abgestrahlt zu werden, wo sie vom galaktischen Sonnensechseck sofort nach Kahalo weitertransportiert wurden und im Ballungsfeld der sechs Pyramiden rematerialisierten.

Die Wirkung der Injektionen ließ nach. Benommen fuhr Rakal auf. Neben ihm begannen sich seine Begleiter zu rühren. Rakal sprang von der Liege.

Mit einem Satz war er hinter den Kontrollen. Er hatte die lemurische Abfangflotte erkannt, die sich mit aufblitzenden Geschützen auf den erwarteten Gegner stürzte.

Der grüne HÜ-Schutzschirm verhinderte den sofortigen Abschuß der R-10.

Sie begannen, das Feuer der Lemurer zu erwidern. An ihrer Seite kämpften die ratlosen Maahks ihren letzten Kampf.

Auf den Bildschirmen waren die schemenhaften Umrisse ihrer sieben Schiffe zu sehen. Die Besatzungen waren vermutlich zum größten Teil nicht mehr amn Leben. Der Transmitterschock über die ungeheure Entfernung von 2,2 Millionen Lichtjahren dürfte die Maahks völlig überrascht haben. Falls sie Absorbervorrichtungen besaßen, war es fraglich, ob sie diese rechtzeitig aktivieren konnten.

Wie dem auch sei, dachte Rakal. Sie hatten keine Chance, dem Inferno zu entkommen.

3.

Die Flotte des lemurischen Admirals Hakhat bestand aus kugelförmigen Schlachtraumern mit einem Höchstdurchmesser von eintausendachthundert Metern. Frasbur hatte ihm mitgeteilt, daß es einigen Schiffen eines feindlichen, fremden Volkes gelungen sei, in den Transmitter einzudringen. Sie müßten jeden Augenblick über Kahalo rematerialisieren.

Der Befehl lautete, sie zu vernichten.

Admiral Hakhat gab seine Anordnungen.

Von allen Seiten kamen die Verbände herbei und bezogen ihre Stellungen. Die Abwehrlinie staffelte sich bis zu einer Tiefe von zehn Lichtjahren.

Frasbur hatte keine genaue Zahl genannt. Es konnten nur fünf, aber es konnten auch fünfhundert Schiffe sein, die man erwartete.

Es waren acht.

Sie erschienen, wie vorausgesagt, über den sechs Pyramiden des Planeten Kahalo.

Hakhat befahl den Angriff.

Die sieben schwarzen Raumschiffe wurden eine leichte Beute der Lemurer. Innerhalb weniger Minuten wurden sie vernichtet.

Nur das achte Schiff, ein Kugelraumer mit lächerlichem Durchmesser von sechzig Metern, entkam. Wenigstens vorerst.

Kein Wunder, denn noch saß Rakal Woolver hinter den Kontrollen.

Der Mutant hatte den massiven Angriff erwartet. Er beschleunigte mit irrsinnigen Werten und durchbrach die Front der Lemurer. Unaufhörlich feuerten die Bordgeschütze auf jedes sich nähernde Objekt.

Bisher war alles nach Plan gelaufen. Nun kam es darauf an, das Unternehmen erfolgreich abzuschließen. Der Plan sah vor, daß die Woolver-Zwillinge und Tako Kakuta unbemerkt nach Kahalo gelangen sollten und Lemy Danger mit seiner HELLTIGER Redpoint anflog. Die R-10, so stand von Anfang an fest, würde dem Angriff der

Lemurer zum Opfer fallen. Auf diese Weise würde niemand Verdacht schöpfen. Sowohl Hakhat als auch Frasbur mußten zu der Ansicht gelangen, daß alle Eindringlinge den Tod gefunden hatten. Nur so war gewährleistet, daß Frasbur in Sicherheit gewiegt wurde, so daß es Kakuta und den beiden Wellensprintern erleichtert wurde, an ihn heranzukommen.

Die Mutanten waren bereit. Kakuta starrte angestrengt auf den Panoramabildschirm, wo ein kleiner Ausschnitt der Planetenoberfläche zu erkennen war. Er schien sich einen geeigneten Rematerialisierungspunkt auszusuchen.

Rakal wollte soeben den Hypersender des Schiffes aktivieren, um mit seinem Bruder auf einem Funkstrahl nach Kahalo zu gelangen, als plötzlich ein schwerer Schlag die R-10 erschütterte und die drei Menschen aus dem Gleichgewicht brachte.

Tako fuhr herum und blickte auf die Kontrollen. Der grüne Schutzschirm war unter der Belastung von Dutzenden Strahlenschüssen zusammengebrochen.

Im Wulstring explodierten einige der Triebwerke.

„Springen!“ brüllte Tronar und nahm seinen Bruder bei der Hand. „Ein Energiestrahl – egal, was es ist. Sonst sind wir verloren!“

Tako hatte es einfacher.

Er benötigte kein Hilfsmittel. Er teleportierte in der gleichen Sekunde, in der die R-10 endgültig detonierte.

Dann waren sie alle – Rakal, Tronar und Tako – spurlos verschwunden.

Einem taumelnden Metallsplitter gleich wurde die HELLTIGER aus der Luke gerissen und in den Raum geschleudert.

Als Lemy das Bewußtsein wiedererlangte, trieb er unbeachtet zwischen den riesigen Schiffen der Lemurer hindurch den Sternen entgegen.

Es war sein Glück, daß man die HELLTIGER als Trümmerstück getarnt hatte.

Lemy Danger gelang es tatsächlich, unbemerkt zu entkommen. Nach einigen Linearetappen, die zum Teil wahllos durchgeführt wurden, um etwaige Verfolger abzuschütteln, traf er bei Redpoint ein. Ein kurzes Hyperfunksignal erreichte die CREST III. Die HELLTIGER identifizierte sich und wurde eingeschleust.

4.

Als das Schiff explodierte, teleportierte Tako Kakuta blind. Da er einen Spezialkampfanzug trug, war das kein Risiko. Er materialisierte mitten im Raum, viele Lichtsekunden von den Schiffen der Lemurer entfernt.

Unter ihm schwebte Kahalo, der Justierungsplanet. Unter den Pyramiden war die Memo-Halle, in der sich der Zeitagent Frasbur verborgen hielt.

Tako ließ sich einfach fallen.

Die Schwerkraft des Planeten zog ihn an, und der Teleporter stürzte immer schneller. Er war ein winziger Punkt in der Unendlichkeit und kaum zu orten.

Ihm blieben einige Minuten, sich Gedanken um seine Freunde zu machen. Die Zwillinge würden sich auch in Sicherheit gebracht haben, was aber war mit Lemy geschehen?

Hoffentlich war er bereits auf dem Weg zur CREST.

Und Rhodan würde bald Hilfe entsenden.

Aus den Augenwinkeln heraus sah Tako ein Aufblitzen. Mehrere Schiffe der Lemurer kamen in eng gestaffelter Formation auf ihn zu, schwenkten dann aber ab und gingen in eine Landebahn um den Planeten. Tako fiel weiter.

Das Problem war, Rakal und Tronar wiederzufinden. Die Zwillinge mußten den erstbesten Impuls dazu benutzt haben, sich in Sicherheit zu bringen. Vielleicht einen Funkstrahl, vielleicht aber auch das Energiebündel eines Strahlgeschützes. Es war vereinbart, daß man sich auf Kahalo traf, vielleicht irgendwo in der Memo-Halle, die genug Verstecke bot und ja auch nicht nur aus einem einzigen Raum bestand.

Als Tako die obersten Schichten der Atmosphäre erreichte, schaltete er den Individualschirm ein, um vor der Reibungshitze geschützt zu sein. Er ließ sich noch immer fallen und beobachtete dabei das, was unter ihm lag.

Die sechs Pyramiden waren deutlich zu erkennen. Sie erzeugten das

Materialisationsfeld über dem Planeten. In ihm verstofflichten sich alle Gegenstände, die vom Sonnensechseck hierher abgestrahlt wurden.

Und unter den Pyramiden lag die Memo-Halle.

Auf dem Raumfeld herrschte ungewöhnlicher Betrieb. Schwere Lastenfahrzeuge rollten auf den Transportbahnen zu den Schiffen und versorgten sie mit Nachschubgütern. Abseits standen die Kampfgeschwader der Lemurer und warteten auf ihren Einsatzbefehl. Es war klar ersichtlich, daß Hakhat fest entschlossen war, Kahalo gegen jeden Angriff zu verteidigen. Wenn Kahalo verlorenging, wurde den Lemurern die letzte Rückzugsmöglichkeit abgeschnitten.

Im letzten Augenblick teleportierte Tako in das etwa zwanzig Kilometer von den Pyramiden entfernte Gebirge und rematerialisierte auf einem der Gipfel. Er sah die Stadt in der Ebene vor sich liegen und erkannte den schimmernden Widerschein Tausender von Raumschiffen auf dem Landefeld. In der Luft zogen die Geschwader dahin, aber ihre Orter registrierten Tako nicht, denn er hatte den Schutzschirm längst abgeschaltet. Seine Ausstrahlung hätte ihn verraten. Aber das Risiko würde er auch dann eingehen, wenn er das Flugaggregat oder den Deflektor einschaltete, der ihn unsichtbar machte.

Eine Staffel kleiner Jäger raste in geringer Höhe über das Gebirge dahin. Tako duckte sich unwillkürlich, obwohl er nicht damit rechnete, gesehen zu werden. Sie verschwanden in Richtung der Stadt.

Tako schaltete den Minikom ein und versuchte, dem Helmlautsprecher einen Ton zu entlocken. Aber alles blieb still. Wenn die Zwillinge irgendwo auf diesem Planeten waren, mußte er sie empfangen können. Es war natürlich möglich, daß sie in ihrer augenblicklichen Lage keinen noch so kurzen Funkverkehr wagen konnten. Es gab empfindliche Geräte, die auch die geringfügigste Ausstrahlung sofort registrierten und orteten.

Tako blieb keine andere Wahl, als hier im Gebirge zu warten und den Minikom auf Empfang zu halten.

Das bedeutete kein Risiko. Außerdem würde er sofort Verbindung mit den Zwillingen aufnehmen können, wenn sie sich meldeten.

Tako untersuchte seine nähere Umgebung und fand in einem steilen Felshang, der Stadt zugewandt, eine kleine Höhle. Sie war nicht gerade sehr geräumig, bot aber Schutz gegen Sicht von oben. Er rollte einen Stein in die Mitte und ließ sich darauf nieder. Im Augenblick fühlte er sich verhältnismäßig sicher, aber die Sorge um die Zwillinge und vor allen Dingen um Lemy ließ ihn nicht zur Ruhe kommen.

Aber er konnte jetzt nichts tun.

Aus den Vorratstaschen kramte er Konzentrate und Wassertabletten hervor und stillte seinen ärgsten Hunger. Dann rollte er den Stein mehr zur Felswand hin und machte es sich zum Schlafen bequem. Da es kühl wurde, schaltete er die Heizung seines Anzuges ein. Den Empfänger des Minikoms schaltete er auf größte Lautstärke. Wenn einer der Zwillinge sich auf der vereinbarten Welle meldete, würde das unüberhörbar sein.

Sekundenbruchteile bevor die R-10 explodierte, hatten sich Rakal und Tronar Woolver in das Energiebündel des letzten Strahlschusses ihres Schiffes eingefädelt und waren mitten im Weltraum materialisiert. Danach hatten sie sich vorsichtig nach Kahalo herangetastet. Ihre Helmminikoms waren ständig auf Empfang geschaltet und suchten die verschiedenen, von den Lemurern verwendeten Frequenzen ab. Es dauerte eine geraume Zeit, bis sie glaubten, eine geeignete Funkstation auf dem Planeten ausfindig gemacht zu haben, von der sie hofften, daß sie dort unbemerkt eindringen konnten.

Schließlich war es soweit. Sie justierten ihre Funkgeräte, aktivierten die Sender und fädelten sich in die von ihnen ausgehenden Funkwellen ein.

Sie materialisierten in einem kleinen Raum. Als ihre Sinne wieder arbeiteten, blickten sie sich um. Außer ihnen hielt sich niemand in dem Raum auf. Offensichtlich handelte es sich um eine vollautomatisch arbeitende Sende- und Empfangsanlage.

„Da wären wir", sagte Rakal erleichtert, nachdem sie ihre Helme geöffnet hatten. „Fragt sich nur, wie lange es uns gelingt, unentdeckt zu bleiben."

Sie untersuchten flüchtig den kleinen Raum, konnten jedoch nichts entdecken, was ihnen gefährlich werden konnte.

„Wo mag nur Tako stecken?" fragte Rakal nach einigen Minuten nachdenklich.

„Warum versuchen wir nicht, mit den Minikoms Verbindung mit ihm aufzunehmen?" bemerkte Tronar.

Rakal nickte. „Aber wir müssen dabei vorsichtig sein. Wenn wir zu lange herumfunken, werden wir schnell entdeckt."

Tronar zuckte die Achseln.

„Dieses Risiko müssen wir eingehen. Schließlich können wir nicht ewig hier bleiben. Wir müssen handeln – und das ziemlich rasch."

Rakal wußte, daß sein Bruder recht hatte, deshalb aktivierte er seinen Helmsender und begann auf der mit Tako vereinbarten Frequenz zu funken. Es dauerte nur wenige Sekunden, dann meldete sich der Teleporter.

„Himmel, seid ihr laut! Dabei habe ich so schön geschlafen."

„Wo stecken Sie denn?"

„Keine Ahnung. Und Sie?"

„Im Gebirge, etwa zwanzig Kilometer vor der Stadt. Habe eine Höhle gefunden. Bißchen kalt, aber sonst ganz gemütlich. Von hier aus können wir gut operieren, denke ich."

„Gut, wir kommen zu Ihnen. Schalten Sie bloß nicht ab!"

„Werde mich hüten. Sonst würdet ihr ja in der Luft hängen."

Tako wartete, dann hörte er plötzlich hinter sich ein Geräusch. Er drehte sich um und sah Rakal und Tronar, aus seinem Funkgerät materialisiert.

„Glücklich vereint", sagte Tako. „Bis auf Lemy", fügte er sorgenvoll hinzu.

„Lemy wird schon auf dem Weg zur CREST sein", beruhigte ihn Rakal. „Ich glaube, wir können nun daran denken, mit der Durchführung unseres Auftrags zu beginnen. Wir sollen den Zeitagenten Frasbur fangen und notfalls unschädlich machen."

„Gut. Und wenn wir ihn gefangen haben", sagte Tako Kakuta, „bringen wir ihn hier in die Höhle und warten ab, was weiter geschieht."

„Das einfachste wird sein, wenn Sie mit uns in die Memo-Halle teleportieren", meinte Rakal Woolver. „Von unserem letzten Aufenthalt auf Kahalo wissen wir, daß Frasbur eine Reihe von Sicherheitsmaßnahmen errichtet hatte, mit denen wir unliebsame Bekanntschaft gemacht haben. Wir wissen nicht, wie es jetzt um diese Sicherheitseinrichtungen bestellt ist. Möglicherweise existieren sie noch immer. Dennoch müssen wir das Wagnis eingehen."

„Wir haben keine Zeit zu verlieren", sagte der Teleporter. „Niemand von uns weiß, wann Lemy die CREST erreicht. Das kann in wenigen Stunden sein, kann aber auch Tage dauern. Und niemand von uns weiß, wann Rhodan uns Unterstützung schickt."

Die Zwillinge nickten. Sie stellten den notwendigen Körperkontakt zu Kakuta her.

Tako konzentrierte sich auf die zwanzig Kilometer entfernten Pyramiden, ehe sein Blick zu der Stelle ging, an der die Memo-Halle sein mußte. Es bestand keine Gefahr, selbst wenn er sich verschätzte und im Gestein materialisierte. Er würde mit seinen beiden Kameraden einfach an den Ausgangspunkt der Teleportation zurückgeschleudert werden. Ein wenig schmerzhaft, aber ungefährlich.

Dann sprang er.

Sie hatten Glück. Sie verstofflichten dicht unter der Decke einer weiten und dämmerigen Halle und fielen lediglich drei Meter in die Tiefe. Tronar ließ los und überschlug sich. Sofort aber war er wieder auf den Beinen und sah sich blitzschnell nach allen Seiten um. Er konnte nur das feststellen, was die anderen auch schon bemerkt hatten.

Die Halle war leer.

Aber es war jene Halle, die ihm und Rakal als Memo-Halle bekannt war.

Sämtliche Geräte waren abmontiert und fortgebracht worden. Nichts war geblieben, außer den kahlen Wänden und einigen verborgenen Beleuchtungskörpern. Die Spuren des plötzlichen Aufbruchs waren nicht beseitigt worden. Auf dem Boden lagen zerbrochene Ersatzteile herum. Ein beschädigter Sessel stand in einer Ecke.

„Da kommen wir zu spät", konstatierte Tako enttäuscht. „Frasbur ist geflohen. Wie sollen wir ihn wiederfinden?"

Tronar ging in der Halle umher und fand die Tür. Sie ließ sich öffnen. Dahinter lag ein weiterer Raum, ebenfalls leer und verlassen.

Die gesamte Memo-Halle existierte nur noch als Fragment.

Takos Einschätzung entsprach der Wahrheit – und doch ahnten die drei Mutanten noch nicht, daß sie nur einen Teil dieser Wahrheit erkannt hatten und soeben in eine Falle des Zeitagenten getappt waren.

Frasbur hatte neue Anweisungen erhalten und daraufhin die Memo-Halle geräumt. Des weiteren hatte er die bisher gebräuchliche

Strategie gegenüber terranischen Mutanten grundlegend geändert. Von den bisher verwendeten Fallensystemen, die sich letztlich als unwirksam erwiesen hatten, war nichts mehr übriggeblieben. Er hatte neue Methoden ersonnen. Er wußte inzwischen, daß jene beiden, die ihm damals entwischt waren, noch lebten. Dies hatte ihn zwar überrascht, denn er hatte damit gerechnet, daß der Meister, auf dessen Schiff sie geflohen waren, sie liquidieren würde. Aber er hatte keine Fragen gestellt. Er wußte nur, daß die beiden Mutanten dem Maghan entkommen waren und möglicherweise irgendwann zurückkehren würden.

Frasbur hatte sich darauf vorbereitet und eine neue Falle errichtet, aus der es kein Entkommen gab. Er brauchte nur noch zu warten, bis diese Falle zuschnappte.

Lemy Dangers Bericht näherte sich seinem Ende.

„Der Rest ist schnell erzählt. Nachdem es Tronar und Rakal gelungen war, von hier aus nach Andromeda und in die Zukunft zu gelangen, mußte es den umgekehrten Weg auch geben. Also ließen wir uns freiwillig von der Zeitfalle Vario im Andromedanebel einfangen und in die Vergangenheit schleudern. Über Kahalo verloren wir uns, aber ich bin sicher, daß die Wellensprinter und Tako wohlbehalten dort angelangt sind. Vielleicht haben sie sogar Frasbur schon gefangen und warten nur darauf, abgeholt zu werden."

Der Bericht des Siganesen war aufschlußreich gewesen und hatte Perry Rhodan und seine Freunde beruhigt. Reginald Bull hatte die Situation in der Realzeit im Griff. Die Nachricht vom Tod eines Meisters der Insel hingegen hatte nachhaltigen Eindruck hinterlassen und zu wilden Spekulationen geführt, die aber allesamt keine befriedigende Lösung boten.

Generalmajor Lemy Danger stand vor Perry Rhodan auf dem Tisch. Er trug seinen Einsatzanzug und hatte nur den kleinen Helm geöffnet. Niemand hatte ihn dazu bewegen können, eine bequemere Kleidung anzulegen.

Neben Rhodan saß der Riese Melbar Kasom, Lemys spezieller Freund. Er stammte vom Planeten Ertrus im Kreit-System und war ebenfalls ein umweltangepaßter Terraner. Da auf Ertrus eine Schwerkraft von 3,4 Gravos herrschte, wog Kasom an die sechzehn Zentner und war ein Gigant, gegen den der ohnehin kleine Lemy wie eine Mücke wirkte.

Neben Kasom hockte Gucky mit verschränkten Beinen auf dem Stuhl und machte ein undurchdringliches Gesicht. Das Getue um den Zwerg Lemy ging ihm allmählich auf die Nerven. Der wurde ja seiner Meinung nach behandelt, als habe er die CREST bereits eigenhändig in die Gegenwart zurückgeholt. Dabei lag das Schwierigste ja noch vor ihnen. Dabei würden sie ihn, Gucky, schon noch brauchen!

Noch weitere Offiziere und leitende Persönlichkeiten waren anwesend, aber sie spielten in den folgenden Ereignissen keine besondere Rolle. Nur Major Redhorse, der Chef des Landungskommandos, sollte nicht unerwähnt bleiben. Er war es, der später mit von der Partie war. Redhorse war indianischer Abstammung, hatte blauschimmerndes Haar, war einsneunzig groß und galt als Draufgänger.

„Na, da gehen wir doch los!“ piepste Gucky und klopfte mit der Faust auf den Tisch. „Wenn die auf uns warten – worauf warten dann *wir*?“

Rhodan sah ihn ernst an.

„Wir warten nicht lange, Kleiner. Die Zwillinge und Tako sind in großer Gefahr, glaube ich. Wir wollen nicht vergessen, daß Frasbur nicht unterschätzt werden darf. Er ist ein Tefroder der Realzeit. Er kehrte auf Befehl der Meister in die Vergangenheit zurück, um die Geschehnisse hier nach ihrem Willen zu beeinflussen. Er weiß, daß wir uns nicht geschlagen geben. Er wird seine Vorbereitungen getroffen haben, und ich kann nur hoffen, daß die drei Mutanten daran denken, wenn sie ihn angreifen.“

„Es bedarf hoffentlich keiner Erwähnung“, sagte Lemy Danger mit seiner hellen Stimme, „daß ich bei dem Einsatz dabei bin. Schließlich kenne ich die Lage am besten.“

„Ich komme natürlich ebenfalls mit!“ schrillte Gucky.

Lemy grinste.

„Ich habe nichts dagegen, wenn Rhodan auch einverstanden ist.“ Er sah Perry Rhodan an. „Richtig?“

Kasom und Redhorse hoben ihre Hände.

„Wir melden uns freiwillig.“

Perry Rhodan hatte sich zurückgelehnt und nicht in die Debatte eingegriffen. Er beugte sich wieder vor und gab Lemys Blick zurück.

„Wir brauchen auf Kahalo mindestens zwei gute Teleporter, also geht Gucky mit. Außerdem ist er Telekinet und Telepath. Kason wird den Moskito-Jet steuern, in dem Gucky und Lemy leicht Platz haben. Major Redhorse übernimmt eine Korvette und wird den Helfer im Hintergrund spielen. Die genauen Positionen sehen wir uns noch auf den Karten an. Ich halte es für ratsam, daß Redhorse sich nicht so nahe an Kahalo heranwagt, sondern in einigen Lichtmonaten Entfernung abwartet. Kodesignale können vereinbart werden. Das wäre in großen Zügen alles, was dazu zu sagen wäre. Die Hauptsache ist, Sie bringen mir die Zwillinge und Tako zurück. Gesund und munter."

„Und natürlich Frasbur, den Zeitagenten", sagte Gucky. „Auch gesund und munter."

„Ein paar Beulen würden ihm nicht schaden", meinte Redhorse gehässig.

Rhodan stand auf.

„Redhorse und Kasom, Sie kommen mit mir. Wir müssen den Kurs besprechen. Lemy, Gucky, wir treffen uns in zwei Stunden in Hangar VII. Dort steht die KC-1 und euer Moskito, Einsatzanzug und Vorräte. Alles klar?"

Gucky stand auf, ging zum Tisch und nahm Lemy auf.

„Darf ich meinen kleinen Bruder ins Bettchen bringen?" erkundigte er sich höflich. „Ein Stündchen haut man sich aufs Ohr, hat man 'ne große Sache vor. Stammt von mir."

„Man merkt es", erwiderte Lemy freundlich. „Gehen wir."

Rhodan wartete, bis sich die Tür hinter den beiden geschlossen hatte.

„Meine Herren, kommen Sie mit in meine Kabine. Ich habe dort die Karten, die wir benötigen."

Sie folgten ihm wortlos.

Die CREST III mit ihren zweieinhalb Kilometern Durchmesser war eine Welt für sich. Mit ihr waren fünftausend Menschen in die Vergangenheit geschleudert worden. Es war den Lemurern nicht gelungen, die CREST zu stellen oder gar zu vernichten. Sie hatte im System der roten Riesensonne Redpoint Schutz und Deckung gesucht und umkreiste gemeinsam mit der fliegenden Werft MA-genial den Stern.

Eine Ewigkeit von der Erde und der Gegenwart entfernt.

In der Kabine angelangt, breitete Rhodan die Karten aus.

„Kahalo ist zweitausendsechshundert Lichtjahre entfernt. Acht Lichtmonate von Kahalo entfernt steht eine gelbe Sonne ohne Planeten. Das ist Ihr Ziel, Major Redhorse. Gehen Sie dort in Orterschutz, aber so, daß Sie einen Hyperfunkspruch jederzeit noch empfangen können. Sie bleiben ständig auf Empfang und warten ab, bis Kasom Ihnen ein vereinbartes Zeichen gibt. Sie können das noch während Ihres Fluges besprechen. Der Moskito bleibt im Hangar der KC-1, bis Kahalo nur noch wenige Lichtjahre entfernt ist. Dann trennen Sie sich und fliegen einzeln weiter. Redhorse gilt als Verstärkung und Notkommando. Die eigentliche Suchaktion nach den drei Mutanten wird von Kasom, Gucky und Lemy durchgeführt. In der Kommandozentrale des Moskito-Jets wird ein Torbogen-Transmitter installiert, mit dem sich Kasom und seine Begleiter notfalls zur KC-1 absetzen können. Redhorse, Sie sorgen dafür, daß die Empfangstation der KC-1 ständig betriebsbereit bleibt."

„Verstanden", sagte Redhorse gleichmütig, aber in seinen Augen blitzte es auf. „Geht in Ordnung."

„Bei uns auch", meinte Kasom ruhig. „Wir schaffen es."

„Fragt sich nur", sagte Rhodan, „ob die Zwillinge und Tako es geschafft haben, noch am Leben zu sein. Sie starten in vierzig Minuten. Noch Fragen?"

Es gab keine Fragen mehr.

Im Hangar warteten Gucky und Lemy. Der Siganese bedauerte es offenbar, nicht mit seiner HELLTIGER fliegen zu können, um ihre Brauchbarkeit unter Beweis zu stellen, aber er fügte sich widerspruchslos den Anordnungen Perry Rhodans. Als Kasom und Redhorse im Hangar erschienen, saß er bereits in Guckys Brusttasche und schaute nur mit dem Kopf daraus hervor.

„Wird auch Zeit, daß Sie kommen", sagte er ziemlich unhöflich, was bei ihm eine Seltenheit war. „Wir warten bereits."

„Immer noch früh genug", beruhigte ihn Redhorse. „Der Start erfolgt in fünf Minuten. Der Moskito steht, als Meteor getarnt, im Hangar der KC-1."

Genau fünf Minuten später verließ die KC-1 den riesigen Hangar der CREST und schoß ins All hinaus. Das Ultraschlachtschiff blieb schnell zurück, als Redhorse beschleunigte. Dahinter kam für einen Augenblick das seltsame Gebilde MA-genial zum Vorschein – eine riesenhafte Plattform mit Gebäuden und Landeflächen. Dann verschwand auch sie und tauchte in der Unendlichkeit des Alls unter. Die rote Riesensonne überstrahlte alle Sterne, bis auch sie kleiner wurde. Schließlich war sie nur noch ein Stern unter Tausenden.

Die KC-1 ging in den Linearraum.

Erst wenige Lichtjahre vor Kahalo ließ Redhorse das Schiff in den Normalraum zurückfallen, um sich zu orientieren. Sie alle hatten ein paar Stunden geschlafen und warteten erfrischt auf ihren Einsatz. In der Zentrale fanden sie sich zu einer letzten Besprechung zusammen.

„Die Orter zeigen mehrere Verbände der Lemurer an", sagte Redhorse und deutete auf die Schirme. „Wird schwer für euch, da hindurchzukommen."

Kason hob die Schultern.

„Wir werden schon Glück haben. Der Moskito ist klein, daher sehr wendig und schnell. Bis sie uns entdecken, sind wir schon wieder außer Reichweite."

Die Moskito-Jets waren in der Tat ungemein gefährliche Kleinschiffe. Sechsundzwanzig Meter lang und mit Heckflossen versehen, konnten sie auch innerhalb der Atmosphäre eines Planeten manövrieren, aber im Raum erreichten sie nach nur kurzer Beschleunigung bereits die Lichtgeschwindigkeit.

Ein Moskito konnte mit siebenhundert Kilometern pro Sekunde im Quadrat beschleunigen.

Redhorse nickte.

„Wir nehmen noch einen kurzen Linearflug vor, um die gelbe Zielsonne zu erreichen. Vorher schleust ihr euch aus und versucht, allein nach Kahalo zu gelangen."

„Die Kodezeichen und die Frequenz sind klar", erklärte Kasom. „Falls uns der Fluchtweg durch den Transmitter verschlossen bleibt, weil der Moskito vorher zerstört wird, bleibt uns nur diese Möglichkeit. Ein einziges Signal muß genügen. Nur dadurch kann eine Peilung durch die Lemurer verhindert werden. Im Falle, daß Sie dieses Signal empfangen, müssen Sie versuchen, uns von Kahalo abzuholen. Vielleicht gelingt es Ihnen, unbemerkt auf der Nachtseite zu landen und auf uns zu warten."

„Sehr unwahrscheinlich – bei der Bewachung. Aber ich will es versuchen."

Gucky hielt Lemy, der in seiner Tasche saß, fest. Dann erst stand er auf.

„Immer dieses unnütze Gerede. Fliegen wir los. Vielleicht vergeuden wir hier unsere Zeit, während die Mutanten verzweifelt auf Hilfe warten.“

Redhorse lächelte ihm zu.

„Vielleicht hast du recht, aber ich hoffe es nicht“, sagte er.

Kasom und Gucky kletterten in den Moskito. Der Riese nahm vorn hinter den Flugkontrollen Platz, während es sich Gucky, mit Lemy immer noch in seiner Brusttasche, auf dem Hintersitz bequem machte.

„Viel Glück“, wünschte Redhorse. „Und – ruft mich bald!“

„Wenn wir Sie brauchen, geschieht das schneller, als Sie vielleicht glauben“, gab Kasom zurück. „Bis später.“

Redhorse kehrte in die Zentrale der KC-1 zurück. Auf dem Bildschirm beobachtete er, wie Minuten später der Moskito in den Raum vorstieß und Sekunden später zwischen den Sternen verschwand. Dann hatte er genug mit sich selbst zu tun, denn die Lemurer hatten ihn geortet und griffen mit verbissener Wut an.

Er tauchte mehrmals in den Linearraum und wechselte die Richtung. Die Verfolger verloren die Spur. Als er acht Lichtmonate von Kahalo entfernt zum letztenmal in das Einsteinuniversum zurückkehrte, war von den Lemurern nichts mehr zu sehen. Damit es auch so blieb, raste Kasom mit nahezu Lichtgeschwindigkeit auf die gelbe Sonne zu und näherte sich ihr so weit, wie es eben möglich war. Die Kühlanlagen in der Korvette arbeiteten auf Hochtouren, aber selbst der grüne HÜ-Schirm drohte unter der plötzlichen Belastung zusammenzubrechen.

Redhorse entsann sich Rhodans Warnung. Er entfernte sich wieder ein wenig von der Sonne und ging genau in der Grenzzone in eine stabile Kreisbahn. Hier war nun jede Ortung so gut wie ausgeschlossen, aber die Störungen der nahen Sonne waren nicht stark genug, einen Hyperfunkverkehr unmöglich zu machen.

Der Hyperempfänger wurde eingeschaltet und mit einer ständigen Wache versehen. Die Aufnahmegeräte blieben einsatzbereit. Jeder noch so kurze Impuls würde sofort aufgezeichnet werden.

Einen Augenblick noch blieb Redhorse in der Zentrale und beobachtete die Bildschirme. Der gelbe Feuerball beherrschte nach der einen Seite den ganzen Sichtbereich. Auf der anderen Seite waren die Sterne.

Einer davon war die Sonne des Orbon-Systems, und einer der Planeten hieß Kahalo.

Abrupt stand Redhorse auf und übergab Major Nowak-Mills das Kommando. In ihm war eine unerklärliche Unruhe, und er wollte versuchen, sich ein wenig zu entspannen. Niemand konnte ahnen, was ihnen noch bevorstand.

Vielleicht würde er alle seine Kräfte benötigen, um die nächsten Stunden oder Tage zu überstehen.

5.

Rakal sah zur Decke empor.

„Waren die Dinger eigentlich eben auch schon da?“ fragte er.

Sie sahen alle nach oben.

Die Decke der leeren Halle, tief unter der Oberfläche von Kahalo, war kahl wie die Wände. Sie war aus dem Urgestein herausgeschmolzen und mit einem Belag versehen worden. Sie hatten bisher zu wenig darauf geachtet. Aber sie sahen sofort, was Rakal meinte.

Silbern blitzende Metallstäbe ragten im Abstand von einem halben Meter wenige Zentimeter aus der Decke und bildeten ein rechteckiges Muster. Es schloß die ganze Höhle ein. Es sah aus wie der Beginn eines Gitters, das sich herabsenkte, um jemand einzuschließen.

Aber die Stäbe bewegten sich nicht. Sie saßen fest.

Tako sagte:

„Sie waren vorher nicht da – ich weiß es ganz genau. Ich habe mir die Decke angesehen, daher weiß ich es.“

Rakal runzelte die Stirn.

„Das riecht nach Unheil. Wir haben hier etwas ausgelöst, das schlimm für uns werden kann. Vielleicht eine Alarmvorrichtung, mit der Frasbur verraten wird, daß jemand in die verlassene Memo-Halle eingedrungen ist.“

„Wir verschwinden besser“, schlug Tako vor.

Aber ehe sie dazu in der Lage waren, geschah etwas anderes.

Aus den Spitzen der silbernen Stäbe schoß plötzlich ein grellweißer Lichtstrahl hervor und drang genau senkrecht darunter in den Boden ein. Erst jetzt fiel den drei Männern auf, daß auch auf dem Boden eine Veränderung vor sich gegangen war. Wo früher nichts gewesen war, schimmerten nun kleine Kontaktstellen. Und auf ihnen landeten die weißen Lichtstrahlen. Sie bildeten ein Gitter.

„Der Abstand ist groß genug – wir können hindurch", sagte Tronar, aber seine Stimme klang unsicher.

Rakal ging bis zu dem Lichtgitter, aber schon einen halben Meter davor blieb er stehen, als sei er vor ein unsichtbares Hindernis gestoßen.

„Es geht nicht mehr weiter. Die Lichtstrahlen – oder was es auch ist – wirken wie eine Wand. Wir sind eingeschlossen. Eine verdammt geschickte Falle. Und was nun?"

„Immer ruhig bleiben", mahnte Tronar, der sich nicht von der Stelle rührte. Er sah zur Decke empor. „Ein Energiegitter, wenn ich nicht irre. Aber ganz anders, als wir es gewohnt sind. Es hat bestimmt nicht nur den Zweck, uns hier festzuhalten."

„Welchen dann?" Rakal war zur Mitte der Halle zurückgekehrt. „Welchen Zweck sollte es denn sonst haben?"

Tako wurde plötzlich blaß.

„Wartet hier", sagte er hastig. „Ich muß etwas herausfinden. Wenn ich Erfolg habe, sind wir in Sicherheit. Wenn nicht . . ." Er schwieg und hob die Schultern.

Sie sahen, daß er sich zum Teleportersprung konzentrierte.

Tako entmaterialisierte – aber nur für den Bruchteil einer Sekunde. Dann lag er mitten in der Halle auf dem Boden und krümmte sich vor Schmerzen. Plötzlich streckte er sich und war ganz ruhig.

Tronar eilte zu ihm und bückte sich.

„Er ist bewußtlos geworden. Also kommt auch ein Teleporter hier nicht mehr heraus. Verdammt, wir sitzen ja schön in der Tinte!"

Sie kümmerten sich um Tako, der bald wieder zu sich kam.

„Eine Art Energiesperre", sagte er, „denn die Feldlinien sind energetisch dem fünfdimensionalen Raum artverwandt. Aber es ist eine fremde Art – obwohl sie mir bekannt vorkommt."

Tronar ging in der Halle auf und ab, ohne dem Gitter zu nahe zu kommen. Sie bemerkten, daß sich die silbernen Stäbe immer weiter aus der Decke schoben und den Kontaktstellen am Boden näherten.

Bald würden sie nicht nur durch das Energiefeld, sondern auch durch Metallstäbe eingeschlossen sein.

„Es könnte eine Art Materietransmitter sein", sagte Tako plötzlich.

„Ein Transmitter?" Rakal schaute Tako an. „Dann will man uns irgendwohin transportieren, aber nicht gleich töten. Ein Trost wenigstens."

Die Stäbe berührten den Boden. Die weißen Lichtstrahlen erloschen.

Aber gleichzeitig schimmerte ein grünliches Licht auf, das den ganzen Raum erfüllte. Es drang aus den Stäben und wirkte wie eine Wand. Tako probierte es nicht aus, aber er war sicher, daß Teleportation jetzt genauso zwecklos war wie zuvor.

„Ein Transmitter, daran kann kein Zweifel bestehen", wiederholte Tako. „Aber es ist kein gewöhnlicher Transmitter. Er ist mit einer Parafalle gekoppelt und blockiert meine Psi-Fähigkeit. Wir müssen abwarten, was weiter geschieht. Ich bin ratlos."

Rakal meinte:

„Ob ich versuche, mich einzufädeln? Vielleicht ist das eine Lösung ..."

„Eine ungewisse, Rakal." Tronar schüttelte den Kopf. „Tako hat recht, leider. Wir können nichts tun als abwarten. Wenn Frasbur etwas von uns will, wird er sich schon melden."

Aber Frasbur meldete sich nicht.

Dafür geschah etwas anderes. Frasbur holte die drei Mutanten zu sich. Sie wurden plötzlich entmaterialisiert und an einen ihnen unbekannten Ort abgestrahlt. Im gleichen Augenblick, als ihre Körper aufgelöst wurden, griffen gräßliche Schmerzen von bisher nie erlebter Intensität nach ihnen und löschten ihr Bewußtsein aus.

Der Zeitagent trug eine neue Uniform. Sie schien aus Silberfäden gewebt und ähnelte einer Kombination. Auf der Brust war ein schwarzer Fleck. Auf ihm war eine goldenfarbene Linie zu erkennen, die sich durch zwei Galaxien hindurchschlängelte – das Zeichen für die Zeit.

Frasbur war groß und schlank. Seine Haut hatte eine samtbraune Farbe, und die tiefschwarzen Haare waren leicht gewellt und dicht. Er hatte die alte Memo-Halle unter den sechs Pyramiden geräumt und war in das Ausweichlager umgezogen. Es war genauso gut eingerichtet wie sein ehemaliges Versteck, aber es lag tief unter der Oberfläche beim Südpol Kahalos. Noch immer galt er als Tamrat der Erde, und die Lemurer befolgten seine Befehle anstandslos, ohne zu fragen.

Bevor Frasbur seinen Standort wechselte, hatte er die Transmitterfalle in der alten Memo-Halle aufgestellt. Er wußte, wie sie funktionierte, und er vertraute den ungeheuren technischen Kenntnissen der Meister der Insel. Es gab keine perfektere Falle. Den terranischen Mutanten würden auch ihre paraphysischen Fähigkeiten nicht mehr helfen, wenn die Falle erst einmal zuschnappte.

Und sie war zugeschnappt!

Frasbur wartete einige Sekunden, ehe er sich entschloß, sie zu sich zu holen. Über eine geheime Fernsehanlage hatte er gesehen, daß es sich um drei Menschen handelte. Einer von ihnen war zweifellos ein Teleporter, denn er war mit den anderen beiden plötzlich in der alten Memo-Halle materialisiert. Die anderen kannte er bereits.

Frasbur drückte den Hebel nieder.

Mitten in der neuen Memo-Halle mit ihren vielen Bildschirmen und sonstigen Nachrichtengeräten stand der Gitterkäfig des Empfängers. Er strahlte ein grünliches Licht aus. Dann wurde das Licht plötzlich blutrot – und erlosch.

Die drei Mutanten streckten sich und lagen wie erstarrt.

Frasbur lächelte, als er die Hand vom Hebel nahm. Es war ein kaltes Lächeln, das keinerlei Mitgefühl verriet. Jene drei dort waren seine Gegner, und er würde sie töten, wenn sie ihm Schwierigkeiten bereiteten.

Er öffnete den Käfig und trat ein. Die Augen seiner Gefangenen waren weit geöffnet.

Frasbur blickte sie überlegen lächelnd an.

„So sieht man sich wieder", sagte er höhnisch zu den Wellensprintern. „Damit habt ihr wohl nicht gerechnet. Ihr seid in meiner Hand, denn in eurem jetzigen Zustand versagen eure Fähigkeiten. Der Spezialtransmitter hat bei der Transmission die Parasektoren eurer Gehirne desaktiviert und euch in eine inaktive Starre versetzt, die nur ich wieder aufheben kann. Eure Körper sind paralysiert. Aber ich weiß, daß euer Geist wieder funktioniert und ihr mich hören könnt. Ich glaube, wir werden noch eine angenehme Zeit miteinander verbringen."

Mit einem zynischen Lachen verließ er den Käfig, ohne ihn abzusperren. Er wußte, daß das nicht notwendig war. Die drei Männer konnten nicht entkommen. Erst wenn er sie entsprechend in Behandlung nahm, konnte er die Lähmung beseitigen.

Aber das hatte noch Zeit.

Er ging zu der Wand mit den Bildschirmen und setzte sich vor die komplizierten Kontrollen. Geübt glitten seine Hände über die Tasten und Schalter. Der größte der Schirme begann matt zu glühen. Farbige Muster huschten darüber hinweg, bis sich ein Bild zu formen begann.

Und dann erschien ein Gesicht auf dem Schirm.

Es war ein hartes und befehlsgewohntes Gesicht. Die fast weißen Haare waren dicht und lagen straff zurückgekämmt. In den Augen schimmerte ein kalter Glanz. Die Farbe der Haut war hellbraun.

Eine Kette um den Hals verriet, daß der Mann einen Zellaktivator trug. Er war unsterblich. Er war ein Meister der Insel.

Während Frasbur berichtete, versuchte Tako sich zu bewegen. Aus den Augenwinkeln heraus konnte er den Bildschirm und das Gesicht des Meisters sehen, aber die Unterhaltung wurde so leise geführt, daß er kein Wort von dem verstand, was Frasbur und sein Auftraggeber aus der Zukunft sprachen.

Jede Bewegung seiner Glieder war unmöglich. Nur die Stellung der Pupillen ließ sich verändern. Tako lag zwischen Tronar und Rakal. Die Zwillinge rührten sich nicht. Tako wußte nicht einmal, ob sie noch lebten.

Er konnte hören, sehen und denken, mehr nicht. Im Augenblick mußte er damit zufrieden sein.

Trotz Frasburs Warnung versuchte er, sich auf einen kurzen Teleportersprung zu konzentrieren, aber es war vergeblich. Er war so hilfslos wie ein neugeborenes Kind.

Drüben an der Wand erlosch der Bildschirm. Frasbur erhob sich und kam zum Gitter zurück. Er betrachtete seine Gefangenen. Seine Miene zeigte Verwunderung, vermischt mit Unbehagen.

„Ihr müßt noch gefährlicher sein, als ich annahm. Unangenehm für euch, aber an sich angenehm für mich. Ihr bleibt in eurem geschockten Zustand, bis ihr von den Meistern selbst verhört werdet. Schätzt euch glücklich! Sie machen viel Umstände mit euch. Tut mir leid, aber ihr werdet euch noch gedulden müssen, bis das Schiff euch abholt." Er verschloß die Gittertür und kehrte zu den Nachrichtenkontrollen zurück, um seine Anweisungen zu geben.

Die gelbe Sonne hinter dem Heck des Moskitos wurde zu einem kleinen Stern, als Kasom beschleunigte. Vorerst blieb er noch unter der Lichtgeschwindigkeit, um mit den Ortern den Raum abzusuchen. Was er sah, wirkte nicht gerade beruhigend.

„Flottenaufgebote, als ginge es darum, zwanzig Sonnensysteme zu erobern", knurrte er.

Lemy war aus Guckys Brusttasche gekrochen und saß auf seinem Bauch. Er trug immer noch seinen Spezialanzug, hatte aber den Helm geöffnet.

„Es wird uns verdammt schwerfallen, da unbemerkt durchzukommen." Er schlug sich auf die winzige Brust. „Mit meiner HELLTIGER wäre es mir gelungen!"

„Mit der Zigarre!" Gucky kicherte belustigt. „Ein Schiff, drei Meter lang! Irgend jemand hätte dich entdeckt und an die Wand geworfen, Kleiner."

„Streitet euch nicht", rief Kasom gutmütig. „Außerdem stimmt es, was Lemy sagt. Je kleiner ein Schiff ist, desto schwerer ist es zu orten."

„Außerdem gibt es im Weltraum keine Wände, gegen die man ein Schiff werfen könnte", erklärte Lemy und schickte dem Mausbiber einen triumphierenden Blick zu.

Für kurze Zeit ging Kasom in den Linearraum, und als er ins Einsteinuniversum zurückkehrte, war die Sonne Orbon nur noch zwei Lichtwochen entfernt. Auf den Orterschirmen waren so viel Impulsflecke, daß kein freier Platz mehr blieb. Mit freiem Auge war dagegen nichts zu erkennen, obwohl der Blick aus der Kuppel nach allen Seiten frei war.

Kasom schaltete den Hyperfunkempfänger ein. Auf fast allen Wellen der Lemurer herrschte Hochbetrieb. Verschlüsselte Botschaften gingen hin und her, dazwischen kamen gut verständliche Klartexte in der Sprache der Tefroder. Viel war mit ihnen nicht anzufangen, und sie hatten nichts mit den vermißten Mutanten zu tun.

Nach einem neuerlichen Linearflug stieß Kasom mit ausgeschaltetem Antrieb direkt in das Orbon-System hinein und flog genau auf

Kahalo zu. Eine Ortung würde nun für die Schiffe der Lemurer sehr schwer sein, denn der Moskito war im Vergleich zum umgebenden Raum so winzig, daß er kaum noch zu entdecken war.

„Entfernung von Kahalo drei Lichtstunden“, las Kason von den Kontrollen ab. „Wir fliegen mit halber Lichtgeschwindigkeit.“

„Kriecherei!“ meckerte Gucky, ohne es ernst zu meinen.

Die Flottenansammlungen der Lemurer bewegten sich relativ langsam und schienen innerhalb des Systems den Planeten Kahalo zu umkreisen. Es war so gut wie sicher, daß ein größeres Schiff diese Absperrung niemals unbemerkt passieren konnte.

Aber der Moskito war kein großes Schiff.

Er war eine Mücke unter Hornissen. Aber ebenso gefährlich.

Unbewußt fast berührten Kasoms riesige Hände die Kontrollen der beiden starr eingebauten Geschütze. Allein ihre Existenz verlieh ihm Sicherheit und Selbstvertrauen.

„Vielleicht kannst du telepathisch Kontakt mit ihnen aufnehmen“, schlug Lemy vor, der an die vermißten Mutanten dachte. „Du kennst doch ihre Gedankenmuster.“

„Die der Zwillinge sind so markant, daß ich sie sofort unter Milliarden Schwingungen herausfinden würde“, sagt Gucky stolz. „Auch über ein paar Lichtstunden hinweg. Aber bis jetzt habe ich noch nichts auffangen können. Entweder sind sie tot – oder schon weg.“

„Weg? Was meinst du?“ fragte Kasom.

„Wenn Frasbur sie geschnappt hat, Dicker, hat er sie in ein Schiff gesteckt und zum Andromedanebel verfrachtet, zurück in die Realzeit. Aber dann soll dieser Frasbur was erleben!“

„Erst müssen wir ihn haben!“

„Kasom hat recht“, stimmte auch Lemy zu. „Und erst muß Frasbur die Mutanten haben. Ich glaube nicht, daß sie sich so leicht fangen lassen. Also such weiter, Gucky!“

Gucky schloß die Augen und lehnte sich zurück.

Und dann zuckte er plötzlich zusammen und richtete sich auf.

Frasburs neue Memo-Halle war so angelegt worden, daß sie dicht unter dem Südpol neben den unterirdischen Hangars eines Raumhafens lag. Zwischen den Hangars und der Memo-Halle gab es keine direkte Verbindung. Wenn Frasbur zum Raumhafen wollte, um seine Anweisungen zu geben, mußte er sein Versteck verlassen, das durch kampfkräftige Spezialroboter bewacht wurde. Ein Antigravlift brachte ihn zur Oberfläche empor. Hinter ihm schloß sich der positronisch gesicherte Eingang, der nur auf sein Gehirnwellenmuster ansprach. Einen Schutzschirm oder ein Energiegitter hielt Frasbur für unnötig.

Das war der einzige Fehler, den er gemacht hatte.

Er warf einen letzten Blick auf seine Gefangenen, die er in der Obhut von drei Robotern zurückließ, und verließ die Memo-Halle. Ein Transportband brachte ihn zum Lift. Der Korridor war hell erleuchtet, rechts und links zweigten die Türen zu anderen Hallen ab.

Als sich oben an der Oberfläche der Eingang hinter ihm schloß, atmete Frasbur auf. Er war froh, wieder frische Luft atmen zu können. Der Flugwagen wartete auf ihn. Er stieg ein und stellte die Kontrollen. Geräuschlos fast erhob sich das Gefährt vom Boden und glitt in geringer Höhe auf den nur wenige Kilometer entfernten Raumhafen zu.

Die Wachposten vor dem Militärkommando salutierten, als Frasbur passierte. Er hatte nicht einmal einen Blick für sie übrig. So schnell er konnte, suchte er den Admiral auf, der gemeinsam mit Admiral Hakhat die Verteidigung des Kahalo-Sektors leitete.

Der Lemurer sah erstaunt auf, als Frasbur eintrat.

„Ich benötige sofort ein kleineres Schiff mit wenig Besatzung“, sagte der Zeitagent, ohne auf eine Frage des Admirals zu warten. „Sorgen Sie dafür, daß es in einer Stunde startbereit ist. Dringende Fracht nach Andromeda.“

Der Admiral, die Bevormundung durch den angeblichen Tamrat von der Erde gewohnt, nickte nur.

„Sie können sich darauf verlassen.“

Frasbur nickte und kehrte zu seiner Station zurück.

Tako, Tronar und Rakel lagen noch immer in dem Gitterkäfig des Transmitters, ohne sich rühren zu können.

„Das müssen die Zwillinge sein“, sagte Gucky triumphierend. „Die Impulse sind klar und deutlich – trotzdem werde ich aus ihnen nicht ganz schlau. Was hat das alles mit einem Transmitter zu tun? Und bewegen können sie sich auch nicht.“

Kasom drehte sich um. Sein Gesicht war ernst und drückte Besorgnis aus.

„Konzentriere dich, Gucky! Sind sie gefangen?"

„Scheint so."

Der Mausbiber versuchte, Kahalo mit dem bloßen Auge zu entdecken, aber es gelang ihm nicht. Der Planet war noch zu weit entfernt.

„Wir müssen näher heran, damit ich die Impulse anpeilen kann."

„Willst du teleportieren?"

„Willst du vielleicht um Landeerlaubnis bitten?" lautete die Gegenfrage.

Kasom sah auf die Kontrollen, aber er rührte sich nicht. Antriebslos fiel der Moskitojäger auf Kahalo.

Er wollte auf keinen Fall jetzt das Risiko eingehen, im letzten Augenblick geortet zu werden.

„Sie sind in den Händen Frasburs", sagte Gucky plötzlich. „Jetzt habe ich auch Tako. Sie liegen in einem Transmitter und sind gelähmt. Frasbur hat den Befehl erhalten, sie nach Andromeda zu bringen."

Lemy fragte:

„Wann?"

„Weiß ich nicht, aber sicher bald. Tronar ist verzweifelt, weil er hilflos ist. Tako fühlt sich auch nicht gerade sehr wohl. Und Rakal möchte diesem Frasbur am liebsten das Genick brechen, wenn er könnte.

Ich glaube, wir müssen uns beeilen. Bleibe auf diesem Kurs, ohne ihn zu ändern. Ich werde nach Kahalo teleportieren."

„Richtung?"

„Ist klar. Die Impulse der drei Mutanten sind stark genug, um als Peilung zu dienen. Lemy, würdest du die Güte besitzen, aus meiner Tasche zu verschwinden?"

Lemy rührte sich nicht.

„Ich komme natürlich mit", sagte er schrill.

Gucky schnappte nach Luft.

„Mitkommen? Wohl größenwahnsinnig, was? Das ist eine Arbeit für Männer, nicht für Wichtelmänner."

„Bist du vielleicht ein Mann?" erkundigte sich Lemy höhnisch.

Kasom vermittelte, ohne Bildschirme und Kontrollen aus den Augen zu lassen.

„Streitet euch nicht. Wenn ihr schon keine anderen Sorgen habt, dann denkt wenigstens an die gefangenen Mutanten. Jede Minute ist kostbar. Nimm Lemy mit, Gucky."

„Aber wenn ihm jemand versehentlich auf die Füßte tritt, ist das nicht meine Schuld. Ich muß auf meine eigenen aufpassen."

Lemy rutschte beruhigt in die Brusttasche Guckys zurück. Er schloß den Helm seines Spezialanzuges. Mit vor der Brust gekreuzten Armen wartete er auf die Entmaterialisation.

Noch einmal konzentrierte sich Gucky auf die Gedankenimpulse der drei Mutanten, peilte einen Ort an, der fünfzig Meter daneben lag – und sprang.

Der Roboter Frasburs, der gerade quer durch die Energiestation ging, hätte den plötzlich rematerialisierten Mausbiber beinahe umgerannt. Im letzten Augenblick blieb er stehen, denn sein positronisches Gehirn erkannte die Gefahr sofort. Es registrierte Gucky als Eindringling, und da es auch zu seinen Aufgaben gehörte, die Memo-Halle zu schützen, handelte er im Bruchteil einer Sekunde.

Seine kräftigen Metallarme packten zu und hielten Gucky fest.

Lemy konnte sich im letzten Augenblick in die Tasche hineindukken, sonst wäre er zerquetscht worden. Er öffnete den Helm, um nicht mehr von der Außenwelt abgeschlossen zu sein.

Wenn Gucky doch endlich wieder teleportieren würde!

Aber Gucky dachte nicht daran, so einfach wieder zu verschwinden. Außerdem brauchte niemand zu wissen, über welche Fähigkeiten er verfügte.

Telekinese!

Es war schon lange her, daß Gucky mit einem Roboter „gespielt" hatte. In der augenblicklichen Lage war das auch gar nicht so einfach, denn das Wesen aus Metall hielt ihn fest. Auf die Teleportation verzichtete Gucky nicht nur wegen der Enthüllung seines Geheimnisses, sondern auch schon deshalb, weil er nicht wußte, wohin. Da war der Versuch günstiger, mit dem Roboter fertig zu werden.

Er konzentrierte sich auf den Gegner und setzte seine telekinetische Energie auf die beiden Greifarme an. Was dann geschah, schien mit Zeitlupe aufgenommen worden zu sein. Die Arme des Roboters wurden von einer unsichtbaren Kraft auseinandergeschoben. Die Greifklauen ließen Guckys Körper los, wohl mehr aus

Überraschung. Gucky registrierte verwundert, daß der Roboter so etwas empfinden konnte.

Kaum war Gucky frei, trat er einen Schritt zurück. Nun konnte er seine Fähigkeiten ohne Gefahr für sich selbst einsetzen. Das bekam der Roboter dann auch zu spüren.

Er wurde plötzlich schwerelos und verlor den Boden unter den Füßen.

Gucky hatte erst jetzt Gelegenheit, sich die Umgebung näher anzusehen. Mächtige Generatoren standen auf dem Betonboden. Leitern machten das Emporsteigen und Kontrollieren leichter. Ein ständiges Summen erfüllte die Halle, die durch eine Metalltür von der Außenwelt abgeschlossen war. Im Hintergrund erkannte Gucky eine Bewegung.

„Andere Roboter", wisperte Lemy vorsichtig, obwohl sein dünnes Stimmchen das Summen der Maschinen kaum übertönen konnte.

„Werden wir erst mit diesem hier fertig", meinte Gucky und kümmerte sich wieder um sein Opfer.

Der Roboter schwebte in drei Metern Höhe und bewegte schwerfällig Arme und Füße. Es war nicht zu erkennen, ob er eine eigene Sendeanlage besaß.

„Hoffentlich ist die Wand stark genug", dachte Gucky.

Der Robot „nahm Anlauf", wie Gucky sich später bei der Schilderung seiner Abenteuer ausdrückte. Er segelte mit ziemlicher Beschleunigung quer durch die Halle und krachte dann mit voller Wucht gegen die Betonmauer. Steinbrocken flogen meterweit, während Metall mit hartem Knirschen zerbrach. Dann erfolgte ein fürchterlicher Krach, als der Roboter – von Guckys unsichtbaren Kräften losgelassen – auf den Boden stürzte. Eine Linse zerbrach. Kraftlos blieben die Arme in der Stellung, in der sie zuletzt waren.

Der Roboter war zerstört.

Aber die anderen hatten den Vorfall bemerkt.

„Vielleicht ist es besser, wir verschwinden hier", sagter Lemy, der vorsichtshalber noch in der Brusttasche saß. „Warum sollen wir uns mit Robotern herumschlagen, wenn es wichtigere Dinge zu erledigen gibt?"

Das sah Gucky ein.

Er sah, wie zwei Reparaturmaschinen herbeigeeilt kamen, konzentrierte sich auf den Gang, der hinter der Tür sein mußte, und sprang.

Der Gang war hellerleuchtet. Da die Gefangenen nach Guckys Schätzung links sein mußten, überlegte er nicht lange. Er marschierte nach links.

„Vielleicht ist es besser, wenn du dich jetzt selbständig machst", sagte er zu Lemy. „Wenn ich in eine Falle gerate, bist du immer noch die letzte Rettung. Schalte den Deflektor ein und mache dich unsichtbar."

„Einverstanden. Aber sorge dafür, daß ich nicht allein auf dem Gang bleibe. Das würde uns auch nicht viel nützen. Laß die Tür so lange auf, daß ich durchschlüpfen kann."

Gucky nickte. Er sah auf die Tür. Sie bildete den Abschluß des Korridors. Dahinter waren die Gefangenen.

Und Frasbur.

Die Gedanken Takos waren voller Verzweiflung, denn er ahnte nicht, wie nahe die Rettung schon war. Tronar und Rakal schienen etwas ruhiger zu sein. aber das lag wohl daran, daß sie müde waren.

Gucky empfing Frasburs Gehirnimpulse. Die Gedanken selbst blieben ihm jedoch verborgen. Der Zeitagent verfügte über einen starken Mentalblock, der es einem Telepathen unmöglich machte, seine Gedankeninhalte zu erfassen. Alles, was Gucky empfangen konnte, war ein undefinierbares Konglomerat aus Gefühlsimpulsen.

Frasbur fühlte sich sicher. Er traf die letzten Vorbereitungen zu seinem Flug nach Andromeda – und in die Realzeit.

Gucky stand vor der Tür.

„In genau zehn Sekunden öffne ich sie. Geh du zuerst hinein, Lemy Und behalte Frasbur im Auge. Der Mann ist gefährlich. Sobald er mich erledigen will, kannst du ihn betäuben. Nimm den Schocker. Vergiß nicht, Rhodan will ihn lebend."

„Den haben wir gleich", versprach Lemy leichthin.

Gucky betrachtete die Tür. Das Schloß war elektronisch gesichert, aber das bedeutete kein Problem. Ohne es überhaupt anzurühren, öffnete der Mausbiber telekinetisch den komplizierten Mechanismus, und die Tür ging nach innen auf.

Lemy, inzwischen unsichtbar geworden durch den Deflektorschirm, huschte über die Schwelle und sah als erstes den Transmitterkäfig mit den drei Gefangenen. Sie lagen immer noch wie tot auf dem Boden. Da Lemy nicht gesehen werden konnte, ließ er sich Zeit, Frasbur zu erledigen.

Er ließ sich einige Sekunden zuviel Zeit.

Frasbur bemerkte sofort das Öffnen der Tür. Niemand außer ihm konnte die Tür zum Kommunikationszentrum öffnen, es sei denn, er gab einem Roboter den Befehl dazu. Frasbur mußte also in derselben Sekunde mit Sicherheit wissen, daß ein Unbefugter sich näherte.

Lemy sah er natürlich nicht, aber er handelte, noch ehe Gucky die Memo-Halle betreten konnte.

Mit einem Handgriff schaltete Frasbur seinen Individualschirm ein, der ihn völlig umgab und von allen Außenwelteinflüssen abschloß.

Als Gucky Frasbur erblickte, wußte er, daß er um Sekunden zu spät gekommen war.

Kasom wußte, welches Risiko er einging. Aber er hielt es für besser, auf Kahalo zu landen und zu warten, als sich der Ortungsgefahr im Raum auszusetzen. Außerdem hätte er die Geschwindigkeit noch weiter drosseln müssen, was die Gefahr der Entdeckung erheblich vergrößerte.

Er passierte einen Wachverband in großer Entfernung, ohne gesehen zu werden.

Kasom war vorsichtig genug, die Hände in der Nähe der wichtigsten Kontrollen zu lassen. Innerhalb weniger Sekunden konnte er den Antrieb einschalten und das Schiff beschleunigen. Es war unwahrscheinlich, daß ihn dann noch jemand einholen würde.

Der Flottenverband blieb zurück.

Nach einer Stunde wurde Kahalo sichtbar, ein kleiner Stern im Gewimmel des Zentrumskerns. Die Sonne selbst stand rechts. Kasom ortete immer mehr Schiffe der Lemurer, aber eins von ihnen kam so nahe, daß es eine akute Gefahr darstellte. Er hatte längst mit der Rückkehr Guckys gerechnet, aber der Mausbiber meldete sich nicht.

Vielleicht war etwas schiefgegangen.

Das bestärkte ihn in seinem Entschluß.

Es spielte keine Rolle, wo er landete. Von Gucky wußte er nur, daß die alte Memo-Halle nicht mehr existierte – Tako hatte flüchtig daran gedacht, als Gucky seine Gedankenimpulse auffing. Wo das neue Versteck allerdings gelegen war, hatte auch Tako nicht gewußt.

Antriebslos fiel der Moskito-Jet Kahalo entgegen. Nur ab und zu wurden die Korrekturdüsen eingeschaltet, um den überall patrouillierenden Wachschiffen auszuweichen. Entweder entging der Moskito jeder Ortung, oder aber die Lemurer hielten das Schiff tatsächlich für einen Meteoriten, die hier im Zentrumsbereich der Galaxis keine Seltenheit waren. Jedenfalls erreichte Kasom schließlich unbehelligt die Nachtseite des Planeten. Erst hier wagte er es, den Antrieb zu aktivieren und auf minimale Leistung zu schalten.

In geringer Höhe strich der Jet über unbesiedeltes Gebiet und wich den erleuchteten Städten und Fabrikanlagen aus. Rein durch Zufall wandte Kasom sich nach Süden. Nicht weit vom Südpol entfernt entdeckte er einen mäßig hohen Gebirgszug, kahl und ohne jede Vegetation. Allerdings schien hier noch die Sonne. Sie stand dicht über dem Horizont.

Er fand ein kleines und fast rundes Tal, das von steilen Gebirgshängen eingeschlossen war. Die überhängenden Felsen boten Schutz gegen Sicht von oben, und landen würde hier wohl kaum jemand. Wenigstens nicht ohne zwingenden Grund.

Der Moskito schwebte mit Hilfe der Antigravfelder unter die Felsüberhänge und setzte auf. Kasom schaltete den Antrieb aus. Nun war er vor jeder Ortung sicher. Er atmete auf und hoffte, daß Gucky, wenn es soweit war, seine Gedankenimpulse aufnahm. Er würde ihn zwar noch im Raum vermuten, aber bei Telepathie spielten weder die Entfernung noch die Richtung eine entscheidende Rolle.

Allerdings durfte Kasom nicht einschlafen.

Er aß eine Kleinigkeit, dann verließ er die Kabine unbd machte einen Spaziergang durch das Tal. Die Luft war klar und rein. Spärliches Gras war die einzige Vegetation. Die Ruhe tat gut.

Kasom dachte ununterbrochen an Gucky.

So würde es für den Mausbiber leichter sein, ihn aufzuspüren.

6.

Frasbur war ein Mann von außerordentlicher Reaktionsschnelligkeit.

Er hatte Gucky noch nie gesehen, aber er ahnte sofort, daß er zu den Terranern gehörte, die ihm soviel Ungelegenheiten bereiteten. Auf keinen Fall beging er den Fehler, den Mausbiber, dessen Fähigkeiten ihm noch unbekannt waren, zu unterschätzen. Aber da Gucky hier in der Memo-Halle aufgetaucht war, mußte er zumindest ein Teleporter sein.

Lemy Danger sah er nicht.

Gucky besaß ebenfalls eine sehr kurze Reaktionszeit. Noch ehe Frasbur zur Waffe greifen konnte, hatte er den Helm geschlossen und den eigenen Schutzschirm eingeschaltet. Automatisch schaltete sich der Minikom ein.

„Frasbur, wenn ich nicht irre. Wenn den drei Männern dort im Käfig etwas passiert ist, werden Sie Ihr blaues Wunder erleben. So kann es sein, daß wir Sie am Leben lassen."

Frasbur verstand jedes Wort, denn Gucky sprach Tefrodisch. Und Frasbur war ein Tefroder der Realzeit, kein Lemurer oder Duplo.

Er machte einige Schritte zur Seite, bis er neben dem Transmitterkäfig stand.

Ohne es zu wissen, hätte er dabei fast auf den unsichtbaren Lemy getreten, der hastig zur Seite wich.

„Die Gefangenen werden nicht durch einen Schirm geschützt. Ich könnte sie jetzt ohne Schwierigkeiten töten, ohne daß mich jemand daran zu hindern vermöchte. Ist das eine Basis für Verhandlungen?"

Es war eine Basis, das mußte auch Gucky zugeben.

„Der Tod der Gefangenen würde Ihnen wenig nützen, den Meistern schon gar nicht. Im Gegenteil: Sie bekämen eine Menge Ärger, von dem mit mir einmal ganz abgesehen."

„Was also wollen Sie von mir?"

„Geben Sie die Gefangenen frei, dann lassen wir Sie in Ruhe."

Frasbur lachte.

„Sie stellen Bedingungen, obwohl ich in der besseren Position bin?"

„Der äußere Schein trügt, Frasbur. Sie sind nicht in der besseren Position, aber Sie können nicht verlangen, daß ich meine Trümpfe auf den Tisch lege. Ich versichere Ihnen jedoch, daß Sie nicht heil aus Ihrem Versteck herauskommen, Individualschirm oder nicht."

„Sie bluffen."

Gucky blieb äußerlich ruhig. Er wußte, was auf dem Spiel stand. Eine unvorsichtige Bemerkung oder Bewegung, und Frasbur konnte Tako, Tronar oder Rakal töten. Niemand konnte ihn daran hindern. Es gab nur eine einzige Möglichkeit, dem Zeitagenten beizukommen.

Man mußte ihn dazu bringen, den Energieschirm abzuschalten, der ihn von der Außenwelt abschloß.

„An Ihrer Stelle wäre ich nicht so davon überzeugt“, erklärte Gucky.

Frasbur sah auf seine drei Gefangenen. Sie lagen noch immer unbeweglich da, konnten jedoch alles sehen und hören. Nur er, Frasbur, kannte die Methode, sie von dem Hyperschock zu befreien. Aber es würde ihm nicht einfallen, das zu tun.

„Wie wollen Sie mich dazu zwingen, den drei Terranern ihre Bewegungsfreiheit zurückzugeben? Glauben Sie, mit meinen Geräten umgehen zu können? Sie sind auf *mich* angewiesen, geben Sie es zu. Und darum werden Sie auf *meine* Bedingungen eingehen müssen.“

Innerlich kochte Gucky vor Wut, aber er beherrschte sich. Er würde Frasbur schon zu einer Unvorsichtigkeit verleiten, wenn er genügend Geduld aufbrachte.

Frasbur ging zu der großen Kontrollwand mit den Fernsehschirmen und Nachrichtengeräten. Er drückte auf einen Knopf, ohne sich um Guckys Warnung zu kümmern. Er wußte, daß man ihm nichts anhaben konnte.

Eine mechanisch klingende Stimme meldete sich.

„Ihre Befehle, Herr.“

Frasbur lächelte kalt, als er zu dem Roboter sagte:

„Ich bin in der Memo-Halle überfallen worden. Alle Ausgänge sind sofort zu verschließen und zu bewachen. Niemand darf hinausgelassen werden außer mir. Zehn Kampfrobots sofort in die Memo-Halle. Der Eindringling ist zu vernichten.“

Er schaltete ab und drehte sich um.

„Nun?“

Energieschirme, dachte Gucky, sind eine zweischneidige Angelegenheit. Frasbur konnte die Anlage betätigen, ohne den Schirm abzuschalten. Impulsstrahlen drangen von innen nach außen, aber niemals umgekehrt.

„Abwarten“, sagte er ruhig. „Da ist etwas, das Sie vergessen.“

Dann machte er einen gewaltigen Satz, als die Tür aufgestoßen wurde und die Wachroboter in die Memo-Halle eindrangen. Sie eröffneten sofort das Feuer auf den Mausbiber.

Gucky handelte blitzschnell und genau nach Plan. Er setzte seine telekinetische Fähigkeit ein.

Selbst ein starker Individualschirm erträgt nur eine ganz bestimmte Belastung, dann bricht er zusammen.

Die Impulsstrahlen der Roboter irrten völlig sinnlos in der Halle umher und fanden kein Ziel. Die unsichtbare Kraft Guckys zwang ihre Waffenarme in eine andere Richtung, aber es dauerte doch fast zwei Minuten, bis er alle zehn Roboter unter telekinetischer Kontrolle hatte. Er mußte sich stark konzentrieren und noch dabei aufpassen, daß nicht ein verirrter Strahl den Gitterkäfig mit den hilflosen Mutanten traf.

Dann aber konzentrierten sich die zehn Impulsstrahler auf ihr befohlenes Ziel.

Auf Frasburs Schutzschirm.

Der Zeitagent war so verblüfft, daß er beinahe nicht schnell genug begriff. Sein Gehirn arbeitete und erkannte die Art der Gefahr. Ein Telekinet! Ein Telekinet, der die Roboter dazu zwang, ihren eigenen Herrn anzugreifen.

Und zehn schwere Impulsstrahler waren auch für Frasburs Schirm zuviel.

Der Zeitagent duckte sich und raste durch die Reihen der Roboter hindurch, die nicht so schnell reagieren konnten, wie Gucky es gern gehabt hätte. Er erreichte die noch offenstehende Tür und lief auf den Korridor. Gucky konnte ihm nicht folgen, ohne sofort die Roboter auf dem Hals zu haben.

„Lemy, hinterher!“

Er wußte nicht, ob Lemy ihn gehört hatte, und sehen konnte er ihn auch nicht. Er konnte nur hoffen, daß der unsichtbare Siganese Frasbur verfolgte und nicht aus den Augen ließ.

Er mußte sich zuerst um die Roboter kümmern, die sich vergeblich gegen den telekinetischen Einfluß zur Wehr setzten. Aber auf die Dauer konnte auch ein so meisterhafter Telekinet wie Gucky keine zehn Gegner zugleich in Schach halten.

Auf dem Korridor waren schwere Schritte. Sie kamen schnell näher.

Und dann erschienen weitere fünf Kampfroboter in der Memo-Halle.

Nun wurde es ernst für den Mausbiber. Er mußte alle seine Fähigkeiten einsetzen, um nicht durch die bloße Übermacht erdrückt zu werden. Aber um keinen Preis der Welt hätte er sich jetzt in Sicherheit teleportiert und seine geschockten Freunde im Stich gelassen. Ob er wollte oder nicht, er mußte mit den Robotern fertig werden.

Die fünf Neuankömmlinge eröffneten das Feuer, aber dann erlebten sie eine Überraschung, mit der sie sicherlich nicht gerechnet hatten.

Sie gerieten in das Kreuzfeuer ihrer eigenen Kollegen. Und da sie keine Schutzschirme besaßen, war die Wirkung verheerend.

Sie waren innerhalb von nur zwanzig Sekunden aktionsunfähig oder gar vernichtet. Ihre Trümmer bedeckten den Boden der Halle und versperrten fast den Fluchtweg. Aber das war Guckys geringste Sorge im Augenblick.

Er hob zwei der verbliebenen zehn Roboter vom Boden ab und ließ sie mit voller Wucht in die anderen hineinkrachen. Es entstand ein fürchterliches Durcheinander, und die Impulsstrahlen fanden neue Ziele. Als sich Gucky ein wenig zurückzog, um neue Kräfte zu sammeln, erhoben sich nur noch vier Kampfroboter und rückten mit erhobenen Waffenarmen gegen ihn vor.

Gucky erwartete sie gelassen.

Frasbur eilte durch die Gänge, als sei der Teufel hinter ihm her.

So etwas Ähnliches war der Fall, aber der Zeitagent wußte es nicht. Lemy nämlich blieb ihm dicht auf den Fersen und wartete auf seine Gelegenheit.

Vorerst wartete er vergebens. Frasbur dachte nicht daran, seinen schützenden Energieschirm abzuschalten.

Der Zeitagent sah ein, daß er einen Fehler begangen hatte. Trotz aller Vorsicht hatte er seinen Gegner unterschätzt, aber wie hätte er auch wissen sollen, daß der kleine Fremde Teleporter *und* Telekinet zugleich war.

Dieser Gegner durfte ihm nicht entkommen.

Er mußte also die Memo-Halle hermetisch von der Oberfläche abschließen, damit die Gefangenen nicht entführt werden konnten.

Leider hatte er es versäumt, die neue Memo-Halle rechtzeitig mit Parafallen abzusichern. Ein gravierender Fehler, wie sich nun herausstellte. Aber er wußte, wo er sich Geräte zur Errichtung von Parafallen beschaffen konnte.

Und genau das war es auch, was Frasbur zu tun beabsichtigte.

Auf dem Gang begegnete er einigen Spezialrobotern. Er gab ihnen den Befehl, sich sofort um den Eindringling in der Memo-Halle zu kümmern, und eilte weiter.

Lemy blieb ihm auf den Fersen. Er hatte noch zusätzlich das Flugaggregat eingeschaltet, weil er nicht so schnell laufen konnte. So schwebte er geräuschlos und unsichtbar hinter Frasbur her, der nichts von dem unheimlichen Verfolger ahnte.

Der Zeitagent blieb einen Augenblick vor dem Antigravlift stehen, mit dem er vorher sein Versteck verlassen hatte und durch den er auch wieder zurückkehrte. Dann ging er weiter, langsamer diesmal. Er kam zum Ende des Korridors und blieb stehen.

Eine Metallwand war alles, was zu sehen war. Lemy war sofort überzeugt, daß es sich nicht um eine bloße Wand handelte, und schon die nächste Sekunde gab ihm recht.

Frasbur drückte mit dem Fuß auf eine verborgene Kontrolle, und schon schob sich die Geheimtür in die hohle Wand des Ganges. Eine Öffnung entstand, groß genug, um Frasbur durchzulassen.

Bevor sie sich wieder schließen konnte, war auch Lemy durch.

Der neue Gang war nur dürftig erleuchtet und viel schmaler. Frasbur hatte ihn anlegen lassen, um einen Fluchtweg zu besitzen, aber in erster Linie deshalb, um jederzeit unvermutet und unbeobachtet auf dem Raumhafen und in der lemurischen Verwaltung auftauchen zu können.

Lemy spürte den unebenen Boden nicht, aber er sah an den vorsichtigen Bewegungen Frasburs, daß der Gang nur selten benutzt wurde. Er wartete noch immer auf seine Gelegenheit und hoffte, daß sie bald kommen würde.

Sie kam, als Frasbur das Ende des Ganges erreichte.

Er stieg in den Antigravlift, der sich sofort nach oben in Bewegung setzte. Es wurde heller, und dann stand Frasbur in einer harmlos wirkenden Schutzhütte, wie es sie am Rand des Raumfeldes zu Dutzenden gab.

Die Scheinwerfer strahlten das Gelände an und tauchten es in taghelles Licht. In der Nähe patrouillierten Posten mit schußbereiter Waffe. Sie würden jeden anhalten, den Tamrat der Erde aber ungehindert passieren lassen. Frasbur wußte das und rechnete damit. Er durfte jetzt keine Zeit verlieren. Und wenn die Techniker schliefen, die für die Parafallen verantwortlich waren, mußte er sie eben wecken.

Allerdings konnte er nun nicht weiter im Schutz seines Individualschirmes herumlaufen, ohne Verdacht zu erregen. Er mußte ihn abschalten.

Er tat es noch in der kleinen Schutzhütte.

Lemy hatte längst seinen winzigen Strahler schußbereit gehalten. Er war so eingestellt, daß er einen Menschen nur lähmte, aber nicht tötete. Die Lähmung würde mehrere Stunden anhalten, wenn kein Gegenmittel injiziert wurde.

Frasbur brach wie vom Blitz gefällt zusammen, als das Paralysefeld ihn einhüllte. Zum Glück fiel er dabei nicht aus der Hütte hinaus, sondern blieb in ihrem Schutz liegen. Die Wachen auf dem Raumfeld bemerkten nichts.

Lemy überzeugte sich, daß der Gegner unschädlich war, dann dachte er konzentriert an Gucky und hoffte, daß der Mausbiber jetzt Zeit hatte, sich um ihn zu kümmern.

Er wartete.

Gucky lieferte den Robotern des Zeitagenten eine erbitterte Schlacht.

Heimlich tat es ihm leid, außer den drei gelähmten Mutanten keine Zeugen zu haben, denn seiner Meinung nach war dieser Kampf es wert, in die Annalen der Menschheitsgeschichte aufgenommen zu werden. Es begann sogar, ihm Spaß zu machen.

Der Boden der Memo-Halle glich einem Trümmerfeld nach einem Bombenangriff. Dazwischen regte sich ab und zu noch ein Metallteil, aber das war auch alles. Jeder Roboter, der von nun an die Halle betrat, wurde sofort von Gucky durch eigenen Beschuß oder durch Telekinese vernichtet.

Und dann kam keiner mehr.

Gucky verschloß die Tür. Er konnte jetzt sicher sein, daß es in der unterirdischen Anlage so gut wie keine Roboter mehr gab. Er ging zum Käfig und sah auf die drei reglosen Gestalten hinab.

„Ihr könnt denken, also könnt ihr mir auch antworten. Seid ihr soweit in Ordnung? Irgendwelche Schäden?“

Tako antwortete für sie alle.

Er dachte:

Alles in Ordnung. Unsere Sinne arbeiten normal, aber Nerven und

Muskeln sind gelähmt. Frasbur wollte uns zu den Meistern bringen. In einer Stunde. Bring uns hier fort, Gucky.

„Das ist leicht gesagt. Kasom und Redhorse warten auf uns. Lemy soll Frasbur erledigen. Ihr müßt raus aus der Starre, ehe wir uns in Sicherheit bringen. Sobald ich telepathischen Kontakt mit Lemy habe, werden wir weitersehen ..."

Er schwieg. Lemy rief ihn. Er hatte Frasbur gelähmt und wartete auf Hilfe.

„Ich bin gleich wieder da. Seid ohne Sorge, es dauert nicht lange."

Er peilte Lemys Standort an und teleportierte. Zehn Sekunden später rematerialisierte er wieder in der verwüsteten Memo-Halle. Er legte Frasbur auf den Boden und setzte den inzwischen wieder sichtbar gewordenen Lemy vorsichtig ab.

In Guckys Stimme war Genugtuung.

„Nun, Frasbur, was sagen Sie jetzt? Ihre Roboter sind alle verschrottet und nichts mehr wert. Ob die Nachrichtenverbindung zu Ihren Auftraggebern noch klappt, weiß ich nicht. Aber ich weiß, daß Sie sie kaum noch benötigen werden. Und jetzt möchte ich Sie bitten, die drei Gefangenen von ihrem Schock zu erlösen. Sind Sie dazu bereit?"

Frasbur konnte nicht antworten, aber er dachte.

Und er dachte ein klares, unmißverständliches NEIN.

Gucky nahm ihm die Geräte ab, die zur Erzeugung des Schutzschirmes dienten. Er nahm ihm überhaupt alles ab, was verdächtig erschien. Er ließ ihm nur die Uniform. Dann injizierte er ihm das Gegenmittel, und wenige Sekunden später war Frasbur wieder handlungsfähig. Aber das nützte ihm nicht viel. Lemy hielt seine Waffe ständig auf den Zeitagenten gerichtet.

Gucky wußte, daß es zwecklos war, auf telepathischem Weg etwas von Frasbur zu erfahren. Der Zeitagent würde seinen Mentalblock keinen Augenblick lang vernachlässigen. Dennoch mußte er irgendwie in Erfahrung bringen, wie die Lähmung der drei Freunde beseitigt werden konnte.

Der Mausbiber war – allen Unkenrufen zum Trotz – ein geschickter Psychologe. Er zog alle Register seiner psychologischen Argumentationskunst. Dabei bewegte er sich langsam im Raum auf und ab und berührte die verschiedenen Schalt- und Kontrollelemente, ohne diese jedoch zu aktivieren. Er beobachtete den Zeitagenten sehr genau und konzentrierte seine Parasinne auf dessen Gefühlsimpulse.

Gucky wußte aus den Gedanken seiner gelähmten Freunde, daß deren Inaktivität mit der Transmission zusammenhing. Er ahnte, daß diese Lähmung durch die Betätigung irgendeines Schalters innerhalb dieses Raumes aufgehoben werden konnte. Aber er hatte keine Ahnung, welcher dies sein könnte. Indem er auf den Zeitagenten einredete und der Reihe nach sämtliche Schaltungen berührte, hoffte er durch irgendein verräterisches Anzeichen – sei es ein Aufblitzen seiner Augen oder durch eine abrupte Gefühlserregung – den richtigen Schalter zu finden.

„Sie sind unser Gefangener, und ich verspreche, daß Ihnen nichts geschieht", sagte er und bewegte sich auf die Kontrolltafel des Transmitters zu. Sein Kampf gegen die Roboter hatte wie durch ein Wunder weder den Transmitterkäfig noch die Kontrollen beschädigt. Aus der Mitte der Kontrolltafel ragten zwei Hebel heraus, die sofort Guckys Argwohn weckten.

Er berührte den linken Hebel. In diesem Augenblick geschah das, worauf er gewartet hatte. Frasburs Gefühlspegel veränderte sich. Gucky glaubte, so etwas wie Triumph in seinen Impulsen zu verspüren. Da wußte er, daß er auf der richtigen Spur war – nur durfte er *diesen* Hebel nicht betätigen. Frasburs Triumphgefühle verrieten ihm, daß er dadurch seine Freunde auf das höchste gefährden würde.

Gucky tat, als ob er überlegen mußte – doch dann griff er entschlossen zum rechten Hebel und begann vorsichtig daran zu hantieren. Frasburs Triumphgefühl verschwand augenblicklich und machte einem Zustand Platz, den Gucky eindeutig als Angst definierte.

Das ist er, durchzuckte es den Mausbiber.

„Ich nehme an, daß Sie mit diesem Hebel die Lähmung der drei Mutanten bewerkstelligt haben und auf demselben Weg wieder beseitigen können", sagte er triumphierend zu Frasbur.

Der Zeitagent blickte den Mausbiber an. In seinen Augen glomm unverhohlener Haß. Danach glitten seine Blicke zu dem Schalter und zu Guckys Hand, verweilten dort einen Augenblick lang und wanderten schließlich zu den drei Mutanten im Transmitterkäfig weiter. Dann fuhr er mit einem Fluch herum und wollte sich auf Gucky stürzen. Doch er kam nicht weit. Lemy Danger löste seine Waffe aus, und der Zeitagent fiel erneut paralysiert zu Boden.

Gucky wußte nun mit Sicherheit, daß er gewonnen hatte. Mit einem entschlossenen Ruck drückte er den Hebel nieder.

Der Transmitterkäfig begann bläulich zu leuchten. Tako bewegte sich als erster.

Sprechen kann ich noch nicht, aber es wird schon. Es war der richtige Hebel. Gott sei Dank! dachte er.

„Ich wußte es, sonst hätte ich es kaum gewagt. Achtung, ich schalte wieder ab. Hoffentlich hat es genügt."

Kaum war das Transmitterfeld ausgeschaltet, konnte Tako sprechen. Tronar und Rakel bewegten sich.

„Es geht wieder. Ich fürchtete schon, die Nachwirkung würde Stunden anhalten." Tako erhob sich langsam und zögernd. „Wie ein Wunder."

Gucky öffnete die Tür zum Transmitter.

„So, und jetzt wollen wir doch mal sehen, ob ich meinen Kursus als Hilfssanitäter umsonst gemacht habe. Bully behauptet immer, ich hätte dabei geschlafen, so ein Flegel ...!"

Kasom hatte seinen Spaziergang durch das Tal beendet und dabei ununterbrochen an Gucky gedacht. Er hatte sich einseitig mit ihm unterhalten und die Lage geschildert. Da er nicht wissen konnte, ob Gucky seine Gedankenimpulse auffing, hatte er die Geschichte wohl ein dutzendmal wiederholt. Er kannte sie nun fast auswendig.

Jetzt stand er am Höhleneingang und sah in das Tal hinab. Es war ein freundlicher Anblick. Darüber spannte sich zwar ein trüber Himmel, und die Sonne stand noch immer dicht über dem Horizont. Vom Tal aus war nur noch ihr Widerschein zu sehen.

Und dann war plötzlich hinter Kasoms Rücken ein Geräusch.

Er griff zur Waffe und drehte sich um.

Gucky grinste ihn vergnügt an.

„Na, Dicker, dir ist wohl langweilig geworden? Du denkst ja einen ganz schönen Blödsinn zusammen. Was haben eigentlich die Mädchen von Rajika mit unserem Auftrag zu tun ...?"

Kasom überhörte die Frage.

„Was ist mit den anderen? Wo ist Lemy? Habt ihr sie gefunden?"

„Alles in Ordnung, Kasom. Ich hole sie. Und dann bringen wir auch noch ein hübsches Paket mit, den Zeitagenten Frasbur. Du kannst inzwischen schon mal den Transmitter klarmachen. Sobald ich mit den anderen zurück bin, verlassen wir Kahalo."

Gucky teleportierte, ohne eine Antwort Kasoms abzuwarten.

Der Ertruser zuckte die Achseln und kehrte zum Moskito-Jet zurück. In der Zentrale angekommen, aktivierte er den Transmitter. Die grüne Kontrolleuchte zeigte ihm an, daß der Kontakt zum Empfänger an Bord der KC-1 hergestellt war. Im selben Augenblick würde Don Redhorse davon Kenntnis erhalten, daß das Kahalo-Einsatzteam in Kürze zurückkehren würde, und dementsprechende Vorbereitungen treffen.

Danach verließ Kasom wieder die Jet, um draußen auf Gucky zu warten. Die Zentrale war zu klein, um alle Personen gleichzeitig aufzunehmen, zumal der Transmitter zusätzlichen Raum beanspruchte. Gucky würde deshalb mit den anderen vor der Jet materialisieren.

Zuerst erschien Tako mit den Woolver-Zwillingen. Sie wirkten sichtlich erschöpft. Kurz darauf kam Gucky in Begleitung von Lemy Danger und Frasbur an.

„Das hätten wir", bemerkte der Mausbiber. „Nun können wir von hier verschwinden. Ich schlage vor, daß zuerst Tako und die Woolver-Zwillinge durch den Transmitter gehen."

Kasom erhob keinen Einwand. Nacheinander gingen Tako Kakuta und die beiden Wellensprinter an Bord des Moskitos und durchschritten den Transmitterbogen – um im selben Augenblick an Bord der KC-1 zu materialisieren.

Danach folgten Gucky mit dem Zeitagenten und Lemy Danger. Den Abschluß bildete Melbar Kasom. Zuvor jedoch aktivierte er die Vernichtungsschaltung des kleinen Raumschiffes.

Als der Ertruser an Bord der KC-1 aus dem Transmitter schritt, verglühte die auf Kahalo zurückgelassene Jet zu einem Klumpen geschmolzenen Metalls.

Don Redhorse war die Erleichterung über das erfolgreiche Unternehmen sichtlich anzusehen. Er gab den Startbefehl.

Die KC-1 verließ die Umlaufbahn der gelben Sonne und beschleunigte. Kurz darauf verschwand sie im Linearraum.

Einige Stunden später kam Redpoint in Sicht. Der rote Stern war mit bloßem Auge zu erkennen, als die KC-1 aus dem Linearflug kam und das Anflugmanöver eingeleitet wurde.

Frasbur lag in einer Kabine, mit Magnetklammern gefesselt. Er war wieder bei Bewußtsein, schwieg aber beharrlich auf alle Fragen. Tako, Rakal und Tronar hatten sich wieder ganz erholt und warteten mit Ungeduld darauf, Rhodan gegenübertreten zu können.

Die CREST kam in Sicht.

Eine der Luken war weit geöffnet, und die KC-1 konnte direkt in den Hangar hineinfliegen. Als die weite Halle sich mit Atemluft gefüllt hatte, gab Redhorse die Erlaubnis zum Verlassen des Schiffes.

Ausnahmsweise hielt sich Gucky diesmal an die Anordnungen. Zusammen mit den Zwillingen, Tako, Melbar und Lemy betrat er den Hangar und wartete, bis zwei Offiziere den gefangenen Frasbur brachten.

Der Zeitagent macht ein undurchdringliches Gesicht, doch seine Augen funkelten vor Wut.

Die Tür zum Innern der CREST glitt beiseite. Rhodan kam in den Hangar, einige Offiziere begleiteten ihn. Er begrüßte die Zurückgekehrten und sah dann lange Frasbur an. Aber er sagte kein Wort. Die Blicke der beiden Männer begegneten sich für Sekunden, dann senkte Frasbur den Kopf.

Rhodan drehte sich um.

„Bringen Sie ihn in eine der abgesicherten Kabinen. Wir reden später mit ihm."

7. *Atlan*

John Marshall, der Chef des Mutantenkorps, sah abgespannt und müde aus. Unter seinen Augen zeichneten sich dunkle Schatten ab.

Er war zum dritten Referat erschienen. Es ging um die Probleme, die sich mit der Anwesenheit des Zeitagenten Frasbur aufgeworfen hatten.

Gucky hatte sich auf einer gepolsterten Eckbank zusammengerollt und schlief. Sein empfindliches Nervensystem konnte den Strapazen nicht mehr lange gewachsen sein.

Perry Rhodan saß an der oberen Schmalseite des Konferenztisches. Wir befanden uns im Besprechungs- und Übertragungsraum III. Er lag in Höhe der Zentrale und konnte jederzeit leicht erreicht werden.

Außer den leitenden Schiffsoffizieren, dem Kommandanten, Oberst Cart Rudo, und dem Ersten Kosmonautischen Offizier, Oberstleutnant Brent Huise, waren die Wissenschaftler der CREST erschienen sowie Melbar Kasom und Icho Tolot.

Mehrere Mutanten, die sich an Bord befanden, hielten Frasbur, der in einer Spezialzelle der psychiatrischen Bordklinik ruhte und der der Meinung war, uns gründlich täuschen zu können, unter geistiger Beobachtung.

Die CREST III umkreiste auf einer engen Bahn die Riesensonne Redpoint. Die Kraftwerke des terranischen Flaggschiffes liefen auf Hochtouren, um die Energieschirme zu speisen, die die Gewalten der Sonne vom Schiff fernhielten.

Die fliegende Werft des Paddlers Malok, MA-genial, zweiundneunzig Kilometer durchmessend und in ihrer Scheibenform einunddreißig Kilometer hoch, flog hinter der CREST her.

Seit Frasburs Gefangennahme waren vier Tage vergangen. In dieser Zeit waren die Mutanten unaufhörlich damit beschäftigt gewesen, ihm seine Geheimnisse zu entreißen.

Ich blickte zu dem großen Wandbildschirm hinüber, auf dem die Zelle sichtbar war. Frasbur lag auf einem Pneumolager und mimte den Besinnungslosen. André Noir, der Hypno, saß auf einem Gliedersessel in seiner Nähe. Sonst war nichts Bemerkenswertes zu sehen.

Perry folgte meinem Blick und verzog das Gesicht. Es drückte Skepsis aus.

„Wenn das nur gutgeht", meinte er. „Fangen Sie an, John. Oder wünschen Sie vorher eine Erholungspause?"

Marshall winkte ab.

„Danke, nicht nötig. Wir können nicht lange unterbrechen. In spätestens zwei Stunden muß die Mentalbohrung fortgesetzt werden. Während dieser Zeit vertieft Noir den Hypnoblock und öffnet gleichzeitig weitere Ventile in Frasburs Gehirn."

„Mentalbohrung?“ wiederholte ich überrascht.

Der hochgewachsene Mann nickte. Nachdem er einen Schluck Kaffee aus dem Becher getrunken hatte, erklärte er:

„So nennen wir unser vorsichtiges Hineintasten in Frasburs Bewußtseinsinhalt. Er darf unter keinen Umständen bemerken, daß wir ihn durchsucht haben. Wir wissen nun mit absoluter Sicherheit, weshalb es nach seiner Einlieferung zu Spaltungsphänomenen kam. Es war ein hartes Stück Arbeit.“

Ich konnte mit Marshalls Fachausdrücken wenig anfangen. Die Mutanten waren mir immer noch etwas unheimlich – und nicht nur mir allein! Icho Tolot, der halutische Wissenschaftler, schaute aus seinen drei roten Kugelaugen starr auf den übersinnlich begabten Terraner.

„Frasbur gehört zweifellos zur Elite der Hilfsmannschaften, die von den Meistern der Insel beschäftigt werden. Er ist ein hochintelligenter und dazu mutiger Mann, der sich mit der Absicht trägt, uns ohne Rücksicht auf sein eigenes Leben in eine tödliche Falle zu locken. Deshalb schauspielert er seit vier Tagen Standardzeit. Er mimt den parapsychisch beeinflußten und mit einem ständig stärker werdenden Hypnoblock belasteten Mann, der mehr und mehr von seiner Widerstandskraft verliert. Frasburs Verhalten ist so geschickt, daß wir um ein Haar getäuscht worden wären. André stellte jedoch eine eigentümliche Schwingungsumlenkung in Frasburs aktivem Wachbewußtsein fest. Er korrigierte die Bahn und bot Gucky und mir somit Gelegenheit, vorsichtig den echten Bewußtseinsinhalt zu erfassen.“

„Den echten?“ fragte Perry zurück und beugte sich nach vorn. „Soll das heißen, daß Sie vorher einen unechten Inhalt aufnahmen?“

„Völlig richtig. Frasbur ist ein Mann, der aus der Realzeit stammt und keinen Beeinflussungsempfänger trägt wie gewöhnliche Duplos. Er ist ein echter Tefroder. Außerdem ist er Wissenschaftler und mit parapsychischen Effekten vertraut. Er besitzt einen sehr wirkungsvollen hypnosuggestiven Schirmblock, der ihn jedoch nicht zu einem willenlosen Sklaven macht, sondern zu einem gefährlichen Gegner. Frasbur ist in der Lage, den Block nach eigenem Ermessen zu öffnen oder ihn total zu schließen. Solange er ihn verschlossen hielt, waren wir machtlos. Dann hatte er jedoch unsere Absichten erkannt und begann mit dem Öffnen des Blocks. Zu diesem Zeitpunkt hakte André Noir ein. Das war vor zwei Tagen.“

Marshall nahm wieder einen Schluck Kaffee und trocknete sich die schweißnasse Stirn ab.

„Er ließ sozusagen tropfenweise einige Informationen hindurchsikkern, sprach sie stammelnd und mit schwerer Zunge aus und gab sich den Anschein, als wäre er nach unseren achtundvierzigstündigen Bemühungen zu einem von uns Beeinflußten geworden. Seitdem redet er immer häufiger, jedoch stets nur das, was er für richtig hält. Ihm ist unbekannt, daß wir ihn durchschaut haben. Außerdem weiß er nicht, daß wir seinen echten Gedanken- und Gedächtnisinhalt bereits zu neunzig Prozent erfaßt haben. Daraus ergeben sich wertvolle Details."

„Reden Sie endlich", forderte Perry ungeduldig. „Was will er Ihnen vorheucheln?"

„Das ist ja gerade das Phänomen! Er heuchelt uns nichts vor, sondern sagt die Wahrheit. Er spricht vom sechsten Planeten der Sonne Tanos, einem heißen Riesenstern. Dort soll sich ein bedeutender Stützpunkt der Meister der Insel befinden."

„Und das stimmt?" fiel ich erregt ein.

„Genau! Frasbur mischt die Wahrheit teuflisch geschickt mit seiner Planung, die natürlich auf die Vernichtung des Schiffes hinzielt. Seinen Angaben nach befindet sich in dem Stützpunkt ein großer Materietransmitter, mit dem es möglich sein soll, unter Umgehung des Justierungsplaneten Kahalo in den Sonnensechsecktransmitter einzudringen und den Transportsprung zum Andromedanebel zu überstehen. Das ist die einzige, ganz bewußte Lüge in seinen Aussagen. Es gibt natürlich keine Möglichkeit, direkt in den Sonnentransmitter einzusteigen, ohne sofort vernichtet zu werden."

Icho Tolot nickte. „Das ist richtig", dröhnte seine Stimme durch den Raum. „Ich hatte bereits vor mehr als zwei Monaten davor gewarnt, den direkten Weg, unter Umgehung Kahalos, zu benutzen, um nach Andromeda zu gelangen. Diese Warnung hat nichts an Gültigkeit verloren. Wir wissen nicht, zu welchem Zeitpunkt die Justierungsanlage auf Kahalo auf Senden geschaltet ist, so daß jeder Versuch in dieser Richtung ein tödliches Risiko bedeutet. Ich weiß, daß einige unter Ihnen an den August des Jahres 2400 denken, als die CREST unfreiwillig von den sechs Riesensonnen eingefangen und in das Twin-System abgestrahlt wurde. Damals war dies möglich, weil die Situation in der Realzeit sich von der in der Vergangenheit grundlegend unterscheidet. Es könnte durchaus sein, daß die Transmitterschaltungen auf Kahalo in dieser Zeit anders funktionieren. Bedenken Sie, daß es jetzt noch keine Zwischenstationen zwischen Andromeda und Milchstraße gibt."

Tolot verstummte und blickte die Männer der Reihe nach an.

Perry Rhodan seufzte.

„Sie haben zweifellos recht, Icho. Ich denke auch nicht daran, dieses Risiko einzugehen." Er wandte sich an Marshall. „Fahren Sie bitte mit Ihrem Bericht fort."

„Frasbur kennt natürlich unsere Wünsche. Er weiß, daß wir unbedingt nach Andromeda zurück wollen, um dort den Planeten Vario anzugreifen. Also ködert er uns mit Hinweisen auf ein Gerät, das den bisher verschlossenen Weg öffnen soll. Das ist aber – wie erwähnt – die einzige direkte Lüge. Alles andere stimmt oder wird lediglich verschwiegen. Mit diesem Verschweigen bestimmter Tatsachen kommen wir zum wichtigsten Punkt."

Marshall atmete schwer. Unser Chefarzt, Dr. Ralph Artur, beobachtete ihn besorgt. In dem Raum herrschte bedrückende Stille. Ich fühlte, daß die Entdeckung der Mutanten für unser Schicksal entscheidend war.

„Der Stützpunkt auf Tanos VI existiert tatsächlich. Es handelt sich um einen *Zwischenzeit-Transmitter,* mit dem man Zeitverschiebungen bis maximal fünfhundert Jahre durchführen kann. Die Sprünge können nur innerhalb der sogenannten *Relativzukunft* variiert werden. Darunter versteht Frasbur die Zeit vom Jahr 49 988 bis zum Jahr 49 488 vor Christi Geburt. Der Zeittransmitter läßt nur eine Zeitverschiebung innerhalb dieser Zeitspanne zu. Jemand, der sich vom Jahr 49 988 ins Jahr 49 488 versetzen läßt, kann anschließend wieder in diese Zeitepoche zurückkehren. Eine Versetzung in die Vergangenheit, die vor dem Jahr 49 988 liegt, ist nicht möglich. Die Anlage dient den Meistern der Insel und ihren Zeitagenten dazu, sich beliebig durch verschiedene Geschichtsepochen zu bewegen. Bedingung dafür ist, daß man erst einmal durch den Riesentransmitter von Vario zurückversetzt wird. Die Kenntnisse über diese Station haben wir aus Frasburs Gedächtnisinhalt ermittelt. Sie waren wertvoll. Der sogenannte Zwischenzeit-Transmitter ist eine der Tatsachen, die Frasbur verschwieg."

Ich war nicht sonderlich überrascht. Ich hatte damit gerechnet, daß die Meister der Insel Möglichkeiten besaßen, den Geschichtsverlauf des lemurischen Reiches auf diese Art und Weise zu beobachten.

„Und die zweite Tatsache?“ drängte Perry.

Marshall lachte. Seine Augen zeigten plötzlich wieder etwas Glanz.

„Wir sagten uns, Frasburs Täuschungsmanöver und seine verlockenden Hinweise auf den direkten Weg nach Andromeda könnten nur dann sinnvoll sein, wenn die Niederlassung auf Tanos VI die Möglichkeit besäße, die CREST zu vernichten. Frasbur denkt ständig daran, aber wir müssen noch einige Stunden oder Tage aufwenden, um ihm dieses Wissen auch noch zu entreißen, ohne daß er es bemerkt. Er hält sich für unüberwindbar. Fest steht bisher nur, daß auf der unbekannten Welt eine gewaltige kosmische Abwehrfestung existieren muß, die mit Sonnenenergie arbeitet. Frasbur will uns dorthin locken und unter Aufopferung seines Lebens die CREST ins Verderben lenken. Wenn dort mit jenen überlichtschnellen Zapfstrahlen gearbeitet wird, die auch die Zeittransmitter mit Energie versorgen, dürfte selbst unser HÜ-Schirm zusammenbrechen. Den Urgewalten einer Sonne sind die Kraftwerke der CREST nicht gewachsen. Frasbur weiß das. Ich habe die Absicht, ihn zu weiteren Aussagen zu verführen. Er ist bemüht, uns schnellstens in die Falle zu locken. Je mehr er spricht und je weiter er seinen Block öffnet, um so leichter gewinnen wir die letzten Erkenntnisse.

Das wäre an sich alles, was wir bisher ermitteln konnten. Augenblicklich sehe ich dafür aber noch keine praktische Nutzungsmöglichkeit.“

Er beendete seinen Vortrag und sah sich um. Perry schwieg verbissen und kaute auf seiner Unterlippe herum. Dann bemerkte er meinen Gesichtsausdruck.

Der hochintelligente Terraner, der außerdem so reaktionsschnell war wie sonst nur noch umweltangepaßte Giganten vom Range eines Melbar Kasom, wurde jählings aufmerksam.

Er betrachtete mich mit zusammengekniffenen Augen und zwang seine Finger, die nervös mit einem Schreibstift spielten, zur Ruhe.

„Nun Admiral – wie denkst *du* über die praktische Nutzungsmöglichkeit, die unser Freund John Marshall so negativ beurteilt? Hat *man* etwa wieder ein Plänchen ausgetüftelt?“

Ich lehnte mich in dem Sessel zurück und schaute intensiv auf den Bildschirm. Für Frasbur mußte es anstrengend sein, tagelang den halb bewußtlosen Mann zu schauspielern.

Rhodan wartete. Er kannte mich gut genug, um zu wissen, daß er mir eine Antwort nicht vorschnell entlocken konnte.

Der Gigant von Halut saß wie eine schwarze, vierarmige Statue auf seinem Luftkissen. Da Icho Tolot dreieinhalb Meter groß war, konnte er trotzdem noch bequem über den Tisch hinwegsehen.

„Ja, ich habe ein Plänchen ausgearbeitet“, gestand ich schließlich.

Perry zwang sich zu jenem unbeteiligten Gesichtsausdruck, den er immer zeigte, wenn er erregt war. Ich wunderte mich wieder einmal darüber, daß er nicht schon längst erkannt hatte, daß ihn jedermann gerade wegen dieser betont gleichmütigen Haltung durchschaute. Es gehörte zu seinen liebenswerten Schwächen.

„Atlan . . .!“ mahnte Perry.

„Ich habe nicht umsonst darauf gedrängt, den Tefroder tagelang zu verhören. Der Erfolg wird erkennbar. Marshall – Sie sollten ganz offen danach fragen, wo der Planet Tanos VI zu finden ist. Frasbur dürfte bereitwillig antworten. Wenn mich nicht alles täuscht, ist dieses Sonnensystem nicht sehr weit von der Erde entfernt.“

Rhodan seufzte und blickte zu den Wissenschaftlern hinüber.

„Unser arkonidischer Freund läßt sich wieder jedes Wort einzeln abringen. Meine Herren – ich frage mich, welchen Zweck die Eroberung oder die Vernichtung eines Zeitstützpunktes haben sollte. Wir hätten keinen Vorteil davon, sondern ausschließlich Nachteile. Meiner Auffassung nach werden wir bereits intensiv genug gejagt.“

Dr. Holfing hob mürrisch die Schultern.

„Eine Eroberung könnte wissenschaftlich interessiert sein. Mich wundert es nur, daß lediglich eine Zeitversetzung von nur 500 Jahren möglich sein soll.“

Er blickte Marshall auffordernd an, als ob er von ihm eine Antwort auf seine Frage erwarten würde.

Der Telepath schüttelte den Kopf. „Der Aktionsbereich ist an Gesetze gebunden, die weder wir noch Frasbur kennen. Lediglich der Großtransmitter Vario ist so konstruiert, daß man mit ihm um die bewußten fünfzigtausend Jahre in die Vergangenheit gehen kann – und umgekehrt, von hier wieder in die Realzeit.

Hier rekrutieren die Meister der Insel ihre Soldaten. Hier werden die besten Techniker, Wissenschaftler und Raumfahrer ausgesucht, über die Lemur überhaupt verfügt. Die Männer werden nach Andromeda transportiert, durch den Vario-Transmitter in die Realzeit gebracht und dort mit Hilfe der Multiduplikatoren tausendfach vervielfältigt. Das Grundmodell ist immer ein hervorragend geschulter Lemurer der Zeit, in der wir uns jetzt befinden."

„Das wissen wir seit einigen Wochen", knurrte unser cholerischer Chefphysiker erbost. „Haben Sie sonst nichts zu bieten?"

Marshall schwieg. Die Aufmerksamkeit richtete sich wieder auf mich. Ich konnte es nicht unterlassen, zu sagen:

„Sie werden doch wohl nicht von einem ‚Beuteterraner' eine Lösung verlangen?"

Der Begriff „Beuteterraner" war in den letzten Tagen von irgendeinem Spaßvogel geprägt worden und hatte sich wie ein Lauffeuer verbreitet. Als ich zum erstenmal mit ihm konfrontiert wurde und erfahren mußte, daß er auf mich gemünzt war, hatte ich lachen müssen. Ich wußte, daß dieser Begriff den Umstand zum Ausdruck bringen sollte, daß sowohl Akonen als auch Arkoniden – und damit auch ich – Nachkommen der Lemurer waren.

Perry hielt entsetzt die Luft an. Marshall räusperte sich auffallend laut, und Doc Holfing lachte direkt unverschämt.

Nur einer fand den Mut, seiner Heiterkeit lauthals Ausdruck zu geben: Icho Tolot! Der Gigant von Halut lachte, daß die Instrumentenverkleidungen klirrten.

Nachdem der von ihm erzeugte Geräuschorkan verhallt war und die Anwesenden die Hände von den Ohren lösten, grinste mich Rhodan in typisch terranischer Schulbubenmanier an.

„Tröste dich mit mir. Mich nennen die Männer schlicht und einfach ‚den Alten'."

„Kriegt man in diesem Laden überhaupt keine Ruhe?" schrie Gucky zu uns herüber. „Klar bist du ein Beuteterraner. Wir haben dich aufgegabelt und im Schoß von Mutter Erde am Leben erhalten. Ist das nichts? Diese komischen Arkoniden haben mir schon immer gestun . . ."

„Gucky!" piepste Lemy Danger entsetzt. Man konnte ihn gerade noch hören.

„Also gut, die haben mir schon immer unangenehm gerochen. Zufrieden, Giftzwerg?"

Er warf dem siganesischen Generalmajor und USO-Spezialisten einen wütenden Blick zu, ringelte den Schweif zusammen und drehte sich um. Gleich darauf schlief er wieder.

„Impertinenter Kerl mit verlaustem Fell!“ schimpfte Melbar Kasom. „Ich werde ihm einmal den Hals umdrehen.“

Melbar ballte die Pranken und drohte zu dem schnarchenden Mausbiber hinüber.

„Ihr Glück, daß er das nicht gehört hat“, sagte Perry. „Regt den Kleinen nicht auf.“

Lemy wisperte etwas von „ungehöriger Ausdrucksweise“, „menschenunwürdig“ und „mausbibertypisch“. Damit war der Fall erledigt. Ich war und blieb der Beuteterraner.

Zu einer Klarlegung meiner Pläne kam ich allerdings nicht mehr; denn im Jahre 49 988 v. Chr. konnten Männer aus der Realzeit zwar gute Vorsätze fassen, aber die Macht hatten jene, von denen wir alle abstammten: die Lemurer.

Sie griffen mit einer derartigen Wucht und Schnelligkeit an, daß uns kaum Zeit zum Reagieren blieb.

Allerdings – aber das bemerkten wir erst, als wir die Zentrale erreicht hatten – galt ihr Angriff nicht uns, sondern der kosmischen Werft MA-genial, die etwa achtzig Kilometer von uns entfernt um die Riesensonne Redpoint kreiste.

Selbstverständlich hatte für das terranische Ultraschlachtschiff schon seit Tagen bedingte Gefechtsbereitschaft gegolten. Das bedeutete, daß die fünftausend Besatzungsmitglieder nun innerhalb von einer Minute auf ihren Stationen waren. Die Klarmeldungen liefen in schneller Reihenfolge ein und wurden von der Zentralautomatik bestätigt. Mehr und mehr grüne Kontrollampen zuckten auf.

Als ich meinen Druckhelm schloß und die schalenförmigen Geräuschdämpfer über meine Ohren klappten, vernahm ich auf der Kommandeurfrequenz des Helmsprechfunks schon die ersten gezielten Befehle.

Der Vollalarm war vom Zweiten Kosmonautischen Offizier, Major Jury Sedenko, ausgelöst worden. Nach der Ortungsmeldung der Automatpeiler hatte er sofort auf die Knöpfe gedrückt und damit die CREST III in eine Kampfmaschine von unvorstellbarer Vernichtungskraft verwandelt.

Ich schwang mich in meinen Andrucksessel und drückte auf den Schalter der Anschnallautomatik.

Trotz der Geräuschdämpfer vernahm ich das machtvolle Aufbrüllen der zwanzig Ringwulsttriebwerke. Dr.-Ing. Bert Hefrich, unser Leitender Ingenieur, hatte den Anlaufbefehl nicht erst abgewartet, sondern seine Kraftwerkmeiler und Triebwerke sofort mit Notleistung hochgefahren.

So geschah es, daß die CREST III beim ersten Strahlschuß der angreifenden Lemurer in jeder Beziehung gefechts- und manövrierklar war; eine Tatsache, die man von der Werft MA-genial nicht behaupten konnte.

Die elfhundert Paddler an Bord dieses fliegenden Monstrums waren die besten Ingenieure, die wir jemals angetroffen hatten. Sie waren auch gute Kämpfer, aber sie besaßen bei weitem nicht die Fähigkeiten terranischer Elitesoldaten.

Auf der CREST III gab es keine einzige Fehlschaltung, keine übermäßige Erregung und keine überflüssige Rückfrage. Diese fünftausend Männer konnten sich in wenigen Augenblicken aus fünftausend Individualisten in einen einzigen Körper mit nur einem Gehirn verwandeln, und da gab es keine Irrtümer mehr.

Maßgeblich waren nur noch die Befehle aus der Zentrale. Hier aber saßen Offiziere, von denen jeder wenigstens eine zehnjährige Raumerfahrung hinter sich hatte.

Es war klar, daß der Angriff der kosmischen Plattform galt. Auf den Schirmen der Ortungsübermittlung glänzten achtundzwanzig grüne Punkte, die gleich darauf von der Überlichtortung erfaßt und als Reliefzeichnung erkennbar wurden.

Jemand gab durch, die Spezialschiffe der lemurischen Wachflotte von Kahalo müßten beim letzten Mutanteneinsatz ein klares Peilergebnis erhalten haben, oder die achtundzwanzig Angreifer hätten nicht so zielsicher vor Redpoint erscheinen können.

Die Durchsage war eigentlich überflüssig, denn wir konnten uns ebenfalls vorstellen, daß dieses unverhoffte Auftauchen kein Zufall war. Dies *war* ein gezielter Anflug. Er war so genau, daß die Kugelriesen Lemurs schon vierzehn Sekunden nach dem Eintauchmanöver in den Einsteinraum das Feuer eröffnen konnten.

Jedes der achtundzwanzig Schiffe war ein Kugelgigant von achtzehnhundert Meter Durchmesser. Admiral Hakhat, der lemurische Befehlshaber der Wachflotte von Kahalo, war in der Anwendung seiner Mittel nicht kleinlich gewesen. Allerdings schien dem Kommandeur des angreifenden Verbandes doch ein kleiner Fehler unterlaufen zu sein!

Mit der Anwesenheit einer kosmischen Station hatte er naturgemäß nicht rechnen können. Mir war klar, daß er den Befehl erhalten hatte, die CREST mit seinem Blitzangriff zu überraschen.

Da ein Feuerüberfall von solcher Schnelligkeit und Exaktheit aber nur dann durchgeführt werden konnte, wenn schon vor dem Anflug die Zielautomatiken programmiert und die Feuerfreigabe eingeschaltet wurden, hatten die Geräte nun in typischer Roboterlogik auf den größeren der beiden Körper angesprochen. Keiner der lemurischen Kommandanten konnte in diesen wenigen Sekunden fähig gewesen sein, die Programmierung abzuändern und den positronischen Gehirnen mitzuteilen, daß die CREST III wichtiger war als die Werft.

Während wir mit höchsten Schubwerten Fahrt aufnahmen und mit lohenden Triebwerken aus dem direkten Einflußbereich der Sonne herausschossen, flogen die Lemurer ihren Angriff unbeirrt weiter. Sie schienen erkannt zu haben, daß eine Umschaltung auf Manuellbetrieb nach unserer blitzschnellen Reaktion keinen Zweck mehr hatte.

Gleich darauf wurde jedoch erkennbar, daß fünfzehn der halblichtschnellen Kugelriesen mit einem gewagten Manöver aus dem Anflugkurs gerissen und auf eine neue Bahn gebracht wurden.

Nur vier Sekunden später teilte uns die Hauptpositronik mit, der neue Kurs der Lemurer würde zu einem laufenden Gefecht Breitseite an Breitseite führen. Demnach hatten diese tüchtigen Männer mit unwahrscheinlicher Schnelligkeit ein Anpassungsmanöver berechnet und ihre Autopiloten eingesetzt.

Oberst Cart Rudo, geboren auf Epsal und so reaktionsschnell wie Melbar Kasom, war jedoch nicht der Kommandant, der sich durch solche Maßnahmen beeindrucken ließ. Er wußte nur zu gut, daß er ein laufendes Gefecht mit einem ständigen Schußwechsel nicht riskieren konnte.

Die Lemurer besaßen als Hauptwaffe die Gegenpolkanone, die etwa mit unseren Transformgeschützen vergleichbar war, wenn auch umständlicher zu handhaben. Ihre roten Schutzschirme, Halbraumfelder genannt, waren unseren grünen Schirmen unterlegen, und auch was das Beschleunigungsvermögen betraf, konnten sie mit der CREST nicht mithalten. Dennoch waren die Lemurer nicht zu unterschätzen, denn viele Jäger sind des Hasen Tod.

Rudo unterbrach kurzerhand unsere Flucht mit einem Gegenschub von neun Sekunden Dauer, brachte das Schiff zum Stillstand und dachte nicht daran, erneut Fahrt aufzunehmen.

Ich bemerkte sein breites Lachen. Dann kam seine Stimme über die gefechtsmäßige Helmfunkverbindung.

„Die lemurischen Automatiken werden nun bemüht sein, unsere wahrscheinliche Bewegungsfolge zu berechnen. Dazu kommen noch die Beschleunigungswerte, die wir benutzen könnten. Das ist kein Problem, da ein Roboter zwanzig- bis dreißigtausend Möglichkeiten auswerten, aber nicht praktisch durchführen kann. Feuerleitzentrale – wir bleiben auf dem Punkt, bis die Herren mit ihrer hohen Fahrt so nahe sind, daß sich ein Absetzen in irgendeine Richtung und mit irgendwelchen Fahrtstufen lohnt. Feuer frei für alle Kaliber, alle Typen. Legen Sie einen Gigaring vor die anfliegenden Lemurer. Die Schiffe über MA-genial nur mit Normalwaffen angreifen."

Rhodan wandte den Kopf und sah mich an. Seine Stirn war schweißnaß. Rudos Maßnahme war typisch für einen Kommandanten, der die Schwächen von automatischen Anlagen genau kannte. Die mit halber Lichtgeschwindigkeit heranrasenden Lemurer mußten jetzt tatsächlich vor einem ungeheuren Problem stehen. Bei solchen Geschwindigkeiten sahen die Verhältnisse anders aus als bei Bewegungen in der Lufthülle eines Planeten.

MA-genial eröffnete das Abwehrfeuer mit einigen leichten Geschützen. Ich ahnte dumpf, daß die Riesenplattform die längste Zeit existiert hatte.

Ich sah auch keine Möglichkeit, den Paddlern wirkungsvoll zu helfen. Ich bedauerte, daß der Materietransmitter der Plattform noch nicht funktionierte. Mit seiner Hilfe wäre es uns zumindest möglich gewesen, die Besatzung der Plattform zu retten. Aber der Transmitter war während der Ereignisse im Orbit Washuns durch die angreifenden Haluter völlig zerstört worden und bisher noch nicht zur Gänze repariert.

Die CREST III schüttelte sich. Ein gewaltiges Dröhnen erklang. Der Schall durchschlug meine Ohrschützer. Die Anschnallgurte preßten sich tief ins Fleisch.

Major Cero Wiffert, Erster Waffenoffizier und Spezialist an der Feuerorgel des Großkampfschiffes, erzeugte einen Viertelkreis aus spontan explodierenden Fusionsbomben. Sie entwickelten eine Energie von eintausend Milliarden Tonnen TNT pro Einheit.

Der Chef des kleinen lemurischen Verbandes mußte geahnt, oder aus Erfahrungsstudien mit terranischen Gepflogenheiten gewußt haben, welches Unheil auf ihn zukam. Das Gewaltmanöver, mit dem er seine fünfzehn Riesenschiffe aus dem bisherigen Koordinationskurs riß und sie mit steiler Überlappung in den vertikalen Rotsektor brachte, war schlechthin meisterhaft.

Cart Rudo fluchte. Gleichzeitig erkannte er, daß er mit seinem „Stillstand-Spiel" und einem ungestörten Punktbeschuß nicht mehr lange erfolgreich sein konnte. Er erfaßte die einmalige Chance, die ihm durch das erzwungene Ausweichmanöver der Lemurer geboten wurde.

Er nahm mit Höchstwerten Fahrt auf, schaltete im Manuellverfahren die Impulstriebwerke hoch und raste im steilen Vertikalwinkel mit seitlicher Versetzung in den Grünsektor.

Wir schossen unter den sich aufblähenden Kunstsonnen der ersten Gigasalve hindurch und bekamen plötzlich wieder die fliegende Werft in die Ortung.

Sie war bereits ein brennender Trümmerhaufen, in den immer wieder die Breitseiten der dreizehn restlichen Lemurer einschlugen. Sie hatten ein laufendes Gefecht Bord an Bord erzwungen und hielten sich obendrein so hervorragend im Deckungsschutz der Raumstation, daß wir unsere schweren Transformwaffen nicht einsetzen konnten.

„Zielwechsel auf die dreizehn Schiffe vor MA-genial", ordnete Rhodan an.

Ich griff mit keinem Wort in die Geschehnisse ein. Die Männer um mich waren Könner und mit derartigen Situationen vertraut.

Zwei Lemurer explodierten mit der Energieentwicklung einer kleineren Sonne.

Die Situation bekam für einen Augenblick Luft, doch dann ereilte sie ihr Schicksal.

Zuerst sahen wir das Flackern der Energieorter. Sie hatten mit überlichtschneller Erfassung einen ungeheuren Energieausbruch festgestellt.

Augenblicke später kam das Licht bei uns an, und da sahen wir mit Hilfe der normalen Außenbordoptik, daß wir zu spät gekommen waren.

Die fliegende Werft MA-genial, deren Besatzung wir unter größten Schwierigkeiten gerettet hatten, war zu einem Feuerball geworden, der im Zentrum blauweiß und in den Außenzonen blutrot leuchtete.

„Abdrehen, schnell. Notleistung", ordnete Rhodan an. Sein Gesicht war kalkweiß.

Ich wußte, daß er jetzt an das Schicksal der elfhundert Paddler dachte.

Hinter dem immer größer werdenden, rasch rotierenden Glutball zuckten violette Leuchtfinger hervor. Gleich darauf explodierten vor uns einige überschwere Fusionsbomben, die nur aus den transformähnlichen Geschützen der Lemurer stammen konnten.

Rudo fand eine Lücke zwischen zwei explodierten Kernbomben und ließ die CREST mit höchsten Schubwerten hineinrasen. Ich umklammerte die Sessellehnen.

Auf den Bildschirmen flammten Sonnengluten. Verheerende Druckwellen erfaßten uns, zerrten an der Außenzelle und drohten sie aufzuspalten.

Der HÜ-Schirm flackerte auf – dann waren wir durch.

Rhodan fuhr herum. „Oberst Rudo, Linearmanöver einleiten und ohne besonderes Ziel durchführen. Wir setzen uns ab."

Der Epsaler nickte und gab die entsprechenden Anweisungen.

Die CREST raste auf den kleinen Begleiter der roten Riesensonne zu.

Hinter mir summte die Zentralepositronik. Sie ermittelte an Hand unserer Sternkataloge einen Raumsektor, dessen Sonnendichte die Gewähr für eine einigermaßen sichere Ankunft bot.

Ehe die Lemurer wieder auf Schußweite herangekommen waren, verschwand die CREST im Linearraum.

Elf Minuten später wurde das Überlichtflugmanöver beendet. Die Bildschirme leuchteten wieder auf und verrieten uns, daß wir nahe einer blaugrünen Doppelsonne herausgekommen waren.

Im HÜ-Schirm flammten Mikropartikel auf und vergingen. Im Zentrum der Milchstraße mußte man immer damit rechnen, entweder in gefährlicher Nähe einer Sonne herauszukommen, oder von der überall vorhandenen Mikromaterie zerschmirgelt zu werden. In diesem Falle war eine sofortige Fahrtminderung notwendig. Wir konnten es nicht darauf ankommen lassen, das Schiff zu beschädigen.

Rudo hob die Eintauchfahrt mit vollem Gegenschub auf. Das Glühen und Leuchten in den Abwehrschirmen mäßigte sich.

Als es ganz erlosch, löste ich meine Anschnallgurte, klappte den Druckhelm zurück und fuhr meinen Andrucksessel in Sitzposition.

Es war still in der Zentrale. Rhodan wischte sich den Schweiß von der Stirn. Er schaute wie gebannt auf die Bildschirme, die uns noch vor kurzer Zeit das Grauen gezeigt hatten.

Ich hielt den Augenblick für gekommen, einige Bemerkungen zu machen, die ganz meinen Plänen entsprachen. Es war vielleicht nicht sehr schön, die depressive Stimmung der Männer auszunutzen und einen psychologischen Tiefschlag anzubringen; aber ich sah keine andere Möglichkeit, diesen Menschen klarzumachen, wo unsere Chancen lagen.

Ich stand auf und stützte den Arm auf die Sessellehne.

„Wir sind noch einmal davongekommen, Freunde. Nun dürften auch die ärgsten Zweifler bemerkt haben, daß wir auf die Dauer gegen die Übermacht der lemurischen Flotte nicht bestehen können. Man wird uns jagen und immer wieder jagen. Einmal wird man uns stellen, und dann ist es vorbei mit den schönen Träumen von der Heimkehr in die Realzeit."

„Was soll das?" unterbrach mich Perry. „Seit wann hältst du unabänderliche Tatsachen für so wichtig, daß du sie mit ganz besonderer Betonung erwähnen mußt?"

„Das wollte ich gerade fragen", warf Cart Rudo mit einem argwöhnischen Blick ein.

Ich bemerkte, daß der Bordinterkom noch eingeschaltet war. Man mußte mich in jeder Abteilung hören können.

„Unabänderliche Tatsachen halte ich niemals für erwähnenswert", fuhr ich gelassen fort. „Das bedeutet, daß ich die jetzige Situation eben nicht als unabänderlich betrachte. Es gibt keine Möglichkeit mehr, die Rückkehr nach Andromeda durch einen Blitzangriff auf Kahalo zu erzwingen. Darauf wartet Admiral Hakhat nur. Die Zeitagenten der Meister der Insel haben dafür gesorgt, daß wir von unseren Vorfahren als gefährliche Feinde angesehen werden. Wenn wir also die jetzige Zustandsform aufrechterhalten wollen, bleibt keine andere Wahl, als von Stern zu Stern zu schleichen, jedem Schiff aus dem Wege zu gehen und zu warten, bis ein Wunder geschieht. Außerdem haben wir noch darauf zu achten, daß unsere Lebensmittelvorräte ergänzt, die Frischwassertanks stets gefüllt und erforderliche Reparaturen mit Bordmitteln behoben werden. Die Erde und alle Stützpunktplaneten der lemurischen Flotte sind uns verschlossen."

„Worauf wollen Sie hinaus, Admiral?" hörte ich Icho Tolots dröhnende Stimme. Der vierarmige Gigant von Halut stand breitbeinig in der Zentrale und schaute mich aus seinen riesigen Kugelaugen an.

Ich ließ mich nicht beirren. Das Eisen mußte geschmiedet werden, solange es noch heiß war. Augenblicklich war es heiß.

„Prinzipiell betrachtet spielt es keine Rolle, ob wir uns im Jahre 49 988 vor Christi aufhalten oder im Jahre 49 488. Das wäre fünfhundert Jahre später. Für die Menschheit der Realzeit ist dieser geringfügige Zeitunterschied unbedeutend. Für sie bleiben wir nach wie vor in ferner Vergangenheit verschollen."

„Mir geht allmählich ein Licht auf", meldete sich Gucky. „Du willst wohl mit unseren Erfolgen hausieren gehen, wie?"

Ich achtete nicht auf den Kleinen. Rhodans Reaktion war viel interessanter. Er musterte mich und lächelte ironisch.

„Da du nun einmal davon angefangen hast, vergiß das Ende deiner Rede nicht", meinte er.

„Unser einziger Ausweg heißt Frasbur", fuhr ich etwas heftiger fort. „Wir müssen unter allen Umständen den Zwischenzeit-Transmitter auf Tanos VI erobern oder wenigstens dafür sorgen, daß wir von ihm um fünfhundert Jahre in die von John Marshall erwähnte Relativzukunft befördert werden. Wenn es uns gelingt, diese fünfhundert Jahre zwischen uns und die Flotte der Lemurer zu legen, wird es keine Lemurer mehr geben! Die von ihnen drohende Gefahr ist automatisch beseitigt. Mit einigen Restgruppen, die man nicht mehr evakuieren konnte, können wir notfalls fertig werden. Für mich ist die Tatsache bestimmend, daß eine Zeitverschiebung um fünfhundert Jahre genügt, unsere Probleme mit einem Schlag zu beseitigen. Sind wir erst einmal in die Zukunft vorgedrungen, können wir in aller Ruhe versuchen, mit Hilfe des galaktischen Sechsecktransmitters den Andromedanebel zu erreichen. Es wird uns niemand mehr stören. Admiral Hakhat und seine Wachflotte über Kahalo werden nur noch als sagenhafte Erinnerung bei wenigen Kolonistennachkommen existieren."

Rhodan reagierte so, wie ich es erwartet hatte: Er sah auf seine Fingerspitzen nieder, streifte mit dem Daumen über eine defekte Klebenaht der Druckhandschuhe und meinte dazu:

„Materialermüdung. Woher kommt das?“

Ich beherrschte mich. Es wäre zwecklos gewesen, ihm sein Verhalten verübeln zu wollen. Der Vorschlag mußte ihn völlig überrascht haben.

Oberstleutnant Brent Huise, ein rothaariger Terraner mit der Figur eines Schwergewichtlers, gab die Antwort. Sie drückte das aus, was Rhodan wohl ebenfalls instinktiv fühlte.

„Sir – können Sie sich vorstellen, daß wir die Nase voll haben? Ich möchte nicht unhöflich sein, aber mich kriegen Sie nicht freiwillig in die Maschine hinein.“

In der Interkomanlage knackte es. Das Gesicht unseres Chefmathematikers Dr. Hong Kao wurde sichtbar.

Da der kleine, lebhafte Terraner für seine verwegenen Ideen berüchtigt war, sprach ihn Rhodan an, ehe der Wissenschaftler den Mund öffnen konnte.

„Nun sagen Sie nur nicht, Doc, Sie hielten diese verrückte Idee für gut.“

„Tut mir leid, Sir, sie ist ausgezeichnet. Es wäre vollkommen richtig, dieser gefährlichen Zeitepoche zu entfliehen und fünfhundert Jahre später aus dem Dunkel der Anonymität heraus zu versuchen, den Großtransmitter zu bezwingen. Die Wachflotte über Kahalo würde uns tatsächlich nicht mehr stören.“

„Ist denn hier jedermann von Sinnen?“ rief Perry und erhob sich aus seinem Sessel. „Wie stellen Sie sich die Eroberung eines Zwischenzeit-Transmitters vor, von dem wir nicht einmal wissen, wo er zu finden ist? Selbst wenn wir es erfahren sollten, dürfte er nicht unbewacht sein. Oder haben Sie sich etwa vorgestellt, man würde uns dort mit offenen Armen empfangen, aufmerksam unseren Wünschen lauschen und dann das Gerät einschalten?“

„Es geht vorerst nur um die Anerkennung der Idee, Terraner“, gab ich Rhodan zu verstehen. „Die Ausführung des einmal beschlossenen Vorhabens wird eine Sache für sich sein. Wir werden in einigen Stunden wissen, welcher Planet mit Tanos VI gemeint ist. Frasbur ist darauf versessen, uns in dieses System zu locken. Wenn wir es identifiziert haben, kann das Unternehmen anlaufen.“

Rhodan schritt schweigend durch die Zentrale. Ein Roboter öffnete ein kleines Mannschott, hinter dem das Röhrensystem der Schnellverbindung sichtbar wurde.

Perry trat ein, ergriff die Handgriffe über dem Luk und schwang seine Beine in das Rohr hinein. Als nur noch sein Kopf erkennbar war, rief er uns zu:

„Ich möchte gerne diese Tür hinter mir zuknallen, um meiner Stimmung Ausdruck zu verleihen. Da sie sich aber nur automatisch schließen läßt, nehmen Sie bitte an, ich *hätte* sie zugeknallt!“

„Ich werde vor Freude jubeln, wenn du dir die Finger einklemmst“, gab ich wütend zurück.

Er winkte ab, drückte auf den Transportknopf und verschwand. Wir sahen nur noch die aufleuchtende Kontrollampe des Abstoß-Kraftfeldes.

Melbar Kasom kam zu mir. Er wartete, bis die Diskussion unter den Männern der CREST III einen gewissen Höhepunkt erreicht hatte. Viele waren für meinen Plan, andere lehnten ihn ab.

Icho Tolot stand hinter der durchsichtigen Panzerwand der Zentraleunterteilung und fütterte das Reserve-Rechengehirn IV mit Daten. Ich ahnte, daß der Haluter jetzt schon auf meiner Seite stand. In ihm mußte der charakteristische Abenteuerdrang erwacht sein, der sein Volk in besonderem Maße auszeichnete.

„Notfalls machen wir die Sache mit zwei bis drei Korvetten“, sagte Melbar Kasom. „Rhodans eigentlicher Grund zur Ablehnung dürfte wohl die Besorgnis um die CREST sein. Wenn ich ihn richtig kenne, so läuft er jetzt wie ein Tiger in seiner Kabine hin und her und sucht nach einem Weg, die Sicherheit des Schiffes mit dem Angriff auf einen Nenner zubringen.“

„Das ist ausgeschlossen. Wir müssen ein großes Risiko eingehen.“

„Die Mutanten?“

Ich winkte ab.

„Sie sind stark, aber nicht allmächtig. Erinnern Sie sich an die vielen Versager, die wir mit diesen labilen Leuten schon erlebt haben. Hier hat der Normalmensch einzugreifen – und zwar mit allem, was er zur Verfügung hat. Warten wir ab. Kommen Sie, ich habe Hunger.“

„Unsere USO-Spezialitäten gehen zur Neige“, klagte Kasom, der stärkste Esser an Bord. „Eines Tages werden wir Synthesegrütze verschlingen müssen. Denken Sie an mich, Sir.“

„Sie sollten einen Nachschubfrachter anfordern“, entgegnete ich bissig und schritt auf die Ausgänge zu. Icho Tolot rechnete immer noch. Er war meine größte Hoffnung.

Die Telepathen Marshall und Gucky waren bereits verschwunden. Wahrscheinlich setzten sie das Verhör fort, um auch die letzten Geheimnisse aus Frasburs Gedächtnisinhalt hervorzuholen.

Wo lag das Tanos-System? Ich hätte in diesem Augenblick gewettet, daß wir es unter einer anderen Bezeichnung kannten.

8. *Atlan*

Logisch betrachtet, gab es keine Einwände, die mein Vorhaben entkräften konnten. Für unsere Leute in der Realzeit war es völlig nebensächlich, in welchem Jahr der fernen Vergangenheit wir uns aufhielten. Man konnte uns so oder so nicht helfen.

Für uns, die Zeitgefangenen, galt der Grundsatz „hilf dir selbst“. Da wir den galaktischen Sechsecktransmitter nicht bezwingen und überdies sicher sein konnten, früher oder später von einem lemurischen Verband vernichtet zu werden, war es vernünftig, dieser Epoche zu entfliehen. Was hatten wir zu verlieren?

Wir konnten nur alles gewinnen, das stand fest. Also kam es darauf an, Perry von den Erfolgsaussichten zu überzeugen und die Männer der CREST davon zu begeistern.

Wenn diese Erdgeborenen einmal einen Entschluß gefaßt haben, dann halten sie auch daran fest. Dann kann sie nichts mehr davon abbringen, ihn in die Tat umzusetzen.

Wir hatten so viele hervorragende Spezialisten an Bord, daß es verwunderlich gewesen wäre, wenn wir den Stützpunkt auf Tanos VI nicht hätten erobern oder unseren Plänen entsprechend einsetzen können.

Wir umkreisten wieder einmal eine fremde Sonne im äußersten Zentrumsring. Die Sonnenballungen waren noch immer so dicht, daß an eine fehlerfreie Navigation nicht gedacht werden konnte.

Die Lemurer waren verschwunden. Sie hatten unsere Spur verloren.

Ich hatte zusammen mit Perry, Icho Tolot und den Chefwissenschaftlern der CREST die geräumige Kabine betreten, in der Frasbur seit Tagen untergebracht war. Wir mußten ihn künstlich ernähren!

Dieser Mann war ein erstklassiger Schauspieler mit großen Kraftreserven, die er nun bedingungslos einsetzte. Seine abgezehrten Hände zeugten davon, daß er seine Rolle ernst nahm.

Gucky, John Marshall und der Hypno André Noir befanden sich ebenfalls in dem Krankenzimmer. John hatte uns vor einer halben Stunde mitgeteilt, es sei gelungen, Frasbur die letzten Geheimnisse abzuringen, ohne daß er es bemerkt hätte.

Wir wußten nun, daß der Zeitstützpunkt der Meister der Insel eine Besatzung von fünfzehn qualifizierten Tefrodern aus der Realzeit hatte.

Die Existenz des Zwischenzeit-Transmitters war uns schon vor der Vernichtung der fliegenden Werft bekannt gewesen. Nun hatte es sich herausgestellt, daß der Stützpunkt auf Tanos VI außerdem noch über einen normalen Materietransmitter verfügte, mit dem – unberücksichtigt der errechneten Zeitepoche – Transportvorgänge zu anderen Welten durchgeführt werden konnten.

Diese Dinge waren wichtig, aber nicht entscheidend. Frasburs größtes Geheimnis war ebenfalls erkannt worden. Damit wollte er uns vernichten, nachdem er uns durch wahrheitsgemäße Hinweise in das Tanos-System gelockt hatte.

Es handelte sich um eine riesige Festungsanlage, die darauf spezialisiert war, Raumflugkörper abzuschießen. Das Werk arbeitete mit der abgezapften Energie der blauen Riesensonne Tanos. Wenn wir ohne Kenntnisse über diese Raumfestung den Planeten angeflogen hätten, wäre unsere Vernichtung sicher gewesen. Gegen die umgeformten und erneut abgestrahlten Gewalten einer großen Sonne gab es keine Abwehr.

Das Fort sollte nach Marshalls Angaben auf dem Nordpol des Planeten eingebaut und vollautomatisiert sein. Das bedeutete, daß die Zielerfassung sehr genau und schnell vorgenommen werden konnte. Da ich solche Anlagen aus der arkonidischen Blütezeit kannte, konnte ich mir vorstellen, daß wir bei einem Angriff nicht viel Zeit hatten, dem Feuerüberfall zuvorzukommen und das Werk zu zerstören.

Dieses Problem mußte gelöst werden, ehe das Ultraschlachtschiff in dem Sonnensystem ankam.

André Noir gab uns einen Wink. Frasbur lag teilnahmslos auf

seinem Lager. Er hielt die Augen halb geschlossen, stammelte hier und da unartikulierte Worte vor sich hin und stieß gelegentlich einen Schrei aus. Er gab sich alle Mühe, die Haltung eines suggestiv beeinflußten Mannes einzunehmen.

Er vergaß auch nicht, in unregelmäßigen Abständen ein unterbewußtes Aufbegehren zu mimen und so zu tun, als würde er sich mit den letzten Resten seines Willens gegen die Paragewalten wehren.

Wir gaben mit keinem unbedachten Wort zu erkennen, daß wir ihn durchschaut hatten. Noch brauchten wir ihn – noch mußte er annehmen, er könnte uns seinen Plänen entsprechend ins Verderben leiten.

Die kosmonautischen Offiziere der CREST hatten sich stundenlang mit Frasburs letzten Angaben beschäftigt. Er hatte sie freiwillig gegeben und sich offensichtlich bemüht, uns durch genaue Angaben zu zeigen, wo das Tanos-System lag.

An und für sich war die Detailschilderung so eindeutig, daß wir nicht auf größere Schwierigkeiten gestoßen waren. Frasbur konnte nicht wissen, wie wir das Tanos-System nannten. Er hatte also unter keinen Umständen direkt erklären können, worum es sich handelte.

Da er jedoch kosmonautisch und astrophysikalisch geschult war, hatte er sich gesagt, daß so tüchtige Spezialisten wie die Offiziere der CREST herausfinden würden, was er eigentlich meinte.

So hatte er, den suggestiv Überwältigten heuchelnd, mehr und mehr Daten preisgegeben, mit denen wir etwas anfangen konnten.

Er hatte den blauen Riesenstern genau geschildert. Größe, Oberflächentemperatur, Typ und andere physikalische Werte hatten uns die ersten Hinweise gegeben.

Blaue Riesen dieser Art gab es jedoch viele. Das wußte auch der Zeitagent. Es hätte zu entscheidenden Irrtümern kommen können.

Der erste exakte Hinweis war die von Frasbur genannte Anzahl der Planeten gewesen. Der Riesenstern Tanos sollte zweiundvierzig Trabanten besitzen. Nummer acht sollte eine dichtbesiedelte Kolonialwelt der Lemurer sein; Nummer neun eine Stützpunktwelt und Nummer sechs eine sonnennahe Dschungelhölle mit hohen Temperaturen.

Anschließend hatte Frasbur drei Stunden benötigt, um sich weitere Angaben „abringen“ zu lassen. Von da an hatte es für uns keine Zweifel mehr gegeben, zumal Frasbur als letzten Trumpf die Entfernung zwischen der Erde und dem Tanos-System ausgespielt hatte.

Die blaue Sonne Tanos war identisch mit dem Wega-System,

siebenundzwanzig Lichtjahre von der Erde entfernt. Der Stern besaß zweiundvierzig Planeten. Die achte Welt kannten wir als Ferrol; den neunten Planeten als Rofus.

Alle von Frasbur gemachten Daten stimmten haargenau mit unseren Aufzeichnungen überein. Der sechste Planet war in unseren Katalogen mit dem Eigennamen Pigell aufgeführt. Es handelte sich um eine jungfräuliche Urwaldhölle mit extremen Temperaturen.

Die Sonne Wega war der erste Stern gewesen, der jemals von Terranern angeflogen worden war. Ich hatte in der Chronik nachgesehen und festgestellt, daß Rhodan damals, Ende des 20. Jahrhunderts, mit dem arkonidischen Beiboot GOOD HOPE aufgebrochen war und die Ferronen entdeckt hatte.

Damals, im Jahr 1975, waren Rhodan, Thora und der arkonidische Wissenschaftler Crest dem „galaktischen Rätsel“ auf der Spur gewesen, an dessen Ende die Unsterblichkeit winkte. Auf Ferrol entdeckten sie Transmitter, die nicht das Produkt ferronischer Technik sein konnten. Sie fanden heraus, daß diese Transmitter ein Geschenk von Wesen waren, die vor zehntausend Jahren angeblich auf einem Planeten des Wega-Systems lebten, das zu diesem Zeitpunkt 43 Planeten besessen haben sollte. Diese Wesen waren dann mitsamt ihrem Planeten verschwunden. Erst später erfuhr man von ES, daß der angebliche 43. Planet Wegas seine Kunstwelt Wanderer gewesen war, die sich vor 10000 Jahren vorübergehend in diesem System aufgehalten hatte. Nachdem ES das galaktische Rätsel installiert und den Ferronen einige Materietransmitter zum Geschenk gemacht hatte, war Wanderer wieder verschwunden.

Jetzt wurde ein weiteres Kapitel in dieser Geschichte abgeschlossen. Wir wußten nun, daß die Ferronen mutierte Nachkomnmen lemurischer Kolonisten waren, die im Laufe der Jahrtausende ihr technisches Erbe und das Wissen um ihre Herkunft vergessen hatten. Die ausgereifte Transmittertechnologie der Lemurer war ihnen – wie vieles andere auch – abhanden gekommen, und erst ES hatte 40000 Jahre später den Ferronen wieder Transmitter zugänglich gemacht – allerdings keine der für Lemurer typischen Torbogentransmitter, sondern käfigartige Gitterkonstruktionen.

Die Geschichte schlägt schon seltsame Kapriolen, dachte ich mir. Während die meisten überlebenden Nachkommen der Lemurer nahezu ihr gesamtes technisch-wissenschaftliches Potential verloren hatten, war im Blauen System aus Lemurerkolonisten das Volk der Akonen hervorgegangen, die sich wohl die Technik der Torbogentransmitter bewahrt hatten. Die Arkoniden jedoch, die in direkter Linie von den Akonen abstammen, verloren diese Technik genauso wie die Ferronen.

Die Existenz dieses Volkes in der Realzeit bewies, daß die halutischen Großoffensiven gegen die erdnächsten Systeme nur einen bedingten Erfolg gehabt hatten.

Wir waren nur deshalb in Frasburs Zelle gekommen, um ihm durch unser Gebaren den letzten Rest von Sicherheit zu geben, den er zu seiner Selbstberuhigung brauchte. Dieser Plan stammte von Perry!

Der grauäugige Terraner hatte mich nach stundenlanger Abwesenheit aufgesucht und mir nach seinem Eintritt in meine Kabine einige Grobheiten an den Kopf geschleudert.

Anschließend hatte er gemeint, wir sollten uns einmal persönlich um den Zeitagenten kümmern. Das geschah nun.

Perry beugte sich über den Tefroder. Ich bemerkte, daß Frasbur darum kämpfte, auch jetzt noch den beeinflußten Mann zu spielen. Er konnte es jedoch trotz aller Beherrschung nicht unterlassen, seinem gefährlichsten Gegner einen forschenden Blick zuzuwerfen. Rhodan tat, als hätte er es nicht gesehen.

Melbar Kasom grinste. Ich schaute ihn verweisend an, und sofort war aus seinem Gesicht jede Gefühlsäußerung verschwunden.

Dr. Ralph Artur las die automatischen Geräte ab, mit denen Frasburs Körperfunktionen ständig gemessen wurden.

Der Arzt zeigte sich besorgt. Als er sprach, flüsterte er nur.

„Blutdruck achtzig zu hundertzehn, unterwertig, Sir. Puls geht langsam und flattert. Atemdepressionen sind unverkennbar. Ich müßte den Kreislauf unterstützen. Der letzte Grundumsatz war miserabel. Der Gesundheit dieses Mannes ist die ständige Tortur abträglich."

„Sie muß sein", wehrte Perry die Vorhaltungen ab. „Marshall . . .!"

John trat vor. Frasburs Mundwinkel zuckten. Er versuchte keineswegs ein Lächeln; dieses Beben war ein Zeichen für seine Nervosität.

„John, sind Sie überzeugt, daß Ihnen Frasbur die Wahrheit gesagt hat?"

„Vollkommen."

Perry beugte sich noch tiefer über den „Beeinflußten" und fuhr mit den Fingerspitzen über seine schweißbedeckte Stirn. Frasbur stieß prompt einen Schrei aus, bäumte sich auf und stammelte etwas von Ungeheuern aus dem Überraum.

Ich konnte ein Lächeln kaum unterdrücken. Da ich meiner selbst nicht sicher war, zog ich mich hinter das Kopfende des Bettes zurück, damit Frasbur mein Gesicht nicht sehen konnte.

Der Großadministrator machte seine Sache so gründlich, wie man es von ihm gewohnt war.

„Ist es Ihnen gelungen, den Hypnoblock zu beseitigen?“ erkundigte er sich bei Marshall.

John wiegte unentschlossen den Kopf.

„Wenn ich ganz ehrlich sein soll . . .“

„Das sollen Sie!“

„Es ist uns nicht perfekt gelungen. Wir stoßen bei intensiveren Tastversuchen auf Hindernisse. Immerhin haben wir ihn zwingen können, einen Teil seines Wissens auszuplaudern.“

„Das genügt, vorausgesetzt, die ermittelten Daten sind richtig. Könnte es nicht sein, daß Sie eine falsche Leitung angezapft haben? Sie verstehen, was ich damit sagen will?“

„Ja. Die Angaben sind wahrheitsgetreu. Er meint das Wega-System.“

„Hmmm! Könnten Sie vielleicht noch etwas über die Versorgungslage auf Wega VI erfahren? Ich hätte nichts dagegen, wenn wir größere Nahrungsmitteldepots finden würden.“

„Wir wollen es versuchen.“

„Tun Sie das.“

Rhodan richtete sich aus seiner gebeugten Haltung auf, und ich trat näher. Ich war nicht so zurückhaltend wie Perry, sondern kniff Frasbur so kräftig in die Wangen, daß ein normaler Mensch wenigstens aufgestöhnt hätte.

Der Tefroder unterdrückte den Schmerz. Ich hob seine Lider an und sah in zwei Augen, die sich plötzlich verdrehten.

„Paralysiert“, sagte ich vor mich hin. „Worauf warten wir eigentlich noch?“

„Seien Sie doch nicht so grob, Lordadmiral“, rief mir der Chefarzt zu.

Ich winkte ab.

„Er spürt es nicht. Mr. Marshall – ich interessiere mich für die Bewaffnung dieses Stützpunktes. Versuchen Sie unter allen Umständen, darüber etwas zu erfahren. Es sollte mich wundern, wenn man keine Abwehrwaffen besäße. Ich möchte wissen, wie stark die Raumabwehr ist."

Ich zwickte Frasbur ins Ohr und ging in die Mitte des Zimmers zurück. Da meinte Melbar Kasom:

„Wenn Sie keinen Erfolg haben, Marshall, sollten Sie ihn aufwecken und ihn mir zum Verhör überlassen."

Er zeigte dem vorsichtig blinzelnden Zeitagenten seine riesigen Fäuste.

Wir hatten genug getan. Ich hatte Frasbur noch einen Köder hingeworfen, den er beachten würde. Vielleicht wäre er argwöhnisch geworden, wenn niemand nach der Abwehr gefragt hätte. Als logisch denkender Mann mußte er meine Bedenken akzeptieren. Sie waren für einen erfahrenen Raumoffizier eigentlich typisch.

Wir verließen die Spezialzelle der psychiatrischen Station. Die Doppeltüren glitten in die Magnetschlösser.

Als uns Frasbur nicht mehr hören konnte, hatte ich einen langen Blick von Rhodan zu erdulden.

„Habe ich dir schon einmal gesagt, daß ich dich nicht zum Gegner haben möchte?"

„Soll das heißen, daß du nach einem ausgiebigen Schlaf anderer Auffassung geworden bist?"

„Schlaf? Herr, ich habe gearbeitet."

„Das sagen große Staatsmänner immer", brummte Kasom laut genug, daß man es hören konnte.

Rhodan schmunzelte.

„Anderer Auffassung noch nicht, aber ich habe darüber nachgedacht. Es ist tatsächlich unbedeutend, in welcher Zeitepoche wir uns aufhalten. *Eine* entscheidende Frage muß jedoch noch vorher geklärt werden. Ich will nicht unbelehrbar erscheinen, Arkonide, aber ich will sichergehen."

Ich lachte. Er wurde etwas verlegen. Wahrscheinlich erinnerte er sich an seine schroffe Ablehnung. Wir sahen taktvoll darüber hinweg. Der kleine Lemy Danger strahlte den Terraner so offenkundig an, daß Rhodan errötete. Er wußte daß man ihn liebte; nur konnten normale Terraner ihre Gefühle nicht so unmißverständlich zeigen wie der Siganese. Männer wie Kasom, Cart Rudo, Don

Redhorse, Brent Huise und wie sie alle hießen, verrieten ihre Achtung und Zuneigung in anderer Art.

Rhodan ging schnell davon.

Wir trafen uns wieder im kleinen Konferenzraum auf dem Äquatordeck. Marshall und Gucky erschienen diesmal nicht. Sie waren bei Frasbur geblieben, um so zu tun, als würden sie das Verhör fortsetzen.

Icho Tolot ergriff diesmal die Initiative. Niemand fragte, warum er es tat.

Es war klar, daß der Haluter mit einer abgeschlossenen mathelogischen Auswertung gekommen war.

„Rhodanos – was meinten Sie mit der entscheidenden Frage, die Sie vor dem Start des Unternehmens noch geklärt sehen wollen?"

Spencer Holfing, unser Chefphysiker, nickte anerkennend. Icho Tolot war genau auf den Punkt gekommen, der uns alle interessierte. Ich registrierte mit größter Zufriedenheit, daß die anwesenden Terraner innerlich bereit waren, auf meine Vorschläge einzugehen. Einige waren schon Feuer und Flamme.

„Vom Abenteuer infiziert", erklärte mir mein Logiksender nüchtern. *„Nach dem ausweglosen Einerlei der letzten Wochen nicht verwunderlich."*

„Sehr einfach", unterbrach Perry meine privaten Überlegungen. „Frasbur ist durchschaut. Die von ihm erhaltenen Geheimdaten können wir folgerichtig auswerten. Wir müssen eine für uns positive Lösung finden. Es liegt an uns, unversehrt zu überleben. Was uns nach dem geplanten Sprung um fünfhundert Jahre Relativzukunft erwartet, können wir jedoch nicht im voraus berechnen. Ich denke in erster Linie an den Sechsecktransmitter unserer Galaxis. Was werden wir dort nach fünfhundert Jahren vorfinden?"

„Auf keinen Fall eine lemurische Wachflotte", behauptete Dr. Hong Kao.

„Wahrscheinlich nicht."

„Das ist ein positiver Faktor", fiel ich rasch ein.

„Aber allein die Tatsache, daß sowohl Kahalo als auch das Sonnensechseck in unserer Realzeit noch existieren, beweist uns, daß weder die Haluter noch sonst wer in der Vergangenheit mit blindwütiger Zerstörungswut gegen Kahalo vorgegangen ist."

Perry sah mich ironisch an. „Ich weiß, daß du bereit bist, jedes Argument zu zerpflücken. Sei jedoch versichert, daß mir das, was du eben gesagt hast, durchaus bewußt ist. Aber die Frage ist, was die Lemurer – oder auch die Meister der Insel – getan haben, um Kahalo vor Unbefugten zu schützen."

Icho Tolot stand mir bei.

Ein dumpfes Gefühl sagte mir, daß Perry mit seinen Bedenken gar nicht so unrecht hatte.

„Dies sollten wir von Fall zu Fall erledigen", erklärte der Haluter. „Es führt zu nichts, die jetzt erforderlichen Maßnahmen durch Landberechnungen zu stören. Lassen Sie uns erst einmal in der für uns gültigen Zukunft sein. Dann sehen wir weiter. Es wäre verwunderlich, wenn wir keine Lösung finden würden."

Damit hatte der Haluter alles gesagt.

Rhodan schwieg einige Minuten und machte sich Notizen. Als er aufblickte, hatte er alle Bedenken überwunden. Jetzt war er nur noch der anscheinend nervenlose, alles riskierende Stratege, der gerade noch so viel Vorsicht walten ließ, wie es im Interesse des Schiffes und seiner Besatzung erforderlich war.

„Dann werde ich Ihnen meinen Einsatzplan klarlegen. Fangen wir an."

Ich sah ihn sprachlos an.

„Du kennst ihn immer noch nicht ganz genau, was?" sagte mein Extrahirn.

Rhodan überraschte uns mit so detaillierten und exakt berechneten Daten, daß wir kaum zu einer Rückfrage kamen. Er hatte nichts übersehen. Er hatte noch viel kleinere Toleranzen eingebaut, als ich es ursprünglich beabsichtigt hatte. Jedes Zufallsereignis war von ihm bedacht worden.

Die Einsatzbesprechung dauerte acht Stunden. Der Terraner gönnte uns nur eine Pause von fünfzehn Minuten. Gegessen wurde in dieser Zeit nichts.

Perry forderte die Wissenschaftler ständig auf, weitere Fehlerquellen zu nennen und sie in das Vorhaben einzubauen.

Als wir schließlich den Saal verließen, stand es fest, daß wir alles getan hatten, um eine Katastrophe zu verhindern.

Rhodan wirkte keineswegs abgespannt. Er sah auf die Uhr.

„Zweite Einsatzbesprechung beginnt um zweiundzwanzig Uhr Bordzeit. Ruhen Sie sich inzwischen aus. Wenn Sie meinen, Ihren Geist noch etwas strapazieren zu können, so denken Sie über das

Besprochene nach und erscheinen Sie mit Verbesserungsvorschlägen."

Er nickte uns zu, legte die Rechte an den Schirm der Bordmütze und schritt davon.

Wir schrieben den 18. Juni 2404 – Realzeit. Das Flottenflaggschiff des Solaren Imperiums war vor zwei Minuten aus dem Linearraum herausgekommen und dreißig Milliarden Kilometer von der Umlaufbahn des äußeren Planeten materialisiert.

Das Schiff befand sich in voller Gefechtsbereitschaft. Wir glitten mit nur eintausend Kilometern pro Sekunde auf das Sonnensystem zu, das wir unter der Bezeichnung Wega kannten.

Die blaue Riesensonne funkelte auf den Bildschirmen der Normaloptik wie ein besonders leuchtkräftiger Saphir, der alle Sterne in der Nachbarschaft überstrahlte.

Da unsere Planung bis zum letzten Detail festlag, gab es jetzt keine Rückfragen mehr. Jeder Mann, vom Kommandanten bis hinunter zum Hydropon-Gärtner, wußte genau, was er zu tun hatte.

Wir mußten vorsichtig sein – sehr vorsichtig sogar! Die große Planetenfamilie der Wega hatte auch in lemurischer Zeit zu den Sonnensystemen gezählt, die sofort nach der Erfindung des Überlichtantriebes angeflogen und besiedelt worden waren.

Der achte Planet, den Perry bei seinem ersten Vorstoß in die Weiten des Alls als Hauptwelt der Ferronen kennengelernt hatte, war garantiert eine Abwehrfestung ersten Ranges – oder er war eine Abwehrfestung *gewesen*!

Dies festzustellen, war nun unsere vordringliche Aufgabe.

Der Großangriff der Haluter auf die Planeten des lemurischen Sternenreiches hatten die Welten der Wega bestimmt nicht verschont. Wir vermuteten, daß Ferrol und die anderen Stützpunkte im Wega-System schon eher gefallen waren als die Planeten des irdischen Sonnensystems. Dort hatte sich der lemurische Widerstand bis zur Selbstaufopferung versteift. Es war kaum anzunehmen, daß man die Wegatrabanten mit gleichartiger Hartnäckigkeit gegen die Haluter verteidigt hatte.

Perry hatte die Interkomverbindung eingeschaltet. Er legte Wert darauf, daß seine Anordnungen überall im Schiff gehört wurden.

„Rhodan an Ortung: Lassen Sie sich nur nicht dazu hinreißen, einen Tasterimpuls auf die Reise zu schicken. Wir wären schneller eingepeilt, als es uns lieb sein könnte."

„Ortung an Rhodan – verstanden. Wir empfangen verblüffend wenig Fremdimpulse. Im Wega-System scheint nicht viel los zu sein."

„Um so besser. Achtung, Funkzentrale: Wie sieht es bei Ihnen aus?"

Major Kinser Wholey meldete sich augenblicklich. Ich konnte den dunkelhäutigen Afroterraner gut leiden. Sein Lachen hatte uns schon aus mancher trübseligen Stimmung aufgerüttelt.

„Ich habe fünf verschiedene Peilungen laufen. Drei davon stammen von halutischen Raumschiffen. Die beiden anderen sind kaum hörbar und liegen außerdem auf normallichtschneller Ultrakurzwelle. Diese Nachrichten müssen schon vor einiger Zeit abgestrahlt worden sein, oder sie könnten noch nicht hier sein. Die Kodesprüche der Haluter kommen mit Lautstärke vier auf Hyperwelle herein. Es sieht danach aus, als handelte es sich um Wachschiffe, deren Kommandanten sich hier und da verständigen."

„Bleiben Sie auf dem Frequenzband. Achtung! – astronomische Station: Was können Sie mit Ihren energetischen Schirmspiegel-Teleskopen erkennen?"

„Wir haben alle Planeten, die auf der uns zugewendeten Sonnenseite stehen, auf den Projektionsflächen. Vergrößerungsfaktor einwandfrei. Ferrol steht klar erkennbar im Apogäum seiner Umlaufbahn."

„Können Sie Oberflächenausschnitte hereinholen?"

„Nein, Sir. Für eine noch stärkere Vergrößerung müßten wir Dreihundertmeter-Energiespiegel aufbauen. Kann das erlaubt werden."

Cart Rudo winkte hastig ab.

„Nur nicht, Sir", sagte er zu Rhodan. „Die energetischen Spiegelteleskope können erfahrungsgemäß gut geortet werden."

Perry nickte. Er ging keine vermeidbaren Risiken ein.

„Astro-Station: Unterlassen Sie es wegen der Ortungsgefahr. Wie sieht es auf Ferrol aus?"

„Die Oberfläche scheint verwüstet zu sein. Die sichtbare Nachthalbkugel leuchtet grünblau. Eine gewisse radioaktive Verseuchung kann als wahrscheinlich angenommen werden."

Perry unterbrach die Verbindung.

Ich kontrollierte die Hauptanzeigen der Zentrale. Unsere Schutzschirme waren noch vor Beginn des langen Linearflugmanövers abgeschaltet worden. Man hätte sie sehr gut und über große Entfernungen hinweg orten können.

Die Triebwerke und Kraftstationen waren ebenfalls stillgelegt worden. Nur ein Hilfsmeiler lief mit halber Leistung und versorgte uns mit Arbeitsstrom. Wir benötigten im Augenblick nicht viel. Die Hauptverbraucher waren alle abgeschaltet worden.

Es war riskant, mit einem derart lahmgelegten Raumschiff vor einem Sonnensystem aufzukreuzen, in dem unter Umständen einige tausend Schiffe der Haluter stationiert waren.

Von den Lemurern hatten wir meiner Meinung nach in diesem Raumsektor kaum noch etwas zu befürchten. Hier waren sie schon vor vielen Jahren entscheidend geschlagen und auf ihre wichtigsten Interessengebiete zurückgedrängt worden.

Wega VI, der Planet, der uns am meisten interessierte, war von unserer Position aus nur schwer auszumachen. Er stand mit seitlicher Höhenversetzung hinter der Sonne und war so klein, daß wir ihn nur mit der überlichtschnellen Reliefortung hätten einfangen können. Das aber konnten wir nicht wagen.

Rhodan lehnte sich in seinem Sessel zurück und überlegte. Bisher war alles planmäßig verlaufen. Nun war eine sogenannte „Sekundärentscheidung“ fällig. Dabei handelte es sich um einen Planungsfaktor, den man auf verschiedene Art lösen konnte. Es kam darauf an, die beste Möglichkeit zu finden.

„Zwei Moskito-Jets dürften zur Erkundung genügen“, überlegte Perry laut. „Eine Korvette ist zu groß. Wer macht das?“

Er sah sich um. Niemand meldete sich, da es sich laut Planung um meine Aufgabe handelte.

Ich stand also stillschweigend auf und drückte die Sprechtaste der Interkomverbindung nieder.

„Atlan spricht. Major Don Redhorse – Sie fliegen mit mir als Ortungsnavigator. Oberst Melbar Kasom – Sie fliegen den zweiten Moskitojäger. Ihr Orter ist Captain Finch Eyseman. Achtung, Chef, Moskitowartung: Machen Sie zwei Maschinen mit kompletter Kamera- und Analysatorausrüstung klar. Laden Sie die Magazinzuführungen der Transformkanonen mit je zwei Hochkatalysebomben à zwanzig Gigatonnen. Nahrungskonzentrate und Wasser für vier Wochen Flugzeit. Startbereitschaft schnellstens herstellen, Ende.“

Der Chef der Moskitowartung bestätigte. Kasom verließ bereits die Zentrale. Rhodan runzelte die Stirn.

„Ausrüstung für vier Wochen Flugzeit?"

„Arkoniden waren schon immer vorsichtige Leute. Wenn wir eure stolze CREST nicht mehr finden sollten, werden wir irgendwo eine Kolonie mit gemischter Besatzung gründen."

Cart Rudo lachte. Solche Worte konnten einem Epsaler imponieren. Er wußte nicht, daß mir in meiner Haut nicht wohl zumute war. Es war vermessen, mit zwei winzigen Maschinen einen Planeten anzufliegen, von dem wir alle Daten aus der Realzeit besaßen. Wie er jetzt, etwa fünfzigtausend Jahre früher, aussah, würde sich noch herausstellen.

Ich verabschiedete mich mit einem Winken.

„Laß dich nicht von den Halutern erwischen", rief mir Perry nach. „Wir bleiben mit Schleichfahrt auf diesem Kurs. Ich muß dir wohl nicht vor Augen halten, daß Funksprüche jeder Art unmöglich sind. Die Sicherheit der CREST geht über alles – auch im Notfall."

„Freund – solche Hinweise habe ich schon tausendfach gegeben, als . . .!"

„. . . meine Urväter noch in Höhlen hausten und mit Steinkeulen aufeinandereinschlugen. Ja, ich weiß. Entschuldige, Opa. Ich wollte nicht respektlos sein."

„Eben. Man soll das Alter ehren", fügte Rudo mit aufreizender Würde hinzu.

Ich ließ mich auf keine Diskussion ein. Wie kam es nur, daß in mir gerade bei solchen Bemerkungen ein heißes Gefühl der Zuneigung erwachte? Mein Logiksektor meldete sich sofort.

„Das weißt du genau. Sie lieben dich. Sie werden innerlich um dich zittern, bis du wieder an Bord bist. Das werden sie aber niemals zu erkennen geben. Sie sind nun einmal so."

Ich ging mit der Gewißheit, fünftausend ehrliche Freunde zurückzulassen. Ich benutzte die Rohrbahnverbindung zu den Oberdeckhangars, in denen die neuen Moskito-Jets abgestellt waren.

Als ich einen der großen Räume betrat, vernahm ich einige zirpende Laute. Lemy Danger saß in voller Ausrüstung auf der Schmalkante einer offenstehenden Panzertür und gab sich alle Mühe, meine Aufmerksamkeit zu erregen. Ich blieb stehen und sah nach oben. Er war knapp fünfzig Zentimeter von meinem Gesicht entfernt.

Lemy brüllte. Ich bemerkte es an seinem giftgrün schillernden Gesicht. Trotzdem mußte ich aufpassen, um ihn verstehen zu können. Kasom kam erbost näher. Er schien seinen zwerghaften Kollegen jetzt erst entdeckt zu haben.

„Sir, Spezialist Danger bittet um die Erlaubnis, an dem Erkundungsflug teilnehmen zu dürfen“, schrie der Wichtelmann. Er stand auf der Türkante und hatte eine vorbildliche Haltung angenommen.

Ich räusperte mich überrascht und suchte nach Worten. Danger wurde nervös.

„Sir, ich könnte notfalls mit meinem Fluggerät den Jäger verlassen und gänzlich unauffällig Dinge untersuchen, die Sie im schnellen Vorbeiflug vielleicht nicht sehen können“, drängte der kleinste Spezialist der USO. „Sir, bitte, nehmen Sie mich mit.“

Kasom stieß mit dem Fuß gegen die Verbindungstür. Sie schwang zurück, und unser Superheld segelte durch die Luft. Er reagierte jedoch so blitzartig, wie es für einen Siganesen typisch war.

Sein Antigravgerät verhinderte den Absturz und hielt ihn dicht über dem Boden an.

„Das hast du dir wohl gedacht, du ertrusischer Rüpel“, brüllte Lemy den zweieinhalb Meter hohen Giganten an. „Unhold, Tunichtgut, Taugenichts! Unanständiger! Schande der Menschheit!“

„Der flucht ja wieder entsetzlich“, sagte Kasom ungerührt. Ich konnte mich kaum noch beherrschen. „Wollen Sie das Mikrokarnickel wirklich mitnehmen?“

Lemy stieß einen Schrei aus und griff zu seiner Impulsstrahlwaffe. Sie war winzig, aber vernichtend in ihrer Wirkung. Wenn er sich vor den Schikanen der Normalgewachsenen gar nicht mehr retten konnte, pflegte er die Waffe auf schwächste Leistung einzustellen und den Beleidigern dicke Brandblasen auf die Füße zu brennen.

Kasom lachte und drückte auf den Knopf seiner Schirmfeldautomatik.

Lemys Schuß verpuffte wirkungslos.

„Werde satt und dick, Lemy“, sagte der Ertruser beschwichtigend. Er gebrauchte damit die freundschaftliche Grußform seiner Heimat.

Der Kleine beruhigte sich sofort. Er war niemals nachtragend. Er schwebte zu meiner Schulter empor und rief mir zu:

„Ich habe ihm verziehen, Sir. Bitte, vergessen Sie meine unbotmäßigen Verwünschungen.“

„Oh, waren sie das?"

Er betrachtete mich mit seinen Knopfaugen und überlegte, wie ich das wohl gemeint hatte. Ich beendete den Streit.

„Schön, Sie fliegen mit mir. Suchen Sie sich einen möglichst bequemen Platz und denken Sie daran, daß ich wahrscheinlich sehr harte Manöver fliegen muß. Rechnen Sie mit dem Durchbruch von drei bis acht Gravos."

„Kleinigkeit, Sir. Mein Anzugsabsorber ist gut für zehn Gravos. Außerdem bin ich sportlich gestählt."

Das Menschlein summte davon. Don Redhorse, den ich zu meinem Kopiloten bestimmt hatte, obwohl er Chef der Ersten Korvettenflottille war, fing Danger mit einer Hand auf und setzte ihn in der winzigen Luftschleuse des Jägers ab.

„Sie gestatten doch, Herr General", sagte der Cheyenne zuvorkommend. „Sie werden uns notfalls aus einer Falle heraushauen, nicht wahr?"

„Aber sicher, Herr Major, aber sicher!" rief Lemy begeistert. „Würden Sie die Güte haben, mir die Schleuse zu öffnen?"

Der hochgewachsene Terraner mit dem Adlerprofil drückte auf den Knopf, und Lemy schwebte hinein.

Nebenan zwängte sich Kasom durch die Luftschleuse, schob sich am Sitz des Orters vorbei und ließ sich im verstellbaren Pilotensessel nieder. Er beherrschte die Moskitos meisterhaft. Captain Finch Eyseman, ein hagerer, verträumt wirkender Junge mit braunen Augen, folgte dem Ertruser. Eysemann hatte ich noch als blutjungen Leutnant kennengelernt. Mittlerweile hatte er eine Erfahrung gewonnen, wie sie mancher Fünfzigjährige nicht besaß.

Ich betrat meine sechsundzwanzig Meter lange, am scharf auslaufenden Bug vier Meter und am verjüngten Heck drei Meter durchmessende Maschine. Die Mannschleuse lag vor den scharfgepfeilten Deltatragflächen, die einen Moskito zusammen mit den aerodynamischen Hilfsrudern in der Atmosphäre eines Himmelskörpers zu einem normalen Flugzeug machen konnten.

Die Instrumentierung war sinnverwirrend. Obwohl Moskitos nach Schaltgruppen robotisiert waren, hatte der Pilot immer noch genug zu tun, um allein die zum Flugbetrieb erforderlichen Anlagen überwachen und beherrschen zu können.

Ich nahm im Pneumositz Platz, wartete die Körperanpassung ab und fuhr die Anschnallgurte aus. Don Redhorse klappte mir den Druckhelm des Raumanzuges über den Kopf und schaltete um auf Zentralbeatmung. Während des Fluges sparte man – wenn man vernünftig war! – den kostbaren Sauerstoff des Anzuges für Notfälle.

Ich drückte auf den Schalter der automatischen Endkontrolle. Zweihundertelf grüne Lämpchen zeigten an, daß alles in Ordnung war.

Wir wurden von Abstoßfeldern sanft über die Hangarschienen geschoben und im Schleusenraum angehalten. Die inneren Tore schlossen sich. Die Turbopumpen saugten die Luft ab, schufen ein annäherndes Vakuum, und dann glitten die Tubendeckel auf. Ich erspähte einen winzigen Abschnitt des Raumes.

Hier, in den Randzonen der Galaxis, gab es nicht mehr die sinnbetäubende Sternfülle wie im Zentrum. Nachdem ich dieses Leuchten und Wallen tagelang in mich aufgenommen hatte, fühlte ich mich plötzlich sehr einsam.

Die Stimme des Kontrolloffiziers vertrieb die trüben Gedanken. Ich winkte zu Kasom hinüber und gab den Start frei. Sein Jäger verwandelte sich in einen zuckenden Blitz, der übergangslos aus der Halle verschwand. Nur ein Vibrieren zeugte davon, daß die Maschine mit einem Wert von zweihundert Gravos über die Schienen gerissen und abgestoßen worden war.

Ich blickte nochmals auf die Kontrollampen meines Andruckneutralisators. Der siganesische Atomreaktor, unser Kraftspender, lief bereits auf voller Leistung. Er hatte die Zusatzanlagen mit Energie zu versorgen. Mit dem Triebwerk hatte er nichts zu tun. Das war völlig autark.

Sekunden später wurde auch meine Maschine aus dem Mutterschiff gerissen. Die Andrucksynchronisation funktionierte so einwandfrei, daß nicht einmal der Bruchteil eines Gravos durchkam.

„Glück gehabt!“ sagte Don Redhorse trocken.

Das Impulstriebwerk des Jägers brüllte auf. Ich schaltete den vorprogrammierten Automatpiloten ein und folgte Kasoms Maschine, die nur noch als grüner Echopunkt auf meinem Energieorter zu sehen war.

Der Ertruser drosselte die Schubleistung seines Triebwerks, bis ich dicht aufgeschlossen hatte. Dann nahmen wir mit siebenhundert Kilometer pro Sekundenquadrat Beschleunigung Fahrt auf. Ziel war der unsichtbare sechste Planet, den wir mit zwei kurzen Linearmanövern erreichen wollten.

Nachdem wir fünfundzwanzig Prozent der einfachen Lichtgeschwindigkeit erreicht hatten, leiteten wir das Manöver ein.

Der Flug dauerte nur dreieinviertel Minuten. Nachdem wir in den Einsteinraum eingetaucht waren, konnten wir den sechsten Planeten in einer Entfernung von 41 823 593 Millionen Kilometer Entfernung ausmachen. Diesmal setzten wir ohne Rücksicht auf etwaige Peilgefahren die Hyperortung ein, bestimmten die genaue Distanz und überließen die Fahrstufe den Bordgehirnen. Dafür waren sie schließlich da.

Das zweite Manöver begann. Vorher hatte ich den dunkelroten Waffenknopf auf dem Griffende des Impulsknüppels entsichert. Nur die Sicherung für die starr in Flugrichtung eingebaute Transformkanone war noch eingerastet. Wir glitten auf eine Welt zu, die Frasbur Tanos VI genannt hatte.

Die Schubumlenkung arbeitete einwandfrei. Kasom war knapp zwanzig Kilometer hinter mir mit seitlicher Versetzung im vertikalen Grünsektor. Ich bremste mit Höchstwerten. Der Planet schien trotzdem auf mich zuzufallen. Jägerpiloten stehen immer wieder vor einer psychischen Belastungsprobe, wenn sie mit hoher Fahrt auf einen Himmelskörper zurasen. Obwohl die Tasterpositronik meiner Maschine exakt arbeitete und ein Unfall daher ausgeschlossen war, hatte ich das Gefühl, hinter der dünnen Panzerplastscheibe der Vollsichtkanzel zu einem vergessenen Einzelwesen ohne jede Rettungsmöglichkeit geworden zu sein. Redhorse saß hinter mir. Er blickte an meinem Rücken vorbei und versuchte, Einzelheiten auf der Oberfläche zu erkennen.

Viel war nicht zu sehen, denn Wega sechs war auch in der Vergangenheit eine einzige Dschungelhölle, deren blaugrüne Färbung nur selten von anderen Farbtönen unterbrochen wurde.

Die Steuerpositronik zeigte rotes Licht. Das bedeutete, daß ich nun die Manuellkontrollen zu übernehmen hatte.

Im Griffende des Impulsknüppels schrillte eine Klingel, die auch ein Tauber kaum überhören konnte. Ich fühlte das Rucken der einschnappenden Verbindung. Von da an war ich alleine Herr über eine Maschine, die immer noch mit dreitausend Kilometer pro Sekunde auf den Planeten zuraste.

„Nehmen Sie die Äquatorbahn, Sir“, riet der Cheyenne. „Wenn auf dem Nordpol tatsächlich die Festung existiert, könnten wir unter Feuer genommen werden.“

Das war theoretisch denkbar, praktisch jedoch unwahrscheinlich.

Wega VI, den wir Pigell nannten, war in letzter Zeit sicherlich von vielen Schiffen angeflogen worden. Selbstverständlich hatte sich die Besatzung der Zeitstation gehütet, ihre gutgetarnte Niederlassung durch einen Feuerüberfall auf halutische oder lemurische Raumschiffe zu verraten.

Anders mußte es aussehen, wenn plötzlich die CREST ankam. Wir wußten aus Frasburs Gedächtnisinhalt, daß dieses Riesenschiff einmalig in der gesamten Galaxis war. Ich war auch davon überzeugt, daß die tefrodische Besatzung der Zeitstation eine genaue Beschreibung der zweieinhalb Kilometer durchmessenden Riesenkugel erhalten hatte.

Sie war mit keinem anderen Schiff zu verwechseln. Außerdem konnte sie immer nur alleine auftauchen. Schon die erste Energieortung mußte die Tefroder darüber informieren, wer da aus dem Raum angeschossen kam. Wir besaßen nun einmal wesentlich stärkere Kraftwerke als jedes andere Schiff. Das konnte angemessen und mit guten Geräten auch folgerichtig ausgewertet werden.

Diese Details waren von Rhodan alle bedacht worden.

Die zwei kleinen Jäger, die nun über Pigell erschienen, konnten den Lemurern, den Halutern oder einem anderen raumfahrenden Volk gehören. Wir waren eindeutig *nicht* die gesuchte CREST und daher ziemlich sicher.

Dies teilte ich Don Redhorse mit.

Er sagte nur „oh“, runzelte die Stirn und kümmerte sich dann um die vollautomatischen Kameras. Die Fernanalyse lief ebenfalls an. Aus dem freien Raum konnten wir fast alle Daten ermitteln, nur erhielten wir dort keine Luftproben, Mikrokulturen und haargenaue Temperaturen. Ich mußte in die Atmosphäre eintauchen, ob ich nun wollte oder nicht.

Kasom drehte bereits ab. Der Funksprechverkehr mit ihm war abgerissen. Wir konnten es nicht wagen, unsere Durchsagen auffangen zu lassen. Die Sprache der Haluter beherrschten wir nicht, und das gebräuchliche Tefroda war unangebracht. Es wäre keinem lemurischen Piloten eingefallen, den längst aufgegebenen Planeten anzufliegen. Also schwiegen wir besser. Sollten sie uns da unten meinetwegen für Kolonisten aus einem Nachbarsystem halten, die hier einmal nachsehen wollten, wie weit die halutische Offensive fortgeschritten war.

Ich drückte den Knüppel nach vorn. Die Hecksteuerdüsen kippten nach unten und zwangen die Maschine zum Sturzflug.

Eine weitere Schaltung fuhr den Stromreaktor auf Maximalleistung hoch und baute gleichzeitig den Prallschirm zur Abwehr der Luftmoleküle auf.

Ich hielt auf ein Gebirge zu, das etwa in Höhe des vierzigsten Breitengrades Nord aus dem dichten Urwald hervorragte.

Draußen begann es fürchterlich zu krachen. Vor dem Prallschirm bildete sich unvermittelt eine weißglühende Wolke, die immer dichter wurde, je weiter ich in die Atmosphäre eindrang.

Erst in hundert Kilometer Höhe fing ich die Maschine mit vollem Schub aus den Bugdüsen auf. Von unten betrachtet, mußten wir einem verglühenden Meteor gleichen.

Der Vortrieb war längst abgeschaltet. Ich wartete in aller Ruhe ab, bis die Luftreibung die Eintauchfahrt aufhob und das weiße Glühen nachließ. Als es ganz erlosch, schossen wir mit nur noch siebenfacher Schallgeschwindigkeit in fünfundzwanzig Kilometer Höhe über das dampfende Land hinweg.

Kasom war hinter der Planetenrundung verschwunden. Ich blieb fünf Minuten lang auf Westkurs, schwenkte dann nach Süden ab, überquerte einige typische Landformationen und zog den Jäger wieder hoch.

„Exakt!" schrie Redhorse überflüssig laut. „Geringfügige Veränderungen sind vorhanden, aber die dürften keine Rolle spielen. Analyse zeigt grün. Auswertung beendet."

„Gut. Ich gehe jetzt auf Nordkurs."

„Sie wollen doch wohl nicht die Polberge überfliegen?" erkundigte sich der Major auffallend ruhig.

„Was dachten Sie?"

„Darunter liegt die Raumfestung, Sir."

„Sie sagen es. Wir brauchen erstklassige Aufnahmen. Achtung, ich gehe wieder runter."

Der Moskito kippte über die linke Fläche ab. Wir hatten mittlerweile wieder hundertfünfzig Kilometer Höhe erreicht. Die Polrundung war schon auszumachen.

„Mein längst vergessener Vorfahr, den man in den Indianerkriegen ‚Großer Schädelspalter' nannte, würde jetzt Manitu anrufen", stellte Redhorse seufzend fest.

„Und wen wollen Sie anrufen?"

„Einen verrückten Arkoniden namens Atlan."

„Die Respektlosigkeit sei Ihnen verziehen, Rotes Pferd. Wann wollen Sie eigentlich wieder die elektronischen Kameras einschalten?"

Er sagte nichts mehr.

Heulend raste die Maschine auf die nordpolaren Berge zu. Dabei überquerten wir eine flache Hügelgruppe, die auf unseren Karten als Nordsierra eingetragen war. Sie lag fünfhundertsechsundneunzig Kilometer südlich des Pols auf null Grad Länge.

Wenige Augenblicke später orgelten wir über die nordpolare Gebirgskette hinweg, und ich riß die Maschine hoch

Gleichzeitig begann wieder der Vortrieb. Diesmal spielte uns die Andrucksneutralisation einen Streich.

Sie setzte um etwa eine Zehntausendstelsekunde zu spät ein, doch dies genügte schon, um einen Bruchteil des harten Anlaufwertes durchkommen zu lassen.

Ich wurde mit unvorstellbarer Wucht in den Sessel gepreßt. Ehe ich bewußtlos werden konnte, wurden die Beharrungskräfte neutralisiert.

Als ich wieder klar sehen konnte, standen wir bereits tief im Raum.

Don Redhorse hatte einen seltsamen Humor. Er rief mit krächzender Stimme:

„Falls Sie noch leben, sollten Sie das zentrale Ventil der Sauerstoffversorgung öffnen. Es hat sich durch den Andruck geschlossen. Ich bin nämlich am Ersticken, wissen Sie."

Ich schlug schleunigst auf den Störungsschalter. Redhorse begann keuchend zu atmen.

„Klasse", sagte er hustend. „Sie sind ein Genie, Lordadmiral. Da fällt mir übrigens ein, daß wir Ihren siganesischen Spezialisten an Bord haben. Haben Sie ihn zufällig gesehen?"

Ich stieß die fürchterlichsten Verwünschungen aus, die ich während meiner zehntausendjährigen Wanderung auf der Erde gehört hatte. Die normannischen Sprachschöpfungen waren sehr kernig, die orientalischen etwas eleganter, aber nicht weniger ausdrucksvoll.

„Lemy“ schrie ich verzweifelt. „Lemy, wo stecken Sie? Melden Sie sich. Spezialist Danger!“

Es blieb totenstill.

„Der wird doch nicht abgesprungen sein?“ meinte der Cheyenne.

„Lemy . . .!“ rief ich erneut. Wie hatte ich den Kleinen nur vergessen können!

„Zur Stelle, Sir“, piepste plötzlich ein Stimmchen. „Ist Ihnen nicht wohl, Sir?“

„Der Teufel soll Sie holen“, schimpfte ich erleichtert.

„Aber, Sir! Ich . . .!“

„Wo waren Sie?“ unterbrach ich ihn. „Sind Sie noch in Ordnung?“

„Klar, Sir. Ich liege auf dem Bodensichtluk neben dem Verschlußstück der Transformkanone. Meine Teleaufnahme von besonders markanten Oberflächenpunkten dürften interessant sein. Haben Sie die getarnten Peilantennen auf dem schüsselförmigen Hohlgipfel des höchsten Polarberges gesehen?“

„Nein. Aber ich habe dafür gesorgt, daß wir nicht ungespitzt in den Boden fuhren.“

„Natürlich. Verzeihen Sie mir, Sir. Ich habe die Anlage fotografiert. Fliegen wir jetzt wieder zurück?“

Redhorse lachte. Ich warf ihm durch den Pilotenspiegel einen grimmigen Blick zu und leitete dann ein direktes Linearmanöver zur CREST ein. Die entsprechenden Daten waren ebenfalls vorprogrammiert.

Als wir in den Einsteinraum zurückkehrten, schimmerte der Kugelkörper der CREST auf dem Echoschirm. Melbar Kasom war schon vor uns angekommen. Er wurde soeben von einem leichten Traktorstrahl erfaßt.

Wir mußten zehn Minuten warten, bis die Fahrtangleichung erzielt war. Dann wurden wir ebenfalls von dem Energiefinger ergriffen und vorsichtig in die Röhrenschleuse gezogen.

Nach dem Druckausgleich zwängte ich mich als letzter Mann durch die Luftschleuse des Jägers. Redhorse sprach mit den Männern der Moskitowartung.

„. . . der verrückteste Bursche, der mir je über den Weg gelaufen ist. Rast der doch mit einem Affenzahn in die Lufthülle hinein, daß mein Sitzfleisch heiß wurde. Ich kann euch nur raten, niemals mit ihm auf die Reise zu ge . . .!"

Er sah mich, verstummte und – grinste! Was hätte er auch sonst tun sollen.

„Wenn Sie mich wieder einmal brauchen, Sir, stets zu Ihren Diensten; gezeichnet Don Redhorse, Major der Solaren Flotte."

Er grüßte und ging davon.

„Ungehörig, sehr ungehörig", rief mir Lemy Danger zu.

„Gehen Sie mir nicht auf die Nerven", bat ich seufzend. „Sie habe ich auch nur einmal mitgenommen. Wo ist eigentlich Ihre Kamera?"

Lemy griff in die Tasche und zerrte ein Ding hervor, das ungefähr halb so groß war wie ein Kirschkern.

„Da die Kamera leistungsfähig sein muß, ist sie leider etwas klobig ausgefallen", entschuldigte er sich.

„Oh – klobig, so, so."

Kasoms Rechte fuhr durch die Luft, und schon war Spezialist Danger mitsamt Kamera und Schutzanzug verschwunden. Aus dem Hohlraum von Melbars Hand drang nur noch ein undeutliches Pfeifen hervor.

„Was haben Sie vor?" fragte ich erschöpft.

„Ich haue ihn in die Pfanne. In einer Stunde können wir essen. Sind Sie bis dahin mit Ihrem Bericht fertig, Sir?"

Kasom ging und ließ mich mit etwa zwanzig brüllenden Terranern allein. Rhodan stand in der äußeren Panzerpforte und amüsierte sich auf meine Kosten. Hinter mir waren die Techniker damit beschäftigt, die Optobänder mit etwa zwanzigtausend Meter Aufnahmematerial aus den Spezialkameras zu nehmen. Eine Entwicklung war nicht nötig. Die Bänder konnten sofort projiziert werden.

„Geben Sie dem armen Mann einen Stuhl", ordnete Perry an. „Seien Sie doch nicht so hartherzig, Captain."

Der Diensthabende bedauerte. Hier gäbe es keine Stühle. Es sei überhaupt ein Anachronismus, auf der supermodernen CREST von Stühlen zu sprechen.

Ich ging ebenfalls. Für heute reichte es. Diese Terraner hatten es faustdick hinter den Ohren.

9. Atlan

Die beiden ersten Phasen des Planes waren gelungen. Wir waren unbeschadet vor dem Wega-System angekommen, und die Erkundung war auch erfolgreich gewesen.

Wir hatten die Filme ausgewertet und daraus unsere Schlüsse gezogen. Pigell hatte sich nicht verändert. Er war nach wie vor eine dampfende Dschungelwelt mit mittleren Temperaturen von plus 68 Grad Celsius, einer Luftfeuchtigkeit von 92 bis 98 Prozent und einer Schwerkraft von 1,22 Gravos. Seine Rotation betrug 42,6 Stunden, die mittlere Sonnenentfernung 498 Millionen Kilometer und der äquatoriale Durchmesser 13 897 Kilometer.

Es gab etwa vierhundert mehr oder weniger große Inseln, die alle in den unübersehbaren Sumpfmeeren eingebettet lagen. Pigell war auch in der Realzeit für seine sturzflutartigen Unwetter bekannt.

Lemys Teleaufnahmen waren ausgezeichnet gelungen. Ich hatte mich bei ihm entschuldigt.

Die in der schüsselartigen Gipfelwölbung erkennbaren Antennen waren keine Peiler, sondern überlichtschnelle Energietaster mit hohem Erfassungsbereich. Dort, wo diese Antennen aus dem Gestein hervorragten, mußte auch die Abwehrfestung liegen. Die Kraftwerke und Geschütze solcher Forts waren niemals sehr weit von den Ortungseinheiten entfernt.

Unsere Geophysiker, Kartographen und Mathelogiker hatten innerhalb von vierzehn Stunden ein Meisterwerk geliefert. Wir besaßen jetzt Reliefkarten des Zielgebietes, auf denen die unterirdischen Anlagen mit einer Genauigkeit von siebenundneunzig Prozent eingezeichnet waren.

Die Programmierer hatten Major Cero Wiffert für einige Stunden aus der Feuerleitzentrale des Ultraschlachtschiffes verdrängt.

Die Zielautomatik wurde „gedopt". Sie erhielt komplizierte Zusatzschaltungen, die unsere Positroniker *optatronische Vergleichswertmessung* nannten.

Das bedeutete, daß die Zielautomatik nur auf jenes Landgebiet ansprechen würde, das an Hand der Aufnahmen und Karten als Bildvergleich in ihrem Gedächtnisspeicher verankert war.

Unsere Mathematiker waren ebenfalls nicht untätig gewesen. Sie hatten die Anlaufzeit einer modernen Abwehranlage mit dem zehnfachen Sicherheitsfaktor bedacht. Dadurch waren sie zu dem Schluß gekommen, daß die CREST nach ihrem blitzartigen Erscheinen über Pigell innerhalb von 1,81245 Sekunden das Wirkungsfeuer eröffnen mußte, wenn sie nicht selbst abgeschossen werden wollte.

Die Mathematiker gingen von der begründeten Annahme aus, daß die Festung feuerklar war. Allerdings arbeitete sie mit der Energie des Riesensterns Wega. Das erbrachte für uns einen kurzen Zeitgewinn, denn ehe das Fort schießen konnte, mußte es erst seine Zapfstrahlen zur Wega senden und die Energieversorgung sicherstellen.

So vorteilhaft, wie sich diese Tatsache anhörte, war sie in Wirklichkeit nicht. Die E-Zapfer der Tefroder waren weit überlichtschnell und konnten im Bruchteil einer Sekunde den Stern erreichen.

Der tatsächliche Zeitgewinn entstand durch das Einrichten der Waffen und den Umwandlungsprozeß der Sonnenkräfte. Unsere Wissenschaftler waren bei dem Faktor von 1,81245 Sekunden geblieben.

Welche kosmonautischen Probleme sie uns mit dieser Forderung auferlegten, konnte mit Worten kaum noch ausgedrückt werden. Die Schiffsoffiziere und Hochenergieingenieure schwitzten seit vielen Stunden.

Selbst Männer wie Cart Rudo oder Melbar Kasom waren nicht mehr fähig, die erforderlichen Schaltungen schnell genug vorzunehmen. Hier konnte nur noch die Automatik helfen; aber die war für Extremfälle nicht vorbereitet.

Unser Linearmanöver mußte haargenau östlich des Nordpols enden. Die Eintauchfahrt durfte im Interesse einer exakten Zielerfassung nicht höher sein als zweihundertfünfzig Kilometer pro Sekunde.

Die vorgeschriebene Angriffshöhe betrug hundertzwanzig Kilometer. Die obersten Schichten der Atmosphäre sollten möglichst nicht von den Abwehrschirmen berührt werden, damit es nicht zu unerwünschten Spiegelungen und Turbulenzen kam. Dies wäre der optatronischen Vergleichsmessung abträglich gewesen.

Alle Geschütze hatten einen bestimmten Sektor zu bestreichen.

Die Transformkanonen durften nur mit schwachen Kernladungen feuern, damit der Planet nicht zerplatzte.

Vierundzwanzig Stunden nach unserem Erscheinen vor dem Wega-System war es soweit. Die CREST III nahm Fahrt auf.

Wir glaubten, alles getan zu haben, was sich überhaupt tun ließ. In der Realzeit schrieb man den 19. Juni 2404.

Der 19. Juni war ein Solarer Nationalfeiertag. Heute vor 433 Jahren war Perry Rhodan mit drei anderen Astronauten der US-Space Force zum Mond gestartet. Außer Perry lebte von der alten STARDUST-Besatzung nur noch Reginald Bull, der jetzt wohl an ihn denken würde.

Ich lauschte auf das Dröhnen der schweren Impulstriebwerke. Der Übergang zum Linearraum hatte nur mit geringer Geschwindigkeit zu erfolgen. Sie sollte nicht höher sein als die vorgeschriebene Eintauchfahrt, mit der wir über Pigell anzukommen hatten.

Dies bedingte wiederum einen ungeheuren Kraftaufwand für das Kalupsche Kompensationsfeld. Je geringer die Geschwindigkeit zu Beginn eines Linearmanövers war, um so leistungsfähiger mußte der K-Schirm sein.

Die bewußten zweihundertfünfzig Kilometer pro Sekunde hatten wir trotz Minimalschub in wenigen Augenblicken erreicht. Es war soweit!

Perry beobachtete die Kontrollen der angeschlossenen Zusatzautomaten. Wir hatten praktisch nichts anders zu tun, als den Geräten die Aufgabe zu überlassen und mit der Angst fertig zu werden.

„Rhodan an alle. Manöver beginnt in neun Sekunden. Drücken Sie die Daumen. Noch vier Sekunden – drei – zwei –eins – null . . .!“

Wir hörten das Aufbrüllen der zwölf Riesenkraftwerke weit unter uns.

Die Bildschirme zeigten plötzlich das düstere Wallen der Librationszone. Nur auf dem Reliefschirm war noch die Wega zu sehen. Sie stand seitlich versetzt zum Markierungsstachel, denn der wies genau auf den Planeten Pigell, den wir natürlich noch nicht erkennen konnten.

Ich umklammerte wieder einmal die Lehnen meines Sessels. Die Männer trugen diesmal keine Raumanzüge, sondern die neuartigen terranischen Kampfkombinationen, die keinen Druckhelm und keine Separatbeatmung besaßen.

Dafür waren sie mit Energietornistern siganesischer Fertigung ausgerüstet. Jedermann an Bord war flugfähig und konnte einen starken Individual-Schutzschirm um seinen Körper legen.

In den riesigen Schleusenhallen standen die sorgfältig programmierten Kampfroboter. Die Räume waren bereits luftleer, und die Außentore hatten sich in die Kugelrundung der Außenzelle zurückgeschoben.

Es war alles für einen Blitzeinsatz vorbereitet. Fünfhundert Raumjäger vom Typ Moskito-Jet standen startklar in den ebenfalls geöffneten Tubenschleusen. Die Piloten brauchten nur noch auf den Knopf zu drücken.

„Zielanflug exakt, Korrektur beendet", vernahm ich die Durchsage unseres Leitenden Ingenieurs.

Perry wartete noch einige Augenblicke und griff erneut zum Mikrophon.

„Rhodan an alle: Die Überlichtfahrt ist so berechnet, daß wir etwa nach fünfzehn Minuten über dem Nordpol von Pigell ankommen werden. Je gemächlicher wir vorgehen, um so genauer können wir recherchieren. Denken Sie in jeder Phase der Geschehnisse daran, daß die Vernichtung der Raumfestung nur eine sekundäre Bedeutung besitzt. Wir *müssen* sie angreifen und ausschalten, wenn unser wichtigstes Vorhaben gelingen soll. Ich rekapituliere nochmals . . .!"

Er sah sich um. Sein Gesicht leuchtete im Licht der Instrumente grünlich auf. Hinter uns standen Icho Tolot und Melbar Kasom. Sie trugen beide ihre Spezialanzüge.

Rhodan sprach weiter.

„Nach der Zerstörung der Abwehrfestung werden wir durch sorglose Flugmanöver andeuten, daß wir an keine Gefahr mehr glauben. Die Zeitstation, auf die es mir in erster Linie ankommt, liegt fünfhundertsechsundneunzig Kilometer südlich der Polkuppel. Wir werden mit der Suche danach beginnen. Die charakteristische Abwehrwaffe eines Zeittransmitters besteht in einer Verschiebung der Bezugsebene. Es ist mit hoher Wahrscheinlichkeit damit zu rechnen, daß man die näherkommende CREST mit einem Absoluten Nullfeld angreifen und in die Relativzukunft versetzen wird. Ein Sprung in die Vergangenheit ist konstruktiv nicht möglich. Frasbur verriet bei dem Geheimverhör, daß kleine Zwischenzeittransmitter in irgendeiner Form mit ihrem Erbauungsdatum in Verbindung stehen. Sie können nur dann rückläufige Bewegungen durchführen, wenn sie einen Körper vorher in die Relativzukunft versetzt haben. Das ist sicher. Würde die Gefahr einer zweiten Verschiebung in noch weitere Fernen der Vergangenheit bestehen, würde ich das Unternehmen abbrechen."

Rhodan schwieg erneut und sammelte sich. Die Erklärungen fielen ihm schwer. Er fieberte den Ereignissen entgegen. Schließlich raffte er sich auf.

„Sinn und Zweck aller Vorbereitungen ist unser Wunsch, der jetzigen Epoche und damit den hartnäckig nach uns suchenden Lemurern zu entgehen. Nach der Ausschaltung der Festung, mit der uns Frasbur vernichten möchte, müssen wir dafür sorgen, daß wir von dem Zeittransmitter angegriffen werden. Wir wissen von Frasbur, daß diese Spezialstation keine schweren Waffen besitzt, mit denen sie der CREST gefährlich werden könnte. Die Abwehraufgabe obliegt der Festung. Es wäre von den Erbauern des Zeitstützpunktes närrisch gewesen, wenn sie diese Anlage auch noch mit aufwendigen Raumwaffen ausgestattet hätten. Damit will ich jedoch nicht sagen, daß wir einen Spaziergang hinab in die getarnten Räume machen können. Ein Robotkommando ist bestimmt vorhanden. Außerdem sollten Sie sich an die vorzüglichen Energieschutzschirme der Tefroder erinnern. Verlieren Sie nicht die Nerven und handeln Sie niemals vorschnell. Wenn jemand in diesem Universum Zeit hat, so sind wir es. Ende."

Er schaltete ab und verzog die Lippen, als er das Gelächter von wenigstens dreitausend Männern hörte.

„Nerven wie Kunstfaserstricke", sprach mich der Terraner leise an. „Ich habe manchmal das Gefühl, als würden die Männer Unternehmen dieser Art als besseren Nervenkitzel ansehen."

„Typisch terranisch. Glaubst du etwa, du wärest besser als sie? Oh – Spezialist Danger. Was kann ich für Sie tun?"

Der Wichtelmann war auf meine Sessellehne geflogen. Er trug wieder seine „überschwere" Kampfausrüstung, zu der auch Mikroatombomben mit autarkem Raketenantrieb gehörten. Wehe dem, der den Siganesen unterschätzte!

„Ich möchte, wenn Sie gestatten, Sir, in Ihrer Nähe bleiben. Unter Umständen kann ich Sie aus guter Deckung heraus maßgeblich unterstützten."

„Tun Sie das, mein Freund. Ich werde allerdings mit Tako Kakuta teleportieren."

„Könnten Sie mich dabei nicht in Ihre Außentasche stecken, Sir? Oder stellt meine Masse eine zu hohe Zusatzbelastung für Mr. Kakuta dar?“

Ich schaute mich um. Tako, der dritte Teleporter an Bord, lachte schallend.

„Wohl kaum, Lemy“, beendete ich das Gespräch. „Gucky und Ras Tschubai befördern Tolot und Kasom. Sie werden zugeben, daß beide Personen wesentlich mehr Masse besitzen als Sie und ich zusammen. In Ordnung, kommen Sie mit.“

Ich faßte ihn um die Hüfte, schob eine atomare Raketenhandgranate an meinem breiten Schultergurt zur Seite und steckte den Siganesen in die linke Brusttasche.

„Atmen Sie ihn nur nicht ein, Sir“, warnte Kasom, der neben dem dunkelhäutigen Teleporter Ras Tschubai stand. Tolot hatte den Mausbiber Gucky auf einen seiner vier Arme gesetzt. Der Kleine kicherte und flüsterte dem halutischen Giganten eine Bemerkung zu, die Tolot zu einem dröhnenden Auflachen veranlaßte.

„Ruhe an Bord“, grollte Cart Rudos Stimme. „Das gilt auch für Sonderoffizier Guck.“

„Speckmade“, schrie Gucky und zeigte seinen Nagezahn. „Mr. Guck, wenn's beliebt. Ah – was hast du eben gedacht?“

Gucky strampelte und wollte von Tolots Arm. Der ehemalige Trampbewohner hatte verbotenerweise in Rudos Bewußtseinsinhalt geschnüffelt und dort anscheinend einen für ihn unerfreulichen Gedanken aufgeschnappt.

Tolot beruhigte den Kleinen.

„Er hat mich in Gedanken beleidigt“, beschwerte er sich.

„Du wirst es überleben. Ruhe.“

Es wurde still. Lemy kitzelte mich am Kinn und zwinkerte mir vertraulich zu.

„Was hat der Oberst wohl gedacht, Sir?“

Ich hob die Schultern und stellte dann fest, daß von der vorgesehenen Überlichtflugzeit schon dreizehn Minuten vergangen waren. In zwei Minuten mußten wir – hoffentlich! – über Pigell herauskommen und wieder sichtbar werden.

Wir waren davon überzeugt, daß die Tefroder früher oder später mit unserer Ankunft rechneten. Sie hatten sich fraglos darauf vorbereitet.

Frasburs rätselhaftes Verschwinden mußte den Meistern der Insel zu denken gegeben haben. Da sie von unseren übersinnlich begabten Hilfskräften wußten, war eine richtige Schlußfolgerung wahrscheinlich.

Uns konnte nur Schnelligkeit und exaktes Handeln helfen, sonst nichts.

Als die CREST III die Librationszone zwischen der vierten und fünften Dimension verließ und in das Normaluniversum eintauchte, dachte ich nur noch an die knapp zwei Sekunden, die uns zur Verfügung standen.

Die Überlegungsvorgänge liefen mit ungeheurer Schnelligkeit in meinem Gehirn ab.

Pigell schwebte unter uns. Der unendlich komplizierte und gefährliche Anflug war gelungen.

Allerdings hatte nicht alles geklappt! Wir waren zu langsam, etwas zu tief und außerdem weiter östlich angekommen, als wir es geplant hatten. Die Wechselwirkung zwischen Kalupfeld und den zu absorbierenden Energieeinflüssen hatten zu winzigen Stabilitätsschwankungen geführt, wie sie bei Linearmanövern nun einmal unvermeidbar waren.

Bei normalen Flügen im freien Raum spielten Toleranzen von einigen Kilometern keine Rolle. Über Pigell kam es auf jede Zehntelsekunde und auf jeden Meter Höhe an.

Unter dem HÜ-Schirm leuchteten die dünnen Gase der oberen Atmosphäre auf. Wir standen nur knapp hundert Kilometer über der Oberfläche. Die Eintauchfahrt betrug an Stelle der vorgesehenen zweihundertfünfzig Kilometer pro Sekunde nur hundertachtzig km/sec.

Die Kraftwerke des Ultraschlachtschiffes liefen mit höchster Leistung. Die nordpolaren Berge lagen noch hinter dem Horizont.

All dies bemerkte ich in einem gedankenschnellen Augenblick. Techniker und Kosmonauten hatten eine Meisterleistung vollbracht – und doch waren wir nicht exakt genug angekommen.

Cart Rudo brauchte etwa eine Zehntelsekunde, um die Programmierung kurzfristig zu unterbrechen. Der Epsaler arbeitete mit ungeheurer Reaktionsschnelligkeit.

Mit der manuellen Sonderschaltung hob er einen Teil der Programmierung auf. Die Triebwerke begannen zu tosen. Die CREST III ruckte mit einem Wert von zweihundert Kilometern pro Sekunde an.

Das düstere Glühen auf den Bildschirmen wurde jählings zu einem grellweißen Feuerstrom, der die optatronische Vergleichswertmessung der Zielgeräte empfindlich stören mußte.

Die Luftturbulenzen, die unbedingt vermieden werden sollten, waren in vollem Gange. Hinter uns donnerten die nachglühenden atmosphärischen Gase in das von uns verursachte Vakuum hinein und entfesselten einen Orkan, der mit Urgewalt zur Oberfläche durchschlug und dort verheerende Druckwellen erzeugte.

Wir brauchten fast zwei Sekunden, um die Schußposition zu erreichen. Der Kommandant schaltete erneut. Das Toben der Triebwerke verstummte.

Die CREST flog mit der erreichten Geschwindigkeit weiter, da die Widerstandsbeiwerte der Luftreibung in dieser Höhe noch zu geringfügig waren, um die enorme Masse des Kugelriesen schnell anhalten zu können.

Jetzt konnte nur noch die menschliche Geschicklichkeit oder die überragende Qualität der Zielpositronik helfen.

Die vorgesehenen 1,81245 Sekunden bis zur Feueröffnung waren bereits um eine Sekunde überzogen, als die Automatik endlich ansprach. Sie hatte trotz der sichttrübenden Luftwirbel das Ziel erkannt.

Ehe die CREST von der ersten Breitseite durchgeschüttelt wurde, hatte die Polfestung bereits reagiert. Ein ultraheller Energiezapfstrahl von etwa fünf Kilometern Durchmesser brach aus dem Boden hervor und erreichte im gleichen Augenblick die Wega.

Die Kräfte des Riesensterns flossen schon in die Umformer der Festung hinab, als wir gerade mit der Notbeschleunigung begonnen hatten. Es war ein Spiel um Hundertstelsekunden.

Ich hörte Rhodan schreien. Er forderte Wiffert auf, das Manuellfeuer zu eröffnen. Über dem nunmehr sichtbaren Polgebirge begann es rötlich zu flimmern. Die Festung begann, einen eigenen Abwehrschirm aufzubauen. Gleichzeitig würden wohl die Geschütze einschwenken.

Dieses Einschwenken war meine letzte Hoffnung. Energieschaltungen aller Art liefen mit Lichtgeschwindigkeit ab. Die Masse einer schweren Strahlkanone konnte jedoch auf keinen Fall gleich schnell bewegt werden. Das war unsere Chance, nachdem wir nun einmal die Zeit überzogen hatten.

Alle Ereignisse spielten sich so schnell ab, daß wir kaum in der Lage waren, sie gleichzeitig zu verarbeiten.

Dann aber begannen die Kanonen der CREST zu sprechen. Sie brüllten auf, als der Zapfstrahl bereits stand und das intensiver werdende Flimmern über dem Gebirge von der beginnenden Stabilität des Schutzschirmes zeugte.

Eine Sekunde später standen wir fast vertikal über dem Zielgebiet, denn unsere Fahrt war durch die kurze Beschleunigungsperiode auf zirka fünfhundertneunzig km/sec. angewachsen.

Die Automatik hatte sich eingespielt und eröffnete das Wirkungsfeuer mit maximaler Schnelligkeit.

Rudo schaltete erneut. Er hob mit einem Notleistungsbremsschub von 0,50 Sekunden Dauer die Zusatzgeschwindigkeit auf, um den Feuerleitgeräten Gelegenheit zu bieten, den Salventrakt möglichst lange einhalten zu können.

Wir wurden durch das ständige Schütteln und Vibrieren nach Feuerlee gerissen. Niemand konnte mehr feststellen, wo unsere Energieschüsse einschlugen und wie tief sie in den Boden eindrangen.

Wir ahnten nur, daß es grauenhaft sein mußte. Die Festung war unbemannt und vollautomatisiert. Für Rhodans humane Einstellung bei der Anwendung von Massenvernichtungswaffen bedeutete das einen so beachtlichen Trost, daß er für die Transformkanonen das Feuer frei gab.

Wieder wurden wir in unsere Anschnallgurte gerissen. Flammen lohten in den Schutzschirmen. Zwanzig überlichtschnell abgestrahlte Fusionsbomben mit einem Energiegehalt von dreißig Megatonnen TNT pro Einheit waren als direkte Bodenzünder auf einem kreisförmigen, achtzig Kilometer durchmessenden Gebiet niedergegangen. Sie zündeten innerhalb der bereits kochenden Materie und erzeugten tiefe Krater.

Das Land wölbte sich auf, zerplatzte unter den Druckwellen der Explosionen und wurde dem Raum entgegengerissen.

Die Festung existierte nicht mehr. Der helle Zapfstrahl war plötzlich verschwunden. Dort, wo er vor zwei Sekunden zwischen den Berggipfeln hervorgebrochen war, wüteten jetzt Atomkräfte von unvorstellbarer Gewalt.

Die von der CREST erzeugte Verwüstungszone durchmaß in ihrer Gesamtheit etwas mehr als neunzig Kilometer.

Die zwanzig Ladungen, die nach den Begriffen unserer Waffenoffiziere „sehr klein" gewesen waren, denn man pflegte sonst nach Gigatonnen zu rechnen, hatten ausgereicht, den Festungsring vollständig zu zerstören.

Wenige Sekunden später standen wir schon wieder weit im Raum und hoben dort die Geschwindigkeit erneut auf. Die CREST schwenkte auf eine weite Kreisbahn ein, von der aus wir ungefärdet beobachten konnten, was wir da unten angerichtet hatten.

„Zu stark, viel zu stark", rief Rhodan zu meiner Überraschung. „Die tektonischen Beben werden sich mit solcher Gewalt fortpflanzen, daß die Zeitstation gefährdet ist. Sie ist nur knapp sechshundert Kilometer von der Wirkungszone entfernt. Sieben Transformbomben à dreißig Megatonnen hätten auch genügt. Schon das Wirkungsfeuer aus den Impuls- und Desintegratorkanonen wäre ausreichend gewesen. Wer hat das eigentlich berechnet?"

„Zehnfacher Sicherheitskoeffizient", meldete sich die mathematische Zentrale. „Wir haben im letzten Augenblick das Feuer eröffnet. Eine Dreiviertelsekunde später wären wir schrottreif gewesen."

„Glaube ich nicht."

„Es ist so, Sir. Der Schutzschirm stand bereits, und die Geschütze waren eingeschwenkt. Nur die radikale Zerstörung des gesamten Festungsringes konnte die Feuereröffnung einzelner Außenwerke verhindern. Der Zeitstützpunkt wird mit achtundneunzigprozentiger Wahrscheinlichkeit nicht zerstört werden. Zwischen der Polregion und den Bergen der Nordsierra, unter der die Station liegt, gibt es ein tiefes Urmeer, zwei weitere Gebirgszüge und ausgedehnte Urwälder. Die natürlichen Bodenformationen werden die Gewalt der Druckwellen brechen. Bodenverschiebungen sind nur bis höchstens dreihundertfünfzig Kilometer vom Wirkungsrand entfernt zu befürchten. Die Gegend nahe dem Stützpunkt wird ein Beben erleben, aber das dürfte nicht ausreichen, den erstklassig gebauten und befestigten Zeittransmitter auszuschalten."

„Woher wollen Sie wissen, wie erstklassig er abgesichert wurde?"

Dr. Hong Kao verlor niemals die Geduld. Ich hörte über seine langatmigen Ausführungen hinweg. Perry machte sich Vorwürfe, die Superwaffe seines Schiffes derart kompromißlos eingesetzt zu haben.

„Die Festung war eine Robotstation“, warf ich ein. „Was soll es, Terraner? Seit wann trauerst du zerschmolzenen Maschinen nach.?“

Er fühlte sich durchschaut. Cart Rudo betrachtete seine Manuellschaltungen so intensiv, als hätte er sie nie zuvor gesehen. Rhodan unterbrach sich mitten im Wort, öffnete den Mund zu einer heftigen Entgegnung und unterließ sie dann doch.

Eine Bemerkung konnte er aber doch nicht für sich behalten.

„Ein Schiff von der Größenordnung der CREST hat in erster Linie als Demonstrationsobjekt, nicht aber als wirkliche Waffe zu fungieren.“

Ich seufzte.

„Solange eine Demonstration hilft, bin ich gerne damit einverstanden. Ich glaube aber kaum, daß man das Robotgehirn der Festung damit hätte beeindrucken können!“

Er winkte demonstrativ ab. Aus seinen folgenden Worten erkannte ich endlich, was ihn tatsächlich beschäftigte. Natürlich war ihm die zerstörte Abwehranlage gleichgültig. Er hatte weiter gedacht.

„Wer sagt uns, daß es da unten keine eingeborenen Intelligenzen gab, die sich vielleicht wegen der am Pol erträglichen Temperaturen gerade dort entwickelt hatten?“

Auf diese Vorhaltung fand ich nicht so schnell eine Antwort.

„Pigell hat noch kein intelligentes Leben entwickelt. Wir hätten es in der Realzeit längst finden müssen.“

„Vielleicht ist es in der Vergangenheit, also zu dieser Stunde, durch eine taktische Maßnahme ausgerottet worden“, sagte er leise.

Die Berichte aus den verschiedenen Stationen beendeten das Gespräch. Ich war froh darüber.

Der Nordpol des sechsten Wegaplaneten glich noch immer einer gigantischen Lavalandschaft. Die Druckwellen hatten sich jedoch schon verlaufen. Die Fernortung stellte fest, daß die sechshundert Kilometer südlich liegenden Landstriche so gut wie unversehrt waren.

Eine radioaktive Verseuchung war nicht zu befürchten. Die terranischen Hochkatalysebomben waren in dieser Hinsicht sauber. Es gab allerdings auch Modelle mit allerhöchster Strahlungserzeugung. Wir hatten sie noch nie angewendet.

Nach einer Stunde waren die riesigen Wolken aus atomisiertem Gestein und Erdreich über dem Polgebiet verweht. Die auf Pigell ausgebrochenen Unwetter hatten ihn beseitigt.

Der Hauptrechenautomat des Schiffes meldete sich. Er folgte seiner Programmierung.

„Phase drei wird akut – Phase drei wird akut. Einleitung wird dringend empfohlen.“

Die CREST III fiel auf den Planeten zu und tauchte weit westlich der polaren Vernichtungszone in die Lufthülle ein.

Jetzt würden weit unter uns wieder die Ortungsgeräte Alarm geben. Ein Flugkörper wie das terranische Flottenflaggschiff konnte nicht unbemerkt bleiben.

Ich hatte noch nie in meinem langen Leben andere Intelligenzwesen oder Tiere gequält; weder körperlich noch seelisch. Wenn ich es getan haben sollte, so war es unwissentlich oder durch Unbedachtsamkeit geschehen.

Diesmal aber lachte ich! Ich lachte über den Tobsuchtsanfall eines Mannes, der sich für unüberwindbar und grenzenlos überlegen gehalten hatte.

Sein Name war Frasbur, Zeitagent der Meister der Insel.

Nach dem Feuerschlag auf die Festung hatte er seine Schauspielerei aufgegeben und damit begonnen, unsere Mutanten unflätig zu beschimpfen. Jetzt raste er immer noch.

Er hatte erkannt, wie elegant wir ihn genasführt und die Spitze des Schwertes gegen seine eigene Brust gerichtet hatten. Er beschimpfte mich ebenfalls, stieß zwecklose Drohungen aus und machte schließlich Angebote über Angebote, auf die niemand einging.

Die Ärzte hatten Frasbur zu seinem Schutz auf dem Speziallager festgeschnallt. Ein Assistent stand mit einer Beruhigungsspritze bereit. Rhodan war nicht erschienen. Es genügte, wenn ich mich den Grobheiten aussetzte.

Als Frasbur luftschnappend verstummte, kam ich endlich dazu, ein paar Worte zu sagen.

„Man soll seinen Gegner nie unterschätzen, Frasbur. Sie gelten nach terranischem Recht als Kriegsgefangener, obwohl man Sie eigentlich als Verbrecher aburteilen müßte. Dies maßen wir uns jedoch aus dem Grund nicht an, weil wir uns in der Vergangenheit befinden. Die Lebewesen, die Sie hier schädigen, sind im Grunde genommen seit fünfzigtausend Jahren tot. Trotzdem ist und bleibt es ein Verbrechen, die fähigsten Männer der Lemurer zu entführen und nach ihrem Schablonenmuster zahllose Duplos herzustellen. Wir werden ihre Zeitstation angreifen und das Wissen verwenden, das Sie uns in so reichlichem Maße übermittelt haben. Wenn Sie vernünftig sind, werden Sie jetzt noch einige Zusatzfragen beantworten."

Er fluchte. Ich ließ mich nicht stören. Vielleicht gelang es mir, noch einige interessante Fakten aus ihm herauszuholen.

„Sie sind also nicht vernünftig. Sie sollten als logisch denkender, wissenschaftlich geschulter Offizier wissen, daß Sie von Ihren Auftraggebern bereits abgeschrieben sind. Wenn Sie wie die Duplos einen Reizempfänger im Gehirn trügen, wären sie bereits tot; gestorben durch die Explosion des Mikrogerätes."

Wieder ein Fluch. Sein abgezehrtes Gesicht zuckte.

„Wir werden den Zwischenzeit-Transmitter erobern und ihn auch in Betrieb nehmen. Wollen Sie uns dabei behilflich sein?"

Er kniff die Augen zusammen und beruhigte sich übergangslos. Ich ahnte, daß ich einen schwachen Punkt berührt hatte. Wahrscheinlich dachte er jetzt daran, daß wir niemals dazu kommen würden, das Gerät für unsere Zwecke einzusetzen. Ich wollte dagegen nur von ihm bestätigt haben, ob eine Zeitversetzung des gesamten Schiffes so wahrscheinlich war, wie wir es uns ausgerechnet hatten. Wenn das so war, mußte Frasbur nun in seine alte Taktik zurückfallen und versuchen, uns in die Nähe der Station zu locken. Seine letzte Hoffnung mußte darin bestehen, uns durch eine plötzliche Verschiebung kampfunfähig zu machen. Wie würde er reagieren?

Er hatte nicht viel dazugelernt. Seine Schauspielkünste waren erschöpft und nicht mehr variierbar. Ich wußte sofort, was er im Sinne hatte. Ein Mann, der sich Augenblicke zuvor noch mit allen Kräften gegen die Gefangenschaft auflehnt und wegen eines Versagens vor Haß derart ausfällig wird, verwandelt sich nicht innerhalb von Sekunden in einen ehrlichen Freund.

Frasbur bemerkte es auch, aber er war nicht imstande, seine Beschönigungen einigermaßen glaubhaft vorzubringen.

„Sie meinen, man hätte mich abgeschrieben? Ist das Ihre tatsächliche Überzeugung?"

„Das sollten Sie doch besser wissen als ich. Die Meister der Insel sind erbarmungslos. *Sie* bedeuten ihnen nichts mehr, zumal sich diese Logiker wohl vorstellen können, daß wir Sie durch unsere Mutanten überlistet haben. Reden Sie also. Wenn Sie uns bei der Bedienung der Zeitstation helfen, erhalten Sie eine weitgehende Hafterleichterung. Was würde es Ihnen nützen, weiterhin aufsässig zu sein? Damit verschafft man sich kein Wohlwollen."

Er markierte den Unschlüssigen und überlegte. Seine nächste Reaktion würde für uns entscheidend sein.

„Besetzen Sie erst einmal die Station. Danach werde ich mich entscheiden."

„Sind Sie über die Zeitschaltungen informiert?"

„Ja."

Ich mußte mich mit aller Willenskraft beherrschen. Frasbur verriet mehr, als er dachte. Er konnte nicht auf die Idee kommen, daß es uns gleichgültig war, ob er die Schaltvorgänge kannte oder nicht. Rhodan war fest entschlossen, *niemals* Zeitexperimente vorzunehmen. Uns genügte es völlig, wenn wir um fünfhundert Jahre in die Zukunft versetzt wurden und die Lemurer hinter uns lassen konnten.

Frasbur fieberte meiner nächsten Frage entgegen. Er schmiedete schon wieder Pläne, die darauf abzielten, uns ins Verderben zu lokken.

„In welcher Form arbeitet der Zwischenzeit-Transmitter?"

„Wie meinen Sie das?"

„Ist er energiereich genug, um das Schiff auf der Zeitebene verschieben zu können?"

Frasbur reagierte etwas zu rasch. Außerdem hatten wir bereits erfahren, daß die Station ebenfalls ein Absolutes Nullfeld *außerhalb* der technischen Anlagen aufbauen konnte.

„Machen Sie sich keine falschen Hoffnungen, Admiral", erklärte der Zeitagent. „Diese Relaisstationen sind nur dafür bestimmt, kleinere Körper bis zur Größenordnung eines Raumbootes zu befördern. Das Transportgut muß außerdem in die Reaktionszone gebracht werden."

„Also in einen Saal oder eine Halle hinein?"

„Natürlich. Was dachten Sie?"

Jetzt lauerte er förmlich auf meine Antwort. Ich zeigte mich unentschlossen.

„Der Planet Vario ist jedoch in der Lage, jeden Körper . . .!"

„Das ist etwas anderes, unterbrach er mich hastig. „Vario, wie Sie den Riesentransmitter nennen, ist eine Superausführung. Die können

Sie hier aus verständlichen Gründen nicht erwarten. Greifen Sie an, erobern Sie den Stützpunkt, und geben Sie mir anschließend etwas Bedenkzeit. Ich werde mich dann entscheiden, ob ich zu Ihnen übertrete oder nicht."

Ich triumphierte innerlich. Er ebenfalls; nur nicht aus so guten Gründen wie ich.

„Wir werden es uns überlegen. Wo liegen die Eingänge zu dem Stützpunkt?"

Die Frage stellte ich nur noch beiläufig, obwohl gerade sie unser Problem beinhaltete. Die Mutanten hatten infolge ihrer fortgeschrittenen Erschöpfung nicht mehr ermitteln können, wie man in die Anlagen hineinkam.

Frasbur musterte mich mit einem spöttischen Blick.

„Sie wollen mich testen? Das wissen Sie doch längst. Ich habe einige Male unvorsichtigerweise daran gedacht und meinen Abwehrblock vernachlässigt."

„Wie kommt man hinein?"

„Durch zwei Antigravschächte; einen sehr großen für Materialtransporte und einen normalen Mannschacht. Die Öffnungen sind getarnt und der Umgebung angepaßt."

Er gab noch genaue Hinweise, die für uns unendlich wertvoll waren. Er tat es nur, um uns in den Angriffsabsichten zu bestärken, die seiner Auffassung nach zur Vernichtung der CREST III führen mußten. Ich hatte genug gehört und verabschiedete mich.

Als ich wieder die Zentrale erreichte und den Erfolg des Verhörs bekanntgab, stand das Ultraschlachtschiff etwa fünfhundert Kilometer südlich der Zeitstation auf null Grad Länge. Wir brauchten nur nach Norden zu fliegen, um den Stützpunkt zu erreichen.

In Pigells Atmosphäre tobten wieder einige Unwetter, die für diese dampfende Dschungelhölle typisch waren. Der Himmel leuchtete ständig unter Blitzentladungen auf. Sie strahlten die tiefziehenden Wolken an, aus denen sturzflutartige Regengüsse auf das Land niederpeitschten.

Die Ergebnisse des letzten Verhörs wurden nach verschiedenen Methoden ausgewertet. Es stand fest, daß Frasbur hinsichtlich der Eingänge die Wahrheit gesprochen hatte. Außerdem war uns bekannt, daß man durchaus nicht die Reaktionszone zu betreten brauchte, um zeitlich versetzt zu werden.

Die vierte Phase des Planes lief an. Wir hatten nicht so viel Zeit, wie es von den meisten Männern der Besatzung angenommen wurde. Der atomare Energieausbruch auf dem Nordpol konnte eine halutische Patrouille anlocken.

Letzte Detailberechnungen liefen ein. Die Einsatzkommandos standen absprungbereit in den geöffneten Schleusenpforten. Pigells Atmosphäre war für Menschen atembar. Uns quälte nur die extrem hohe Luftfeuchtigkeit, die im Einklang mit der Hitze eine kaum erträgliche Treibhausluft erzeugte.

Nach einer nochmaligen Lagebesprechung nahmen wir Fahrt auf.

Wir mußten vorerst die Unwissenden spielen. Es sollte so aussehen, als hätten wir Informationen über die Zeitstation erhalten, die aber nicht ausreichten, um sie zielstrebig zu entdecken.

Die Vernichtung der Festung mußte auf die Tefroder wie ein Blitzschlag aus heiterem Himmel gewirkt haben. Wir hatten ihnen die ungeheure Kampfkraft der CREST III vorgeführt.

Wenn dieser Gigant nunmehr im unsicheren Zickzackflug über dem Gelände des Stützpunktes erschien, mußte der tefrodische Stationskommandant unter allen Umständen nervös werden. Er konnte nicht ahnen, welche Informationen wir besaßen. Daß er einen Angriff selbstverständlich verhindern wollte, würde ihm keine andere Wahl bleiben, als die Initiative zu ergreifen und die charakteristische Waffe seiner Station einzusetzen. Mehr wollten wir nicht erreichen. Die vierte Phase sah vor, uns aus der gefährlichen Gegenwart entfernen zu lassen.

10. Atlan

Wir standen noch über dem Operationsgebiet und orteten. Unterhalb der klar erkennbaren Nordsierra, einer nur aus dreihundert Meter hohen Hügelformationen bestehenden Felsgruppe, spielten jetzt die Antennen. Man mußte uns eindeutig erkannt haben.

Unsere Ortung sprach so gut wie nicht an. Sogar die Energietaster zeigten nur undeutliche Diagramme, aus denen Uneingeweihte keinesfalls das Vorhandensein von mächtigen Kraftanlagen herausgelesen hätten. Die Meister der Insel verstanden es, ihre technischen Geheimnisse vor Unbefugten abzusichern. Der Zeittransmitter konnte nur mit Sonnenenergie arbeiten. Auch wenn es sich nur um eine Relaisstation mit beschränktem Wirkungsbereich handelte, konnte sie auf keinen Fall mit der Leistung von normalen Reaktoranlagen auskommen.

Eine Veränderung der Bezugsachse innerhalb der Zeitebenen erforderte nun einmal einen Kraftaufwand, den nur eine Sonne decken konnte.

Wenn also der berühmt-berüchtigte Zapfstrahl mit Überlichtgeschwindigkeit aus dem Boden hervorbrach, mußte es soweit sein. Wir hofften darauf.

Die CREST suchte das Gebiet in weiten Kreisflügen ab. Selbstverständlich liefen unsere Kraftwerke mit Notleistung, um die Abwehrschirme versorgen zu können. Rhodan wollte nicht das Risiko eingehen, unter Umständen von einigen leichteren Waffen abgeschossen zu werden. Schon eine mittelschwere Impulskanone hätte uns ohne Abwehrschirme gefährlich werden können.

Bisher hatte er es klugerweise vermieden, die Nordsierra direkt zu überfliegen. Wenn es die Tefroder jedoch verstanden, unsere stets enger werdenden Suchkurven zu berechnen, mußten sie erkennen, daß wir zwar langsam, dafür aber mit unerbittlicher Sicherheit das Ziel einkreisten.

An Bord wurde kaum gesprochen. Meßdaten kamen nicht durch. Die Geschütze waren feuerklar nach unten gerichtet. Rhodan war entschlossen, bei etwaigen Überraschungen sofort zu schießen. Die Existenz des Ultraschlachtschiffes durfte unter keinen Umständen gefährdet werden, selbst dann nicht, wenn wir den erhofften Zeitsprung in die Relativzukunft anschließend nicht mehr ausführen konnten.

Die achte Umkreisung des bekannten Zielgebietes begann. Ich verlor die Geduld. Mein Instinkt sagte mir, daß die Glutfackel des Nordpols nicht länger unbemerkt bleiben konnte. Die Haluter standen im System, das wußten wir. Außerdem bestand die Gefahr, daß die Meister der Insel durch irgendwelche geheimen Nachrichtenverbindungen längst von der Zerstörung der Festung erfahren hatten.

Auch sie konnten Schritte einleiten; darunter einen von ihnen provozierten Großangriff der lemurischen Flotte auf das Wegasystem. Vorwände dazu ließen sich finden.

Ich teilte Rhodan meine Befürchtungen mit. Cart Rudo räusperte sich und kniff die Augen zusammen. Tolots Stimme dröhnte durch die Zentrale.

„Mein Rat – folgen Sie dem Lordadmiral. Er ist instinktbegabt."

Ich lächelte über den noch nie gehörten Begriff. Dann überflutete mich wieder die Sorge um das Schiff wie eine heiße Welle.

„Wir müssen die Besatzung reizen. Längeres Abwarten ist zwecklos. Die Tefroder glauben sich noch sicher, weil wir eindeutig zu unsicher sind und die Qualität der Stationsabschirmung ein gewisses Gefühl der Geborgenheit hervorruft. Der Kommandant wird den Daumen auf dem berühmten Knopf haben, aber er wird noch stundenlang warten, wenn wir nichts unternehmen. Eröffne das Feuer aus den schweren Thermokanonen auf einen markanten Punkt außerhalb des eigentlichen Zielgebietes. Es muß so aussehen, als wären wir dort auf eine Ortung gestoßen, die uns zum Beschuß veranlaßt. Das reizt die Gemüter und beunruhigt die Nerven. Anschließend müssen wir dichter über den genauen Punkt aufschließen."

Perry schaute mich durchdringend an. Ich wartete auf eine Rückfrage, aber sie kam nicht. Er meldete nicht einmal Bedenken an.

Statt dessen erhielt der Erste Feuerleitoffizier detaillierte Befehle. Zwei überschwere Thermokanonen brüllten auf.

Die letzten Ausläufer der Nordsierra, kaum fünfzig Meter hohe, dschungelüberwucherte Felshöcker, zerschmolzen unter den Impulsstrahlen. Die Energiebahnen schlugen mühelos tief in das Gestein, bildeten dort eine Gaskugel und schmolzen unter ständig steigendem Druck eine unterirdische Höhlung aus. Anschließend gab das Material nach, und es kam zu den Explosionserscheinungen, wie sie für einen direkten Bodenbeschuß typisch waren.

Die CREST dröhnte über das kochende Land hinweg. Grellweiße Lavaströme wälzten sich über die Abhänge und strömten in das äquatoriale Urmeer. Unübersehbare Dampfwolken stiegen in den Himmel empor, wurden vom Sturm ergriffen und verweht. Wenig später regneten die Wolken ab.

Nach zehn Minuten nahm das Schiff Kurs auf die Mittelzone der Nordsierra. Darunter lag die Zeitstation. Wir hatten ihre Position nach Frasburs Angaben mit einer Toleranz von plus-minus zwölfhundert Meter ermittelt.

Die CREST stand in fünf Kilometern Höhe. Durch ihre enorme Größe mußte sie trotzdem beängstigend wirken. Unter unseren hochgespannten Schutzschirmen flammte die Atmosphäre auf. Regenschauer verdampften, und Orkanböen wurden als aufglühende Gasschweife abgelenkt.

Unsere Fahrt betrug nur hundert Kilometer pro Stunde. Durch die enorme Masse der CREST mußte es von unten betrachtet so aussehen, als wären wir noch wesentlich langsamer.

Gebannt schauten wir auf die Bildschirme. Jedermann lag angeschnallt in seinem gefechtsmäßigen Konturlager; nur die absprungbereiten Einsatzkommandos mußten diesen Komfort entbehren. Wenn wir von einem Absoluten Nullfeld ergriffen und zeitversetzt werden sollten, mußte nach der eintretenden Stabilisierung alles blitzschnell gehen.

Ich sah mich besorgt nach den drei Teleportern um, unter denen Gucky durch sein äußerst sensibles Gehirn der empfindlichste gegen physische Belastungen war. Hoffentlich überstand er alles gut.

Er war der stärkste Teleporter und hatte Icho Tolot zu transportieren. Die Mutanten hatten bis eine Stunde vor dem Einsatz in einem erholsamen Tiefschlaf gelegen. Sie waren wieder fit. Wir brauchten sie dringend.

„Zum Teufel, worauf warten die noch?“ ließ sich Rhodan vernehmen. „Wir befinden uns fast vertikal über dem Stützpunkt. Ortungszentrale – schicken Sie einen kräftigen Materietasterstrahl nach unten. Genau auf das Zentrum halten. Ich möchte, daß es angemessen wird. Ich ...!“

Perry kam nicht mehr dazu, den Satz zu vollenden. Der tefrodische Kommandant, wahrscheinlich ein qualifizierter Zeitagent wie Frasbur, verlor endgültig die Nerven und drückte auf den Knopf.

Ein gleißender Zapfstrahl zuckte aus dem Gebirge hervor. Ehe die Automatik die Filter vor die Außenbordkameras schalten konnte, hatte der Zapfer bereits die Wega erreicht, und die Zeitstation erwachte zu einem unheimlichen Leben.

Etwas Unbegreifliches schoß auf uns zu, erfaßte uns, holte uns mitsamt unseren Schutzschirmen ein, und schon verblaßten die Bildschirme. Ein Dröhnen erklang. Es hörte sich an, als hätte jemand in einem großen Weinfaß einen altmodischen Verbrennungsmotor angeworfen.

Viele Männer schrien. Sie konnten sich nicht beherrschen, obwohl wir diesen Effekt schon einmal erlebt hatten.

Die Geräusche dämpften sich. Mir war, als hätte mir jemand mit Watte die Ohren ausgepolstert.

Auf den Bildschirmen begann ein nervenzermürbender Bewegungsablauf. Diesmal glitten wir in der Zeit nach *vorn*. Die filmähnlichen Szenen, die wir seinerzeit auf Vario bemerkt hatten, blieben hier aber aus. Es war, als würde sich trotz der außerordentlich schnellen Zeitüberbrückung überhaupt nichts verändern. Lediglich die Eruptionen einiger Vulkane wurden sichtbar, die aber sofort wieder erloschen.

Die Küste des Urmeers, das die Südflanke der Nordsierra begrenzte, bildete mehrere neue Buchten. Zwei Inseln schoben sich aus den Fluten heraus und wurden innerhalb einiger Relativsekunden vom Dschungel überwuchert. Diese Beobachtungen waren der einzige Anhaltspunkt, der auf eine Zeitverschiebung hindeutete.

Die physikalischen Effekte innerhalb des Schiffes beschränkten sich auf das hohle Dröhnen. Perry hatte das Mikrophon der Interkomanlage vor die Lippen gezogen. Er konnte noch sprechen, obwohl seine Stimme anders klang als sonst. Die drahtgebundene Verbindung war einwandfrei.

„Rhodan an alle! Letzte Informationen: Phase vier ist gleich beendet. Dann gibt es zwei Möglichkeiten. Entweder werden wir aus dem absoluten Nullfeld entlassen, ohne daß es zu weiteren Zwischenfällen kommt, oder wir müssen wie geplant angreifen. Das wird dann der Fall sein, wenn die Zeitstation die Bezugsebenenverschiebung mitmacht! Mathelogisch betrachtet, besteht dafür eine hohe Wahrscheinlichkeit. Wenn sich Zeitagenten versetzen lassen, müssen sie auch die Möglichkeit haben, wieder in das Jahr 49 988 vor Christi zurückzukehren. Das geht nur dann, wenn der Transmitter an Ort und Stelle ist. Wir wollen daher als sicher annehmen, daß der Zwischenzeit-Transmitter mitläuft und wir nach dem Abschluß der Verschiebung mit ihm und seiner Besatzung zu rechnen haben."

Er schwieg und schaute auf die Bildschirme. Die Vulkane waren wieder erloschen. Dann fiel ihm noch etwas ein. Es war ein Gedanke, der mich ebenfalls plagte.

„Achtung, hören Sie: Etwas stimmt hier nicht! Wenn der Stationskommandant sein Versetzungsfeld einschaltet, nur um einem Angriff durch die CREST zu entgehen, so hat er damit gar nichts gewonnen, wenn das Schiff *nach* dem Manöver schon wieder wie ein drohender Schatten über dem Gelände hängt. Ich nehme daher an, daß wir sofort nach dem Bewegungsstillstand irgendwie angegriffen werden. Passen Sie auf und lassen Sie sich durch nichts in der Ausführung Ihrer Befehle stören. Es *wird* etwas geschehen. Achtung, Maschine: Falls durch den Zeiteffekt eine vorübergehende Störung in Ihren Kraftwerken und damit auch in den Schutzschirmen auftreten sollte, nehmen Sie sofort Fahrt auf und ziehen Sie sich bis hinter den Ortungshorizont zurück. Wenn die Maschinen wieder einwandfrei laufen, kehren Sie sofort um. Die Mutanten springen auf alle Fälle mit den vorgesehenen Einzelkämpfern. Ende!“

Perry hatte klar erkannt, worauf es hier ankam. Ich hätte die Situation nicht so klar formulieren können – wenigstens nicht in solcher Schnelligkeit.

Die Bildfolge auf den Schirmen verlangsamte sich. Das kannten wir schon von Vario her.

Dann war es soweit. Draußen war es plötzlich heller Tag. Das Sonnenlicht schien durch einen Wolkenriß hindurch und brach sich millionenfältig in glitzernden Tau- und Regentropfen.

Unsere Stimmen hörten sich wieder normal an. Die CREST III stand nach wie vor über der Station.

Zugleich hörte ich, daß unsere Kraftwerke stotternd liefen. Also trat der Effekt ein, den Rhodan instinktiv erwartet hatte.

„Springen“, brüllte ich Gucky und Ras Tschubai zu. „Tako . . .!“

Der Teleporter stand schon hinter mir. Er legte die Arme um meine Schultern, konzentrierte sich und erzeugte durch die Kraft seines Geistes das Entmaterialisierungsfeld.

Gucky war mit Tolot bereits verschwunden. Soeben verschwanden Ras Tschubai und Melbar Kasom. In den Lautsprechern begann es zu dröhnen. Zwei Stationen meldeten sich gleichzeitig.

Die Ortung gab Einschlagtreffer aus verborgenen Geschützstellungen bekannt, und die Maschinenzentrale meldete die Fahrtaufnahme. Mehr hörte ich nicht mehr. Es war mir jedoch klar, daß die Tefroder sofort nach dem Bewegungsstillstand das Feuer aus kleinen bis mittelschweren Kanonen eröffnet hatten.

Ich fühlte den ziehenden Schmerz der körperlichen Auflösung. Ich war nicht mehr daran gewöhnt. Die Mutanten spürten es längst nicht mehr.

Die Umgebung verschwamm vor meinen Augen. Wieder kamen Schmerzempfindungen durch, doch zu diesem Zeitpunkt befand ich mich nicht mehr im Schiff, sondern bereits tief unter der Oberfläche des Planeten Pigell.

Wuriu Sengu, unser „Späher", der die Fähigkeit besaß, Materie aller Art so durchblicken zu können wie normale Menschen Glasscheiben, hatte uns die Anlagen genauestens geschildert. Sie lagen durchschnittlich zweihundertzwanzig Meter unter dem Boden und bestanden hauptsächlich aus drei runden, achthundert Meter durchmessenden und zweihundert Meter hohen Sälen, in denen die gigantischen Umformer für die aufgenommene Sonnenenergie aufgestellt waren.

Die Riesenhallen waren auf den Berührungspunkten einer Linie angeordnet, die in ihrer Gesamtheit ein gleichschenkliges Dreieck darstellte.

Der von den Sälen somit umschlossene Raum enthielt die wichtigste Anlage des Stützpunktes, nämlich den eigentlichen Zwischenzeit-Transmitter.

Er war in einer nur vierhundert Meter durchmessenden, jedoch ebenfalls zweihundert Meter hohen Halle aufgebaut worden und bezog seinen Arbeitsstrom direkt von den benachbarten Maschinenanlagen der Umformerhallen.

Unter diesen Hallen, etwa fünfzig Meter tiefer, erstreckten sich in ringförmiger Anordnung zwölf weitere Säle, die aber alle nur hundertzwanzig Meter durchmaßen und sechzig Meter hoch waren. Sie enthielten Labors aller Art, Versorgungslager und vollautomatische Werftanlagen, in denen man kleinere Schiffe reparieren konnte.

Die eigentlichen Wohnräume der Tefroder sowie die Hauptschaltstation lagen zwischen den beiden Ebenen in einem besonders abgesicherten Trakt.

Wir hatten also genau gewußt, wohin wir mit den Teleportern gesprungen waren. Wuriu Sengu hatte ganze Arbeit geleistet. Die nach seinen Ermittlungen gezeichneten Karten waren so exakt, wie man es an Hand einer so seltsamen Erkundung erwarten konnte. Kleinere Fehler würden naturgemäß auftreten. Ich rechnete sogar vorsichtshalber mit größeren Toleranzen.

Wuriu hatte beispielsweise die Hauptschaltzentrale des Stützpunktes nicht ganz einwandfrei ausmachen können, da sie durch einen roten Schutzschirm abgesichert war.

Mir wurde schwindlig. Während ich mich an die nächste Wand lehnte und bemüht war, das Flimmern vor meinen Augen zu beseitigen, war Tako Kakuta schon wieder verschwunden. Gucky und Ras würden wohl an Bord der CREST sein und die nächsten Männer holen.

Wir brauchten hier unten in erster Linie schwere Kampfroboter, die es mit den Maschinen der Tefroder aufnehmen konnten.

Tako kam zurück. Er hatte den Doppelkopfmutanten Iwan Goratschin transportiert. Gucky und Ras brachten Wuriu Sengu und den Energietransformer Baar Lun.

Der Hypno André Noir und der Telepath John Marshall sollten als Verbindungsleute an Bord bleiben. Jetzt fehlten nur noch die Woolverzwillinge.

Als ich wieder klar denken konnte, bestand meine erste Handlung darin, den Funkempfänger einzuschalten. Eine halbe Sekunde später quollen feine Dämpfe aus dem Gerät hervor. Sie verdichteten sich, nahmen menschliche Körperformen an, und schon standen Rakal und Tronar Woolver in voller Lebensgröße vor mir. Sie hatten sich auf dem Impulsstrom ihrer Sender eingefädelt und deren Energiefluß als Transportmedium verwendet.

„Wir hatten schon angenommen, Ihnen wäre etwas geschehen, Sir“, erklärte Rakal.

„Mir war übel. Wie sieht es oben aus?“

„Die CREST kehrt zurück. Die Schirme stehen wieder. Wir sind mit überraschend starken Waffen angegriffen worden. Zwei Thermobahnen schlugen durch. Die Schäden sind jedoch bedeutungslos. Der Außenpanzer hielt stand. Können wir beginnen?“

Ich lauschte. Noch war nichts zu hören. Wir waren in einer der drei Riesenhallen herausgekommen. Die aufgestellten Energieumformer glichen Hochhäusern. Sie waren pro Einheit bis zu zweihundert Meter hoch und achtzig Meter durchmessend.

„Steht der Sonnenzapfstrahl noch?“

Tronar verneinte. Tako erschien mit dem ersten Kampfroboter. Die Maschine war drei Meter hoch, vierarmig und mit leistungsfähigen Waffen ausgerüstet. Sie wartete auf nähere Anweisungen.

„In meiner Nähe bleiben, orten und sofort das Paralysefeuer eröffnen, sobald Lebewesen auftauchen, die keinen Erkennungsimpuls ausstrahlen."

„Verstanden. Alles unter Feuer nehmen, was keinen Kodeimpuls ausstrahlt."

Ich lauschte wieder. Langsam wurde mir unheimlich. War die Station vielleicht gar nicht bemannt?

Als ich noch darüber nachdachte und Tako mit dem zweiten Roboter auftauchte, brach plötzlich die Hölle los.

Der Ton von Icho Tolots riesigem Kombinationsstrahler war nicht zu überhören. Es klang wie ein urweltliches Tosen oder wie das Aufbrüllen einer sturmgepeitschten Brandung.

Gleichzeitig erwachten die Mammutmaschinen zum Leben. Wir wichen sofort zurück, um nicht etwa von Überschlagblitzen verkohlt zu werden.

Die bisherige Stille wurde von einem unbeschreiblichen Lärm abgelöst. Wahrscheinlich war unser unkonventionelles Eindringen soeben erst bemerkt worden. Es mußte für die tefrodische Besatzung die unangenehmste Überraschung ihrer Laufbahn bedeuten.

Tako erschien schon wieder. Er brachte den dritten Roboter. Der kleine Mann sah erschöpft aus.

„Wir müssen vorerst aufhören, Sir", berichtete er; sein Kindergesicht war schmerzverzerrt. „Man hat einen roten Relativschutzschirm aufgebaut. Ich kam gerade noch hindurch. Rhodan läßt mitteilen, die Landungskommandos wären bereit zum Absprung. Sie wollen versuchen, die Schutzschirmprojektoren abzuschalten oder die Energiezuführung zu unterbrechen. An Bord ist alles wohl. Das Energiefeuer der Station können wir mit dem wieder intakten HÜ-Schirm spielend abwehren."

Ich sah mich um. Offiziell war ich der Kommandant der Einsatztruppen. Augenblicklich gab es auch noch nicht viel zu kommandieren. Tolot und Kasom waren an anderen Punkten abgesetzt worden und versuchten von dort aus bis zur Schaltzentrale vorzudringen. Ich hatte mir die Aufgabe gestellt, einen der beiden Antigravschächte betriebsbereit zu machen oder wenigstens irgendwelche Abwehrschirme zu beseitigen.

Ich gab meine Befehle und rief unsere Leute über Funk an. Melbar meldete sich sofort.

„Feindberührung, Sir. Zwei Tefroder kamen offensichtlich triumphierend einen Gang herunter. Sie konnten es nicht mehr bereuen. Ich stoße wie geplant vor."

Ich rief den Haluter, der sich sofort meldete.

„Ich stehe vor dem Zentrumssaal mit dem Zeittransmitter. Er ist abgeschaltet. Ich habe die Schiebetore aufgeschnitten und zwei Hauptleitungen zerschossen. Das Gerät ist vorerst nicht mehr betriebsbereit."

Ich nickte zufrieden. Bei der Gelegenheit fiel mir ein, daß unsere Logiker recht gehabt hatten! Die Zeitstation hatte die Bewegung mitgemacht. Wir hatten richtig kalkuliert. Wenn der Transmitter nicht mehr arbeitete, waren wir vor Angriffen unbedingt sicher. Niemand konnte genau wissen, in welcher Zeit wir angehalten hatten.

Die Funkverbindung mit der CREST war unterbrochen. Das machte der rote Energieschirm.

Wir zogen uns bis zu den großen Schiebetoren zurück, schnitten sie mit den Desintegratoren der Roboter ohne jede Hitzeentwicklung auf und schauten in die Riesenhalle zurück. Die Umformer liefen. Ihre gewölbten Häupter leuchteten ultrablau.

Ich wagte es nicht, auf diese Ungetüme das Feuer zu eröffnen. Es hätte zu einer vernichtenden Explosion kommen können. Es mußte auch andere Möglichkeiten geben, die Energiezufuhr zu den Schirmfeldprojektoren zu unterbrechen.

Gucky rematerialisierte vor meinen Füßen. Er strahlte.

„Klasse, was?" schrie er mir durch das Tosen zu. „Ich habe die Zentrale gefunden, aber ich komme nicht durch den Schirm hindurch. Die Burschen haben sich abgeriegelt. Fangen wir an?"

Eine Explosion erschütterte die unterirdischen Anlagen. Dann noch eine und noch eine.

Das sonore Tosen der Hochenergieumformer steigerte sich zu einem Aufbrüllen. Ich schwebte in dem Materialschacht, der am südlichen Abhang der Nordsierra mündete und den Transport von sperrigen Großgütern in die Unterwelt erlaubte.

Die gewaltigen Schiebetore, die auf ihrer Oberfläche meisterhaft getarnt und der Umgebung angepaßt waren, hatten wir nicht mehr öffnen können. So hatte ich von einem fliegenden Roboter kurzerhand eine quadratische Platte mit den Maßen zehn mal zehn Meter aus dem Stahl schneiden und sie nach unten poltern lassen. Dort lag sie jetzt noch.

Das Tageslicht fiel in den Schacht hinein. Es hatte den Tefrodern nichts genützt, daß sie das Antigravfeld abgeschaltet hatten.

Weit unter uns tobten schwere Gefechte mit den Kampfrobotern der Tefroder. Die Maschinen waren enorm hochwertig und leisteten unseren Konstruktionen einen unverhofft harten Widerstand. Ihre Schutzschirme waren erstklassig und nur dann zu neutralisieren, wenn unsere Kampfmaschinen mit engster Strahlbündelung einen haargenauen Punktbeschuß einleiteten. Dann kam es zu einer Strukturschwäche an anderen Stellen, die leicht durchschlagen werden konnten.

Anscheinend war die Selbstlenkpositronik unserer Kampfroboter besser. Sie hatte blitzartig erfaßt, wie man dem mechanischen Feind entgegentreten mußte.

Nach dem Durchbruch zur Oberfläche war es leicht gewesen, die im Boden eingebauten Schutzschirmprojektoren zu erkennen. Dazu hatten wir nicht einmal Ortungsgeräte benötigt.

Die drei Teleporter hatten gleichzeitig kleinere Sprengladungen abgefeuert. Nachdem die Druckwellen verwehrt waren, flog ich wieder nach oben, hielt mich am Schnittrand des Schachtdeckels fest und spähte nach draußen.

Rote Glut brach aus drei großen Kratern hervor. Der Schutzschirm war auf seiner südlichen Glockenhälfte in sich zusammengebrochen. Zu den noch stehenden Teilen, die aber ebenfalls unstabil wurden, zuckten violette Feuerlinien empor. Die nächsten drei Raketenhandgranaten zerstörten weitere Projektoren. Der Energieschirm erlosch endgültig.

In den Umformerräumen rasten die Maschinen, bis sie von einer Sicherheitsschaltung stillgelegt wurden. Da erlosch auch der gleißende Zapfstrahl, der kurz nach unserem Angriff wieder zur Wega geeilt war.

Ich wußte, daß wir jetzt schon gewonnen hatten. Was anschließend noch kam, war mehr oder weniger eine Routineangelegenheit.

Über dem dampfenden Land hing der gewaltige Kugelkörper der CREST III. Gucky und die anderen Mutanten bemühten sich, die vier ausgefahrenen Kuppeln mit den automatischen Kanonen unbrauchbar zu machen. Besonders die Teleporter waren für solche Vorhaben unersetzbar, denn sie konnten blitzschnell von einem Ort zum anderen springen ohne dabei Gefahr zu laufen, ins Kreuzfeuer zu geraten.

Die Kuppeln flogen in die Luft.

Etwa zur gleichen Zeit sprach mein Helmgerät an. Rhodan rief mich aus dem Schiff an.

„Alles in Ordnung", entgegnete ich. „Schutzschirm ist beseitigt, die Waffentürme sind soeben explodiert. Habt ihr das Loch erkannt, das ich in den Verschlußdeckel des großen Antigravschachtes geschnitten habe?"

„Hältst du uns für blind? Gib lieber den Weg frei. Die Roboter kommen zuerst."

Ich spähte nach oben. Als ich die schwarzen Stahlleiber der Kampfmaschinen abregnen sah, drosselte ich schleunigst die Absorberleistung meines Fluggerätes und schwebte in die Station zurück.

Fünf Minuten später griffen die Roboter und Einsatzkommandos in die Geschehnisse ein.

Die tefrodischen Wachroboter, etwa hundert an der Zahl, zerbarsten unter dem Feuerhagel unserer Maschinen. Kasom und Tolot lagen bereits dicht vor dem Energieschirm der Schaltstation. Er schien von einem separaten Stromreaktor gespeist zu werden, oder er hätte nicht mehr existieren können.

Ich rannte zu Kasom vor und ging neben ihm hinter einem Stützpfeiler in Deckung. Er deutete nach vorn.

„Wir haben bisher keine weiteren Tefroder gesehen. Sie scheinen sich in ihrem Fuchsbau verschanzt zu haben. Die getrauen sich nicht mehr, eine Nasenspitze ins Freie zu strecken. Wir sollten sie zur Übergabe auffordern."

Ich sah mich um. Die Station wimmelte bereits von Einsatztruppen. Wissenschaftliche Kommandos eilten durch die weiten Gänge. Diese Männer hatten sich um die technischen Anlagen zu kümmern.

Auf der Oberfläche wurde das Land abgeriegelt und der zweite Antigravschacht besetzt.

Ich griff nach einem tragbaren Funkgerät. Kasom erfaßte meinen Arm.

„Zwecklos, Sir. Die Funkwellen werden von dem Schirm absorbiert. Sie können bestenfalls versuchen, den tefrodischen Kommandanten anzurufen."

Ich forderte von der CREST einen tragbaren Verstärker mit Lautsprecher an. Bis das Gerät kam, hatte sich die Lage in der Station stabilisiert. Die letzten tefrodischen Roboter explodierten im Feuer unserer Kampfmaschinen.

„Funkantennen sind zerstört, Sir", gab Don Redhorse, der Chef der Bodentruppen, über Funk bekannt. „Wir haben sie in getarnten Schächten gefunden. Es sind keine Hypernachrichten abgestrahlt worden."

„Wohin auch!" sagte ich trocken. „Wir befinden uns jetzt im Jahre 49 488. Ich hoffe es wenigstens."

Dr. Spencer Holfing rief mich wenig später an. Er hatte in einer unbeschädigten Kontrollstation zahlreiche Meßinstrumente gefunden. Daraus ging hervor, daß wir tatsächlich um fünfhundert Jahre in die Relativzukunft transportiert worden waren. Unsere Wissenschaftler verstanden bereits genug von den technischen Geheimnissen eines unbekannten Volkes, um wenigstens die Kontrollen exakt ablesen zu können. Dr. Hong Kao teilte mit, er hätte in einem der zwölf Säle, die fünfzig Meter unter der Halle des Zeittransmitters lagen, einen normalen Materietransmitter entdeckt. Er stand ebenfalls still und war offenbar auf Fremdenergie angewiesen.

Techniker bauten die Lautsprecheranlage auf. Es wurde still in den weiten Räumen.

„Atlan, Oberbefehlshaber der USO und Chef der Einsatztruppen ruft den Kommandanten der Zeitstation. Hören Sie mich?"

Keine Antwort. Ich wiederholte den Anruf viermal. Unsere Männer lagen in guten Deckungen. Hinter den durchsichtigen Energieschirmen glänzten die Stahltore einer Klimaschleuse.

Schließlich vernahm ich eine fremde Stimme. Die Eingeschlossenen schienen sich ebenfalls einer Verstärkeranlage zu bedienen.

„Wir hören Sie. Was wünschen Sie?"

Ich atmete auf. „Nicht viel. Schalten Sie Ihren Schirm ab und kommen Sie mit erhobenen Händen heraus. Ihnen hilft nur bedingungslose Kapitulation."

„Sie sind vermessen. Die Schaltzentrale werden Sie niemals erobern können, es sei denn, Sie vernichten den gesamten Stützpunkt. Das aber können Sie sich nicht erlauben. Ich denke nicht daran, mich Ihnen zu ergeben. Hilfe ist unterwegs."

Ich beschwor den Zeitagenten, seine unvernünftigen Ansichten zu ändern. Nach einer Stunde gab ich es auf. Als ich mich umdrehte, stand Perry Rhodan hinter mir. Die automatischen Waffen der Schaltzentrale begannen wieder zu feuern. Es handelte sich ausschließlich um Desintegratoren und Resonatoren, deren zellzermürbende Schwingungen gefährlich wurden. Wir mußten uns weiter zurückziehen.

„Fangen Sie an“, sagte Perry zu einem Techniker. Der Mann verschwand.

„Was hast du vor?“ erkundigte ich mich erregt.

„Man hat eine Unterlassungssünde begangen. Der Schirm umschließt zwar die Zentrale, aber an die Grundfläche hat man nicht gedacht. Wir stoßen durch das gewachsene Gestein vor, schwenken mit dem Schacht im Winkel von neunzig Grad ab und dringen in die Zentrale ein. Sage es ihnen. Ich will sie nicht ungewarnt lassen.“

Ich erkannte, daß der Terraner innerlich verschlossen war. Er meinte es ernst. Ehe ich das Ultimatum durchgab, winkte ich Tronar Woolver herbei.

„Tronar – finden Sie denn keine Möglichkeiten, den Schirm zu durchdringen und in der Zentrale zu materialisieren?“

„Wir haben es versucht, Sir. Die Impulsverbindung mit dem Schirm ist uns gelungen, aber wir kommen nicht aus den Projektoren heraus. Man muß eine Parasperre eingebaut haben. Fragen Sie mich nur nicht, wie das gemacht wird. Mir scheint, als hätten wir die technischen Machtmittel der Meister der Insel erst zum Teil kennengelernt.“

Also half nur noch Gewalt. Ich griff wieder zum Mikrophon und drehte den Verstärker auf volle Leistung. Das Abwehrfeuer der Tefroder verstummte erneut. Mir fiel auf, daß sie keine Waffe verwendeten, die innerhalb der Station schwere Schäden verursachen konnte.

„... werden wir Sie nach Fertigstellung des Stollens angreifen“, beendete ich meine Ausführungen. „Seien Sie vernünftig. Sie können den Angriff auf keinen Fall abwehren. Wollen Sie in den engen Räumen verbrennen?“

Ich wartete auf die Antwort. Rhodan schwieg. Sein Gesicht glich einer Maske.

Der Kommandant meldete sich noch immer nicht. Etwa fünf Minuten nach meiner Durchsage vernahmen wir einige Geräusche. Sie klangen dumpf und kamen aus der Zentrale.

„Was war das?“ flüsterte Kasom erregt. Lemy Danger kam auf mich zugeflogen. Er besaß ein Gehör, mit dem sich niemand unter uns messen konnte.

„Sir", schrie er mir zu, „das waren Schüsse. Wahrscheinlich Impulswaffen. Das Donnern war eindeutig."

Rhodan fuhr zusammen. Er verfärbte sich.

„Täuschen Sie sich auch nicht?"

„Auf keinen Fall, Sir. Sie wissen doch, daß ich besonders gut höre und . . .!"

„Ja, ich weiß", unterbrach ihn Rhodan. Dann sah er mich an. Wir ahnten etwas. Schließlich kannten wir die Mentalität der Zeitagenten. Sie waren zur Selbstaufopferung bereit.

Die fremde Stimme klang wieder auf. Es war der Kommandant.

„Neskon, Kommandant des Zeitstützpunktes, ruft Atlan. Ich habe Ihre Angaben überprüft und festgestellt, daß die thermische Ausbohrung eines Angriffsstollens wirklich nicht verhindert werden kann. Meine Befehle lauten, die unersetzliche Station auf jeden Fall erhalten. Da Ihr geplanter Feuerstoß nicht nur die Schaltzentrale, sondern auch andere Sektoren vernichten würde, habe ich mich zur Kapitulation entschlossen. Meine Logikauswertung besagt, daß Sie sich schon aus Neugierde hüten werden, die Anlagen zu zerstören. Dafür sprechen auch noch andere Gründe. Ihre technische Unreife gibt mir außerdem die Gewähr, daß meine Maschinen für Sie rätselhaft bleiben. Da ich mit hoher Wahrscheinlichkeit mit einem Gegenangriff meiner Auftraggeber rechnen darf, ziehe ich es vor, den Stützpunkt unbeschädigt zu lassen. Dies macht die Übergabe erforderlich. Ich unterwerfe mich den Gesetzen und glaube an den hohen Wahrscheinlichkeitsgehalt meiner Berechnungen."

„Sie sind verrückt", brüllte ich zurück.

Er lachte.

„Keineswegs. Sie verstehen nur nicht unsere Treue und Ordnungsliebe. Wenn ich mich jetzt ergebe, kann ich auf jeden Fall eine sofortige Zerstörung verhindern. Die Wahrscheinlichkeit, daß Sie sich über Ihre Eroberung nicht sehr lange freuen können, gibt mir das Recht zu meinem Entschluß. Selbstverständlich habe ich dafür zu sorgen, daß die Mitglieder meiner Besatzung nicht von Ihnen verhört werden. Das gilt auch für mich. Ich lasse Sie mit meinen technischen Geheimnissen allein. Meine Untergebenen sind von mir erschossen worden. In Erfüllung meiner letzten Pflicht werde ich nun den Schutzschirm öffnen. Ich wünsche Ihnen viel Vergnügen."

Er lachte wieder. Wir waren erblaßt. Dieser Neskin mußte wahnsinnig sein.

Der rote Schirm begann zu flackern und erlosch. Die Panzertore glitten auf. Zugleich vernahmen wir einen weiteren Thermoschuß.

Als wir vorsichtig eindrangen, fanden wir die Toten. Es war die komplette Besatzung. Neskin saß in einem Schwenksessel. Auf seinen blutleeren Lippen lag ein höhnisches Lächeln.

Ich verließ den großen Raum, in dem ich zu ersticken glaubte, und flog durch den Antigravschacht zur Oberfläche empor. Die CREST schwebte immer noch über dem unberührten Land.

Rhodan folgte mir. Er war ernst und nachdenklich.

„Diese Reaktion war typisch für einen Zeitagenten", meinte er. „Auch Frasbur wollte sich opfern. Neskin gab auf, weil er seinen Stützpunkt nicht gefährden wollte. Welches Geheimnis nahm er mit?"

Daran dachte ich ebenfalls. Er hatte zwar angedeutet, daß er mit einem Gegenangriff rechnete, aber das schien nicht alles gewesen zu sein. Perry überlegte weiter:

„Jedenfalls ist diese Station so wichtig, daß er sie nicht wirklich opfern wollte. Die Möglichkeit für eine Rückeroberung durch die Meister der Insel scheint ihm genügt zu haben. Eine seltsame Reaktion! Diese Männer haben wahrscheinlich eine parapsychische Selbstvernichtungsschaltung erhalten, ohne daß sie darüber informiert sind. Frasbur sollte darauf eingehender untersucht werden."

Ich gab es auf, über dieses Rätsel nachzudenken. Mir genügte es, daß wir der lemurischen Gefahr entronnen waren. Nun konnten wir in aller Ruhe Erkundungsflüge zum galaktischen Sonnensechseck durchführen und versuchen, einen Weg zur Rückkehr in die Andromedagalaxis zu finden.

Ich schritt auf die Felsplattform vor dem großen Materiallift hinaus. Rhodan gab dem Schiffskommandanten detaillierte Befehle. Eine weite Ebene westlich des Antigravschachtes sollte durch vorsichtiges Thermofeuer vom Unterholz gesäubert und als provisorische Landefläche hergerichtet werden.

Die CREST III nahm langsam Fahrt auf und blieb dann über dem bezeichneten Gelände stehen. Eine Korvette näherte sich aus nördlicher Richtung. Sie war bereits zum Erkundungsflug ausgeschleust worden, als wir noch mit Neskin verhandelten. „Die Zeitverschiebung ist erwiesen, Sir“, gab der Kommandant des Kleinraumschiffes über Sprechfunk bekannt. „Wir waren über dem Nordpol. Die Bombenkrater sind längst erkaltet. Keine Radioaktivität! Der Dschungel hat bereits alles überwuchert. Das muß Jahrhunderte gedauert haben.“

Rhodan nickte nur und setzte sich auf einen Stein. Er schaute blinzelnd zur CREST hinüber. Wiffert begann soeben mit der Reinigung des Geländes. Die saftstrotzenden Pflanzen brannten unter der Wirkung breitgefächerter Energiestrahlen ab.

„Nun sind wir also im Jahre 49 488 vor der Zeitenwende“, sagte Perry gedankenschwer. „Freund – hoffentlich hat dein Plan keine Lücken. Mir ist nicht ganz wohl in meiner Haut.“

Ich schwieg. Er hatte recht. Ich war plötzlich auch nicht mehr so siegessicher wie am 14. Juni – längst nicht mehr so siegessicher!

11.

Es war die Stimme des Chefs, die aus den Lautsprechern schallte und die Nachricht durch sämtliche Katakomben verbreitete: Alle Forschungsgruppenleiter finden sich im Hauptlabor zusammen, um dem ersten Abschlußexperiment beizuwohnen!

Die Verbannten der Zeit horchten auf. Seit vielen Planetenumläufen ertrugen sie freiwillig das Schicksal von Gestrandeten, um einem einzigen Ziel zu dienen: Rache!

Sie hatten ihre eigentliche Heimat zerstört und waren in die Berge und Höhlen dieses höllischen Planeten gekrochen, um ihren Todfeinden einen vernichtenden Schlag zu versetzen. Während vieler Generationen angestauter Haß wollte sich endlich entladen. Aber nicht nur der Haß war die Triebfeder ihres Handelns, sondern auch ein unauslöschbares Schuldgefühl, das Wissen, anderen intelligenten Lebewesen ein grauenhaftes Schicksal bereitet zu haben, nur um vor dem Bösen an sich Frist auf Frist zu gewinnen. Es hatte nichts genutzt, und am Ende des bitteren

Weges regte sich endlich wieder der Stolz und das Ehrgefühl eines großen Volkes.

Sie standen einem übermächtigen Feind gegenüber, einem Feind, der die Energie von Sonnen beherrschte – und die Zeit. Sie selbst dagegen besaßen nichts als ihr Wissen und Können, ihre spezialisierte Genialität und die Einrichtung einiger Labors . . .

Ehrfürchtig wichen die dunklen Gestalten zurück, als rotgekleidete Chefwissenschaftler sich ihren Weg durch die Menge bahnten. Murmeln klang auf, verstummte jedoch sofort wieder. Selbst die größte Erregung vermochte nicht eine jahrtausendealte traditionelle Disziplin zu zerstören. Die Energie mutierter Bakterienkulturen erzeugte das schwache gelbe Licht, das die Gänge in ungewisses Halbdunkel hüllte.

Trolok, Erster Wissenschaftler und zugleich Chef der Verbannten, wartete, bis die Chefwissenschaftler der einzelnen Forschungsgruppen vollzählig im großen Rund der unterirdischen Kuppel versammelt waren. Dann erst trat er auf das Vortragspodium.

Die flüsternd geführten Diskussionen verstummten schlagartig.

Jetzt hob Trolok seinen rotglühenden Strahlstab. „Leben geben, Leben weben, Bande flechten, Feinde ächten . . .“ sprach er die uralte Formel.

„Alles ist veränderlich!“ schallte es ihm von den Rängen her entgegen.

Trolok stieß den Strahlstab in das Bleifutteral des Podiums. Einen Atemzug lang sah es so aus, als wollte er zu den Versammelten reden. Doch dann wandte er sich brüsk ab und stieg die wenigen Stufen zum Projektor des Hypermikroskops empor. Schwer ließ er sich in die runde Sitzschale fallen. Die glitzernde Kontrollhaube senkte sich über den runden, völlig kahlen Schädel. Troloks zwölf Finger legten sich auf die Tastenschaltung des Projektors.

Über dem blauweiß strahlenden Projektionsgitter wogten plötzlich wallende Nebel, formten sich zu Konturen, ballten sich zusammen und wurden endlich zu einem klaren Bild.

Eine Pflanze des Planeten wurde gezeigt, ein niedriges, auf dem Boden kriechendes Gewächs von graugrüner Farbe. Im Zeitraffertempo schossen aus den unzähligen Verästelungen schlanke, weißgelbe Schäfte empor, verdickten sich am oberen Ende – und dann brachen die Knospen auf. Violette Blüten von samtigem Schimmer entfalteten sich . . .

Jählings wechselte das Bild.

Ein Gewimmel zweier unterschiedlicher Zellarten schwebte über dem Projektionsgitter. Die Lautsprecherstimme erklärte. Doch die Wissenschaftler hätten den Vorgang auch so verstanden. Sie kannten die Fortpflanzungszellen der Kriechpflanze. Und sie kannten auch die winzigen, kristallin wirkenden Stäbchen, die plötzlich zwischen den Zellen auftauchten. Jedesmal wenn eines der Stäbchen die Wandung einer Fortpflanzungszelle berührte, bildete sich eine Verdickung aus.

Wieder schallte die Stimme des Chefs über die Lautsprecher.

„Dies ist Versuch Nummer siebentausendfünfhunderteinundachtzig. Beobachten Sie bitte die typische Verdickung. Von dort aus dringen die DNS-Fäden der synthetischen Viren durch die Wandung in die Fortpflanzungszelle ein."

Mit den befallenen Pflanzenzellen ging eine Veränderung vor. Sie teilten sich ganz normal, aber aus den spezifizierten Zellen der Kriechpflanze war etwas anderes geworden.

„Bei diesem Versuch gelang es uns zum erstenmal", erklärte Troloks Stimme, „mit synthetischen Viren Einfluß auf die Zelle jener Pflanze zu nehmen. Die ‚infizierten' Zellen betrachten die DNS-Fäden des Virus als Baumuster und reproduzieren fortan bei der Teilung nur solche Zellen, die mit dem Baumuster des Virus identisch sind."

Das Bild wechselte erneut.

Er zeigte ein riesiges Versuchsgelände im Freien. Der gerodete Boden dampfte noch von der Nässe des letzten Wolkenbruchs. Von Kriechpflanzen war nichts zu sehen – dennoch schossen im Zeitraffertempo plötzlich die typischen weißgelben Schäfte aus dem Boden und entfalteten ihre violetten Blüten.

Über dem Projektionsgitter zuckten Blitze auf, dann beruhigte sich die dreidimensionale Projektion wieder. Doch das Bild hatte sich geändert. In verkleinertem Maßstab zeigte es das Ergebnis einer Impulswellentastung. Tausende starker, fast metallisch blinkender Wurzeladern durchzogen den Boden unter dem Versuchsgelände. Die Wurzeln mündeten an einer Seite in den flimmernden Feldleitern eines Atomaggregats, auf der gegenüberliegenden Seite in ein Miniatur-Abstrahlgitter.

Ein Raunen ging durch die Menge der versammelten Wissenschaftler, als das Atomaggregat zu arbeiten begann und seine Energie in die Wurzeladern schickte. Sekunden darauf lohte blauweißes Feuer aus den Miniaturtürmen des Abstrahlgitters.

Die Projektion erlosch.

Schwerfällig entstieg Trolok der Sitzschale und begab sich wieder zum Podium hinab.

Er ließ seine Blicke über die Forschungsgruppenleiter wandern. Die blitzenden Augen in den breitflächigen Gesichtern verriet ihm: Sie hatten verstanden. Es bedurfte keiner zusätzlichen Erklärung mehr. Der Anfang war gemacht. Von nun an war es nur noch eine Frage der Zeit, wann der Augenblick der Rache kam.

Trolok wußte, diesen Tag würde er nicht mehr erleben. Aber er hatte heute eine Schranke durchbrochen, die bislang als unüberwindlich galt: Pflanzen, die sich selbst reproduzierten, die Funktion von Maschinen zu geben.

Zum erstenmal seit vielen Jahren lächelte Trolok, als der Schluß der alten Formel verklang:

„. . . Alles ist veränderlich . . .!“

Wie immer sickerten die Erinnerungen nur zaghaft tröpfelnd in sein Bewußtsein. Aus der traumlosen Schwärze des therapeutischen Tiefschlafs stiegen die ersten lichterfüllten Konturen empor: Gesichter von Freunden, Vorgesetzten und Untergebenen – und das Gesicht von Yezo, seiner Frau und der Präsidentin des Planeten Oxtorne . . .

Der seelische Schmerz beschleunigte den Vorgang des Erwachens.

Wie lange waren sie nun schon getrennt – Yezo und er . . .? Getrennt durch Zeit und Raum und . . .

Oberleutnant Omar Hawk schlug die Augen auf. Durch die transparente Hülle des Atemhelms blickte er auf die gallertartige, fleischfarbene Masse, die ihn umhüllte. Allmählich wich das Gefühl der Taubheit aus den Gliedern.

Omar entsann sich wieder, warum er hier lag, in einem Bioplasmatank der Bordklinik. Vor fast zwei Monaten hatte man ihn zum erstenmal in den Tank gelegt, nachdem Sherlock ihn aus einem brennenden Raum der CREST III barg. Das war kurz vor der Berührung mit dem Nullfeld von Vario gewesen. Damals hatte er in einem Nebenraum der Maschinenhalle einige Energieaggregate inspiziert. Dann war die CREST von Vario aus angegriffen worden. Mächtige Fesselfelder hatten das Schiff eingefangen und es in Richtung des Planeten gezerrt. Es ließ sich später nicht mehr genau rekonstruieren, was dort, wo sich

Hawk befand, tatsächlich geschehen war und welche Kräfte urplötzlich wirksam wurden. Aber genau zu diesem Zeitpunkt explodierten alle Energieerzeuger dieses Raumes. Durch die Gewalten der Explosion und der daraus resultierenden Hitzeentwicklung, die in Sekundenbruchteilen den ganzen Raum in Brand setzte, hatte Hawk keine Chance besessen, sich rechtzeitig in Sicherheit zu bringen. Er verlor das Bewußtsein, und hätte sein zahmer Okrill ihn nur eine Sekunde später aufgespürt, wäre er trotz seiner widerstandsfähigen Konstitution verbrannt.

Die Mediziner der Bordklinik stellten Verbrennungen dritten Grades auf zwei Drittel der Körperoberfläche fest. Der Organismus eines Terranerns hätte allein durch die resultierende Schockwirkung versagt und wäre durch die beste Behandlungsmethode nicht mehr zu retten gewesen. Hawks Herz jedoch schlug lediglich ein wenig schneller. Dennoch wäre er gestorben, hätte man ihn nicht sofort in einen Bioplasmatank eingebettet und den Geist in Tiefschlaf versetzt, während der Körper die verbrannte Haut neu bildete und das im Blut kreisende Stoffwechselgift besiegte.

Nach knapp einem Monat war Omar Hawk zum erstenmal wieder geweckt worden. Danach dauerte es nochmals elf Tage, bis er den Plasmatank verlassen durfte. Er fühlte sich völlig gesund, aber die Ärzte waren anderer Meinung. Sie verschrieben ihm anfangs drei Plasmabäder täglich von je zwei Stunden Dauer sowie behutsame Bestrahlungen. Nach und nach verringerten sich Anzahl und Dauer der Nachbehandlungen.

Und heute sollte die abschließende Untersuchung stattfinden.

Omar grinste ironisch, als über ihm das ewig mißmutige Gesicht von Dr. Ralph Artur auftauchte, der Chefmediziner der CREST III. Dr. Artur war ein medizinisches Genie, sowohl in praktischer als auch in theoretischer Hinsicht. Seine dürre Gestalt, die sommersprossige Glatze und das mürrisch gefaltete Gesicht konnten nur nicht Eingeweihte über das hervorragende Können dieses Terraners täuschen.

Hinter dem Chefmediziner tauchten einige andere Ärzte auf. Dr. Artur machte eine heftige Handbewegung. Gleichzeitig mit dem Summen des Elektromotors erklang das Schmatzen einer Pumpe und das Gurgeln und Seufzen abgesaugter Gallertmassen.

Innerhalb weniger Minuten leerte sich der Plasmatank. Dann sprühten dünne Wasserstrahlen aus den Wanddüsen, spülten die Reste des schleimig anhaftenden Bioplasmas von Hawks Körper und Helm, während ein Antigravfeld ihn in der Schwebe hielt.

Ein Medoroboter schwenkte seine vier dünnen Arme über den Rand des Beckens. Die Verschlüsse des Helms klickten. Omar atmete tief ein. Er ignorierte die helfend ausgestreckten Hände einiger Assistenzärzte, packte den Rand des Behälters und schwang sich hinaus.

Dr. Ralph Artur war einen Schritt zurückgetreten. Mit durchdringendem Blick musterte er den athletischen Körper seines Patienten. Omar wurde verlegen ob seiner Nacktheit. Er spürte in den Blicken der Assistenzärzte die Bewunderung, den Neid – und den unverhohlenen Widerwillen.

Der Chefmediziner räusperte sich.

„Sie sind Oxtorner der vierten Generation?" Ohne eine Antwort abzuwarten, fuhr er fort: „Welche Schwerkraft herrscht auf Ihrem Planeten?"

„Vierkommaacht Gravos", erwiderte Hawk. „Luftdruck acht Atmosphären."

Artur legte den Kopf schief und sah seine Assistenzärzte lauernd an.

„Der junge Mann redet gern, was? Oder hatte ich ihn nach dem Luftdruck seiner Welt gefragt?"

„Nein, Sir!" erwiderte ein pausbäckiger, feister Mann.

Doc Arturs Gesicht verzog sich zu einer hämischen Grimasse.

„Das ist der Unterschied zwischen euch beiden. Ihnen muß man jede Antwort aus der Nase ziehen!

Ruckartig fuhr er wieder zu Hawk herum.

„Hatten Sie etwas gesagt, Oxtorner?"

„Ich erlaubte mir zu lachen!"

„Soso...!" brummte der Mediziner. „Er erlaubte sich zu lachen, wenn ein ernster Mann ernste Sachen ausspricht." Abrupt wechselte er das Thema. „Heben Sie bitte die Arme! So ist es gut... und wieder hoch. – Haben Sie Schmerzen, wenn Sie sich bewegen?"

Omar Hawk schüttelte den kahlen Schädel. Seine hellbraune, lederartige Haut begann ölig zu glänzen, ein ganz natürlicher Vorgang der Normalisierung aller Körperfunktionen.

„Keine Schmerzen. Ich fühle mich so wohl, wie ich mich noch nie..."

„Zum Donnerwetter!" brauste Doc Artur auf. „Wie wohl Sie sich zu fühlen haben, bestimme ich! Steigen Sie in den Funktionsprüfer, aber ein bißchen schnell!"

Omar war nicht leicht zu kränken. Dennoch mißfiel ihm der Ton des Chefarztes. In einer Trotzreaktion, die ihm gar nicht bewußt wurde, sprang er in den Funktionsprüfer, anstatt behutsam einzusteigen. Krachend riß die Bodenplatte aus den Stahlhalterungen und polterte herab. Haltsuchend klammerten sich Hawks Finger um einige kostbare Geräte. Umhüllungen barsten, Glas splitterte, Kabel rissen. Aus den Sicherungsautomaten des Gerätes zuckten blauweiße Blitze, dann erloschen sämtliche Kontrollampen.

Schuldbewußt kroch Omar aus den Trümmern hervor. Dabei stieß er versehentlich mit der Schulter gegen das Kontrollpult und schob es mitsamt den Metallplastiksäulen zur Seite.

Verwirrt starrte er anschließend den flüchtenden Assistenten nach, die an der Tür eine unentwirrbare Traube bildeten. Nur Dr. Ralph Arthur war stehengeblieben. Mit hochgezogenen Brauen erwartete er den Oxtorner.

„Es ... es tut ... mir leid, Doc", erklärte Hawk betreten.

Arturs Stimme triefte vor Sarkasmus, als er erwiderte:

„Angesichts dieser überzeugenden Demonstration Ihrer psysischen Kräfte können wir wohl auf den abschließenden Test im Funktionsprüfer verzichten." Er räusperte sich. „Was ohnehin nicht mehr möglich wäre ..."

Ganz überraschend übermannte ihn eine der seltenen Anwandlungen zur Selbstkritik.

„Ich gestehe, daß ich mich schuldig fühle an Ihrer folgenschweren Reaktion, Oberleutnant. Aber das heißt noch lange nicht, daß ich Sie etwa noch länger behandeln würde, Sie ... Sie lebender Roboter! Gehen Sie mir aus den Augen!"

Omar blickte an sich herab und bewegte die nackten Zehen.

Doc Artur grinste – und hüstelte anschließend, als wäre ihm ein unverzeihlicher Fauxpas unterlaufen.

„Ihre Sachen befinden sich im Vorraum, Hawk. Bei dieser Gelegenheit dürfen Sie gleichzeitig den Herren Assistenten behilflich sein, ihre angstschlotternden Gliedmaßen zu entwirren."

Omar neigte den Kopf. Zögernd, fast schüchtern, streckte er die Hand.

„Ich möchte mich bei Ihnen für die ausgezeichnete Behandlung bedanken, Doc . . ."

Artur sah ihn so verblüfft an, als hätte Hawk in einer unbekannten Sprache gesprochen. Doch dann leuchtete sein Gesicht auf, und er ergriff die Hand des Oxtorners.

„Aber vorsichtig!" mahnte er. „Und . . . ähem . . . machen Sie sich keine Gedanken mehr über den beschädigten Funktionsprüfer. Die Untersuchungen Ihres Organismus waren für die Mediziner wertvoller als ein paar Geräte." Er blinzelte eigentümlich. „Ich wünsche Ihnen alles Gute, Hawk!"

„Danke!" erwiderte Omar strahlend. „Und wenn Sie Zeit haben, sind Sie herzlich nach Oxtorne eingeladen."

„Vielen Dank." Artur erbleichte. „Aber ich werde wohl doch darauf verzichten, eine Welt aufzusuchen, auf der man Ihre Konstitution haben muß, um überleben zu können."

Omar lachte, winkte noch einmal und entfernte sich. Die Assistenzärzte blickten dem Oxtorner mit gemischten Gefühlen nach.

Omar Hawk kümmerte sich nicht darum. Er nahm seine Reservekleidung in Empfang, bedankte sich geistesabwesend bei dem Robot am Ausgabeschalter und zog sich hastig an.

Er wollte so schnell wie möglich seinen Okrill besuchen. Das treue Tier würde schon auf ihn warten.

Omar Hawk tippte dem Tierwärter freundlich auf die Schulter. Er benutzte nur seinen Zeigefinger. Dennoch sank der Mann ächzend in die Knie.

Mit zornrotem Gesicht fuhr er herum. Die Rangabzeichen an der Kombination und das Ärmelschild mit dem Symbol des Spezialpatrouillenkorps der Solaren Abwehr ließen ihn seine Absichten rasch ändern.

„Sir . . .? Oberleutnant Hawk . . .?"

„Der bin ich. Wie geht es Sherlock? Ich möchte ihn abholen."

Das Gesicht des Wärters nahm eine grünliche Färbung an.

„Sie meinen das . . . Ungeheuer, Sir? D . . . d . . . davon möchte ich aber doch abraten. Nachdem es drei Fütterungsroboter zerstört hat – einfach zerschmolzen –, haben wir es nur noch über Fernbild beobachtet und über eine Rohrleitung gefüttert."

Aus einem Gitterlautsprecher erschallte dumpfes Grollen.

„Öffnen Sie die Käfigtür!“ befahl Omar mit unbewegtem Gesicht.

Der Mann sank förmlich in sich zusammen.

„Sie dürfen nicht glauben, ich sei feige, Sir“, sprudelte er hervor. „Ich besitze die Tapferkeitsmedaille in Silber. Aber diese Bestie einfach herauszulassen, das wäre leichtsinnig.“

„Ich übernehme die Verantwortung!“ Omar hob resignierend die Schultern, als er merkte, daß diese Versicherung den Wärter keineswegs beruhigte. „Na schön!“ seufzte er. „Sie dürfen den Raum verlassen, sobald Sie mir die Schlüssel ausgehändigt haben.“

Heiseres Fauchen drang aus dem Lautsprecher. Der Wärter reichte Omar Hawk zwei Impulsschlüssel. Danach zog er die Tür von draußen hinter sich zu.

Omar öffnete das erste Stahlschott. Er lächelte mitleidig, als er bemerkte, daß das zweite Schott, am Ende des kurzen Ganges, heftig bebte. Der Okrill sprang ungeduldig dagegen. Das allein schon hätte einen Mann, der dieses Tier kannte, von seiner relativen Gutmütigkeit überzeugt. Die Zunge des Okrill konnte Blitze verschleudern, die jedes Stahlschott zerschmolzen . . .

Als er den zweiten Impulsschlüssel ansetzte, wurde es still hinter der Tür. Lautlos glitt das Schott zur Seite. Im nächsten Augenblick lagen zwei tellergroße Pranken auf Omars Schultern. Ein riesiges Maul preßte sich gegen die Innenfläche seiner Hand.

Omar klopfte dem Tier liebkosend die Nüstern. Die runden, facettenartig aufgegliederten Augen leuchteten stahlblau. Der Boden bebte, als der Okrill sich wieder auf seine acht Beine fallen ließ. Der einem Riesenfrosch ähnelnde Körper spannte sich.

„Hiih, Sherlock!“ rief Omar.

„Hatschie . . .!“ machte das Tier. Für einen Okrill war es die Äußerung tiefster Befriedigung.

Gerührt tätschelte Hawk das Maul der Bestie. Sie waren zu einem Team verschmolzen während ungezählter Einsätze. Mensch und Tier hatten gemeinsam viele Bewährungsproben bestehen müssen: die Suche nach den unsichtbaren Invasoren auf Maarn, das Aufspüren der alten CREST III im Leerraum, der Kampf gegen die Schrecken von Horror . . .

Stets waren sie die Sieger geblieben. Aber nun hatte die Macht der Beherrscher Andromedas sie um mehr als fünfzigtausend Jahre in die

Relativ-Vergangenheit geschleudert – und die Zeit war ein schlimmerer Gegner als alles andere ...

Der Okrill nieste und stieß seinen Schädel in Omars Kniekehle.

„Dieses Problem verstehst du allerdings nicht", meinte Omar. „Na, auch damit werden wir fertig. Komm, Sherlock!"

Ohne sich ein einziges Mal umzudrehen, verließ er das recht komfortabel eingerichtete Gefängnis des Okrill. Er wußte genau, das Tier würde ihm folgen, solange es keinen anderen Befehl erhielt.

Draußen auf dem Flur sprang ein entsetzter Wächter zur Seite und betrachtete danach fassungslos das ungleiche Paar, das friedlich dem zentralen Liftschacht zustrebte. Es sah aus, als ginge ein biederer terranischer Bürger mit seinem Hund spazieren.

„Und diese Bestie hat drei Roboter zerstört ...!" flüsterte er.

Omar Hawk kümmerte sich nicht darum, und der Okrill schnalzte nur einmal verächtlich. Danach ließen sich beide vom sanften Zug des gepolten Antischwerkraftfeldes hinauftragen. Im sogenannten Chefdeck stiegen sie aus.

Das Gleitband beförderte sie bis zum schweren Panzerschott der Kommandozentrale.

Omar preßte den Meldeknopf ein und identifizierte sich vorschriftsmäßig. Kurz darauf glitt das Schott zur Seite.

Hawk sah über die sinnverwirrende Vielfalt der blinkenden Kontrollampen, erleuchteten Skalen und zuckenden Meldescheiben hinweg. Das kannte er alles. Neu für ihn aber war die riesige, fahlgelbe Sonnenscheibe, die matt durch die schweren Regenwolken schien und ein bedrückendes Dämmerlicht schuf.

„Ist das die Wega?" fragte er einen vorüberhastenden Leutnant.

Der Offizier stutzte, erkannte den Oxtorner und salutierte.

„Jawohl, Sir, die Wega. Die CREST landete vor anderthalb Stunden auf Pigell, dem sechsten Wegaplaneten. Eine brodelnde Schlammhölle ist das hier, Sir."

Omar winkte ab.

„Vielen Dank, Leutnant."

Mit einem scheuen Seitenblick auf den Okrill zog sich der Offizier zurück. Vorsichtig setzte er einen Fuß vor den anderen; erst ein brüllender Zuruf aus der Tiefe der Zentrale ließ ihn wieder eine schnellere Gangart einschlagen.

Omar Hawk lachte dröhnend.

Sein Gelächter wurde Sekunden später durch eine harte Lautsprecherstimme unterbrochen.

„Oberleutnant Hawk bitte sofort zum Kartentisch!"

„Komm, Sherlock!" befahl Omar. „Man geruht, uns wieder als einsatzfähig zu betrachten."

Der Okrill nieste beipflichtend.

Aber wenn Omar erwartet hatte, den Großadministrator persönlich anzutreffen, so wurde er enttäuscht. Nur John Marshall erwartete ihn am Kartentisch.

Marshall lächelte.

„Ich freue mich, Sie wieder gesund vor mir zu sehen, Hawk." Er reichte ihm die Hand und wies danach auf einen freien Sessel. „Kasoms Spezialsessel. Ich hoffe, er wird auch Ihr Gewicht aushalten."

Vorsichtig ließ sich Omar in den Kontursitz sinken. Der Okrill setzte sich hinter ihn und beobachtete aufmerksam die Vorgänge in der Kommandozentrale des Ultraschlachtschiffes. Marshall sank in den nebenan stehenden Sessel.

„Ich möchte Sie kurz über das informieren, was Sie noch nicht wissen können, weil Sie zu dieser Zeit im Plasmatank lagen, begann der Telepath. „Sie kennen die Geschehnisse bis einschließlich der Eroberung der Zeitstation und den darauffolgenden Aufklärungsflug durch das Wega-System. Die Aufklärung brachte nur negative Resultate, das heißt, wir sind allein im System der Wega, siebenundzwanzig Lichtjahre von der Erde entfernt. Die Versetzung um fünfhundert Jahre in die Relativ-Zukunft rettete uns vor der Verfolgung durch die lemurische Wachflotte. Die Männer, die uns damals jagten, sind seit fast fünfhundert Jahren tot. Es gibt vermutlich keine lemurische Flotte mehr. Die Haluter haben den endgültigen Sieg davongetragen. Das Wega-System dürften sie bereits vor Jahrhunderten wieder verlassen haben. Die Haluter haben vor allem auf Ferrol ihre zerstörerischen Spuren hinterlassen. Die auf Ferrol angesiedelten Lemurer wurden durch die Angriffe der Haluter nahezu ausgelöscht. Die wenigen Überlebenden weisen bereits deutliche Mutationserscheinungen auf und führen ein relativ primitives Leben. Aus diesen Überlebenden wird sich im Laufe der nächsten Jahrtausende jene Zivilstation entwickeln, die wir im Jahre 1975 vorgefunden haben."

Beide Männer schwiegen einige Minuten lang. Während dieser kurzen Zeitspanne veränderte sich das Bild auf dem Panoramaschirm mit erschreckender Schnelligkeit. Der Himmel verfärbte sich schwarz; kaum war die Wega noch als matter Lichtfleck zu erkennen. Dann zerrissen Blitze die Dämmerung. Die Außenmikrophone übertrugen die Geräusche des Unwetters nur gedämpft. Das Donnergrollen klang wie dumpfer Trommelwirbel.

„Ist das hier immer so?“ fragte Omar.

Marshall nickte.

„Tornados, Wolkenbrüche, Gewitter, Dampf, Schlamm, Dschungel und Vulkane sind die Hauptmerkmale Pigells. Dazu kommt eine Schwerkraft von 1,22 Gravos, 92 bis 98 Prozent Luftfeuchtigkeit absolut und ein Temperaturmittel von 68 Grad Celsius. – Für Sie ist das natürlich das reinste Erholungsgebiet, wie ich Oxtorne kenne ...“

„Mit milden Klima für verweichlichte Playboys“, ging Omar grinsend auf den Scherz ein, der durchaus einen realen Hintergrund besaß. Auf Oxtorne schwankten die Temperaturen zwischen hundertzehn Grad minus und hundertzehn Grad plus. John Marshall wußte das; er war an Omars erstem Einsatz beteiligt gewesen.

Hawk räusperte sich.

„Dann darf ich also hoffen, einen Auftrag zu erhalten ...?“ fragte er hoffnungsvoll.

„Ich nehme an, ja“, erwiderte Marshall. Leise setzte er hinzu: „Aber ich hoffe nicht, daß ein Einsatz auf Pigell notwendig sein wird ...“

Perry Rhodan und Atlan standen staunend vor den gewaltigen Maschinenanlagen, denen gegenüber sie sich wie Zwerge vorkamen.

Perry Rhodans Blick glitt von den Maschinen ab und zu der rot markierten, kreisrunden Fläche in der Mitte des Transmittersaales hin. Diese Fläche durchmaß hundertfünfzig Meter. Auf ihr fanden die Zeitverschiebungen für solche Körper statt, deren Abmessungen nicht über den roten Warnkreis hinausreichten. Für die CREST III war das absolute Nullfeld über der Planetenoberfläche erzeugt worden.

Rhodan spürte den fragenden Blick Atlans auf sich ruhen und wandte sich um.

„Du bedauerst wohl, daß sich mit diesem Zeittransmitter keine weiteren Zeitsprünge in die Relativzukunft durchführen lassen, nicht wahr?“

Der Arkonide breitete die Arme aus. „Wundert dich das, Perry?

Damit ließen sich alle unsere Probleme nahezu mühelos beseitigen. Wir bräuchten nur die von Icho Tolot zerschossenen Hauptleitungen wieder zu reparieren und ...“ Er zuckte resignierend die Achseln. „Aber leider ist das bloß ein Wunschdenken.“

„Mir genügt es schon, daß wir den Lemurern entkommen konnten“, erwiderte Rhodan. „Übrigens – hast du dir schon Gedanken darüber gemacht, warum wir in der Realzeit nie irgendwelche Spuren dieser Station auf Pigell entdeckt haben?“

Atlan nickte. „Natürlich. Es gibt dafür einige Erklärungen. Eine davon ist, daß wir es waren, die diese Station zerstörten, so daß die Natur Pigells im Laufe der Jahrtausende alle Überreste überwuchert hat. Eine andere Erklärung könnte sein, daß die Meister der Insel selbst diese Station aufgegeben und vernichtet haben.“

Rhodan blickte den Arkoniden einige Sekunden lang in die Augen, dann sagte er: „Meine Überlegungen gingen in dieselbe Richtung. Aber lassen wir das. Unser Augenmerk muß sich auf wichtigere Dinge richten. Wir müssen herausfinden, wie es in dieser Zeitepoche auf Kahalo aussieht. Außerdem interessiert es mich, was auf der Erde los ist. Sobald wir die Zeitstation erforscht haben, werde ich Korvetten aussenden, um diese beiden Fragen zu klären.“

Atlan nickte kommentarlos. Die beiden Männer blickten sich nochmals in der riesigen Halle um, dann gingen sie gemeinsam auf den hellen Schacht des Personenlifts zu und vertrauten sich dem nach unten gepolten Antigrav an. Wenige Augenblicke später setzte sie das Antigravfeld sanft am Grund des Schachtes ab. Zwei schwerbewaffnete Raumsoldaten nahmen Haltung an. Sie bewachten den Zugang zu dem Torbogentransmitter, der unterhalb des Zeittransmitters in einem der zwölf kleineren Räume untergebracht war.

Von einer Gruppe im Hintergrund, die gerade zwei transportable Impulsgeschütze in Stellung brachte, löste sich ein hochgewachsener Mann. Rhodan erkannte ihn schon von weitem. Niemand an Bord der CREST besaß diese ausgeprägten scharfen Züge, die Adlernase und den rotbraunen Teint – niemand außer Major Don Redhorse, dem Cheyenne.

Drei Schritte vor Rhodan blieb Redhorse stehen.

„Wie ist die Lage bei Ihnen?“ fragte Perry. „Reichen fünfzehnhundert Mann aus, um die Station notfalls verteidigen zu können?“

Der Cheyenne grinste übermütig.

„Wir nehmen es mit jedem Gegner auf, Sir. Die Zeitstation ist fest in unseren Händen. Ich will . . .“

„. . . Meier heißen“, beendete Rhodan den Satz voller Sarkasmus, „wenn ein einziger Feind seinen Fuß hereinsetzt.“

Redhorse verstummte und blickte verlegen zu Boden.

„Ich wollte Sie nicht kränken, Major. Aber denken Sie daran: Es ist schon vielen so gegangen wie dem Manne, der Meier heißen wollte. Rechnen Sie mit allem; unsere Gegner sind nicht zu unterschätzen.“

„Jawohl, Sir!“ erwiderte der Cheyenne rauh.

Nachdem Redhorse wieder gegangen war, besprach Rhodan noch einige Einzelheiten mit Atlan, dann verabschiedete er sich von ihm. Während Atlan die Arbeiten in der Zeitstation beaufsichtigte, wollte Rhodan wieder an Bord der CREST zurückkehren.

Er benutzte den Personenlift und fuhr damit zur letzten Etage unter der Oberfläche. Vier bis an die Zähne bewaffnete Soldaten und zwei Kampfroboter bewachten das Tor zur Oberwelt. Einer von ihnen lief voraus und ließ die beiden meterdicken Panzerplatten des Außenschotts zur Seite fahren. Das Innenschott war ständig geöffnet, solange keine unmittelbare Gefahr drohte.

Sofort peitschte der Sturm durch die entstandene Öffnung, wirbelte Blätter, Zweige und Regen herein.

„Brauchen Sie Begleitung, Sir?“ brüllte der Soldat, um sich durch das Jaulen und Tosen verständlich zu machen.

„Nein!“ gab Rhodan zurück.

Er schloß den Helm seiner Kampfkombination und trat hinaus in die brüllende Hölle. Die Gewalt des Sturmes zerrte an ihm, der Regen ergoß sich in Sturzbächen. Knöcheltief stand die gurgelnde Brühe auf dem Plateau, das die Schiffsgeschütze der CREST in den Dschungel gebrannt hatte. Ohne die Infrarothalbscheibe des Helms hätte Rhodan sein Flaggschiff vermutlich nicht gefunden. So jedoch sah er die Ultrarotpositionslampen des Giganten deutlich durch den Regen und den Nebel hindurchleuchten. Die nächste Teleskopstütze war nur dreißig Meter entfernt gewesen und tauchte plötzlich gleich einem mächtigen Turm vor dem Terraner auf. Neben ihr hielt eine Robotwache mit zwei Prallfeldgleitern.

Entgegen seiner ursprünglichen Absicht, zu Fuß zu gehen, entschloß sich Rhodan, für die restliche Strecke einen Gleiter zu nutzen.

Immerhin waren es fast anderthalb Kilometer vom äußeren Landestützenring bis zur Bodenschleuse. Schon öffnete er den Mund, um den Robotern einen entsprechenden Befehl zu erteilen, da ließ ihn ein nur zu gut bekanntes Geräusch innehalten.

Deutlich war das peitschende Krachen eines Strahlschusses über den Sturm hinweg zu hören gewesen.

Einen Herzschlag lang überlegte er, wer sich draußen in den Dschungeln der Nordsierra befand: drei oder vier Erkundungsgruppen des Raumlandekorps – und einige Exobiologen ...!

Im nächsten Augenblick schaltete Perry Rhodan seinen Helmkom auf die Frequenz der Forschungsgruppe um.

Unentwirrbare Stimmen krachten im Empfänger: Schreie, Fluchen und das Jammern einer Frau. Dazwischen dröhnte ein tiefer Baß. Rhodan erkannte den Baß; er gehörte Algon Dankin, dem Exobiologen der CREST.

Er schaltete den eigenen Sender dazu.

„Hallo, Dankin!" versuchte er, die anderen Stimmen zu übertönen. „Hier spricht Perry Rhodan. Können Sie mich hören?"

Stille ...

Dann Dankins überlauter Baß:

„Sehr gut, Sir."

„Was ist los bei Ihnen? Brauchen Sie Unterstützung?"

„Ich ... ich ... glaube – ja", kam es zögernd zurück.

„Was heißt hier, ‚ich glaube'?" entgegnete Rhodan ärgerlich. „Können Sie mir keine konkrete Auskunft geben? Wer hat geschossen? Einer von Ihnen?"

„Das war Sergeant Murching, Sir, unser Begleitsoldat ..."

Perry Rhodan ärgerte sich erneut. Warum nur benahm sich Dankin wie ein verängstigter Schüler? Das paßte doch überhaupt nicht zu dem epsalischen Riesen!

„Sergeant Murching soll sich melden!" befahl er. „Hallo, Murching, sprechen Sie schon!"

Murching schwieg. Statt dessen begann Algo Dankin wieder zu reden.

„Sir ...!" Deutlich war sein tiefer Atemzug zu vernehmen. „Das ist eine ganz eigenartige Geschichte. Ich ... Gespenster, aber diese Wolke, die ..."

Die Stimme brach ab. Im Helmempfänger erscholl der spitze, schrille Schrei einer weiblichen Stimme, langgezogen und an der Schwelle zum Ultraschall plötzlich abbrechend.

Perry Rhodan fragte nicht mehr. Ohne auf Bestätigung zu warten, befahl er Dankin, den Peilzeichengeber seines Minikoms einzuschalten. Danach eilte er zu einem der Gleiter, gab den beiden Robotern seine Anweisungen, und Sekunden später kämpften sich zwei Fahrzeuge durch Sturm und Regen, während Rhodan einen zusätzlichen Suchtrupp von der CREST anforderte.

12.

Der Sturm brach so unvermittelt ab, wie er begonnen hatte. Auch der Regen ließ nach. Dafür krochen undurchdringliche Schwaden von Dampf und Nebel über den brutheißen Dschungel. In der Ferne brüllten urweltliche Saurier.

Die Antigravgeneratoren und zusätzliche Antriebsdüsen der beiden Gleiter arbeiteten mit Vollast. Perry Rhodan hielt sich krampfhaft an der Rückenlehne des Vordersitzes fest. Er überließ die Steuerung ganz dem Roboter. Die Maschine orientierte sich mit Hilfe von Infrarot und Laserradar viel besser und schneller als ein Mensch. Sie nahm allerdings auch kaum Rücksicht auf ihre menschliche Fracht. Aus dem dichten Dschungeldach hervorragender Baumriesen wurden entweder mit einem ruckhaften Satz übersprungen oder in scharfen Kurven umfahren.

Kurz vor dem Ziel zog ein Kranz grell leuchtender Flammen über die beiden Gleiter dahin: der Shift des Suchtrupps. Sein Fahrzeug war wesentlich schneller als die beiden kleinen Prallfeldgleiter der Robotwache. Rhodan gab über Helmfunk den Männern darin noch einige Anweisungen. Dann war der Shift vorbei.

Am unsichtbaren Horizont zuckten bereits die Blitze eines neuen Unwetters, als die beiden Gleiter ihr Ziel erreichten. Sie setzten hart neben dem Shift auf, ohne Rücksicht auf die Zweige, die im Wege waren.

Perry Rhodan sprang aus seinem Fahrzeug. Sechs Schwerbewaffnete in Kampfkombinationen umstanden eine Gruppe von vier anderen, in der die massige Gestalt des Epsalers sofort auffiel. Zwei Männer liefen mit einer Trage herbei und luden eine fünfte Gestalt auf. Rhodan beugte sich über sie und erkannte durch den transparenten Helm lange Haare und das Gesicht einer Frau.

Er wandte sich wieder ab und schob sich durch die Soldaten hindurch.

„Was ist passiert?“ fragte er ruhig.

Der Epsaler machte ein unglückliches Gesicht.

„Ich fürchte, Sie werden mir nicht glauben, Sir“, dröhnte es in Rhodans Helmempfänger.

„Reden Sie schon!“ befahl Perry. Er war immer noch ärgerlich, obwohl er innerlich daran zweifelte, daß wirklich etwas Bedrohliches geschehen war.

„Die Wolke . . .“, begann Algon Dankin und stockte erneut. Doch dann fuhr er entschlossen fort: „Es sah zuerst aus wie eine normale Nebelwolke, Sir. Nur die Form irritierte mich. Sie veränderte zwar ihre Konturen fortlaufend; dennoch nahm sie meist eiförmige, dann wieder kugelförmige Gestalt an. Außerdem glomm sie stets bläulich auf, sobald ein Blitz in der Nähe einschlug. Doch das Seltsamste war, daß wir alle plötzlich von Depressionen geplagt wurden. Als uns das Gemeinsame dieses Gefühls bewußt wurde, handelte Sergeant Murching . . .“ Der Epsaler schluckte hörbar. „Er schoß mit dem Strahler auf die . . . die Wolke.“ Tonlos beendete Dankin seinen Bericht: „. . . Und dann senkte sich die Wolke auf ihn herab und . . . verschlang ihn . . .“

Perry Rhodan überlegte angestrengt.

„Wie erkannten Sie“, fragte er eindringlich, „daß der Sergeant von der Wolke ‚verschlungen‘ wurde?“

Algon Dankin schluckte erneut.

„Wir sahen ihn deutlich in der Wolke stehen. Sie war nicht so dicht wie eine richtige Nebelwolke, müssen Sie wissen. Und von einem Augenblick zum anderen war Murching nicht mehr da.“

Rhodan dachte angestrengt nach. Die Geschichte klang alles andere als einleuchtend. Immerhin hatte er genügend Dinge gesehen, die zu begreifen sich jedes normale menschliche Gehirn sträuben würde. Das bewog ihn, Dankins Bericht vorläufig als Tatsache hinzunehmen.

„Und weshalb hat die Frau erneut geschrien, nachdem ich mich gemeldet hatte?"

„Die Wolke folgte uns", erklärte der Exobiologe. „Miß Laugan wurde von dem Rand dieses . . . dieses Dinges berührt und erlitt einen Nervenschock. Danach ließ die ‚Geisterwolke' plötzlich von uns ab."

Rhodan lächelte spöttisch, als das Wort „Geisterwolke" fiel. Dennoch sollte der Name, den Algon Dankin geprägt hatte, bald in den allgemeinen Sprachgebrauch der CREST-Besatzung eingehen.

„Steigen Sie in den Shift!" ordnete er an. „Wir sprechen an Bord der CREST eingehend über den Vorfall."

Er kletterte hinter dem Exobiologen in den Shift. Die sechs Raumsoldaten wies er an, mit den beiden Prallfeldgleitern zurückzufliegen.

Nach zehn Minuten tauchte die gewaltige Kugel des Ultraschlachtschiffes aus dem Dunst aus. Mit bloßem Auge und ohne technische Hilfsmittel vermochte man allerdings nur eine scheinbar im Nebel schwimmende Halbkugel zu sehen. Noch bevor der Shift die Fahrzeugschleuse erreichte, brach das Unwetter herein. Die Blitze schlugen gleich Energiesalven in den Dschungel, ein Tornado wirbelte den Shift herum, als wäre er nur ein welkes Blatt. Der Pilot mußte den Antigravantrieb ausschalten. Gegen die Kraft des Korpuskulartriebwerks vermochte auch der Sturm nichts auszurichten, obwohl die Düsenflammen vor dem Hintergrund der Blitze zur Unscheinbarkeit verblaßten.

Erst als das schwere Schott der Fahrzeugschleuse zuschlug, blieb das Inferno der Natur draußen. Der Pilot rief über Funk zwei Medoroboter herbei, die die bewußtlose Wissenschaftlerin zur Klinik brachten.

Perry Rhodan forderte die übrigen vier Biologen auf, ihm in die Offiziersmesse zu folgen. Dort angekommen, rief er über Interkom John Marshall an und bat ihn, ebenfalls in die Messe zu kommen und Dr. Hong Kao mitzubringen. Bei dieser Gelegenheit erfuhr er, daß Omar Hawk wieder einsatzfähig war. Nach kurzem Nachdenken beorderte er auch den Oxtorner zu sich.

Er begrüßte Omar, der mit seinem Okrill erschien, und gratulierte ihm zu der erst kürzlich erfolgten Beförderung. Danach ließ er von der Robotautomatik Kaffee und Zigaretten auffahren. Allmählich beruhigten sich die Biologen wieder.

„Also . . .", begann Rhodan und musterte die Gesichter der Anwesenden, „Professor Dankin, wiederholen Sie bitte Ihren Bericht!"

Algon Dankin sprach jetzt bedeutend ruhiger. Eine Tonspule nahm seine Worte auf. Der Epsaler setzte seiner ersten Erzählung nichts hinzu. Danach forderte Rhodan die drei anderen Mitglieder des Forschungsteams auf, eventuelle Ergänzungen vorzubringen. Wesentlich Neues kam auch dabei nicht zur Sprache.

„Vielen Dank“, sagte Perry Rhodan. „Sie können jetzt in Ihre Unterkünfte zurückkehren, meine Herren. Nur Dr. Hong, Hawk und Marshall bleiben hier.“

An der Tür wandte sich Dankin noch einmal um. „Was wird aus dem Sergeanten, Sir...?“

Rhodan lächelte.

„Ich habe drei Shifts hinausbeordert, Professor. Außerdem können Sie sicher sein, daß die Angelegenheit weiterverfolgt wird.“

Er schaltete die Tonspule ab und wandte sich an den Chefmathematiker.

„Sie denken ja bekanntlich in den logisch-abstrakten Bahnen einer Positronik, Hong. Was meinen Sie zu der Geschichte?“

Hong Kao lächelte sein unergründliches Asiatenlächeln. Der kleine Sinoterraner stand in dem legendären Ruf, durch seine verwegenen Theorien zu verblüffen. Er wurde auch diesmal seinem Ruf gerecht.

„Ein Mensch, der von einem Augenblick zum anderen spurlos verschwindet, ist ein Teleporter – oder er *wurde* teleportiert, Sir...“

Wenn Rhodan überrascht war, so zeigte er es jedenfalls nicht. Er verschränkte lediglich die Arme vor der Brust und schaute fragend zu John Marshall.

Der Chef des Mutantenkorps zögerte kaum merklich, bevor er antwortete.

„Hongs Theorie ist sehr kühn“, meinte er betroffen. Lauter fuhr er fort: „Wir kennen das Wega-System wie kaum ein anderes. Wir wissen aus den Forschungsergebnissen von vier Jahrhunderten, daß es auf Pigell außer urweltlichen, unintelligenten Sauriern und einer ausgeprägt aggressiven Pflanzenwelt kein Leben gibt. Zwar beziehen sich unsere Kenntnisse auf die Realzeit, aber fünfzigtausend Jahre sind nicht viel für die natürliche Evolution. Und außerdem macht der sechste Wega-Planet heute den gleichen Eindruck wie seinerzeit in der Realzeit.“

Er schwieg nachdenklich und nahm einen Schluck Kaffee. Dann schüttelte er den Kopf.

„Nein, was Dankin und seine Leute gesehen haben, gehört nicht auf diese Welt!“ stieß er fast heftig hervor. „Einen ‚Geisternebel‘, der Menschen entmaterialisiert und verschwinden läßt! Gibt es denn organische Fiktivtransmitter?“

Hong Kao stieß pfeifend die Luft durch die Zähne.

„Fiktivtransmitter ...! Das ist die Definition, nach der ich seit Minuten suche!“

Er strich sich über sein glattes schwarzes Haar.

„Ich bin überzeugt davon, Sir“, wandte er sich an Rhodan, „meine ... ähem ... unsere Positronik würde die gleiche Hypothese aufstellen, wenn ich ihr die vorhandenen Dinge eingäbe.“

Perry Rhodan lächelte flüchtig.

„Oberleutnant Hawk ...?“

Omar sah auf. Sein Gesicht wirkte etwas verkrampft. Er überlegte, wo er endlich einen Stuhl herbekommen könnte, der sein hohes Körpergewicht aushielte. Bisher hatte er in Sitzhaltung *gestanden*.

John Marshall erriet die Gedanken des Oxtorners. Sofort ließ er von den Dienstrobotern den Terkonitsessel holen, den Melbar Kasom benutzte, wenn er in der Offiziersmesse weilte.

Omar Hawk entspannte sich, als er endlich saß.

„Es gibt organische Telepathen, Teleporter und Telekineten. Warum sollte es nicht auch organische Fiktivtransmitter geben ...?“

Rhodan runzelte die Stirn.

„Machen Sie sich's nicht etwas zu einfach, Hawk?“

Der Oxtorner schüttelte seinen kahlen Schädel.

„Durchaus nicht, Sir. John Marshall kennt meinen Einsatz auf Maarn. Er kann bezeugen, daß ich es damals mit ähnlichen Dingen zu tun hatte. Nur traten sie anders in Erscheinung.“

Marshall beantwortete Rhodans fragenden Blick mit einem Nicken.

„Also ein nebelförmiges Wesen mit der Fähigkeit, andere Wesen durch seine geistige Kraft von einem Ort zum anderen zu versetzen“, überlegte der Großadministrator laut. „Ein Wesen zudem, das in fünfzigtausend Jahren nicht mehr existieren wird, sonst hätten unsere Forscher es in der Realzeit antreffen müssen ...“

Sein Gesicht wurde zur undurchdringlichen Maske, wie immer, wenn er einen Entschluß von Tragweite gefaßt hatte.

„John, Sie vertreten mich weiterhin an Bord. Lassen Sie Alarmstufe drei ausrufen und verständigen Sie Lordadmiral Atlan über die neue

Lage. Die geplanten Starts von Korvetten unterbleiben vorläufig. Oberleutnant Hawk und ich werden uns draußen umsehen. Geben Sie bitte auch Professor Dankin und Melbar Kasom Bescheid. Die beiden Männer sollen uns in Schleuse B-IV erwarten – in voller Kampfausrüstung. Noch Fragen?"

Nein, John Marshall hatte keine Fragen mehr – jedenfalls keine, auf die er eine Antwort erwarten konnte . . .

Zwischen dem Ertruser, dem Epsaler und dem Oxtorner wirkte Perry Rhodan wie ein dürrer Zwerg. Melbar Kasom, der Umweltangepaßte von Ertrus, war 2,51 Meter lang und hatte eine Schulterbreite von 2,13 Metern. Die Sichellocke zog sich von der Stirn über den rotbraun glänzenden Schädel bis in das massige Genick. Der Epsaler Algon Dankin dagegen maß nur 1,60 in der Länge, aber er war so breit wie lang. Nur Omar Hawks besondere Konstitution fiel nicht sofort ins Auge. Der Oxtorner war nicht viel größer als Rhodan, jedoch breiter und wuchtiger. Dennoch übertraf er, was Widerstandsfähigkeit, Anpassung und Körperkraft anbelangten, Kasom und Dankin bei weitem. Als einziger der drei Umweltangepaßten benötigte er zudem keinen Mikrogravitator.

Algon Dankin sah mißtrauisch auf den Okrill, der ungeduldig mit den Krallen scharrte und dabei tiefe Rillen in das Metallplastik des Hangars riß.

Omar Hawk bemerkte es und lächelte.

„Keine Sorge, Professor, er beißt nicht . . .", Dankin atmete auf, „. . . er verschleudert nur elektrische Entladungen", fuhr Hawk gelassen fort.

Als hätte er die Bemerkungen seines Herrn verstanden, ließ Sherlock seine rote Zunge einige Meter weit vorschnellen. Dort, wo sie aufschlug, zuckte ein greller Blitz auf. Es roch nach verschmortem Belag.

Der Oxtorner schlug dem Tier beruhigend auf das breite Maul.

„Hiih, Sherlock! Die Herren glauben mir auch so."

Melbar Kasom lachte dröhnend.

Perry Rhodan verzog das Gesicht zu einer schmerzlichen Grimasse.

„Die Herrschaften können sich draußen austoben. Dort kommt unser Shift."

Er wies auf den Flugpanzer, der auf seinen breiten Gleisketten schwerfällig angerumpelt kam und mit kreischendem Geräusch hielt.

Schweigend stiegen die Männer ein, Kasom, Hawk und Dankin nahmen mit dem Okrill zusammen im Laderaum Platz. Nur Rhodan stieg nach oben in die Fahrerkanzel, um dem Piloten die Kursdaten zu geben.

Kurz darauf setzte sich das Allzweckfahrzeug erneut in Bewegung. Als es die Schleuse passiert hatte, wurde es vom Sturm gepackt. Die Männer im Laderaum mußten sich festhalten. Schrilles Pfeifen, Jaulen und Krachen drang durch die Terkonitwände bis zu ihnen herein. Der einzige Bildschirm der Außenbeobachtung zeigte einen turbulenten Wirbel von Wasser, Dampf und Pflanzenteilen.

Einmal versuchte Algon Dankin ein Gespräch anzuknüpfen. Es erstarb jedoch bald wieder. Jeder hing seinen Gedanken nach. Die Erwartung hatte sie gepackt.

Aber vorerst konnten sie nichts tun als stillsitzen.

Von oben, aus der Fahrerkanzel, kamen abgerissene Laute eines Funkgesprächs. Offenbar sprach Perry Rhodan mit den drei Suchtrupps, die nach dem Sergeanten Ausschau hielten. Omar hob resignierend die Schultern. Er wußte, wie aussichtslos es selbst für modern ausgerüstete Mannschaften war, einen einzelnen Soldaten in dieser sturmgepeitschten Nebelhölle auszumachen. Wenn der Sergeant nicht in der Lage war, seinen Minikom zu benutzen, konnte man tagelang suchen.

An der Stellung des verwaschenen Flecks, der die Sonne Wega darstellte, errechnete Omar, wie spät es ungefähr sein mußte. Eine Rotation Pigells dauerte 42,6 Stunden. Bis zum Abend blieb etwa noch ein Drittel Tag, also gut sieben Stunden. Danach würde es nicht mehr möglich sein, mit bloßem Auge etwas zu erkennen; die Nacht auf Pigell war absolut. Durch die mehrfach geschichtete Dunst- und Wolkenhülle des Planeten drang kein Sternenlicht.

Ein Knacken des Bordlautsprechers leitete Rhodans Befehl ein:

„Kommen Sie bitte in die Kanzel, Professor Dankin!“

Der Exobiologe schaltete vorsichtshalber seinen Mikrogravitator aus, bevor er die zerbrechlich erscheinende Leiter benutzte. Dadurch erlangte er sein normales Pigellgewicht wieder, während er sonst am liebsten unter der mörderischen Schwerkraft Epsals lebte. Dennoch bogen sich die Sprossen bedenklich durch, als er nach oben stieg.

Melbar Kasom grinste verstohlen.

„Die Kosmo-Genetiker haben uns zu ‚gewichtigen' Männern gemacht, Oxtorner . . .!"

„Es war notwendig", erwiderte Hawk knapp. Unwillkürlich entsann er sich wieder der erbitterten Auseinandersetzung, die auf seiner Heimatwelt zwischen den Generationen geführt worden war. Die dritte, noch nicht voll angepaßte Generation war naturgemäß der hemmende Faktor für die hundertprozentig Umweltangepaßten der vierten Generation gewesen. Einengende Gesetze und Tabus hatten Oxtorne beherrscht, bevor der Durchbruch zu neuem Denken gelang.

Sein Gedankengang brach jäh ab, als der Shift sich nach vorn neigte und Sekunden später polternd und knirschend aufsetzte.

Perry Rhodan kam die Leiter herab.

„Wir sind da, meine Herren! Hier befindet sich der Baum, den Sergeant Murching verbrannte, als er auf die ‚Geisterwolke' feuerte." Er wandte sich an Hawk. „Meinen Sie, daß ihr Okrill das Geschehen rekonstruieren kann?"

„Soweit es Infrarotspuren hinterlassen hat, ja, Sir. Obwohl die ständigen Gewitter mit ihren Entladungen die Spurenmuster natürlich schneller verwischen als auf ruhigeren Welten."

Er stand auf und pfiff dem Tier.

Der Okrill watschelte hinter ihm zur Backbordschleuse, als bereite ihm jeder Schritt unsägliche Mühe. Doch dieser Eindruck täuschte.

Ein Schwall Wasser klatschte Omar ins Gesicht, als sich das Außenschott öffnete. Der Shift stand schräg auf einem vom Sturm gefällten Baum. Regenböen jagten fast waagerecht über ihn hinweg. Irgendwo in dem ungewissen Dämmerlicht flackerte mattes Leuchten, vielleicht ein fernes Gewitter. Hier jedoch hatte sich das Unwetter gelegt. Die Regenböen stellten nur noch Nachläufer dar – oder die Vorboten des nächsten Gewitters. So genau konnte man das auf Pigell niemals sagen.

Der Oxtorner zog die Infrasichtbrille über die Augen. Den Helm ließ er geöffnet. Er war froh, wieder einmal frische Luft atmen zu dürfen. Wind und Wolkenbrüche machten ihm nichts aus, nicht mehr jedenfalls, als einem terranischen Städter ein lauer Nieselregen.

Ein daherwirbelndes Aststück krachte neben ihm zu Boden; er stieß es mit dem Fuß beiseite und schaltete den Brustscheinwerfer auf Infrarot, blendete ihn jedoch ab, damit er Sherlocks Spürsinn nicht verwirrte. Danach konzentrierte er sich auf den Mentokontakt. Das kleine, nach arkonidischem Prinzip gebaute Gerät nahm seinen unausgesprochenen Befehl auf und leitete ihn weiter an den kombinierten Hirnwellenempfänger und -verstärker. Augenblicklich entstand vor seinem geistigen Auge die Infrarotwahrnehmung, die von einem ähnlichen Gerät in Sherlocks Gehirn ausgestrahlt wurde.

Er „sah" das, was Stunden zuvor geschehen war: Vier Männer und eine Frau arbeiteten sich mit sogenannten „Energieäxten" durch das Dickicht des Urwaldes. Hinter ihnen, in wenigen Metern Abstand, tauchte die Gestalt eines Raumsoldaten auf. Das mußte Sergeant Murching sein.

Omar Hawk gab seine indirekten Wahrnehmungen über das Kehlkopfmikrophon weiter. Perry Rhodan empfing sie über Helmkom; er hatte als einziger seinen Helm schließen müssen, denn die Außentemperatur betrug einundachtzig Grad Celsius.

Plötzlich zog der Oxtorner die Luft scharf ein. Vor den fünf Exobiologen war unvermittelt eine pulsierende Nebelwolke aufgetaucht. Eigentlich wurde es sofort ersichtlich, daß es sich nicht um normalen Nebel handelte. Die Wolke stach blaß gegen die weitaus dichteren und nahezu zähschleimig wirkenden Dünste des Dschungels ab. Und dann entdeckte Omar Hawk etwas, das die Biologen ganz sicher nicht hatten sehen können. Nur die großen Facettenaugen des Okrill, die jeweils rund 80 000 nebeneinander liegende Einzelaugen enthielten, vermochten durch ihr starkes Auflösungsvermögen Einzelheiten in der nebulösen Masse zu erkennen.

Die „Geisterwolke" erschien in Sherlocks Wahrnehmungszentrum als Ansammlung unzähliger winziger Körnchen, von denen ein Netz feinster Fäden ausging und ineinander verflochten war. Diese seltsame Substanz war in stetem Wallen begriffen. Wenn die Blitze des vor Stunden abgeklungenen Gewitters ganz dicht dabei einschlugen, dann drang aus dem Innern des eigenartigen Wesens ein mattblaues Flackern wie der Widerschein des Wetterleuchtens.

Für Omar versank die Gegenwart. Stumm betrachtete er die Biologen, die zu der Wolke hinübersahen – vor Stunden hinübergesehen hatten ...

Der Begleitsoldat kam näher ins Bild. Er unterhielt sich mit den Forschern über die seltsame Erscheinung. Aber selbstverständlich konnte der Okrill keine Laute rekonstruieren. Alles verlief gespenstisch lautlos.

Aus den Gesten der Menschen war zu entnehmen, daß sie sich über Kopfschmerzen beklagten.

Dann hob der Soldat den Kombistrahler – und eine helle Glutbahn zuckte durch das schemenhafte Bild.

Atemlos beobachtete Omar die „Geisterwolke". Sie verharrte einige Sekundenlang still. Deutlich war – jedenfalls für Sherlocks Augen – die Lücke zu sehen, die der Strahlschuß in dem fremdartigen Organismus gerissen hatte. Als die Wolke sich erneut bewegte, ging das mit unwahrscheinlicher Schnelligkeit vor sich. Der Soldat wurde eingehüllt, bevor er den Feuerknopf seiner Waffe abermals berühren konnte.

Und dann verschwand Sergeant Murching in einem rasch vergehenden Flimmern.

Allmählich fand Omars Geist in die Gegenwart zurück. Wie aus weiter Ferne drang Rhodans Stimme an sein Ohr.

„Sie sagen ja gar nichts mehr, Hawk. Was ist los? Was sehen Sie?"

Omar schluckte. Dann setzte er seinen Bericht an der Stelle fort, wo ihn das Geschehen hatte verstummen lassen. Rhodan hörte schweigend zu. Algon Dankin setzte mehrmals zum Sprechen an, wurde jedoch durch eine energische Handbewegung Rhodans immer wieder zum Schweigen gebracht.

Als Omar geendet hatte, räusperte sich Rhodan heftig. Dennoch klang seine Stimme belegt.

„Nun dürfen Sie Ihre Theorie äußern, Professor!" wandte er sich an Algon Dankin.

Der Epsaler ließ sich nicht zweimal auffordern.

„Was Oberleutnant Hawk gesagt hat, wirft ein völlig neues Licht auf die Geschichte, Sir!" rief er erregt. „Der Nebel ist demnach überhaupt kein Nebel, sondern ein ganz normaler Organismus."

„Normal nennen Sie das ...?" fragte Kasom ironisch.

„Jawohl!" schnaufte Dankin. „Ich bin sicher, die von Hawk beschriebenen ‚Körper' sind in Wirklichkeit einzelne Körperzellen, die durch jene ‚Fäden' untereinander verbunden sind. Nur liegen die Zellen – im Gegensatz zu denen bekannter Organismen – viel weiter auseinander. Mit bloßem Auge kann ein Mensch daher nur eine Ballung mehrerer Milliarden erkennen, und auch das nur als Nebelschleier. Das ist meine Meinung."

„Als sehr vage erkennbaren Nebelschleier allerdings nur...", meinte Melbar Kasom.

Als die anderen ihn erstaunt ansahen, deutete er mit ausgestrecktem Arm über den glucksenden Sumpfstreifen zum jenseitigen Waldrand.

Omar Hawk fuhr herum.

Die langsam heranschwebende Wolke wäre mit bloßem Auge wahrscheinlich überhaupt nicht wahrnehmbar gewesen, stellte er fest. Nur auf den Infrarotoptiken erschien sie als schemenhaftes Gebilde – und auch die Biologen hatten Infrarotgläser getragen...

Der Epsaler wurde unruhig.

„Wir sollten in den Wagen zurückgehen!" drängte er.

„Abwarten!" meinte Rhodan ruhig. „Aus Hawks Schilderung – und auch aus Ihrem Bericht – ging klar hervor, daß der Geisternebel nur auf Angriffe bösartig reagiert. Bitte, lassen Sie die Waffen stekken."

Die Wolke verformte sich zu einem langgestreckten Ei, sank tiefer und schwebte dicht über dem Sumpfstreifen. Der natürliche Nebel schien vor ihr auszuweichen.

Algon Dankon stöhnte dumpf, als die Geisterwolke etwa zehn Meter vor ihnen anhielt.

Das Weitere geschah so schnell, daß es denen, die unbeteiligt zusahen, später schwerfiel, Einzelheiten zu rekonstruieren.

Der Okrill fauchte plötzlich. Mit einem einzigen Satz übersprang er die Entfernung zu der Wolke – und tauchte darin ein. Omar Hawk schrie einen lauten Befehl und stürzte dem Tier nach. Bevor er die Wolke erreichte, tauchte Perry Rhodan neben ihm auf. Er wollte Hawk offenbar zurückhalten.

Und dann befanden sie sich beide in einem unsichtbaren Gespinst. Das Fauchen des Okrills klang nahe, und irgendwo „draußen" heulte der Antrieb des Shifts auf. Melbar Kasom schrie unverständliche Worte.

Im nächsten Augenblick brachen Kasoms Schreie und das Motorengeräusch ab...

Das dumpfe Brüllen urweltlicher Tiere übertönte Sherlocks Fauchen. Omar Hawk stürzte gegen etwas Hartes, klammerte sich daran fest und sah sich um.

Neben ihm stand Perry Rhodan. Drei Schritte entfernt, auf einem flechtenbedeckten dampfenden Felsblock, kauerte der Okrill. Es gab noch mehr ähnliche Felsblöcke, und Hawk bemerkte, daß er sich ebenfalls an einem festhielt. Milchige Nebel krochen aus dem tiefer gelegenen Sumpfwald und strichen dem steinigen Hügel zu.

Von der Geisterwolke war nichts mehr zu sehen – ebensowenig allerdings von dem Shift, von Melbar Kasom und Professor Dankin...

Perry Rhodan begann an den Instrumenten seines Anzuges zu hantieren, dann wurde er blaß.

„Das fehlte noch", sagte er mühsam beherrscht. „Nahezu sämtliche Funktionen meiner Anzugsaggregate sind ausgefallen. Keine Energie! Das bedeutet, daß sowohl der Minikom als auch der Antigrav funktionsunfähig sind. Nur das Notaggregat, welches den Anzug mit Energie versorgt und den einfach lichtschnell arbeitenden Notsender speist, liefert noch Strom."

Omar Hawk ließ sich nicht anmerken, ob ihn diese Nachricht bestürzte. Rasch überprüfte er seine eigenen Geräte und stellte dieselbe Diagnose wie Rhodan.

„Es scheint, als hätte die Geisterwolke der Laderbank sämtliche Energie entzogen", bemerkte er anschließend.

Rhodan nickte, dann griff er an seinen Helm und bewegte die Justierungstaste des Helm-Notsenders, dessen Reichweite jedoch begrenzt war.

Eine Minute verstrich, während sich die Lippen des Terraners bewegten. Omar vernahm die Worte überlaut; der Notsender funkte mit größter Intensität.

Eine zweite Minute verstrich in stummem Warten. Dann langte Perry Rhodan erneut zur Justierungstaste. Seine Stimme befand sich wieder im normalen Lautstärkebereich, als er sagte.

„Nichts! Wir sind zu weit von den anderen entfernt..."

Omar blickte zu Sherlock, der fauchend auf und ab lief. Er witterte offenbar die Ausdünstungen der Saurier, deren Gebrüll nicht abreißen wollte.

„Sei still, Sherlock!" befahl der Oxtorner.

Augenblicklich verstummte das Tier, watschelte zu seinem Herrn und hob den kantigen Schädel.

„Ich frage mich nur“, wandte sich Omar wieder an den Großadministrator, „ob das eine genau bemessene Reaktion der Geisterwolke gewesen war . . .?“

Perry Rhodan lachte grimmig.

„Auf jeden Fall hat sie uns sehr nachdrücklich aus ihrer Nähe verwiesen, Hawk. Wenn uns die Suchkommandos nicht finden, dann . . .“ Er ließ den Schluß in der Luft hängen.

„Wir brauchen doch nur so weit zu marschieren, daß wir mit den Helmsendern die eigenen Leute erreichen, Sir!“ wandte Hawk erstaunt ein.

„Oh, natürlich!“ entfuhr es Rhodan. „Sie kennen ja Pigell nicht. Hören Sie, mein Lieber: Auf dieser Welt gibt es keinen zusammenhängenden Kontinent, sondern nur etwa vierhundert große Inseln, zwischen denen sumpfige Ozeane liegen. Keine Insel ist größer als die Reichweite eines normalen Senders. Folglich hat uns der lebende Fiktivtransmitter auf einem fremden Inselkontinent abgesetzt.

Wir haben praktisch zwei Möglichkeiten: entweder hier zu warten, bis ein Suchtrupp unsere Peilimpulse ortet – oder aber nach einer Landbrücke zu suchen. Letzteres dürfte aber ein sinnloses Unterfangen sein.“

Omar überlegte.

„Ich wäre trotzdem für das Suchen, Sir“, meinte er.

Perry Rhodan lächelte anerkennend.

„Ich bin auch nicht für untätiges Herumstehen. Hoffentlich hat uns die Transmitterwolke nicht über den Äquator hinaus versetzt. Wir können nämlich nichts weiter tun, als uns nach der Kompaßanzeige in Richtung Norden durchzuschlagen. Stehen wir südlich des Äquators . . .“

Omar schüttelte den Kopf und deutete auf den blassen Lichtfleck am dunstverhangenen Himmel.

„Wega steht wieder im Zenit, während sie nahe der CREST bereits im letzten Drittel ihrer Bahn war. Meiner Schätzung nach müssen wir uns nach Ostnordost halten.“

Impulsiv schlug Rhodan ihm auf die Schulter.

„Vielen Dank, Hawk. Jetzt bin ich sicher, daß wir nicht in die entgegengesetzte Richtung marschieren. Los geht's!“

Omar Hawk pfiff dem Orkill und schärfte ihm höchste Wachsamkeit ein. Dann schickte er das Tier voraus.

„Wenn Sie einverstanden sind, übernehme ich die Rückendeckung, Sir“, sagte er. „Sie brauchen nur Sherlock zu folgen. Er hält die Richtung, die ich ihm gewiesen habe.“

Der Terraner nickte. Plötzlich war er sicher, daß ihnen in Gegenwart dieses fähigen und unerschrockenen Mannes nichts Ernstliches geschehen konnte.

Bis sie auf die Überreste eines Menschen stießen . . .

Der Okrill war einige hundert Meter vorausgelaufen und in einer engen Schlucht verschwunden. Omar Hawk pfiff ihn nicht zurück. Der Weg war nicht zu verfehlen, und das Tier würde sich niemals so weit von ihnen entfernen, daß es im Notfall nicht blitzschnell zur Stelle sein konnte.

Plötzlich huschte ein blauschwarzer Schatten aus dem Eingang der Schlucht, fegte an dem erschrockenen Perry Rhodan vorbei und landete direkt vor Omars Füßen.

Der überschwere Handstrahler glitt wie von allein in Omars Armbeuge.

„Was ist los, Sherlock?“ flüsterte der Oxtorner und beugte sich zu dem Tier hinab.

Sherlock öffnete das Maul und ließ die grellrote Zunge ein Stück heraushängen. Ein tiefes Grollen stieg aus dem dampfenden Schlund empor.

Omars Gesicht verhärtete sich.

„Voran, Sherlock!“ befahl er.

Mit zwei Sprüngen holte er Rhodan ein und informierte ihn, daß der Okrill in der Schlucht eine Gefahr aufgespürt habe. Rhodan verstand die unausgesprochene Frage. Er lächelte zustimmend.

„Laufen Sie schon voran, Hawk. Ich kann recht gut auf mich selbst aufpassen!“

Der Oxtorner ließ sich das nicht zweimal sagen. So schnell, daß Perry Rhodan ihm kaum mit den Augen zu folgen vermochte, setzte er federnd hinter der gezähmten Bestie her.

In der Schlucht war es fast vollständig dunkel. Die bewaldeten Hänge verhinderten das Eindringen des ohnehin gedämpften Sonnenlichts. Kleine, dunkle Gestalten schlängelten sich über die steinigen Hänge, wahrscheinlich Reptilien. Aus den Wipfeln erscholl heiseres Krächzen und dunkles Glucksen.

Omar flog förmlich dahin. Als Umweltangepaßter eines 5,8-Gravo-Planeten erlaubte ihm die relativ schwache Pigell-Schwerkraft Sprünge von achtzehn Metern Weite. Dennoch erzielte Sherlock einen beachtlichen Vorsprung. Einmal brach es im Gesträuch zur Linken wie von flüchtendem Wild. Omar kümmerte sich nicht darum. Solange der Okrill nicht haltmachte, bestand keine unmittelbare Gefahr.

Kurz darauf stieß das Tier ein gefährlich klingendes Zischen aus. Mitten auf dem Boden der Schlucht stand ein gigantisches Ungeheuer, ein entfernter Verwandter der Stegosaurus der irdischen Kreidezeit. Der keilförmig zugeschnittene Schädel flog ruckartig von einer Seite zur anderen, die schweren Knochenplatten des Rückens waren steil aufgerichtet. Mit den Vorderbeinen stampfte das Tier im Schlamm, die kleinen Augen blickten auf den Okrill.

Ein Gigant, aber ein harmloser Pflanzenfresser, dachte Omar. Doch das Tier stand im Weg und stufte die Annäherung der beiden kleinen, fremdartigen Wesen ganz offensichtlich als Feindseligkeit ein.

Der Okrill bewies wieder einmal, daß er seine Taktik je nach Lage umstellen konnte. Er beschränkte sich darauf, dem Saurier einen gelinden elektrischen Schlag zu versetzen. Das Ungeheuer sprang mit allen Beinen zugleich in die Luft, stieß ein furchterregendes Brüllen aus, warf sich herum und stürmte donnernd davon.

Hundert Schritte weiter hielt Sherlock endgültig an. Er verlangsamte seinen Lauf, bog zur Seite ab und blieb zwischen zwei herabgerollten Felsblöcken stehen.

Omar Hawk trat neben ihn. Die Stelle lag im Schatten, und er mußte die Infrarotlampe einschalten, um überhaupt etwas erkennen zu können. Aber als er sah, was Sherlock entdeckt hatte, erschrak er doch.

Von dem Mann selbst war nicht viel übriggeblieben. Das Material der Kampfkombination jedoch hatte den Zähnen und Klauen der Bestie, die ihn getötet hatte, relativ gut überstanden. Lediglich ein langer Riß klaffte an der Seite, mit Blut verschmiert. Der Inhalt der Kombination lag verstreut umher.

Omar riß sich zusammen und würgte die Übelkeit hinab.

„Geh zurück, Sherlock!“ befahl er mit belegter Stimme. „Hol Freund!“

Der Okrill verstand. Er wirbelte herum und raste den Weg zurück.

Als Hawk Perry Rhodan in Sicherheit wußte, begann er die weitere Umgebung des Kampfplatzes zu untersuchen. Gleich hinter dem rechten Felsblock fand er ein blutiges Messer, wie es Raumsoldaten in einer Beintasche zu tragen pflegen. Ein Stück den Hang hinauf entdeckte er auch den Strahler des Toten. Nachdenklich schob er den darübergewälzten Stein zur Seite, nahm die Waffe auf und machte sich auf den Rückweg.

Er brauchte nicht lange zu warten. Schon nach wenigen Minuten kam der Großadministrator aus der Dunkelheit herangekeucht, dicht hinter dem Okrill her.

„Gott sei Dank!“ rief er, als er Omar erblickte. „Ich dachte schon, Ihnen wäre etwas zugestoßen.“

Omar sah Rhodan prüfend an. Er bemerkte, wie erschöpft der Terraner war. Ein Erdgeborener litt eben schon unter einer Schwerkraft von nur 1,232 Gravos. Ein Glück, daß wenigstens die Klimaanlage seines Anzuges noch funktionierte!

„Tut mir leid, Sir“, erwiderte er. „Aber ich hielt es für besser, Ihnen Sherlock entgegenzuschicken.“

Er trat beiseite und gab damit den Blick auf den Toten frei.

Rhodan erstarrte. Doch er faßte sich schnell wieder.

„Konnten Sie ihn ... identifizieren?“

Erst jetzt öffnete Omar den Raumanzug. Er legte den zerschmetterten Helm beiseite und berührte den Kontaktknopf, der den elektromagnetischen Verschluß abschaltete. Mit blassen Lippen griff er nach der rot glimmenden Plakette und zog sie mitsamt der zerfetzten Schnur hervor.

„SOC-RLK/4./11.“, las er vor.

Perry Rhodan nickte mit düsterem Gesicht.

„Er gehört zum Raumlandekorps der CREST. Es kann kein anderer sein als Sergeant Murching. Die Geisterwolke hat ihn also auch auf diesen Kontinent teleportiert, und er kam auf den gleichen Gedanken wie wir. Sehen Sie bitte das Magazin nach!“

Omar hob den Strahler wieder auf, öffnete die Kontrollklappe und las den Entladungsgrad ab.

„Rund acht Prozent fehlen, Sir ...“

„Hm!" machte Rhodan nachdenklich. „Jeder Mann, der zu einem Kommando von Bord geht, muß ein voll aufgeladenes Magazin in der Waffe haben. Angenommen, Murching hat tatsächlich nur einmal auf die Geisterwolke geschossen ..."

„Nur einmal!" bestätigte Omar. „Ich habe es durch Sherlocks Augen mitsehen können."

„Dann ...", fuhr Rhodan fort, „... muß er danach mindestens eine Minute lang Dauerfeuer gegeben haben, vermutlich hier, als die Bestien ihn überfielen. Warum sehen wir keine toten Tiere? Ein Kombistrahler ist schließlich keine Wasserspritze!"

Omar fand das ebenfalls. Kurz entschlossen aktivierte er wieder den Mentokontakt, indem er sich auf ein bestimmtes Stichwort konzentrierte.

„Such, Sherlock!" raunte er.

Sein Bewußtsein tauchte gewissermaßen in die Vergangenheit ein. Das, was er wahrnahm, wirkte fremdartig, weil es durch die Sinne des Okrill vermittelt wurde. Aber das war Hawk gewohnt.

Dennoch verkrampften sich seine Muskeln, als er den Mann aufrecht stehen sah, der tot vor seinen Füßen lag. Ein paar kluge Augen blickten durch die Helmscheibe und musterten ein Tier, das vielleicht zwanzig Schritte davor auf dem Grund der Schlucht lauerte.

Das Tier ähnelte entfernt einem Tyrannosaurus rex der irdischen Kreidezeit. Aber es war kleiner, wenn auch mindestens noch vier Meter lang. Der größte Unterschied zum Tyrannosaurus bestand darin, daß die Pigell-Echse sechs Beine besaß, die alle die gleiche Länge aufwiesen. Der Kopf glich dem des pflanzenfressenden Brontosaurus der Erde, besaß allerdings einen Nackenschild. Das alles hätte weniger schreckerregend gewirkt, wären die riesigen Pranken der Vorderbeine nicht gewesen. Dagegen war die Tatze eines irdischen Bären geradezu lächerlich winzig.

Die Echse oder der Saurier – so genau vermochte Omar das Tier nicht zu klassifizieren – verhielt sich still. Nur die smaragdgrünen Augen bewegten sich.

Der Mann öffnete den Mund. Omar nahm an, daß er etwas über den Außenlautsprecher rief. Vermutlich wollte er das Tier verscheuchen. Doch die Echse rührte sich nicht.

Langsam hob der Soldat die Waffe, legte sie an – und dann fuhr ein blauweißer Energiestrahl heraus, schlug wenige Meter vor dem Untier in den Boden. Schlamm spritzte auf und vermischte sich mit glutflüssiger Schmelze.

Jetzt würde die Echse flüchten – oder angreifen ...!

Aber nichts von dem geschah. Das Tier war zwar aufgesprungen, als der Schuß fiel, aber es blieb stehen. Nur die Muskeln seines mächtigen Leibes zuckten. Dieses Verhalten war dem erfahrenen Tierpsychologen unverständlich. Bisher hatte er nur zwei Reaktionen auf einen Strahlschuß kennengelernt: Entweder ergriff das Tier sofort die Flucht, oder es stürmte blindlings nach vorn, was auch mehr einer Panikreaktion entsprang als wirklichem Mut. Instinktgeleitete Wesen vermochten überhaupt nicht mutig zu sein.

Sergeant Murching schien das Verhalten des Tieres als Beweis für dessen Gefährlichkeit anzusehen. Die Waffe in seiner Hand ruckte erneut nach oben – und diesmal traf der Energiestrahl die Echse voll. Sie brach zusammen, tiefrote Glut breitete sich über ihrer Panzerhaut aus.

Der Sergeant ließ die Kombiwaffe sinken. Langsam ging er weiter.

Im nächsten Augenblick wimmelte es vor und hinter ihm von den Bestien. Sie griffen kompromißlos und zielstrebig an. Murching tötete noch sechs Tiere, bevor die anderen über ihm waren. Es gab einen kurzen Wirbel dunkelhäutiger Leiber, dann zogen sich die Echsen zurück. Eine von ihnen verschleppte den Strahler, andere zogen ihre getöteten Artgenossen mit sich. Zwei Echsen beseitigten mit Krallen und Mäulern die Schußspuren, scharrten Schlamm darüber und zertraten das verglühte Buschwerk. Danach lag der Ort des Überfalls so ausgestorben da wie zuvor ...

Omar Hawk fuhr sich mit der Hand über die Augen und erwachte aus seiner Starre. Stockend berichtete er, was sich zugetragen hatte.

Perry Rhodan äußerte sich nicht dazu. Er preßte nur die Lippen zusammen und machte sich daran, Sergeant Murchings Leiche mit Steinen zu bedecken. Omar half ihm dabei. Es war das mindeste, was sie für den Toten tun konnten – und das einzige, wozu sie gegenwärtig in der Lage waren. Später einmal würden sie für ein würdiges Grab sorgen.

Wenn es ein „Später“ für sie gab ...

Schmatzend saugte sich der Schlamm an ihren Stiefeln fest, und nur zögernd gab er sie wieder frei. Weißlichgelber Nebel braute sich über dem Sumpf zusammen, nur manchmal von heftigen Sturmböen zerrissen.

Omar Hawk mußte Perry Rhodan stützen. Der Terraner war erschöpft und wäre ohne Hilfe im Morast steckengeblieben. Omar wiederum verließ sich ganz auf den Spürsinn des Okrill. Das Tier von Oxtorne fand den einzigen passierbaren Pfad durch den brodelnden Sumpf mit traumwandlerischer Sicherheit.

Links und rechs des Weges schossen immer wieder Fontänen kochenden Wassers in die Höhe, zersprühten unter dem Anprall der Böen und überschütteten die kleine Gruppe. Omar und Sherlock machte das kochende Wasser nichts aus. Auf Oxtorne kletterten die Temperaturen oft über den Siedepunkt. Und Rhodan hatte seinen Kombianzug geschlossen. Er atmete die gewohnte Atmosphäre mit dem günstigen Feuchtigkeitsgehalt und einer Temperatur von zwanzig Grad Celsius.

Ein Fauchen Sherlocks ließ Omars Fuß stocken. Durch die Infrarotsichtbrille entdeckte er einen schlangenartigen Körper mit winzigen Beinen und sehr breiten Füßen, der sich aus dem gurgelnden, heißen Sumpf wand und den Rachen weit aufriß, als er des Okrill ansichtig wurde. Sherlock sprang. Er schlug mit seiner Pranke zu und schleuderte die Schlange in den Sumpf zurück.

Weiter...!

Allmählich wurde der Boden unter den Füßen fester. Erste Steine tauchten auf, schlammbedeckt und glitschig, aber immer noch besser als der zähe, saugende Morast. Die vereinzelten Böen gingen in einen stetig blasenden Sturm über. Der Nebel zerriß. Nach zwei Stunden wurde zum erstenmal wieder die Wega sichtbar. Sie schwamm als schmutziggelber Lichtfleck über dem Horizont. Kurz danach schoben sich schwarze Wolkentürme davor. Blitze zuckten herab. Krachend rollte der Donner über das Land.

Wieder einmal vermischte sich das Heulen und Schrillen des Sturmes mit dem Stakkato der Entladungen zu einer mißtönenden Sinfonie. Wenig später gesellte sich das Rauschen eines Wolkenbruchs hinzu.

Der Sturm steigerte sich zum Tornado. Gigantische Schlammwände stiegen an allen Seiten auf, wanderten wirbelnd und tosend über das aufgewühlte Land und zogen tiefe Rinnen durch das Meer, die sich sofort mit brauner, strudelnder Brühe füllten.

Omar Hawk kniete nieder und deckte den Großadministrator mit seinem Körper, als eine Schlammsäule direkt auf sie zukam. Diesmal schloß er seinen Helm, denn auch für ihn wäre es fatal gewesen, den Anzug voller Schlamm zu bekommen.

Krachend stürzte die tonnenschwere Säule zusammen, begrub die beiden Menschen und das Tier unter sich. Doch die vom Himmel stürzende Wasserflut befreite sie rasch wieder. Der Okrill nieste vor Behagen und setzte den Weg unbeirrt fort.

Omar klappte den Helm zurück. Er mochte nicht die laue Luft des Aggregates atmen. In Sturm und Regen fühlte er sich wohl. Als er merkte, daß es Rhodan schwerfiel, die Beine zu heben, lud er ihn sich einfach auf die Schultern, ohne auf seine Proteste zu achten.

Wenige Meter vor ihm focht der Okrill wieder einmal einen Kampf mit einem reptilartigen Sumpfbewohner aus. Wie immer blieb er Sieger; kein Wunder, wenn man bedachte, daß seine Krallen hart wie Terkonitstahl und scharf wie ein Rasiermesser waren. Die Fänge der Pigell-Bestien dagegen vermochten seine Haut nicht einmal zu ritzen.

Links tauchte die düstere Kulisse eines Urwaldes auf. Die Bäume ächzten und kreischten unter der Gewalt des Sturmes. Blauweiße Blitze fuhren dazwischen. Es krachte jedesmal infernalisch, wenn ein getroffener Baumriese splitterte und im Fall Dutzende andere mit sich riß. Glücklicherweise bestand niemals die Gefahr eines Waldbrandes. Die überall auf Pigell herrschende Feuchtigkeit erstickte jedes Feuer bereits im Keim.

Dennoch wartete Omar Hawk ungeduldig auf eine Stimme aus dem Funkempfänger Rhodans, und sein Peilzeichengeber arbeitete ununterbrochen. Einmal mußten die Signale doch aufgefangen werden! Sicher waren ausreichend Fahrzeuge unterwegs, um die Planetenoberfläche systematisch abzusuchen.

Aber der Äther schwieg. Nur krachende Störungsgeräusche waren zu vernehmen. Es hatte den Anschein, als befänden sich die beiden Menschen allein auf dieser Welt.

Jäh brach das Gewitter ab. Der Regen ließ nach, und der Sturm verebbte. Am fernen Horizont flackerte orangerotes Leuchten – und erstarb. Die Dämmerung wurde zur Nacht.

Omars Brustscheinwerfer geisterte durch die Dunkelheit. Er war auf Infrarotlicht gestellt, und mit der dazugehörigen Brille stellten die aufsteigenden Dämpfe kein nennenswertes Hindernis dar.

Der Oxtorner erkannte vor sich eine weite, mit kniehohen, krautigen Pflanzen bestandene Ebene. Links davon stand die undurchdringliche Wand des Dschungels, zur Rechten ging die Ebene in einen geröllbedeckten Hang über.

„Lassen Sie mich herunter!“ befahl Rhodan. „Wir legen eine Pause ein.“

Omar gehorchte.

Der Terraner taumelte leicht, als ihn Hawk vorsichtig auf die Füße stellte, doch seine ungebrochene Willenskraft überwand die körperliche Schwäche unerwartet gut.

„Es scheint so, als stünde bei der CREST auch nicht alles zum Besten, sagte er leise. „Normalerweise hätte man unsere Peilsignale längst ausgemacht. Man braucht nur zehn Korvetten, um unseren Standort innerhalb von vier Stunden zu finden – im ungünstigsten Fall.“

Omar schüttelte den Kopf.

„Sie ständigen elektrischen Entladungen der Gewitter werden die Reichweite unserer Signale erheblich herabsetzen, Sir. Ich sehe noch keinen Grund zur Besorgnis.“

Rhodan antwortete mit einem humorlosen Lachen.

„Sie nicht, junger Mann! Aber ich. Sie ahnen nicht, wie bedeutend ein Objekt wie die Zeitstation der Meister der Insel ist. So etwas läßt man sich nicht einfach wegnehmen. Ich fürchte, die Zeit arbeitet gegen uns.“

„Was wollen . . .?“ setzte Omar zu einer Frage an. Er kam nicht mehr dazu, sie zu beenden. Der Okrill, der einige hundert Meter vorausgeeilt war, tauchte plötzlich wieder dicht vor den Menschen auf. Er fauchte leise.

Perry Rhodan und Omar Hawk reagierten gleich schnell. Sie hielten ihre Waffen in der Hand, bevor sie wußten, was das Tier so erregte. Ihre Blicke suchten den Waldrand, die Ebene und den Geröllhang ab. Sie erkannten schattenhafte Bewegung.

Hawks Linke zuckte zum Gürtel, fuhr hoch zum Mund. Die Zähne rissen den Zünder des eiförmigen Gegenstandes heraus. In hohem Bogen flog die Infrarotbombe etwa dreihundert Meter weit in die Ebene hinaus.

Grelles Licht, das nur durch die Infrarotbrillen sichtbar für menschliche Augen gemacht wurde, leuchtete jeden noch so kleinen Winkel des Geländes aus. Die Schemen wurden zu deutlichen Konturen: Pigell-Echsen . . .!

Es mußten über hundert sein, die von allen Seiten heranschlichen. Jetzt kamen ihre Reihen zum Stehen. Vermutlich sahen die Bestien im Infrarotbereich und waren geblendet durch die ungewohnte grelle Lichtfülle.

Omars Aufmerksamkeit wurde vorübergehend abgelenkt. Verblüfft betrachtete er Sherlock, der sich auf die Hinterbeine gesetzt hatte und mit den Vorderpfoten durch die Luft schlug. Dazu gab er Laute von sich, die wie gepreßtes Stöhnen klangen.

Die Reaktion des Tieres verwirrte den Oxtorner. Sie deutete auf etwas hin, das ihm ganz und gar unmöglich erschien.

Neben ihm hob Perry Rhodan den Strahler.

Omars Hand mit der Waffe glitt zögernd nach oben. Zwei Männer hatten eine gute Chance – auch gegen Hunderte von wehrhaften Echsen. Und der Okrill würde zusätzliche Verwirrung unter den Tieren stiften.

Doch dann sank Omars Hand wieder herab. Er wußte plötzlich, was er zu tun hatte, so unwahrscheinlich der Schluß auch war, den er aus dem Verhalten Sherlocks zog.

„Nicht schießen, Sir!“ raunte er Rhodan zu.

Der Großadministrator wandte sich langsam um. Sein Gesicht hinter der Helmscheibe drückte absolutes Nichtverstehen aus. Aber Omar vermochte ihm nichts zu erklären – vorerst noch nicht.

Heftig schleuderte er seine Waffe von sich – und trat den Echsen entgegen.

Grünleuchtende Augen funkelten ihn an, schwere Leiber schoben sich näher und näher . . .

„Kommen Sie zurück, Hawk!“ Rhodans Stimme klang beschwörend.

Omar Hawk schritt unbeirrt auf die Bestien zu, die sie unterdessen völlig eingekreist hatten.

Jäh duckten sich die Echsen nieder. Es sah aus, als wollten sie zum Sprung ansetzen. Doch dann blieben sie stehen.

Der Oxtorner atmete auf. Schweißtropfen perlten von seiner Stirn;

aber nicht die Hitze war daran schuld. Langsam, damit die Bewegung nicht mißverstanden werden konnte, hob er den Arm, ballte die Hand zur Faust und streckte einen Finger nach oben.

Nichts rührte sich.

Aus dem Empfänger kam Rhodans keuchender Atem.

Omar wiederholte die Geste. Er holte die Lungen voll Luft und rief:

„Wenn ihr mich versteht, dann schickt einen von euch mir entgegen!“

Unruhe ging durch die Reihen der Echsen. Aber das blieb die einzige Reaktion.

Omar hatte Interkosmo gesprochen, die offizielle Sprache seiner Welt. Jetzt wiederholte er seine Worte auf Ferronisch. Immer noch keine Reaktion! Er begann daran zu zweifeln, daß er Sherlocks Benehmen richtig gedeutet habe. Dann versuchte er es auf Tefroda – jener Sprache, die sowohl von den Lemurern als auch von den Tefrodern gesprochen würde.

Er glaubte, die Echsen zusammenzucken zu sehen. Irgendwo war Bewegung. Ein einzenes Tier schob sich durch die Reihe seiner Artgenossen und kam zögernd auf Hawk zu.

Die Muskeln des Oxtorners spannten sich. Sherlocks sechster Sinn hatte nicht getrogen. Die Echsen waren intelligente Wesen, trotz ihres raubtierhaften Äußeren. Mit einem Mal verstand Omar die Dinge, die ihm bei der Untersuchung des Kampfplatzes in der Schlucht unerklärlich geblieben waren.

Dennoch ließ seine Wachsamkeit nicht nach. Intelligente Lebewesen mußten nicht immer friedlich sein. Meist waren sie sogar viel aggressiver und brutaler als instinktgeleitete Tiere.

Aber die Echse blieb fünf Schritte vor ihm stehen. Die Falten in dem uralt wirkenden „Brontosaurier“-Gesicht zuckten, die schwärzlichen Lippen des großen Mauls bewegten sich.

Seltsam grotesk verzerrte Laute drangen daraus hervor. Omar Hawk mußte einige Phantasie aufwenden, um in den von Glucksen und Schmatzen begleiteten Tönen das Tefroda-Wort für „Frieden“ herauszuhören.

Behutsam senkte er den Arm. In seinem Ohrenempfänger ertönte Rhodans erstaunter Ausruf. Dann folgte das Rascheln von Blättern und das Klatschen von Füßen auf dem durchnäßten Boden.

„Frieden!“ sagte Omar auf Tefroda. Er schlug sich mit der Hand gegen die Brust. „Omar!“

Die Augenhöhlen der Echsen wölbten sich, der Kehlsack begann konvulsivisch zu zucken. Eine Pranke hob sich und fiel auf die Nüstern herab.

„Tankan!“ verstand Omar.

Hinter ihm nieste der Okrill, schallend und voller Inbrunst.

„Wer hätte das gedacht!“ flüsterte Perry Rhodan. „Woher wußten Sie das, Hawk?“

„Sherlock hat es gespürt, Sir“, erwiderte Omar schlicht. Er blickte unverwandt die Echse an, deren Gesicht ihm nun nicht mehr so abstoßend vorkam wie zuerst.

Erneut begann Tankan zu sprechen. Sein Tefroda war weder flüssig noch klar, aber mit einiger Mühe vermochte man es zu verstehen.

„Ihr ... nicht ... D'ulh Orh“, sagte er. „Nicht so ... sein, aber so ... reden. Warum?“

„Sie vergleichen uns mit jemandem?“ fragte Rhodan. Er trat noch einen Schritt vor und schaltete den Außenlautsprecher seines Helmes ein. „Wir sprechen so und auch anders, Tankan“, sagte er, und der Lautsprecher verstärkte seine Stimme. „Ich weiß nicht, wen du mit D'ulh Orgh meinst, aber wir kommen in Frieden.“

Tankan gab einige glucksende Töne von sich.

„Ihr Frieden – wir Frieden“, schmatzte er. „Ihr groß, D'ulh Orgh klein . D'ulh Orgh schlecht. Tankan viel tot, nach D'ulh Orgh kommen.“

Rhodan schaltete den Helmlautsprecher wieder ab.

„Wahrscheinlich meint er die Tefroder. Von ihnen könnten die Echsen auch die Sprache erlernt haben.“

Erneut schaltete er den Lautsprecher an.

„Wenn ihr die Fremden meint, die von einer anderen Welt auf euren Planeten kamen, dann sind die D'ulh Orgh auch unsere Feinde. Wir haben sie besiegt.“

„D'ulh Orgh sein Fremde. Kommen von hoch ... hinter Wolken. Tankan leben aus Balrugh und N'aan. Fremde machen kaputt. Tankan viel tot. Wenn euch Feind, dann euch uns Freund.“

Mein Gott! dachte Perry Rhodan. *Das Universum enthält mehr Tragödien, als wir ahnen! In der Realzeit gibt es die Echsen nicht mehr. Wahrscheinlich sind sie schon jetzt zum Aussterben verurteilt – und die*

Tefroder Andromedas tragen die Schuld daran. Offenbar ist mit Balrugh und N'aan die pflanzliche oder tierische Existenzgrundlage der Echsen gemeint.

Laut sagte er:

„Woher kennt ihr die Sprache der D'ulh Orgh, Tankan?"

„Wir gefangen viele. Haben gehört und gelernt sprechen wie sie." In dem faltigen „Gesicht" der Echse arbeitete es. „Ihr tötet D'ulh Orgh. Nun ihr da. Was tun? Wer . . . ihr?"

Natürlich! Sie fragen sich, ob wir nicht vielleicht nur das Werk der Tefroder vollenden werden, durchfuhr es Rhodan. Zugleich kam ihm ein Versäumnis zu Bewußtsein. Er schlug sich gegen die Brust, wie er es vorher bei Hawk gesehen hatte.

„Rhodan! Wir kommen auch von jenseits der Wolken. Aber wir bleiben nicht lange hier. Unser Ziel liegt auf einer andern Welt. Ihr braucht euch keine Sorgen zu machen."

„Wir froh. Wenn gut, dann bleiben. Ihr macht D'ulh Orgh . . . tot . . .?"

„Alle tot", erwiderte Rhodan. „Aber ihr habt Gefangene gemacht? Leben sie noch? Wir möchten sie uns gern ansehen."

Tankan schwieg lange. Seine Augen musterten die Fremden. Schon fürchtete Rhodan, mit seiner letzten Frage ein Tabu verletzt zu haben, da antwortete die Echse.

„Ein D'ulh Orgh leben. Ihr sehen, ihr kommen!"

„Wir kommen mit!" bestätigte Rhodan. „Aber ich habe noch eine andere Frage. Einige von euch töteten einen von uns. Dort." Er deutete mit der Hand in die Richtung, aus der sie gekommen waren. „Warum?"

„Er böse, wir auch böse", entgegnete Tankan lakonisch.

Mehr bekam Perry Rhodan trotz wiederholten Fragens nicht aus ihm heraus. Deshalb ließ er es dabei bewenden. Sergeant Murching war nicht mehr lebendig zu machen, und aus der Sicht der Echsen mochte er selbst schuld an seinem Tod sein. Er hatte schließlich zuerst getötet – nur konnte er niemals ahnen, daß es auf Pigell intelligente Ureinwohner gab, zumal den Echsen ihre Intelligenz nicht anzusehen war. Aber hätte Rhodan ihnen vorwerfen sollen, sie wären falsch vorgegangen, weil sie sich nicht als das zu erkennen gaben, was sie waren? Diese Wesen würden ihm wahrscheinlich nicht glauben, daß man ihnen die Intelligenz nicht sofort ansah.

Ihm selbst kam die Situation wie ein schlechter Traum vor. Alles wirkte noch unwirklicher, als sich die Echsen zu einer Kolonne formierten und durch den Dschungel brachen. Der Okrill fand sich dagegen mit der neuen Lage ab. Ihm schien es Vergnügen zu bereiten, am Rand der Kolonne entlangzujagen, die Echsen zu erschrecken, indem er über sie hinwegsprang oder zwischen den mächtigen Beinen hindurchfuhr.

Omar Hawk lud sich den Terraner wieder auf die Schultern. Sie hätten sonst das Tempo der Echsen niemals halten können.

Es war ein seltsames Bild – eine Herde urweltlicher Bestien – und dazwischen zwei Menschen.

„Zu friedlich . . .!" bemerkte Rhodan skeptisch.

Er mußte eingeschlafen sein, ungeachtet der Stürme, der Gewitter und der vielfältigen Laute einer vor Leben strotzenden Urwelt.

Perry Rhodan erwachte von einem vielstimmigen Gebrüll, das die aus dem Urwald dringenden Geräusche noch bei weitem an Lautstärke übertraf.

„Was ist los?" fragte er den Oxtorner.

Omar Hawks Brustscheinwerfer erhellte nur einen Ausschnitt der Szene. Schwarz glänzende, gigantische Leiber wälzten sich über einen kreisrunden freien Platz im Dschungel: die Echsen!

Aber warum brüllten die Tiere so furchterregend?

„Es riecht nach Kampf – und nach Leichen", sagte Hawk tonlos. „Hier ist etwas geschehen."

„Setzen Sie mich ab!" befahl Rhodan.

Nebeneinander gingen die Männer auf das Durcheinander zu. Der Okrill tauchte vor ihnen auf, fauchte – und raste weiter. Allmählich schienen sich die Echsen zu beruhigen. Sie standen in kleinen Gruppen beisammen, reckten die mächtigen Köpfe in die Nacht und stießen Schreie aus, die an Klagelaute erinnerten.

„Hier!" rief Omar. Er deutete auf etwas, das wie ein Erdhaufen aussah.

Es war ein zusammengebrochenes Gebäude. Früher mußte es eine Halbkugel aus einem Gemisch von Lehm und Pflanzenteilen gewesen sein. Nun war es zerbrochen. Die einzelnen Stücke lagen verstreut umher – und dazwischen versengte Körperteile mehrerer Echsen.

Deutlich war der Trichter inmitten des Trümmerhaufens zu erkennen.

Omar und Rhodan gingen weiter. Sie fanden noch mehr Trümmerhaufen, noch mehr Trichter – und noch mehr tote Echsen.

Plötzlich bückte sich Omar und hob einen gezackten Gegenstand auf.

Ein Metallsplitter . . .!

„Jemand hat Bomben geworfen“, sagte er erregt. „Chemische Sprengbomben!“

Perry Rhodan stand starr. In seinen Ohren rauschte es. Tausenderlei Vermutungen jagten sich in seinem Gehirn. Er empfand diese Entdeckung als Katastrophe – nicht etwa, weil bei dem Bombenangriff wahrscheinlich Hunderte intelligenter Lebewesen umgekommen waren, so leid ihm das tat, sondern weil der Vorfall bewies, daß Pigell keineswegs vollständig in terranischer Hand war. Irgendwo auf den zahlreichen Inselkontinenten mußte es noch Tefroder geben und sicher auch tefrodische Stützpunke. Von dort stammten wohl auch die Gefangenen, von denen Tankan gesprochen hatte. Aber warum hatte der Gefangene Tamrat Frasbur nichts davon gewußt?

Gewaltsam unterdrückte er die Nervosität, die ihn bei diesem Gedanken überfiel. Er bangte um die CREST. Niemand dort wußte von der Gefahr. Ein tefrodischer Angriff würde völlig überraschend kommen. Und er, der die Gefahr kannte, er besaß keine Möglichkeit, seine Leute zu warnen!

Fast hätte er die neue Bedrohung zu spät bemerkt.

Die Echsen formierten sich zu einer geschlossenen Front, die auf die Fremden zukam.

„Sie halten uns für die Schuldigen, Sir!“ erklärte Hawk stöhnend. Er pfiff dem Okrill.

Perry Rhodan hob die Arme, als die Echsen nur noch etwa zehn Schritte entfernt waren.

„Das waren nicht die Unseren!“ rief er laut.

Dumpfes Gebrüll war die Antwort. Aber die Echsen hielten doch an. Wieder trat eine von ihnen, wahrscheinlich Tankan, nach vorn.

„Wir wissen. Aber warum ihr nicht sagen alles? Warum ihr reden von nur tote D’ulh Orgh?“

Ihr wißt es? fragte sich Rhodan. *Woher wollen die Echsen wissen, daß es nicht seine Leute waren, die den Überfall ausführten?*

„Wir haben alles gesagt, was wir wußten", antwortete er. „Die Fremden müssen sich verborgen gehalten haben."

„Warum sagen, was nicht wissen?" ertönte es, und der Vorwurf war unüberhörbar. „Nun alle Tankan tot auf dieser Land in Wasser, Nur wir leben, ganz wenig."

„Offenbar meint er, daß hier die einzige Ansiedlung der Echsen auf diesem Inselkontinent war", raunte Omar.

„Und mit ‚Tankan' sind alle Echsen gemeint", ergänzte Rhodan. „Wir dachten bisher, sie hätten Eigennamen und ihr Sprecher hieße Tankan. Wie halten sie sich auseinander?"

„Was jetzt gehen?" fragte Tankan. Perry Rhodan beschloß, die neue Situation für sich auszunutzen.

„Wir müssen schnell zu unseren Leuten. Sie wissen nicht, daß es noch D'ulh Orgh gibt. Aber wenn wir es ihnen sagen, kommen sie und vertreiben die letzten Fremden. Nur ... wir können nicht über das Wasser ..."

„Wir gehen durch Wasser. Ihr gehen ... setzen auf wir."

„Danke!" sagte Rhodan.

Der Sprecher der Echsen wandte sich um und sprach zu seinen Artgenossen mit unverständlich gurgelnden und schmatzenden Lauten. Dann sagte er zu den Menschen:

„Gehen gleich, Tankan, Rhodan, Omar und Tier!"

Perry Rhodan hielt es ebenfalls für sicherer, jetzt sofort aufzubrechen. Wer weiß, vielleicht kehrten die Tefroder noch einmal hierher zurück. Aber er wollte wenigstens noch so lange bleiben, bis Omar Hawk eine Infrarotuntersuchung vorgenommen hatte.

„Noch ein wenig warten", bedeutete er dem Sprecher.

Wieder aktivierte der Oxtorner seinen Hirnwellenverstärker. Er schloß die Augen und konzentrierte sich auf Sherlocks Wahrnehmungen. Der Okrill begriff auch ohne mündlichen Befehl, was sein Herr von ihm erwartete. Er setzte sich still hin. Seine Augen nahmen die Farbe der Nackten an.

Die Gegenwart versank ...

Vielfältige Eindrücke huschten vorüber, bis endlich die erwarteten Spuren auftauchten. Doch sie waren längst nicht so klar, wie Omar es erhofft hatte.

Verwaschene Schemen huschten über den Himmel. Es war, als kreiste ein Schwarm riesiger Vögel über der noch unversehrten Ansiedlung. Aber die Konturen wirkten seltsam verzerrt, ins Groteske verschoben und unscharf. Irgendein noch unbekannter Einfluß mußte den Infrarotspürsinn des Okrills verwirren.

Die Feuerbälle explodierter Bomben dagegen konnten nicht deutlicher sein. Rauchsäulen stiegen hell in den Himmel, und Echsen liefen in panischem Entsetzen ziellos umher. Einmal landete etwas und stieg nach kurzer Zeit wieder auf. Vielleicht hatten die Tefroder ihren gefangenen Kameraden herausgeholt. Aber auch von diesem war nicht mehr zu erkennen gewesen als ein unsteter Schatten.

Unvermittelt brach das Bombardement ab. Die Angreifer verschwanden. Zurück blieben rauchende Trümmer, in die sich ein heftiger Wolkenbruch ergoß.

„Nun, Hawk . . .?“

Perry Rhodans Stimme schien durch schallschluckende Wände gedämpft zu sein. Die Rückkehr in die Gegenwart war stets um so schwieriger, je mehr Omar sich zuvor hatte konzentrieren müssen.

Er blinzelte in den Lichtkegel eines Helmscheinwerfers.

„Es tut mir leid, Sir. Die Wahrnehmung war gestört. Praktisch weiß ich jetzt nicht mehr als zuvor. Ich habe die Angreifer nicht identifizieren können.“

„Schade“, sagte Rhodan enttäuscht. „Nun gut, brechen wir auf.“

Er gab dem Sprecher der Tankan ein Zeichen. Geräuschvoll setzte sich die Horde der Echsen in Bewegung. Die mächtigen Leiber dampften und strömten einen strengen Geruch aus. Hintereinander zogen die Wesen an den Menschen vorbei – eine seltsame Laune der Natur und zum Aussterben verurteilt, ehe sie genügend Intelligenz besaßen, um etwas dagegen zu tun.

13.

Der Dunst verzerrte die Konturen des hellgelben Sonnenballs und ließ ihn unförmig erscheinen. Der Himmel über Pigell war an diesem Morgen des 22. Juni 2404 so klar wie selten, wenn die Meteorologen der Erde auch von „bedeckt“ gesprochen hätten. Aber die tiefe Bläue des unendlichen Alls war vom sechsten Wegaplaneten aus niemals zu sehen.

Stumm stand Omar Hawk am Ufer des Schlamm-Meeres, das bis zum Horizont reichte. Eine Brandung gab es nicht, jedenfalls nicht bei der herrschenden Windstille. Dennoch war die Oberfläche des Meeres alles andere als unbewegt. Unaufhörlich wölbten sich riesige Blasen auf und zerplatzten mit schmatzenden Geräuschen. Viele Meter durchmessende Fontänen von Dampf und kochendem Wasser schossen eruptionsartig aus dem braungrünen, schleimigen Morast. Riesige Schlangenleiber schlängelten sich auf der brodelnden Oberfläche dahin. Ab und zu tauchte der Schädel eines Tiergiganten auf, der selbst in der Urzeit des Planeten Erde seinesgleichen gesucht hätte. Omar schätzte, daß die Köpfe zwischen zehn und fünfzehn Meter durchmaßen. Die triefenden Mäuler waren so groß, daß drei terranische Prallfeldgleiter im Formationsflug hätten hineinsteuern können.

Aber es gab auch eine Fülle von Kleinlebewesen. Jener altgriechische Philosoph, der seinerzeit behauptet hatte, alles Leben entwickelte sich spontan aus Schlamm, wäre über das millionenfache Gewimmel entzückt gewesen.

Im Süden stieg plötzlich eine rote Feuersäule kilometerhoch empor, kletterte höher und höher, bis sie an die formlose Wolkenschicht stieß. Donnerähnliches Grollen rollte heran. Gleichzeitig damit schwankte der Boden. Risse bildeten sich, aus denen beißender Qualm kroch. Die Feuersäule des Vulkanausbruchs stand noch immer, scheinbar unbeweglich.

Minuten später tauchte aus der gleichen Richtung ein dünner, brauner Streifen auf, wurde rasch größer und näherte sich.

Omar Hawk, der die Gefahr früher erkannte als Perry Rhodan, pfiff seinem Okrill. Danach hob er den Terraner an und setzte ihn auf den Rücken eines Tankan. Er selbst stieg hinterher. Die Echse ging sekundenlang in die Knie und schnaubte protestierend. Aber Omar konnte ihr sein Gewicht nicht ersparen. Rhodan würde sich auf dem glatten Rücken niemals allein halten können. Der Okrill sprang auf den Rücken des nächsten Tieres. Grollend blickte er der heranrollenden Schlammwelle entgegen.

Minuten später toste die Flut über die Herde hinweg. Omar Hawks Beine preßten sich gegen den Leib der Echse. Mit den Händen umklammerte er Perry Rhodan. Im letzten Augenblick dachte er daran, seinen Helm zu schließen.

Etwa fünf Meter hoch war die Schlammwand. eter hoch war die Schlammwand. Die Tankan schienen sich nicht vor ihr zu fürchten. Im Gegenteil, sie stürmten ihr entgegen, als sie bis auf hundert Meter heran war. Die plump wirkenden Leiber versanken nicht, sondern wurden emporgehoben und sanft wieder abgesetzt. Hinter ihnen brach sich die Wand mit ohrenbetäubendem Dröhnen. Jetzt wußte Omar, warum die Tankan der Flutwelle entgegengelaufen waren.

Die Echsen kehrten nicht wieder auf den Inselkontinent zurück. Zielstrebig wandten sie sich nach Ostnordost, wie sie es mit Perry Rhodan vereinbart hatten. Ihre Pranken schlugen auf angreifende Schlangen ein, kleines Getier wurde lebendig verschlungen.

Omar und Rhodan schluckten nur ein paar Konzentratkapseln und tranken von dem vitaminierten und mit Parabiotika versetzten Wasservorrat. Sherlock dagegen erlegte einen acht Meter langen Schlammolch vom Rücken seines „Reittieres" aus mit einem starken elektrischen Schlag der Zunge.

Die Tankan gurgelten verblüfft, als er die Beute anschließend mit dem Maul packte und mit einem einzigen Sprung auf den Träger zurückkehrte. Danach verzehrte der Okrill gemächlich die besten Stücke; den Rest warf er seinem Tankan zu.

Aber auch die Echsen bewiesen gewaltige Körperkraft. Zwar war der Schlamm des Meeres dünnflüssiger als der Morast der Sümpfe; dennoch hätte ein Mensch darin nur sehr mühselig und nicht lange schwimmen können.

Die vier Beine der Tankan jedoch ruderten unermüdlich, und ihre Körper bewegten sich mit der Geschwindigkeit von etwa zehn Stundenkilometer vorwärts.

Für Rhodan und Hawk ging es trotzdem viel zu langsam. Aber sie hofften ja nicht, auf diese Weise den Standort der CREST zu erreichen, sondern auf der Meeresoberfläche eher geortet zu werden als unter dem Pflanzendach des Urwaldes.

Diese Hoffnung wurde sehr bald bestätigt – allerdings ganz anders, als Perry und Omar es erwarteten . . .

Wieder einmal war ein Unwetter vorübergezogen. Schon tauchte in der Ferne ein unregelmäßiger Streifen auf: der nächste Inselkontinent.

Da zogen von links plötzlich seltsam gleichmäßige Nebelballungen auf.

Geisternebel . . .!

Der Okrill richtete sich auf den Hinterbeinen auf und schaute den Nebeln entgegen. Seine großen Augen funkelten. Dem geöffneten Maul entrang sich ein dumpfes Grollen.

Omar Hawks Gesicht wirkte hart und entschlossen, als er seinen überschweren Kombistrahler aus dem Gürtelhalfter zog.

„Ich schlage vor, wir wehren uns Rücken an Rücken, Sir", flüsterte er Rhodan zu. „Hier gibt es kein Ausweichen für uns."

„Einverstanden!" erwiderte der Terraner. „Wir müssen auf jeden Fall verhindern, daß man uns wieder auf irgendeine einsame Insel teleportiert. Seltsam, daß die Nebel ausgerechnet jetzt auftauchen!"

Auch dem Oxtorner kam das eigenartig vor. Gewiß, die Begegnung mochte rein zufällig sein, aber dieser Zufall war im ungünstigsten Augenblick eingetreten.

Wurden die Geisterwolken vielleicht gesteuert . . .?

Die Tankan schienen keine Furcht zu empfinden. Sie reagierten auch nicht auf die warnenden Zurufe Hawks, sondern schwammen ruhig und gleichmäßig auf dem alten Kurs weiter.

Omar setzte sich mit dem Rücken zu Rhodan. Vorsichtshalber hakte er einen Karabinerhaken seines Gürtels in den Kreuzgurt des Großadministrators. So konnten sie wenigstens nicht getrennt werden. Danach befahl er dem Okrill, die Geisterwolken mit elektrischen Schlägen zu bekämpfen.

Die Wolken waren unterdessen auf etwa hundert Meter herangekommen. Einige von ihnen senkten sich über die vordersten Tankan, hüllten sie ein – und dann verschwanden die Echsen.

Als die lebenden Fiktivtransmitter auf fünfzig Meter heran waren, eröffneten Rhodan und Hawk das Feuer. Die getroffenen Nebel leuchteten in schillerndem Blau, setzten ihren lautlosen Flug jedoch fort. Mehr und mehr Tankan verschwanden.

Es war schon fast zu spät, als die Menschen erkannten, wie sie den Wolken beikommen konnten. Danach schossen sie mit engster Bündelung. Jetzt zeigte sich die erste durchschlagende Wirkung. Die nadelfeinen, aber hochenergetischen Impulsstrahler rissen Lücken in die Geisterwolken. Die getroffenen Gebilde trieben hilflos schwankend ab. Einige sanken auf die Oberfläche des Schlammeeres, verloren ihre Form und legten sich wie ein dünner, grauweißer Film auf den Schlamm. Andere wieder stießen zusammen, durchdrangen sich und schienen dadurch zu gesunden. Die vereinten Wolken griffen erneut an.

Nach wenigen Minuten waren alle Tankan verschwunden – bis auf die beiden, auf deren Rücken sich die Menschen und der Okrill hielten.

Sherlock verschwand als nächster, mitsamt seiner Echse.

Omar Hawk kämpfte mit unerschütterlicher Ruhe. Er wußte, daß sie verloren waren. Immer neue Geisterwolken glitten von Norden heran. Die Glutbahnen der Strahler rissen große Lücken in die Front der Angreifer. Ständig sanken zerrissene Wolken aufs Meer und wurden vom Schlamm überspült. Hunderte trieben ziellos davon. Aber die Intensität des Angriffs ließ keine Sekunde lang nach.

Die Entscheidung kam, nachdem sich Dutzende der nebulösen Gebilde zu einer einzigen gigantischen Wolke vereinigt hatten. Rhodan und Hawk richteten ihr Feuer sofort auf den neuen Feind. Doch diesmal zeigten ihre Schüsse keine Wirkung.

Die Wolke stürzte senkrecht herab. Omar spürte eine sanfte Berührung wie von Tausenden feinster Spinnweben – dann nichts mehr...

Eben noch hatten sie auf dem Rücken eines Tankan gesessen – nun lagen sie auf hartem, steinigem Boden und lauschten auf das ununterbrochene Grollen, Poltern, Krachen und Zischen, das um sie herum tobte.

Omar Hawk löste den Karabinerhaken, der ihn mit Rhodan verband, und richtete sich halb auf. Er konnte gerade noch ihren Tankan sehen, der in weiten Sprüngen davonraste.

Im nächsten Augenblick ertönte freudiges Niesen. Der massige Leib des Okrill schmiegte sich an Omars Ellenbogen. Geistesabwesend tätschelte der Oxtorner das Tier. Seine Augen waren in das Tal gerichtet, aus dem Feuer und Rauch emporstiegen und aus dem auch das Grollen des Vulkans kam.

Des Vulkans...?

Omar zählte auf den ersten Blick sechs feuerspeiende Kraterkegel. Hinter dem schwarzen Rauch mußten noch mehr verborgen sein.

Neben ihm richtete sich Perry Rhodan ächzend auf.

„Wo sind wir?“ fragte er heiser.

Omar lachte trocken.

„Sie haben Humor!“ Er räusperte sich erschrocken. „Oh...! Verzeihung, Sir. Ich...“

„Lassen Sie das jetzt, Hawk!“ Der Terraner lachte. „Sagen Sie mir lieber, worin mein Humor Ihrer Ansicht nach besteht.“

„Nun, anstatt sich zu freuen, daß Sie überhaupt noch leben, fragen Sie, wo wir sind. Ist das etwa kein Humor?“

„Nein, Hawk“, entgegnete Rhodan ungewöhnlich ernst, „das ist kein Humor, sondern eine Angewohnheit, die mir schon oft das Leben rettete. Ich versuche stets, die Gegenwart als gegeben hinzunehmen und mich auf die Gestalt der Zukunft zu konzentrieren.“

Omar schwieg. Er begann zu begreifen, wie die Erfolge dieses Mannes zustande gekommen waren.

„Sagt Ihnen der Stand der Sonne etwas?“ wechselte Rhodan das Thema.

Der Oxtorner erhob sich und versuchte, durch den dichten Rauch hindurch die Wega zu erkennen. Ohne Infrarothilfsmittel wäre ihm das sicher nicht gelungen, so jedoch sah er den Sonnenball als hellen Lichtfleck dicht über dem Horizont.

„Seltsam...!“ meinte er.

„Was ist seltsam?“

„Wo wir herkommen, war es später Nachmittag. Die Sonne stand etwa in gleicher Höhe wie hier.“

„Dann müssen wir nach Süden verschlagen worden sein“, gab Rhodan zurück.

„In diesem Fall...“, wandte Omar zögernd ein, „... sollte die Kompaßnadel zur Sonne hinweisen. Es sei denn... wir befinden uns jetzt südlich des Äquators.“

„Also noch weiter von der CREST entfernt!“ rief Perry Rhodan erbittert. „Fast könnte man wirklich glauben, die Geisterwolken besäßen Intelligenz.“

Im nächsten Augenblick fuhren die Männer herum. Der Okrill hatte Alarm geschlagen. Das Tier stand sprungbereit da, die Zunge rollte vor und zurück. Es beobachtete die große, schlanke Gestalt, die aus dem Nichts entstanden schien.

Die Gestalt bewegte sich plötzlich. Sie war also keine Halluzination.

Sherlock knurrte drohend.

Die Gestalt blieb stehen.

„Hallo!“ klang es in Omars Ohrempfänger auf. „Oberstleutnant Hawk! Ich wäre Ihnen sehr dankbar, wenn Sie Ihren ‚Polizeihund‘ beruhigen würden.“

„Tschubai . . .!“ rief Rhodan verblüfft. Er sprang auf. „Das nenne ich einen glücklichen Zufall. Woher wußten Sie, wo Sie uns finden konnten?“

Ras Tschubai kam näher, nachdem Hawk seinen Okrill beruhigt hatte.

„Mit Zufall haben Sie recht, Sir“, sagte er und schüttelte Rhodans Hand. „Aber ob es ein glücklicher Zufall war, wage ich zu bezweifeln.“

„Das verstehe ich nicht!“ Rhodans Stimme klang ärgerlich. „Sie als fähiger Teleporter benötigen doch nicht einmal zehn Minuten, um uns sicher zur CREST zu bringen. Oder . . .“, er stockte, „. . . ist mit dem Schiff . . .“

Tschubai hob beschwörend die Hände.

„Nein, nein! Bei der CREST ist alles in Ordnung, wenn auch ziemliche Aufregung herrscht. Aber mit mir . . .“ Er zog ein unglücklich aussehendes Gesicht. „Ich bin nicht hierher teleportiert. Ich geriet bei der Suchaktion in eine dieser . . . Geisterwolken und *wurde* teleportiert. Falls Sie mir nicht die geographische Lage dieses Ortes in bezug auf das Schiff verraten können, weiß ich nicht, wie ich dorthin teleportieren soll.“

„Das kann ich allerdings nicht“, erwiderte Rhodan tonlos. „Dennoch haben Sie die größten Chancen von uns allen, Tschubai. Ich schlage vor, Sie teleportieren etappenweise in nördlicher Richtung. Sollten Sie zufällig auf der Oberfläche eines Sumpfes oder Meeres materialisieren, so brauchen Sie nur sofort wieder zu teleportieren.“ Er lachte zuversichtlich. „Es dürfte nicht allzu lange dauern, bis Sie entweder auf das Schiff selbst oder auf einen Suchtrupp stoßen.“

Ras Tschubai neigte den Kopf.

„Noch etwas!“ rief Rhodan rasch. „Kommen Sie nicht allein zurück, sondern beordern Sie außerdem eine Korvette hierher!“

Der Teleporter bestätigte und verschwand.

„Die längste Zeit haben wir gewartet“, sagte Rhodan mit spürbarer Erleichterung zu Hawk. „Ich schätze, es dauert keine halbe Stunde mehr, bis . . .“

Abrupt verstummte er.

Seine Augen weiteten sich unnatürlich und richteten sich auf Tschubais Gestalt, die sich vor ihm auf dem Boden krümmte.

Omar eilte herbei und hielt die umherschlagenden Arme des Teleporters fest. Durch die Helmscheibe erkannte er Ras' schmerzverzerrtes Gesicht. Omars Hand glitt zum Kontaktknopf des Raumanzuges – und sank wieder herunter. Er konnte nichts für Tschubai tun. Die Außentemperatur betrug sechsundsiebzig Grad; das war mehr, als selbst der hitzegewohnte Afroterraner vertragen konnte.

Nach kurzem Überlegen drehte Omar die zweite Flasche des Atemgeräts für zwei Minuten ab. Dadurch erhielten Tschubais Lungen reinen Sauerstoff zugeführt.

Anscheinend half das, denn der Teleporter beruhigte sich und schlug kurz darauf die Augen auf. Er wollte sich sofort aufrichten, aber Omar drückte ihn sanft zurück."

„Bleiben Sie liegen. Was war los, Tschubai?"

In dem ebenholzschwarzen Gesicht zuckte es. Die Zunge fuhr über die schaumbedeckten Lippen.

„Es tut... mir... leid", flüsterte Ras. „Ich muß in irgendeine Falle gesprungen sein. Vielen Dank, daß Sie... so lange auf... mich gewartet haben."

„Lange...?" warf Rhodan ein. „Sie waren doch kaum fort, eine halbe Minute höchstens."

Tschubai versuchte zu lächeln, aber es wurde nur eine schmerzverzerrte Grimasse daraus.

„Lassen Sie nur, Sir", wehrte er ab. „Ich weiß, wie lange Sie ausgeharrt haben. Schließlich besitze ich eine Uhr. Ich war mindestens sechs Stunden fort."

Perry Rhodan runzelte die Stirn und hob das Handgelenk mit seiner Uhr vor die Augen.

„Bei mir ist es 13.44 Uhr Standardzeit – 23. Juni", fügte er hinzu.

Omar beugte sich über Tschubais Uhr.

„Genau 19.51 Uhr", sagte er. „Gleiches Datum."

Sie schwiegen fast eine Minute lang. Dann hob Rhodan den Kopf und blickte über das Meer erstarrter Lava nach Norden – dorthin, wo die CREST stehen mußte

Die Männer dort waren nunmehr seine einzige Hoffnung. Wenn sie ihn nicht fanden, würde der Schlag des Feindes sie überraschend treffen.

Warum war noch kein Beiboot aufgetaucht ...?

Der Bildschirm zeigte nichts als sanftgewellte, von undurchdringlichem Dschungel bedeckte Hügel. Die Korvette KC-44 flog in tausend Metern Höhe über die dampfende Landschaft der Nordsierra Pigells.

In regelmäßigen Abständen krachte der Lautsprecher des Hyperkoms, meldeten sich die Kommandanten der Suchschiffe, die auf genau festgelegten Bahnen den Planeten umkreisten.

Atlan warf einen Blick zum Bordchronometer. Die Skalenscheiben zeigten den 23. Juni 2404, Realzeit 13.45 Uhr an.

Als wieder eine Fehlmeldung einlief, übermannte ihn der Zorn. Er hieb mit der Faust auf die Sessellehne und schimpfte:

„Bei allen Sternengöttern Arkons! Nach der Wahrscheinlichkeitsrechnung sollten wir sie längst gefunden haben. Inzwischen ist jeder Quadratmeter dieser Welt zweimal überflogen worden."

Sein Nachbar zur Rechten wiegte zweifelnd den mächtigen, kahlen Schädel mit der hochstehenden Sichelkammfrisur.

„Jeder Quadratmeter, das ist ein wenig übertrieben, Sir. Aber zumindest müssen die Korvetten einige Male den Sendebereich ihrer Peilzeichengeber überquert haben. Vielleicht sind die Sender ausgefallen ...?"

Der Arkonide wurde blaß.

„Malen Sie nicht den Teufel an die Wand, Kasom. Ich glaube jedenfalls, daß Perry nichts Ernstliches zugestoßen sein kann. Schließlich ist der Oxtorner bei ihm. Dieser Umweltangepaßte erwürgt einen Pigell-Saurier mit den bloßen Händen."

Er sah wieder zur Uhr. Plötzlich stutzte er.

„Hat Marshall noch nicht angerufen?" Ich wäre doch schon vor fünf Minuten drangewesen. Was ist denn da ..."

„Da kommt er schon, Sir!" rief Kasom dröhnend.

„Marshall ruft KC-44!" klang es aus dem Lautsprecher des Hyperkoms. „KC-44, bitte melden!"

„Hier KC-44, Atlan spricht. Warum melden Sie sich so spät, John?"

„Tut mir leid", schallte es zurück. „Wir mußten einigen ... hm! ...

Geisterwolken ausweichen. Ja, und seitdem ist Tschubai verschwunden."

„Ist er teleportiert, oder haben ihn die Geisterwolken . . .?"

John Marshall antwortete nicht. Statt dessen drang mehrmaliges scharfes Krachen aus dem Lautsprecher. Ein Ton wie von einer fernen Sirene gesellte sich dazu.

„Marshall!" rief der Arkonide erschrocken. „Melden Sie sich! Was ist bei Ihnen los, John?"

Wieder krachte es. Doch dann kam Marshalls Stimme durch. Sie klang gehetzt und atemlos.

„Riesige Tiere greifen an. Echsen wahrscheinlich. Sie reagieren kaum auf Paralysestrahlen. Ich muß sie mir mit Impulsfeuer vom Leibe halten." Erneutes Krachen. „Ich muß fliehen, ziehe mich auf eine felsige Erhebung zurück. Wahrscheinlich werde ich das Gespräch jetzt unterbrechen müssen. Habe alle Hände voll zu tun."

Es krachte zweimal. Keuchen und urweltliches Gebrüll mischten sich dazwischen. Atlan riß das Mikrophon dicht an seine Lippen.

„Senden Sie Peilzeichen, John!" schrie er. „Wir kommen Ihnen zu Hilfe!"

Melbar Kasom wartete den entsprechenden Befehl nicht erst ab. Er schlug mit der Faust auf die Alarmtaste. Gellendes Pfeifen schallte durch alle Räume der Korvette.

Mit angehaltenem Atem wartete Atlan darauf, ob John Marshall seiner Aufforderung nachkommen würde.

Endlich ertönte das gleichmäßige Zirpen des Peilzeichengebers. Im Unterschied zu Perry Rhodan hatte der Chef des Mutantenkorps einen leistungsstarken, tragbaren Hyperkom bei sich. Seine Signale mußten in allen Korvetten empfangen werden.

„Nehmen Sie Peilung vor und steuern Sie den Punkt an. Höchste Beschleunigung!" befahl der Lordadmiral dem Piloten des 60-Meter-Beibootes. Danach verständigte er die anderen Boote des Suchkommandos, damit sie Marshalls Signale nicht irrtümlich für Rhodans Zeichen hielten.

Die Impulstriebwerke brüllten los und stießen die KC-44 vorwärts. In den Prallschirmen leuchtete die Glut ionisierter Luftmoleküle. Rasch wanderten die Konturen der Landschaft über die Tasterschirme. Das Schlamm-Meer tauchte auf. Ein Vulkan schleuderte seine flüssigen Magmamassen dem Raumschiff entgegen. Überall aus der träge bewegten Oberfläche schossen Dampfsäulen hervor.

Als die Peilzeichen schmerzend laut in den Ohren klangen, beorderte Atlan das fünfzehnköpfige Landekommando in die Bodenschleuse. Danach erhob er sich selbst.

Am Horizont tauchte eine schildförmige Insel auf.

Kasom hob den Kopf vom gewölbten Rundschirm des Laser-Suchgerätes.

„Ich habe den Berg gefunden, Sir!" rief er.

Atlan äußerte gequält:

„Dämpfen Sie Ihr Organ, Kasom. Ich brauche meine Trommelfelle noch."

Er bedeutete dem Ertruser mit einer Handbewegung, den Rundschirm freizugeben und schaute selbst darauf.

„Das müßte es sein, meinte er. „Es ist die einzige Erhebung auf dieser Insel. – Kommandant, koordinieren Sie nach Ihrer Suchstrahlprojektion!"

Wenige Sekunden darauf bremste die Korvette mit höchsten Werten ab. Die Insel schien in den Frontbildschirm zu stürzen und dabei zu wachsen. Rasch glitt eine felsige Erhebung ins elektronische Fadenkreuz. Noch war Marshall selbst nicht zu sehen.

Dann blitzte es unten auf: einmal . . . zweimal.

„Gehen Sie bis auf hundert Meter herunter!" befahl Atlan dem Kommandanten. „Wir springen ab. Danach landen Sie in sicherer Entfernung!"

Zusammen mit Kasom verließ er die Zentrale und sank im Polachslift nach unten. Das Landekommando wartete bereits mit geschlossenen Druckhelmen. Atlan erklärte den Raumsoldaten kurz, worum es ging. Er schloß:

„Kasom und ich springen zuerst. Sie kommen sofort nach. Die Antigravgeräte werden erst kurz vor Bodenberührung eingeschaltet. Wir müssen Marshall schlagartig heraushauen. Die Zeit ist knapp."

„Fertig, Sir!" schallte es aus dem Wandlautsprecher.

Melbar Kasom drückte den Knopf der Schleusenautomatik. Die Platten des Außenschotts fuhren zischend zur Seite. Dampf, Fäulnisgeruch und Wind schossen in die geräumige Schleusenkammer.

Atlan stieß sich kraftvoll ab. Unter ihm stürzte bereits die klobige Gestalt des Ertrusers in die Tiefe.

Der Boden kam ihm rasend schnell entgegen. Atlan preßte die Lippen aufeinander. Als er glaubte, im nächsten Augenblick aufzuschlagen, schaltete er das Antigravgerät seiner Raumkombination ein. Gleichzeitig damit aktivierte er das siganesische Mikrotriebwerk.

Mit schmerzhaftem Ruck wurde sein Sturz gebremst. Dennoch spürte er den Aufprall. Er rollte sich über die Schulter ab, richtete sich auf – und blickte in den geöffneten Rachen einer Bestie. Die Außenmikrophone des Helms übertrugen ohrenbetäubendes Gebrüll.

Der Arkonide hob den Strahler und schoß.

Überall ringsum krachten jetzt Energieentladungen. Dazwischen mischte sich der Fall schwerer Körper und das Brüllen der Echsen. Nach und nach nahm der Kampflärm ab – und dann war es plötzlich still.

Atlan blickte stumm über die Leiber der toten Tiere. Flüchtig meldete sich ein Gefühl des Bedauerns. Doch dann zuckte der Lordadmiral die Schultern.

Wie anders hätte er Marshall retten sollen?

Der Telepath kam langsam auf ihn zu. Er streckte ihm die Hand entgegen.

„Vielen Dank. Das war Hilfe in letzter Minute. Die Bestien hatten mich bereits umzingelt. Ich muß sagen, für hirnlose Urweltungeheuer gingen sie taktisch sehr schlau vor." Er lachte.

Atlan schüttelte ihm die Hand und lachte auch.

Am Fuße des Berges landete die KC-44 auf flammenden Triebwerksstrahlen.

„Gehen wir!" sagte der Lordadmiral.

Ein lauter Schrei ließ ihn herumfahren. Einer der Raumsoldaten deutete mit der Hand nach oben.

Atlan hatte plötzlich ein eisiges Gefühl in der Brust.

Eine riesige Geisterwolke senkte sich unheimlich schnell auf die Kugel des Beibootes herab. Bevor jemand etwas unternehmen konnte, hüllte sie das Raumschiff ein.

In der nächsten Sekunde war der Landeplatz leer.

Nur die Geisterwolke stand noch da. Allmählich trieb sie davon, dem Meere zu ...

Vor zehn Minuten waren die Geisterwolken aufgetaucht.

Perry Rhodan, Omar Hawk und Ras Tschubai lagen in der Sichtdekkung einiger Felsblöcke und spähten durch ihre Infrarotoptiken in den Himmel über dem Tal. Die feuerspeienden Vulkane in dem riesigen Talkessel brachten die Luft zum Sieden. Von allen Seiten schossen heulend und pfeifend kühlere Luftmassen heran, wurden in Sekundenschnelle aufgeheizt und stiegen wirbelnd und flirrend empor.

Von überall her aber kamen auch unzählige Geisterwolken. Sie trieben mit den Luftmassen auf den Talkessel zu und wurden so schnell emporgerissen, daß das Auge ihnen nur einen Herzschlag lang zu folgen vermochte.

Es war ein gespenstischer Anblick.

Omar Hawk fragte sich, ob die lebenden Wolken zufällig von der starken Luftströmung erfaßt worden waren – oder ob sie diesen Ort absichtlich aufsuchten. Aber wenn sie absichtlich hierher kamen, was bezweckten sie damit? Welchen Sinn sollte es haben, daß sie sich von der starken Thermik in die höchsten Schichten der Atmosphäre tragen ließen?

Fragen über Fragen – und keine Antwort.

Unwillkürlich zog er den Kopf ein, als im Tal ein besonders heftiger Ausbruch erfolgte. Greller Feuerschein brach über den Rand des Kessels. Glühende Steine prasselten hernieder. Der Okrill schüttelte sich unwillig, als ihn ein Stein am Kopf traf und zersplitterte. Eine Wand aus glühender Asche raste über die Männer hinweg. Die wenigen dürren Pflanzen, die bisher ein kümmerliches Leben zwischen dem erkalteten Lavagestein gefristet hatten, verfärbten sich schwarz und zerfielen. Omar hielt den Atem an, bis die Wolke vorübergezogen war.

Ein Erdstoß ließ den Felsen schwanken.

Rein zufällig wandte sich Omar um. Er musterte die Wega, die eigentlich längst hätte untergehen müssen. Es dauerte Sekunden, bis er hinter die Bedeutung des Phänomens kam: Sie befanden sich am Südpol Pigells. Im Sommer mußte die Polarsonne auch die Nächte erhellen!

Er wollte aufstehen und seine Feststellung bekanntgeben. Ein neuer Erdstoß zwang ihn in die Knie. Zuerst verwundert, dann voller Entsetzen blickte er auf den Riß im Boden, der sich sehr schnell verbreiterte.

Mit einem Satz war der Oxtorner auf den Beinen. Er sprang hinüber zu Rhodans und Tschubais Deckung, riß die beiden Männer gewaltsam hoch und klemmte sie sich unter die Arme. Zwei weitere Sprünge brachten ihn zu dem Spalt, der unterdessen schon mehrere Meter auseinanderklaffte. Allmählich begann sich das abgesprungene Felsstück zu senken.

Omar Hawk setzte hinüber. Hinter ihm brach der Fels endgültig. Eine Staubwolke hinter sich herziehend, donnerte ein etwa zwölf Meter breites Band in die Tiefe.

Der Okrill rettete sich im letzten Augenblick.

„Verzeihen Sie bitte, daß ich etwas unsanft mit Ihnen umsprang", wandte sich Omar an Rhodan und Tschubai.

Perry Rhodan blickte ihn mit einem seltsamen Ausdruck in den Augen an.

„Sie haben mir nun schon zweimal das Leben gerettet – innerhalb von zwei Tagen. Ich weiß nicht, wie ich Ihnen das jemals vergelten soll, Hawk . . ."

Omar grinste nur.

„Indem Sie die Gegenwart als selbstverständlich hinnehmen, Sir!" spielte er auf eine Bemerkung an, die Rhodan vor einigen Stunden gemacht hatte. – „Aber im Ernst", fügte er hinzu, „wie soll es weitergehen? Wollen wir hierbleiben, bis uns jemand abholt?"

Ihm fiel seine Entdeckung ein.

„Wir befinden uns übrigens am Südpol. Andernfalls wäre die Wega längst untergegangen."

„Damit beantworten Sie Ihre Frage selbst", erwiderte Rhodan. „Oder wollen Sie Zehntausende von Kilometern marschieren?"

Bevor der Oxtorner eine Antwort darauf geben konnte, ertönte ein dröhnender Schlag, als wenn ein Gigant gegen einen ebenso gigantischen Gong schlüge.

Die drei Männer zuckten unwillkürlich zusammen.

Aber was sie dann sahen, ließ sie vor Entsetzen schreien.

Eine riesige, stählern schimmernde Kugel rollte den Talhang hinab: eine der Korvetten der CREST!

Kurz vor dem Grund des Kessels prallte das Raumschiff gegen eine vorspringende Felsnase, sprang einige Meter empor – und sank danach überraschend langsam zu Boden. Die Teleskopstützen glitten aus dem stählernen Rumpf, wurden beim Aufstoß zusammengedrückt und federten zurück.

Im nächsten Augenblick flammte der Schutzschirm auf.
„Sie haben uns gefunden!“ rief Ras Tschubai jubelnd.
„Oder wir sie!“ sagte Rhodan trocken. „Es sah mir gar nicht nach einer geplanten Landung aus.“
„Jedenfalls lebt die Besatzung noch, wandte Omar Hawk ein. „Sonst hätten sie die Antigravprojektoren und den Schutzschirm nicht aktivieren können.“
Rhodan veränderte mit fliegenden Fingern die Einstellung seines Notsenders.
„Hallo, Beiboot!“ rief er erregt. „Beiboot, bitte melden. Hier spricht Perry Rhodan!“
Omar Hawk hatte ebenfalls seinen Helm übergestülpt, um die Antwort im Helmempfänger hören zu können.
Aber es kam keine Antwort!
Fast zwei Minuten lang wiederholte Rhodan stereotyp seinen Ruf – ohne Erfolg.
Omar sah aus zusammengekniffenen Augen hinunter auf die 60-Meter-Stahlkugel, in deren Schutzschirm Aschen- und Gaswolken mit blendenden Leuchterscheinungen vergingen.
„Lassen Sie mich hingehen, Sir“, wandte er sich an Rhodan. „Sie können von hier aus meinen Abstieg decken, obwohl ich nicht an eine Falle glaube.“
Perry Rhodan blickte ihn verwundert an.
„Was wollen Sie dort unten? Die Schutzschirme einer Korvette dürften selbst für Sie undurchdringlich sein, auch wenn der HÜ-Schirm nicht aktiviert ist.“
Omar lächelte.
„Jedes Imperiumsschiff besitzt eine Warnautomatik, nicht wahr? Ein Angriff mit Energiewaffen würde sofort die Alarmsirenen auslösen. Vielleicht wird die Besatzung davon wach.“
Rhodans Stimme klang ironisch, als er antwortete:
„Oder Sie werden von einem Impulsgeschütz beschossen – falls nämlich die Warnautomatik mit dem automatischen Abwehrsystem gekoppelt wurde . . .“
„Ich könnte noch einmal eine Teleportation versuchen“, sagte Ras Tschubai sanft.
Zuerst schüttelte Rhodan den Kopf. Doch dann stimmte er zu. Niemand wußte, ob die Besatzung überhaupt wieder erwachen würde.

Antigravprojektoren und Schutzschirme konnten im letzten Augenblick von einem tödlich Verwundeten eingeschaltet worden sein.

Der Afroterraner neigte den Kopf. Mit unbewegtem Gesicht blickte er zum Beiboot hinunter. Dann verschwand er mit den typischen Begleiterscheinungen einer Teleportation.

Omar hielt den Atem an.

Würde Ras wiederum zurückgeschleudert werden – von einer Kraft, die sie nicht kannten...?

Da fiel der Schutzschirm in sich zusammen.

„Alles in Ordnung!" schallte es aus dem Telekom. „Die Besatzung ist bewußtlos. Soll ich mit dem Schiff zu Ihnen hinaufkommen?"

„Lieber nicht", erwiderte Rhodan. „Wir kommen zu Ihnen. Öffnen Sie inzwischen schon die Bodenschleuse!"

Der Abstieg über bröckligen Fels und Schotterbänder war mühselig, obwohl Hawk Perry Rhodan über die gefährlichsten Stellen hinwegtrug. Der Okrill dagegen stürmte mit langen Sätzen nach unten. Loser Schotter oder tiefe Spalten übersprang er einfach. Mit der Geschwindigkeit eines Bodengleiters schoß er an der Korvette vorbei und wälzte sich wohlig in dem glühenden Sand.

Als Omar und Rhodan unten ankamen, schauten von Sherlock nur die runden Augen aus dem Boden. Er hatte sich eingegraben und genoß sichtlich die Hitze, die einen Menschen binnen weniger Sekunden getötet hätte.

Der Oxtorner pfiff ihm.

Perry Rhodan bemerkte kopfschüttelnd:

„Dieses Tier wird mir langsam unheimlich, Hawk. Sind alle Tiere auf Ihrer Welt so widerstandsfähig?"

„Alle, Sir. Aber Sherlock ist trotzdem ein Sonderfall. Seine Vorfahren wurden von notgelandeten Raumfahrern aus dem Volk der Maarn nach Oxtorne gebracht. Wo die eigentliche Heimatwelt seiner Art liegt, weiß bis heute niemand."

„Es gibt mehr Rätsel, als wir jemals lösen können", erklärte Rhodan.

Sie traten durch die Schleuse der Korvette. Aus dem Schiffsinnern drang das gleichmäßige Summen der im Leerlauf arbeitenden Energieerzeuger. Die Maschinen schienen unter dem Aufprall nicht gelitten zu haben. Auch der Hauptlift funktionierte einwandfrei.

In der Kommandozentrale dagegen sah es weniger gut aus. Zwei

Sessel waren aus ihren Halterungen gerissen worden und hatten die Backbord-Bildschirmseite zertrümmert. Die Männer, die darin gewesen waren, lagen blutüberströmt auf dem Boden. Ras Tschubai kümmerte sich um sie.

„Nur Schnittwunden", beruhigte er.

Omar und Rhodan machten sich daran, den anderen Verletzten zu helfen. Als die Zentralbesatzung versorgt war, suchten sie die Geschützkuppeln und den Maschinenleitstand auf.

Alles in allem war der Unfall glimpflich abgelaufen. Es gab keinen Toten, wenn auch Knochenbrüche, Gehirnerschütterungen und auch Schnittwunden. Die Andruckabsorber hatten den Aufprall innerhalb der Korvette gedämpft; nur ein geringer Teil der Kräfte war durchgeschlagen.

Von dem stellvertretenden Kommandanten, Leutnant Aprenin, der zuerst wieder zu sich kam, erfuhren die drei Verschollenen, was sich zugetragen hatte.

Man war mit einem weiteren Rätsel konfrontiert. Während die Geisterwolke den drei Männern nahezu alle Energie entzogen hatte, waren die Energiestationen der KC-44 von den rätselhaften Wolken völlig ignoriert worden.

Perry Rhodan sagte nichts dazu. Nur sein Gesicht verschloß sich. Er befahl den Start. Mit Aprenins Unterstützung führten sie den Check durch. Alle Aggregate arbeiteten zur Zufriedenheit.

„Fertig?" fragte Rhodan. Wieder einmal wirkte sein Gesicht wie eine Maske.

„Fertig!" antworteten Hawk, Aprenin und Tschubai wie aus einem Mund.

Rhodans Gesicht wurde noch blasser. Mit automatenhaft wirkenden Bewegungen stellte er den Schub ein und riß den Triebwerkschalter vor.

Die KC-44 hob in einem Meer aus Glut und Staub ab. Rhodans Gesicht entspannte sich etwas.

Und dann kam der furchtbare Aufprall auf etwas Unsichtbares.

Die Korvette wurde zurückgeschleudert, taumelte, rannte erneut gegen das Unsichtbare an – und wäre abgestürzt, hätte Perry Rhodan nicht rechtzeitig Gegenschub gegeben. Hart setzte er das Schiff auf.

Mit einer Bewegung, die Endgültigkeit verhieß, stieß er den Triebwerksschalter in die Aus-Raste.

14.

Atlan riß die Hand mit der Waffe hoch und schickte der Geisterwolke eine nutzlose Serie von Strahlschüssen nach.

„Wo haben Sie Ihren Hyperkom, John?“ fragte er aufgeregt.

John Marshall antwortete nicht. Statt dessen hob er die Hand. Seine Augen waren geschlossen, als lausche er in sich hinein.

Atlan kannte die äußeren Merkmale eines telepathischen Kontakts; er schloß den Mund und wartete geduldig.

Mit Marshalls Gesicht ging eine erschreckende Veränderung vor. Es verzerrte sich in Panik. Schweiß trat auf die Stirn. Die Lippen bebten. Der Telepath taumelte wie unter einem physischen Schlag. Melbar Kasom fing ihn auf. Seufzend kehrte Marshall in die Wirklichkeit zurück. Um seinen Mund bildeten sich tiefe Linien der Bitterkeit, als er leise sagte

„Wir haben intelligente Wesen getötet.“

„Wie meinen Sie das?“ fragte Atlan beklommen.

„Die Echsen! Sie sind Telepathen!“ Der Mutant befreite sich aus Kasoms Griff und deutete auf die Kampfstätte. „Einer von ihnen lebt noch. Ich habe seine Gedanken empfangen können . . .“

„Woher sollten wir das wissen?“ fragte Kasom erschrocken. „Warum sind sie nicht früher mit Ihnen in Verbindung getreten, wenn sie Telepathen waren?“

Der Telepath hob die Schultern.

„Ich werde ihn fragen. Aber zuerst müssen wir ihn finden. Er ist verwundet und braucht Hilfe.“

Nach wenigen Minuten fand John Marshall die verwundete Echse. Sie lag auf der Seite und blutete aus einer Bauchwunde. Sechs Soldaten opferten ihre Verbandspäckchen, um die Blutung zu stillen und die Wunde zu verbinden. Melbar Kasom injizierte der Echse ein araisches Regenerationsmittel.

Danach setzte sich John Marshall wieder mit ihr in geistige Verbindung.

Er wirkte erschüttert, als die „Unterredung" beendet war.

„Sie nennen sich Tankan", sagte er. „Ihre Intelligenz ist etwa so hoch wie die eines terranischen Neandertalers. Aber sie sind fähige Telepathen. Leider leidet ihre Fähigkeit unter sehr stark ausgeprägten Instinkten, die ihre Gedankenausstrahlung in der Regel überlagern und absorbieren. Deshalb konnte ich auch nicht früher erkennen, daß sie intelligent sind. Die Tankan hatten gespürt, daß ich ebenfalls telepathische Fähigkeiten besitze, doch ihr Instinktverhalten ließ sie mich blindlings angreifen. Der Tankan meint, ich hätte Aggressivität ausgestrahlt, und sie wären nicht in der Lage gewesen, sich gegen dieses Gefühl zu wehren. Statt dessen ergriff es vollständig von ihrem Bewußtsein Besitz und zwang sie zum Angriff."

Er blickte den Arkoniden nachdenklich an.

„Aber ich habe noch etwas erfahren. Eine andere Gruppe von Tankan, mit denen die hiesigen in Verbindung stehen, ist Perry Rhodan begegnet."

Atlan beugte sich vor und packte Marshall an den Schultern.

„Was...? Rhodan...? Fragen Sie die Echse, wo Perry Rhodan sich jetzt befindet. Schnell!"

John Marshall konzentrierte sich erneut. Nach einer Weile öffnete er die Augen wieder und schüttelte den Kopf.

„Er weiß es nicht, Atlan. Die Verbindung mit der anderen Gruppe brach schon vor einiger Zeit ab. Zuletzt soll Rhodan dabei gewesen sein, ein Schlamm-Meer zu überqueren. Die anderen Tankan hätten ihm dabei geholfen. Aber die Position ist dem Verwundeten nicht bekannt."

Melbar Kasom stieß eine Verwünschung aus. Sofort regte sich die Echse, entblößte ihr kräftiges Gebiß und röhrte drohend.

Marshall sah den Ertruser vorwurfsvoll an.

„Nehmen Sie sich zusammen, Kasom! Ich sagte doch bereits: Die Tankan werden von menschlicher Aggressivität angesteckt."

„Das... richtig!" bekräftigte der Tankan überraschend und auf Tefroda.

Atlan und die anderen prallten schockiert zurück. Nur John Marshall lächelte wissend.

„Was... was war das?" ächzte Kasom.

„Das Rede von... D'ulh Orgh", antwortete der Tankan. „D'ulh

Orgh böse. Rhodan wissen. Viele Tankan tot, wenn D'ulh Orgh machen kaputt."

„Er meint, diese D'ulh Orgh hätten ganz bestimmte Pflanzen vernichtet, ohne deren dauernden Genuß die Tankan an irgendeiner Mangelkrankheit zugrunde gehen müßten."

„Mit D'ulh Orgh sind die Tefroder aus der Zeitstation gemeint, nicht wahr?" fragte Atlan. „Dann können Sie ihm sagen, daß die Tankan von denen nichts mehr zu befürchten haben."

Der Mutant nickte. Doch plötzlich zuckte er heftig zusammen.

„Nein!" rief er auf englisch. „Nicht die Tefroder sind die D'ulh Orgh, Atlan! Ich habe für einen Augenblick das Gedankenbild des Tankan erkennen können, bevor er es zurückhalten konnte. Wahrscheinlich stellt die gedankliche Darstellung jener Wesen so etwas dar wie die Verletzung eines Tabus. Die Fremden müssen menschengroße Wesen sein, aber mit fledermausähnlichen Flughäuten."

Nach einigen Sekunden des Schweigens sagte der Arkonide:

„Sie sind sich hoffentlich klar darüber, was das für uns bedeutet. Wenn es außer den Tefrodern noch Fremde hier gibt, so stellen sie eine Gefahr dar. Wer weiß, vielleicht werden die sogenannten Geisterwolken gar von ihnen gesteuert; sind es etwa künstliche Erzeugnisse dieser D'ulh Orgh?"

„Das wirft ein Licht auf Rhodans Verschwinden", warf Melbar Kasom ein. „Können Sie den Tankan nicht dazu bewegen, Kontakt mit der Gruppe zu suchen, bei der er sich befindet, John?"

Marshall blickte den ertrusischen Riesen zweifelnd an. Dann hob er die Schultern.

„Ich will sehen, was sich erreichen läßt."

Er setzte sich dicht neben die Echse, legte ihr die Hand auf den Hals und schloß die Augen.

Nach einigen Minuten wurde der Tankan unruhig. Er bewegte den Kopf suchend hin und her. Die Nüstern blähten sich, und die Augen bekamen einen nach innen gerichteten Ausdruck.

Eine halbe Stunde später öffnete John Marshall die Augen – und sank erschöpft um. Eine Behandlung mit reinem Sauerstoff und Energiekapseln gab ihm seine Kräfte zurück.

„Rhodan befindet sich in großer Gefahr", berichtete er. „Irgendwo auf dem südpolaren Inselkontinent ist er in die Gewalt der

Geisterwolken geraten. Mehr konnte mir der Tankan auch nicht sagen. Welcher Art die Gefahr ist, weiß er nicht."

Atlan stand nur einen Atemzug lang starr.

„Ich lasse die CREST sofort zum Südpol starten! Ihrer geballten Macht vermögen auch Geisterwolken nicht zu widerstehen. Los, John! Wo ist Ihr Hyperkom? Ich hatte Sie vorhin schon danach gefragt."

Der Chef des Mutantenkorps senkte schuldbewußt den Blick.

„Ich hatte ihn bei meiner Flucht vor den Echsen fallen lassen. Kurz bevor Sie kamen, wurde er von einem der Tankan zertrampelt."

Er straffte sich und fuhr mit fester Stimme fort: „Aber ich bezweifle, daß uns der Sender etwas genützt hätte. Mein Helmminikom ist ausgefallen und ich nehme an, daß es bei Ihnen allen ebenso der Fall ist. Diese Welt steckt voller Rätsel, und die Geisterwolken lassen es anscheinend nicht zu, daß wir Hilfe von der CREST anfordern."

Entschlossen aktivierte Perry Rhodan den Hyperkom der KC-44. Die Kontrollampen zeigten an, daß das Aggregat funktionsfähig war.

Anschließend ließ er den Notruf der Flotte ausstrahlen.

Als nach zwei Minuten immer noch keine Antwort eingegangen war, erhöhte er die Sendeleistung schrittweise von ein bis auf fünfzig Prozent. Im Empfänger rührte sich nichts.

Resignierend schaltete er das Gerät ab. Die blinkenden Kontrolllampen erloschen. Das stetige Summen brach ab.

„Zwecklos", sagte Rhodan mit einem bitteren Auflachen. „Wir sitzen hier fest und können der CREST nicht einmal eine Nachricht zukommen lassen. Dieses Gebiet wird durch einen energetischen Einfluß abgeschirmt, als dessen Urheber wir die Geisterwolken betrachten müssen. Dieser Einfluß läßt sowohl unseren Antrieb als auch jede Art von Funkwellen unwirksam werden."

Ehe einer seiner Begleiter darauf etwas erwidern konnte, geschah das Unfaßbare. Auf den Bildschirmen der Zentrale verschwand von einer Sekunde auf die andere die vertraute Umgebung. Ein riesiger, lichtdurchlässiger Schatten wuchs vor der KC-44 auf. Er glich einem schlechten, körnigen Fernsehbild – aber einem dreidimensionalen Bild.

Omar hatte das Gefühl sich wie ein Ballon auszudehnen. Gleichzeitig fühlte er sich beengt, als presse eine furchtbare Gewalt sein Herz zusammen. Alles schien nur noch aus einer grauen, körnigen Substanz zu bestehen. Auch sein eigener Körper war nichts anderes als eine gigantische Ansammlung grauer Flecken oder Körner, die das Licht ungehindert durch ihre Zwischenräume gehen ließen. Und doch formten die grauen Substanzen das Erscheinungsbild eines menschlichen Körpers.

Schwankend wollte sich der Oxtorner an einem Kontursessel festhalten. Doch seine Hand fuhr durch die Lehne hindurch, die schemenhaft sichtbar war.

Hawk vernahm die Stimme Rhodans.

„Sie brauchen sich nicht zu wundern. Auch meine Hände scheinen materielos geworden zu sein – oder die Gegenstände, die sie berühren."

Nebenan brach Leutnant Aprenin in schrilles, hysterisches Gelächter aus.

„Halten Sie den Mund!" wies Ras Tschubai ihn zurecht.

Omar Hawk versuchte zu ergründen, was ihm an den Stimmen so fremdartig vorkam. Es gelang ihm nicht.

„Was ist passiert?" fragte er. „Wo befinden wir uns?"

Rhodan zögerte. „Ich weiß es nicht."

„Dies ist nichts, was wir kennen", sagte Aprenin, der sich anscheinend wieder beruhigt hatte. „Es ist nichts Reales, nichts, das in unser gewohntes Raum-Zeit-Kontinuum paßt."

Im nächsten Augenblick schrie er, wie ein Mensch in höchster Seelenangst nur schreien kann.

Omar hielt den Atem an. Unwillkürlich wollte seine Hand nach der Waffe tasten, als die grauweiße Wolke durch die Schiffswandung in die Zentrale schwebte ...!

Durch Sherlocks Augen hatte er die Geisterwolken schon immer anders gesehen als andere Menschen. Aber diesmal sah er noch mehr, obwohl er nur seine eigenen Augen benutzte.

Millionen oder Milliarden flacher, vieleckiger, unregelmäßiger Gebilde schwebten neben–, über– und untereinander herein. Zwischen den Gebilden spannten sich weiße Fäden, verbanden die Gebilde miteinander zu einem Netzwerk voller Knoten. In jedem Gebilde aber, unter einer transparenten, glasigen Haut, pulsierte eine schleimige Flüssigkeit und umhüllte einen einzigen grauen Klumpen, von einem helleren Hof umgeben.

Zellen! durchfuhr es den Oxtorner. *Milliarden Ganglienzellen, durch Nervenfasern miteinander verbunden, zusammengeschaltet zu einem autonom existierenden Supergehirn ohne Leib, den es regieren könnte. Mußten sich da nicht naturnotwendig andere Fähigkeiten einstellen, damit der lockere Organismus einen Sinn erhielt...?*

„Ungeheuer!" sagte das Supergehirn. „Die Fehlentwicklung der Natur kann euer Verhalten nicht entschuldigen, denn ihr besitzt Intelligenz und könnt frei über euer Tun entscheiden."

Omar Hawk war im ersten Augenblick weniger über den Sinn der Worte erschüttert als darüber, daß er das Supergehirn überhaupt verstehen konnte. Womit sprach es, da es doch offensichtlich keine Sprechwerkzeuge besaß?

In der nächsten Sekunde wußte der Oxtorner, was ihm zuvor schon an den Stimmen der Gefährten so fremdartig erschienen war. Er hatte die Laute nicht mit dem Ohr aufgenommen, sondern direkt mit dem Gehirn!

„Warum kennt ihr als Antwort auf eure Probleme immer nur die physische Gewalt?" fuhr die Wolke fort. „Müßt ihr töten, anstatt zu denken? Müßt ihr eure Evolution nur auf dem Gebiet einer Technik vollziehen, die im Dienste des organisierten Massenmordes steht? Weshalb laßt ihr euren Geist verkümmern und berauscht euch an immer besseren Vernichtungswaffen, an immer stärkeren Energiestrahlen, an der Geschwindigkeit, mit der sich Welten zerstören lassen...?"

„Niemand kann in Frieden leben, solange es andere gibt, die nach seiner Vernichtung trachten", sagte Perry Rhodan. „Das Abscheuliche ist uns aufgezwungen worden. Sollen wir auf unsere Existenz verzichten, nur um sittlichen Idealen treu zu bleiben?"

„Das ist die Denkart eines instinktgeleiteten Tieres, unwürdig eines vernunftbegabten Wesens", kam es zurück. „Ihr vermögt eure physische Existenz besser zu schützen, wenn ihr der Evolution des Geistes freien Raum gebt. Kämpft, indem ihr denkt! Ändert mit geistigen Waffen den Sinn des Gegners, aber vernichtet niemals, was ihr nicht geschaffen habt. Doch wir wissen, daß ihr euch nicht mehr ändern könnt. Ihr seid eine Fehlentwicklung der Natur. Darum erhaltet ihr keine Chance mehr."

„Ihr wollt uns also vernichten?" sagte Rhodan sarkastisch. „Dadurch beweist ihr nur, wie lächerlich eure Theorie ist."

„Wir vernichten niemals Leben", erwiderte das Supergehirn sanft. „Aber wir verhindern, daß ihr in eure Dimension zurückkehrt und euren blutigen Weg fortsetzt. Ihr werdet hier leben. Vielleicht gesundet euer Geist dadurch. Ihr habt eine Ewigkeit Zeit dazu."

Das Supergehirn glitt durch die Wände der Zentrale und verschwand. Die Menschen waren wieder allein. Sie schwiegen, denn ihr Geist vermochte das lähmende Entsetzen nicht abzuschütteln.

Die Männer des Landekommandos hatten sich im Kreis zusammengesetzt. Ihre Druckhelme waren verschlossen, und Regen und Sturm zerrten an ihren Kombianzügen. Die Waffen lagen auf den Knien. Es gab nichts mehr, worauf man hätte schießen können.

Marshalls Worte hatten sich bestätigt. Keines der Helm-Minikoms funktionierte in gewünschter Weise. Es schien, als ob eine unbekannte Barriere alle Hypersignale absorbieren würde, die die Antennen der Minikoms verließen.

Atlan stand breitbeinig außerhalb des Kreises. Trotzig widerstand er dem Anprall des Windes. Aus zusammengekniffenen Augen starrte er in das abstrakte Muster schwefelgelber Blitze, die unablässig vom verhangenen Himmel herniederzuckten und die Wipfel des nahen Dschungels zerfetzten.

Ein verächtlicher Blick traf Melbar Kasom, der mit knallrotem Gesicht die dampfende Hitze ertrug, nur um sich den Magen mit Fleischstücken vollstopfen zu können, die er seinem Proviantsack entnahm.

Ein grauenhafter Gestank breitete sich von den Leichen der Echsen aus. Die schwüle Luft beschleunigte den natürlichen Zerfall der Körper. Faustgroße Schwebfliegen hatten Milliarden Eier gelegt; die ausgeschlüpften Maden wetteiferten mit den Fäulnisbakterien.

Rasch verschloß Atlan die winzige Schleusenklappe des Helms wieder, durch die er eine Luftprobe hereingeholt hatte.

Er stieg über glitschige Steine und quallenartige Faserpflanzen hinweg und hockte sich zu John Marshall. Der Telepath saß neben dem verwundeten Tankan, den man auf die Kuppe des Hügels geschleppt hatte. Die Echse erholte sich schnell. Bald würde sie in den Urwald zurückkehren können – oder zu einem Inselkontinent schwimmen, auf dem noch andere ihrer Art lebten.

„Haben Sie immer noch nicht mehr herausholen können, John?"

Marshall schüttelte mutlos den Kopf.

„Der Tankan glaubt, mit den Geisterwolken verhandeln zu können. Aber sie haben anscheinend kein Interesse daran. Wir müssen geduldig sein, Atlan."

„Geduldig . . .!" Der Arkonide lachte bitter. „Ich habe wahrhaftig Geduld genug gelernt während meines zehntausendjährigen unfreiwilligen Exils auf der Erde. Aber ich werde nicht zusehen, wie die Zeit alles wieder zerstört, was wir bisher erreichten."

„Was wollen Sie schon unternehmen?" fragte Marshall. „Wir können nur hoffen, daß uns ein Suchschiff findet – oder daß der Tankan Verbindung mit den Geisterwolken erhält!"

Der Lordadmiral erhob sich abrupt. Zornig stemmte er sich gegen den Sturm, der ihn umzuwerfen drohte.

„Ich habe schließlich noch meinen Spezialanzug, John. Vielleicht findet man Sie früher, als ich bei der CREST bin, aber darauf möchte ich mich nicht verlassen."

„Sie tragen als einziger eine Kombination mit siganesischem Mikrotriebwerk!" warnte ihn der Telepath. „Niemand kann Sie begleiten. Bei einer Panne über dem Schlamm-Meer wären Sie verloren, Atlan!"

Der Arkonide lachte sorglos.

„Siganesische Mikrotriebwerke haben keine Pannen, John. Außerdem habe ich mein Leben schon so oft riskieren müssen, seit ich bei euch Terranern bin, daß es auf dieses eine Mal auch nicht ankommt."

Marshall stand auf. „Ich würde Ihnen gern versichern, daß ich Ihre Gedanken kontrollieren kann. Leider wäre das gelogen. Seit Perry Rhodan verschwunden ist, vermag ich nicht einmal mehr mit Gucky telepathisch zu korrespondieren, und das will einiges heißen. Dieser Planet ist eine teuflische Falle. Aber ich weiß, was Sie sich einmal vorgenommen haben, lassen Sie sich nicht wieder ausreden. Jedenfalls drücke ich Ihnen beide Daumen." Leiser fügte er hinzu: „Wenn wir schon Rhodan verlieren sollten, dann müssen wenigstens Sie uns erhalten bleiben!"

Atlan schluckte heftig. Er vermochte nichts mehr zu sagen. Deshalb drückte er dem Telepathen nur stumm die Hand, wandte sich ab und ging, um seine Ausrüstung zu holen.

Melbar Kasom half ihm dabei, nachdem er vergeblich versucht hatte, Atlans Auftrag zu übernehmen. Der riesige Ertruser prüfte die

Ausrüstung mit einer Sorgfalt, die man seinen ungeschlachteten Händen nicht zugetraut hätte.

„Hals- und Beinbruch, Sir!“ rief er, als alles fertig war.

Der Arkonide erwiderte den Gruß. Dann ergriff er die Steuerung des Kombiaggregats. Langsam erhob er sich in die Luft. Das Mikrotriebwerk strahlte kaum sichtbares Feuer aus und trieb Atlan rasch auf die Küste des Meeres zu.

Er ging so tief hinab, wie es die explosionsartig aufschießenden Dampfsäulen zuließen. Ab und zu glotzten ihn die stumpfen Augen eines Ungeheuers träge und desinteressiert an. Riesige Schlangenleiber schlängelten sich über den kochenden Schlamm und wichen den auftauchenden Schlamm-Molchen aus. Manchmal wurde der Arkonide Zeuge eines titanischen Kampfes. Das Gesetz der Wildnis zeigte sich unerbittlich wie das der menschlichen Zivilisation.

Mitten über dem Meer wurde Atlan von einem Tornado gepackt. Fast eine Stunde lang kämpfte er vergeblich gegen die unsichtbaren Fäuste des Wirbelsturms an, wurde emporgerissen, versuchte mit maximaler Beschleunigung zu entrinnen und gelangte doch nur von einem Wirbel in den anderen. Als der Sturm vorüber war, mußte er sich erst wieder orientieren. Er stellte fest, daß er etwa sechzig Kilometer vom Kurs abgetrieben worden war.

Verbissen setzte er seinen Flug fort. Das Mikrotriebwerk arbeitete einwandfrei, ungeachtet der vorhergegangenen rohen Behandlung. Da der Antigrav ihn gewichtslos machte, kam er rasch vorwärts.

Eine Stunde später überquerte er eine kleinere Insel. Dahinter lag wieder der Schlamm. Aber es war das letzte Hindernis. Irgendwo am Horizont mußte in der nächsten Stunde die Küste des Kontinents auftauchen, den man Nordsierra getauft hatte.

Unterdessen brach die Nacht herein. Dichte Nebelschwaden stiegen vom Meer auf, hüllten den Arkoniden ein und zwangen ihn, sich nur am schmalen Lichtkegel des Infrarotscheinwerfers zu orientieren.

Der Nebel war auch schuld daran, daß er die typische Formation der Geisterwolken erst erkannte, als sie ihn bereits umhüllte. In hilflosem Zorn riß er die Waffe heraus.

Aber bevor er den Feuerknopf fand, riß der Nebel auf – und er stürzte in einen schlammigen Tümpel, der nicht dorthin gehörte, wo er sich eben noch befunden hatte.

Sein Mikrotriebwerk versetzte ihn in Kreiselbewegungen, wie sie einer Fliege unterlaufen mögen, die in die Marmelade gefallen ist. Die schleimige Brühe schlug über seinem Helm zusammen, so daß er zu fürchten begann, er würde in den Grund des Loches gerammt. Glücklicherweise gelang es ihm noch rechtzeitig, das Schaltgerät an seinem Gürtel zu finden und das Triebwerk abzuschalten.

Da er immer noch gewichtslos war, wurde er rasch an die Oberfläche des Tümpels getrieben. Mit zwei Sprüngen rettete er sich ans Ufer, schaltete den Mikroantigrav aus und schaute sich um.

Das erste, was er zu sehen bekam, waren flechtenüberzogene Baumstämme und ein Haufen unterarmlanger Maden, die auf einem kaum erkennbaren Tierkadaver herumkrochen. Plötzlich fuhr ein dünner Faden von irgendwo herab und wickelte sich um eine der Maden.

Atlan blickte auf und entdeckte ein affenähnliches Tier mit lederartigen Flughäuten, das auf einem Ast saß und gerade dabei war, den Faden mitsamt der Beute wieder hochzuziehen. Geschickt packte es den riesigen Wurm im Genick, biß zu – und wickelte ihn dann in einen weiteren Faden, der aus einer Düse an der Bauchseite herausschoß.

Danach fletschte das kleine Tier die Zähne und blickte den Arkoniden so an, als wollte es ihn auslachen. Mit dem Maul die Beute ergreifen und davonflattern, war das Werk einer Sekunde.

Lächelnd wandte sich Atlan um – und prallte erschrocken zurück.

Wie aus dem Boden gewachsen, stand eine riesige Echse wenige Schritte hinter ihm. Die großen Augen schienen ihn hungrig anzustarren, während das mittlere Beinpaar damit beschäftigt war, den mächtigen Leib zu kratzen.

Unwillkürlich spreizte Atlan die Hände, um nach der Waffe zu greifen. Doch dann hielt er inne.

Das war ein Tankan – und jeder aggressive Gedanke mußte ihn zum Angriff verleiten . . .!

Atlan kam sich lächerlich vor, wie er dastand und versuchte, seine Gedanken in angenehme, freundliche Bahnen zu lenken, obwohl ihm alles anderes als so zumute war.

„Frieden!“ brachte er mühsam hervor.

Als die Echse nicht reagierte, merkte er, daß er vergessen hatte, seinen Außenlautsprecher einzuschalten. Er holte es nach und wiederholte den Gruß.

„Frieden!“ antwortete der Tankan.

Zwischen den Baumstämmen hindurch schoben sich noch mehr dieser Dschungelgiganten Pigells. Es mußten mindestens hundert sein, und Atlan erkannte, daß er verloren gewesen wäre, hätte er sich nicht rechtzeitig besonnen.

„Atlan!" sagte er und schlug sich gegen die Brust. „Ich suche meinen Freund Rhodan. Andere Tankan haben ihm geholfen, aber...", er suchte nach einem Wort, mit dem er den Echsen begreiflich machen konnte, was er meinte, „... aber Wolken aus dem Himmel haben ihn fortgebracht."

„Wir... Tankan wissen", erwiderte die Echse, die zuerst aufgetaucht war. „Rhodan auch Freund von mir. Ihm geholfen. Aber Wolken uns hierhin und ihn dahin."

Der Arkonide fühlte, wie die Erregung ihm Wasser in die Augen trieb, bei Angehörigen seines Volkes gleichzusetzen mit Transpiration. Das waren also die Tankan, mit denen Perry zusammengekommen war!

„Die Wolken sind auch meine Feinde", sagte er. „Sie haben mich hierher gebracht."

„Wolken nicht Feinde", protestierte der Tankan heftig. Die anderen röhrten Zustimmung. „Wolken Freund, Rhodan Freund, du Freund, Tankan Freund."

Atlan war verwirrt. Er vermochte die beiden Tatsachen nicht miteinander in Einklang zu bringen, daß die Geisterwolken Freunde der Tankan sein sollten, während sie sie gleichzeitig teleportiert hatten.

„Aber sie halten Rhodan gefangen!" rief er verzweifelt.

Der Tankan schwieg lange, während sein Blick eine geistesabwesende Starrheit annahm. Dann sagte er bedächtig:

„Wenn gefangen, dann Gesetz verletzt. Wir nicht helfen. Rhodan nicht kommen wieder."

Atlan sah die Echsen traurig an. Er wußte, es gab nun keine Hoffnung mehr. Langsam wandte er sich um und ging – ein Mann, der erkannt hatte, daß seiner Macht eine unübersteigbare Grenze gesetzt war.

Er schaltete das Mikrotriebwerk an und ließ es laufen. Das schwache Fauchen brachte seine Gedanken in die Wirklichkeit zurück – und plötzlich wußte Atlan, welcher Fehler den geheimnisvollen Geisterwolken unterlaufen war.

Seine Hand brachte den Hebel in AUS-Stellung. Das Fauchen verstummte. Er ging zu den Echsen zurück und blieb dicht vor ihrem Sprecher stehen.

„Was ich noch sagen wollte: Wir haben eure Artgenossen auf einer anderen Insel erschossen – bis auf einen . . .!“

Er hatte diese Eröffnung fast gleichgültig vorgebracht, so, als bedeute ihm der Tod intelligenter Lebewesen nichts. Dieser selbstverständliche Ton verblüffte die Tankan derartig, daß sie erstarrten und keinen Laut herausbrachten.

Als sie aus der Erstarrung erwachten und eine drohende Haltung einnahmen, hob der Arkonide die Hand.

„Aber alles war nur ein gräßlicher Irrtum. Niemand wollte wirklich ein anderes intelligentes Wesen töten. Dennoch griffen eure Artgenossen einen von uns an – und ich gab den Befehl zum Töten.“

Einige Tankan begannen verlegen mit den Krallen zu scharren. Sie hatten offenbar verstanden, was Atlan meinte. Jegliche Aggressivität schien von den Echsen gewichen zu sein. Endlich fragte der Sprecher:

„Sie tot, weil ihr nicht wissen Freund, und sie nicht wissen Freund . . .“

„Genauso ist es!“ sagte Atlan hart. „Wir Menschen . . .“, er lächelte wehmütig, als er gewahr wurde, daß er sich in diese Definition mit einbezog, „. . . wir Menschen sind zwar aggressiv veranlagt, aber im Grunde genommen sind wir weder besser noch schlechter als andere Intelligenzen.“

Er hob seine Stimme und rief anklagend:

„In dem erwähnten Fall trug keine Seite die Schuld, weil jeder den anderen für unintelligent hielt. Aber im Falle der Geisterwolken liegt die Schuld eindeutig auf ihrer Seite. Sie hatten es in der Hand, uns über ihre wahre Natur zu informieren. Wenn sie tatsächlich sittlich höher stünden als wir Menschen, dann hätten sie dem Töten vorbeugen müssen, anstatt es zuzulassen.“

Durch die Reihen der Tankan ging Bewegung. Die Echsen schienen bedrückt zu sein. Sie sammelten sich und berieten anscheinend telepathisch.

Nach einer Viertelstunde kehrte der Sprecher zu Atlan zurück.

„Wir beschlossen, dich helfen und Rhodan helfen“, sagte er schlicht. „Du gesagt: ihr gut und böse, auch wir gut und böse, auch Wolken gut und böse. Nichts nur gut, nichts nur böse.“

Atlan atmete auf. Doch ihm war noch immer nicht klar, wie die Tankan ihm helfen könnten. Er fragte danach. Der Sprecher der Echsen bat ihn aber nur, zu warten. Mehr verriet er nicht.

Unterdessen machte wieder einmal ein Gewitter den Dschungel zum Hexenkessel. Überall ringsumher krachten zersplitterte Bäume nieder. Auf Atlans Helmantenne flackerten blaue Flämmchen, und der Wind peitschte schwere Regenwolken über den Boden.

Mitten in dem Blitzen und Donnern, dem Sturm und dem Regen tauchten plötzlich unzählige schwach glühende Geisterwolken über der Echsenherde auf.

Instinktiv wollte Atlan zu seinem Strahler greifen. Im letzten Augenblick besann er sich. Reglos wartete er, während ein Tankan nach dem anderen von Wolken umhüllt wurde und entmaterialisierte. Sein Herz schlug bis zum Hals, als eine Wolke sich langsam auf ihn senkte.

Woher sollte er wissen, daß diese rätselhaften Intelligenzen nichts Böses gegen ihn im Schilde führten? Durfte er sich ihnen blindlings anvertrauen?

Doch bevor er den Gedanken hatte zu Ende denken können, stand er zwischen flechtenbewachsenen Steinblöcken und blickte auf erhobene Strahlwaffen, in deren Feldmündungen todbringende Energie glomm.

Unwillkürlich verkrampften sich seine Bauchmuskeln.

Da senkten sich die Waffen, und eine ohrenbetäubende Stimme rief:

„Bei der Sonne Kreit! Das ist Atlan!“

Die Gestalt des Ertrusers flog über die dicht beisammenstehenden Männer des Landekommandos hinweg und landete vor Atlans Füßen. Eine gewaltige Pranke packte die Hand des Arkoniden und wollte sie schier zerquetschen.

„Aufhören, Kasom!“ rief Atlan. „Aufhören! Oder ich streiche Sie von der Verpflegungsliste!“

Melbar Kasom ließ die Hand los und trat erschrocken zurück.

„Das kann doch nicht Ihr Ernst sein, Sir . . .!“

Atlan winkte ab. Er wartete, bis John Marshall herangekommen war. Die Raumsoldaten hatten inzwischen begriffen, daß das Auftauchen so vieler Echsen keine Gefahr mehr bedeutete, da der Arkonide fast gleichzeitig mit den Tankan eingetroffen war.

„Wie ich sehe, sind Sie nicht ganz bis zur CREST gekommen", sagte Marshall lächelnd.

„Wahrscheinlich hätte ich mit dem Schiff weniger ausrichten können als so", entgegnete Atlan.

Er erklärte dem Telepathen die veränderte Lage. Doch der hörte nur mit halbem Ohr zu. Offenbar empfing er nebenbei eine telepathische Botschaft.

Als Atlan geendet hatte, sagte er zögernd:

„Die Tankan und die Geisterwolken scheinen in einer Art Symbiose zu leben. Ich bin mir nur noch nicht klar darüber, welche Rolle die Echsen dabei spielen. Was könnten sie parapsychisch begabten Supergehirnen schon bieten, das diese sich nicht auch anders zu beschaffen wüßten?"

„Supergehirne?" fragte der Arkonide verblüfft. „Meinen Sie etwa, die Geisterwolken wären . . ."

„. . . Gehirne, bei denen die einzelnen Nervenzellen lediglich viel lockerer gepackt sind als beim Menschen. Es sollte mich nicht wundern, wenn unsere Wissenschaftler feststellten, daß die Geisterwolken bei gleicher Packungsdichte nicht größer wären als menschliche Gehirne. Aber fragen Sie mich bitte nicht, wie ein Gehirn ohne Körper leben kann. Die Tankan wissen es nicht, und auch ich vermag mir das nicht vorzustellen."

Atlan faßte sich wieder.

„Eigentlich ist es dumm von uns, jedesmal neu zu erschrecken, wenn wir uns mit einer absonderlichen Lebensform konfrontiert sehen. Man sollte meinen, wir hätten schon genug erlebt, um gegen Überraschungen gefeit zu sein. Aber es ist anscheinend ein Gesetz, dem man nicht entrinnen kann."

Er räusperte sich verlegen, als er das Drängen in Kasoms Blick bemerkte. Der Ertruser schien nicht gewillt zu sein, sich philosophische Hypothesen anzuhören, während Perry Rhodan noch in Gefahr schwebte. Atlan selbst war sonst ein praktisch veranlagter Mensch und schätzte nutzloses Theorisieren kaum. Pigell schien ihn verwandelt zu haben.

„Wir müssen geduldig sein, Kasom. – Marshall, wissen Sie, wie weit die Echsen mit ihrer Konferenz gekommen sind?"

Der Telepath nickte.

„Diejenigen, die mit Ihnen kamen, verhören den verwundeten

Tankan. Sie lassen sich von ihm genau beschreiben, wie es zur Tötung ihrer Artgenossen kam."

„Hoffentlich schwindelt er nicht!" knurrte Melbar Kasom.

John Marshall lächelte nachsichtig.

„Sie schließen schon wieder einmal von sich auf andere, Dicker. Ich wollte, alle Menschen wären Telepathen. Dann gäbe es nämlich auch bei uns keine Lüge. Vielleicht wären wir dann alle viel friedlicher, weil niemand Geheimnisse vor dem anderen hat und niemand glauben müßte, der andere verberge etwas vor ihm."

Unwillkürlich griff sich Kasom an die Brusttasche, wo er die Speckseite untergebracht hatte, die er als kleine Reserve betrachtete. Atlan sah es und lächelte sardonisch.

Das Erscheinen des Tankan-Sprechers befreite den Ertruser von seiner Verlegenheit. Die Echse blieb dicht vor Atlan stehen und sagte:

„Wir gehört und gesprochen. Wolken euch geschehen Unrecht. Wir Rhodan helfen. Bald Wolken uns kommen und holen. Dann großes Gericht."

Impulsiv strich Atlan der Echse über das breite, harte Maul. Er hatte den Befehl gegeben, die Artgenossen des Tankan zu töten. Aber nun kam dieser und bot den Menschen seine Hilfe an, weil er sich eingestand, daß die Schuld auf beiden Seiten lag. Wahrscheinlich hätten in gleicher Lage die wenigsten Menschen so gehandelt.

„Wir danken euch", sagte der Arkonide mit leiser Stimme.

Er richtete die Augen gen Himmel, von wo die denkenden Wolken kommen mußten . . .

Zehn Minuten später kamen sie. Der Tankan-Sprecher sagte den Menschen genau, was von ihnen erwartet wurde. Das Landekommando sollte vorläufig zurückbleiben; nur Atlan, Marshall und der Sprecher der Echsen würden zum Südpol von Pigell teleportiert werden.

Der Tankan verheimlichte auch das Risiko nicht. Würde das Urteil zuungunsten der Menschen ausfallen, müßten sie Rhodans Schicksal teilen. Doch davon ließen sie sich selbstverständlich nicht abschrekken.

Atlan und Marshall stellten sich neben die Echse und warteten. Melbar Kasom murmelte laufend Verwünschungen, als die drei Wolken sich zu einer vereinten und auf die Wartenden zuglitten. Der

Ertruser mochte ein noch so fähiger Offizier sein, wenn es um Rhodans oder Atlans Leben ging, verlor er seine Kaltblütigkeit.

Der Arkonide dagegen spürte keine Erregung mehr. Mit wachen Sinnen beobachtete er die Wolke. Zum erstenmal erlebte er den Teletransport mit, soweit das möglich war. Die Ähnlichkeit mit der Abstrahlung durch einen Transmitter war tatsächlich verblüffend groß.

Ohne Zeitverlust landeten sie am Rand des südpolaren Kratertales. Aufmerksam schauten sie sich um, konnten aber keine Spur Rhodans oder Hawks entdecken. Bisher wußten sie noch nicht, daß nicht nur diese beiden Männer, sondern auch Tschubai und die Besatzung der KC-44 sich in der Gewalt der Supergehirne befanden.

Darum dachten sie an einen Angriff, als plötzlich ein Kugelraumschiff auf dem Talboden materialisierte. Das Schiff war einfach da und stand auf seinen Landebeinen, als hätte es sich nie in einer anderen Dimension befunden.

Atlan erkannte die KC-44 zuerst. Allmählich schlich sich das Verstehen in sein Gehirn.

Aus dem Kugelschatten der Korvette traten drei Gestalten. Hinter ihnen schoß ein blauschwarzer Schemen hervor und stürmte den Hang hinauf: Hawks Okrill!

Das Tier umkreiste die wartende Gruppe, als freue es sich über ihr Erscheinen.

Unten im Tal faßten zwei Gestalten einander an den Händen – und fast im selben Augenblick materialisierten Tschubai und Perry Rhodan oben. Der Oxtorner holte sie mit wenigen Sprüngen ein.

Atlan schüttelte Rhodans Hand und strahlte.

„Hat man euch Gauner freigelassen, Terraner? Ich wußte doch: Leuten wie dir kann überhaupt nichts Ernstliches zustoßen!“

„Diesmal hast du dich geirrt, Arkonide“, erwiderte Rhodan ernst. „Wir sind noch immer Gefangene. Nur für die Zeit der Gerichtsverhandlung hat man uns einen ‚Urlaub‘ bewilligt.“

Atlan schluckte.

„Und wenn das Urteil negativ ausfällt, dann müßt ihr . . . müssen wir . . .?“

„Man wird es versuchen.“ Rhodan lächelte kalt. „Aber du kennst mich ja, nicht wahr?“

Atlans Augen leuchteten auf. Das war der Freund, wie er ihn schon

Hunderte von Malen erlebt hatte! Freiwillig würde er sich dem Urteil der Supergehirne niemals beugen; er erkannte nur einen Richter an – und gegen diesen waren auch die Geisterwolken nur toter Staub.

Dennoch überlief es den Arkoniden eiskalt, als er sich die gespenstischen Nebel von allen Seiten und von oben zugleich näherten. Sie hüllten die Menschen und den Tankan unter eine Glocke. Das Jaulen des Windes und das Donnern der Eruptionen erstarben . . .

Es wurde ganz still.

Die eisgrauen Augen Rhodans funkelten spöttisch.

„Hallo!" rief er und hob den Arm. „Möge eure Weisheit so groß sein wie eure Menge. Wir sind bereit, euch zu hören!"

Der Tankan ließ sich geräuschvoll zu Boden sinken und schloß die Augen. Sein Kehlsack hüpfte eine Weile auf und ab, dann öffnete er das breite Maul und sagte:

„Wir sprechen aus diesem Wesen direkt zu euch, weil eine Verständigung im Normalzustand sonst nicht möglich wäre. Um mit der Gerichtsverhandlung beginnen zu können, brauchen wir denjenigen, der durch die andere Dimension geht. Er soll immer einen von euch mitnehmen und in die andere Dimension bringen. Wer ist als erster bereit, seinen Geist für uns zu öffnen? Die Gefangenen sind ausgeschlossen."

„Nun, mit dem, ‚der durch die andere Dimension geht', bin wohl ich gemeint", sagte Ras Tschubai und grinste verlegen.

„Erraten!" meinte Atlan trocken. „Und ich werde meinen Geist zuerst öffnen – oder öffnen lassen, was immer sie damit meinen."

„Verzeihung!" fiel John Marshall rasch ein. „Das dürfte meine Aufgabe sein. Ich als Telepath kann uns, so hoffe ich jedenfalls, mehr nützen als Sie."

Der Arkonide winkte ab.

„Was das Blockieren von Gedanken angeht, bin ich auch nicht schlechter, John. Notfalls lasse ich sie sogar nur das wissen, was ich will."

„Laß Marshall gehen, Freund!" bat Rhodan. „Er vermag doch einiges mehr als du. Ich möchte dir nicht sagen, was, denn die Supergehirne belauschen uns sicher. Aber du weißt Bescheid."

„Schon gut", erwiderte Atlan. „Dein Wunsch ist mir Befehl." Er lächelte ironisch. Doch dann wurde sein Gesicht wieder ernst. „Alles Gute, John. Lassen Sie sich nicht unterkriegen!"

Der Telepath lächelte zurückhaltend. Wenn man ihn so sah und ihn nicht kannte, hätte man ihm nicht besonders viel zugetraut. Das unscheinbare Äußere täuschte darüber hinweg, welche Energie in dem Mann steckte.

Er trat auf Tschubai zu und streckte die Hand aus. Der Teleporter umfaßte sie kraftvoll – und im nächsten Augenblick waren die beiden verschwunden.

Sie landeten in einem amorphen Grau. Hauchdünne Lichtlanzen stachen zu Millionen durch ein Etwas, das sich John Marshall nicht erklären konnte, bis er Tschubais geflüsterte Erklärung vernahm.

„Dies ist das Supergehirn. Nach Hawks Theorie besteht es aus Milliarden von Nervenzellen, die wiederum durch dünne Nervenfasern miteinander verbunden sind. Die Zellen sind nicht größer als normale menschliche Nervenzellen. Darum sehen wir sie innerhalb ‚unseres' Kontinuums nicht. Nur ‚hier', wo alles ins Vielfache vergrößert erscheint, werden sie erkennbar."

John Marshall zwang sich zur Ruhe. Die Erregung schnürte ihm jedoch die Kehle so zu, daß er kaum zu atmen vermochte. Er betrachtete den Teleporter und sah, daß Ras aus vielen unterschiedlichen kleinen Materieballungen bestand, zwischen denen das Licht hindurchschimmerte.

So also sah ein Mensch aus, wenn man ihn mit Augen von mikroskopischem Auflösungsvermögen betrachtete!

Plötzlich spürte er, wie etwas in seinen Geist einzudringen versuchte. Sofort blockte er ab. Der Versuch wurde noch mehrmals mit wachsender Stärke wiederholt, dann schienen es die Supergehirne aufzugeben.

„Wir haben einen gefordert, der seinen Geist für uns öffnet!" schallte es lautstark in Marshalls Geist. Der Telepath war jedoch davon überzeugt, daß es sich um Gedankenausstrahlung handelte.

„Ich werde meinen Geist für euch öffnen", antwortete er, „und zwar genauso viel, wie zur Beantwortung eurer Fragen notwendig ist."

„Das gilt nicht", kam es zurück. „Wie sollen wir entscheiden, ob ihr schuldig seid oder nicht, wenn wir nicht jeden einzelnen deiner Gedanken kennen?"

„Wir haben euch um keine Entscheidung gebeten. Und ihr besitzt kein Recht dazu, über andere Wesen zu richten – außer dem fragwürdigen Recht, das euch durch eure Macht über uns gegeben wurde."

„Du bist stolz, stolz wie dein ganzes Volk. Aber nicht wir waren es, die die Macht mißbrauchten, sondern ihr. Ihr habt Tausende von uns getötet. Und das gibt uns das moralische Recht, euch zu richten. Das Recht der Macht erkennen wir nicht an."

Marshall fühlte, wie er schwankend wurde in seiner Überzeugung. War es nicht richtig, was die Supergehirne sagten? Handelte der Mensch nicht ebenso: Wenn ein Andersartiger den Menschen Gewalt antat, wurde er nicht nach menschlichem Recht abgeurteilt statt nach seinem eigenen . . .?

Aber noch siegte der Wille, sich den anderen als überlegen zu beweisen.

„Jawohl!" bekannte er. „Wir sind stolz. Wir haben die eigene Galaxis erschlossen und sind dabei, den Feind aus der zweiten Galaxis zu schlagen. Ihr seid ein Nichts gegen die Menschheit. Darum gebt uns frei. Dünkt euch nicht länger besser als wir!"

„Deine Worte beweisen die bedauernswerte Fehlentwicklung, die der Natur unterlief, als sie euch entstehen ließ. Ihr redet von Erobern, Vernichten, Verwüsten, von Impulsgeschützen, Transformkanonen und planetenvernichtenden Arkonbomben. Ihr wollt stets recht behalten, aber kein eigenes Unrecht einsehen. Selbst dann, wenn ihr von Gott sprecht, der über euch stünde, so tut ihr das oft nur, weil ihr euch sicher vor dem Gericht des Allgewaltigen wähnt und glaubt, in seinem Namen der gerechten Strafe zu entfliehen. Ihr sagt, ihr hättet Feinde, die euch vernichten wollten – und ihr versucht, damit eure eigene primitive Vernichtungswut zu rechtfertigen. Warum, wenn ihr euch besser dünkt als eure Feinde, bemüht ihr euch nicht, Vernunft zu säen oder mit den Waffen des Geistes das Denken des Gegners zu beeinflussen und in die richtigen Bahnen zu lenken . . .?"

Die Stimme schwieg, und John Marshall hatte Zeit, Bilanz zu ziehen. Das Ergebnis erschreckte ihn. Er sah vor seinem geistigen Auge die Bilder des Grauens vorüberziehen, das der Mensch im Namen der Menschlichkeit gesät hatte, und er erkannte, daß in den Worten des fremden Wesens ein wahrer Kern steckte, daß die Fremden ein Recht besaßen, über sie zu Gericht zu sitzen.

Der Telepath öffnete seinen Geist weit . . .

Als er wieder zu sich kam, fand er sich auf dem Boden liegend und sah Perry Rhodans besorgtes Gesicht über sich. Überraschend schnell erholte er sich wieder.

„Das . . . Urteil . . .?“ fragte er.

Rhodan lächelte. Als er sprach, verfiel er ungewollt ins freundschaftliche Du.

„Du hast dich großartig gehalten, John. Die Supergehirne mußten uns freisprechen. Sie haben erkannt, daß sie nicht ganz schuldlos an unserem Verhalten waren. Wahrscheinlich hast du ihnen gewaltig eingeheizt, wie?“

John Marshall lächelte sanft.

„Ganz im Gegenteil. Diese . . . anderen Wesen stehen sittlich hoch über uns. Ich fürchte, vor uns liegt noch ein weiter Weg, bevor auch wir die gleiche Stufe erreichen.“

Ohne die Lippen zu bewegen, fügte er die telepathische Botschaft hinzu:

„Vielen Dank dafür, daß ihr uns die Gelegenheit dazu gebt!“

Vor ihnen wölbte sich die Kugel des Beibootes KC-44. Dahinter schossen blendend helle Magmasäulen in den Himmel über Pigell. In das Donnern der Eruptionen mischte sich das Fauchen und Heulen des Windes, der Tausende von Geisterwolken herantrug.

Marshall verhielt den Schritt und deutete hinauf.

„Sie kennen nicht ihren Anfang, aber sie wollen wenigstens das Ende bewußt erleben. Soweit sie zurückdenken können, war die Sehnsucht nach dem Weltall in ihrem Geist. Diese Wesen benutzen den Auftrieb über dem Tal, um sich an die Grenzen der Atmosphäre heben zu lassen. Von dort aus ziehen sie weiter – teilweise mit eigener Kraft, teilweise von den Kräften des Universums selbst getrieben.“

„Vielleicht begegnen wir ihnen noch einmal – irgendwo oder irgendwann“, erwiderte Perry Rhodan ungewöhnlich ernst.

„Ich hoffe nicht“, sagte Atlan.

„Warum nicht?“ Rhodan blickte den Freund überrascht an.

„Weil sie deinen Willen aufweichen, du sentimentaler Barbar!“ erwiderte Atlan zornig. „Wir haben noch eine schwere Aufgabe vor uns: Die Meister der Insel unschädlich zu machen. Wenn wir auch nur ein einziges Mal dabei Gewissensbisse bekommen, werden wir vernichtet!“

„Du hast natürlich recht, Arkonide", antwortete Rhodan leise. „Aber nur deshalb, weil wir Menschen noch nicht soweit sind, um mit geistigen Mitteln zu kämpfen. Einige wenige könnten es – ich denke dabei an unser Mutantenkorps –, aber die anderen sind noch zu primitiv. Verstehe mich recht: Der Ausdruck ‚primitiv' bedeutet keine Verurteilung, sondern nur einen Maßstab, gemessen an dem, was erreicht werden könnte." Er hob resignierend die Schultern. „Ich kann mit der Menschheit keinen geistigen, unblutigen Kampf führen, genausowenig, wie ein Bäcker aus Gerstenschrot Weißbrot backen könnte."

„Vielleicht unterschätzen Sie die Menschen, Sir", wandte Omar Hawk ein. „Schließlich waren Sie früher auch nur ein kleiner Major der US-Space-Force. Und was sind Sie jetzt ..."

Rhodan lächelte.

„Lassen wir das Thema für heute fallen, Hawk. Vielleicht haben Sie recht. Vielleicht sollte ich mich mehr um mein Volk kümmern. Aber um das zu verwirklichen, müssen wir erst einmal in die Realzeit zurückgelangen. Danach – das verspreche ich Ihnen – werde ich das Problem wieder aufnehmen."

„Vielen Dank, Sir!" sagte Omar aus vollem Herzen.

Sie stiegen die Rampe zum Beiboot hinauf.

Eine Viertelstunde später hob die Korvette ab und schlug Kurs nach Norden ein.

Melbar Kasom wartete bereits ungeduldig auf der „Marshall-Insel", wie man sie scherzhaft getauft hatte. Er und das Landungskorps wurden an Bord genommen. Auf dem Rückflug zur CREST ließ Perry Rhodan durch den nun wieder funktionierenden Hyperkom alle anderen Suchfahrzeuge zurückbeordern.

Die Suche war zu Ende.

Die Wände der Halle schienen nur aus gigantischen Maschinen zu bestehen. Das war keineswegs übertrieben, denn die Halle lag mitten in einer Maschine, nämlich im großen Bordpositronengehirn des Ultraschlachtschiffs CREST III.

Hier konnten elf Millionen Fragenkomplexe durchschnittlichen Umfangs gleichzeitig und unabhängig voneinander bearbeitet werden. Und meist war die Kapazität der Positronik voll ausgelastet. Es gab zahlreiche wissenschaftliche Abteilungen an Bord, die in ständigem Wettlauf um die Freizeiten lagen. Normalerweise beanspruchte nämlich die Steuerung eines Schiffes – und alles, was dazu gehörte, mittelbar und unmittelbar – allein schon dreißig Prozent der Kapazität. In den Rest teilten sich die technischen Abteilungen, die Einsatzplanung, die Versorgung und was der notwendigen Dinge mehr waren.

Zu dieser Stunde – es war der 23. Juni 2404, Erdzeit und Realzeit, 23.00 Uhr – hatten zwei Männer einen Großteil der Kapazität für sich allein beansprucht. Der eine war Perry Rhodan, und der andere, der in seinem Auftrag handelte, hieß Dr. Hong Kao und war der Chefmathematiker der CREST III.

Die Fragen waren vor einer halben Stunde zusammen mit den gesammelten Fakten eingegeben worden. Seit dieser Zeit stand Perry Rhodan gedankenversunken da.

Immer wieder mußte er dabei an sein Erlebnis mit den sogenannten Geisterwolken zurückdenken. Es hatte ihn tiefer berührt, als er sich anfänglich einzugestehen gewillt war. Die Vorwürfe jener Intelligenz schmerzten ihn. Insgeheim fragte er sich, ob es nicht doch einen Weg gab, die Existenz der Menschheit mit unblutigen Mitteln zu sichern. Aber er fühlte zugleich, daß er hier an eine Grenze kam, die nicht ohne weiteres überschritten werden konnte. Einmal würde die Menschheit es schaffen, hoffte er inbrünstig, denn andernfalls mußte sie früher oder später scheitern ... Das Hämmern der Symbolstanze riß ihn aus seinen Grübeleien. Tausende bunter Kontrollichter blickten wie glühende Augen auf ihn herab. Es dauerte einige Sekunden, bevor er sich in der Wirklichkeit zurechtfand.

Das ewig lächelnde Gesicht des Chefmathematikers erschien in seinem Blickfeld.

„Nun ...?“ fragte Rhodan.

„Darf ich vorlesen, Sir?“ flüsterte Hong.

Rhodan nickte.

„Erste Frage“, sagte Hong. „Ist aus dem vorhandenen Material einwandfrei zu schließen, daß weder die als ‚Geisterwolken‘ bezeichneten Intelligenzen noch die Tankan dem Menschen, speziell der Besatzung der CREST III, feindlich gegenüberstehen? – Antwort: Ja.

Zweite Frage: Ist ein Volk bekannt, dessen Angehörige fledermausähnliche Flughäute besitzen und die zum gegenwärtigen Relativzeitpunkt eine Rolle spielen könnten? – Antwort: Nein.

Dritte Frage: Kann aus den Berichten der Tankan, dem Gedankenbild eines Tankan und der beschriebenen indirekten Wahrnehmung des Oberleutnants Hawk auf Eingeborene des Planeten Pigell geschlossen werden? – Antwort: Nein."

Perry Rhodan atmete pfeifend aus. Hong Kao blickte fragend auf, doch Rhodan bat ihn, weiter zu berichten.

„Vierte Frage: Falls drei verneint wurde, stehen die fledermausähnlichen Fremden in irgendeiner Beziehung zu den Tefrodern der Zeitstation oder zu den Meistern der Inseln? – Antwort: Mit dreiundvierzig Prozent Wahrscheinlichkeit besteht eine indirekte Beziehung zu den Meistern der Insel.

Fünfte Frage: Stellen die genannten Fremden eine Gefahr für die CREST III und die Ziele der Expeditionsleitung dar? – Antwort: Mit achtundneunzig Prozent Wahrscheinlichkeit stellen sie eine tödliche Gefahr dar."

Dr. Hong Kao ließ die Symbolfolie sinken und sah den Großadministrator an.

„Das war alles, Sir."

Perry Rhodan nahm die dünnen Streifen in Empfang und bedankte sich. Danach kehrte er in die Kommandozentrale der CREST zurück. Lange blickte er zum Panoramaschirm, auf dem tiefhängende Wolken vom Sturm gepeitscht über die Hügel der Nordsierra und die brodelnde Oberfläche des Schlamm-Meeres dahinjagten. Ununterbrochen erhellten grelle Blitze die düstere Szenerie. Am unsichtbaren Horizont glomm gelbroter Schein auf: ein Vulkanausbruch.

Rhodans Kinn reckte sich trotzig vor. Dies war eine Höllenwelt, und vielleicht lauerten draußen tausend Teufel, um die CREST zu vernichten. Aber sie würden es nicht schaffen.

15.

„Hiih, Sherlock!“ rief Omar Hawk. Er stand bis zu den Hüften im brodelnden Schlamm, und das kochende Wasser eines Geysirs ergoß sich über seinen nackten Körper.

Zwei Halbkugeln, schimmernd wie violettes Glas, glommen auf und bewegten sich auf der Oberfläche des Schlamm-Meeres. Kurz darauf tauchte der kürbisgroße, froschähnliche Schädel auf.

Das breite Maul öffnete sich zu einem behaglichen Niesen.

Die violetten Augen auf seinen Herrn gerichtet, zerteilte der Okrill die zähflüssigen, träge sich wälzenden Wogen mit seinen acht Beinen. Das Tier hielt auf eine trichterförmige, mehrere Meter durchmessende Vertiefung im Schlamm zu. Am Grunde der Vertiefung stiegen schmatzend und gurgelnd große Blasen auf.

Der Okrill warf sich mit einem Satz über das Loch. Im selben Augenblick erreichte der Dampf seinen höchsten Druck und brach sich freie Bahn. Die etwa drei Meter durchmessende Dampfsäule schleuderte das Tier empor. Das folgende Wasser hielt den Okrill oben, bis der Druck nachließ und der Geysir wieder zusammenbrach.

Mit allen acht Beinen zugleich berührte das Tier die Oberfläche des Meeres. In einigen blitzschnellen Sprüngen erreichte es das Ufer, warf sich nieder und blickte seinen Herrn übermütig an.

Plötzlich raschelte es im nahen Dschungel, der sich gleich einer blaugrünen, dampfenden Mauer am Ufer des Schlamm-Meers hinzog. Trübes Wasser ergoß sich von den Blättern und Zweigen auf eine schlanke Gestalt im Raumanzug, die über die glitschigen Felsen näher kam.

Hawk kam ans Ufer. Unterhalb der Hüfte klebte der Schlamm graugrün und schleimig an ihm. Der Oxtorner stieg in einen Felsenkessel, aus dem Dampfwolken aufstiegen: eine vulkanische Quelle. Als Hawk herauskletterte, war sein Körper sauber und glänzte so ölig wie immer.

Erst dann ging er dem anderen entgegen. Er grinste freundlich.

„Hallo, Lun! Sie alter Dunkelweltler! Was treibt Sie denn an diese reizvolle Stätte?“

Baar Lun lächelte höflich. Vorsichtig nahm er die große Hand des Oxtorners und schüttelte sie.

„Was für Leute Ihres Schlages reizvoll ist, braucht es für normale Menschen noch lange nicht zu sein, Hawk.“

Den Modul und Hawk verband eine distanzierte Freundschaft, wie sie nur zwischen geistig sehr regen Menschen mit hohen Idealen vorkommt. Außerdem wichen beide von der Norm ab; beide waren keine Terraner, wenn auch ihre Abstammung auf die gleiche Linie zurückging. Und beide besaßen sie Fähigkeiten, die sie weit über Normalmenschen hinaushob.

Der Okrill knurrte und schaute zu dem Flatteräffchen hinauf, das auf einem überhängenden Ast hockte und mit großen, roten Früchten nach ihm warf. Die Früchte waren steinhart, doch Sherlocks Schädel war noch weit härter. Krachend zersprangen die glänzendroten Kugeln. Das Flatteräffchen keckerte schelmisch, richtete sich auf und streckte den Unterleib vor. Ein dünner, silberweißer Faden schoß aus der Bauchdüse und wickelte sich um den Schädel des Okrill. Sherlock schüttelte sich. Der Faden zerriß mit einem singenden Laut. Ärgerlich riß sich Sherlock die Reste ab. Danach sprang er den nur schenkeldikken Baum an, auf dem das Äffchen saß. Knirschend gab der Stamm nach.

Das Flatteräffchen stieß einige Laute aus, die dem Knurren des Okrill verblüffend ähnelten. Es breitete die lederhäutigen Schwingen aus, stieß sich von dem stürzenden Baum ab und segelte dicht an Sherlocks Maul vorbei.

Der Okrill hätte das kaum unterarmlange Tier mühelos greifen können. Aber seltsmerweise verzichtete er darauf. Er wich sogar behende aus, als der Dschungelbewohner einen zweiten Scheinangriff flog. Kurz darauf krachten die nächsten Früchte gegen seinen Schädel. Das Spiel begann von neuem.

„So kenne ich Ihre Bestie noch gar nicht, Hawk“, sagte Baar Lun verwundert. „Offensichtlich spielen die beiden Tiere miteinander, oder . . .?“

Omar Hawk stieg in seine Uniformkombi aus leichtem Oxtorniumplastikgewebe. Der Anzug schloß hermetisch ab und konnte als Raumanzug dienen, wenn man die Helmkapuze überstreifte.

„Es scheint so", beantwortete er Luns Frage. „Dieser Affe ist übrigens das einzige Tier, mit dem Sherlock sich zum Spiel herabläßt – außer Gucky natürlich; aber ich möchte den Mausbiber nicht gern als Tier bezeichnen."

Der Modul lachte.

Omar streifte die Ärmel hoch. Danach schnallte er sich den breiten Waffengurt mit dem schweren Kombistrahler um. Die Stiefel aus Terkonitonplastik, die er dann über die Füße zog, waren normalerweise unnötig. Der Anzug besaß eingearbeitete Schuhe. Doch die waren relativ dünn; aus diesem Grund trugen sowohl Hawk als auch Lun zusätzliche Stiefel.

„So!" sagte der Oxtoner, als er auch die Schultergurte befestigt hatte. „Das Bad hat wieder einmal erfrischt. Nun geht es ein Stück in den Dschungel. Kommen Sie mit, Lun?"

Baar Lun ging nicht sofort darauf ein.

„Eigenartige Ansichten haben Sie über Bäder und Erfrischungen, das muß ich schon sagen. Mich bekäme niemand dazu, frewillig in diesem Schlammtümpel zu baden – schon gar nicht ohne Raumanzug. Ich frage mich nur, wie darin überhaupt Lebewesen existieren können."

„Anpassung!" erwiderte Omar trocken. „Die Tendenz der Entwicklung geht anscheinend überall zum Leben hin, und der Einfallsreichtum der Natur ist unerschöpflich. – Aber ich hatte Sie etwas gefragt . . ."

Der Modul wandte sich um und blickte durch die Infrarotsichtscheibe seines Helms dorthin, wo blutrote Lichter durch den Nebel glühten: die Infrarotpositionsscheinwerfer der CREST III.

„Gut, ich komme mit, Hawk. Aber nicht allzu weit, damit wir im Fall einer Gefahr schnellstens zur CREST zurückkehren können."

Hawk lachte rauh. Seit dem Friedensschluß zwischen den Menschen und den Geisterwolken waren erst knapp sechs Stunden vergangen. Inzwischen hatten diese Wesen Pigell verlassen. Und irgendwo auf dieser Welt sollte noch ein bisher unbekannter Gegner lauern.

„Das ist auch nicht meine Absicht", gab der Oxtorner zu verstehen. „Außerdem gehöre ich zu den Leuten, die die Umgebung der Zeitstation abpatrouillieren sollen."

„Oh . . .!" Lun gab seinen Worten einen sarkastischen Tonfall. „Und ich dachte, Sie trieben Freizeitgestaltung!"

Omar lächelte, sagte aber nichts dazu. Sein Auftrag war tatsächlich etwas ungewöhnlich. Er hatte sich so zu geben wie ein Mann, der sich die freie Zeit vertreibt. Das sollte eventuelle feindliche Späher dazu verleiten, ihn zu überfallen und sich damit zu verraten. Sie würden kaum ahnen, auf welches riskante Abenteuer sie sich damit einließen, denn Hawk sah äußerlich fast wie ein normaler Mensch aus, und auch sein Okrill machte keinen sonderlich gefährlichen Eindruck.

Aber dieser Auftrag war geheim, und als Offizier der Solaren Abwehr hatte Omar auch dem besten Freund gegenüber zu schweigen.

„Also gehen wir endlich!“ sagte Lun verärgert. „Wollen Sie Ihren ‚Schoßhund‘ mitnehmen?“

Omar Hawk nickte flüchtig und pfiff so gellend, daß das Flatteräffchen im Flug die Schwingen zusammenfaltete und in den Schutz des Blätterdaches huschte. Gleich darauf erschien es jedoch wieder und imitierte Hawks Pfiff so naturgetreu, daß Omar lachen mußte.

„Vielleicht kann man ihn sogar richtige Worte nachsprechen lassen“, bemerkte Baar Lun.

Omar hob die Schultern. „Was hätte das schon für einen Sinn?“

Er klopfte dem Okrill, der inzwischen herangekommen war, auf das breite Maul und kommandierte:

„Voran, Sherlock! Hiih!“

Sherlock brach wie ein Bulldozer durch das Unterholz. Seine Vorderpranken rissen sperrige Lianen und Zweige herab und schufen so eine schmale Gasse für die nachfolgenden Männer.

Herrschte schon im Freien ein ständiges Halbdunkel, so schlug blaugrün schimmernde Finsternis über den Männern zusammen, sobald sie einige Meter in den Urwald eingedrungen waren.

Die Orientierung bereitete ihnen dennoch keine Schwierigkeiten. Sie benötigten nicht einmal die auf der Brust baumelnden Scheinwerfer, um etwas sehen zu können. Die Vegetation selbst verströmte überreichlich Wärmestrahlung, so daß jeder einzelne Zweig deutlich durch die Infrasichtscheiben zu erkennen war. Bei Baar Lun befand sich die Spezialscheibe innerhalb des Druckhelms, Omar Hawk dagegen trug eine Art Taucherbrille mit der entsprechenden Einlage.

Der Boden wäre wahrscheinlich ein einziger Morast gewesen, hätte nicht eine schwammige Pflanzenart die meiste Feuchtigkeit aufgesogen. Trotz ihres schwammigen Aussehens waren die Bodenpflanzen jedoch hart und zäh; nicht einmal Omars Gewicht vermochte sie mehr als einige Zentimeter zusammenzudrücken. Nur wenn Sherlocks Krallen darüberglitten, rissen sie auf, und schleimige Flüssigkeit verströmte.

Der Okrill stürmte unaufhaltsam vorwärts. Es erweckte den Anschein, als blicke er dabei weder nach rechts noch nach links. Doch das erwies sich als Täuschung.

Ein brauner, borkiger Ast von Mannesstärke ragte in knapp zwei Metern Höhe über den verwucherten Wildpfad. Sherlock ließ sich davon nicht täuschen. Er versetzte dem „Ast" mit seiner Zunge einen elektrischen Schlag, worauf dieser sich als Raubsaurier mit verblüffender Mimikry entpuppte. Er stürzte zu Boden, krümmte sich vor Schmerz und Panik und raste dann fauchend davon.

Die Insekten, die sich anschließend auf die kleine Gruppe stürzten, waren bedeutend unangenehmer. Obwohl ihre Stacheln weder Luns Raumanzug noch Hawks harte Lederhaut durchdringen konnten, wurden sie sehr lästig. Sie krochen über Augen, Nase und Mund, summten zudringlich in den Ohren und hinterließen klebrige Flecken, wenn man sie tötete. Gegen sie vermochte selbst der Okrill nichts auszurichten.

Glücklicherweise zog der Schwarm nach wenigen Minuten weiter, offenbar enttäuscht. Wütendes Sauriergebrüll zeigte kurz darauf an, wen er sich als nächstes Opfer auserkoren hatte.

Nach einer halben Stunde erreichten die beiden Männer und der Okrill eine kleine Lichtung. Omar Hawk kannte die drahtigen Stengel mit den perlenartig schimmernden Tropfen daran: Es waren ausgesprochene Sumpfpflanzen, die dem Kundigen verrieten, wie der Boden beschaffen war.

Der Okrill fauchte warnend.

„Schon gut, Sherlock", sagte Omar lächelnd. „Wir wissen Bescheid. Führe uns auf dem kürzesten Wege herum!"

Als das Tier nicht sofort darauf reagierte, pfiff er auffordernd. „Hiih, Sherlock!"

„Hiih, Sherlock!" tönte es verblüffend echt von der anderen Seite des Sumpfes herüber.

Der Okrill nieste begeistert. Seine runden Augen funkelten.

Hawk schaute kopfschüttelnd auf das Flatteräffchen, das lautlos herbeigeflogen kam. Das kleine Tier kreiste über Sherlock und rief abermals: „Hiih, Sherlock!“

„Was habe ich Ihnen gesagt!“ flüsterte Baar Lun. „Das Tier kann sprechen.“

„Es soll auf Terra große Vögel geben, die ebenfalls sprechen“, entgegnete Omar. „Außerdem kenne ich persönlich vier andere Tierarten, die menschliche Laute nachahmen. Aber das alles ist bloßes Nachplappern; vielleicht könnten sich alte Jungfern daran ergötzen. Ein ernstzunehmender Mensch dagegen . . .“

„Hatschie!“ machte das Flatteräffchen.

„Los, Sherlock! Ab!“ befahl Omar ungeduldig.

Der Okrill riß sich offensichtlich nur widerwillig vom Anblick des possierlichen Affen los. Fauchend zerstampfte und zerriß er die im Wege stehenden Pflanzen. Das Flatteräffchen folgte noch ein kurzes Stück, dann schraubte es sich in den verhangenen Himmel hinauf und verschwand.

Plötzlich vollführte Sherlock einen gewaltigen Satz. Er sprang mit weit von sich gestreckten Beinen empor und krallte sich am Stamm eines Baumes fest. Warnend zischte er seinen Herrn an.

Omar Hawk konnte Lun im letzten Augenblick zurückreißen, bevor der Modul in dem klaffenden Loch versank, das sich urplötzlich im Boden gebildet hatte. Einen Atemzug später hielten die beiden Männer ihre Waffen in den Händen.

Sherlock landete auf der anderen Seite des Loches. Der Boden zitterte, als seine Pranken aufprallten. Polternd lösten sich einige Steine vom Rand und verschwanden in der schwarz gähnenden Tiefe.

Baar Lun griff blitzschnell zu.

Als er sich umwandte, hielt er einen rechteckig geformten Stein in der Hand. Sein Gesicht hinter der Helmscheibe wirkte sehr nachdenklich.

Omar lachte gepreßt.

„Das ist aber ein Zufall, was?“

Lun hielt ihm den Stein hin, ohne etwas zu sagen. Zögernd griff Omar Hawk zu – und zuckte zusammen.

„Nun . . .?“ fragte der Modul ironisch.

Omar warf den Stein hoch und fing ihn wieder auf.

„Federleicht. Das ist kein Naturstein, würde ich sagen.“

„Ich würde sagen: Es ist Plastik!“

Omar schluckte hörbar.

„Vielleicht der Rest eines Materialschuppens. Als die Zeitstation gebaut wurde, muß man das Material ja irgendwo gelagert haben."

„Sie kennen die Bauweise der Tefroder ebensogut wie ich, Omar", entgegnete Lun heftig. „Solche Steine haben sie niemals verwendet."

„Sie stammen von anderen Wesen", entschied Hawk. „Und ich denke dabei an jene, die die Tankan D'ulh Orgh nannten. Sie leben irgendwo hier, auf diesem Planeten."

„In solchen Ruinen?" fragte Omar Hawk spöttisch.

„Das glaube ich allerdings auch nicht", gab der Modul zu. „Wahrscheinlich sind die Erbauer dieser Ruinen längst ausgestorben."

„Nun, wir werden wenigstens einmal nachsehen", entschloß sich Hawk.

Er gab seinem Okrill den Befehl, in das verfallene Bauwerk einzudringen. Danach sprang er selbst hinterher und half Lun hinab.

Es ging nur etwa drei Meter in die Tiefe. Die Männer schalteten ihre Brustscheinwerfer ein. Sie erkannten, daß sie sich in einem halbverfallenen Stollen befanden. Pilzfäden wucherten aus den Mauerritzen und auf dem Boden. Außer ihren eigenen und Sherlocks Spuren waren keine zu entdecken.

Schon nach etwa fünfzig Metern war der Stollen zu Ende. Er führte in eine tieferliegende, quadratische Kammer von ungefähr acht Metern Seitenlänge. Von oben drang schwaches Licht herein. In der Decke befand sich ein breiter Spalt. Schlingpflanzen wuchsen nach innen, Nässe tropfte herab. Eine Aufschüttung aus Erde und verwesenden Pflanzenteilen befand sich unter dem Spalt.

Vorsichtig schlich der Okrill weiter. Mit einem Prankenhieb tötete er eine grauweiße, armdicke Schlange. Riesige Asseln huschten über den vermoderten Boden und knirschten unter Sherlocks Tritten.

Es gab keinen zweiten Stollen, der weiterführte. Zwar hatte es deren drei gegeben, aber sie waren so zugeschüttet, daß niemand sie mehr passieren konnte.

Ein wenig enttäuscht kehrten Lun und Hawk um.

Diesmal machte Sherlock den Schluß, und Omar ging voran. Darum bemerkte er als erster das blutigrote Leuchten am Ende des Stollens. Die Farbe besagte bei Infrarotbeobachtung natürlich wenig; sie gab nur Auskunft über die Wärmeintensität. Aus diesem Grunde schob Omar die Infrabrille auf die Stirn.

Das blutigrote Leuchten wurde zu einem blauroten Lichtschimmer, der von außen durch das Loch in der Stollendecke zu fallen schien.

Etwas langsamer schritt Omar weiter. Das Licht kam ihm verdächtig vor; es deutete auf die Nähe intelligenter Wesen hin.

Doch dann, als er schon dicht vor dem Loch stand, lachte er erleichtert auf. Zwischen fernen Donnerschlägen war deutlich das helle Summen von Insekten zu hören. Das war des Rätsels Lösung: Leuchtinsekten!

Er schnellte mit einem lässigen Sprung an die Oberfläche, zog sich hoch und musterte die auf und ab tanzende Wolke winzigster Insekten, von denen das blaurote Leuchten ausging.

„Was ist das?“ fragte Lun von unten.

Omar klärte den Modul auf. Dann bat er ihn, die Füße auf den Schädel des Okrill zu stellen, und gab dem Tier gleichzeitig einen entsprechenden Befehl. Kurz darauf tauchte Baar Lun auf, wie von einer Liftplatte gehoben. Omar half ihm, den letzten Meter zu überwinden. Danach sprang Sherlock heraus.

„Gehen wir weiter!“ schlug der Oxtorner vor.

Er drehte verwundert den Kopf, als er einen leichten Zug am Ärmel verspürte – und blickte in das bleiche Gesicht Luns.

„Was ist . . .?“

Lun schaute auf seine Hand, in der er seinen Strahler hielt. Die Waffe war noch aktiviert, und rings um den spiraligen Lauf wimmelte es von blauroten Insekten. Die Tiere wurden offenbar besonders vom Glühen des Bündelfeldes an der Mündung angezogen, denn dort klebte eine ganze Traube.

„Sie ziehen die Energie ab!“ bemerkte Baar Lun entsetzt.

Omar Hawk erschrak. Er wußte, daß der Modul nicht nur Energie in Materie verwandeln konne, sondern in der Lage war, jeden Energiefluß aufzuspüren und zu analysieren. Wenn er behauptete, die Insekten zögen die Energie aus dem Waffenmagazin, dann stimmte das auch.

„Können Sie etwas dagegen tun, Lun?“ fragte Hawk.

Der Modul hob die Schultern. Er streckte den Arm mit der Waffe weit von sich und fixierte den Insektenschwarm. Die einzelnen Tiere waren nur als Glutpünktchen zu sehen, demnach mußte der Schwarm Hunderttausende enthalten.

Plötzlich erlosch das Glühen. Es kam so schlagartig, daß Omar zusammenzuckte. Er beugte sich vor und versuchte, die Insekten wieder aufzufinden. Doch sie waren und blieben verschwunden, als hätten sie sich ins Nichts aufgelöst.

„Ich habe die Energie in atomaren Wasserstoff verwandelt“, sagte Baar Lun mit rauher Stimme. „Anscheinend sterben die Tiere bei völligem Energieentzug und sinken zu Boden. Geben Sie sich keine Mühe, sie zu finden, Hawk!“

Der Oxtorner richtete sich auf. Sein Blick schien durch den Modul hindurchzughen. Einige Atemzüge lang stand er starr und stumm. Dann trat ein kaltes Glitzern in seine graugrünen Augen. Die stahlharten Muskeln unter der ledrigen Gesichtshaut spannten sich.

„Wissen Sie, wem wir da soeben begegnet sind...?“ fragte er tonlos.

Baar Lun schüttelte den Kopf.

Omar Hawk lachte heiser.

„Einem ganz heimtückischen Gegner“, sagte er. „Wenn sich genügend Insekten zusammentun und sich um die CREST versammeln...“

Der Rest blieb unausgesprochen. Diese Möglichkeit erschien den beiden Männern zu furchtbar, um sie mehr als anzudeuten.

Waren es vor mehr als sechs Stunden die Geisterwolken gewesen, die ihre Hyperfunkgeräte außer Betrieb gesetzt hatten, so waren es diesmal die Leuchtinsekten. Sie hatten, wie Lun und Hawk nach kurzer Überprüfung feststellen mußten, ihren Aggregaten nahezu alle Energie entzogen, so daß eine Warnung der CREST mittels Minikom unmöglich war. Baar Luns Psifähigkeit der Energietransformation hatte nicht mehr verhindern können, daß die Insekten die Energie der Laderbänke absorbierten. Sie waren durchgebrannt und irreparabel beschädigt. Lediglich die Waffen und Anzugsaggregate, die die Klimaanlage und Sauerstoffversorgung speisten, und der Notsender blieben von den Insekten verschont. Die verbleibende Energiemenge reichte jedoch nicht aus, um mit Hilfe der Notsender die CREST zu erreichen.

Es blieb den beiden Männern nichts anderes übrig, als sich einen Weg durch den Dschungel zu bahnen – aber diesmal in Richtung ihres Schiffes. Sie hofften, den Wettlauf mit der Zeit zu gewinnen – und mit einem unheimlichen Gegner, der so harmlos aussah, daß niemand in der CREST Verdacht schöpfen würde, sollte er dort auftauchen...

Selbst der Okrill begriff, wie eilig es die Menschen hatten. Er arbeitete mit allen acht Beinen und zerfetzte alles, was ihm in den Weg kam: Gestrüpp, Schlingpflanzen, modernde Baumstämme und angreifende Raubtiere.

Baar Lun hetzte keuchend hinter dem Tier her, während Omar Hawk fünf Schritte hinter ihm lief und wachsam die Baumwipfel beobachtete.

Der Okrill hatte auf Befehl Hawks den kürzesten Weg zur CREST eingeschlagen. Leider war diese Strecke noch nicht erkundet, und bald sollten die Männer merken, daß so etwas auf Pigell leicht zum Verhängnis werden konnte.

Das Unterholz lichtete sich allmählich. Eine dicht ineinander verflochtene Decke weißgrauer Pilzfäden bedeckte den Boden und ließ keinen Raum für andere Pflanzen. Die borkigen, algenüberzogenen Stämme der Dschungelgiganten ragten kahl und bläulich fluoreszierend daraus empor. Erst viele Meter höher verzweigten sie sich zu einem undurchdringlichen Blätterdach.

Plötzlich – und völlig unerwartet – brach Sherlock ein. Bis zu den Flanken stand er in der weißgrauen Pilzmasse. Sein Fauchen klang nicht nur ärgerlich, sondern enthielt auch einen Unterton kreatürlicher Angst.

Baar Lun blieb sofort stehen, unfähig sich zu bewegen. Erst als hinter ihm ein leiser Schrei ertönte, fuhr er herum. Der Oxtorner war bis zu den Schultern im trügerischen Boden versunken. Lun wunderte sich, daß er noch sicher auf den Beinen stand – bis ihm der Gewichtsunterschied einfiel. Entsprechend ihrer kompakten Konstitution, mit Knochen von der Dichte und Festigkeit besten Terkonitstahls, Muskeln wie Stahlplastik und einer Haut gleich dem Fasergewebe von Raumanzügen wogen sowohl Sherlock als auch Omar das Fünfzehnfache eines normalen Menschen. Er, Baar Lun, dagegen brachte nur knapp achtzig Kilogramm Gewicht auf die Beine.

Vorsichtig legte er sich hin.

„Wie ist das möglich!“ schimpfte Omar Hawk erbittert. „Seit Minuten laufen wir über den gleichen Boden, ohne einzusinken, und nun, mit einemmal . . .“

Der Modul überlegte. Im Unterschied zu Terranern und auch zu dem Oxtorner besaß er nur äußerst geringe Kenntnisse über die Flora und Fauna von Planeten. Auf dem Dunkelplaneten Modul hatte es außer ihm kein Leben gegeben, nachdem die Reste seines Volkes gestorben waren.

Und seit Perry Rhodan ihn befreite, war er selten dazu gekommen, sich auf einem belebten Planeten umzusehen.

Das mochte in den meisten Fällen ein Nachteil sein – diesmal war es sein Vorteil! Baar Lun vermochte vorbehaltlos – und durch keine großen Erfahrungen in seinem Denken eingeengt – zu urteilen.

„Typische Fallenreaktion einer fleischfressenden Pflanze", bemerkte er sachlich. „Das grauweiße Pilzgeflecht hat uns erst passieren lassen und dann, als wir weit genug eingedrungen waren, nachgegeben. Ich vermute, es wartet nun in aller Ruhe darauf, daß seine Opfer verwesen, um sich danach von den aufgelösten organischen Substanzen zu ernähren."

„Ich wußte gar nicht, daß Sie ein Sadist sind, Lun", fluchte Omar. „Ihre Logik ist bestechend, aber Sie sollten sie lieber dazu benutzen, nach einer Rettungsmöglichkeit zu suchen."

Der Modul lächelte flüchtig, wurde aber sofort wieder ernst, als ihm aufging, wie gering die Aussichten auf eine Rettung waren. Er allein würde niemals den fast tonnenschweren Oxtorner aus dem Sumpf ziehen können, und sonst befand sich niemand in der Nähe.

„Sie wissen auch nichts, nicht wahr?" flüsterte Omar mit gequält wirkendem Grinsen.

Stumm schüttelte Lun den Kopf.

Der Oxtorner holte tief Luft.

„Dann sehen Sie zu, daß Sie aus dieser Falle entkommen, Lun. Versuchen Sie, zur CREST zu kommen. Ich weiß, für einen Mann allein – noch dazu für einen wenig erfahrenen Mann – grenzt diese Aufgabe an Selbstmord. Aber Ihnen bleibt nichts anderes übrig."

Baar Lun sah den Freund an. Er sah, daß Omar Hawk langsam, aber sicher tiefer sank.

„Nein!" rief er zornig. „Bevor Hilfe käme, wären Sie längst tot, Hawk. Ich bleibe hier. Es muß doch eine Möglichkeit geben, Ihnen dort herauszuhelfen!"

Omar lachte gepreßt.

„Sie belügen sich selbst. Los, verschwinden Sie schon!"

Baar Lun zögerte noch immer. Er wußte, wenn er jetzt ging, würde er Omar niemals wiedersehen – ganz bestimmt aber nicht lebend. Aber was sonst blieb ihm übrig, als wenigstens das unmöglich Erscheinende zu versuchen!

„Also gut!“ meinte er bedrückt. „Ich werde ...“

Er verstummte und hob den Strahler, während er sich auf den Rücken rollte und nach oben blickte.

Im Wipfeldach des Dschungels rumorte es. Äste brachen, ein Regen von Blättern kam herab. Kurz darauf wurden silberweiße Fäden sichtbar, die kleine Öffnungen schufen, durch die das gespenstisch trübe Licht des Pigelltages in die düstere Gruft des Urwaldes hereinschien.

Der Okrill nieste plötzlich laut und anhaltend.

„Nicht schießen!“ rief Omar hastig.

Langsam ließ Baar Lun die Waffe sinken. Er wollte seinen Augen nicht trauen, als mit huschenden Bewegungen drei Flatteräffchen durch das Loch stießen und darunter zu kreischen begannen.

Plötzlich lösten sich von der Unterseite der kleinen Tiere silberweiße Fäden und schossen auf den bis zum Hals versunkenen Oxtorner zu.

Omar hob die Arme, die er bis dahin flach auf die Oberfläche des Pilzsumpfs gelegt hatte. Die Fäden wickelten sich in rasender Schnelligkeit darum und hafteten fest. Immer mehr Flatteräffchen tauchten auf, wirbelten aus dem Loch im Blätterdach hervor und schossen ihre Fangfäden auf den Oxtorner ab. Danach stiegen sie flatternd höher und befestigten die anderen Fadenenden in den Kronen starker Bäume.

Bevor Baar Lun die Absicht der fliegenden Affen richtig begriffen hatte, schlangen sich die nächsten Fäden bereits um die Vorderpranken des Okrill.

Omar Hawk spannte vorsichtig die Muskeln seines Körpers. Die Fäden hielten; offenbar war die Menge entscheidend. Alles Weitere war für den kräftigen Mann nicht schwer. Zentimeter um Zentimeter zog er sich aus der weißgrauen Pilzmasse heraus, die ächzende Geräusche von sich gab. Auch Sherlock befreite sich allmählich aus dem tückischen Sumpf.

Als die Geretteten in den Baumwipfeln verschwanden, fielen auch auf Baar Lun einige der silberweißen Fäden herab. Ohne Zögern ergriff er sie und zog sich ebenfalls hinauf. Omar half von oben nach, denn der Modul besaß nicht die gewaltigen Körperkräfte des oxtornischen Umweltangepaßten.

Die Flatteräffchen gebärdeten sich wie toll, als sie sahen, daß ihr Rettungswerk gelungen war. Sie keckerten aufgeregt, umflogen die Männer und den Okrill, und eines stieß triumphierend hervor:

„Hiih, Sherlock!"

Omar Hawk sah das Tier nachdenklich an. Dann streckte er den Arm aus. Das Äffchen segelte sofort herab, krallte sich im Gewebe der Kombination fest und stieß einen gellenden Pfiff aus.

Seine Artgenossen kreisten noch einmal um die Gruppe, dann verschwanden sie so schnell und unauffällig, wie sie erschienen waren.

Den beiden Männern und Sherlock blieb nichts weiter übrig, als sich einen Weg über die Baumwipfel zu suchen. Das war wegen des Gewichts von Omar und Sherlock nicht gerade leicht. Aber sie schafften es.

Nach zwei Stunden konnten sie wieder herabsteigen und den Marsch auf festem Untergrund fortsetzen.

Der Flatteraffe blieb bei ihnen. Er setzte sich auf Hawks Schulter und fand es anscheinend herrlich, getragen zu werden. Omar duldete ihn gern. Schließlich hatte ihn dieses Tier zusammen mit seinen Artgenossen gerettet. Außerdem aber wollte er versuchen, es mit in die CREST zu nehmen und dort genauen Tests zu unterziehen. Er als Tierpsychologe hatte den Verdacht, daß der Flatteraffe doch mehr Intelligenz besaß, als er anfänglich gezeigt hatte.

Nach einer Stunde erreichten sie den Rand des Plateaus, das die Schiffsgeschütze vor einigen Tagen leergebrannt hatten.

Zuerst atmeten die Männer auf.

Das Ultraschlachtschiff ragte riesig und unversehrt in den Himmel.

Doch dann sahen sie es: Eine blaurotleuchtende Glocke lag undurchdringlich über dem Schiffsgiganten, Quadrillionen energieansaugender Leuchtinsekten . . .

16.

Es hatte zuerst ganz harmlos ausgesehen.

Perry Rhodan, Atlan und die Stabskybernetiker waren dabei, die Kommandotrupps für einundvierzig Korvetten zusammenzustellen, die die Situation in der Milchstraße, insbesondere auf Terra und Kahalo, erkunden sollten.

Der Personalsektor der Bordpositronik hatte die detaillierte Aufgabenstellung erhalten und sortierte aus den Mannschaften des Landungskommandos sowie aus den wissenschaftlichen Teams diejenigen Leute aus, die für den speziellen Auftrag am besten geeignet waren. So wurden menschliche Fehleinschätzungen vermieden und ein Maximum an Sicherheit und Erfolg garantiert. Anders konnte ein Expeditionsleiter gar nicht mehr planen, wenn er keinen Fehlschlag erleiden wollte.

Das Summen des Interkommelders platzte in die halblaut geführten Diskussionen hinein. Perry Rhodan sah auf. Ein Kybernetik-Major drückte die Aktivierungstaste herab. Auf dem Bildschirm erschien das Gesicht des Ortungschefs.

„Tut mir leid, Sir!“ sagte Enrico Notami und blickte in die Richtung, in der der Großadministrator stand. „Ortung! Die CREST wird von einem blautrotschimmernden Netz eingehüllt. Eine Sondenprobe ergab, daß es sich dabei um eine nicht abzuschätzende Zahl winziger Leuchtinsekten handelt.“

Über Rhodans Nasenwurzel bildete sich eine steile Falte.

„Insekten?“ fragte er ärgerlich. „Und damit belästigen Sie mich, Major Notami? Benachrichtigen Sie die Zoologen, aber lassen Sie uns hier in Ruhe arbeiten!“

Notamins braunes Gesicht verzog sich, als hätte er soeben in eine unreife Zitrone gebissen.

„Ja, Sir ...!“ erwiderte er zögernd.

Der Kybernetik-Major unterbrach die Verbindung.

Atlan räusperte sich unterdrückt.

„Vielleicht sollten wir doch einmal nach dem Rechten sehen, Freund. Du weißt, daß die positronische Auswertung von der Anwesenheit feindlich gesinnter Intelligenzen auf Pigell sprach . . .“

Rhodan winkte ab.

„Insekten sind nicht intelligent, jedenfalls nicht solche winzigen Dinger, wie sie Notami beschrieben hat. Intelligenz setzt eine bestimmte Anzahl von Ganglienzellen voraus, die niemals im Gehirn eines winzigen Insekts Platz fänden.“

Er griff in das Kartenbündel, das vom Ausgabesektor der Maschine ausgespien wurde.

„Weiter! Besatzung und Sonderkommando für die KC-32 sind ebenfalls perfekt. Neunmal noch muß die Positronik liefern, dann kann es losgehen.“

Rhodan gab das nächste Kartenbündel an die Stabskybernetiker weiter, die es sofort in ihren Verteidigungsplan einarbeiteten.

Atlan kehrte in die Zeitstation zurück.

Perry Rhodan griff nach dem nächsten Stapel Plastikkarten und wollte sie durchsehen, als er plötzlich von etwas Unsichtbarem zurückgestoßen wurde. Im nächsten Augenblick wurde der Mausbiber Gucky sichtbar. Er war mitten auf dem Sortiertisch materialisiert.

„Hallo, Chef!“ piepste er mit seiner schrillen Stimme.

Rhodan setzte zu einem Verweis an, doch Gucky kam ihm zuvor.

„Nicht schimpfen, Perry“, sagte er hastig. „Ich wollte dich nur fragen, wie lange wir diese Insektenglocke noch über unserem Schiff dulden müssen. Die Tiere kommen mir unheimlich vor. Unterdessen haben sie sich zu einem gigantischen blaurot wallenden Vorhang verdichtet, und von Süden kommen sie in riesigen Wolken angeschwebt.“

„Na – und?“ fragte Rhodan. Doch dann stutzte er. „In riesigen Wolken kommen sie?“ fragte er atemlos. „Hat die Ortung auch richtig beobachtet?“

„Ja“, erwiderte Gucky ernst. „Ich verstehe deine Gleichgültigkeit nicht. Du weißt doch, daß wir noch einen Angriff zu erwarten haben.“

Perry Rhodan beachtete den nächsten Kartenstapel nicht. Beunruhigt musterte er den Mausbiber und erkannte, daß Gucky sich keinen seiner zahlreichen Scherze mit ihm erlaubte.

„Gut!“ sagte er mit rauher Stimme. „Ich sehe mir das selbst an.“

Er übergab das Kommando dem Kybernetik-Major und faßte danach Guckys Hand.

„Du kannst mich in die Ortungszentrale teleportieren, Kleiner. Ich habe es eilig."

Sie materialisierten beide vor dem Chef der Ortung. Notami sah sie an wie eine Geistererscheinung. Der Major schien verwirrt und aufgeregt zu sein. Im nächsten Augenblick sprudelte er los:

„Gott sei Dank, daß Sie selbst kommen, Sir. Ich kann es nicht länger verantworten, tatenlos zuzusehen, wie die CREST in diesem leuchtenden Netz gefangen wird."

„Analysen!" bat Rhodan.

Major Notami rief einen Sergeanten und ließ die Analysestreifen bringen. Rhodan musterte sie genau, dann blickte er auf.

„Insekten von einer Durchschnittsgröße von nur zwei Millimetern, Major..., Tiere, die wahrscheinlich genauso harmlos sind wie terranische Glühwürmchen. Warum die Aufregung deshalb?"

Er wartete die Antwort nicht ab, sondern trat zum Panoramaschirm und blickte hinaus. Der Schirm brachte das Bild der Außenwelt herein, das von Ultrarotkameras aufgenommen und mit Laseraufnahmen unterlegt wurde: eine meisterhafte Komposition zweier Techniken. Entsprechend klar und deutlich war das Endergebnis.

Das Wipfeldach des Dschungels war frei von Nebeln. Zur Linken fiel das geschwärzte Plateau steil zum Schlammozean ab – und von dort schwebten Hunderte gigantischer, leuchtender Wolken heran.

Anscheinend wurden die kleinen Insekten von dem Kugelkörper der CREST angelockt. Rhodan fielen die Infrarotscheinwerfer ein, die ständig eingeschaltet waren. Natürlich – Insekten zog es stets zum Licht...!

Lächelnd trat er zum Interkom und schaltete ihn ein.

„Hier Rhodan", sprach er ruhig. „Maschinensektor VIII-A-B bitte kommen!"

Der wachhabende Offizier meldete sich augenblicklich.

„Schalten Sie bitte für fünf Minuten die Infrarotscheinwerfer aus!" befahl Rhodan. „Ich möchte sehen, ob die Insekten dann immer noch angezogen werden."

Der Offizier, offensichtlich nicht informiert über die Leuchterscheinungen, verstand den Sinn des Befehls nicht. Aber er bestätigte.

Doch bevor er hätte schalten können, erloschen die gigantischen, blutrotleuchtenden „Augen" der CREST.

Aber nicht nur das!

Auch innerhalb des Raumschiffes flackerte plötzlich das Licht, ging aus, kam wieder und begann erneut zu flackern.

Perry Rhodan stand nur eine Sekunde lang still. Dann sprang er zum Schaltpult mit der Alarmanlage. Seine Faust fuhr herab.

Die Alarmpfeifen der CREST heulten mißtönend durch alle Räume.

Doch das grelle Pfeifen erstarb in einem schwachen Wimmern, ohne daß Rhodan die Alarmanlage ausgeschaltet hätte. Gleichzeitig damit erlosch das Licht in der CREST völlig.

Baar Lun stöhnte und schlug die Hände vors Gesicht. Der hypersensible Modul war nahe daran, einen Weinkrampf zu bekommen. Aber seine Willenskraft besiegte den Ansturm der Gefühle. Er ließ die Hände sinken und sah mit brennendem Blick auf das gespenstische Bild, das sich seinen Augen darbot: die von einem wallenden, blaurotleuchtenden Mantel eingehüllte CREST III...

„Ich verstehe nicht, daß man die Gefahr nicht erkannte", sagte er ratlos.

Neben ihm trat Omar Hawk ins Freie. Auf der Schulter des Oxtorners saß noch immer das Flatteräffchen, das ihn und den Okrill aus dem Pilzsumpf gerettet hatte.

„Leuchtinsekten!" rief Omar zornig. „Wer schöpft schon Verdacht, wenn derartig winzige, unintelligente Tiere auftauchen!"

Das Flatteräffchen keckerte ein paarmal, dann wiederholte es den ganzen Satz wortgetreu und verständlich.

„Man sollte dich Cicero taufen!" knurrte Hawk. „Meines Wissens war das ein Terraner der Frühzeit, der durch besondere Redseligkeit auffiel."

„Cicero...?" wiederholte das Äffchen in fragendem Ton und neigte den kleinen, runzeligen Kopf.

Von diesem Augenblick an hatte es seinen Namen.

Baar Lun schaltete an seinem Notsender. Dann rief er – wohl schon zum hundersten Male – das Ultraschlachtschiff an. Ohne Erfolg.

Plötzlich blitzte es an vielen Stellen des gewaltigen Kugelrumpfes zugleich auf. Instinktiv reagierte Omar. Er packte den Modul und riß ihn mit zu Boden. Cicero keckerte aufgeregt vor sich hin und kroch in Omars Achselhöhle. Der Okrill fauchte.

Unter vorgehaltener Hand blickte Hawk zum Schiff. Er wußte, daß die Energiegeschütze der CREST das Feuer auf den blaurot wallenden Vorhang eröffnet hatten. Im ersten Augenblick erschien es ihm als aussichtsloses Unterfangen, energiesaugende Insekten mit Energie bekämpfen zu wollen. Doch die winzigen Tiere konnten wahrscheinlich mit dem Überschuß nicht fertig werden. Überall dort, wo grelle Strahlbahnen aus den Geschützkuppeln schossen, wurde das leuchtende Netz zerfetzt. Immer größere Lücken klafften in der gefährlichen Glocke.

Schon wollte Omar erleichtert aufatmen, da erlosch das Energiefeuer abrupt.

„Da!" schrie Baar Lun mit erstickter Stimme und deutete auf die kahle Fläche des Plateaus.

Ein eisiges Gefühl kroch Omars Rücken herauf. Überall aus dem felsigen Boden brachen mit ungeheurer Schnelligkeit weißliche Gebilde hervor. Sie glichen riesigen Baumwurzeln, aber sie wuchsen zu schnell, um normale Baumwurzeln sein zu können. Die Gebilde wucherten am schnellsten in unmittelbarer Nähe der CREST. Sie schoben sich an die Schiffswandung heran und bildeten allmählich ein engmaschiges Wurzelnetz darum.

Jäh brach blauweißes Feuer aus den Triebwerksschlünden des Ringwulstes.

„Sie starten!" Der Modul schluchzte.

„Nein!" flüsterte Omar Hawk. Er vermißte das brüllende Toben, das sonst jeden Start des Schiffsriesen zu begleiten pflegte. Statt dessen wurde nur ein schwaches Donnern und Röhren hörbar.

Die Plasmaströme tosten noch immer aus den Düsenmäulern der Triebwerke, aber ihre Flut verblaßte zu einem kaum sichtbaren Strom, der irgendwo in den Wurzeladern am Boden verschwand. Nicht einen Zentimeter hob sich das Schiff empor.

Nach wenigen Minuten erloschen die Impulsströme völlig.

Mit weitaufgerissenen Augen beobachtete Omar, wie jetzt auch dicht vor ihnen der Boden aufbrach. Krachend und knisternd zogen sich bereits Spalten durch den Fels. Von ihnen gingen unzählige schmale Risse aus – und dann zerbröckelte das harte Gestein zu faustgroßen Krümeln. Wurzeln von unterschiedlichsten Formen schoben sich durch die Trümmer, wanden und drehten sich gleich gigantischen Würmern, die nach Beute suchen. Wie ein Aderngeflecht breitete sich das Wurzelwerk aus.

Omar Hawks Faust mit dem Kombistrahler zuckte unwillkürlich hoch. Der Daumen preßte sich auf den Feuerknopf, und eine ultrahelle Energiebahn schlug donnernd in die weißlichen Gebilde ein.

Dort, wo sich eben noch Tausende Wurzelarme in die Höhe gereckt hatten, brodelte jetzt orangerote Glut aus einem viele Meter durchmessenden Krater. Der Lauf von Hawks Waffe wanderte weiter, erfaßte Stück für Stück der unheimlichen Gebilde. Baar Lun feuerte nun ebenfalls. Wenn seine Waffe auch bedeutend leistungsschwächer war als Hawks überschwerer Handstrahler, so erzielte doch auch er gute Ergebnisse. Das Aderngeflecht verging im heißen Glutstrom gebündelter Impulswellen.

Omar Hawk lachte gellend.

Aber er lachte zu früh.

Noch waren erst knapp ein Viertel der unheimlichen Angreifer vernichtet. Etwa zehntausend Quadratmeter Boden hatten sich in glutflüssige Schmelze verwandelt. Da senkten sich gleich Dutzende leuchtender Insektenwolken herab auf die restlichen Wurzeln, die sich ihnen entgegenreckten.

Das Ergebnis dieser Vereinigung wurde sichtbar, als Omar den nächsten Schuß abgab: Die helle Energiebahn verfärbte sich zu einem mattblauen Schimmer und schlug ein, ohne die geringste Wirkung zu zeigen. Dem Modul ging es nicht besser.

Sie stellten das Feuer ein.

Aber es war schon zu spät.

Eine Wolke winziger Leuchtwesen hüllte die Männer und die beiden Tiere ein, konzentrierte sich um die Impulswaffen – und um das Energieaggregat von Luns Raumanzug.

Omar Hawk erkannte die Gefahr.

„Anzugsaggregate auf Null stellen!“ schrie er über Kehlkopfmikrophon dem Modul zu. „Waffen desaktivieren!“

Baar Lun reagierte nicht sofort. Da sprang Omar hinüber zu dem Freund, um selbst dessen Anzugsaggregat abzuschalten.

Doch ehe er dazu kam, erlosch das Leuchten rings um den Modul.

Etwas Eiskaltes und zugleich Unsichtbares wehte über den Oxtorner hin. Im nächsten Augenblick verstand er, was geschah.

Lun modulierte! Er verwandelte kraft seiner besonderen Geistesgabe die Energie der Leuchtwesen in atomaren Wasserstoff, dem logischerweise auch die kinetische Energie fehlte. Folglich befand sich seine Temperatur, die bekanntlich stets von der Molekularbewegung abhängt, auf dem absoluten Nullpunkt. Die große Menge der modulierten Energie wirkte stark abkühlend auf die nähere Umgebung. Omar sah staunend, wie sich in einigen Schlammpfützen sogar Eis bildete. Cicero keckerte kläglich; der Dschungelbewohner war keine Kälte gewöhnt.

Rasch wich Omar in den Dschungel zurück. Die Leuchtwolke, die sie eben noch bedroht hatte, war gänzlich erloschen.

Vielleicht konnte Lun einen Weg zur CREST bahnen!

Der Modul antwortete darauf, obwohl Omar die Frage nicht ausgesprochen hatte.

„Das genügt. Wenn zwei Wolken angreifen sollten, gebe ich auf. Machen Sie sich bitte keine unnötigen Hoffnungen, Hawk. Ich kann uns niemals den Weg zum Schiff bahnen. Meine Leistungskapazität ist begrenzt."

Das sah Omar ein. Dennoch fragte er:

„Was schlagen Sie vor, Lun?"

Der Modul hüstelte.

„Daß wir uns schleunigst in den Dschungel zurückziehen, Hawk. Dort naht die nächste Wolke, und ich vermute, andere werden ihr folgen. Hier nützen wir niemandem. Sehen wir also zu, daß wir wenigstens überleben."

Resignierend schob Omar Hawk die Waffe ins Halfter zurück. Er pfiff dem Okrill, dann ließ er Baar Lun an sich vorüber und bildete die Nachhut.

Insgeheim fragte er sich, wozu sie überhaupt versuchten zu überleben.

Die Nacht wurde von den Blitzen eines Gewitters aufgehellt. Ununterbrochen zuckten die flammenden Entladungen um den ganzen Horizont. Es sah aus wie der Tanz der Feuergeister, den Omar Hawk vor vielen Jahren auf Morgamar gesehen hatte.

Wenig später heulte der Sturm über den Dschungel.

Omar, Lun, der Okrill und Cicero hatten sich etwa 15 Kilometer von der CREST entfernt und eine Ruhepause eingelegt.

Omar, der bemerkte, wie müde Lun war, nickte dem Freund auffordernd zu.

„Schlafen Sie ruhig, mein Lieber", meinte er. „Ich passe schon auf. Als Oxtorner bin ich einen Rhythmus von zweiundvierzig Stunden Tag und zweiundvierzig Stunden Nacht gewöhnt. Dem Okrill geht es übrigens nicht anders."

„Vielen Dank", sagte Baar Lun verlegen. Er streckte sich auf dem nassen Boden aus. Doch bevor er einschlief, richtete er sich nochmals auf.

„Ich weiß nicht . . .", sagte er zögernd, „. . . ob wir recht daran tun, uns nicht mehr um die CREST zu kümmern. Vielleicht . . ."

„Lassen Sie das!" unterbrach ihn Omar heftig. „Perry Rhodan hat noch seine Mutanten. Ich glaube daran, daß sie mit der neuen Lage fertig werden – und wenn nicht, dann ist alles verloren." Er seufzte. „Aber ändern könnten wir nichts daran. Darum schlafen Sie und versuchen Sie, Kräfte zu sammeln. Wer weiß, ob wir nicht schon bald gebraucht werden – wenn Rhodan der Start gelingen sollte . . .!"

Als der Modul einschlief, stand Omar Hawk geräuschlos auf.

Das Gewitter tobte noch immer.

Der Sturm peitschte die Baumkronen und führte Regen mit, der sich gleich einer Sturmflut über den Lagerplatz ergoß. Der Boden war ein einziger Morast.

Wenn man auch nur eine Minute auf dem Fleck stehenblieb, sank man bis an die Knie ein.

Die Stunden vergingen.

Baar Lun schlief tief und fest, er wurde nicht einmal wach, als ein Tornado Schlamm, Äste und Blätter über dem Lagerplatz ablud. Mit der für Pigell typischen Plötzlichkeit hörte das Unwetter auch wieder auf.

Mit dem Ende des Unwetters wurde es still.

Dann – eine Stunde mochte vergangen sein – zerriß plötzlich ein helles Geknatter und dumpfes Wummern die nächtliche Stille. Das Geräusch kam aus weiter Ferne.

Omar sprang auf die Füße. Neben sich erkannte er die rötlichglühenden Augen des Okrill. Sherlock würde wachen; er konnte sich unbesorgt aufmachen, um etwas mehr von den Geschehnissen zu beobachten.

Am Tage hatte Omar in etwa hundert Schritt Entfernung einen besonders hohen Baum gesehen. Dorthin setzte er sich nun in Bewegung. Der Dschungel schlug über ihm zusammen.

Sofort erhob sich lautes Gezeter, helles Schnattern, Glucksen und dumpfes Gurgeln. Die schlafenden Urwaldbewohner waren erwacht und beschimpften den Ruhestörer.

Endlich hatte er sein Ziel erreicht.

Ohne sich eine Atempause zu gönnen, kletterte er an dem merkwürdig glatten, mehrere Meter durchmessenden Stamm empor. Er wurde vorsichtig, als er die Krone erreichte. Nicht jeder Ast war geeignet, sein Gewicht zu tragen. Doch er schaffte es so weit emporzusteigen, daß sein Oberkörper über das Blätterdach hinausragte.

Behutsam drehte er sich so, daß er in die Richtung des Landeplatzes der CREST sehen konnte.

Düsterrot leuchtete die gigantische Kugel des Ultraschlachtschiffes aus der Ebene herauf. Aber das Leuchten kam nicht von einem schützenden Energieschirm, sondern von Quadrillionen und aber Quadrillionen kleiner Insekten, die den Raumer gefangenhielten und ihm die Energie entzogen. Bei Nacht wirkte der pulsierende Umhang noch gespenstischer, noch drohender als am Tage.

Nachdenklich blickte Hawk zur Kugel des Solaren Flaggschiffs, von der sich plötzlich grelle Leuchtpunkte lösten und, Feuerschweife hinter sich herziehend, auf das Plateau zujagten. Kurz darauf schlugen sie ein. Hunderte von Feuerbällen tanzten über die Ebene, später rollte der dumpfe Donner von Explosionen heran.

Hawk lachte voller Bitterkeit.

Damit waren die unheimlichen Gegner gewiß nicht zu schlagen – nicht durch altertümliche Maschinenkanonen, die Raketengeschosse mit chemischen Sprengstoffen verschossen.

Plötzlich entdeckte er etwas anderes. Aufgeregt stemmte er sich hoch – und wäre fast abgestürzt, als einer der Äste unter seinen Füßen wegbrach. Doch gewann er rasch das Gleichgewicht zurück und blickte nach Süden.

Die Gewitter auf Pigell kamen in ihrer Heftigkeit zwar beinahe an die von Oxtorne heran, aber derartig starke Entladungen, wie

Omar sie am Horizont beobachtete, waren überhaupt nicht möglich – zumindest nicht bei einem Gewitter.

Ultrahelle Blitze zuckten fast bis in den Weltraum hinauf, zerrissen den ewigen Wolkenvorhang des Planeten und brachten die höchsten Schichten der Atmosphäre zum Leuchten. Es sah aus, als schwebe eine düsterrote Glutwolke am Himmel.

In Omars Gehirn kristallisierte sich ein Verdacht heraus. Schon seit Stunden hatte er sich gefragt, wo die Energie blieb, die von der CREST abgesaugt wurde. Pflanzen und Tiere mochten von Energie leben können, aber die gewaltigen Mengen, die die Kraftstationen des Ultragiganten erzeugten, konnten sie unmöglich in sich aufnehmen.

Dort hinter dem südlichen Horizont in der Äquatorgegend, mußten die Urheber des unheimlichen Überfalls zu finden sein.

Omar Hawk glitt von seinem Baum herunter und rannte zum Lager zurück. Noch überstieg alles seine Vorstellungskraft, aber er war überzeugt davon, einen Weg zu finden – einen Weg nach Süden.

Der Lärm des Kampfes schallte während der ganzen Nacht von der CREST herüber zum Lager. Er verstärkte sich noch, als der Morgen anbrach. Omar hielt dies nicht für ein gutes Zeichen, aber er äußerte sich nicht.

Baar Lun hörte sich ruhig den Vorschlag des Oxtorners an. Dann schüttelte er den Kopf.

„Auf diesem Inselkontinent sind wir noch nie einem Tankan begegnet, Hawk. Höchstwahrscheinlich haben die Erbauer der Zeitstation die Echsen von hier vertrieben. Aber ohne die Hilfe der Tankan schaffen wir niemals die Überquerung des Meeres."

Omar lächelte unbekümmert.

„Seit ich der Solaren Abwehr angehöre, habe ich mehr als einmal Aufträge erledigt, deren Durchführung jeder normale Mensch für unmöglich gehalten hätte. Das betrifft vor allem die Zeit, da ich noch nicht in der CREST war. Ja einige Male sagte ich mir selber: Das schaffst du nie! Dennoch habe ich es immer geschafft, Lun."

Er blickte dem Flatteräffchen nach, das elegant über die Lichtung segelte und dabei handspannenlange Libellen einfing.

„Auf Pigell gibt es sicher noch mehr Tiere, die uns über das Sumpfmeer tragen können", sagte er nachdenklich. „Es hängt alles nur davon ab, ob wir sie einigermaßen zu zähmen vermögen..."

Der Modul fuhr erschrocken hoch.

„Das ist doch hoffentlich nicht Ihr Ernst, Hawk! Meinen Sie, ich hätte Lust, mich auf einen Verwandten des irdischen Tyrannosaurus rex zu setzen und bei erster Gelegenheit als Delikateßhappen zu dienen?"

Omar lachte trocken.

„Man merkt eben doch, daß Sie kein Tierpsychologe sind, Lun. Selbstverständlich eignen sich Raubtiere nicht als Beförderungsmittel, schon gar nicht über lange Strecken hinweg. Aber schließlich wird es auch genügend große Pflanzenfresser geben."

Er wandte den Kopf und pfiff.

Sofort schoß der Okrill herbei. Das Tier schluckte und würgte noch am letzten Bissen irgendeiner Beute.

Omar klopfte ihm auf die Schulter und redete auf Sherlock ein. Er hatte den Okrill noch nie dazu benutzt, ein wildes Tier von bestimmter Größe und Art zu suchen und zum Lager zu treiben, ohne es zu verletzen. Dennoch wußte er, daß Sherlock ihn verstehen würde.

Nach fünf Minuten tat der Okrill durch lautes Niesen kund: Ich weiß Bescheid; du brauchst mir nichts mehr zu erklären.

Omar schlug ihn derb auf den Rücken und stieß den Ruf aus, auf den das ehemals wilde und gefährliche Tier zuerst reagiert hatte:

„Hiih!"

Wie von der Sehne geschnellt, raste die Bestie davon.

Cicero keckerte protestierend, ließ eine soeben erjagte Libelle fallen und schwang sich hoch empor. Lautlos folgte er dem Okrill. Einige Sekunden lang war sein lautes „Hiih... hiih!" zu hören, dann verstummte auch das.

„Sie sind weg", bemerkte Baar Lun überflüssigerweise.

Omar stand auf und reckte sich.

„Lassen wir uns also überraschen, Lun."

Der Modul lachte unsicher.

„Auf *die* Überraschung bin ich wirklich gespannt."

Die Stunden verrannen. Schon beschlich sogar Hawk der erste Zweifel. Hätte Sherlock nicht längst zurück sein müssen, wenn es ein geeignetes Tier gäbe...?

Da flatterte es plötzlich über ihm. Es war Cicero. Das Flatteräffchen ließ sich auf Luns Druckhelm nieder, faltete die ledrigen Schwingen zusammen und blickte Omar mit seinem verrunzelten Gnomengesicht an, als wollte es ihn auslachen.

„Was bringst du uns für eine Nachricht?" fragte Omar scherzhaft. „Eine gute oder eine schlechte?"

Cicero öffnete den schwarzlippigen Mund.

„Gute Nachricht, Hawk. Sherlock gut, hiih!"

Baar Lun zuckte heftig zusammen, als ganz in der Nähe ein Tier brüllte. Das Flatteräffchen schlug verärgert mit den Flügeln und schnarrte:

„Du Angst, Lun?"

Irgendwo brach Unterholz. Es hörte sich an, als ebneten ein Dutzend Bulldozer den Urwald ein. Omar Hawk zog den Freund am Arm zurück auf die dem Lärm entgegengesetzte Seite der Lichtung. Gleich darauf stürzten drei der am Rand stehenden Bäume um, ein mächtiger, ovaler Schädel stieß auf langem, massigem Hals über das Blätterdach hinaus. Zwei Säulenbeine folgten und zerstampften einen Baumstamm. Eine gewaltige Brust schob sich auf die Lichtung.

Unruhig pendelte der Kopf hin und her. Die schwarzen, runden Augen des Giganten starrten zu den Menschen hin, sahen sie aber offenbar nicht als Bedrohung an.

Dann erklang ein schreckenerregendes Grollen hinter dem Tier. Es machte zwei weitere Schritte und füllte danach die Lichtung aus. Jetzt konnte Omar es genau betrachten.

Der Saurier war mindestens fünfzehn Meter lang und etwa vier Meter breit. Jedes der sechs Säulenbeine durchmaß einen dreiviertel Meter; die Füße waren sogar doppelt so breit. Das Tier mußte vorzüglich über sumpfiges Gelände laufen können. Die Haut war grün und braun gefleckt, was eine ausgezeichnete Tarnung darstellte. Die Halslänge betrug sicher vier Meter, der Kopf darauf mochte anderthalb Meter lang und einen Meter breit sein; über dem breiten Maul lagen große, schaumbedeckte Nüstern. Unterhalb von zwei starken Knochenwülsten saßen die Augen.

Sherlock huschte zwischen den Säulenbeinen hervor. Der Okrill vermied es, in den Sichtbereich der Gigaechse zu kommen.

Als sich das Tier etwas beruhigt hatte, hielt es Omar an der Zeit, mit dem Experiment zu beginnen. Er verbarg in der linken Hand eine der roten Früchte, die Ciceros Spezialität waren, sorgte aber dafür, daß die Hand mit der Frucht hinter seinem Rücken blieb. Langsam schritt er auf die Gigaechse zu, bis er nur noch zwei Schritte von ihr entfernt war. Dabei stimmte er einen monotonen Singsang an. Dieser Gesang gehörte keineswegs zum Ausbildungsprogramm des Tierpsychologen. Er hatte ihn kennengelernt, als er während seines dritten Agenteneinsatzes auf dem Planeten Daliuh gewesen war. Die Eingeborenen dort waren von Aras erpreßt worden und hatten gegen die Galaktischen Mediziner mit Hilfe von ähnlich großen Pflanzenfressern gekämpft.

Der monotone Singsang hatte auf die Daliuh-Tiere einen geradezu hypnotischen Zwang ausgeübt. Omar hoffte, daß die Gigaechse ebenfalls für diese Art der Zähmung – oder doch zumindest deren Einleitung – empfänglich war.

Vorläufig reagierte die Echse jedoch in keiner Weise. Sie streckte lediglich in verständlicher Neugier ihren Kopf herab und mahlte dabei knirschend mit den gewaltigen Kiefern. Ein unausstehlicher Gestank, gemischt aus Fäulnis und säuerlichem Magengeruch, schlug Omar entgegen. Er mußte seine Abneigung gewaltsam unterdrükken. Unentwegt schrie er dem Tier die Melodie entgegen.

Als die Reaktion dann eintrat, kam sie so verblüffend, daß Omar um ein Haar von dem gewaltigen Leib begraben worden wäre. Die Gigaechse ließ sich einfach fallen. Der Boden dröhnte und bebte unter dem Aufprall.

Omar war einige Meter zurückgesprungen. Wirkliche Furcht hatte er allerdings auch im Augenblick des Erschreckens nicht verspürt. Das nahm er als gutes Omen, denn der frühere Umgang mit allen möglichen Tieren hatte ihn gegenüber deren Gefühlen außerordentlich empfänglich gemacht.

Erneut trat er auf die Echse zu, deren Kopf jetzt auf dem Boden lag. Die schwarzen Augen schimmerten feucht – und friedlich. Omar hob vorsichtig und sehr langsam die Hand. Jedes ungezähmte Tier – und oft auch ein gezähmtes – besaß eine instinktive Abneigung gegen jede Hand, die sich über Augenhöhe befand.

Unentwegt singend, ließ Omar seine Hand seitlich am Kopf der Echse emporsteigen und senkte sie dann allmählich herab. Trotz dieser Vorsichtsmaßnahme schnaubte das Tier furchtsam. Seine Haut begann zu zittern. Das Zittern verstärkte sich noch, als Omars Hand die Nüstern berührte. In diesem Augenblick holte der Oxtorner die rote Frucht hervor und reichte sie der Gigaechse auf der offenen Hand.

Das Zittern hörte fast augenblicklich auf. Der Blick des Tieres wanderte von der Frucht zu Omar und wieder zurück.

Omar brach seinen Singsang ab.

„Nun nimm schon, Lady!“ munterte er das Tier auf.

Zögernd zogen die wulstigen Lippen sich auseinander. Die Unterlippe stülpte sich ein wenig vor und näherte sich Omars Hand. Gespannt hielt der Oxtorner den Atem an. Dieser Augenblick war entscheidend.

Behutsam nahm die Echse die Frucht auf, zog den Kopf ein Stück zurück und zermalmte den Bissen zwischen den Hornwülsten, die ihm als Kauwerkzeuge dienten.

Als Omar wieder die Hand hob, ging er weniger vorsichtig vor. Diesmal zeigte die Echse kaum noch Furcht. Ein wenig scheu schnaubte sie durch die Nüstern, ansonsten ließ sie sich streicheln. Nach einiger Zeit spürte Omar einen sanften Gegendruck.

Da wußte er: Er hatte gewonnen. Der Weg nach Süden war frei.

Gespannt beobachtete Perry Rhodan über eine Bildverfolgungsanlage den Ausbruch einer Hundertschaft Kampfroboter.

Die vierarmigen, zweieinhalb Meter hohen Maschinen verließen das Flaggschiff der Imperiumsflotte durch eine Schleuse oberhalb des zweiten Hangarwulstes. Zuvor hatten zwölf Schiffsgeschütze mit einem konzentrierten Feuerschlag den blaurot wallenden Umhang an dieser Stelle aufgerissen. Mit Hilfe ihrer eingebauten Antigravtriebwerke sanken die Roboter gefahrlos zu Boden. Sofort formierten sie sich zu einem Keil und stießen ohne Verzögerung vor. Ihr Ziel war der getarnte Eingang zur Zeitstation der MdI, in der sich fünfzehnhundert Raumsoldaten unter Atlans Kommando einquartiert hatten.

Wie die stählerne Phalanx so dahinstampfte, schien sie unüberwindlich zu sein. Diese Illusion wurde aber sehr schnell zerstört. Von oben herab, aus dem ewig verhangenen Himmel Pigells, schwebten plötzlich vier riesige Insektenwolken.

In das Fauchen und Röhren der Schiffsgeschütze mischte sich das Donnern und Krachen der Roboterwaffen. Die Leuchtinsekten wurden dezimiert. Aus geballten Wolken wurden zerrissene, hilflos auseinanderstrebende Schleier.

Unbeirrt setzten die Kampfroboter ihren Vormarsch fort. Sie waren nur noch etwa zweihundert Meter vom Eingang der Zeitstation entfernt, als sich die Lage schlagartig änderte.

Zuerst sah es nur aus, als begänne eines der alltäglichen Beben. Die von Impulsstrahlern eingeebnete, wie glasiert schimmernde Fläche des Plateaus wurde jäh von Tausenden und aber Tausenden von Spalten durchzogen. Ganze Felsschollen wölbten sich auf, brachen auseinander und zerbröckelten. Immer mehr Risse durchzogen die Ebene.

Und aus den Rissen schoben sich schlangenartige Gebilde hervor, wanden, drehten und reckten sich, wuchsen unheimlich schnell und verwoben sich zu einem titanenhaften Flechtwerk.

Perry Rhodan erblaßte. Aber noch siegte die Neugier über die Furcht. Er wies eine Gruppe des Landekommandos an, Proben von den wurzelähnlichen Gebilden zu beschaffen und im Labor untersuchen zu lassen.

Draußen schossen sich unterdessen die Kampfroboter eine Gasse durch die Wurzelgebilde. Ihr Vormarsch geriet jedoch immer mehr ins Stocken. Die Wurzeln schossen schneller aus dem Boden, als sie vernichtet werden konnten.

Nach einer halben Stunde waren sie noch immer rund hundert Meter von der Zeitstation entfernt. Sie begannen sich einzuigeln, um die heftiger vorgetragenen Angriffe der Insektenwolken abzuwehren. Bisher war allerdings noch keine Maschine ausgefallen.

Auch in der CREST liefen die Maschinen wieder, seit man das Netz der Leuchtinsekten unablässig durch Geschützfeuer aufriß. Die Lage war eher komisch denn besorgniserregend.

So hatte sich jedenfalls Perry Rhodan geäußert, bevor die Wurzelgebilde auftauchten. Augenblicklich dachte er anders darüber, wenn er sich auch nicht vorzustellen vermochte, wie die Wurzeln seinem Schiffsgiganten gefährlich werden könnten. Lediglich eine Tatache störte ihn: der Ausfall der Schutzschirmprojektoren. Die Energieschirme waren von den Leuchtwesen sofort abgezapft worden, als man sie eingeschaltet hatte. Sollte nicht sinnlos Energie vergeudet werden, mußte man sie wieder abschalten.

Rhodan schaute interessiert auf, als ein Wissenschaftler sich aus dem Labor meldete.

„Ja . . .?“ sagte er nur.

Der Wissenschaftler atmete rasch und aufgeregt.

„Sir, die Poler sind halb pflanzliche und halb kristalline Gebilde. Sie haben ..."

„Einen Augenblick, bitte!" unterbrach ihn Rhodan. „Wie kommen Sie auf den Namen ‚Poler' für die Wurzeln?"

Der Wissenschaftler lächelte gequält.

„Weil sie ähnlich gepolt sind wie Magnete, Sir. Sie vermögen auf einer Seite Energie aufzunehmen und auf der anderen Seite wieder abzugeben. Die Funktion der beiden Enden läßt sich nicht vertauschen, sie ist irreversibel, wie Nord- und Südpol eines Planeten. Darum nannten wir sie Poler."

„Einverstanden!" Rhodan zeigte keine Regung. „Berichten Sie weiter!"

„Wir sind dabei, die ..."

„Halt! Sie begannen vorhin, bevor ich Sie unterbrach: ‚Sie haben ...'"

„Ich wollte vorhin sagen: Sie haben einen ganz unmöglichen Stoffwechsel. Praktisch dürfte es die Poler auf Pigell überhaupt nicht geben. Sie leben nämlich von der Aufnahme reiner Energie, die sie niemals aus dem Boden dieses Planeten bezogen haben können."

„Interessant!" bemerkte Rhodan nachdenklich. „Weiter, bitte!"

„Wir sind dabei, eine genetische Analyse durchzuführen. Die ersten Teilergebnisse versprechen eine Sensation. Bisher kann ich nur Vermutungen aussprechen, aber ich bin sicher, daß die Poler nicht im Rahmen der natürlichen Evolution entstanden sind."

„Vielen Dank. Das genügt vorläufig." Perry Rhodan nickte dem Wissenschaftler zu. „Bis später!"

Er schaltete den Interkom ab und beobachtete weiter die sechs Bildschirme über dem Kartentisch. Einer von ihnen zeigte noch immer die Robot-Hundertschaft – und eine neue Entwicklung der Dinge.

Über den Robotern schwebten noch immer Insektenwolken. Sie wurden unaufhörlich von Strahlschüssen zerrissen und von Desintegratoren ausgelöscht. Aber es blieben noch immer genug von ihnen übrig, um sich mit den emporgerichteten Spitzen einiger Poler zu vereinigen.

Der Effekt war erschreckend und ließ die bevorstehende Katastrophe bereits ahnen.

Die Leuchtwolken, die mit Polern in Verbindung standen, wurden plötzlich unangreifbar für Energiewaffen. Es hatte den Anschein, als könnten sie selbst die konzentrierte Energie eines Impulsschusses ohne Schaden aufnehmen. Perry Rhodan vermutete allerdings, daß sie die überschüssige Energie an die Poler abgaben, die sie wiederum weiterleiten mußten – nur fragte sich: wohin?

Er reagierte blitzschnell. Seine Faust fuhr auf den Interkomschalter, während die Linke die Wähltastatur betätigte.

Im nächsten Augenblick sah Oberst Cart Rudo vom Bildschirm.

„Notstart!" befahl Rhodan mit harter Stimme.

Rudo bestätigte.

„Aber Baar Lun und Hawk sind noch irgendwo draußen", flüsterte John Marshall, der neben Perry saß.

Rhodan winkte ab.

„Wir holen sie später heraus. Jetzt müssen wir zuerst das Schiff in Sicherheit bringen." – Wenn das noch möglich ist, setzte er in Gedanken hinzu.

Das gellende Geheul der Warnpfeifen übertönte Marshalls Antwort. Aus den Lautsprechern brach die dröhnende Stimme des Epsalers und kündigte den Start in X minus zehn Sekunden an.

Kurz darauf donnerten die Kraftwerke los. Der gewaltige Kugelleib des Ultragiganten erzitterte im gebändigten Toben von Energien, die hoch im Giga- und fast im Terabereich lagen.

Start!

Durch die CREST ging ein heftiges Rütteln. Alarmiert sah Rhodan hinüber zum Kontrollpult des Kommandanten. Alle Lampen standen auf Grün. Das Schiff müßte längst abgehoben haben.

Das Rütteln wurde stärker. Automatstimmen plärrten unaufhörlich Warnungen. Cart Rudo jagte offenbar die Energiezufuhr für die Triebwerke weit über die Sicherheitsgrenze hinaus.

Die Ortungszentrale meldete sich.

„Es ist sinnlos, Sir!" sagte Major Notami mit grauem Gesicht. „Die Leuchtwolken saugen zusammen mit den Wurzeln alle Energie aus den Impulsströmen. Das Schiff wird nie genügend Schub für einen Start erhalten."

Perry Rhodan ließ resignierend die Hände sinken.

„Vielen Dank, Major", sagte er nur.

Einige Sekunden lang schwankte er in seinem Entschluß, dann rief er Oberst Rudo an und befahl ihm, den Startversuch abzubrechen.

Seine Augen suchten die Robot-Hundertschaft. Die Kampfmaschinen standen noch immer in Igelformation, aber sie rührten sich nicht mehr. Gleich toten Figuren reckten sie ihre Waffenarme in den Himmel. Ein blaurotleuchtendes Netz hüllte sie ein.

Kurz darauf erlosch die Beleuchtung – diesmal jedoch endgültig. Alle Aggregate, die auch nur einen Funken elektrischen Stroms benötigten, fielen aus. Die Bildschirme wurden schwarz.

Die Männer der CREST waren von der Außenwelt abgeschlossen.

„Hoch, Lady, hoch!"

Omar Hawk stemmte die Füße in den breiten Nacken der Gigaechse und riß an den armstarken Zügeln aus geschälten Lianensträngen.

„Lady" warf sich kurz vor der undurchdringlich erscheinenden Mauer des Dschungels herum und stürmte zum Ufer des Schlammozeans zurück. Die Säulenbeine des Pflanzenfressers stampften donnernd über den flechtenbedeckten Fels. Der nachschleppende Schwanz zuckte nervös hin und her, schleuderte Steinblöcke zur Seite und zerschmetterte einen einsamen Baum.

„Brav, Lady, brav!" rief Hawk. Er beugte sich vor und klatschte zärtlich den Hals des Ungeheuers, das die Dimensionen eines Großraumgüterwagens besaß.

Ein leichter Ruck am rechten Zügelstrang, und die Echse bog ab und glitt in den gurgelnden heißen Schlamm. Schaukelnd durchquerte sie das ufernahe, flache Gebiet. Dann stieß sie sich kraftvoll ab und begann zu schwimmen.

Der Oxtorner lockerte die Zügel und wandte sich um.

Baar Lun saß in dem primitiven Korb, den sie aus Lianen und Ästen hastig zusammengeflochten hatten. Er hielt sich mit beiden Händen an den Korbrändern fest, um durch die Schaukelbewegungen des Tierkörpers nicht hinausgeschleudert zu werden. Ab und zu stieß er ächzende Laute aus; Omar hörte sie über seinen Miniempfänger im Ohr. Der Modul schien mit der Seekrankheit zu kämpfen. Hoffentlich wurde er fertig damit. Eine Verunreinigung des Druckhelms würde eine Katastrophe bedeuten.

Omar lächelte, als sein Blick auf Sherlock fiel. Der Okrill hatte sich quer über den breiten Rücken Ladys gelegt und schlief.

Er hob den Kopf, als von oben ein dünner Schrei ertönte:

„Hooh, Lady, hooh!"

Natürlich war es wieder das Flatteräffchen, das seine Scherze nicht unterlassen konnte.

Dieses kleine, nur unterarmlange Wesen hatte sich den Menschen angeschlossen, seit es ihnen zum erstenmal begegnet war. Für ein Tier bewies es fast zu viel Intelligenz; nicht etwa, weil es menschliche Laute verblüffend echt nachahmte, sondern weil es stets die Worte passend zur jeweiligen Situation auswählte. Das war etwas, was ein terranischer Papagei niemals vermocht hätte.

Omar Hawk schob diese Überlegungen beiseite. Dafür würde sich später noch genügend Zeit finden, wenn die Gefahr, die der CREST drohte, erst einmal abgewendet war.

Wenn...!

Das Leuchten am südlichen Horizont war stärker geworden. Infolge der immerwährenden Dämmerung auf Pigell konnten sie es auch am Tage deutlich sehen. Und außerdem schwebte darüber eine glühende Wolke, die für eine zuverlässige Markierung des Ziels sorgte.

Dennoch lag es noch in weiter Ferne. Lady hatte acht Stunden gebraucht, um von der Nordsierra bis zum nächsten Inselkontinent zu schwimmen. Für sie – Lady war tatsächlich ein weibliches Exemplar ihrer Gattung – war das eine gewaltige Leistung, denn die Entfernung betrug gut zweihundert Kilometer. Nach Omars Schätzung lagen jedoch noch etwa sechstausend Kilometer vor ihnen – und dagegen waren zweihundert Kilometer eben nur ein Tropfen auf den heißen Stein.

Unaufhaltsam bahnte sich Lady ihren Weg. Nach einiger Zeit tauchte am Horizont der dunkle Streifen des nächsten Inselkontinents auf. Langsam kam er näher.

Aber noch etwas anderes näherte sich, und beinahe hätten Hawk und Lun es zu spät entdeckt.

Cicero bemerkte sie zuerst.

„Gefahr!“ warnte er. „Schlimm, Gefahr!“

Während Omar Hawk sich noch fragte, was der Flatteraffe entdeckt haben könnte, begann Sherlock zu fauchen. Also mußte es tatsächlich eine Gefahr geben. Aber wo...?

Omar zog die Infrarotbrille aus der Brusttasche seiner Kombination und setzte sie auf.

Deutlich, scharf abgegrenzt, hoben sich im Süden die Konturen des nächsten Kontinents aus dem Meer. Das war alles, wenn man von den Schlamm-Molchen absah, die hin und wieder zum Luftschnappen auftauchten – oder von den Flugechsen, die die Luft dicht über der Meeresoberfläche bevölkerten.

Plötzlich stutzte Omar.

Vier der Flugechsen unterschieden sich von den anderen, indem sie gradlinig auf ihren Standort zuhielten. Aber Flugechsen! Konnten die ihnen denn gefährlich werden? Sie waren bisher etwa zehnmal von diesen Tieren angegriffen worden; jedesmal hatte Lady die Flugechsen ganz allein vertrieben.

„Ich möchte wissen, warum du die vier ‚Riesenfledermäuse' als Gefahr ansiehst!" knurrte er Cicero unfreundlich an.

Das Flatteräffchen trat unruhig von einem Bein aufs andere. Es hielt die kleinen, zierlich anmutenden Hände vor die Augen und keckerte leise vor sich hin.

„Ich habe dich etwas gefragt!" fuhr Omar es an.

„Cicero sagen Gefahr. Das genug. Machen bumm, bumm! Viele tot."

Der Oxtorner kniff die Augen zusammen. Die Flugechsen waren jetzt bis auf etwa fünfhundert Meter herangekommen. Sie sahen tatsächlich aus wie riesenhafte Fledermäuse.

Omar zuckte zusammen.

Wie Riesenfledermäuse! Das war es! Die D'ulh Orgh aus den Berichten der Tankan!

Baar Lun schien den Unterschied im gleichen Augenblick zu bemerken. Er schrie leise auf. Dann rief er:

„Diesmal müssen wir die Waffen benutzen, Hawk. Das sind möglicherweise unsere eigentlichen Gegner."

„Möglicherweise . . .!" wiederholte Omar zweifelnd. „Aber niemand weiß es genau, und darum werden wir die Strahler hübsch steckenlassen, Lun. Überlassen Sie sie mir und Sherlock."

Baar Lun setzte zu einem ironischen Lachen an, brach jedoch abrupt ab und stand auf.

„Psiströme!" flüsterte er voller Entsetzen. „Die Wesen strahlen Psifelder aus."

„Na also!" sagte Omar erleichtert. „Da Sie auch mit Paraenergie modulieren können, stellen die Fledermäuse kein Problem dar."

Der Modul erwiderte nichts darauf, und Omar wandte seine Aufmerksamkeit wieder den vier seltsamen Wesen zu.

Eine Viertelstunde später waren sie heran. In etwa fünfzig Metern Höhe überflogen sie die Gigaechse Lady. Deutlich vermochte Omar Einzelheiten zu erkennen.

Er hielt unwillkürlich den Atem an.

Die Gestalten besaßen zwei Arme und zwei Beine, waren etwa zwei Meter lang und schienen durch einen Hornpanzer geschützt zu sein. Köpfe und Gesichter waren menschenähnlich, jedoch vollkommen haarlos. Zwischen Armen und Beinen klafterten ledrige Flughäute ungefähr sechs Meter breit.

Die vier Wesen kreisten über Lady und schraubten sich allmählich höher, ohne die Flughäute zu bewegen. Die ausgezeichnete Thermik Pigells nahm ihnen diese Arbeit ab.

Plötzlich löste sich eines der Wesen aus dem Verband, legte die Flughäute an und schoß auf die Gigaechse zu. Etwa zehn Meter darüber breitete sie die Flughäute wieder aus und segelte davon.

Omar Hawk hatte den eiförmigen Gegenstand gesehen, der sich von dem Flugwesen löste. Mit einem Satz sprang er zu Lun und riß ihn auf den Rücken der Echse herunter.

Im nächsten Augenblick stieg eine Schlammsäule neben Lady auf.

„Bomben . . .!" hauchte der Oxtorner entgeistert. „Sie werfen chemische Sprengbomben auf uns!" Er packte den Modul am Arm. „Setzen Sie Ihre Modulationsfähigkeit ein. Entziehen Sie den Gehirnen die Energie!"

Baar Lun schüttelte den Kopf.

„Das habe ich schon versucht, als der eine zum Sturzflug ansetzte, Hawk. Es geht nicht. Die Psiströme, die die anderen ausstrahlen, scheinen Antieigenschaften zu besitzen."

Omar nickte mit düsterem Gesicht.

„Dann ziehen Sie ruhig Ihren Strahler. Wir können ohnehin nicht mehr viel verderben, fürchte ich."

Als der nächste Hautflügler zum Angriff ansetzte, schossen Omar und Baar. Das Wesen löste sich in eine Wolke glühenden Gases auf. Die anderen drei stoben auseinander. Solche massive Gegenwehr hatten sie offenbar nicht erwartet. Sie versuchten kurz darauf einen Anflug von drei Seiten zugleich. Danach floh der einzige Überlebende in Richtung des nahen Kontinents.

Nachdenklich schaute Omar ihm hinterher.

„Eines verstehe ich nicht", sagte er kaum hörbar. „Einen Gegner, der die Mittel besitzt, ein Raumschiff vom Range der CREST III auszuschalten, sollte in der Lage sein, sich selbst gegen den Beschuß aus relativ lächerlichen Strahlwaffen zu schützen ..."

„Was sagten Sie?" fragte der Modul.

Omar hob die Schultern.

„Nichts Besonderes, Lun. Ich bin nur froh, daß wir endlich eine konkrete Spur gefunden haben. Auf jedem Kontinent ...", er streckte den Arm aus und wies auf die bewaldeten Hügel, hinter denen vulkanischer Rauch aufstieg, „... muß sich ein Stützpunkt der Flugmenschen befinden. Nachdem wir ihren Angriff so mühelos abwehren konnten, werden wir unsererseits angreifen. Ich bin gespannt, wie sich die Dinge weiterentwickeln."

Nach einer Weile wandte er den Kopf und sah den Modul an.

„Sie sagen ja gar nichts dazu, Lun ...?"

Baar Lun blickte auf und lächelte geistesabwesend.

„Schon gut, Hawk. Lassen Sie mir ein wenig Ruhe, ja. Ich möchte über ein wichtiges Problem nachdenken."

„Darf man fragen, was für ..."

Lun winkte ab.

„Nein, Sie dürfen nicht!"

Achselzuckend nahm Omar wieder seinen Platz im Nacken von Lady ein. Wenn der Modul etwas nicht sagen wollte, so bekam man es auch nicht aus ihm heraus. Es wäre sinnlos gewesen, weiter fragen zu wollen.

Dennoch beschäftigte sich der Oxtorner in Gedanken mit der Frage, welches Problem wohl wichtiger sein könnte, als die dringend erforderlichen taktischen Überlegungen.

Er fand die Lösung, als das Ufer nur noch hundert Meter entfernt war – und ärgerte sich darüber, daß er seine Taktik nun radikal würde ändern müssen ...

Omar trieb Lady zu höchster Eile an. Die Echse brach durch die niedrige Vegetation des Uferstreifens und stürmte in eine enge Schlucht hinein. In einer natürlichen Einbuchtung brachte der Oxtorner das Tier zum Stehen.

Er wandte sich zu Baar Lun um und flüsterte:

„Die Flugmenschen wissen durch den Entkommenen, daß wir noch leben und wahrscheinlich auf diesem Kontinent landen wollen. Deshalb schlage ich vor, wir trennen uns jetzt. Sie, Lun, sollten auf Lady schnurgerade ins Innere der Insel vordringen. Sherlock bleibt bei Ihnen. So wären Sie gegen die Überfälle von Raubtieren geschützt. Ich dagegen marschiere am Rande der Insel entlang und dringe von der gegenüberliegenden Seite zur Mitte vor. Wenn ich richtig kalkuliere, ziehen wir damit die Aufmerksamkeit einzig und allein auf Sie, und ich könnte in Ruhe meine Untersuchungen anstellen."

Er lächelte ein wenig verlegen.

„Ich bin mir natürlich klar darüber, daß Sie dadurch in Lebensgefahr geraten werden. Immerhin besteht das Risiko, daß die Flugmenschen Sie ohne Warnung aus einem Hinterhalt überfallen. Aber einerseits wird Sherlock das weitgehend verhindern – und andererseits möchte ich Ihnen empfehlen, sich im Notfall gefangennehmen zu lassen. Wie denken Sie darüber?"

Der Modul hob die Schultern.

„Es wird mir kaum etwas anderes übrigbleiben, als in den sauren Apfel zu beißen, Hawk. Ihr Vorschlag ist der einzige, der Erfolg verspricht. Er beweist mir zudem, daß Sie dem gleichen Gedankengang folgen wie ich."

„Hm!" Omar räusperte sich. „Würden Sie mir sagen, welcher Gedankengang das ist, Lun?"

Baar Lun lächelte voller Ironie.

„Der gleiche wie Ihrer, Hawk. So, und nun sollten wir uns trennen, sonst beobachten die Flugmenschen unser Manöver noch. Wenn möglich, sagen Sie bitte Ihrem Okrill, wie er sich verhalten soll. Ich möchte nicht, daß er kämpft, während ich mich ergeben will. Und dann nehmen Sie Cicero mit; er kann eventuell eine wichtige Nachricht überbringen!"

„Das ist ein guter Gedanke." Omar beugte sich zu Sherlock und flüsterte mit ihm. Das Tier nieste bestätigend. Danach nahm der Oxtorner das Flatteräffchen auf die Schulter, gab Lady einen Befehl und rutschte auf dem ausgestreckten Hals nach unten. Er klopfte die Gigaechse auf die Nüstern. Sei brav, Kleines, und mach unserem Freund keinen Kummer!"

„Ich sehe schwarz", meinte Lun. Der Modul hakte seine Schultergurte in den Korb und ergriff die Zügel. Er mußte alle Kraft aufwenden, um die für den Oxtorner konstruierten Lianenseile überhaupt halten zu können. Stöhnend hob er sie an und ließ sie auf Ladys Rücken fallen. „Hooh, Lady, hooh!"

Das Tier schnaufte und äugte zu Hawk herab.

„Na, los schon", knurrte Omar. „Lauf, altes Mädchen!"

Er schlug ihr kräftig gegen den mächtigen Hals, und der Schlag eines Umweltangepaßten von Oxtorne konnte selbst von einer Gigaechse nicht ignoriert werden. Lady machte einen gewaltigen Satz nach vorn, der den Modul fast das Gleichgewicht verlieren ließ. Dann zuckelte sie los.

Als das Dröhnen der Titanenfüße allmählich in der Ferne verklang, zog Omar seinen Uniformkombi an, band sich den Waffengurt um und lief zum Ufer zurück. Cicero erhob sich von seiner Schulter und stieg über das Wipfeldach des Dschungels hinaus.

„Gut so!" lobte Omar. „Wenn du aufpaßt, kann uns überhaupt nichts passieren!"

Das Flatteräffchen schlug einen übermütigen Salto in der Luft und schrie:

„Hooh, Hawk, hooh! Lauf, altes Mädchen!"

Unwillkürlich brach Omar in schallendes Gelächter aus, hörte aber sofort auf damit, weil ihm bewußt wurde, wie leicht er sich dadurch verraten konnte.

Als er den Uferstreifen erreichte, kam er bedeutend schneller voran. Die für seine Begriffe außerordentlich geringe Schwerkraft von 1,22 Gravos erlaubte ihm Sprünge bis zu sechzehn Metern, so daß er größere Felsblöcke und Strauchinseln einfach übersprang.

Innerhalb einer Stunde umrundete er den Inselkontinent zur Hälfte. Von nun an wurde der Weg wieder schwieriger, denn er mußte durch dicht verfilzten Urwald marschieren, um die Mitte der Insel erreichen zu können. Das bedeutete zugleich, daß er auf Schlangen und andere gefährliche Tiere zu achten hatte.

Zu seiner grenzenlosen Verwunderung begegnete er jedoch weder einer Schlange noch einem Raubsaurier oder einem anderen Tier, das ihm hätte gefährlich werden können. Dafür stieß er nach wenigen Kilometern auf eine überwucherte Lichtung, die sofort seinen Verdacht erregte, ohne daß er gleich hätte sagen können, warum das so war.

Er zog sich einige Meter zurück und kletterte auf einen hohen Baum. Von dort hatte er einen guten Überblick.

Unwillkürlich hielt er den Atem an, als er die bekannten schwarzbraunen Kuppelbauten entdeckte.

Ein Tankandorf!

Er unterdrückte den Impuls, hinauszugehen auf die Lichtung und zu rufen. Zwar wußte er, die Tankan würden nicht angreifen, falls seine eigenen Gedanken nicht aggressiv waren. Doch die ungewöhnliche Stille, zusammen mit der wuchernden Vegetation auf der Lichtung, beunruhigte den Oxtorner.

Hier stimmte etwas nicht. Es fehlte jedes Anzeichen von Leben, außer den Lehmbauten.

Er sah auf, als Cicero heranschwebte und sich auf einen nahen Ast niederließ.

„Was hast du gesehen?" fragte er.

Cicero legte den Kopf schief, zog eine bekümmert wirkende Miene und kratzte sich mit einem Hinterbein am Bauch.

„Keine Gefahr, Hawk. Kein Flugmensch. Aber viel tot."

Omars Augen schlossen sich zu schmalen Schlitzen. Ihm fiel die Beobachtung ein, die er zusammen mit Sherlock damals in einem zerstörten Tankandorf gemacht hatte. Die Infrarotspuren waren seltsamerweise gestört gewesen, aber Omar erinnerte sich an schattenhafte, schwebende Gestalten, die Bomben auf das Dorf warfen.

Bomben, schwebende Gestalten – und die gestörte Infrarotspur: Alles das wies auf die Flugmenschen als Täter hin. Die von den Flugmenschen ausgehenden Psiströme, die Lun geortet hatte, mochten die Störung der Spur erklären. In gewissem Sinne war Sherlocks Fähigkeit, längst vergangene Ereignisse anhand der verbliebenen Infrarotspuren getreulich zu rekonstruieren, ebenfalls eine Psifunktion. Jede Psifunktion aber konnte durch Antiströme gestört werden.

Hatten die Flugmenschen auch diese Tankan ausgerottet?

Nachdenklich glitt Omar vom Baum herab. Er mußte wissen, was es mit dem Dorf auf sich hatte.

Beide Waffen in den Händen, drang er durch mannshohes Gras und stachelige Sträucher zum nächsten Halbkugelbau vor. Er versuchte, in den Eingang zu spähen. Doch drinnen war es finster. Deshalb schaltete er seinen Brustscheinwerfer ein, bückte sich – und fuhr erschrokken zurück.

Im nächsten Augenblick schlüpfte er in die Hütte. Es drohte keine Gefahr von den vier Skeletten, die darin lagen, abgenagt bis auf die Knochen.

Skelette von Tankan, zwei erwachsenen Echsen und zwei Jungen!

Sorgfältig untersuchte Omar die Schädel und alle Knochen. Es gab nirgendwo ein Zeichen von Gewaltanwendung. Alles sah so aus, als wären die Echsen eines natürlichen Todes gestorben.

Nachdem er noch mehr Hütten untersucht und überall nur bleiche Gerippe gefunden hatte, glaubte Omar nun nicht mehr an eine natürliche Todesursache. Gewiß, eine Seuche konnte die Tankan hinweggerafft haben. Aber diese Erklärung erschien dem Geheimdienstmann zu einfach. Vor allem kam es ihm deshalb verdächtig vor, weil auf diesem Inselkontinent aller Wahrscheinlichkeit nach ein Stützpunkt der Flugmenschen war. Sie mußten etwas mit dem Tankansterben zu tun haben.

Ganz in Gedanken versunken, trat Omar aus der letzten Hütte. Im gleichen Augenblick warnten ihn seine geschärften Sinne vor einer Gefahr. Er warf sich nach vorn und hörte im Fallen das Kreischen Ciceros.

Aber es war zu spät. Er hatte das Gefühl, als explodiere eine Bombe in seinem Gehirn. Noch einmal raffte er sich auf. Sein Strahler röhrte, und drei hintereinander stehende Hütten lösten sich in glühende Asche auf.

Omar Hawk sah es bereits nicht mehr. Er war bewußtlos, als er zu Boden fiel.

17.

„Ich möchte wissen, was sich unsere geheimnisvollen Gegner davon versprechen“, sagte Icho Tolot und beobachtete aus der halboffenen Mannschleuse das Netzwerk der Poler und den wallenden Vorhang jener Insekten, die man unterdessen „Netzer“ genannt hatte.

Perry Rhodan preßte die Lippen zusammen, bis sie nur noch blutleere Striche in seinem kantigen Gesicht waren. Der Terraner wußte, daß ihm und seinen Leuten das Schlimmste noch bevorstand. Allerdings ahnte er ebensowenig wie der halutische Gigant, welche heimtückische Waffe als nächste eingesetzt werden würde.

Links und rechts neben den beiden verschiedenartigen Wesen erschienen Soldaten mit Maschinenkarabinern. Die Magazine mit den fingerlangen Mikrorakgeschossen waren schußbereit eingeschoben. An den breiten Leibgurten hingen Handgranaten. Nachdem keine Energiewaffe mehr funktionierte, hatte man auf die mitgeführten Primitivwaffen zurückgreifen müssen. Die Männer bezogen schweigend Stellung und richteten sich zum Kampf gegen einen Feind ein, den noch niemand kannte.

Perry Rhodan fühlte die Spannung. Er vermochte jedoch keine Furcht in den Gesichtern zu entdecken. Das Vertrauen seiner Leute war groß – eigentlich viel zu groß, sagte er sich. Sicher, bisher hatte man immer wieder Glück gehabt. Die gefährlichsten Situationen waren noch jedesmal gemeistert worden. Aber selbst die größte Glückssträhne konnte eines Tages ihr Ende finden – und wer wollte behaupten, daß nicht heute schon dieser Tag war!

Er drehte an dem Schaltknopf des halbkugelförmigen Gerätes, das in Mundhöhe auf seinen Druckhelm aufmontiert worden war. Es handelte sich dabei um ein Zusatzgerät, das bei Ausfall des Helmkoms verwendet werden konnte. Der sogenannte Resokom bezog seine Energie aus den Schallwellen, die beim Sprechen entstanden, ein Arbeitsprinzip, das im Jahre 1961 erstmalig von der damaligen US-Army eingesetzt wurde. Natürlich war die Leistungskapazität dieses Gerätes begrenzt, und in der gegenwärtigen Situation wurde nicht einmal diese voll ausgeschöpft, weil das Netz der Leuchtinsekten keine Energie nach draußen dringen ließ.

„Rhodan in Schleuse MU-8 sucht Gucky!“ rief der Großadministrator. Mehr konnte er nicht durchgeben, denn nach dem letzen Wort saugten die Netzer selbst die minimale Schallenergie ab. Aber er war sicher, daß wenigstens dieser Spruch durchgekommen war, da die Netzer die Energie nicht vorher blockieren konnten. Es gab ja keine Energie, wenn niemand sprach.

Kurz darauf spürte er den Lufthauch, wie er bei der Wiederverstofflichung eines Teleporters entsteht. Er drehte sich um und entdeckte Gucky zwischen den Raumsoldaten.

Der Mausbiber zeigte seinen einzigen Nagezahn.

„Alles klar, Perry! Ras, Tako und ich beliefern Atlans Truppe laufend mit den vorhandenen Primitivwaffen und Munition."

„Wie sieht es in der Station aus?" fragte Rhodan.

Gucky winkte großspurig ab.

„Keine Sorge. Zwar brechen überall aus den Fundamenten diese komischen Poler hervor, aber mit dem Material, das wir den Leuten bringen, schaffen sie es. Leider geht dabei einiges von der technischen Einrichtung flöten."

Rhodan runzelte die Stirn.

„Wo hast du diesen Ausdruck her? Bully ist doch gar nicht hier."

Gucky seufzte.

„Ich wollte, er wäre bei uns. Ohne ihn wird es allmählich langweilig. Aber immerhin gibt es noch fünftausend Mann, deren Wortschatz ebenfalls pikante Blüten enthält. Aber nun muß ich wieder weg. Atlans Leute brauchen jede Menge Munition. Ich möchte bloß wissen, ob man mir die Überstunden bezahlt."

Rhodan lächelte flüchtig.

„Da mußt du dich schon an Major Bernard wenden, Kleiner."

Der Mausbiber piepste ärgerlich.

„Du willst mich wohl auf den Arm nehmen? Bernard rückt keinen Hosenknopf raus. Aber ich weiß, wer daran schuld ist..."

„So? Wer denn...?"

„Du selbst. Neulich habe ich Bernards Gedanken belauscht. Weißt du, was er dachte: Ich würde ja gern eine Extraration zum Nationalfeiertag am 19. Juni ausgeben, aber leider ist über mir immer noch der gestrenge Papa. Und das bist du, Perry."

Perry Rhodan räusperte sich verlegen.

„Ich glaube, es wird besser sein, wenn du jetzt zu Atlan zurückspringst, Gucky..."

„Geizkragen...!" schimpfte der Mausbiber – und verschwand.

Icho Tolot lachte brüllend. Der Haluter hatte bisher seinen Humor noch nicht verloren. Er war von seiner Heimatwelt ausgezogen, um Abenteuer zu erleben, und bei den Terranern hatte er zum erstenmal in seinem Leben mehr Abenteuer und Gefahren gefunden, als er es sich jemals vorzustellen vermochte hatte.

Des Haluters Lachen brach jäh ab, als plötzlich blendende Energiebahnen auf die CREST zuschossen und krachend in die Außenhülle einschlugen.

Fast im selben Augenblick begannen die Maschinenkanonen in den Geschützkuppeln zu feuern. In rasender Folge fauchten hochexplosive Minirakgeschosse hinaus und explodierten auf dem Plateau und am Waldrand.

Es dauerte noch einige Sekunden, bis Perry Rhodan die neuen Angreifer zu Gesicht bekam. Dann aber schluckte er verblüfft.

Zwölfbeinige Schlangenmonstren setzten mit gewaltigen Sprüngen vom Dschungel auf die freie Fläche. Rhodan schätzte ihre Sprungweite auf fünfunddreißig Meter.

Das Ungeheuerlichste aber war die Waffe, welche die Tiere einsetzten. Sie spien sonnenhelle Energiebahnen von mehreren hundert Metern Reichweite aus, die selbst die starke Terkonitpanzerung der CREST mühelos durchschlugen.

Es mußten viele Tausende der „Thermoflammer" sein, die im Zeitraum von wenigen Sekunden aufgetaucht waren und unerschrocken angriffen. Trotz des rasenden Abwehrfeuers wurde die CREST unaufhörlich getroffen.

Neben Rhodan und Tolot feuerten die Raumsoldaten mit ihren Maschinenkarabinern. Jeder Treffer bedeutete einen Thermoflammer weniger, aber mit Verwunderung registrierte Rhodan, daß die Ungeheuer überlebten, wenn die Explosion direkt neben ihnen erfolgte. Das konnte nichts anderes bedeuten, als das sie eine starke natürliche Panzerung besaßen.

Er fuhr herum, als hinter ihm die Stimme des Mausbibers ertönte.

Gucky taumelte vor Erschöpfung. Seine Augen waren gerötet, und er verzichtete diesmal darauf, seinen Nagezahn zu zeigen. Seine Stimme klang gepreßt aus dem mechanischen Lautsprecher des Helms; vielleicht lag das auch nur daran, daß Rhodans Empfangsmembran von der feuchtheißen Luft Pigells in ihrer Funktion beeinträchtigt wurde.

„Perry!" drang es gurgelnd an Rhodans Ohr. „Du mußt uns helfen. Wir Teleporter allein schaffen es nicht mehr. Überall in der Station tauchen diese feuerspeienden Ungeheuer auf. Die Munition wird knapp."

„Was?" entfuhr es Rhodan entsetzt. „Wie kommen Thermoflammer in die Station? Wer hat da nicht aufgepaßt?"

„Thermoflammer?" fragte der Mausbiber begriffsstutzig. „Ach, du meinst die Springschlangen!" Er atmete schwer. „Niemand hat versagt, Perry. Die Biester kommen durch die Löcher, die die Polerpflanzen gebrochen haben."

Einen Herzschlag lang sagte Perry Rhodan nichts. Damit hatte er nicht gerechnet. Ihm wurde klar, daß unter diesen Umständen die drei Teleporter nicht genügend Munitionsnachschub liefern konnten.

„Hör zu!" sagte er scharf. „Wenn Atlan die Station nicht hält, sind die Männer dort verloren. Sie kommen nicht bis zur CREST durch. Ras, Tako und du, ihr müßt es ganz einfach schaffen. Im Notfall soll Atlan seine Leute in den oberen Sälen konzentrieren."

Gucky bestätigte und verschwand ohne Kommentar. Perry Rhodan wußte, die Teleporter würden das Letzte aus sich herausholen. Aber ob das genügen würde . . .?

Er duckte sich, als ein sonnenheller Strahl über seinen Kopf röhrte und hinter ihm die Stahlwand des Innenschotts zerbarst. Flüssige Glut spritzte umher. Einige der Raumsoldaten brachen zusammen und wälzten sich schreiend am Boden. Sie wurden von Kameraden ins Schiff transportiert. Irgendwo quietschte und kreischte der handbetriebene Notmechanismus eines Sicherheitsschotts.

Die Thermoflammer massierten ihr Feuer auf die offenen Schleusen. Außerdem mußten sie Verstärkung erhalten haben. Immer wieder brachen einige der Monstren durch das Sperrfeuer und brachten gezielte Treffer an.

Als ein ganzer Pulk Thermoflammer unterhalb des Schotts auftauchte, griffen die Soldaten zu den Handgranaten. Unter dem Krachen und Blitzen der Explosionen vergingen die Angreifer.

Und dann fauchte ein glutheißer Wirbelwind über das Plateau. Das war das Zeichen dafür, daß inzwischen sämtliche vorhandenen Maschinenkanonen montiert worden waren. Die Zündung der Raketenbrennladungen geschah nicht elektrisch, sondern sie wurden mittels Schlagbolzen und Zündhütchen zum Brennen gebracht.

Unter diesem konzentrierten Feuersturm wurden die Thermoflammer innerhalb von Sekunden vom Plateau gefegt. Danach verlagerte sich das Feuer zum Dschungelrand und schob einen immer breiter werdenden Streifen der Vernichtung vor sich her. Nicht ein einziger Schuß erreichte mehr die CREST. Die Thermoflammer waren über die Reichweite ihrer natürlichen Laserkanonen zurückgedrängt worden.

Perry Rhodan ließ seine Waffe sinken und lächelte erschöpft. Er war weit davon entfernt, Triumph zu empfinden.

Und er tat recht daran.

Wie recht, erwies sich einige Minuten später, als die CREST plötzlich unter heftigen Explosionen wie eine gigantische Glocke dröhnte.

Das Schiff wurde aus der Luft bombardiert.

Rhodan fand seine Ruhe jedoch schnell wieder, als ein Sergeant von den oberen Geschützständen hereingelaufen kam und meldete, die Bomben enthielten nur chemische Sprengladungen und könnten dem Schiff nicht gefährlich werden.

Die nächste Nachricht aber schien eine Katastrophe anzudeuten. Gucky kam zu Fuß in die Schleuse. Rhodan ahnte bereits bei diesem Anblick, daß er eine Hiobsbotschaft zu hören bekommen würde.

Seine Ahnung bestätigte sich.

Der Mausbiber teilte mit, daß alle Mutanten ausgefallen seien. Und zwar seit dem Beginn der Bombardierung ...

Er wachte durch ein fürchterliches Krachen auf, öffnete die Augen – und schloß sie geblendet wieder. An allen Seiten fuhren grelle Blitze vorüber und schlugen unter ihm ein.

Unter ihm ...?

Erst jetzt wurde Omar Hawk das Schaukeln gewahr. Er neigte den Kopf zur Seite und sah im Schein der Blitze tief unter sich das undurchdringliche Dach des Urwaldes. Gleichzeitig spürte er die Fesseln an seinen Gliedern. Er blickte nach oben. Drei, fünf, acht Flugmenschen schwebten dicht über ihm und zogen ihn in einem netzartigen Gewirr von Seilen mit.

Die Geschehnisse in dem Tankandorf fielen ihm wieder ein. Er fluchte unterdrückt vor sich hin, als er erkannte, wie tölpelhaft er sich benommen hatte. So etwas hätte ihm, dem mit allen Wassern gewaschenen Offizier der Solaren Abwehr, nicht passieren dürfen. Wahrscheinlich war die grausige Entdeckung im Dorf daran schuld, daß er sich wie ein Schlafwandler benommen hatte.

Er prüfte seine Fesseln: dünne Seile aus metalldurchflochtener Plastikglasfaser.

Das gab ihm seine gute Laune zurück. Ihn hätten höchstens Ketten aus Terkonitstahl halten können, niemals aber diese Plastikleinen. Ob die Flugmenschen nicht an seinem Gewicht gemerkt hatten, daß er eine besondere Konstitution besaß?

Nun, wie dem auch sei, sagte er sich, im Augenblick würde es wenig nützen, die Fesseln zu sprengen. Der Boden war zu weit entfernt.

Vielleicht sollte er sich sogar noch länger verstellen? Auf diese Weise bekäme er am raschesten einen Überblick über die Pläne und Mittel der Angreifer.

Bevor er einen Entschluß fassen konnte, fühlte er, wie er langsam nach unten sank. Das Gewitter ließ nach, und an der plötzlich herrschenden Dunkelheit erkannte Omar, daß es Nacht war. Von unten kam ein schwaches, rötliches Glühen; der Schlund eines Vulkans.

Wollte man ihn etwa dort hineinwerfen?

Aber der Flug ging über den Krater hinweg. Die aufsteigende Heißluft verlieh noch einmal zusätzlichen Auftrieb. Doch die Flugmenschen nutzten ihn nicht aus, sondern falteten ihre Flughäute teilweise zusammen, so daß es hinter dem Kraterrand ziemlich steil abwärts ging.

Eine Spalte klaffte mitten in erstarrter Lava. Dampf stieg heraus. Omar brauchte davor keine Angst zu haben, aber er wunderte sich, daß die Flugmenschen es wagten, ungeschützt durch heißen Dampf zu fliegen – bis er merkte, daß der Dampf überhaupt nicht heiß war.

Langsamer tauchten sie in die Spalte ein. Das Rumoren des Vulkans schien von allen Seiten zu kommen. Eine gespenstische Situation. Aber zugleich die vollkommenste Tarnung für einen Stützpunkt. Wer würde schon in einer dampfspeienden Spalte nach ihm suchen?

Hawk entdeckte die beiden Rauchentwickler, als sein Körper unsanft auf den Boden prallte. Über ihm rauschte bewegte Luft. Dann landeten die acht seltsamen Wesen.

Er betrachtete sie aufmerksam.

Über dunkelglühenden Augen wölbten sich braunrote Hornplatten, zogen sich über die Stirn und um die Mundpartie. Ansonsten glichen die Gesichter denen von Menschen. Eigenartig hob sich die schwarze Haut gegen das rötliche Horn ab, starr und maskenhaft wie bei grellgeschminkten Tempeltänzern. Die Gestalten waren etwa zwei Meter groß und einen Meter breit. Von den Krallenfüßen und den Händen breiteten sich dunkle ledrige Flughäute aus, die jetzt zusammengefaltet am Körper lagen.

Die Wesen hätten in ihrer fast absoluten Nacktheit primitive Ureinwohner Pigells sein können – wenn die Lendenschurze nicht aus hochwertigem Silikonplastik gewesen wären und an breiten Gurten keine eiförmigen Bomben und langläufige Schockwaffen gehangen hätten ...

Die Tragseile fielen zu Boden. Aus dem Hintergrund huschten lautlos zwei andere Flugwesen herbei und trugen sie weg.

Einer der acht Flieger trat an Omar heran, löste die Fußfesseln und knüpfte ein Seil an die hinter dem Rücken gefesselten Hände. Die anderen sieben zogen ihre Schockstrahler. Bei einem entdeckte Hawk seine eigene Waffe; der betreffende Flugmensch stand etwas krumm unter ihrem Gewicht.

Omar war auf eine ganze Menge gefaßt gewesen, seit die vier ersten Flugwesen über der See auftauchten. Aber nicht auf das, was jetzt geschah.

„Stehen Sie auf!" befahl einer der Anführer.

Es war nicht der Inhalt der Worte, der Omar überraschte, sondern die Sprache, in der sie gesagt wurden. Der Anführer hatte Tefroda gesprochen!

Wie betäubt erhob sich der Oxtorner.

Waren die Flugwesen eine Hilfstruppe der Tefroder? Glaubten sie, mit einem Tefroder zu sprechen? Was die Hautfarbe anbetraf, so konnte man Hawk für einen Tefroder halten, wenn man es nicht allzu genau nahm. Aber wenn sie ihn für einen Tefroder hielten und mit diesem Volk verbündet waren, warum nahmen sie ihn dann gefangen?

Omar beschloß, diese Fragen vorläufig für sich zu behalten, solange jedenfalls bis er genau wußte, was gespielt wurde. Das war ein alter Geheimdienstgrundsatz: nicht reden, wenn man die Lage noch nicht überschaute.

Er gehorchte schweigend.

Der Anführer wandte sich um und schritt in einen Gang hinein, der vorhin noch nicht dagewesen war. Wahrscheinlich hatte sich eine getarnte Tür geöffnet. Zwei der Lederhäutigen schlossen sich dem Anführer an, die anderen blieben hinter dem Gefangenen. Ein Ruck am Seil sagte Omar, was man von ihm erwartete. Er ging hinter der Spitzengruppe her.

Nach wenigen Minuten erweiterte sich der Gang zu einem breiten Tunnel. Zur Linken befand sich ein Geländer. Omar warf einen Blick darüber und entdeckte einige Meter tiefer drei nebeneinanderliegende, große Stahlrohre, in denen anscheinend hochgespannter Dampf tobte. Von vorn kamen dröhnende Geräusche. Omar pfiff leise durch die Zähne. Die Flugwesen bezogen ihre Energie offenbar von einem Turbinenkraftwerk, das mit Dampf beschickt wurde, den man mittels der Wärme des Vulkans erzeugte.

Das wunderte den Oxtorner, denn es bewies, daß die Fremden keine Atomenergie kannten oder zumindest keine entsprechenden technischen Mittel besaßen, um diese Art von Energie zu erzeugen.

Und diese Wesen sollten die CREST angegriffen haben?

Die nächste Überraschung erwartete ihn, als seine Wächter in einen quadratischen Raum einbogen und sich an die Wände drängten, während er in die Mitte gestoßen wurde. Sekunden darauf senkte sich der Boden. Hinter den Wänden rasselte und kreischte es.

Ein Seilaufzug!

Im nächsten Augenblick sagte sich Omar, daß er nichts anderes hätte erwarten dürfen bei Leuten, die Dampf zur Energiegewinnung benutzten. Antigravlifts brauchten mehr Energie, als ein Dutzend Dampfkraftwerke erzeugen konnten. Er war so etwas nur nicht mehr gewohnt gewesen, da sich auf den wenigsten Welten des Imperiums noch jemand Gedanken über die titanischen Energiemengen machte, die Millionen und aber Millionen von Lifts benötigten.

Nach einigen Minuten hielt der Aufzug an.

Seine Bewacher führten Hawk durch einen weiteren Korridor. Dabei kam er an einer offenen Tür vorbei und konnte einen flüchtigen Blick hineinwerfen.

Er staunte über die Fülle von fremdartigen Kontroll- und Schaltaggregaten, die sich an den Wänden hinzogen. Etwa zwanzig Fledermauswesen saßen in Sesseln davor – und auf einem der Bildschirme glaubte Omar ein Raumschiff zu erkennen.

Ob es die CREST war . . .?

Aber er wollte sich nicht verdächtig machen, indem er stehenblieb. Er ging weiter, während er sich den Kopf über die offensichtliche Diskrepanz zerbrach, die zwischen dem Dampfkraftwerk und jenem technisch vollendeten Schaltraum bestand.

Plötzlich ertönte ein scharfer Befehl. Seine Wächter hielten an. Der Anführer riß eine Stahltür auf. Man schob Omar hinein. Er wehrte sich nicht, obwohl ihm das leichtgefallen wäre, sondern tat so, als brächte ihn der Stoß aus dem Gleichgewicht.

Hinter ihm krachte die Tür zu. Omar zuckte zusammen, als aus dem Halbdunkel vor ihm eine vertraute Stimme ertönte.

„Hallo, Hawk! So schnell wollten wir uns eigentlich nicht wiedersehen, nicht wahr?"

Es war Baar Lun, und er war allein.

Omar Hawk fühlte plötzlich einen Klumpen in seiner Kehle.

Was war mit Sherlock . . .?

„Es tut mir leid", sagte Lun, „aber sie wollten ihn umbringen, und da er sich nicht wehren durfte, befahl ich ihm die Flucht."

Oberleutnant Hawk riß die Augen weit auf.

„Wie . . .? Sie befahlen . . . und er gehorchte Ihnen?"

Nun war die Reihe zu staunen an dem Modul.

„Ja, warum denn nicht, Hawk? Sie hatten ihn doch praktisch meinem Kommando unterstellt."

Omar lächelte humorlos.

„Eben nicht. Das hätte überhaupt keinen Sinn gehabt, Lun. Sherlock hat noch nie einem anderen gehorcht als nur allein mir. Deshalb versuchte ich auch gar nicht erst, ihm einen entsprechenden Befehl zu erteilen. Er bekam Anweisungen, Sie bei Gefahr zu warnen und nur dann zu kämpfen, wenn auch Sie kämpfen. Das war alles. Wie haben Sie es nur angestellt, daß er Ihnen gehorchte?"

Baar Lun hob ratlos die Schultern.

„Vielleicht meinen Sie, ich hätte einen Trick angewandt oder besäße besondere Erfahrungen im Umgang mit Tieren. Aber keines von beiden trifft zu. Ich habe ihm wörtlich befohlen, ‚Lauf weg!', das ist alles."

Hawk schüttelte verständnislos den Kopf.

„Wissen Sie, Lun: Ich habe einigen Tierpsychologen des Spezialpatrouillenkorps vor vielen Jahren einmal gestattet, Sherlock zu testen. Diese Leute kannten sich wirklich in allen nur denkbaren Tricks aus und waren darauf geeicht, unbekannte Tiere mit besonderen Fähigkeiten zu zähmen – aber nie gelang es einem von ihnen, Sherlock auch zur Befolgung des einfachsten Befehls zu bringen, selbst dann nicht, wenn ich dabei war. Und Sie sagen einfach nur ‚Lauf weg', und schon gehorcht er. Das verstehe, wer will."

Lun runzelte die Stirn.

„Wollen Sie damit etwa andeuten, ich hätte Sie belogen?!"

Omar lachte beruhigend. Er kannte die Überempfindlichkeit des Moduls. Lun hatte ein ausgeprägtes Ehrgefühl – und sagte auch offen, wenn ihm etwas nicht gefiel.

„Nein, Lun, das liegt mir völlig fern. Ich traue Ihnen überhaupt keine Lüge zu. Dennoch bitte ich Sie, sich die Situation noch einmal genau vorzustellen. Ich habe bei Verhören oft genug erlebt, daß jemand unbewußt etwas ausließ, was er für unwesentlich hielt, was aber die größte Bedeutung besaß. Denken Sie bitte nach, Lun. Haben Sie irgendeine Handbewegung gemacht, Sherlock besonders angesehen oder sonst etwas? Ich müßte im anderen Fall nämlich daran zweifeln, daß ich das Tier wirklich kenne, was ich bis jetzt felsenfest glaubte."

Der Modul runzelte unwillig die Stirn.

„Ich habe zufällig ein ausgezeichnetes Gedächtnis, Hawk. Wenn ich Ihnen sage, daß ich . . ."

Er unterbrach sich und schluckte heftig.

„Halt! Ich habe tatsächlich etwas verschwiegen. Aber das kann niemals ausschlaggebend sein. Im Gegenteil, es hätte höchstens Sherlocks Ungehorsam erklären können, denn er hat sicher noch keinen Befehl auf Maaduuna erhalten."

Omars Lippen zuckten.

„Maaduuna . . .? Aber – ist das nicht die alte Sprache Ihres Volkes . . .?"

„Stimmt. Und Sherlock kann sie natürlich nicht kennen. Darum denke . . ."

„Denken Sie nicht weiter!" unterbrach ihn Hawk. „Jedenfalls nicht in dieser Richtung. Selbstverständlich hat Sherlock noch niemals Maaduuna gehört. Hm . . .! Aber woher will ich das eigentlich wissen? Ich begegnete Sherlock, als er bereits erwachsen war. Und doch . . ."

Er schüttelte den Kopf.

Abrupt wechselte er das Thema.

„Haben die Ikas Sie schon untersucht, Lun?"

„Meinen Sie: medizinisch . . .?"

„Natürlich, was sonst?"

„Nein."

„Vielleicht ist das schade. Ich würde gern ihre Gesichter sehen, wenn sie Ihr Herz vergeblich suchen. Dann können sie uns nämlich nicht mehr für Tefroder halten."

„Sie nennen die Fledermauswesen ‚Ikas', Hawk?" fragte Baar Lun überrascht.

Omar lächelte.

„Ableitung von Ikarus, einem Helden der terranischen Sage, der mit selbstgebauten Flügeln übers Meer flog. Was fangen wir mit den Ikas an?"

Der Modul lachte spöttisch.

„Es müßte ja wohl heißen: Was fangen die Ikas mit uns an?"

„Nein, nein! Sie haben schon richtig verstanden!"

Omar streckte seine gebundenen Hände aus.

„Es kostet mich nur wenig Anstrengung, diese lächerlichen Fäden zu zerreißen. Die Tür ist auch nicht stabil genug für mich. Aber darum geht es mir gar nicht. Ich möchte erst genau wissen, was überhaupt gespielt wird, bevor ich etwas zu unternehmen gedenke."

Lun horchte aufmerksam.

„Das werden Sie wahrscheinlich bald erfahren, Hawk. Draußen nähern sich Schritte."

Omar hörte es jetzt auch. Kurz darauf wurde die Tür aufgerissen. Die Mündungen mehrere Schockwaffen zeigten auf die beiden Männer.

„Mitkommen!" schnarrte eine Stimme auf Tefroda.

Draußen wurden sie von mindestens fünfzig Wachen eskortiert. Schweigend ging es durch mehrere Korridore, einen Lift hinab und schließlich in einen kleinen, kuppelförmigen Raum, der stark an eine Mischung aus physikalischem, biochemischem und radiologischem Labor erinnerte.

Zehn Wächter traten hinter ihnen ein. Die anderen blieben vor dem Eingang stehen. Vier Ikas, in lange, rote Mäntel gehüllt und mit roten Kappen auf den kahlen Schädeln, erwarteten sie bereits. Es waren die ersten Flugmenschen, die die beiden Männer vollständig bekleidet sahen.

Baar Lun blickte sich ruhig um. Er schien nichts Verdächtiges zu finden. Anders Omar Hawk. Als Geheimdienstoffizier kannte er zahlreiche Typen von Verhörmaschinen, so daß er eine Vorstellung vom Konstruktionsprinzip besaß.

Und eine der vielen Maschinen in dem Raum diente zweifellos der Befragung von Gefangenen.

Während Omar noch überlegte, ob sie Chancen besaßen, durch

bewußte Gedankenblockierung das Verhörergebnis nach ihren eigenen Vorstellungen zu beeinflussen, entdeckte er die charakteristischen Formen eines Permeabolators an der zurückgefahrenen Schädelhaube des Geräts.

Da wußte er, daß sie weder ihr Bewußtsein noch ihr Unterbewußtsein gegen die Befragung sperren konnten.

Ein Permeabolator war etwas, das sich mit rekflektierbaren Strömen in jede einzelne Gehirnzelle des Opfers tastete und alles, was dieses in seinem Leben irgendwann – auch unbewußt – aufgenommen hatte, auf chemisch präparierten Bändern getreulich speicherte.

Aber damit erschöpfte sich die Wirkung noch nicht.

Wer eine Befragung mit dem Permeabolator durchmachte, dessen Gehirn war hinterher praktisch nur noch eine nutzlose Zellballung, kaum noch in der Lage, die animalischen Körperfunktionen zu steuern. Allgemeinverständlich ausgedrückt: Das Opfer besaß nach der „Behandlung" nicht mehr Denkvermögen als ein Regenwurm.

Omar Hawk wurde aus seinen Gedanken gerissen, als ihm ein Bewacher den Lauf seiner Waffe in den Rücken stieß.

„Legen Sie sich dorthin!" bedeutete ihm einer der Rotgekleideten.

Steif wie ein Automat setzte sich Hawk in Bewegung...

Unmittelbar neben dem Gerät blieb er stehen. Sofort richtete einer der Bewacher seinen Schocker auf ihn.

Omar lächelte innerlich. Falls tatsächlich nur dieser eine Ika auf ihn schießen sollte, würden die anderen eine Überraschung erleben. Er hatte unterwegs zum Verhörraum Zeit genug gehabt, sich die Waffen der Flugmenschen anzusehen. Es waren nicht die hochwertigen terranischen Strahler mit atomaren Energiezellen, sondern ganz gewöhnliche Abstrahlgeräte mit Kompaktbatterien, die an Kraftstromsteckdosen aufgeladen wurden. Einen Schuß daraus würde er ohne negative Wirkung vertragen können, auch zwei. Selbst ein terranischer Paralysator hätte ihm nur dann etwas ausgemacht, wenn der Schütze auf Maximalstellung mit Dauerfeuer arbeitete. Das war für ihn zugleich ein Beweis dafür, daß man im

Tankandorf mit mindestens drei oder mehr Waffen zugleich auf ihn geschossen hatte.

„Ich denke, es ist an der Zeit, ein bedauerliches Mißverständnis aufzuklären“, sagte er auf Tefroda. „Sie halten mich für einen Feind, nicht wahr?“

Der rotgekleidete Ika trat einen Schritt näher an ihn heran.

„Das sind Sie auch. Leute Ihrer Art tragen Schuld daran, daß wir auf dieser Welt dahinvegetieren und unsere richtige Gestalt aufgeben mußten.“

„Sie irren sich“, erwiderte Hawk. „Ich habe die Vermutung, daß alles auf einer Verwechslung beruht. Lassen Sie mich bitte erklären ...“

„Schluß!“ rief einer der Bewacher. „Sie können unter der ‚Haube‘ alles viel genauer erklären. Und dann wissen wir wenigstens, was Wahrheit und was Lüge ist.“

Ja, und ich bin dann ein lallender Idiot! dachte Omar verbittert.

Äußerlich gab er sich so ruhig, als kenne er die Folgen des Perm-Verhörs nicht. Gelassen tat er den letzten Schritt auf die Verhörmaschine zu, beugte sich nach vorn, als wolle er sich setzen – und riß mit einem einzigen Ruck seine Fesseln entzwei.

Die elektrische Energie des Schockstrahls ließ einige Sicherungen des Permeabolators herausfliegen. Omar Hawk befand sich längst nicht mehr dort. Er war gesprungen – und seine Sprungweite gab ihm einen gewaltigen Vorteil.

Der Schütze brach zusammen, als Omars Hand ihn streifte. Mehrere andere Schüsse hallten durch den Raum. Doch da befand sich Omar bereits im Besitz seiner eigenen Waffe.

In das Bellen der Ika-Waffen mischte sich das dumpfe, dröhnende Bersten von Omars auf Paralyse geschaltetem Kombistrahler. Innerhalb weniger Sekunden war keiner der zehn Bewacher und der Rotgekleideten mehr bei Bewußtsein.

Doch der Kampflärm war unüberhörbar gewesen. Omar Hawk fand nicht mehr genügend Zeit, sich zur Tür zu wenden, bevor die draußen wartenden Wächter hereinkamen.

Als er aufsah, blickte er in die drohende Mündung eines Maschinenkarabiners. Er knirschte mit den Zähnen vor ohnmächtigem Zorn. Doch dann brach der Ika, der den Karabiner hielt, plötzlich stocksteif zusammen.

„Vielen Dank, Lun", sagte Hawk. Er hob seine eigene Waffe wieder und fegte den Eingang frei.

Während einer Kampfpause sprang er zu dem Modul und zerriß dessen Fesseln. Baar Lun hielt bereits einen erbeuteten Schocker in der Hand. Sofort sprang er auf und folgte dem Oxtorner, der wieder zur Tür eilte und die Verstärkung unter Feuer nahm.

„Wir müssen hier heraus!" rief er keuchend. „Ewig können wir uns nicht halten."

„Weiß ich selbst!" knurrte Omar. „Aber nicht, ohne dieses teuflische Gerät ein für allemal unbrauchbar zu machen."

Er drehte sich um und gab einen Impulsschuß auf den Permeabolator ab. Die Verhörmaschine zerschmolz zu einem unansehnlichen Klumpen dampfenden Metalls.

Draußen auf dem Flur polterten viele Füße über den harten Belag. Eine Maschinenkanone begann zu belfern. Omar riß den Modul an sich und zog ihn in den Verhörraum zurück. Der Korridor war eine einzige Hölle. Die Explosionen erschütterten die Wände, und die glühenden Splitter zirpten gefährlich umher.

„Verdammt!" entfuhr es dem Oxtorner. „Sie haben vierzig ihrer bewußtlosen Leute einfach umgebracht. Ich hätte nicht übel Lust, ihnen einzuheizen."

„Aber Sie werden es nicht tun!" sagte Baar Lun bestimmt. „Das sind nicht unsere Feinde, und wir müssen vor allem zusehen, daß wir sie davon überzeugen. Andernfalls ist die CREST verloren."

Er hatte kaum zu Ende gesprochen, als die Wand zur Rechten barst. Gleichzeitig blitzte es grell auf. Der Donner der Explosion vermischte sich mit dem Poltern großer Trümmerstücke.

„Es hilft alles nichts!" sagte Omar ruhig und schoß auf das Loch in der Wand. Der Lauf der Kanone, der sich soeben hindurchschob, verschwand ebenso wie die dahinterstehenden Ikas in einer blauweißen Glutwolke.

Der Oxtorner bedauerte innerlich, daß es soweit hatte kommen müssen. Aber zugleich wußte er aus Erfahrung, daß weiteres Zaudern die Zahl der Opfer nur unnötig vermehren würde.

Er sprang auf den Gang hinaus und zerschoß die dort aufgestellte Maschinenkanone. Der ungeheuren Energieentfaltung seiner überschweren Waffe hatten die Ikas nichts entgegenzusetzen. Sie flohen.

Omar zog den Modul hinter sich her und rannte, um den Fliehenden auf den Fersen zu bleiben. Er schoß nur noch gegen die Gangdecke. Das genügte völlig, um die Ikas an dem Aufbau einer festen Stellung zu hindern.

Sie getrauten sich nicht einmal umzusehen, sondern liefen davon, wobei sie zeitweise mit den Flughäuten flatterten, um das Gleichgewicht nicht zu verlieren. Fliegen konnten sie allerdings nicht, dazu war der Korridor zu schmal.

Baar Lun hatte Mühe, Hawk zu folgen. Er keuchte atemlos, obwohl seine Konstitution durch ständiges Training den Maximalstand hielt. Aber mit einem Oxtorner vermochte er doch nicht Schritt zu halten.

Hawk fluchte ärgerlich, als sich Lun plötzlich gegen seinen ziehenden Arm stemmte.

„Halt!“ keuchte der Modul. „Das ist der falsche Weg, Hawk!“

„Wieso?“ fragte Omar verblüfft.

„Ich bin auf einem anderen Weg hereingekommen.“

Der Oxtorner sah sich aufmerksam um.

„Ich auch“, erwiderte er. „Aber das ist nun gleichgültig. Irgendwie kommen wir schon an die Oberfläche. Im Augenblick dürfen wir vordringlich nicht den Kontakt zu den Fliehenden verlieren, sonst bauen sie uns nur eine Falle auf.“

Sie setzten ihren Lauf fort. Omar trug den Modul halb, aber er erreichte die fliehenden Ikas trotzdem nicht mehr. Ohne zu zögern, lief er möglichst die gradlinig verlaufenden Gänge dahin, zerschoß zuschnappende Schotts, während er die offenen Türen unbeachtet ließ.

Plötzlich stockte sein Fuß.

Er wandte sich um und ließ Lun zu Boden sinken.

„Was ist los?“ fragte der Modul. „Warum bleiben Sie stehen, Hawk?“

Omar lächelte resignierend.

„Haben Sie nicht bemerkt, daß die Wände vor uns zurückweichen, in welche Richtung wir auch immer laufen?“

Baar Lun sah sich um.

Sie befanden sich in einer Halle von etwa dreißig Metern Durchmesser.

Er entsann sich, daß sie bereits vor einigen Minuten hier eingedrungen waren. Sie hätten längst wieder draußen sein müssen.

„Es ist eine Psychofalle", erklärte Omar niedergeschlagen. „Falls Sie nicht zufällig an Wunder glauben, richten Sie sich darauf ein, hier Ihre letzten Stunden zu verbringen."

Perry Rhodan und Gucky waren völlig außer Atem, als sie die obere Polkuppel erreichten. Die CREST III war nicht für Fußgänger konstruiert. Die Beweglichkeit ihrer Besatzung hing weitgehend vom reibungslosen Funktionieren der Laufbänder, Rohrbahnverbindungen und Antigravschächte ab. Da alles ausgefallen war, blieben nur noch die Nottreppen, und es ist nicht jedermanns Sache, fast zweieinhalbtausend Meter hoch auf schmalen Treppen zu steigen.

Rhodan hatte den Mausbiber die letzten fünfhundert Meter tragen müssen. Er lehnte sich keuchend und mit blaurot angelaufenem Gesicht gegen die Wand und wartete, daß das Rauschen in seinen Ohren verstummte.

Ein Sanitäter trat aus dem Schott, das zur Astronomischen Station führte. Er stutzte, als er Perry Rhodan entdeckte, und kam schnell auf ihn zu.

„Soll ich Sie ins Hospital bringen lassen, Sir?" fragte er besorgt, während seine Hand nach dem Puls Rhodans fühlte.

Perry winkte ab.

„Lassen Sie nur. Es geht schon wieder!"

Mühsam stemmte er sich von der Wand ab, taumelte und wäre gefallen, hätte ihn der Sanitäter nicht aufgefangen.

„Ich weiß, ich kann Ihnen nicht befehlen, sich ins Bett zu legen", sagte der Mann vorwurfsvoll. „Aber entweder nehmen Sie jetzt ein Arastimulans, oder ich bringe Sie mit Gewalt zum Hospital!"

Rhodan versuchte, das Hämmern in den Schläfen zu ignorieren. Mit maskenhaft starrem Lächeln nickte er.

„Geben Sie das Teufelszeug schon her. Ich denke, jetzt muß ich es einmal nehmen. Geben Sie Gucky auch etwas davon; er ist noch schlimmer dran als ich."

Der Sanitäter grinste befriedigt.

Er brachte die Injektionspflaster geschickt und schnell in Rhodans und Guckys Nacken an. Dann trat er zurück.

„Es hält zwölf Stunden an, Sir. Danach müssen Sie sich mindestens ebensolange ausruhen!"

„Vielen Dank!" erwiderte Rhodan. Er fühlte sich bereits kräftiger.

Als der Sanitäter verschwunden war, nahm er Guckys Hand. Sie betraten die halbkugelförmige Halle der Astronomischen Station.

Hier funktionierten selbstverständlich die Bildschirme auch nicht mehr. Doch genau wie in den Geschützständen, gab es auch in der Astro bewegliche Panzerplatten mit Spezialglas in der Mitte. Sobald die äußere und die innere Platte zur Seite gefahren waren, konnte man durch die Scheibe unmittelbar nach draußen sehen. Und von hier oben hatte man einen relativ guten Überblick, vorausgesetzt, es regnete nicht gerade, und der Nebel war verschwunden.

Immerhin gab es ein gutes Nachtteleskop, was die ausgefallenen Scheinwerfer wenigstens teilweise ersetzte.

Perry Rhodan ließ sich in der Bedienung einweisen und setzte sich hinter das schwenkbare Rohr.

„Wo haben Sie die Leuchterscheinung beobachtet?" fragte er den Chefastronomen.

Nach den Koordinatenangaben richtete er das Rohr ein.

Dann sah er es selbst.

Über dem südlichen Horizont des Planeten stieg eine gigantische Energieflut in den Nachthimmel. Ultrahelle Blitze zuckten bis zum Weltraum empor und verloren sich in einer düsterrot glühenden Wolke.

Rhodan überlegte. Er hörte nicht einmal den Haluter eintreten, so sehr war er in Gedanken versunken.

Die Kraftwerke der CREST liefen auf seinen Befehl hin seit einer halben Stunde mit maximaler Leistung. Sie arbeiteten einwandfrei, davon hatte er sich überzeugen können. Doch zur allgemeinen Verblüffung waren die Kraftwerke nur in der Lage, den Antrieb mit Energie zu versorgen. Sobald man die erzeugte Energie in Nebenanlagen – wie Antigravs und Laufbänder – umleitete, versiegte sie, ehe sie diese Nebenanlagen erreichte. Cart Rudo brachte, wie schon beim ersten Versuch dieser Art, das Ultraschlachtschiff jedoch keinen Zentimeter vom Boden. Die Beobachter hatten gemeldet, die Triebwerksimpulse würden nur als verwaschene Lichtflut den Boden erreichen und ohne sichtbare Wirkung in ihm verschwinden.

Er wandte sich wieder dem Astronomen zu.

„Haben Sie die Intensität der Erscheinung vor und nach dem Versuch genau angemessen?"

„Jawohl, Sir."
„Nennen Sie mir die Werte!"
Als er die Zahlen vernahm, zuckte Perry zusammen.
Icho Tolot nahm ihm das Wort aus dem Mund.
„Die Zunahme der Abstrahlung entspricht genau der Energieabgabe der Kraftwerke, nicht wahr?"
Mit blassem Gesicht drehte sich Rhodan um.
„Genau, und das ist sozusagen das Ende. Wir können uns entscheiden zwischen zwei Möglichkeiten: Entweder lassen wir die Kraftwerke laufen, bis der atomare Brennstoff verbraucht ist, oder wir schalten ab und warten darauf, daß die Angreifer die Geduld verlieren."
„Es gibt noch eine dritte Möglichkeit, Chef!" piepste Gucky dazwischen.
Perry Rhodan blickte den Mausbiber verblüfft an. Eine steile Falte bildete sich über seiner Nasenwurzel.
„Wenn du etwa einen schlechten Scherz ..."
„Aber, Perry!" protestierte Gucky. „In dieser Situation erlaube ich mir doch keine Scherze!"
„Schon gut, Kleiner. Fasse dich bitte kurz!"
„Warum fliegen wir nicht mit dem Aerogleiter zu den Energieableitern? Meiner Meinung nach liegt dort das Hauptquartier jener Banditen, die uns den Strom gesperrt haben."
Rhodan hatte Bedenken.
„Wir könnten es natürlich tun. Die Spezialdiesel des Luftschiffs benötigen keinen elektrischen Strom. Aber was versprichst du dir davon? Unsere Katalysebomben würden versagen, und mit chemischen Sprengstoffen eine sicherlich gut verteidigte Festung angreifen ...?"
Er verstummte, als John Marshall hereintaumelte. Der Telepath war ebenfalls am Ende seiner physischen Kraft, genau wie Perry Rhodan einige Minuten zuvor. Aber in seinen Augen brannte ein seltsames Feuer.
Zusammen mit einem anderen Mann bettete er Marshall in einen zurückgeklappten Kontursitz. Dann schickte er nach dem Sanitäter.
Der Telepath war schweißüberströmt. Zitternd bewegten sich die Lippen in dem hochroten Gesicht. Rhodan beugte sich darüber.
„Habe Gedankenimpuls ... aufgefangen." John Marshall rang

nach Luft. „Flugwesen ... Irrtum. Wollen ... Zeit ... Zeitstation vernichten."

Der Sanitäter zog Perry Rhodan unsanft weg und beugte sich über den Telepathen. Mit geübtem Griff klebte er ihm ein Injektionspflaster auf den Nacken. Dann verschwand er wieder, ließ aber eine Packung mit Arastimulans zurück.

Marshalls Gesicht gewann innerhalb einer halben Minute seine normale Farbe zurück. Er lächelte und setzte sich auf.

„Was wollen Sie mir mitteilen, John?" fragte Rhodan.

Der Telepath trocknete sich die schweißnasse Stirn ab.

„Den Flugwesen unterläuft ein gräßlicher Irrtum! Ich habe einige unklare Gedankenimpulse von ihnen aufgefangen. Daraus geht hervor, daß sie die Zeitstation der Meister der Insel vernichten wollen. Sie halten uns für die tefrodische Besatzung!"

Einige Sekunden lang herrschte Schweigen. Icho Tolot brach es zuerst.

„Das ist unbedingt logisch", erklärte er. „Wir haben uns fünfhundert Jahre in die Zukunft versetzen lassen, wodurch die Angreifer durchaus über unsere wahre Identität getäuscht werden konnten. Offenbar planten sie schon seit langem die Vernichtung der Station, aus welchen Gründen auch immer. Nach den Auswertungen der Positronik stehen diese Wesen in indirekter Beziehung zu den Meistern der Insel. Wie es scheint, ist diese Beziehung derzeit auf Haß gegen die Tefroder der Zeitstation konzentriert. Jedenfalls hatten wir das Pech, ausgerechnet zum entscheidenden Zeitpunkt hier aufzutauchen."

„Aber dann ist doch alles gut!" rief Gucky. „Wir brauchen den Flugwesen nur zu sagen, wer wir wirklich sind. Wenn sie die Meister hassen, sind sie logischerweise unsere Verbündeten."

Perry Rhodan lächelte ironisch.

„Du vergißt nur eines, Kleiner: Wir haben keine Möglichkeit, uns mit den Flugwesen in Verbindung zu setzen. Unsere Funkgeräte sind ausgefallen, ebenso unsere Außenlautsprecher. Und es sieht ganz so aus, als würde unsere Lage von Minute zu Minute unhaltbarer. Der Nebel, der Regen und der Sturm behindern die Geschützbesatzungen. Den Thermoflammern, den Netzern und den Polern macht dagegen das Wetter nichts aus. Und ich wage gar nicht daran zu denken, wie es Atlan in der Station geht. Er bekommt keinen Nachschub mehr."

Er fuhr sich über das unrasierte Kinn. Dann wurde sein Blick hart.

„Nein, wir müssen trotz allem mit dem Aerogleiter aufbrechen. Vielleicht ist draußen eine Verbindungsaufnahme mit den Fliegern möglich. Wenn nicht, setzen wir unsere chemischen Raketenbomben gegen die Abstrahlstation ein."

Icho Tolot stimmte zu. Aber er hatte noch etwas vorzubringen.

„Ich möchte in die Station gehen", sagte er. „Vielleicht kann ich Atlans Leuten helfen. Zumindest aber sollen sie durch mich erfahren, daß etwas getan wird, um die Lage zu ändern."

„Meinen Sie, durch die Front der Thermoflammer kämen Sie durch?" fragte Marshall. „Auch Sie können Ihren Körper nicht härter machen als Terkonitstahl, und der hält bekanntlich den Laserstrahlen der Schlangenmonstren nicht stand."

Tolot winkte ab.

„Aber ich kann schneller laufen als bloßer Stahl!" Er lachte dröhnend und verschwand.

Perry Rhodan und John Marshall blickten dem Giganten nach.

„Hoffentlich sehen wir ihn wieder", meinte Marshall.

„Fertig!" schrie der Chefingenieur.

Metall klirrte auf Metall. Ein Zischen ertönte, steigerte sich zu schrillem Heulen. Das gefleckte Monstrum auf dem Boden der großen Halle, das eben noch wie ein verschmutzter Teppich immenser Größe ausgesehen hatte, bewegte sich plötzlich, schwoll an und ließ allmählich gewisse Formen erkennen.

Perry Rhodan überblickte im ungewissen Schein der Gasnotlampen seine Truppe von dreißig Mann, die ihn auf dem Weg zum Äquator begleiten sollte.

Einer der Männer stach kraß von den anderen ab. Aber er hatte es sich nicht nehmen lassen, in einer Reihe mit ihnen zusammen Aufstellung zu nehmen. Es war Lemy Danger, der Spezialagent der USO und Freund von Melbar Kasom, der neben dem kleinen Siganesen stand und aufpaßte, daß nicht ein zufällig Vorbeikommender den fähigen Agenten zertrat.

Rhodan lächelte dem Siganesen zu und blickte danach wieder zu dem Aerogleiter, der langsam Gestalt annahm. Immer noch heulte und jaulte das Helium aus den drei Terkonitbehältern, in denen es bei einem Druck von 9200 atü aufbewahrt worden war.

Einige Dutzend Mechaniker arbeiteten hektisch an den Leichtstahlstreben, mit denen die beiden Gliederrümpfe verbunden wurden. Jeder Rumpf war zweihundert Meter lang und durchmaß fünfzig Meter. Ohne die Tarnfarbflecken hätten sie sicher wie zwei Riesenzigarren gewirkt.

Als die Rumpfzellen voll aufgeblasen waren, hatten die Mechaniker auch die Leichtstahlverstrebungen angebracht. Die Haltemannschaften gaben etwas Seil von den schweren Rollen ab. Langsam stieg das Gebilde empor. Zweihundert Mann schoben auf Kunststoffschienen die fünfunddreißig Meter lange, tropfenförmige Gondel empor. Die Anschlüsse wurden hergestellt. Auf Karren schoben Spezialisten die langen Raketenbomben herein und verstauten sie in den hydromechanisch funktionierenden Abschußkammern.

Nichts in dem Aerogleiter war auf den Fluß von elektrischem Strom angewiesen. Erfahrungen hatten Perry Rhodan gewitzt gemacht. Immer wieder war es vorgekommen, daß überlegene oder gleichwertige Gegner durch irgendwelche Mittel die Energie der CREST anzapften. Seit dem ersten Zwischenfall dieser Art hatte man sich noch besser vorbereitet. Zu diesen Vorbereitungen gehörte auch das Luftschiff.

„Der Flug auf dem Feuerwerkskörper oder die Rückkehr zum terranischen Mittelalter“, spöttelte John Marshall.

Rhodan lächelte.

„Wahrscheinlich spielen Sie auf die zeppelinartigen Leitwerke der Rümpfe an, John. Aber bedenken Sie dabei bitte auch, daß der alte Graf keine Panzerplastfolien kannte und zudem nicht den hochwertigen Dieseltreibstoff besaß, wie wir ihn haben. Er wäre mit einem Schiff dieser Größenordnung bestenfalls tausend Kilometer weit gekommen. Wir können es dagegen auf rund 46 500 Kilometer bringen. Das ist ein gewisser Unterschied.“

Der Chef des Mutantenkorps nickte und sah interessiert zu, wie die vier Motorengondeln montiert wurden. Die Maschinen wirkten plump mit ihrem klobigen Gehäuse und den Vierblattschrauben. Was danach geschah, rief sogar einen Eindruck von Vorsintflutlichkeit hervor. Techniker entfachten in den Glühköpfen der einzelnen Zylinder jeweils eine Gasflamme, welche die Vorglühtemperatur herstellen sollte.

Marshall seufzte.

„Dafür mußte Zeppelin sich auch nicht mit Polern, Netzern, Thermoflammern und Flugmenschen herumschlagen. Die Gewitter werden uns zu schaffen machen. Und ob die vier Motoren uns aus einem Tornado herausreißen können, möchte ich bezweifeln."

„Immerhin entwickelt jeder Motor 3200 PS, mein Lieber. Im Notfall müssen wir eben über die Unwetterzone hinwegfliegen."

„Und im allerschlimmsten Fall springen wir mit dem Fallschirm ab, oder?"

„Na, na!" machte Rhodan und drohte scherzhaft mit dem Finger. „So pessimistisch kenne ich Sie noch gar nicht, John." Er lachte. „Natürlich nehmen wir Fallschirme mit, aber ich persönlich würde es vorziehen, im Luftschiff zu sterben, anstatt im Schlamm-Meer zu ersticken oder vom Sturm zu Tode geschleift zu werden."

Er räusperte sich.

„Aber ... zum Donnerwetter! Warum denken wir dauernd an die Schwierigkeiten? Ich bin der Meinung, wir schaffen es, wenn wir nur an den Erfolg glauben!"

John Marshall erwiderte nichts darauf. Er lächelte zufrieden vor sich hin. Seine pessimistischen Bemerkungen waren nicht ohne Grund erfolgt. Er hatte Rhodans Niedergeschlagenheit gespürt – und die beste Medizin in solchen Fällen war immer, durch Überbetonung der Schwierigkeiten Perrys Widerspruch hervorzurufen.

„Hooh, Ruck!" tönte es vom Gleiter herüber. „Hooh, Ruck!"

Marshall wandte sich um und sah eine Gruppe von sechs Mann, die an einer riesenhaften Kurbel hingen und versuchten, das Monstrum herumzuwuchten. Er lief hinzu und griff mit an. Ein schweißüberströmtes Gesicht grinste ihm entgegen.

Wieder das Kommando:

„Hooh, Ruck!"

Diesmal klappte es.

Die Kurbel trieb einen Schwungkraft-Anlasser an, der aus rotierenden Stahlscheiben und einem Untersetzungsgetriebe bestand. Durch das Untersetzungsgetriebe sollten die Stahlscheiben auf etwa fünfzehntausend Touren gebracht werden.

Nachdem Marshall in Schweiß gebadet war, glaubte er nicht mehr daran, daß sie mit ihren mühsamen Drehungen jemals die benötigte kinetische Energie erzeugen würden.

Doch da gab es einen schmerzhaften Ruck. Die sechs Männer feuerten sich gegenseitig durch Zurufe und Flüche an. Noch ein Ruck.

Ohrenbetäubendes Knattern und Dröhnen erfüllte plötzlich die Halle.

Die Dieselmotoren waren angesprungen. Da die Zylinderköpfe bereits vorglühten, entzündete sich der Kraftstoffnebel laufend weiter. Nach einigen Minuten hatten die Techniker die Motoren endgültig einreguliert. Sie liefen bedeutend ruhiger, aber immer noch laut genug, um die Halle zu einer lärmenden Hölle zu machen. Zudem krochen dichte Schwaden blauen Qualms über den Boden.

„Achtung!" erschallte Rhodans Stimme. „Einsatzkommando Zeppelin bitte einsteigen und auf die Plätze begeben. Start erfolgt in fünf Minuten."

John Marshall schloß sich der Kolonne an und marschierte als letzter durch die Luftschleuse des Monstrums.

Rhodan lächelte ihm zu und beugte sich vor.

„Vielen Dank für Ihre ‚Aufmunterungsspritze' von vorhin, John."

Marshall wurde rot.

„Ich hoffe . . . äh . . . Sie nehmen . . ."

Rhodan schob ihn durch die Schleuse.

„Wir kennen uns doch lange genug, nicht wahr? Langsam müßten Sie doch wissen, wie dankbar ich für solche kleinen Stöße bin. Also reden wir nicht mehr darüber. Hoffentlich ist Lemy Danger mitgekommen."

Ein massiger Schädel mit öliger Sichelkammfrisur schob sich heraus: Melbar Kasom.

„Vielleicht ist er in einer Ölpfütze ertrunken, Sir . . .!"

Er fuhr sich mit der Hand an die Augen und gab einen Schmerzenslaut von sich.

Perry Rhodan drehte sich blitzschnell um, als er einen leichten Luftzug verspürte.

Hinter ihm hing Lemy Danger an den kreisenden Rotorblättern seiner Einmannhubschraube und hielt eine Sprühdose in der Hand.

„Meine Tränengasdose funktioniert immer noch, du Fettwanst!" brüllte er Kasom an. „Du dachtest wohl, weil mein Strahler ebenso ausgefallen ist wie alle anderen auf Energie angewiesenen Apparate, könntest du deine schmutzigen Witze über mich reißen, eh!"

Rhodan schluckte, aber nicht vor Entrüstung über Lemys Worte, sondern vor Verblüffung darüber, daß die Hubschraube des Siganesen funktionierte. Er fragte ihn danach.

„Wundert mich selbst, Sir!“ rief der ihm ins Ohr. „Das ist eben siganesische Wertarbeit.“

„Kein Wunder“, sagte Kasom, „bei einem so winzigen Floh braucht der Schrauber so wenig Energie, daß sie überhaupt nicht abgezapft werden kann.“

Perry Rhodan schüttelte den Kopf. Das war keine Erklärung. Aber jetzt gab es Wichtigeres zu klären als das.

Fünf Minuten später öffneten sich die Tore, durch handbetriebene Rollschienen bewegt.

Die Luftschrauben des Aerogleiters drehten sich. Der Motorenlärm nahm zu. Dann schwebte das monströse Gebilde majestätisch langsam in die blitzdurchzuckte Nacht Pigells hinaus.

Der Boden wurde zuerst halbdurchsichtig, dann durchsichtig – und zum Schluß verschwand er völlig.

So jedenfalls empfanden es die beiden Männer in der Psychofalle. Nur das Wissen um die zahllosen Tricks, die einem guten Psychologenteam mit halbwegs guter technischer Ausstattung zur Verfügung standen, bewahrte sie davor, die Ruhe zu verlieren.

Sie standen auf einem Nichts und wußten dennoch, daß sie festen Boden unter den Füßen hatten.

Für den Bruchteil einer Sekunde nur ließ Hawks Anspannung nach – absichtlich, denn er wollte die Probe aufs Exempel machen. Sofort begann er in einen bodenlosen Abgrund zu stürzen. Aber da er darauf gefaßt gewesen war, gelang es ihm, den vorgetäuschten Sturz zu bremsen. Allerdings befand er sich nun etwa einen Viertelmeter tiefer als Lun. Und dann rückten die Wände zur Mitte vor. Als sie weit genug herangekommen waren, streckte Omar den Arm aus und berührte eine glatte, kalte Fläche.

„Täuschend ähnlich“, erklärte er. „Man könnte dazu verleitet werden, sich fallen zu lassen.“

„Nur ähnlich ...?“ fragte der Modul gedehnt. „Und wenn die Wände real sind, was dann?“

Der Oxtorner lachte verkrampft.

„Dann werden wir es sicher merken, Lun.“Er überlegte. „Sie könnten natürlich recht behalten. Aber wer sagt uns, daß wir nicht tatsächlich einen Abgrund unter uns haben?“

„Die Tatsache, daß wir keine Telekineten sind, Hawk. Oder glauben Sie etwa, wir könnten uns tatsächlich über einem wirklichen Abgrund schwebend halten?“

Omar verzog sein Gesicht zu einer undeutbaren Grimasse.

„Ich habe Ihnen ja gesagt, Sie sollen sich darauf einrichten, hier Ihre letzten Stunden zu verbringen. Eine gute Psychofalle ist kein Spaß. Wenn Sie nämlich recht behalten, sind wir so oder so zum Tode verurteilt. Oder wie sollen wir uns in einen nicht realen Abgrund retten können? Ist er aber real, dann werden wir unten zerschmettert.“

„Also bleiben wir stehen!“ sagte Baar Lun mit fester Stimme.

Der Oxtorner schüttelte den Kopf. Er hatte mit solchen Fallen schon reiche Erfahrungen gemacht, wenn auch noch nicht am eigenen Leibe. Aber schon das gab ihm einen großen Vorteil gegenüber dem Modul.

„Wir tun keines von beiden, Lun. Wir gehen einfach weg, und zwar durch die ‚Wand‘!“

Er schloß die Augen und bedeutete Lun durch Gesten, es ihm in allem gleichzutun. Dann warf er sich seitlich gegen die ziemlich nahe Wand. Er hatte für den Augenblick ein Gefühl, als brächen ihm sämtliche Glieder, doch dann taumelte er hindurch.

Hinter ihm tauchte Baar Lun mit schmerzverzerrtem Gesicht auf.

Sie hatten es geschafft.

Damit waren sie jedoch der Psychofalle noch nicht entronnen. Die Umgebung hatte lediglich wieder ihren alten Anblick erhalten.

„Kehren wir um“, flüsterte Omar. „Das ist die einzige Möglichkeit, endgültig auszubrechen.“

Baar Lun sah ihn mit bedenklicher Miene an.

„Dann werden die Ikas uns bereits eine neue Falle gestellt haben. Sie können sich schließlich denken, was wir unternehmen werden.“

Hawk lachte leise.

„Aber ich schätze sie so ein, daß sie logische Gedankengänge verfolgen. Und in diesem Fall werden sie sich auch denken, daß wir annehmen müssen, sie erwarteten uns dort. Deshalb rechnen sie ganz bestimmt mit einem Durchbruch nach vorn.“

„Kompliziert, aber logisch“, gab Lun zurück. „Also gut, gehen wir.“

Sie kamen jedoch keine fünfzig Meter. Plötzlich stand eine Flammenwand vor ihnen.

„Wir müssen hindurch“, sagte Omar. „Schließen Sie Ihren Anzug. Ich werde meine Kombination ebenfalls verschließen.“

„Sinnlos“, erwidete der Modul. „Das können die Ikas voraussehen. Ich denke, hinter dem Feuer erwartet uns die eigentliche ‚Überraschung‘.“

Der Oxtorner pfiff schrill.

„Wir stecken fest“, sagte er.

Er wußte, sie würden nun nicht mehr aus dieser Falle entkommen. Die Ikas kannten einige Tricks mehr.

Erneut rückten die Wände zusammen. Diesmal jedoch glühten sie hellrot. Selbst dann, wenn sie nicht real waren, würde die Vorspiegelung das Unterbewußtsein so stark beeinflussen, daß es keinen Weg hindurch gab.

Omar Hawk dachte angestrengt nach. Aber es fiel ihm nichts ein, was ihnen hätte helfen können. Ja, wenn Sherlock dabeigewesen wäre! Der Okrill war völlig immun gegen psychologische Spielereien ...

Als hätte der Gedanke ein Signal ausgelöst, verschwand die vorgespiegelte Umwelt schlagartig. Der Vorgang wurde von heftigem Krachen begleitet. In der wirklichen, dreißig Meter durchmessenden Halle, in der sich Omar und Baar wiederfanden, roch es nach Ozon.

„Da sind irgendwo ein paar Sicherungen durchgebrannt“, stellte Lun fest.

„Das sieht mir stark nach Sherlocks Handschrift aus“, meinte Hawk. „Also los! Brechen wir auf. Zurück zum Ausgang, wenn wir ihn finden!“

Diesmal richteten sie sich danach, welche Durchgänge offen und welche verschlossen waren. Sie benutzten stets die offenen Schotts, weil sie annahmen, daß die Ikas sie damit irreführen wollten wie beim erstenmal.

Widerstand zeigte sich nicht. Das wunderte Omar etwas. Doch dann sagte er sich, die Ikas könnten aus ihrer ersten Niederlage die Lehre gezogen haben, sich auf keinen offenen Kampf mit ihren ehemaligen Gefangenen mehr einzulassen.

Als sie jedoch den Schalt- und Kontrollraum erreichten, zweifelte er daran.

In der Mitte des Raumes hockte der Okrill und starrte mit seinen kugelrunden Augen auf die verstörten Ikas, die ringsum an den Wänden standen und Schockwaffen in den Händen hielten. Die Bildschirme und Kontrollampen waren schwarz und tot. Ein Schaltpult lag zertrümmert am Boden.

Das war Sherlocks Arbeit.

Omar Hawk wunderte sich nur, daß die Ikas nicht schossen, obwohl sie den Okrill mit ihren Schockwaffen jederzeit lähmen konnten.

Das sah nach einer neuen Falle aus.

18.

Mit dröhnenden Motoren zog der Aerogleiter seine Bahn durch den nächtlichen Himmel. Er wurde nicht angegriffen, und der Grund dafür zeigte sich bald. Im grellen Schein der unablässig zuckenden Blitze beobachtete die Besatzung Tausende von Flugwesen, die reglos auf Bäumen saßen und offenbar schliefen.

Das gleiche, sonderbare Phänomen hatte man bereits vor dem Start der FLYING WALRUS, wie Lemy Danger den Gleiter taufte, in der Umgebung der CREST beobachten können. Es erschien unwahrscheinlich, daß die Flugwesen während des entscheidenden Kampfes nur deshalb nachts ruhten, weil sie aus alter Gewohnheit keine Nachtarbeiter waren. Vielleicht gab es physische oder psychische Gründe dafür. Der Besatzung der FLYING WALRUS konnte es nur recht sein.

Mit Anbruch des neuen Tages änderte sich allerdings die Situation.

Zuerst mußte der Gleiter auf eine Höhe von achttausend Metern gehen, um nicht direkt in einen Tornado hineinzufliegen. Dann sichtete man, etwa hundert Kilometer voraus, riesige schimmernde Türme, aus deren runden Kuppeln gewaltige Entladungen in den Weltraum hinaufrasten.

Perry Rhodan nannte die Türme Strahlgatter, ihrer Funktion gemäß.

Sofort wurde der Kurs genau auf die Strahlgatter ausgerichtet.

Doch dann tauchten die ersten Flugwesen auf. Sie kreisten, von den warmen Luftmassen emporgehoben, vor und über der FLYING

WALRUS. Einige Bomben fielen, trafen aber nicht. Dagegen konnten die Männer an den Abwehrkanonen gute Erfolge verbuchen.

Doch die Flugwesen vermochten die Geschwindigkeit des Aerogleiters nicht mitzuhalten. Sie fielen rasch zurück. Für einige Minuten hatte man Ruhe vor ihnen.

In dieser Zeit wurden genaue Messungen über die Größe der Abstrahlanlage angestellt. Aus Spektralanalysen ging hervor, daß es sich dabei um halbkristalline, organisch gewachsene Blöcke handelte. Diese Blöcke waren etwa dreihundert Meter hoch und durchmaßen hundert Meter. Dreitausend Stück wurden gezählt. Aber von diesen dreitausend Türmen spieen nur wenige Energie in den Raum.

Das schien Icho Tolots Theorie zu bestätigen.

Der Haluter hatte noch auf der CREST behauptet, die unbekannten Gegner wären darauf aus gewesen, die Energieversorgung der Zeitstation lahmzulegen und die Station danach zu vernichten. Das erforderte jedoch Ableiter und Strahlgatter, die der Kapazität der Sonnenenergieumformer der Zeitstation entsprechen. Dagegen war das Energievolumen der CREST mit fünfzig Millionen Megawatt verschwindend gering.

Kurz nachdem Perry Rhodan diese Überlegungen angestellt hatte, griffen die Flugwesen massiert an. Sie kamen nicht mehr allein, sondern jeweils drei oder vier von ihnen nahmen an Seilen einen Thermoflammer mit, trugen ihn bis in die Nähe des Gleiters, wodurch er die Gefährlichkeit eines bewaffneten Kampfflugzeuges erreichte.

Die Männer an den Abwehrgeschützen bekamen alle Hände voll zu tun, um die ungeheure Gefahr abzuwenden. Auf der Seite des Gegners gab es Verluste, aber auch der Gleiter wurde mehrmals getroffen. Die Gondel geriet in Brand, und der konnte nur mit Mühe gelöscht werden. Einige Zellen der Tragrümpfe zerplatzten, und das Heliumgas strömte aus. Dennoch ließ Perry Rhodan den Flug fortsetzen.

Die Mutanten, die mit an Bord gekommen waren, versagten ebenso wie auf der CREST. Es galt nunmehr als erwiesen, daß ihre Fähigkeiten von den Flugwesen kompensiert wurden.

Als sie etwa fünfzig Kilometer vom Zielort entfernt waren, befahl Rhodan, den ersten Satz von zwölf Raketenbomben abzuschießen. Die Projektile rasten ungehindert ins Ziel und richteten schwere Beschädigungen an zwölf Strahltürmen an.

Wie sinnlos das jedoch war, ergab sich aus einer einfachen Rechnung. Die FLYING WALRUS führte hundertzwanzig Raketenbomben mit. Bestenfalls konnten damit hundertzwanzig Kristalltürme unbrauchbar gemacht werden. Die verbleibenden 2880 Türme aber hätten ausgereicht, mehr als ein Dutzend Ultraschlachtschiffe vom Range der CREST lahmzulegen.

Zu diesem Zeitpunkt erinnerte sich Perry Rhodan wieder der kleinen Begebenheit vor dem Start.

Omar Hawk fuhr herum, als er fernes Gepolter und den Klang mehrerer Stimmen vernahm.

„Ich habe doch geahnt, daß wir in eine neue Falle gelaufen sind!“ rief er erregt.

Der Modul und er nahmen ihre Waffen und schlichen zur Tür, während der Okrill weiterhin die Ikas bewachte – oder sie ihn, so genau ließ sich das nicht feststellen.

Als Omar um die Ecke der Tür spähte, entdeckte er zu seiner großen Verwunderung keine angreifenden Ikas, sondern nur drei rotgekleidete Flugwesen, die waffenlos auf den Kontrollraum zukamen.

Er überlegte noch, wie er sich verhalten sollte, da schrillte plötzlich Gelächter in sein Ohr.

Omar fuhr herum, sah eine zwergenhafte Gestalt insektgengleich durch die Luft schwirren und richtete seine Waffe auf die seltsame Erscheinung.

Er glaubte, leise Hilfeschreie zu vernehmen, und zögerte. Endlich verstand er einiges von dem, was der Zwerg ihm mit voller Stimmkraft zuschrie.

„Nicht schießen! Hier spricht Lemy Danger, Spezialist der USO!“

„Nein . . .!“ hauchte Baar Lun. „Das ist doch nicht möglich!“

Der Oxtorner grinste breit.

„Willkommen im Stützpunkt der Ikas, Herr Generalmajor!“ rief er. „Leider muß ich Sie bitten, sich in irgendeiner Ritze zu verstecken. Draußen kommen drei dieser Flugwesen genau auf unseren Standort zu.“

Der Siganese flog mit summender Hubschraube direkt auf Hawk zu und setzte sich auf dessen breite Schulter.

„Ein Lemy Danger versteckt sich nie vor Gefahren!“ kreischte er empört. „Und schon gar nicht in einer Ritze, Sie ... Sie ... lebender Roboter!“

„Das hat mir neulich schon jemand gesagt!“ knurrte Omar unfreundlich. „Aber ich muß Sie trotzdem ersuchen, sich zu verstecken!“

„Nein!“ schrie Lemy. „Außerdem kommen die Flugwesen nicht mit feindlichen Absichten. Ich, der siganesische Meister aller Klassen, habe ihnen einen solchen Schrecken eingeflößt, daß sie mich auf den Knien um Frieden baten.“

Omar Hawk wußte, daß der Kleine oft gewaltig übertrieb. Dennoch glaubte er ihm, was den Sinn der Worte anging. Er atmete erleichtert auf. Also waren die Ikas doch keine Feinde.

„Das hätten sie billiger haben können“, bemerkte Baar Lun. „Wir haben ihnen nämlich vergeblich zu erklären versucht, daß sie einem gräßlichen Irrtum unterlagen. Aber uns wollten sie nicht glauben.“

„Es kommt eben immer auf die Persönlichkeit an“, erwiderte Lemy Danger stolz.

„Allerdings!“ ertönte eine fremde Stimme auf Tefroda. „Die beiden großen Kämpfer mußten wir fürchten, aber ein harmloser Zwerg stellte natürlich keine Bedrohung dar.“

„Oh!“ keuchte Lemy in Hawks Ohr. „Dafür könnte ich ihn eigenhändig erwürgen!“

Omar musterte die drei Eingetretenen genau. Sie trugen alle die rote Kleidung, die offenbar den Wissenschaftler kennzeichnete. Ansonsten glichen sie den anderen Flugwesen.

„Es tut mir leid“, sagte der Sprecher der Ikas wieder, „daß wir euch für Gegner hielten. Aber wir mußten alle Fremden für Hilfstruppen des Bösen an sich halten, und wir hatten Rache geschworen. Lange haben wir auf diesen Tag gewartet, leider ging es anders aus, als wir es uns vorstellten.“

„Nicht ganz“, erwiderte Omar. „Denn die Besatzung der Zeitstation ist tot. Das Ziel eurer Rache ist erreicht.“

Er zögerte kurz, dann fügte er hinzu: „Übrigens, mein Name ist Hawk!“

Baar Lun stellte sich ebenfalls vor. Der Ika gab seinen Namen mit Gamola an.

„Paddler“, ergänzte Lemy Danger. „Die Ikas, wie Sie sie nennen, Hawk, sind die Nachkommen ehemals humanoider Paddler. Sie nahmen die Verformung auf sich, um Rachepläne erfüllen zu können. –

Aber nun ist es an der Zeit, Kontakt mit Perry Rhodan aufzunehmen, Gamola!“

Der Paddler neigte den Kopf.

„Ich bin bereit, Generalmajor Danger. Steigen Sie bitte auf meine Schulter.“

„Nur wenn Sie garantieren, daß meine Freunde und das Tier mitgenommen werden, Gamola.“

Der Ika erklärte sich mit Lemys Bedingung einverstanden. Eine halbe Stunde später stieg ein Pulk von Flugwesen in den Himmel. An zahlreichen Seilsträngen ließen Omar, Baar und Sherlock sich emporziehen.

Weit oben tauchte ein silbrig schimmernder Punkt auf: der Aerogleiter.

Nach der Begegnung Rhodans mit Gamola nahm der Gleiter sofort wieder Kurs nach Norden. Die Gefahr war noch immer nicht behoben, jedenfalls nicht für die CREST und die Besatzung der Station. Die Ikas fanden keine Möglichkeit, ihre Artgenossen oder die gezüchteten Hilfstruppen vom Waffenstillstand zu unterrichten, nachdem der Okrill ihre Kontrollstation zerstört hatte. Die einzige Möglichkeit war, an Ort und Stelle für den Abbruch der Kampfhandlungen zu sorgen.

Während des Aufstiegs zum Aerogleiter hatten sich Omar und Lun gewundert, daß sie in einer völlig anderen Gegend waren, als sie dachten. Das Strahlgatter hatte es auf dem Inselkontinent nicht gegeben.

Gamola erklärte ihnen die scheinbaren Widersprüche.

Beide Männer waren, nachdem man sie betäubte, vom Inselkontinent der Tankanskelette zum Äquator transportiert worden, ebenso Sherlock, den man einige Stunden später einfing. Der Okrill hatte sich totgestellt, um sich gefangennehmen zu lassen – und sein Plan war geglückt. Nachdem die Ikas ihn in ihrem Hauptquartier eingesperrt hatten, war er ausgebrochen, fand die Kontrollstation und zerstörte sie. Damit rettete er wahrscheinlich seinem Herrn und dem Modul das Leben.

„Aus Ihren Worten von vorhin entnahm ich“, fuhr Gamola, zu Perry Rhodan gewandt, fort, „daß sich an Bord Ihres Raumschiffes ebenfalls ein Paddler befindet. Sie wissen also über unser Volk bereits einiges.

Wir, auf diesem Planeten, den Sie Pigell nennen, gehören allerdings zu einer besonderen Gruppe des Volkes. Wir befassen uns seit undenklichen Zeiten mit dem Urgeheimnis des Lebens und der Lebensformen, mit den verschiedenen genetischen Kodes und ihrer Modulation. Daher nennt man uns die ‚Gen-Modulatoren'."

Das Gesicht des Ikas, starr und maskenhaft, verzerrte sich zu einer schauerlichen Fratze. Vielleicht sollte es ein Lächeln ausdrücken – oder Bitterkeit, wie sie danach in der Stimme mitschwang. „Wir Gen-Modulatoren gelten als Ausgestoßene des großen Volkes der Paddler. Von unseren Geheimnissen wagt man seit Jahrtausenden nur noch im Flüsterton zu erzählen. Niemand nennt uns, wenn er es nicht muß.

Ich gebe zu, daß man uns nicht ohne Grund ausstieß. Wir luden in der Vergangenheit schwere Schuld auf uns. Das Böse an sich – ihr sagt ‚Meister der Insel' dazu, zwang uns, ihm gefügig zu sein. Wir wurden damit beauftragt, gefährliche Völker oder auch einfach solche, die künftig hätten gefährlich werden können, zu verändern. Humanoide Lebewesen wurden teilweise zu Pflanzen oder zu Tieren, zu Kreaturen, denen der Geist fehlte. Auf anderen Welten mußten wir Lebewesen heranzüchten, die auf einen ganz bestimmten Zweck ausgerichtet waren. Und einige unserer Plattformen hielten sich sogar im Gebiet des Bösen an sich direkt auf, wo sie mit Geheimarbeiten betraut wurden."

„Im Gebiet der Meister direkt?" fragte Perry Rhodan hastig. „Können Sie uns die Position geben?"

„Leider nicht. Niemand, der nicht direkt zu den Meistern befohlen wurde, weiß, wo sich ihr Gebiet befindet. Und von den Auserwählten kehrte keiner zurück, um darüber berichten zu können."

„Man wird sie nach getaner Arbeit umgebracht haben", vermutete John Marshall.

„Wahrscheinlich", erwiderte Gamola.

Er schwieg einige Minuten lang, offenbar in trübe Gedanken versunken. Dann setzte er seinen Bericht fort.

„Wir, die weniger geheime Arbeiten ausführten, waren dem Bösen an sich mit der Zeit auch unheimlich geworden. Diese Meister hatten gesehen, welche Ergebnisse unsere Gen-Modulationen hervorbrachten und sich vielleicht gesagt, daß wir eines Tages auf den Gedanken kommen würden, sie selbst zu verwandeln."

Er hob die Krallenhände und ließ sie wieder sinken.

„Selbstverständlich hätten wir das getan, wenn es uns möglich gewesen wäre. Aber wir wissen weder, wo die Meister der Insel leben, noch wie sie aussehen oder wie ihre Genkodes beschaffen sind. Ohne diese Informationen aber hätten wir ihnen nicht gefährlich werden können.

Nun, sie deportierten uns trotzdem. Wir wurden in die Vergangenheit geschickt und angewiesen, über dieser Welt in eine Kreisbahn zu gehen. Die Besatzung der Zeitstation überwachte uns.

Aber wir ertrugen die Demütigung nicht. Vor vierhundertachtundachtzig Jahren Ihrer Zeitrechnung – kurz nach unserer Ankunft – vernichteten wir die Station und landeten auf dem Planeten. Da wir eine Katastrophe vortäuschen mußten, um Nachforschungen auszuschalten, nahmen wir nur unsere unbedingt notwendigen Gerätschaften mit auf diese Dschungelhölle und verkrochen uns zuerst in natürlichen Höhlen, die wir später weiter ausbauten.

Dort begannen wir mit der Untersuchung der Flora und Fauna und anschließend mit der Erbmasseveränderung bei einigen Pflanzen- und Tierarten. Meine Leute nahmen schwerste Entbehrungen auf sich, um das Ziel zu erreichen. Es gab keine atomaren Kraftstationen und keine atomaren Waffen, keine Produktionsautomaten zur Herstellung von Nahrung und Kleidung.

Das größte Opfer brachten unsere Vorfahren, als sie ihre eigenen Gene verändern ließen. Das Ergebnis sind wir, die Sie vor sich sehen. Wir mußten so werden, um erstens nicht als intelligente Wesen erkannt zu werden, falls einer von uns draußen in die Hände der Tefroder fiel – und zweitens, um von der Luft aus mit parapsychischen Strömen den Angriff unserer gezüchteten Hilfstruppen steuern zu können."

Er schloß und sank erschöpft in sich zusammen.

Rhodan dachte an die Informationen, die er von Kalak und Baar Lun erhalten hatte. Lucky Log, der Psiroboter, der inzwischen eine „Symbiose" mit dem Zeitauge eingegangen war, war das Produkt des Lun-Klans. Der Lun-Klan war eine Vereinigung von lemurischen Wissenschaftlern, die von den Meistern der Insel deportiert wurden, weil sie verbotene Zeitexperimente gemacht hatten. Aus dem Lun-Klan entstand das Volk der Moduls, dessen letzter Überlebender Baar Lun war. Ein Teil dieser Deportierten wurde auf Bengal angesiedelt. Dort wurden sie von den Gen-Modulatoren in eine pflanzliche Existenz umgewandelt. Als die Paddlerplattform OL-hilfreich auf Bengal notlanden mußte, wurden die Paddler von den Pflanzenwesen erbittert angegriffen, waren diese doch der Ansicht, in den Paddlern Nachkommen jener gefunden zu haben, die die Bengal-Moduls zu Pflanzen gemacht hatten. Und nun stand man Vertretern dieser Gen-Modulatoren gegenüber. Der Kreis hatte sich geschlossen.

Rhodan schüttelte sich. Die Gen-Modulatoren hatten große Schuld auf sich geladen, doch *diese* Generation der Paddler war dafür nicht verantwortlich zu machen.

Er blickte wieder zu Gamola.

„Es steht uns nicht zu, Ihr Volk aufgrund vergangener Ereignisse zu verurteilen", sagte er leise. „Sie haben sich von den Meistern der Insel losgesagt, und nur das zählt."

Rhodan machte eine kurze Pause, dann fuhr er fort: „Was mich interessieren würde, ist, warum Sie und Ihre Leute die intelligenten Echsenwesen, die sich Tankan nennen, immer wieder angegriffen haben?" Er informierte ihn in kurzen Worten über die Erfahrungen mit den Echsen.

Gamola blickte nachdenklich zu Boden. Schließlich hob er den Kopf und sagte mit brüchiger Stimme: „Wir mußten die Tankan als unsere Feinde betrachten, denn sie stellten, ohne es zu wissen, eine indirekte Bedrohung für uns dar. Wann immer sie sich in der Nähe eines unserer Stützpunkte niedergelassen hatten, liefen wir Gefahr, entdeckt und an die Tefroder verraten zu werden. Ich muß allerdings eingestehen, daß wir bisher nicht wußten, daß sie über größere Intelligenz verfügen. Wir dachten, daß sie lediglich eine Instinktintelligenz hätten, wie man sie bei höherentwickelten Tieren vorfindet. Ich kann nur sagen, daß es mir leid tut, was geschehen ist."

Rhodan spürte, daß Gamola es ehrlich meinte. Niemand konnte das Vergangene mehr ungeschehen machen.

Der Großadministrator konnte dem Ika nachfühlen, wie er empfinden mußte. Obwohl die Besatzung der Zeitstation vernichtet war, so hatten sie, die Ikas, es doch nicht selbst geschafft. Ihre Opfer waren vergeblich gewesen.

Er dachte darüber nach, was geschehen wäre, hätte die CREST nicht eine Zeitverschiebung um fünfhundert Jahre durchgemacht.

Denn nur dadurch hatte das Mißverständnis entstehen können. Die Ikas mußten die Terraner für die Ablösung der Stationsbesatzung halten. Er seufzte.

Gab es denn überhaupt nichts mehr im Universum, was nicht durch irgendein Verbrechen der Meister der Insel umgestaltet oder beeinflußt worden war...?

Omar Hawk hatte den Beobachtungsposten im halbverbrannten Heck der Gondel übernommen. Er war froh, die freie Luft des Planeten atmen zu können. Jede gefilterte und manipulierte Atmosphäre war ihm zuwider.

Sherlock lag ruhig neben ihm und nieste zufrieden.

Das Geheimnis der Dschungelwelt war geklärt. Noch einige Stunden, dann würde der Aerogleiter neben der CREST landen. Gamola würde für die Beendigung des Kampfes sorgen – und danach würde Ruhe herrschen.

Jedenfalls so lange, bis man von sich aus wieder aktiv wurde. Das allerdings würde sich nicht vermeiden lassen. Es galt, das Ultraschlachtschiff und seine Besatzung wieder zurückzubringen in die Realzeit des Jahres 2404 nach Christi Geburt!

Der Oxtorner hob verwundert den Kopf, als Sherlock leise knurrte.

Waren denn die Gefahren noch immer nicht vorbei? Kam etwas noch Schrecklicheres auf die Menschen zu?

Er beugte sich über den Rand der beschädigten Heckkanzel und spähte in die Tiefe. Von unten näherte sich ein winziger, dunkler Punkt, deutlich abgehoben von den blitzdurchzuckten Gewitterwolken.

Omar Hawk hob die Waffe und zielte.

Eine halbe Minute später ließ er den Strahler wieder sinken, ohne abgedrückt zu haben.

Ein kleines, affenähnliches Wesen mit ledrigen Flughäuten flatterte herbei und setzte sich zutraulich auf seine Hand.

„Hooh, Hawk, hooh!“ kreischte es vergnügt.

„Cicero!“ rief Omar überrascht.

„Cicero hier, Cicero da!“

Das Flatteräffchen sprang mit einem Satz auf Sherlocks Kopf. Der Okrill nieste schallend.

„Hm!“ machte Hawk. „Ich fürchte, ich werde dich mitnehmen müssen, wenn du so anhänglich bist, Kleiner.“

„Hooh!“ stieß Cicero hervor. „Los, altes Mädchen!“

19. Brazos Surfat

Der große Kerl hieß Papageorgiu. Er behauptete, er sei griechischer Abstammung, doch das wußte ich damals noch nicht. Ich dachte, der Junge sei zufällig mit Major Redhorse, Leutnant Chard Bradon, Olivier Doutreval, Sennan Brank und mir in den Transmitterraum geraten. Auf den Gedanken, daß Papageorgiu einer von Redhorses seltsamen Freunden war, kam ich nicht, obwohl diese Vermutung eigentlich nahegelegen hätte.

Wir waren entschlossene, wild kämpfende Männer, aber ich schwöre, daß der große Kerl mit dem Jungengesicht noch entschlossener und wilder war als wir. Er kniete neben Chard Bradon am Boden und feuerte auf die eindringenden Thermoflammer. In seinen gewaltigen Händen wirkte der Maschinenkarabiner fast wie ein Spielzeug.

Überall brachen Poler durch die Wandungen der unterirdischen Station. Durch die Gänge und Löcher, die sie gewühlt hatten, drangen die Thermoflammer nach und fielen über uns her.

„Wir können uns hier nicht halten, Chard!“ brüllte Major Don Redhorse Leutnant Bradon zu.

Bradon nickte verbissen. Er deutete zum Durchgang.

Redhorses Indianergesicht zeigte nicht, was er fühlte. Seine hagere Gestalt straffte sich, als er sich aufrichtete.

„Wir versuchen einen Durchbruch!“ schrie er uns zu.

Von Redhorse war ich ungewöhnliche Befehle gewohnt. Aber sein Entschluß, diesen Raum unter den gegebenen Bedingungen zu verlassen, kam mir wie eine Aufforderung zum Selbstmord vor.

Aber da war dieser Junge, der nach Redhorses Worten wie elektrisiert aufsprang und drohend seinen Karabiner schüttelte. Trotz Rauch und Flammen sah ich seine Augen leuchten, und da war ich auch schon auf den Beinen, verblüfft über mich selbst. Der kleine, schwarzhaarige Doutreval kam an meine Seite, mit korrekt gescheitelten Haaren und umgeben von einer Duftwolke herben Parfums.

Von der CREST war schon seit Stunden kein Nachschub mehr gekommen. Die Teleporter schienen ausgefallen zu sein – jedenfalls hatte Atlan diese Vermutung geäußert, bevor auch der Kontakt zu ihm und seinen Leuten abgerissen war. Wir mußten mit dem vorliebnehmen, was wir noch besaßen. Und das war herzlich wenig. Wir besaßen keine Energie mehr, um sie einsetzen zu können. Doch selbst wenn wir sie besessen hätten, hätte uns dies nichts genützt.

Durch die Angriffe der Poler waren die Aggregate zur Errichtung von Schutzschirmen und Deflektoren bis zur Unkenntlichkeit verschmort. Dasselbe galt auch für die Sauerstoffversorgung und die Helmminikoms sowie die Helmnotsender. Lediglich die Aggregate zur Versorgung der Anzugantigravs sowie unsere Armbandfunkgeräte, die auf einfach lichtschneller Basis arbeiteten, entgingen wie durch ein Wunder der Vernichtung. Doch das war ein schwacher Trost, denn an den Gebrauch dieser Geräte war nicht zu denken, solange die Poler jeden Funken Energie, der erzeugt wurde, absorbierten.

Vielleicht hätten wir den Durchbruch geschafft, wenn wir statt der Maschinenkarabiner unsere energetischen Spezialwaffen hätten einsetzen können. Für jeden Thermoflammer, den wir töteten, drangen drei in den Transmitterraum.

„Zurück!“ schrie Redhorse.

Wir stolperten mehr, als wir rannten. Meine Füße verfingen sich in einem leblosen Thermoflammer, und ich schlug zu Boden. Verzweifelt versuchte ich freizukommen. Die anderen hatten sich bereits mehrere Meter entfernt. Über mich hinweg zischte der heiße Laserstrahl eines Thermoflammers.

Da blieb der große Kerl stehen und schaute zu mir zurück. Ich wagte nicht, hinter mich zu blicken, weil ich mir gut vorstellen konnte, was da geschah. Wahrscheinlich rückten die Thermoflammer in breiter Front nach. Sie hatten es jetzt nicht mehr nötig, in der Nähe des Durchganges zu bleiben.

Redhorse schrie etwas Unverständliches. Plötzlich war der Bursche mit den großen Händen an meiner Seite und riß mich auf die Beine.

Ich wiege immerhin über zweihundert Pfund, aber ihm schien die zusätzliche Belastung überhaupt nichts auszumachen.

„Danke!" krächzte ich. Wir stürmten hinter den anderen nach. Als wir sie erreichten, streckte uns Redhorse seine Waffe entgegen.

„Keine Munition mehr", sagte er kaum hörbar.

Die paar Schuß, die wir anderen noch hatten, würden gerade genügen, um unser Leben für einige Minuten zu verlängern. Seltsamerweise glaubte ich nicht an meinen Tod. Es schien mir unvorstellbar zu sein, daß ein Mann wie Redhorse einfach zu existieren aufhören sollte. Für mich war er schon zur Legende geworden. Etwas von diesem Mythos übertrug sich auf mich, ja auf uns alle und schien uns Unverletzlichkeit zu gewähren.

Plötzlich ertönte ein brummendes Geräusch. Der Boden begann zu vibrieren. Ich fuhr herum. Der Torbogentransmitter flammte auf.

„Major!" rief Sennan Brank. In sein faltiges Gesicht trat ein erwartungsvoller Ausdruck. „Sehen Sie doch!"

Wir blickten zum Transmitter hinüber. Selbst die Thermoflammer schienen durch das unverhoffte Anlaufen der Atomreaktoren, die den Transmitter mit Energie versorgten, verwirrt zu sein. Sie stellten ihre Angriffe ein.

„Schnell!" rief Redhorse. „Vielleicht funktionieren unsere Energiewaffen ebenfalls wieder."

Ich zerrte meinen Strahler aus dem Gürtel und drückte ab. Nichts geschah. Lediglich der Transmitter schien wieder zu funktionieren. Die Thermoflammer krochen unsicher auf uns zu. Die Energieströme in ihrer unmittelbaren Nähe schienen sie in ihren Entscheidungen schwankend werden zu lassen.

Die beiden Säulen des Transmitters wuchsen in die Höhe und vereinigten sich unterhalb der Decke zu dem uns allen bekannten Torbogen. In der dadurch genau umgrenzten Öffnung entstand das charakteristische blauschwarze Wallen und Flimmern.

„Der Transmitter funktioniert!" rief Bradon erregt.

In diesem Augenblick begannen die Thermoflammer wieder auf uns zu feuern.

„Vorwärts!" entschied Redhorse und deutete auf den Transmitter. „Wir fliehen durch den Torbogen. Das ist immer noch besser als der Tod. Achtet darauf, daß eure Antigravprojektoren eingeschaltet sind, wenn wir abgestrahlt werden – für alle Fälle."

Er setzte seine langen Beine in Bewegung. Von allen Seiten kamen die Thermoflammer auf uns zu. Sie schienen ihrer Sache so sicher zu sein, daß sie darauf verzichteten, aus größerer Entfernung zu schießen. Olivier Doutreval verschwand zuerst im Transmitter. Der kleine Funker löste sich vor meinen Augen auf, er wurde zu einem funkensprühenden Etwas, das sich in Sekundenschnelle verflüchtigt hatte. Sennan Brank war der nächste, sein Gesicht war vor Furcht verzerrt, aber er sprang ohne zu zögern. Dann kam Papageorgiu. Hinter ihm verschwanden vier Thermoflammer im Torbogen, die es sich offenbar zur Aufgabe gemacht hatten, den jungen Raumfahrer zu verfolgen. Chard Bradon folgte als nächster.

„Surfat, brauchen Sie eine Einladung?" erkundigte sich Redhorse unwillig, als ich in geduckter Haltung herankeuchte. Er vergaß immer wieder, daß ich keine Sportlernatur bin. Der Cheyenne hielt Doutrevals Karabiner in den Händen und schoß damit auf die nachdrängenden Thermoflammer.

Ich schaltete den Antigravprojektor ein und stürzte in den Transmitter. Das letzte, was ich sah, war Redhorses breiter Rücken. Der Offizier wich langsam zum Torbogen zurück. Er war in Rauch und Flammen eingehüllt. In einer solchen Haltung, dachte ich, wird er eines Tages sterben.

Dann dachte ich nichts mehr.

Als mein Verstand wieder zu arbeiten begann, taumelte ich noch halb benommen aus der Empfangsstation heraus. Ich wurde sofort in die Höhe gerisen. Instinktiv begriff ich, daß für diese Schwerelosigkeit mein Antigravprojektor verantwortlich war, der jetzt tatsächlich wieder zu arbeiten begann. Der plötzliche Höhenflug war meine Rettung.

Im ersten Augenblick glaubte ich, der Transmittersprung hätte überhaupt nicht stattgefunden, denn unter mir sah ich einen Raum, der jenem, den wir gerade verlassen hatten, genau glich. Doch vor dem Torbogen des Transmitters standen zehn Tefroder mit angeschlagenen Waffe. Dieser Anblick genügte, um mir glaubhaft klarzumachen, daß wir auf einem anderen Planeten herausgekommen waren.

Die zehn Tefroder schossen, doch ihr Ziel war weder ich noch meine Begleiter, sondern jene vier Thermoflammer, die mit aus dem Transmitter gekommen waren. Ich blickte nach oben und sah Brank und Papageorgiu nebeneinander unter der Decke schweben. Doutreval und Bradon hielten sich neben dem Transmitter, Redhorse flog ein paar Meter unter mir. Es waren also nicht nur die Antigravprojektoren, die uns das Leben gerettet hatten. Die Tefroder hatten bestimmt nicht damit gerechnet, daß vier tollwütige und flammenspeiende Ungeheuer aus dem Torbogen kommen und sie angreifen würden.

Eines war mir klar: Man hatte uns erwartet. Es war also kein Zufall gewesen, daß der Transmitter plötzlich zu arbeiten begonnen hatte. Die Tefroder feuerten auf die vier Thermoflammer. Die Monstren brachen jedoch nicht zusammen. Die kristalline Oberfläche ihrer Panzerhaut war offenbar in der Lage, Energieströme bis zu einer gewissen Stärke zu absorbieren und die Energieflut dem Laserprojektor zuzuführen. Nun erschien es mir fraglich, ob wir mit unseren Energiewaffen gegen diese Wesen erfolgreich gewesen wären.

Die Thermoflammer schienen nur mit unseren altertümlichen Waffen verwundbar zu sein.

Erleichtert stellte ich fest, daß nicht nur der Antigravprojektor wieder funktionierte, sondern auch meine Kombiwaffe sowie das Armbandfunkgerät, das nur eine minimale Reichweite besaß. Ich machte meine Begleiter darauf aufmerksam, und diese machten dieselbe verblüffende Feststellung.

Ich bedauerte, daß wir nicht mehr in der Lage waren, Schutzschirme oder Deflektoren einzusetzen. Auch auf die Sauerstoffversorgung und Anzugsheizung mußten wir verzichten. Die in der Halskrause zusammengefalteten Druckhelme waren wertlos geworden, und brauchbare Hyperfunksender besaßen wir ebenfalls nicht.

Redhorse flog dicht unter die Decke und winkte uns zu sich.

Die Tefroder hatten immer noch keine Zeit gefunden, sich um uns zu kümmern. Drei von ihnen lagen bewegungslos am Boden. Die Thermoflammer drangen immer weiter in die Station vor. Unter diesen Bedingungen war es ein ungleicher Kampf. Bestimmt hatten die Tefroder nicht mit *solchen* Angreifern gerechnet.

„Wir müssen hier heraus!“ rief Redhorse. „Es wird nicht lange dauern, bis die Tefroder Verstärkung erhalten. Dann werden sie auch Zeit haben, sich um uns zu kümmern.“

Bradon warf einen düsteren Blick in die Tiefe.

„Ich möchte wissen, wo wir überhaupt herausgekommen sind“, sagte er. „Ich wette, es handelt sich um eine großangelegte Falle, die nur zu einem bestimmten Zweck errichtet wurde.“

Bradon war ein geborener Pessimist.

„Wir sind auf irgendeinem fremden Planeten", sagte Papageorgiu unbekümmert. „Vor allem sind wir den Bestien von Pigell entronnen."

„Hier sieht es ähnlich aus wie auf Pigell", knurrte Brank. „Es besteht also kein Grund zur Annahme, daß es hier friedlicher zugehen wird als auf dem sechsten Planeten der Wega."

Unter uns starb die tefrodische Besatzung. Die Männer kämpften tapfer, aber sie machten den Fehler, immer wieder ihre Energiewaffen abzufeuern, was für die Thermoflammer im wahrsten Sinne des Wortes ein gefundenes Fressen bedeutete.

„Wenn wir hier hinauswollen, müssen wir dort unten den Durchgang benutzen", sagte Bradon und deutete in Richtung des Kampfplatzes.

„Vielleicht gibt es zusätzliche Ausgänge", vermutete Doutreval. „Wir müssen sie nur finden."

Während wir redeten, schwebten wir langsam unterhalb der Decke zur anderen Seite des Saales hinüber. Als ich wieder hinabblickte, sah ich, daß alle Tefroder tot waren. Die Thermoflammer krochen auf der Suche nach neuen Opfern um den Transmitter herum.

„Sir!" rief Papageorgiu in diesem Augenblick.

Einer seiner langen Arme zeigte nach unten. Breite Flügeltüren, die unseren Augen bisher verborgen geblieben waren, glitten zur Seite und gaben die Haupteingänge frei. Bevor wir jedoch Gelegenheit zum Triumphieren erhielten, quoll eine Horde untersetzter Kampfroboter in den Transmitterraum und nahm die vier Thermoflammer unter Beschuß. Mindestens zweihundert der grauen Kämpfer aus Stahl glitten in den Raum.

Daß diesem konzentrierten Angriff auch die Monstren von Pigell nicht widerstehen würden, war nicht schwer zu erraten. Sobald die Roboter die Thermoflammer erledigt hatten, würden sie über uns herfallen.

Die Roboter versperrten uns den Weg in die anschließenden Räume und Gänge, die vielleicht die Freiheit bedeutet hätten.

Aber Redhorse bewies einmal mehr, daß er in ausweglos erscheinenden Situationen rasche Entschlüsse treffen konnte.

„Wir nehmen den kleinen Ausgang", ordnete er an. „Er wird im Augenblick nicht bewacht."

Dichte Qualmwolken stiegen zu uns empor. Das Atmen fiel immer schwerer. Von den Thermoflammern war kaum noch etwas zu sehen. Ich vermutete, daß sie dort waren, wo sich die Kampfmaschinen besonders dicht ballten. Ab und zu zischte ein greller Strahl aus Rauch und Flammen hervor, der beste Beweis dafür, daß auch die Roboter Mühe hatten, die Ungeheuer zu überwältigen.

„Wir fliegen hintereinander, Lastafandemenreaos, Sie übernehmen die Spitze."

Ich traute meinen Ohren nicht, als ich Redhorse diesen Namen aussprechen hörte, als handelte es sich um ein Wort mit drei Buchstaben. Papageorgiu, auf diese Weise geehrt, lächelte anerkennend und ließ sich nach unten sinken.

„Jetzt Sie, Brazos", sagte Redhorse unrbittlich.

Ich folgte dem großen Jungen, dessen Füße gerade noch aus dem Qualm ragten. Jetzt hatte ich keine Zeit mehr, mich darum zu kümmern, was hinter mir geschah. Ich zog wieder den Strahler hervor und versuchte, in diesem Durcheinander Einzelheiten zu erkennen. Der Lärm, den die Roboter verursachten, war unvorstellbar. Je tiefer ich sank, desto geringer wurde meine Hoffnung, jemals wieder lebend hier herauszukommen. Erst, als ich von Doutreval überholt wurde, gewann ich meine Entschlossenheit zurück und beeilte mich, an der Seite des Funkers zu bleiben. Vor mir flog Papageorgiu, wie ein großer häßlicher Fisch durch die Rauchschwaden gleitend. Er fuchtelte mit den Armen. Anscheinend wollte er mir irgend etwas mitteilen, aber die Bedeutung seiner Signale war mir unklar.

Unter mir sah ich, wie der Qualm sich teilte. Für einen kurzen Augenblick konnte ich einen Thermoflammer beobachten. Das Monstrum lag auf dem Rücken. Sein Kopf zuckte ständig nach oben. Jedesmal verließ ein dünner Laserstrahl den Rachen der Bestie. Die Roboter nahmen die Kreatur förmlich auseinander. Ich wünschte mir, mein Leben wäre nur halb so zäh wie das eines Thermoflammers.

Da tauchte der kleinere Ausgang vor uns auf. Papageorgiu landete sicher auf den Beinen. Er stützte sich mit beiden Armen in der Türfassung und spähte in den Gang hinaus. Er war so groß und breit, daß er den Durchgang völlig versperrte.

„Worauf wartest du, mein Junge?" fragte ich, als ich hinter ihm aufsetzte. „Die Roboter werden gleich hinter uns sein."

Die Aussicht auf einen Kampf mit den Automaten schien ihm

nicht unwillkommen zu sein. Ich mußte ihn förmlich auf den Gang hinausschieben. Dort war es zu meiner Erleichterung vollkommen still. Ich atmete zufrieden die verhältnismäßig saubere Luft ein. Meine Augen tränten vom beißenden Rauch.

Doutreval kam zu uns. Ich schwöre, daß er sich die Zeit nahm, sein Haar zu glätten und über seine Kombination zu streichen. Jede seiner Bewegungen drückte den Abscheu aus, den er vor Schmutz und Unordnung empfand.

Sennan Brank tauchte auf. Seine Äuglein musterten uns mit unverhohlenem Mißfallen.

„Weiter!" knurrte er. „Was steht ihr hier noch herum?"

Einen solchen Ton konnte sich nur der alte Brank erlauben. Er hatte lange genug das Gerücht verbreitet, daß in seinem Oberstübchen einiges in Unordnung sei, um sich solche Frechheiten leisten zu können.

Redhorse und Bradon schoben sich durch den Eingang.

„Dort drinnen ist die Hölle los", informierte uns Redhorse knapp. „Es wird nicht mehr lange dauern, bis die Thermoflammer erledigt sind. Dann werden die Roboter hinter uns her sein."

„Ja", sagte Brank erbost, „wir stehen schon viel zu lange hier herum."

„Sehen wir uns doch ein bißchen um", schlug Papageorgiu vor. Der Bursche hatte eine Art, einen Kampf auf Leben und Tod mit einem Picknickausflug zu verwechseln, die mir auf die Nerven ging. Seine Unbekümmertheit übertraf noch Redhorses Gelassenheit.

„Sie können ja umkehren, wenn Sie so mutig sind", sagte ich zu ihm.

Er lächelte sanft. „Sie können wieder ‚Junge' zu mir sagen", bot er mir an.

„Wir müssen vor allem herausfinden, wo wir sind", unterbrach Redhorse unsere unfreundliche Unterhaltung. „Das können wir nur, wenn wir einen Weg aus der Station herausfinden."

Der Major war ein Genie, wenn es darum ging, irgendwelche Schwierigkeiten unkompliziert darzustellen. Noch besser wäre es allerdings gewesen, dieser Genius hätte auch gewußt, *wie* wir hier herauskommen sollten. Hinter jeder Ecke konnten Roboter oder andere unangenehme Überraschungen auf uns warten.

Papageorgiu stemmte sich gegen die Tür und drückte sie zu.

„Vielleicht hält das unsere Freunde ein bißchen auf", meinte er.

Ich zog Doutreval zur Seite und flüsterte ihm ins Ohr: „Was ist das für ein Kerl, Olivier?"

Doutreval blickte mich an, wie ein Primus den Klassentrottel anzuschauen pflegt.

„Sie meinen Lastafandemenreaos Papageorgiu?" murmelte er.

Bei allen Planeten, er sprach den Namen mit der gleichen Geschicklichkeit aus wie Redhorse. Als hätten die beiden nie etwas anderes getan, als diesen Zungenbrecher zu üben.

„Natürlich", sagte ich ungeduldig.

„Er ist griechischer Abstammung", sagte Doutreval bedeutungsvoll.

Ich nahm meinen ganzen Mut zusammen, selbst auf die Gefahr hin, daß man mich ab sofort für einen ungebildeten Narren halten würde, und fragte:

„Ist das vielleicht etwas Besonderes?"

„Sein Onkel besitzt die größte private Handelsflotte der Erde", erwiderte Doutreval mit einer Stimme, die älteren Damen bei einem Kaffeekränzchen einen Schauer der Ehrfurcht über den Rücken gejagt hätte.

„Na, und?" machte ich.

„Er ist mehrfacher Millionär", sagte Doutreval.

Diese Auskunft trug nicht dazu bei, Papageorgiu in meinen Augen zu einem ungewöhnlichen Mann werden zu lassen. Im Gegenteil, ein Millionär, der auf diese Art und Weise sein Leben aufs Spiel setzte, mußte meiner Meinung nach einen Tick haben. Ach, *wo* wäre der gute Brazos Surfat jetzt gewesen, hätte er nur ein einziges Milliönchen sein Eigen nennen dürfen. Aber daran durfte ich nicht denken. Seltsam, die Reichen waren immer die anderen. Wenn sie mir jedoch begegneten, dann taten sie Dinge, die ich von ihnen nie erwartet hätte.

Meine Überlegungen wurden durch Redhorses Stimme unterbrochen. Der Major befahl uns, den schnellsten und leichtesten Weg in die Außenwelt zu suchen.

Ungehindert durchquerten wir zwei Räume und gelangten in einen Gang. Bradon entdeckte schließlich einige Schächte, die nach oben führten.

„Ehemalige Antigravschächte", erkannte Doutreval. „Anscheinend sind sie jetzt stillgelegt."

Diese Tatsache konnte uns nicht aufhalten, denn wir trugen ja alle Antigravprojektoren.

Wir formierten uns zu zwei Gruppen. Drei und drei nebeneinander schwebten wir den Schacht hinauf, der so hoch nach oben führte, daß er sich von unserer Sicht aus zu verjüngen schien. Redhorse, Bradon und Brank bildeten die erste Gruppe. Weil Papageorgiu so breite Schultern hatte und ich nicht gerade mager bin, verschwand Doutreval fast in unserer Mitte, als wir uns vom Boden abhoben. Wenn er auch körperlich kaum noch sichtbar war, so bewies doch der intensive Duft seines Parfums, daß er sich in der Nähe aufhielt.

Ich wunderte mich über die Entschlossenheit, mit der Redhorse diesen Fluchtweg eingeschlagen hatte. Schließlich konnte keiner von uns wissen, wohin er führte. Bisher, so erinnerte ich mich, hatte seine schnelle Entschlußkraft den Major noch nie fehlgeleitet. Dieser beherrschte Mann schien innerhalb kürzester Zeit eine Reihe logischer Gedankenkombinationen ausführen zu können, eine Fähigkeit, die mir völlig abging. Ich hätte wahrscheinlich ein paar Minuten zögernd am unteren Ende des Schachtes gestanden.

Bestimmt war das der Grund, warum der Indianer Major war und ich es höchstens bis zum Sergeanten bringen konnte.

Doutreval hatte behauptet, die Antigravschächte seien stillgelegt. Wir konnten jetzt deutlich sehen, daß er richtig beobachtet hatte. Ein Teil der Wandlampen war ausgefallen, die übrigen beleuchteten rissige Farbe und rostende Stellen. Verschiedentlich tauchten Nischen auf, die in andere Stationen führen mochten. Sie lagen jedoch in vollkommener Dunkelheit. Wahrscheinlich war diese Station nur von den zehn Männern besetzt, deren Ende wir miterlebt hatten.

Ab und zu blickte ich nach unten, weil ich jeden Augenblick damit rechnete, die Roboter auftauchen zu sehen. Ein paar waren unter uns vorbeigestürmt. Offenbar glaubten sie, wir hätten den Weg durch den Gang eingeschlagen. Das gab uns eine Atempause. Früher oder später würden sie uns wieder orten.

An seiner höchsten Stelle verbreiterte sich der Schacht, so daß er mit seinen Schutzgittern wie ein überdimensionaler Blütenkelch aussah. Wir landeten nacheinander auf der rundum angebrachten Galerie.

Redhorses Stimme klang hohl durch den Schacht, als er uns zu sich rief.

Sternförmig führten sechs Gänge in verschiedenen Richtungen davon. Nur einer davon war beleuchtet. Über uns wölbte sich ein kuppelförmiges Dach. Zwischen den Gängen erblickte ich einige große Türen, die mit Sicherheit ins Freie führten. Bedauerlicherweise gab es weder Fenster noch Beobachtungsgeräte, so daß wir nicht feststellen konnten, was uns draußen erwartete.

Papageorgiu deutete auf einige Konsolen.

„Hier gab es früher Ortungsgeräte“, stellte er fest. „Sie wurden jedoch alle demontiert.“

Das bestärkte meine Vermutung, daß diese Station den Tefrodern bis zu unserem Auftauchen bedeutungslos erschienen war.

„Wir müssen eines der Tore öffnen“, sagte Redhorse.

Brank protestierte. „Wenn draußen keine atembare Atmosphäre herrscht, ist es aus mit uns, Major.“

„Wir wissen nicht, ob wir direkt in die Außenwelt vorstoßen können“, entgegnete Redhorse. „Hinter diesen Toren können sich auch andere Räumlichkeiten befinden. Aber auch dann, wenn wir auf die Oberfläche dieser Welt gelangen, glaube ich nicht, daß eine Gefahr besteht. Gäbe es dort draußen eine giftige Atmosphäre, wären anstelle der Tore bestimmt Luftschleusen eingebaut.“

Unter uns drangen die ersten Kampfroboter in den Schacht ein. Der Lärm, den sie dabei verursachten, beendete unsere Diskussion. Wir rannten auf die nächste Tür zu. Unseren gemeinsamen Anstrengungen gab sie schließlich nach und glitt zur Seite.

Durch den entstehenden Spalt blies ein eisiger Wind. Schnee wirbelte zu uns herein. Die kalte Luft nahm mir fast den Atem. Draußen herrschte ein eigenartiges Licht. Viel konnten wir durch die Öffnung nicht sehen, aber es schien keine Landschaft aus Eismassen und Schneewehen zu sein, die sich vor uns ausbreitete.

„Ich glaube, wir sind auf der Erde gelandet“, sagte Major Don Redhorse.

Wir schwiegen verblüfft. Irgendwie war jeder von uns mit der Erde verbunden, aber wir wußten genau, daß dies nicht unsere Erde war, die wir betreten hatten. Es war die Erde des Jahres 49 488 vor Christi Geburt, auf der wir herausgekommen waren; eine Erde, deren nördliche Hemisphäre bereits von den Gletschern bedeckt wurde.

Bestimmt gab es keine lemurische Zivilisation mehr. Die fünfhundert Jahre, die uns die Zeitfalle auf Pigell in die Relativzukunft befördert hatte, hatten ausgereicht, um das Ende Lemurias zu besiegeln. Wenn es noch Lemurer gab, dann lebten sie auf anderen Welten. Die Evakuierung der Erde war abgeschlossen.

Papageorgiu war der erste, der wieder sprach.

„Wieso glauben Sie, daß es die Erde ist, Sir?" wollte er wissen.

Redhorse trat durch die offene Tür ins Freie hinaus. Sofort war seine Gestalt von Schneewolken umhüllt, er wurde zu einem grauen Schemen, das in dieser Einöde, die sich vor der Kuppel erstreckte, verloren aussah. Es schneite nicht, aber der eiskalte Wind trieb den Schnee meterhoch vor sich her.

Der Cheyenne deutete zum Himmel.

„Sehen Sie sich die Sonne an", forderte er uns auf. „Ich glaube, damit sind alle Zweifel beseitigt."

Die Sonne war ein kleiner, rotweißstrahlender Ball, der kaum noch Wärme spenden konnte. Von Horizont zu Horizont schien sich ein gewaltiger Brand am blaßroten Himmel zu spiegeln.

Es war ein bedrückender Anblick.

Zwischen der Sonne und der Erde hatte sich die Mikromaterie des explodierten Planeten Zeut so ausgebreitet, daß die Erde nicht mehr erwärmt werden konnte. Das war der eigentliche Grund für die Eiszeit, die bereits vor mehr als fünfhundert Jahren begonnen hatte. Es würden noch Jahrhunderte vergehen, bis sich der Vorhang aus kosmischer Materie lichten würde, so daß die Sonnenstrahlung wieder ungehindert durchdringen und die riesigen Gletschermassen abtauen konnte.

Was waren ein paar Jahrhunderte in der Entwicklungsgeschichte eines Planeten?

Ich bin kein Mensch mit Komplexen, aber in diesem Augenblick kam ich mir klein und unbedeutend vor.

Wenn Papageorgiu ähnliche Gefühle hegte, dann zeigte er es nicht. Er stapfte in die Schneewehen hinaus und legte eine Hand schützend vor die Augen.

„Die Kuppel ist fast eingeschneit!" rief er uns zu.

Redhorse nickte. „Schließt die Tür!" befahl er uns. „Ich glaube nicht, daß uns die Roboter hierher folgen."

„Sir!" rief Brank erregt. „Bedeutet das, daß Sie hier draußen bleiben wollen?"

„Natürlich“, antwortete der Major. „Dachten Sie, wir kehrten in die Station zurück, um den Kampfrobotern der Tefroder in die Hände zu laufen?“

Brank sagte erbittert: „Hier werden wir in ein paar Stunden erfrieren.“

Er war ein alter mürrischer Mann, dieser Sennan Brank, aber diesmal hatte er völlig recht.

„Wir suchen uns einen Unterschlupf“, verkündete Redhorse unbeirrbar. „Irgendwo in der Nähe befindet sich bestimmt eine verlassene lemurische Stadt. Dort werden wir uns verkriechen und unsere Lage überdenken.“

In einigen Metern Entfernung wühlte sich Papageorgiu durch den Schnee. Es schien ihm Spaß zu machen. Ich wartete nur darauf, daß er eine Schneeballschlacht vorschlagen würde.

Der kalte Wind schnitt mir ins Gesicht. Ich blieb ständig in Bewegung, um zu verhindern, daß Füße oder Hände frühzeitig erkalteten. Die Gesichter meiner Begleiter hatten sich gerötet. Ich sah bestimmnt nicht anders aus. Unsere Kleidung war mit Schneeflocken bedeckt.

Ich schaute in die Eiswüste hinaus und fragte mich, wie Redhorse eine Stadt finden wollte. Wenn in unserer Nähe jemals eine lemurische Ansiedlung bestanden hatte, dann war sie längst unter Eis und Schnee begraben.

Papageorgiu kam zu uns zurück, und wir drückten die Tür der Kuppel zu. Jetzt waren wir endgültig von den warmen und schützenden Räumen der tefrodischen Station abgeschlossen.

„Glauben Sie, daß die Anlagen dieser Station genau auf die Zeitfalle von Pigell eingestellt waren, Major?“ fragte Bradon den Cheyenne, als wir uns vom Boden abhoben.

„Der Verdacht liegt nahe“, stimmte Redhorse zu. „Es war bestimmt kein Zufall, daß wir hier herausgekommen sind.“

„Das würde bedeuten, daß die Meister der Insel über ein Tastergerät verfügen, mit dessen Hilfe sie jede Zeitverschiebung innerhalb der Bewegungsebene orten können“, sagte Bradon nachdenklich. „Das heißt, daß unsere Gegner genau wissen, wo wir zu finden sind.“

Redhorse schwieg. Bradons Überlegungen trugen nicht dazu bei, unseren Optimismus zu erhöhen. Wenn die Meister der Insel wußten, wo wir zu finden waren, dann besaßen sie bestimmt auch eine Möglichkeit, uns anzugreifen.

Brank flog an meine Seite, auf seinem runzeligen Gesicht tauten Schneeflocken und gaben ihm ein groteskes Aussehen.

Je weiter wir uns von der Station entfernten, desto heftiger und kälter schien der Wind zu werden. Das war jedoch nur eine Folge meiner nachlassenden Widerstandskraft. Meine Füße brannten, und ich wußte, daß sie bald gefühllos sein würden.

Ein Schatten tauchte neben mir auf. Es war Olivier Doutreval.

„Ziemlich kühl, was Korporal?" fragt er.

„Ja", bestätigte ich. „Es wird Zeit, daß wir einen Unterschlupf finden."

„Ich frage mich, was inzwischen auf Pigell geschah", sagte Doutreval nachdenklich. „Ob es den Männern gelungen ist, die Angriffe zurückzuschlagen?"

Er hob die Schultern. Er schien nicht so überzeugt zu sein.

„Glauben Sie auch, daß man uns hier erwartet hat?" fragte er mich.

„Es sieht so aus", gab ich zurück. „Die zehn Tefroder waren mit ihren Waffen direkt vor dem Transmitter postiert. Offenbar haben sie dort nur gestanden, um evenutell auftauchende Fremde sofort zu erschießen. Das beweist, daß unser Sprung von fünfhundert Jahren in die Relativzukunft von den Meistern der Insel erkannt worden ist."

„Es ist ein komisches Gefühl, wenn man befürchten muß, daß jeder Schritt beobachtet wird", sagte Doutreval.

„Hier beobachtet uns bestimmt niemand", meinte ich verdrossen.

Er streifte mich mit einem nachdenklichen Blick. „Sind Sie sicher?"

Die Eiswüste unter uns war verlassen und tot. Sie bedeckte alle Spuren der lemurischen Zivilisation. Weiter im Süden mochte es freundlicher aussehen. Dort gab es vielleicht noch Leben.

„Dort unten ist etwas!" schrie Papageorgiu plötzlich.

Meine Augen folgten der Richtung, die sein ausgestreckter Arm angab, und ich gewahrte eine dunkle Säule, die einige Meter aus dem Schnee ragte.

„Ein Baum!" rief Brank impulsiv.

Ich bedachte ihn mit einem mitleidigen Blick. Das Gebilde dort unten war künstlich. Außerdem konnte kein Baum diesen Eismassen standhalten.

„Vielleicht ist es irgendeine Markierung", meinte Doutreval.

„Wir fliegen darauf zu", befahl Redhorse.

„Es ist die Spitze eines Turmes!" rief Papageorgiu, der die besten

Augen zu besitzen schien. „Ich kann deutlich die abgebrochenen Antennen erkennen."

Wenn es ein Turm war und *wenn* es Antennen gab, dann handelte es sich mit Sicherheit um einen Fernsteuerturm eines ehemaligen lemurischen Raumhafens. Ich atmete schneller. Dort unten gab es vielleicht vorläufige Sicherheit für uns.

Redhorse benutzte seinen Ortungspeiler.

„Wir werden wieder verfolgt", stellte er fest. „Die Roboter haben offenbar die Station verlassen und suchen uns.".

„Ich hätte nicht geglaubt, daß wir für die Tefroder so wichtig sind", sagte Bradon.

„Nicht für die Tefroder", verbesserte Redhorse den Leutnant. „Sie sind nur Werkzeuge der Meister der Insel. Die unbekannten Herren Andromedas sind es, für die wir eine besondere Bedeutung haben." Er wechselte plötzlich das Thema. „Lastafandemenreaos, fliegen Sie zu diesem Turm hinab und stellen Sie fest, ob es einen Eingang gibt. Seien Sie jedoch vorsichtig."

„Gewiß, Sir", sagte der junge Raumfahrer. Er legte die Arme dicht an den Körper und preßte die Beine zusammen. Er fiel wie ein Brett nach unten. Unmittelbar über dem Turm breitete er Arme und Beine wieder aus. Manchmal verschwand er fast in den Schneewolken.

„Wir kreisen über dem Turm", befahl Redhorse.

Er schaltete sein Armbandfunksprechgerät ein.

„Nun?" erkundigte er sich. „Wie sieht es dort unten aus?"

Hastig schaltete ich mein eigenes Gerät ein, um Papageorgius Antwort mithören zu können.

„Der Turm ragt sechs oder sieben Meter über das Eis", berichtete der Junge. „Alles ist völlig vereist. Wenn es hier einen Eingang gibt, werden wir ihn freischmelzen müssen."

„Gibt es irgendwelche Anzeichen, daß dort unten noch Leben existiert?" fragte Redhorse.

Ich hörte Papageorgiu auflachen. „Leben, Sir? Hier unten ist alles eingefroren, wie in einer Tiefkühltruhe."

Redhorse gab uns ein Zeichen. „Wir folgen ihm", entschied er.

Die Turmspitze war größer, als ich erwartet hatte. Sie durchmaß mindestens dreißig Meter und ragte, wie der Grieche es gesagt hatte, sechs Meter aus dem Eis. Auf einer Seite war der Schnee fast bis zur Turmspitze angeweht. Zwischen abgebrochenen Antennen und eingestürzten Geländern gab es unzählige Schneewehen. Eine einsame Antenne hatte den Naturgewalten getrotzt. Sie zitterte wie ein Grashalm im scharfen Wind. Der Turm machte einen baufälligen Eindruck. Das Eis, das ihn bedeckte, war stellenweise vollkommen durchsichtig, aber es vergrößerte und verzerrte die Gegenstände, die es unseren Blicken nicht verbarg.

Papageorgiu schlitterte von der Turmspitze zu uns auf die zerstörte Galerie hinab. Er schien gestürzt zu sein, denn sein Rücken war weiß von Schnee, und er hinkte ein bißchen, als er auf Redhorse zukam.

„Auf der anderen Seite ist der Eingang", sagte er atemlos. „Er wird von einer meterdicken Eisschicht bedeckt."

„Das sehen wir uns an", sagte der Major.

Überall lagen umgestürzte Geräte herum. In ein paar Jahren würde auch die Turmspitze von Schnee und Eis bedeckt sein. Vielleicht dauerte es auch nur ein paar Monate.

Der Eingang des Fernsteuerturmes bot einen trostlosen Anblick. Das Gewicht des Eises hatte eine Seite der Tür eingedrückt. Ein paar Metallstreben ragten hervor. Hohe Schneewehen türmten sich zu beiden Seiten. Es gehörten schon scharfe Augen dazu, um in diesem Durcheinander überhaupt einen Eingang zu erkennen.

„Tretet zurück!" befahl Redhorse.

Er zog seinen Strahler. Das Eis schmolz überraschend schnell, als er zu schießen begann. Schneemassen wurden hochgewirbelt. Es zischte und dampfte, und für ein paar Minuten war hinter dem Qualm nichts zu erkennen.

Dann stellte der Major das Feuer ein.

Die offene, halbeingestürzte Tür lag vor uns.

„Ein schwarzes Loch", sagte Brank unbehaglich. „Die Sache gefällt mir nicht."

„Dort drinnen gibt es keinen Wind", sagte Doutreval. „Das ist immerhin etwas."

Das abgeschmolzene Eis hatte sich überall auf der Galerie gestaut und begann bereits wieder zu erstarren. Papageorgiu drang bis zum freigelegten Eingang vor und streckte seinen Kopf in die Dunkelheit. Ich sah, wie er seinen Scheinwerfer vom Gürtel löste und in das Turminnere hineinleuchtete.

Dann war er im Innern verschwunden, und wir sahen nur noch den suchenden Lichtstrahl des Scheinwerfers. Wir folgten dem Griechen.

Ich atmete erleichtert auf, als ich nicht mehr dem schneidenden Wind ausgesetzt war, der uns im Freien zu schaffen gemacht hatte. Der Boden, den meine Füße betraten, war eisfrei. Ich folgte dem Beispiel der anderen und schaltete meinen Scheinwerfer ein. Im Licht der Lampen konnten wir sehen, daß im Innern des Turmes alle Einrichtungen weitgehend von der Zerstörung verschont geblieben waren. Überall standen Ortungs- und Peilgeräte. An den Wänden erkannte ich mehrere Maschinen, die alle noch funktionsfähig zu sein schienen. In der Mitte des Raumes war der Einstieg zu einem Antigravschacht. Ich bezweifelte jedoch, daß er intakt war.

Es stank nach verbrannter Isolation, nach Teer, Öl, Metall und Plastik.

Außer unseren Schritten war nichts zu hören.

„Wir wollen versuchen, den Eingang zu verschließen", ordnete Redhorse an. „Außerdem schalten wir sofort unsere Antigravprojektoren aus. Das wird unseren Verfolgern die Suche nach uns erschweren."

Ich hatte die Kampfroboter der Tefroder fast vergessen. Papageorgiu und Doutreval lösten einige Metallverkleidungen von den Maschinen und verbarrikadierten damit den Eingang. Das Heulen des Sturmes wurde zu einem kaum hörbaren Säuseln.

„Wir klettern hinab", sagte Redhorse und zeigte in Richtung des Schachtes. „Vielleicht finden wir weiter unten irgend etwas, was uns weiterhilft."

Alles, was wir benötigten, war ein Hyperfunkgerät. Ich bezweifelte, daß wir eines finden würden. Der Gedanke, durch den dunklen Turm in die unbekannte Tiefe vorzudringen, rief Unsicherheit in mir hervor.

Redhorse probierte ein paar Hebel, doch nichts geschah.

„Keine Energie mehr", sagte Doutreval. „Vielleicht gibt es irgendwo einen Notabstieg."

Es gab einen. Es handelte sich um einen schmalen Schacht mit einer zerbrechlich aussehenden Metalleiter. Brank deutete auf das Loch im Boden und sagte: „Ich glaube nicht, daß Surfat hier durchkommt."

„Da ich keine Zeit für eine Abmagerungskur habe, werde ich mich schon irgendwie durchzwängen", antwortete ich wütend.

Redhorse leuchtete in die Tiefe. „Wenn wir im Schacht stecken, sind wir leicht anzugreifen", sagte er. „Trotzdem werden wir den Abstieg riskieren."

Er machte den Anfang und war gleich darauf verschwunden. Ich hörte seine Stiefel auf den Metallsprossen der Leiter aufschlagen. Brank, Papageorgiu, Doutreval und ich folgten. Bradon bildete den Abschluß.

Wir versammelten uns am Ende des Schachtes in einem langgestreckten Raum mit kahlen Wänden und Steinfußboden. Gegenüber der Temperatur, die im Freien herrschte, war es hier fast warm. Die Luft, die wir atmeten, erschien mir stickig. Vielleicht war es auch nur ein Gefühl der Beengung, das mich bedrückte. Ständig mußte ich an die Millionen Tonnen von Eis denken, die uns einschlossen.

Redhorse leuchtete mit seinem Scheinwerfer die gesamte Umgebung ab, bevor er sprach. Dabei entdeckte er zwei Türen.

„Es besteht kein Zweifel, daß wir uns im Kontrollzentrum eines ehemaligen lemurischen Raumhafens befinden", sagte der Major. „Der Raumhafen ist bereits von den Eismassen überrollt worden. In der Nähe muß eine Stadt existiert haben. Natürlich wurde sie von den Gletschern zermalmt, doch wir wissen, daß die lemurischen Städte große Untergrundsiedlungen besaßen."

„Sie meinen die Bunkerstädte unter den eigentlichen Wohnsiedlungen", warf Bradon ein.

„Ja", bestätigte der Cheyenne. „Die Lemurer bauten diese Bunker, um einen gewissen Schutz vor der halutischen Großoffensive zu haben."

„Soll das etwa bedeuten, daß Sie vorhaben, in diese unterirdische Stadt einzudringen, Sir?" fragte Brank. Seine schrille Stimme klang geisterhaft.

„Dort können wir vielleicht Überlebende finden", sagte Redhorse.

Bradon ergriff Branks Partei. „Halten Sie das nicht für gefährlich, Major?"

„Natürlich ist es gefährlich", sagte Redhorse. „Aber auf dieser Welt gibt es keine ungefährlichen Plätze. Wir benötigen Verpflegung und müssen einen Weg finden, um mit Perry Rhodan in Verbindung zu treten."

Ich dachte an die Lemurer, die früher diese Räume benutzt hatten. Es war fast unvorstellbar, daß sich an diesem unheimlich wirkenden Ort einmal lebende Wesen aufgehalten hatten. Sie alle, die hier gelebt und gearbeitet hatten, waren seit Jahrhunderten tot und vergessen. Nichts konnte sie zurückbringen. In ihren Herzen waren vielleicht die gleichen Sehnsüchte gewesen, die auch uns beherrschten, und ihre Gedanken mochten sich nur wenig von den unseren unterschieden haben. Jetzt wußten wir nicht einmal mehr ihre Namen. Der Tod eines denkenden Wesens erschien mir plötzlich als eine Ungerechtigkeit, als ein Anachronismus, der durch irgendeinen Fehler im natürlichen Ablauf des Lebens ausgelöst wurde. Vielleicht aber lag der Sinn des kurzen Lebens nur darin, daß das Weiterleben der nächsten Generation gewährleistet wurde, denn nur Generationen konnten etwas schaffen, was sich nicht so leicht vergessen ließ. Inmitten dieses kahlen Raumes erschien mir mein Leben als ein unglaublich komplizierter Vorgang, als eine unlösbare Verstrickung von unzähligen Ereignissen, die wiederum auf den Ablauf anderer Leben Einfluß hatten, so daß es zuletzt unmöglich war, den Anfang dieser Lawine von Ereignissen zu erkennen. Wir verließen den Raum durch eine der Türen. Redhorse setzte sich an die Spitze. Wir kamen in einen langen Korridor. Es gab ein paar Fenster auf einer Seite des Korridors. Sie waren aufgeplatzt, eingedrückt vom Eis.

Ich wunderte mich, daß die Wände standgehalten hatten. Stellenweise waren sie von meterbreiten Rissen durchzogen, aber nirgends gab es Einsturzstellen. Das Eis war so schnell gekommen, daß es einige Gebäude kompakt umschlossen hatte. Auf diese Weise hatten die tiefergelegenen Räumlichkeiten den Gletschern standhalten können. Die Gletscher waren einfach über diese gewaltigen Massen aus Eis, Schnee, Stein, Glas und Kunststoff hinweggewandert.

Am Ende des Korridors stießen wir auf einen breiten Durchgang, über dem eine Karte hing. Redhorse ließ den Lichtstrahl seines Scheinwerfers darüber hinweggleiten.

„Eine Landkarte“, sagte Doutreval.

„Es sieht so aus, als befänden wir uns auf dem Kontinent, der einmal Nordamerika sein wird“, stellte Redhorse fest. „Ein Teil der Karte ist mit einer Spezialfarbe gedruckt. Damit soll offenbar das Gebiet angezeigt werden, wo dieser Raumhafen liegt.“

„Können Sie feststellen, wo sich dieses Gebiet befindet?“ erkundigte sich Papageorgiu. Er lächelte verkrampft. „Ich meine natürlich, wie man dieses Gebiet irgendwann in der Zukunft bezeichnen wird.“

„Nordamerika ist meine Heimat“, sagte Redhorse. „Ich kenne mich also ein bißchen aus. Vergessen Sie jedoch nicht, daß in fünfzigtausend Jahren alles anders aussehen wird.“ Er trat näher an die Karte heran. „Wir befinden uns etwa auf vierzig Grad Breite", sagt er. „Dieser Breitengrad zieht sich über die Linie Philadelphia, Denver und Kap Mendocino in Kalifornien hinweg. Hier muß später einmal das große Nevada-Becken entstehen."

„Das würde bedeuten, daß wir uns an den Ostflanken der Sierra Nevada befinden", sagte Brank.

„Ungefähr", stimmte Redhorse zu. „Vorausgesetzt, daß wir der Karte glauben können."

Redhorse schaltete den Scheinwerfer aus, und die Karte verschwand im Schatten über der Tür. Wir waren in Nordamerika, genau dort, wo ich mir zu sein gewünscht hätte, wenn wir uns fünfzigtausend Jahre in der Zukunft befunden hätten.

Wir setzten unseren Weg fort. Nach ungefähr einer Stunde wurden wir zum erstenmal aufgehalten. Vor uns befand sich eine Wand aus Eis. Sie glitzerte im Licht unserer Scheinwerfer.

„Das Eis kann ein paar Meter, aber auch einige Kilometer dick sein", sagte Redhorse. „Es ist sinnlos, daß wir herauszufinden versuchen, *wie* dick es an dieser Stelle ist. Wir suchen nach einem anderen Durchgang."

Wir irrten mindestens zwei Stunden durch Gänge und Säle, bis wir eine Möglichkeit fanden, in der von uns gewählten Richtung weiterzugehen. Inzwischen wußten wir, daß die Stadt, die in unmittelbarer Nähe liegen mußte, Godlar hieß. Wir wußten es von verschiedenen Gravierungen, die wir in Wänden, in Metalltafeln und in Steinplatten gesehen hatten. Außerdem hatte Papageorgiu ein Gemälde dieser Stadt gefunden. Sie mußte während ihrer Blütezeit eine der größten Städte der Lemurer gewesen sein. Jetzt war sie unter dem Eis begraben.

Der Raumhafen hatte am Ende Godlars gelegen. Es gab unzählige unterirdische Korridore und Tunnel, die Stadt und Raumhafen miteinander verbanden. Der größte Teil davon war eingestürzt oder mit Eis gefüllt. Redhorse jedoch, der anscheinend unter allen Umständen die Stadt finden wollte, ließ sich davon nicht aufhalten. Wir irrten durch dieses Labyrinth aus Gängen und Räumen. Oft genug bewegten wir uns im Kreis. Redhorse war jedoch ein findiger Kundschafter. Er fand immer wieder Wege, um uns an gefährlichen Stellen vorbeizuführen.

Es waren schon einige Stunden verstrichen, als Brank zu mir sagte: „Den Rückweg werden wir nicht mehr finden."

An diese Möglichkeit hatte ich überhaupt noch nicht gedacht. Trotzdem hatte Brank recht. Wie sollten wir uns in diesem Gewirr von Gängen zurechtfinden, wenn wir zur Umkehr gezwungen waren? Angenommen, eine riesige Eiswand würde uns den weiteren Weg versperren, was sollten wir dann tun?

Bis wir den Fernsteuerturm wieder finden würden, wären wir längst verhungert. Zu verdursten brauchten wir nicht, denn es war kein Problem, Eis aufzutauen.

„Wir werden irgendwo in der Stadt einen Weg an die Oberfläche finden", sagte ich zu Brank. Es war ihm anzusehen, daß er mir nicht glaubte. Ich beeilte mich, um aus dem Lichtstrahl seines Scheinwerfers zu kommen.

Einige Minuten später stießen wir auf ein Hindernis, das die entfesselte Natur nicht geschaffen hatte. Der breite Gang, durch den wir uns bewegten, war mit Metallplatten abgesperrt.

Don Redhorse untersuchte das Hindernis. „Diese Absperrung wurde in aller Eile gebaut", stellte er nach einer Weile fest. „Sie sollte entweder das Eis oder unbekannte Eindringlinge daran hindern, in die Stadt zu gelangen."

„Ich kann mir nicht vorstellen, daß sich die Haluter dadurch aufhalten ließen", meinte Papageorgiu.

„Natürlich nicht", stimmte Redhorse zu. „Wir dürfen jedoch nicht vergessen, daß die Lemurer verzweifelt waren. Sie ahnten, daß ihr Ende gekommen war. Aber wenn sie den halutischen Waffen entgingen, bestand noch immer die Gefahr, daß sie ein Opfer der Gletscher würden."

Wir stellten uns nebeneinander auf und brannten mit unseren Waffen ein Loch in die Panzerung. Wir warteten, bis das Metall abgekühlt war, dann krochen wir durch die gewaltsam geschaffene Öffnung. Auf der anderen Seite gab es ebenfalls kein Licht, aber der Gang war frei von Hindernissen.

„Es kommt mir so vor, als sei es hier ein bißchen wärmer als auf der anderen Seite der Absperrung", sagte Doutreval.

„Dafür ist die Luft schlechter", bemerkte Brank verdrossen.

Ununterbrochen leuchteten wir mit unseren Scheinwerfern die nähere Umgebung ab. Nichts deutete darauf hin, daß es hier noch Leben gab. Ab und zu stießen wir auf kleinere Kontrollstationen. Es genügte, das Innnere einer dieser Stationen zu untersuchen. Überall auf den Maschinen und Tischen lag Staub. Keines der an die Hauptenergieleitungen angeschlossenen Geräte arbeitete noch Das bewies uns, daß es hier keine Energiezufuhr mehr gab. Die Kraftstationen Godlars schienen sämtlich ausgefallen zu sein.

„Wir müssen irgendwie in die tieferen Bunkerstädte gelangen“, sagte Redhorse. „Hier werden wir nichts anderes finden als verlassene Häuser und Skelette längst verstorbener Lemurer.“

An seinem Ende verbreiterte sich der Gang zu einem riesigen Platz, dessen Decke vom Eis gebildet wurde. Ungefähr in der Mitte der gewaltigen, von der Natur geschaffenen Höhle reichte das Eis bis zum Boden hinab. Hier war es wieder empfindlich kalt.

Unter dem Eis entdeckten wir die Außenwände verschiedener Gebäude. Teilweise ragten sie ins Freie, wie hilfesuchend ausgestreckte Arme. Unsere Schritte fanden in den endlosen Windungen der Höhle ein geisterhaftes Echo. Das Eis schillerte in allen Farben. Gefrorene Chemikalien zogen sich wie Adern aus Gold und Silber durch die Decke.

Dann fand Brank den toten Lemurer.

Der Kanonier stieß einen schrillen Schrei aus und blieb ruckartig stehen. Der Scheinwerfer in seiner Hand zitterte. Vor ihm am Boden lag ein Eisblock, in dem ein in Lumpen gehülltes menschliches Wesen eingefroren war. Die Augen des Toten waren weit aufgerissen. Im Gesicht des Mannes lag panikartiges Entsetzen.

„Er muß vom Eis überrascht worden sein“, stammelte Brank.

„O nein“, sagte Redhorse. „Dieses Wesen liegt noch nicht lange hier. Es wurde absichtlich eingefroren.“ Er beugte sich zu dem Eisblock hinab und zog ein Metallschild darunter hervor. Das Blech war beschriftet. In ungelenken Buchstaben hatte jemand in Tefroda daraufgeschrieben: *Tod dem Plath!*

„Wer oder was ist der Plath?“ fragte Papageorgiu.

„Ich weiß es nicht“, sagte Redhorse. „Aber ich glaube, daß wir früher oder später auf lebende Wesen stoßen werden. Es sieht so aus, als seien sich die Überlebenden dieser Katastrophe nicht besonders freundlich gesinnt. Dieser Fund berechtigt uns zur Annahme, daß es hier unten zumindest zwei Parteien gibt, die sich bekämpfen.“

Endlich gelang es mir, meine Blicke von dem Toten zu lösen.

„Wollen wir nicht umkehren, Sir?“ flüsterte Brank.

„Im Gegenteil“, sagte Redhorse. „Der Tote beweist mir, daß es hier irgendwo eine Station geben muß, die bewohnt ist. Wir werden sie suchen.“

„Ich habe keine Lust, in einem Eisblock begraben zu werden“, erklärte Brank aufgebracht.

„Wenn Sie wünschen, können Sie umkehren – allein“, sagte Redhorse.

Brank wandte sich ab und schwieg. Er wußte, daß er keine Chance hatte, den Fernsteuerturm zu finden.

„Ab sofort“, sagte Redhorse, „werden wir uns vorsichtiger verhalten. Jeder hält eine Waffe schußbereit. Nur der Mann, der an der Spitze geht, darf seinen Scheinwerfer benutzen. Sobald Gefahr droht, wird das Licht ausgeschaltet.“

Wir durchquerten die Höhle. Am anderen Ende stießen wir auf die Trümmer eines eingestürzten Hauses. Dahinter führte ein schmaler Gang durchs Eis. Plötzlich hörten wir ein Zischen.

„Stehenbleiben!“ befahl Redhorse und löschte seinen Scheinwerfer.

Das Zischen wiederholte sich in regelmäßigen Abständen. Es schien direkt aus den Trümmern zu kommen.

„Was kann das sein?“ fragte Papageorgiu gedämpft. Seine Stimme klang angespannt. Offenbar konnte er es kaum erwarten, sich wieder in irgendeinen Kampf zu stürzen.

„Wenn sich dort irgend jemand aufhält, hat er uns bestimmt schon entdeckt“, klang Bradons Stimme durch die Dunkelheit.

„Richtig“, sagte Redhorse.

Sein Scheinwerfer flammte wieder auf. Ich sah, wie er auf die Trümmer zuging. Es blieb uns nichts anderes übrig, als dem Major zu folgen. Die Plastikplatten, aus denen das Haus bestand, waren von Eiskristallen überzogen. Sie waren so glatt, daß sie meinen Füßen kaum einen Halt boten.

Mit der Sicherheit eines Spürhundes ging Redhorse auf die Geräuschquelle zu. Dann tauchte im Lichtschein eine Dampfsäule auf. Das Licht wanderte tiefer, blieb schließlich an einem dicken Rohr hängen. Am Ende des Rohres war eine Art Ventil angebracht, das sich in regelmäßigen Abständen öffnete und eine Dampfwolke ausstieß. Wir begafften das Rohr, als sei es ein Wunder.

Ich spürte, wie meine Bauchmuskeln sich verkrampften. Das Rohr, das den Überdruck aus irgendeinem Leitungssystem ableitete, schien dem tödlichen Eis Hohn zu sprechen, es war eine Herausforderung des Lebens inmitten einer versunkenen Stadt.

Ich beobachtete, wie Redhorse seine Hand ausstreckte, zögernd, aber doch so bestimmt, daß jeder wußte, der Major würde diese Bewegung zu Ende führen. Redhorse berührte das Rohr und zuckte zurück. Unwillkürlich zuckte ich ebenfalls zusammen.

„Es ist heiß", gab uns der Cheyenne lakonisch bekannt.

Wir redeten alle durcheinander. In diesem Reich der Kälte schien ein heißes Rohr etwas Ungewöhnliches zu sein, es war die Spur, die uns zum Leben führen mußte.

„Es kommt aus der Tiefe", fuhr Redhorse fort. „Wahrscheinlich aus den Bunkerstädten."

Nacheinander betasteten wir das Rohr, beinahe sanft strichen wir mit unseren kalten Händen darüber, als sei es etwas ungemein Kostbares. Redhorse leuchtete die Trümmer ab, offensichtlich hoffte er, ein weiteres Rohr zu entdecken.

„Glauben Sie, daß unter diesen Trümmern jemand lebt?" fragte Doutreval.

„Sehr wahrscheinlich", erwiderte Redhorse. Ich fragte mich, warum der Offizier so überzeugt war. Ein heißes Rohr und eine eingefrorene Leiche waren schließlich noch kein endgültiger Beweis.

„Und wo sollen wir den Eingang zur Unterwelt finden, Sir?" mischte sich Leutnant Bradon ein.

„Wir müssen danach suchen", sagte Redhorse. „Wir wissen jetzt, daß in den Bunkerstädten zumindest noch eine Wärmequelle existiert."

Wir durchsuchten eine halbe Stunde das eingestürzte Haus, ohne einen Zugang in die Tiefe zu finden. Schließlich ordnete Redhorse eine kurze Rast an.

„Mein Magen knurrt", gab Papageorgiu bekannt, als wir uns eine halbwegs gemütliche Stelle aussuchten. Es wird Zeit, daß wir etwas zum Essen finden."

„Wenn es ganz schlimm wird, schlachten wir Surfat", sagte Brank. „Bei der Leibesfülle des Korporals können wir damit rechnen, einen Monat zu überleben."

„Ich ersteche Sie mit einem Eiszapfen", drohte ich ihm. „Ich werde . . ."

Ein Rascheln unterbrach mich. Meine Hand griff zum Scheinwerfer. Redhorse und Bradon waren noch schneller als ich. Die Lichtstrahlen huschten über die Plastiktrümmer.

Sieben Meter von uns entfernt kauerte eine große Ratte am Boden und beobachtete uns. Ihre Augen glänzten. Sie schien durch unsere Anwesenheit nicht verwirrt zu ein. Es war ein häßliches Tier, mit stumpfem Fell und einem kurzen Schwanz. Die Ohren der Ratte zuckten. Ihre Vorderpfoten wanderten unruhig über die glatte Oberfläche eines größeren Trümmerstückes.

„Was für ein Biest!“ rief Brank. „Haben Sie jemals eine so große Ratte gesehen, Sir?“

„Nein“, sagte Redhorse ruhig. Jede schnelle Bewegung vermeidend, griff er nach seinem Strahler.

Die Ratte sah es und verschwand mit einem Sprung zwischen den Trümmern. Ein kurzes Rascheln, dann war alles still. Brank fluchte unbeherrscht.

„Sie hat es gewußt, daß Sie auf sie schießen wollten, Sir.“

„Immer mit der Ruhe, Leutnant“, gab Redhorse zurück. „Es kann ebensogut Zufall sein, daß sie flüchtete, als ich zur Waffe griff.“

„Das Biest sah schlau aus“, sagte Brank.

„Wie wollen Sie das feststellen?“ fragte Papageorgiu gelassen. „Ich finde, alle Ratten sehen gleich häßlich aus und gleich dumm.“

Wir hörten, wie Brank sich am Kinn kratzte. Das schabende Geräusch trieb mir einen Schauder über den Rücken. Ich kam nicht von dem Gedanken los, daß ringsum unzählige Ratten lauerten und jeden unserer Schritte beobachteten.

„Es war nicht irgendeine Ratte“, sagte Brank beharrlich. „Sie war größer als eine normale Ratte, und sie war schlau.“

„Wir brechen auf!“ befahl Redhorse. Er schien erkannt zu haben, daß wir zu unruhig waren, um an diesem Platz zu bleiben.

„Wo Ratten sind, gibt es auch Menschen“, sagte Doutreval, als wir die Trümmer hinter uns ließen und in den schmalen Gang eindrangen, der direkt ins Eis führte.

Redhorse übernahm wieder die Führung. Ab und zu sah ich sein Gesicht im Lichtkreis des Scheinwerfers. Es war hager und erweckte, solange man die Augen nicht sehen konnte, den Eindruck einer Maske. Dieser Eindruck des Maskenhaften legte sich sofort, wenn man Redhorses tiefdunkle Augen sah, die voller Ausdruckskraft und Leben waren.

Bald wurde der Gang so niedrig, daß wir nicht mehr aufrecht gehen konnten. Redhorse machte jedoch keine Anstalten, in die große Höhle zurückzukehren. Schließlich mußten wir auf allen vieren weiterkriechen. Ich stieß meinen Rücken und meine Hüften an der rauhen Oberfläche der Seitenwände wund. Die Luft war so schlecht, daß mir trotz der Kälte der Schweiß ausbrach. Hinter mir hörte ich Brank ununterbrochen Verwünschungen ausstoßen. Ich fragte mich, warum ein Mann, der allen Dingen gegenüber so negativ eingestellt war wie Brank, überhaupt in der Solaren Flotte war. Nun, dachte ich spöttisch, im Weltraum konnte er sein Gift loswerden.

Dann wurde der Gang wieder breiter und höher. Wir konnten uns aufrichten und befreiter atmen. Redhorse kommentierte die Veränderung unserer Umgebung nicht, er schien das alles mit dem unfehlbaren Instinkt des Indianers vorausgesehen zu haben.

Der Gang mündete in einem verhältnismäßig gut erhaltenen Gebäude. Redhorse schob die Überreste einer Tür zur Seite. Er leuchtete den Raum, der vor uns lag, sorgfältig ab, bevor er ihn betrat.

Es schien sich um einen privaten Wohnraum gehandelt zu haben, denn anstelle der gewohnten Maschinen sahen wir einfaches Mobiliar. Papageorgiu ließ sich in einen abstrakt geformten Sessel fallen und streckte seine langen Beine von sich.

Redhorse untersuchte die Schriftstücke, die auf dem Tisch herumlagen. Ein Teil davon war vermodert, und zerfiel unter seinen Händen zu Staub.

Papageorgiu zog sich einen zweiten Sessel heran, um seine großen Füße darauflegen zu können.

„Was soll der Unsinn?“ fauchte ich ihn an. Seine Unbekümmertheit machte ihn mir unsympathisch, obwohl ich genau wußte, daß ich überhaupt keinen Grund hatte, ihn zu beschimpfen.

„Sie sollten sich auch ein bißchen ausruhen“, schlug er vor und deutete auf die freistehenden Sessel.

Doutreval wanderte im Zimmer auf und ab und leuchtete auf den Boden. Brank stand neben Bradon und erzählte ununterbrochen von allen möglichen Arten von Ratten, die er im Laufe seines Lebens kennengelernt hatte.

„Aber ein solches Biest habe ich bisher noch nicht gesehen“, beteuerte er abschließend.

„Nichts", sagte Redhorse und wischte den Papierberg mit einer Handbewegung vom Tisch. „Untersuchen wir die anderen Räume."

„Was haben Sie entdeckt?" wollte Bradon wissen.

Redhorse lachte. „Mahnungen", sagte er. „Es waren Mahnschreiben, die den Empfänger zu schnellerer Zahlung seiner Schulden aufforderten."

Damals, dachte ich, mußten dem Lemurer, der diese Mahnungen erhalten hatte, diese Schreiben wichtig vorgekommen sein. Jetzt, nach fünfhundert Jahren, beim Anblick dieser verlassenen Gebäude, erschienen diese Zahlungsaufforderungen bedeutungslos.

Wir begaben uns in den anschließenden Raum. Er lag im Dunkel, doch auf der anderen Seite des Zimmers sahen wir einen Lichtstreifen. Redhorse hob einen Arm, und wir blieben im Durchgang stehen. Vorsichtig ließ Redhorse den Strahl seiner Lampe über den Boden wandern. Schließlich sahen wir, daß das Licht durch eine Tür fiel, die spaltbreit geöffnet war. Das Licht war unruhig, seine Helligkeit verlor in regelmäßigen Abständen an Intensität.

„Dort drüben scheint ein Feuer zu brennen", sagte Redhorse ruhig.

Er schaltete seinen Scheinwerfer aus. Bewegungslos standen wir in der Dunkelheit und lauschten. Nichts war zu hören.

„Niemand benutzt seinen Scheinwerfer!" befahl Redhorse. „Wir schleichen uns zu dieser Tür hinüber."

Nacheinander betraten wir den dunklen Raum. Plötzlich hörte ich die Tür, durch die wir gekommen waren, mit einem Knall zuschlagen. Ich zuckte zusammen. Bevor ich einen klaren Gedanken fassen konnte, wurde der Raum in strahlende Helligkeit getaucht. Ich schloß geblendet die Augen.

„Niemand macht eine Bewegung", sagte jemand in undeutlichem Tefroda.

Als ich die Augen wieder öffnete, waren wir von einem Dutzend zerlumpter Gestalten umringt. Sie waren mit fremdartigen Waffen ausgerüstet, die sie auf uns richteten. Die Männer gingen gebeugt. ihre Augen lagen tief in den Höhlen. Ihre Haut war so weiß, als sei sie mit Chemikalien gebleicht.

„Wir kommen nicht als Feinde", sagte Redhorse.

Der Sprecher der Unbekannten war ein großer, bärtiger Mann von unglaublicher Hagerkeit. Er hielt einen Metallstab in den Händen, der an einem Ende spitz zugeschmiedet war. Der Mann schien auf diese primitive Waffe stolz zu sein. Ich sah, daß er als einziger keine Schußwaffe trug.

„Gehört ihr zur Clique der Wissenschaftler?“ fragte der Mann.

„Wir gehören keiner Gruppe an“, sagte Redhorse ausweichend. Im stillen gratulierte ich ihm zu dieser Antwort. Schließlich konnten wir nicht wissen, wer die Clique der Wissenschaftler war und ob es sich um Freunde oder Feinde jener Männer handelte, die uns in eine Falle gelockt hatte.

Der Bärtige stieß seinen Speer vor Redhorse in den Boden.

„Ihr kommt von der Oberfläche?“ erkundigte er sich. „Aus dem Süden?“

Der Mann machte einen Schritt auf den Major zu.

„Aus welcher Stadt?“

Redhorse hob die Schultern.

„Gäbe es dort, wo wir herkommen, eine Stadt, müßten wir nicht im Gebiet der Gletscher herumsuchen“, erwiderte er.

„Wir sind hergekommen, um eine der großen Städte zu finden“, fügte Chard Bradon hinzu.

Der Bärtige dachte einen Augenblick nach. Seine Begleiter wurden unruhig. Ich hoffte, daß ihr Anführer genügend Autorität besaß, um sie daran zu hindern, einfach über uns herzufallen.

„Habt ihr gefunden, was ihr sucht?“ fragte der Lemurer.

„Godlar“, erwiderte Redhorse bitter. „Eine tote Stadt.“

Der große Mann machte eine alles umfassende Geste. „Die paar Gebäude sind alles, was von Godlar übriggeblieben ist“, sagte er.

„Und die Bunkerstädte?“ fragte Redhorse.

Zu meiner Überraschung lächelte der Lemurer Redhorse zu.

„Ihr wißt davon?“

„Natürlich“, antwortete Redhorse. „Wir haben diese Expedition lange Zeit geplant.“

„Was wollt ihr in dieser Stadt?“

„Wir suchen ein Raumschiff“, antwortete Redhorse gelassen.

Der Bärtige sah ihn überlegend an. Plötzlich begann er schallend zu lachen. Einige seiner Begleiter fielen in das Gelächter ein. Schließlich beruhigte sich der Fremde.

„Ein Raumschiff!“ wiederholte er und schüttelte den Kopf. „Ich glaube nicht, daß auf diesem Planeten noch ein einziges Schiff existiert.“

„Dann bauen wir eines“, sagte Redhorse unerschütterlich. Er spielte seine Rolle großartig. Ich war überzeugt, daß uns die Fremden jedes Wort glaubten.

„Habt ihr etwas zum Essen dabei?“ fragte der Bärtige.

„Essen?“ Redhorse verneinte. „Wir sind selbst hungrig. Wir hofften, daß wir hier jemand antreffen würden, der uns mit Nahrung versorgt.“

Der Bärtige hob seine zerlumpte Jacke in die Höhe, so daß seine hervorstehenden Rippen sichtbar wurden. Es war ein häßlicher Anblick. Der Lemurer glitt mit einem Zeigefinger über seine Rippen hinweg.

„Hier gibt es nichts zu essen“, sagte er. „Wenn ihr Glück habt, könnt ihr ein bißchen Synthogrütze stehlen, aber ich glaube nicht, daß ihr das schaffen werdet. Vorher werden euch die Spione des Plath aufspüren. Wenn der Plath und die Clique der Wissenschaftler erst wissen, daß ihr Fehldenker seid, habt ihr nicht mehr lange zu leben.“

„Wer ist Plath?“ wollte Redhorse wissen.

„Der Herrscher dieser Unterwelt“, erwiderte der Bärtige haßerfüllt.

„Er und die Clique der Wissenschaftler regieren über die wenigen Überlebenden der Stadt Godlar.“

„Aber nicht über Sie, Fremder“, vermutete Redhorse.

Der große Lemurer schüttelte trotzig den Kopf. „Ich bin ein Fehldenker. Das hier sind meine Freunde. Wir bekämpfen die Wissenschaftler und den Plath.“

„Sie sprachen von den Spionen des Plath“, erinnerte Redhorse. „Wer sind sie und wie sehen sie aus?“

„Wenn Sie jemals einer großen Ratte begegnen“, erwiderte der Bärtige, „dann wissen Sie, daß Sie einen Spion des Plath vor sich haben.“

„Ich wußte, daß es keine gewöhnliche Ratte war!“ schrie Brank triumphierend.

Mit einem Ruck wandte sich der Lemurer zu ihm um.

„Sie haben bereits eine solche Ratte gesehen?“

„Ja“, sagte Redhorse.

Der Bärtige hob die Hand. Das Licht erlosch. Wir hörten das Rascheln von Kleidern, das Huschen nackter Füße über den kalten

Boden, dann war alles wieder still. Redhorse schaltete seinen Scheinwerfer ein. Der Strahl glitt durch den Raum.

„Sie sind weg“, stellte Papageorgiu fest.

„Sie sind geflüchtet“, verbesserte ihn Bradon. „Als sie hörten, daß wir eine Ratte gesehen haben, sind sie davongelaufen. Ich möchte wissen, was das alles zu bedeuten hat. Wer sind diese zerlumpten Burschen, die sich als Fehldenker bezeichnen?“

Ein paar Sekunden verstrichen, bevor der Major antwortete.

„Wir wissen jetzt, daß beide Parteien, die hier unten existieren, von unserer Ankunft erfahren haben. Mit den Fehldenkern haben wir bereits gesprochen, ohne nennenswerte Erfolge zu erzielen.

Jetzt kommt es darauf an, daß wir den Plath finden oder jemand aus der Clique der Wissenschaftler. Denn dort muß es etwas zum Essen geben.“

20. Brazos Surfat

Wir durchsuchten über eine Stunde das Haus, ohne eine Spur von den Fehldenkern zu finden. Es schien auch keinen Zugang in die tiefergelegenen Bunkerstädte zu geben. Redhorses Ortungspeiler, der wie durch ein Wunder noch funktionierte, bewies uns, daß irgendwo unter uns eine Energiequelle existierte, aber zum Zugang in die Unterwelt konnte uns das Gerät nicht führen.

„Was nun, Sir?“ fragte Bradon niedergeschlagen, als wir uns wieder in einem der unteren Räume versammelten.

„Es sieht so aus, als seien wir auf die Hilfe anderer angewiesen“, gab Redhorse zu. „Ohne jemand, der sich hier auskennt, kommen wir nicht weiter.“

Als hätte er die Worte des Offiziers verstanden, trat in diesem Augenblick ein Mann in den Raum. Ich sah sofort, daß er ein Mitglied der Gruppe des Bärtigen war, die vor über einer Stunde geflüchtet war. Ich griff zur Waffe. Auch Redhorse zog seinen Kombistrahler.

Der Mann streckte uns seine Hände entgegen, zum Zeichen, daß er nicht kämpfen wollte. In seiner zerschlissenen Jacke steckte deutlich sichtbar eine Strahlwaffe.

„Was wollen Sie?“ fragte Redhorse schroff.

„Ich heiße Saith“, sagte der Mann ruhig. „Ich kann Ihnen helfen.“

Redhorse musterte die dürre Gestalt mit mißtrauischen Blicken. Saith war mittelgroß und bucklig. Sein Haar war so dicht gewachsen, daß es wie ein schmutziger Helm aussah. Irgendwer, wahrscheinlich Saith selbst, hatte es fachmännisch abgeschnitten.

„Und die Spione des Plath?“ erkundigte sich Redhorse. „Fürchten Sie sie nicht?“

„Doch“, knurrte Saith. „Ich fürchte sie mehr als alles andere. Früher oder später werden sie mich jedoch sowieso erwischen. Wenn ich mich Ihrer Gruppe anschließe, habe ich wenigstens eine Chance, an die Oberfläche zu gelangen und nach Süden zu gehen.“

„Das ist wohl der Preis dafür, daß Sie uns jetzt helfen?“ fragte Redhorse spöttisch.

Saith nickte schweigend. Er war häßlich und schmutzig, aber er gefiel mir, weil er eine direkte Art hatte, seine Ansichten und Wünsche vorzutragen.

„Nun gut, Saith, führen Sie uns in die Bunkerstadt“, sagte Redhorse.

„Ins Reich des Plath?“ erkundigte sich Saith erstaunt. „Nur ein Verrückter kann sich freiwillig in dieses Gebiet begeben.“

„Werden Sie uns trotzdem führen?“

„Ja“, sagte Saith. „Ich kann jetzt nicht mehr zu Paroso zurück.“

Paroso schien der Name des Lemurers zu ein, der die Gruppe der Fehldenker angeführt hatte.

„Sagen Sie mir eines“, forderte Redhorse auf. „Wie wird man zum Fehldenker?“

Saith grinste, was sein schmutziges Gesicht nicht gerade anziehender machte.

„Das ist einfach. Sie müssen nur anderer Meinung sein als der Plath und die Wissenschaftler. Das genügt schon, um die Spione aufmerksam zu machen.“

„Ich kann mir nicht vorstellen, daß es solche Spione gibt“, warf Papageorgiu ein. „Das würde bedeuten, daß diese großen Ratten Gedanken lesen können.“

Saith sagte: „Warten Sie ab, Sie werden es noch früh genug erleben."

„Wir sind müde und hungrig", brach Redhorse das Gespräch ab. „Führen Sie uns in die Bunkerstadt, Saith."

Saith ging voraus. Ich hatte erwartet, daß er uns einen versteckten Weg in die Tiefe zeigen würde, aber zu meiner Überraschung brachte er uns in eine höher gelegene Etage. Er führte uns in einen Raum, der ein Fenster besaß. Im Licht der Scheinwerfer konnten wir das Eis sehen, das sich vor dem Gebäude auftürmte.

Saith öffnete das Fenster und beugte sich hinaus. Ohne eine Erklärung abzugeben, kletterte er hinaus. Wir beobachteten, wie er geschickt über einige Eisschollen in die Tiefe kletterte. Dann war er unseren Blicken entschwunden.

„Folgen Sie mir!" hörten wir seine Stimme aufklingen.

„Mir gefällt das nicht", sagte Bradon. „Ich glaube, dieser Bursche ist ein Spion des Plath und will uns in eine Falle locken."

„Ich möchte endlich wissen, was hier vorgeht", sagte Redhorse grimmig.

Er schwang sich auf die Fensterbank. Von draußen kam plötzlich ein knirschendes Geräusch. Es hörte sich an, als würden zwei mächtige Metallplatten gegeneinandergerieben.

Saith tauchte wieder auf.

„Hören Sie!" rief er uns zu. „Das ist der Gletscher. Er wandert über Godlar hinweg. Bald wird er auch dieses Gebäude zerstört haben." Saith senkte den Kopf. „Dann gibt es nur noch die Unterwelt."

Ich versuchte mir die ungeheuren Eismassen vorzustellen, die über Godlar lagen. Jede Bewegung des Eises konnte unser Ende bedeuten.

Redhorse kletterte aus dem Fenster. Damit war die Entscheidung gefallen. Wir folgten Saith ins Reich des geheimnisvollen Plath.

Der Weg, den Saith uns zeigte, schien direkt durch einen Eisberg zu führen. Jeder Schritt war gefährlich, weil es steil nach unten ging und der Boden tückisch glatt war. Saith mußte oft stehenbleiben und auf uns warten. Er bewegte sich auf dem Eis, als sei es rauher Sandboden. Der Lemurer sprach nicht. Ich fragte mich, ob er wußte, daß wir ihm mißtrauten.

Endlich hörte das Eis auf, und wir gelangten in einen höhlenartigen

Raum, dessen Wände und Decke mit einer rauhen Masse verputzt waren. Saith sagte zu Redhorse: „Hier können Sie sich noch einmal überlegen, ob Sie weitergehen wollen."

„Sie kennen unser Ziel", sagte Redhorse.

„Ja", sagte Saith und zog die zerlumpten Kleider dichter um seinen ausgehungerten Körper.

„Wohin ist Ihr bärtiger Freund mit seiner Gruppe gegangen?" wollte Bradon von Saith wissen.

„Wer weiß?" sagte Saith. „Es gibt hier unten unzählige Räume und Gänge. Ein Fehldenker kann es sich nicht erlauben, längere Zeit an einem Platz zu bleiben."

„Wird er versuchen, uns anzugreifen?"

„Paroso?" Saith kicherte. „Vor ihm brauchen Sie keine Angst zu haben, er ist nicht sehr mutig."

Redhorse richtete seinen Scheinwerfer direkt auf Saiths Gesicht, aber das schien dem Fehldenker nichts auszumachen.

„Paroso gehört zu jenen, die immer auf der Flucht sind", sagte Saith. „Er wird es niemals wagen, sich einem Kampf zu stellen." Plötzlich nahm Saiths Gesicht einen Ausdruck erhöhter Wachsamkeit an. Von einer Sekunde zur anderen geriet der Mann unter eine unerklärliche Anspannung. Saith schien uns nicht mehr wahrzunehmen, irgend etwas, was uns verborgen blieb, nahm ihn völlig in Anspruch.

Und dann schoß er.

Es ging so schnell, daß keiner von uns schnell genug reagiert hätte, wenn der Schuß einem von uns gegolten hätte. Dem Zischen des Strahlenschusses folgte ein schnarrendes Geräusch, dann war es wieder still.

„Leuchten Sie dort in die Ecke", sagte Saith, bevor wir uns noch von unserer Überraschung erholt hatten. Unsere Scheinwerfer richteten sich an die von Saith angezeigte Stelle.

Dort lagen die Überreste einer Ratte.

„Jetzt können Sie sich einen Spion des Plath aus der Nähe ansehen", sagte Saith gleichmütig.

Wir gingen näher. Der Kopf der Ratte war vollständig erhalten, aber der größte Teil des Körpers hatte sich in der Energie des Strahlenschusses aufgelöst. Trotzdem konnten wir sehen, daß die Ratte niemals in biologischem Sinne gelebt hatte. Vor uns lagen die Überreste eines geschickt konstruierten Roboters.

„Das sind also die Spione", sagte Redhorse. „Wahrscheinlich sind sie mit Kameras und Funkgeräten ausgerüstet."

„Glauben Sie, daß es der gleiche Spion ist, dem wir bereits begegnet sind?" wandte sich Bradon an Saith.

„Hoffentlich", sagte der Fehldenker.

„Wie kam es, daß Sie die Anwesenheit des Roboters bemerkten?" fragte Papageorgiu.

Saith kniff die Augen zusammen.

„Man gewöhnt sich daran, sie abzuschießen", sagte er. „Ich glaube, das war bereits der vierzehnte Spion, den ich ausgeschaltet habe."

„Ich hätte nicht geglaubt, daß es in den Bunkerstädten noch Fabrikationsmöglichkeiten für solche Roboter gibt", sagte Redhorse erstaunt.

„Die Clique der Wissenschaftler ist nicht in der Lage, solche Maschinen zu bauen", sagte Saith verächtlich. „Diese Roboter sind Überbleibsel aus dem Krieg gegen die Haluter. Ihre Mentaltaster waren auf halutische Angreifer eingestellt. Doch jetzt gibt es auf diesem Planeten keine Haluter mehr. Der Plath hat die restlichen Spione umprogrammieren lassen. Er kann sie von seiner Zentrale aus fernsteuern. Auf diese Weise erfährt er sofort, wenn sich irgendwo Gegner aufhalten."

„Wieviel dieser Robotspione gibt es?" wollte Brank wissen.

„Etwa zehntausend", erwiderte Saith.

Ich dachte, ich hätte ihn nicht richtig verstanden. Doch der gelassene Ernst, mit dem er uns antwortete, bewies mir, daß er die Wahrheit sprach.

Saith deutete zum anderen Ende der Höhle.

„Dort beginnen die Bunkeranlagen", erklärte er. „Wir werden häufiger auf diese Spione stoßen, wenn wir die unterirdischen Gänge betreten. Wenn es uns nicht gelingt, sie sofort zu töten, werden sie den Plath von unserer Anwesenheit unterrichten. Dann wird man uns mit den überall verborgenen Waffen töten. Es gibt in diesen Gängen unzählige Waffensysteme, die nur von der Zentrale des Plath aus bedient werden können." Saith grinste verschlagen. „Jetzt wissen Sie so ziemlich alles. Wollen Sie noch immer den Weg in die Tiefe riskieren?"

„Ja", entgegnete Redhorse. „Warum begleiten Sie uns, wenn die Gefahr so groß ist?"

„Ich sagte Ihnen bereits, daß ich in den Süden möchte", erinnerte Saith. „Außerdem bin ich hungrig."

Wir gingen weiter. Als wir einen schmalen Gang betraten, befahl uns Saith, die Scheinwerfer zu löschen.

„Die Spione des Plath werden vom Licht angelockt", erklärte er. „Ich kenne mich hier auch im Dunkeln aus. Außerdem sind die Räume in diesem Sektor zum größten Teil beleuchtet."

Meine Müdigkeit war verflogen. Sie hatte einer angespanntgen Wachsamkeit Platz gemacht. Ich wünschte, Redhorse hätte sich nicht auf dieses Unternehmen eingelassen. Alles, was wir bisher über das unterirdische Reich erfahren hatten, war nicht dazu angetan, meine Zuversicht zu erhöhen. Wir konnten froh sein, wenn wir jemals wieder lebend an die Oberfläche gelangten. Es war ungerecht von mir, aber im stillen warf ich dem Major vor, daß er versäumt hatte, einen Kampf gegen die Roboter der tefrodischen Station durchzustehen. Vielleicht wäre es uns gelungen, die Station zu erobern.

Ich verwarf diese Gedanken wieder. Redhorse hatte unter den gegebenen Umständen genau das Richtige getan.

Saith, der uns vorausging, verursachte nicht den geringsten Lärm. Ich fragte mich, wie oft er hier bereits entlanggeschlichen war. Es mußte unzählige Gänge geben, die in die Bunkerstadt führten. Wäre der Gang, den wir benutzten, der einzige gewesen, hätte es dem Plath wenig Schwierigkeiten bereitet, ihn hermetisch abzuriegeln.

Ich stieß gegen den vor mir gehenden Papageorgiu. Er legte eine seiner großen Hände auf meine Schulter und bedeutete mir, stehenzubleiben. Weiter vorn unterhielten sich Redhorse und der Fehldenker im Flüsterton. Die Anordnungen des Majors wurden von Mann zu Mann weitergegeben.

„Wir dürfen jetzt keinen Lärm machen", sagte Papageorgiu zu mir.

Ich gab diesen Befehl an Brank weiter, der den Abschluß unserer kleinen Gruppe bildete. Brank hielt mich mit einer Hand fest.

„Was halten Sie von Redhorses Vorgehen?" raunte er.

„Ich habe keine Lust, jetzt darüber zu sprechen", gab ich zurück.

„Diese verdammte Ratte war mir von Anfang an nicht geheuer", knurrte Brank. „Mein Gefühl sagt mir, daß wir . . ."

Ich konnte nicht mehr erfahren, welche Gefühle ihn beschäftigten, denn Papageorgius große Hand fiel von meiner Schulter herunter und packte Branks Handgelenk.

„Sie sollen still sein!" zischte der Grieche.

Brank riß sich los, verhielt sich aber ruhig. Ich war froh, daß Papageorgiu eingegriffen hatte. Wenn Brank einmal begonnen hatte, sich mit irgend etwas auseinanderzusetzen, dann fand er kein Ende mehr.

Wir setzten unseren Weg fort. Es war beruhigend für mich, Papageorgiu vor mir zu wissen. Wer mir an den Kragen wollte, mußte erst an dem jungen Riesen vorbei – und das war ein beträchtliches Stück Arbeit. Hinter mir sah die Sache schon bedrohlicher aus, denn Brank war bestimmt kein großer Kämpfer.

Nach einiger Zeit wurde es vor uns hell. Wir betraten eine große Halle, deren Wände mit gelacktem Holz bedeckt waren. Der Boden bestand aus einem durchsichtigen Kunststoff, in den schwarze, kreisförmige Symbole eingezeichnet waren.

Saith ging bis in die Mitte des Raumes. Das Licht kam von drei Deckenleuchten, die in gleichmäßigen Abständen angebracht waren.

„Früher wurden hier Versammlungen abgehalten", sagte Saith mit gedämpfter Stimme.

„Dieser Raum war jahrelang in einem schlechten Zustand, doch der Plath hat ihn wieder herrichten lassen, obwohl er nie benutzt wird."

Auch der Plath, wer immer es war, schien gewisse Schwächen zu haben.

„Unter der mittleren Lampe ist ein Waffensystem versteckt", sagte Saith. „Es handelt sich um mehrere Düsen, die ein schnellwirkendes Gas ausstoßen, wenn der Plath oder einer seiner Helfer in der Zentrale auf den Knopf drückt."

„Kann der Plath diesen Raum beobachten?" fragte Doutreval.

„Natürlich", sagte Saith. Er schnippte mit den Fingern. „Trotzdem können die Wissenschaftler nicht alle Räume gleichzeitig kontrollieren. Deshalb haben wir gute Chancen, hier durchzukommen."

Saith mochte ein hungriger, verkommener Mann sein – feige war er nicht.

Ohne Zwischenfall durchquerten wir die Halle und gelangten in einen breiten Korridor, der ebenfalls beleuchtet war.

„Sehen Sie die Tür auf einer Seite des Korridors?" fragte Saith. „Dort hielten sich früher die Kommandanten der Stadt Godlar auf, als die Haluter immer weiter vordrangen. Jetzt werden sie von den Plath-Anhängern als Lagerräume benutzt."

Saith übernahm wieder die Führung. Ich erwartete jeden Augenblick, daß sich eine der Türen öffnen und eine Horde Soldaten hervorstürzen würde. Es blieb jedoch alles ruhig. Saith stieß eine Tür auf, um uns zu beweisen, daß seine Behauptung stimmte. Der Raum war mit prallen Säcken angefüllt.

„Trockensubstanz für die Synthogrütze", erklärte Saith bereitwillig.

„Wer nur von diesem Zeug leben muß, dem fallen Zähne und Haare aus. Bald darauf wird er blind", sagte Redhorse.

„Sicher", bekräftigte Saith. „Der Plath hat mehrere Treibhäuser errichten lassen, die einen Großteil der Energie beanspruchen, die im letzten noch existierenden Kraftwerk erzeugt wird. Dort gibt es Gemüse und ähnliche Dinge. Diese Herrlichkeiten sind jedoch nur für den Plath und die Clique der Wissenschaftler bestimmt."

„Erzählen Sie uns etwas über die Clique der Wissenschaftler", forderte Redhorse ihn auf.

„Es sind sieben Männer, die dem Plath treu zur Seite stehen", berichtete Saith. „Sie sind mächtig, weil sie die einzigen sind, die die noch funktionierenden Maschinen und Kraftstationen bedienen können. Vor ein paar Jahren gab es in der Nähe von Godlar eine zweite unterirdische Station. Dort lebten jedoch keine Wissenschaftler. Die Lemurer, die dort lebten, waren auf die Hilfe der Wissenschaftler angewiesen. Als sie gegen einige Maßnahmen des Plath protestierten, stellte ihnen die Clique die Energiezufuhr ab." Saith seufzte. „Sie verhungerten und erfroren. Seither wagt es kaum noch jemand, etwas gegen den Plath und die Clique zu unternehmen."

Das glaubte ich ihm ohne weiteres. Die Lemurer hier unten waren auf das bißchen Wärme und die kärgliche Nahrung angewiesen. Aber nur geschulte Fachkräfte konnten die Energiezufuhr bedienen. Wahrscheinlich wurde das Wissen über die verschiedenen Maschinen immer nur an ein paar Auserwählte weitergegeben.

„Wer ist Plath?" fragte Redhorse.

„Niemand hat ihn je gesehen", sagte Saith. „Ich weiß nur eines: Er ist ein Unmensch, der längst den Tod verdient hat."

„Das sollten Sie nicht sagen, Saith!" erklang eine dröhnende Stimme, die den gesamten Korridor ausfüllte. „Die fremden Besucher möchten sich bestimmt ein eigenes Bild von meiner Persönlichkeit machen."

Ich sah, wie Saiths Schultern herabsanken. Seine bewundernswerte Entschlußkraft schien ihn plötzlich verlassen zu haben. Wir standen da und versuchten festzustellen, woher die geheimnisvolle Stimme kam. Ebenso wie die anderen hatte ich den Strahler gezogen.

„Lassen Sie Ihre Waffen stecken“, meine Herren“, klang die Stimme abermals auf. „Ich hätte Sie längst töten können.“

Meine Augen blieben auf Saith gerichtet. Der Fehldenker breitete die Arme aus. In seinen Augen entstand ein irrer Glanz. Da erlosch das Licht.

Wir hörten Saith aufschreien. Das Entsetzen einer gequälten Kreatur lag in diesem Schrei, die Ohnmacht seiner gebrochenen Widerstandskraft. Meine Hand, die die Waffe hielt, begann zu zittern.

Dann glühte Saith auf. Er sah aus wie eine gläserne Puppe, die von innen beleuchtet wurde. Die geheimnisvolle Energie, die seinen Körper aufleuchten ließ, schuf rings um den Unglücklichen eine flimmernde Blase. Saiths Augen wurden zu zwei glühenden Murmeln, sein Mund, noch immer zum Entsetzensschrei geöffnet, schien Flammenbündel in die Dunkelheit des Korridors zu schleudern.

Saith begann zu schwanken, und die Blase aus leuchtender Energie, die ihn umgab, machte diese Bewegung mit.

Da zerplatzte Saith. Er löste sich auf in Funkenkaskaden und Wirbel bläulichen Lichts. Sekunden später wurde es wieder dunkel.

Ich hörte Brank leise stöhnen. Das Licht ging wieder an. Von Saith war nichts mehr zu sehen.

„Wirklich sehr eindrucksvoll“, sagte Redhorse gepreßt. „Mußten Sie diesen Mann töten, um Ihre Stärke zu beweisen, Plath?“

Aus den verborgenen Lautsprechern kam höhnisches Gelächter.

„Ich erwarte Sie“, sagte die dröhnende Stimme.

„Sir, lassen Sie uns umkehren, solange noch Zeit ist“, sagte Chard Bradon. Der junge Offizier war von Saiths Ende erschüttert.

„Glauben Sie, der Plath läßt es zu, daß wir diesen Raum verlassen?“ fragte Redhorse. „Offenbar beobachtet er jede Bewegung, die wir machen. Außerdem hört er jedes Wort, das wir sprechen.“

„Er hört es, aber er kann es nicht verstehen, solange wir kein Tefroda sprechen“, wandte Bradon ein.

Das war richtig, aber Redhorses Ansicht, daß wir es nicht riskieren konnten, die Bunkerstadt jetzt zu verlassen, war nicht zu widerlegen. Wir mußten tiefer ins Reich des Plath eindringen. Das war unsere einzige Chance. Kehrten wir um, stand uns ein ähnliches Schicksal wie Saith bevor.

Ich ahnte jedoch, daß wir unsere Hinrichtung nur aufschoben, wenn wir uns dem Willen des Plath beugten. Sobald der Herrscher Godlars wußte, was er erfahren wollte, würde er uns töten. Es gab wenig Nahrung hier unten, und weder der Plath noch die Clique der Wissenschaftler würden an sechs zusätzlichen Essern interessiert sein.

Die Erde des Jahres 49 488 vor Christi Geburt war alles andere als ein freundlicher Ort. Aber im Augenblick gab es für uns keinen Ausweg. Weder an die Oberfläche noch ins Jahr 2404, aus dem wir gekommen waren, um die Meister der Insel zu besiegen.

Wenige Minuten nach Saiths Ende tauchten zu beiden Seiten des Korridors einige Robotspione auf, die offenbar den Auftrag hatten, uns zu beobachten und zu führen. Die rattenähnlichen Automaten zeigten nicht die geringste Scheu. Der Plath schien sicher zu sein, daß wir auf seine Polizisten nicht schießen würden.

„Wir sitzen in der Falle des Plath", sagte Bradon. Er sprach nur das aus, was wir alle dachten. Ich hatte das beunruhigende Gefühl, in eine riesige Vernichtungsmaschinerie geraten zu sein, die mit minuziöser Genauigkeit arbeitete.

Es war nur die Hoffnung, die den halbverhungerten Saith am Leben erhalten hatte, überlegte ich. Trotzdem mußte der Fehldenker im Unterbewußtsein geahnt haben, daß es kein Entrinnen für ihn gab.

Die Robotspione verteilten sich zu beiden Seiten des Korridors und schufen auf diese Weise eine Gasse, die wir benutzen konnten.

„Meine kleinen Freunde sind bewaffnet", kam die Stimme des Unbekannten aus den unsichtbaren Lautsprechern. „Begehen Sie deshalb nicht den Fehler, auf sie zu schießen, wenn Ihnen die Situation günstig erscheint."

Die Ratten setzten sich in Bewegung. Redhorse gab uns ein Zeichen. Wir folgten den Robotern durch mehrere Räume. Sie huschten vor uns über den Boden, als beachteten sie uns nicht.

„Glauben Sie wirklich, daß diese Biester Waffen besitzen?" flüsterte Brank, als er neben mir ging.

„Ich weiß es nicht", sagte ich zornig. „Ich spüre auch keine Lust, es herauszufinden."

Brank hob in einer verzweifelten Geste beide Arme. „Aber wir müssen doch irgend etwas tun“, sagte er.

„Der Major gibt die Befehle“, erinnerte ich ihn.

Branks Augen verengten sich. Er sah wie ein Mann aus, der scharf nachdachte. Ich konnte mir vorstellen, daß er verrückt genug war, um irgendeine Dummheit zu begehen. Ich beschloß, ihn ständig im Auge zu behalten, damit er uns keine Schwierigkeiten machen konnte.

„Wenn wir beide das Feuer auf die Ratten eröffnen, zwingen wir die anderen, uns zu helfen“, sagte Brank. „Was halten Sie davon, Surfat?“

„Nichts!“ rief ich schroff. „Es ist besser, wenn Sie still sind, sonst werde ich den Major von Ihren Ideen unterrichten.“

Ich dachte, er würde wütend werden, doch er lachte nur.

Wir befanden uns jetzt in einem Raum, dessen Decke auffallend niedrig war. Ein Netz aus Kabeln war daran befestigt. An den Wänden befanden sich mehrere Schaltanlagen.

Die Ratten brachten uns in den nächsten Raum, der mit schweren Möbeln ausgerüstet war. Es gab Sessel, Stühle und Tische. Hinter einem Fenster erstreckte sich eine imitierte Landschaft, die fast echt aussah. Dicke Teppiche dämpften unsere Schritte. Aus verborgenen Lautsprechern erklang fremdartige Musik. Die Tür schloß sich hinter uns. Plötzlich waren die Ratten verschwunden.

Wie immer fand sich Papageorgiu zuerst mit der Situation ab. Er ließ sich in einen Sessel sinken und seufzte.

„Endlich können wir uns ausruhen“, sagte er. „Es wird Zeit, daß wir ein bißchen schlafen.“

Redhorse und Doutreval untersuchten den Raum, während ich es vorzog, neben Papageorgiu Platz zu nehmen. Brank stand unmittelbar neben dem Eingang. Seine Augen suchten den Boden ab. Er schien nicht glauben zu können, daß die Ratten verschwunden waren. Als er versuchte, die Tür zu öffnen, mußte er feststellen, daß sie verschlossen war.

Wir waren in diesem Raum gefangen.

Redhorse und Doutreval entdeckten eine kleine Badekabine.

„Schauen Sie sich das an“, forderte mich Papageorgiu auf. „Für unser Wohl ist offenbar ausreichend gesorgt.“

Doutreval spielte an den Armaturen herum. Ich hörte das Geräusch fließenden Wassers.

„Es funktioniert sogar", rief der kleine Funker begeistert. „Sir, erlauben Sie, daß ich ein Bad nehme?"

Ich hörte ein Geräusch an der Tür und wandte mich um. Die Tür wurde geöffnet. Gleich darauf trat ein hochgewachsener Mann zu uns herein. Soweit ich sehen konnte, war er unbewaffnet. Er trug einen einfachen blauen Umhang. In seinem langen Haar trug er eine Ziernadel. Der Mann besaß ein stark ausgebildetes Kinn, das von ungewöhnlicher Willenskraft zeugte. Sein Gesicht war von feinen, kaum sichtbaren Linien durchzogen. Er verschränkte die Arme über der Brust und musterte uns schweigend.

„Sie sind bis auf weiteres Gäste des Plath", sagte er schließlich mit wohlklingender Stimme. „Sie können in diesem Raum tun und lassen, was Sie wollen. Versuchen Sie jedoch nicht zu fliehen."

„Sind Sie der Plath?" fragte Redhorse.

„Ich bin ein Mitglied der Clique der Wissenschaftler", antwortete der Mann. „Mein Name ist Kro'artruth."

„Wann werden wir den Plath sehen?" erkundigte sich Redhorse.

„Sobald Sie ausgeruht sind", entgegnete der Wissenschaftler, „Der Plath möchte Sie nicht verhören, wenn Sie müde und hungrig sind."

„Heißt das, daß wir etwas zum Essen bekommen?" wollte Bradon wissen.

„Gewiß", versprach uns Kro'artruth.

Ich atmete erleichtert auf. Die Aussicht auf eine warme Mahlzeit ließ mir unsere Zukunft etwas aussichtsreicher erscheinen.

„Was geschieht, wenn der Plath uns verhört hat?" erkundigte sich Redhorse. Der Lemurer lächelte höflich. Er erwiderte nichts. Er nickte uns zu und verließ den Raum.

„Sobald der Plath alles über uns weiß, wird er uns umbringen lassen", äußerte Bradon deprimiert.

„Wenigstens bekommen wir jetzt etwas zum Essen, Jüngelchen", tröstete ich ihn.

„Für Sie bin ich *Leutnant* Bradon!" herrschte er mich an. „Außerdem empfehle ich Ihnen, einmal an etwas anderes zu denken als daran, wie Sie Ihren Bauch vollschlagen können."

Er war nervös, das war die einzige Erklärung für seine heftige Reaktion.

„Entschuldigen Sie sich bei Leutnant Bradon", verlangte Redhorse von mir.

Ich tat es, schwor mir aber, dem Jüngelchen gelegentlich die Meinung zu sagen. Er vergaß wohl, daß wir alte Freunde waren?

Redhorse sagte: „Jetzt können Sie baden, Olivier. Ich glaube, in den nächsten Stunden brauchen wir nichts zu befürchten."

Wenige Augenblicke später begann Doutreval unter der Brause zu pfeifen. Die Aussicht, frisch gebadet und mit gescheitelten Haaren in den Tod zu gehen, schien ihn nicht besonders zu belasten.

In diesem Augenblick zog Brank, den wir die ganze Zeit über unbeobachtet gelassen hatten, seine Waffe.

„Ich kann sie riechen!" schrie er. „Sie sind überall. Sie verstecken sich unter den Sesseln und unter dem Teppich. Riecht ihr sie? Hört ihr sie? Bald fallen sie über uns her."

Mit zwei Schritten war Redhorse an seiner Seite und schlug ihm die Waffe aus der Hand. Brank sträubte sich, als ihn der Major zur Duschkabine zerrte. „Kaltes Wasser wird ihm guttun", meinte der Cheyenne.

Ich wußte nicht, wie lange ich geschlafen hatte, als ich durch ein Rütteln an meiner Schulter geweckt wurde. Papageorgiu beugte sich über mich. Sein Jungengesicht war zu einem freundlichen Lächeln verzogen.

„Aufstehen, Brazos!" rief er. „Das Abholkommando ist eingetroffen."

Ich blinzelte verwirrt. Ich benötigte einige Sekunden, um in die Wirklichkeit zurückzufinden. Die Träume, die mich beschäftigt hatten, waren erheblich angenehmer gewesen als das, was uns jetzt erwartete. Redhorse und Bradon standen in der Mitte des Raumes. Im Eingang erkannte ich den Wissenschaftler, mit dem wir bereits gesprochen hatten. Diesmal war er bewaffnet. Zu seinen Füßen kauerten drei Robotspione.

Ich richtete mich auf und legte meinen Kampfanzug an. Zum Glück schienen die Lemurer nicht zu wissen, wie wertvoll diese für uns waren. Erstaunlicherweise hatte man uns auch unsere Waffen gelassen. Der Plath und seine Helfer schienen sich ihrer Sache ziemlich sicher zu sein.

„Ich bin gekommen, um Sie zum Verhör abzuholen", sagte Kro'artruth.

Ich sah Brank neben Bradon stehen. Er hielt den Kopf gesenkt. Offenbar war er wieder in Ordnung und schämte sich seiner Schwäche. Ich konnte den Kanonier verstehen. Wenn man begann, darüber nachzudenken, wieviel Jahre uns von unserer Heimat trennten, konnte man verrückt werden. Brank war ein grüblerisch veranlagter Mensch. Seine Boshaftigkeit schien zum Teil auch darauf zu beruhen, daß er alles sehr schwer nahm. Es wäre besser für ihn gewesen, wenn er sich über verschiedene Dinge einfach hinweggesetzt hätte.

Ich stand auf. Die anderen waren bereits fertig. Kro'artruth ließ seine Blicke über unsere kleine Gruppe gleiten.

„In Ordnung", sagte er zufrieden. „Gehen wir." Er wandte sich um und wollte schon gehen, als ihm offenbar noch etwas einfiel.

„Benutzen Sie niemals Ihre Waffen", empfahl er uns. „Das würde Sie nur in unnötige Schwierigkeiten bringen."

Er brachte uns in einen Saal, dessen Boden mit hellen Fliesen ausgelegt war. Auch die Wände waren weiß. Von der Decke strahlten starke Lampen auf uns herab. Der Raum machte einen klinisch sauberen Eindruck.

Kro'artruth wirkte in dieser Helligkeit wie eine überirdische Erscheinung. Die Art, wie er sich bewegte, verstärkte diesen Eindruck noch. In der Mitte des Raumes blieb er stehen. Die Ratten hielten sich wie gut dressierte Hunde dicht neben ihm.

„Warten Sie hier!" befahl der Wissenschaftler.

Er schnippte mit den Fingern. Sechs chromblitzende Sessel rollten auf uns zu.

„Nehmen Sie bitte darauf Platz", forderte uns Kro'artruth auf.

„Und wenn wir uns weigern?" Das war Redhorses Stimme.

„So unklug sind Sie nicht", lächelte der Lemurer.

Der Major nickte uns zu. Ich betrachtete mir den Sessel, der für mich bestimmt war, etwas gründlicher. Auf den ersten Blick sah er harmlos aus, doch dann erkannte ich, daß sich am Kopfende unzählige Kabel befanden. Außerdem gab es in Arm- und Beinhöhe Stahlkammern, über deren Bedeutung keine Zweifel bestanden.

Mir wurde klar, daß ich mich nicht mehr aus diesem Sessel erheben würde, wenn ich mich jemals darauf niederließ. Eine Gehirnwäsche schlimmster Art stand uns bevor.

„Wir werden in diesem Raum verhört?" fragte Redhorse, der offenbar Zeit gewinnen wollte. Noch hatte niemand Platz genommen.

Der Wissenschaftler schüttelte ungeduldig den Kopf. „Die Sessel befördern Sie in den anschließenden Raum, wo der Plath bereits auf Sie wartet", sagte er.

„Nun gut", meinte Redhorse zu meiner Bestürzung. Ich sah, wie er auf einen Sessel zuging und mit den Händen über das Polster strich. Alles Weitere geschah so schnell, daß ich nur noch rein instinktiv handeln konnte. Ich sah, wie Redhorse mit einer kaum wahrnehmbaren Bewegung seinen Antigravprojektor einschaltete. Er machte einen Satz in die Höhe. Die Ratten neben Kro'artruth rollten blitzschnell auf die Stelle zu, wo Redhorse gerade noch gestanden hatte, doch die spitzen Metalldornen, die aus ihren geöffneten Rachen ragten, stießen ins Leere.

Papageorgiu warf sich auf Kro'artruth, der offenbar damit gerechnet hatte, daß die Spione jeden Widerstand sofort brechen würden. Der riesenhafte Raumfahrer stieß den Wissenschaftler vor sich her und warf ihn auf einen Sessel. Von allen Seiten kamen Robotspione auf uns zugerollt. Hastig schaltete ich ebenfalls meinen Projektor ein.

„Plath!" schrie Papageorgiu. „Rufen Sie Ihre Spione zurück, oder dieser Mann hat die längste Zeit gelebt."

Er schlang einen Arm um Kro'artruth Nacken. Der Wissenschaftler verlor seine würdevolle Haltung und ächzte angstvoll. Ich flog in die Höhe. Unter mir wimmelte es von Ratten, aber bis auf Papageorgiu schwebten wir bereits alle unter der Decke.

„Kommen Sie zu uns herauf!" rief Redhorse dem Griechen zu.

Doch der Junge gehorchte nicht. Mit einer Hand hielt er den Wissenschaftler, mit der anderen klammerte er sich am Sessel fest. Er begann sich mit den Füßen am Boden abzustoßen, und der Sessel geriet in Bewegung. Er rollte auf die Tür am anderen Ende des Saales zu.

Die Ratten wichen zur Seite. Ihr unsichtbarer Befehlshaber war offenbar unschlüssig, was er tun sollte. Da schoß eine weiße Dampfsäule auf den Sessel zu. Sie schien direkt aus der Wand zu kommen. Papageorgiu duckte sich. Kro'artruth wurde für Sekunden eingehüllt. Als die Wolke sich verflüchtigt hatte, war der Wissenschafler erstarrt. Eine dünne Eisschicht bedeckte seinen Körper.

„Kältestrahler!" schrie Redhorse. „Geben Sie auf, Lastafandemenreaos."

Der Sessel prallte gegen die Wand und kippte um. Ich riß meine

Waffe heraus und begann auf die Ratten zu schießen, die auf den taumelnden Papageorgiu zuhuschten. Kro'artruth lag bewegungslos am Boden.

Wieder trat der Kältestrahler in Tätigkeit, doch Papageorgiu war hinter dem Sessel in Deckung gegangen. Er hatte jetzt ebenfalls seine Waffe gezogen und schoß auf die überall herumhuschenden Ratten.

„Wir müssen hier heraus!" rief Redhorse.

Wir folgten ihm zur Tür. Die Robotspione gebärdeten sich wie wahnsinnig, aber sie konnten uns unterhalb der Decke nicht erreichen.

Papageorgiu hatte uns eingeholt. Wir schlugen die Tür hinter uns zu.

„Wir müssen in einen Seitengang fliehen!" schrie Redhorse.

Jedesmal, wenn wir einen Raum verließen, waren wir gezwungen, uns dem Boden zu nähern, um durch die Tür zu gelangen. Aber nach vier Räumen hatten wir die Robotspione abgeschüttelt. Wir zogen uns in einen unbeleuchteten Seitengang zurück.

Redhorse gönnte uns keine Pause.

„Hier können wir nicht bleiben", trieb er uns an. „Der Plath weiß genau, wo er uns zu suchen hat. Ein zweites Mal wird er sich nicht überrumpeln lassen."

Ich war mir darüber im klaren, daß wir unsere vorläufige Rettung nur der übertriebenen Selbstsicherheit des Plath und seiner Helfer verdankten. Ein zweites Mal würden wir keine Chance zur Flucht erhalten.

Ein Gedanke, der mich die ganze Zeit über beschäftigt hatte, trat auch jetzt wieder in voller Schärfe in mein Bewußtsein. Ich fragte mich, warum ich nicht in der Lage war, diesen Planeten, von dem wir mit Sicherheit wußten, daß es die Erde war, als meine Heimat zu akzeptieren. Es war, als sei ich zum erstenmal mit einem nahestehenden Verwandten zusammengetroffen, ohne daß es mir gelang, eine innere Beziehung zu ihm zu finden.

Das war etwas, was wir noch lernen mußten: Nicht nur räumliche Entfernungen machten einen Planeten zu einem fremden Ort, sondern auch größere Zeitabstände. Mein Wissen um die Zusammenhänge unseres verhängnisvollen Zeitsprungs war rein wissenschaftlicher Natur, gefühlsmäßig hatte ich mich noch nicht damit abgefunden, fünfzigtausend Jahre in der Vergangenheit meines Heimatplaneten zu leben.

Den anderen erging es bestimmt nicht anders.

Wir flogen durch die Gänge der Bunkerstadt Godlar. Redhorse ließ keine Gelegenheit verstreichen, um unsere Verfolger irrezuführen. Wir benutzten kleinere Seitengänge und suchten verzweifelt nach einem Schacht, der nach oben führte.

Bald drangen wir in unbeleuchtete Räume ein und mußten unsere Scheinwerfer einschalten. Hier hatten der Plath und seine Anhänger nicht für Sauberkeit und Ordnung gesorgt. Verschiedentlich waren die Decken eingebrochen. Der Boden war mit übelriechenden Abfällen bedeckt. Verrostete Maschinen und zerfetzte Kabel verstärkten das Bild einer sterbenden Welt.

Früher oder später würden auch der Plath und die Clique der Wissenschaftler dem Eis erliegen. Wenn sie nicht in den wärmeren Süden flüchteten, waren sie verloren. Ich glaubte jedoch nicht, daß die führenden Lemurer die Bunkerstadt verlassen würden, denn das hätte sie gezwungen, ihre Machtposition aufzugeben.

Ich schätzte, daß wir über hundert Räume durchquerten, bevor Major Redhorse in einer geräumigen Nische landete, wo es verhältnismäßig sauber war. Wir leuchteten alles ab, um vor eventuell vorhandenen Robotspionen sicher zu sein.

„Wenn die Lemurer keine Ortungsgeräte besitzen, werden sie einige Zeit brauchen, um uns aufzustöbern", sagte der Cheyenne.

„Wir müssen essen und schlafen, Sir", erinnerte Bradon. „Ich bezweifle, daß wir hier irgend etwas finden, womit wir unseren Hunger stillen können."

„Wir können hier unser Lager aufschlagen", entschied Redhorse. „Dieser Raum ist gut zu verteidigen, obwohl wir nicht vergessen dürfen, daß er leicht zur Falle werden kann. Deshalb werden wir draußen eine Wache aufstellen. Jeweils zwei Männer werden auf Nahrungssuche gehen. Wir müssen unter allen Umständen einen Gefangenen machen, der uns an die Oberfläche führen oder zu einem Hyperfunkgerät bringen kann."

Wir erörterten unsere Lage, aber niemand hatte einen besseren Vorschlag zu machen. Nur über die Methode, wie wir einen Lemurer fangen sollten, kam es zu keiner Einigung. Wir stimmten Redhorse zu, daß es nicht in unmittelbarer Nähe unseres Versteckes zu einer Gefangennahme kommen durfte, aber wir konnten schließlich nicht bestimmen, wo sich die Lemurer aufhielten.

Es würde uns nichts anderes übrigbleiben, als eine günstige Gelegenheit abzuwarten. Inzwischen benötigten wir jedoch Trinkwasser und Nahrung.

Wir hatten zwar von Kro'artruth eine Mahlzeit erhalten, aber es wurde Zeit, daß wir uns um Nachschub kümmerten.

„Doutreval wird die erste Wache übernehmen", ordnete Redhorse an. „Lastafandemenreaos und Brazos Surfat werden auf Nahrungssuche gehen. Die anderen werden sich ausruhen." Er wandte sich an den jungen Griechen. „Gehen Sie kein Risiko ein. Es hilft uns nicht, wenn statt der erwarteten Nahrungsmittel eine Horde bewaffneter Lemurer hier auftaucht."

Papageorgiu lächelte in seiner unbekümmerten Art. „Sie können sich auf uns verlassen, Major."

Ich blickte Redhorse nachdenklich an. „Vielleicht sollte ein etwas beweglicherer Mann Papageorgiu begleiten", gab ich zu bedenken. „Vergessen Sie nicht, daß ich schnell erschöpft bin, Sir. Ich weiß nicht, ob ich eine große Hilfe für . . ."

Der Blick des Offiziers ließ mich verstummen.

„Sie sind ein bequemer Mensch, Brazos", sagte er. Seine Mundwinkel zuckten. „Andererseits bin ich davon überzeugt, daß Ihr Instinkt Sie direkt zu den Fleischtöpfen Godlars führen wird."

„Ein müder Mann hat keine Instinkte", entgegnete ich mürrisch.

„Warten Sie ab, bis Ihnen der Duft eines saftigen Steaks in die Nase steigt", meinte Papageorgiu. „Das wird Ihre Instinkte mit Sicherheit wecken."

Wir waren etwa zwei Stunden unterwegs gewesen, und Papageorgius Prophezeiung hatte sich nicht bewahrheitet. Wir hatten alle möglichen Räume untersucht, waren den Robotspionen des Plath geschickt ausgewichen, doch etwas Eßbares fanden wir nicht. Beinahe hätte unser Ausflug in einer Katastrophe geendet. Als wir uns bereits auf dem Rückweg zu unserem Versteck befanden, stürzte über unseren Köpfen einer der Räume ein. Der vorrückende Gletscher! Nur mit Mühe und Not gelang es uns, dem Verderben zu entkommen, allerdings verlor ich dabei meinen Kombistrahler.

Ich war ziemlich zerknirscht, als wir endlich das Versteck erreichten. Chad Bradon stand vor der Nische und hielt Wache. Die anderen schliefen. Bradon weckte sie, und wir berichteten über den Mißerfolg unserer Suche und über den Einsturz der Decke.

Redhorse ging über die Tatsache, daß wir nichts Eßbares mitgebracht hatten, stillschweigend hinweg und meinte zur eingestürzten Decke: „Solche Zwischenfälle scheinen hier immer wieder vorzukommen. Im Laufe der Jahre wird das Eis einen großen Teil der Bunkerstadt zum Einsturz bringen."

„Ich glaube nicht, daß es solange dauert, Sir", meinte Papageorgiu. „Und ich vermute, daß es bald wieder losgeht."

„Ich gebe zu, daß ich gehofft hatte, hier unten einen Hypersender zu finden", sagte Redhorse. „Dieser Wunsch hat sich nicht erfüllt. Es wird also am besten sein, wenn wir an die Oberfläche zurückzukehren versuchen. Vielleicht gelingt es uns, die Kraftstation zu finden. Dort könnten wir möglicherweise mehr Erfolg haben, nach oben zu kommen." Er schöpfte Atem, während ich vergeblich versuchte, Spuren von Müdigkeit oder nachlassender Entschlußkraft bei ihm festzustellen.

„Mein Peilgerät zeigt mir an, daß die Kampfroboter aus der tefrodischen Station über Godlar angelangt sind. Unsere Antigravprojektoren waren die besten Wegweiser für sie", sagte Redhorse.

„Das bedeutet, daß sich die Zahl unserer Feinde bald vergrößern wird", prophezeite Bradon pessimistisch.

„Das glaube ich nicht", entgegnete Redhorse. „Vielmehr hoffe ich, daß die Roboter in die Bunkerstadt eindringen und in einen Kampf mit den Robotspionen des Plath verwickelt werden. Wenn es dazukommt, sind wir die lachenden Dritten."

„Wollen wir versuchen, die große Kraftstation zu finden?" erkundigte ich mich.

Redhorse nickte. „Das scheint mir im Augenblick die einzige Möglichkeit zu sein."

Brank schnaubte. Wie es mir schien, klang der Ton seiner Stimme leicht verächtlich, als er sagte: „Wir können uns dem Plath ergeben."

„Wollen Sie das, Kanonier Brank?" erkundigte sich Redhorse.

„Ich will leben", sagte der kleine Mann mit dem faltigen Gesicht. „Und ich habe das Gefühl, daß Sie uns ins Verderben führen, Sir."

„In Anbetracht Ihrer geistigen Verfassung sehe ich davon ab, mir diese Äußerungen zu merken", sagte Redhorse.

„Sie sollten sich diese Äußerungen sehr wohl merken", empfahl Brank boshaft. „Es kann nämlich dazu kommen, daß ich Sie zu gegebener Zeit daran erinnern muß."

„Halten Sie den Mund, Brank!" schrie Brandon dazwischen.

Die Stimmung war spannungsgeladen. Ich erkannte bestürzt, daß einige der Männer, vor allem jedoch Brank, sich anscheinend damit abgefunden hatten, daß es aus der Bunkerstadt kein Entkommen für uns gab. Die Einstellung mußte zwangsläufig zu Streitigkeiten führen. Es war nicht sicher, ob sich eine solche Meuterei auf Brank beschränken würde. Brank war nur die Flamme eines dicht unter der Oberfläche schwelenden Brandes, die frühzeitig emporgelodert war. Ich lauschte in mich hinein, ob ich etwas vom Feuer der Rebellion in mir spüren konnte, aber da war nur Unsicherheit und der feste Wille, Redhorses Befehle zu befolgen. An die Möglichkeit, daß Redhorse aufgeben würde, glaubte ich nicht, denn der Cheyenne besaß eine stabile Persönlichkeit, sein Charakter war in unzähligen Einsätzen geformt worden, wie ein Stein, der ständig einer reißenden Strömung ausgesetzt ist, allmählich eine gewisse Form annimmt und sie nicht mehr verliert.

„Wir brechen auf!" entschied Redhorse.

Wir verließen die Nische, die uns für einige Stunden einen gewissen Schutz gewährt hatte.

„Früher oder später werden Sie und Papageorgiu sich ausruhen müssen", sagte Redhorse, als er an meiner Seite durch den Raum flog.

„Ich bin nicht müde", log ich. Ich wandte ihm mein Gesicht zu. „Glauben Sie, daß Brank Schwierigkeiten machen wird?"

„Es kann zu Zwischenfällen kommen, aber ich hoffe, daß Brank seine innere Krise durchstehen wird."

Das waren ermutigende Worte, aber sie konnten mich nicht beruhigen. Wir flogen weiter, bis wir den beleuchteten Teil der Bunkerstadt erreichten. Hier herrschte jene Ordnung und Sauberkeit, die ein geregeltes Leben vortäuschten.

Nach drei Stunden gefährlichen Suchens entdeckten wir einen Raum, in dem sich mehrere Maschinen und Aggregate befanden.

„Das könnte die große Kraftstation sein", sagte Redhorse.

Wir suchten die Decke zentimeterweise ab, aber kein Riß, kein

Spalt und keine Unebenheit wiesen uns den Weg nach oben. Wir konzentrierten uns auf die Wände, und schließlich, als auch das keinen Erfolg hatte, krochen wir zwischen den Maschinen am Boden herum. In der Zwischenzeit erschoß Doutreval, der Wache hielt, vier Robotspione, die in die Station eindrangen.

„Nichts!" stöhnte Bradon, als wir uns schließlich müde und erschöpft aufrichteten. „Es scheint keinen Durchgang an die Oberfläche zu geben."

Redhorse schaute auf sein Peilgerät. „Die Kampfroboter sind bereits in die Bunkerstadt eingedrungen", sagte er. „Vor ein paar Minuten kam ihr Vormarsch zum Stehen. Wir können daraus entnehmen, daß der erste Kampf entbrannt ist. Der Plath wird einen Großteil seiner Spione abziehen müssen, um die tefrodischen Roboter aufzuhalten."

„Etwas haben wir noch nicht untersucht: die Maschinen", sagte ich.

„Sie sind alle in Betrieb", sagte Redhorse. „Das bedeutet, daß von diesem Raum aus die belebten Gegenden der Bunkerstadt mit Energie versorgt werden. Früher oder später werden hier Wissenschaflter auftauchen, um Kontrollen vorzunehmen. Wahrscheinlich haben wir es nur der Ankunft der Roboter zu verdanken, daß wir diesen Raum unbewacht vorfanden."

„Vielleicht sollten wir uns die Maschinen näher ansehen", griff Bradon meinen Vorschlag auf.

„Nun gut", stimmte Redhorse zu.

„Papageorgiu, übernehmen Sie jetzt die Wache, damit Doutreval helfen kann."

Wir krochen zwischen den Maschinen hin und her. Jedes Teil wurde abgeklopft, an jedem hervorstehenden Hebel wurde vorsichtig gerüttelt. Dann fand Sennan Brank den abnehmbaren Schutzkasten. Er klappte ihn hoch. Anstelle eines Getriebes entdeckte er einen Schacht, der direkt in die Tiefe führte. An einer Seite des Schachtes befanden sich Sprossen. Ich stand unmittelbar hinter Brank und sah, wie sich sein runzliges Gesicht vor Erregung rötete.

„Sir!" rief er. „Hier ist etwas!"

Die anderen gaben ihre Suche auf und kamen zu uns gerannt. Nur Papageorgiu blieb an seinem Platz unmittelbar neben der Tür. Don Redhorse leuchtete in den Schacht hinein.

„Er reicht etwa fünfzig Meter in die Tiefe, dann führt ein Gang seitwärts weiter. Wenn wir feststellen wollen, wie es weitergeht, müssen wir in den Schacht klettern."

„Achtung!" schrie Papageorgiu von der Tür aus.

Ich fuhr herum, stieß gegen Brank und taumelte mit dem Rücken an die Maschine. Papageorgiu winkte uns beruhigend zu.

Im Eingang war eine dürre, bärtige Gestalt aufgetaucht. Es war Paroso, der Anführer der Fehldenker.

„Paroso", entfuhr es mir. „Wie kommen Sie hierher, und wo sind Ihre Leute?"

Der Lemurer ging nicht auf meine Worte ein, sondern blickte zu Major Redhorse.

„Wie ich sehe, haben Sie die große Kraftstation gefunden", sagte Paroso und kam auf Redhorse zu.

Redhorse nickte grimmig. „Nicht nur die Kraftstation, sondern auch den Weg, der aus der Bunkerstadt heraus an die Oberfläche dieser Welt führt", sagte er.

Paroso zupfte an seinem schmutzigen Bart. Er ging auf den Einstieg zu, den Redhorse ihm zeigte und schaute in die Tiefe.

„Der Schacht führt hinab", sagte er. „Sie wollen jedoch nach oben."

„Ich bin sicher, daß wir uns auf den richtigen Weg befinden", sagte Redhorse unbeirrbar.

„Was würden Sie tun, wenn ich Ihnen befehlen würde, diese Station nicht zu verlassen?" erkundigte sich der dürre Fehldenker.

Redhorse blickte ihn überrascht an.

„Warum sollten sie uns einen derartigen Befehl geben?"

„Weil", sagte Paroso freundlich, „ich der Plath bin."

21. Brazos Surfat

Major Don Redhorse erholte sich zuerst von seiner Überraschung. Er lachte laut.

„Sie bluffen", sagte er. „Wenn Sie tatsächlich der Plath wären, hätten Sie es bestimmt nicht in einem Moment zugegeben, da wir Sie leicht überwältigen können.“ Er zog seine Waffe und richtete deren Lauf auf Parosos hageren Körper. „Sie sind ein verdammter Narr, Paroso, aber Sie sind niemals der Plath. Sie versuchen, irgend etwas zu erreichen. Deshalb folgten Sie uns. Sagen Sie uns, was Sie von uns wollen, vielleicht können wir uns einigen.“

„Entschuldigen Sie, Sir“, mischte sich Bradon ein. „Vielleicht ist er wirklich der Plath. Ein Fehldenker würde es nicht wagen, in diesen Raum zu kommen.“

Paroso blickte gebannt auf Redhorses Waffe. Sein hagerer Körper straffte sich. Ich dachte schon, er würde den Fehler begehen, den Major anzuspringen.

„Also“, sagte Redhorse. „Was wollen Sie wirklich, Paroso?“

Der Fehldenker senkte den Kopf. „Ihre Waffen“, erklärte er. „Ich hoffte, Sie dazu überreden zu können, mir Ihre Waffen zu übergeben. Auch der übrige Teil Ihrer Ausrüstung interessierte mich. Ich war der Meinung, daß es genügen würde, mich als den Plath auszugeben, um Sie einzuschüchtern.“

Redhorse nickte bedächtig. Er schien die Beweggründe des Fehldenkers gekannt zu haben, bevor dieser sie ausgesprochen hatte.

„Sie können uns begleiten, wenn Sie es möchten“, sagte er. „Mehr kann ich Ihnen nicht bieten.“

„Dort oben gibt es nur Eis und Kälte!“ schrie Paroso verzweifelt. Sein magerer Körper wurde wie von Krämpfen geschüttelt. Offenbar hatte er seine ganze Hoffnung auf unsere Ausrüstung gesetzt. Nun war er enttäuscht worden. Er ballte seine Hände zu Fäusten. „Gibt es überhaupt einen Weg in den Süden?“

„Wir wissen es nicht“, gestand Redhorse. „Wir wissen es nicht, weil wir nicht aus dem Süden kommen, sondern von einer anderen Welt, von einem anderen Planeten.“

Paroso fragte verblüfft:

„Sie haben also ein Raumschiff?“

Redhorse schüttelte den Kopf. „Nein, wir sind mit Hilfe eines Transmitters auf die Erde gekommen. Allerdings mehr oder weniger unfreiwillig.“

„Was ist ein Transmitter, und was ist die Erde?“ wollte Paroso wissen.

Mir wurde klarer denn je, daß das technische Erbe der Lemurer schon längst in Vergessenheit geraten war. In der Hochblüte der lemurischen Zivilisation waren Transmitter etwas Alltägliches gewesen. Der grausame Krieg hatte die überlebenden Lemurer jedoch in die Primitivität zurückgeworfen. Diese würde sich im Laufe der nächsten Generationen noch verstärken – bis hin zur Steinzeitkultur, aus der sich dann die zweite Menschheit entwickeln sollte.

„Wir haben wenig Zeit für Erklärungen, außerdem würden Sie es doch nicht verstehen. Wollen Sie uns begleiten?"

Sekundenlang wurde Paroso von seinen Wünschen und Hoffnungen in einen inneren Kampf verstrickt. Schließlich sagte er leise: „Ich gehe mit Ihnen."

„Nein!" sagte eine dröhnende Stimme, die mir nur zu bekannt war, in diesem Augenblick. „Weder Paroso noch irgendein anderer Mann wird diesen Raum ohne meine Zustimmung verlassen."

Die Stimme schien wieder aus dem Nichts zu kommen. Es war die gleiche Stimme, die wir vor Saiths Ende gehört hatten.

Die Stimme des Plath.

„Schnell! In den Schacht!" rief Redhorse.

Ich streckte den Kopf in den Hohlraum hinter dem Schutzkasten und fuhr ruckartig wieder zurück. Redhorse warf mir einen fragenden Blick zu.

„Dort unten wimmelt es von Robotratten", sagte ich niedergeschlagen.

Paroso stand zitternd neben Redhorse. Bevor wir irgend etwas tun konnten, rannten einige hundert Ratten durch den Eingang in die Kraftstation und postierten sich an den Wänden neben der Tür. Brank zog seine Waffe.

„Es hat keinen Sinn, Brank", sagte Redhorse. „Es sind zu viele."

Hinter den Ratten betrat ein Mann die Station, den wir alle kannten, von dem wir aber geglaubt hatten, er sei eines gräßlichen Todes gestorben. Der Mann trug keine Lumpen mehr, sondern einen sauberen Umhang. Er ging aufrecht. Von seinem Buckel war nichts mehr zu sehen.

„Das", sagte Redhorse tonlos, „ist der wirkliche Plath."

Der Mann, der hinter seinen Spionen hereingekommen war, war Saith.

„Ihr ‚Tod' war wirklich sehr eindrucksvoll", sagte Redhorse.

„Ich war von Anfang an mißtrauisch. Bestimmt trugen Sie ein kleines Mikrophon mit sich herum, mit dessen Hilfe Ihr Flüstern in die Lautsprecher der Bunkerstadt übertragen wurde."

„Wie schade, daß Sie meinen Trick mit der Verbrennung durchschauten", sagt Saith lächelnd. „Ein paar Spiegelreflexe und ein bißchen Energie am richtigen Platz haben im allgemeinen ihre Wirkung nie verfehlt."

Paroso fand allmählich seine Fassung wieder. „Jetzt wird mir alles klar", erklärte er. „Ich weiß jetzt, warum Saith einer meiner besten Männer war und von jedem Erkundungsgang unverletzt zurückkehrte. Es wird mir klar, warum er die Robotspione so gut leiden konnte. Während seiner sogenannten Erkundungsgänge programmierte er die Roboter so, daß ihm nichts geschehen konnte."

Saith streckte beide Arme vor, spreizte die Hände und drückte die Fingerspitzen gegeneinander. Er schien sehr amüsiert. Er lächelte uns zu.

„Paroso und die Fehldenker sind meine Idee. Der erste Fehldenker war ich, weil ich es für angebracht hielt, den intelligenten Wissenschaftlern einen Feind zu beschaffen. Das hinderte sie daran, gegen mich zu rebellieren. Die Fehldenker veranlaßten die Wissenschaftler, sich nur ihrer Arbeit zu widmen und mir den Kampf gegen die Feinde der Regierung zu überlassen."

„Ich verstehe", sagte Redhorse. „Sie haben sich alles genau ausgedacht. Aber eines haben Sie niemals einkalkuliert: die hundert kampfstarken Roboter der Tefroder, die jetzt bereits in diese Bunkerstadt eingedrungen sind und sie restlos vernichten werden."

Saith lächelte abermals und nickte Redhorse anerkennend zu.

„Die fremden Roboter haben mich tatsächlich veranlaßt, meine Pläne zu ändern", gab er zu. „Ich werde Ihnen an die Oberfläche folgen. Sie werden mich zu Ihrem Raumschiff führen, das ich übernehme."

„Es gibt kein Raumschiff", versicherte Redhorse.

„Das können Sie einem Narren wie Paroso erzählen", sagte Saith höhnisch. „Ich habe gehört, was Sie ihm an Lügen vorgesetzt haben. Es gibt ein Raumschiff, und Sie werden mich dorthin führen."

„Wie Sie wollen", sagte Redhorse gepreßt.

„Noch etwas", sagte Saith, und seine Stimme wurde drohend. „Auf dem Weg nach oben werden uns einige hundert Robotspione begleiten. Sie werden sofort wissen, wann Sie oder einer Ihrer Männer daran denken, auf mich zu schießen. Ein derartiges Vorhaben wird der letzte Gedanke des Betreffenden sein, denn gegen diese Roboter kann sich niemand zur Wehr setzen. Ich hoffe, Sie verübeln mir diese Vorsichtsmaßnahme nicht. Inzwischen konnten Sie sich überzeugen, daß es außer meinen kleinen Begleitern noch eine Anzahl anderer Spione gibt, die im Schacht auf uns warten."

„Wir haben sie gesehen", sagte Redhorse.

Saith machte eine einladende Handbewegung. „Gehen wir", sagte er. „Ich wüßte nicht, worauf wir noch warten sollten."

Hinter ihm entstand eine Bewegung. Ich sah, daß Kro'artruth und sechs weitere Männer in den Raum kamen. Die Begleiter des Wissenschaftlers waren offenbar die übrigen Mitglieder der Clique. Kro'artruth bewegte sich würdevoll, er schien die gesamte Situation mit einem Blick zu erfassen.

„Es ist mir eine Freude, Sie endlich von Angesicht zu Angesicht sehen zu dürfen", sagte er zu Saith. Er verneigte sich, aber ich wurde das Gefühl nicht los, daß diese Verbeugung spöttisch gemeint war. Wenn der Plath durch das Erscheinen der Clique der Wissenschaftler verwirrt war, dann zeigte er es nicht. Seine Haltung war bewundernswert. Er winkte Kro'artruth herablassend zu und wandte sich wieder an uns.

„Das Auftauchen dieser Männer ändert nichts an unserem gemeinsamen Vorgehen", sagte er gelassen.

Die Robotspione bewegten sich unruhig. Offenbar wußten sie nicht, wie sie sich jetzt verhalten sollten. Bisher hatten sie den Plath *und* die Wissenschaftler unterstützt. Jetzt war plötzlich eine fühlbare Spannung zwischen den Verbündeten eingetreten, die auch den Ratten nicht zu entgehen schien.

Redhorse nahm die Chance, die sich uns bot, sofort wahr.

„Es könnte doch sein, daß die Wissenschaftler an Ihrem Vorhaben interessiert sind", sagte er gedehnt. „Wir sollten sie zumindest unterrichten."

Kro'artruth lächelte Redhorse zu, als bestände zwischen beiden ein stilles Einverständnis. Saith mußte diesen Blick bemerken, und ich sah, wie seine Backenmuskeln hervortraten.

„Im Augenblick wird die Bunkerstadt von Robotern angegriffen", sagte Kro'artruth, der offensichtlich der Anführer der Clique der

Wissenschaftler war. „Wir werden den Kampf verlieren. Wäre es unter diesen Umständen nicht möglich, daß der Plath, dessen Tapferkeit und Weitsicht wir seit langer Zeit schätzen, den Gedanken an eine rasche Flucht erwogen hat?"

Saith machte eine energische Handbewegung, als wollte er alles, was bisher geschehen war, mit dieser Bewegung auslöschen.

„Spielen wir mit offenen Karten", sagte er hart. „Godlar ist verloren. Es gibt nur noch den Ausweg an die Oberfläche. Diesen Ausweg werde ich benutzen. Ich werde allein mit diesen Fremden zu deren Raumschiff gehen. Niemand kann mich daran hindern."

Die Spannung, die uns alle beherrschte, verstärkte sich noch. Es mußte jeden Augenblick zu einer Explosion kommen.

„Ihren Worten kann ich entnehmen, daß Sie mit der Unterstützung der Robotspione rechnen", sagte Kro'artruth zu Saith.

„Allerdings!" bekräftigte der Plath. „Diese kleine Armee wird mich sicher an mein Ziel geleiten."

„Sie irren, Plath", sagte Kro'artruth höflich. „Die Roboter werden uns gehorchen."

Saith erinnerte mich jetzt an ein in die Enge getriebenes Tier. Vielleicht begriff er in diesem Augenblick, daß es ihm nicht gelungen war, die Wissenschaftler all die Jahre hindurch zu täuschen. Er mochte jetzt erkennen, daß sie ebenfalls ihr hintergründiges Spiel getrieben und ihn bedauert hatten, so wie er sie bedauerte.

„Ich habe die Spione persönlich programmiert", sagte Saith. „Sie folgen nur meinen Befehlen und reagieren lediglich auf Impulse, die meinen Programmierungen entsprechen."

„Es gibt zehntausend Spione", erinnerte Kro'artruth. „Wollen Sie tatsächlich behaupten, Sie hätten alle programmiert?"

„Nein", sagte der Plath. „Auf meinen Befehl hin haben Sie und Ihre Helfer einen Teil der Roboter programmiert."

„Das stimmt", sagte Kro'artruth. „Wir haben uns erlaubt, sie nach unseren Plänen zu programmierten. Das bedeutet, daß ein großer Teil der Roboter auf unserer Seite steht."

Saith wich vor den Wissenschaftlern zurück. Die Ratten wurden immer unruhiger. Ich warf Redhorse einen fragenden Blick zu, doch der Major war auf die Streitenden konzentriert. Ich glaubte, daß jetzt ein geeigneter Moment zum Zuschlagen gekommen war. Doch Redhorse wartete.

„Die meisten Spione werden mich unterstützen!“ schrie der Plath. Dieser Ausbruch war eine Schwäche, aber er war auch gleichzeitig das Signal für den Beginn eines chaotischen Durcheinanders. Etwas huschte an mir vorüber. Ich begriff, daß es Ratten waren, die aus dem Schacht sprangen und über andere, die neben Saith am Boden kauerten, herfielen.

Saith begann Befehle zu brüllen, aber keiner der Roboter reagierte. Sie waren in einen mörderischen Kampf verstrickt. In diesem Augenblick stürmten die ersten tefrodischen Kampfmaschinen in die große Kraftstation und feuerten wahllos in die Menge der Robotspione hinein.

Die Wissenschaftler und Saith standen wie versteinert.

„Jetzt!“ schrie Redhorse.

Er rannte auf den Schacht zu. Der Lärm, den die tefrodischen Roboter verursachten, war unbeschreiblich. Ich sah, daß bereits drei der Wissenschaftler tot am Boden lagen. Kro'artruth und der Plath wälzten sich zusammen am Boden und kämpften einen Kampf auf Leben und Tod. Die anderen Wissenschaftler kamen ebenfalls zum Schacht gerannt. Einer von ihnen zog eine Waffe und legte auf Redhorse an, der vor den aus dem Schacht kommenden Robotern zurückweichen mußte. Papageorgiu schlug den Mann nieder. Die Ratten ließen sich zu Dutzenden von den tefrodischen Robotern abschießen, ohne sich zur Wehr zu setzen. Der Kampf, den sie untereinander austrugen, schien sie so zu beschäftigen, daß sie sich um nichts anderes kümmerten.

Saith hatte Kro'artruth am Hals gepackt und schüttelte ihn. Der Wissenschaftler wehrte sich verzweifelt, doch es war offensichtlich, daß Saith über die größeren Körperkräfte verfügte. Redhorse und Doutreval hatten sich in den Schachteingang gebeugt und erschossen die letzten Spione, die sich noch darin aufhielten. Dann war der Weg für uns frei. Die beiden Wissenschaftler, die sich noch in unserer Nähe aufhielten, hatten Paroso gepackt und wollten ihn wegziehen. Der Fehldenker wehrte sich verweifelt. Endlich war Oliver Doutreval als erster im Schacht verschwunden. Redhorse schoß auf Roboter, die sich einen Weg bis zu den Maschinen gebahnt hatten und auf uns zielten.

Saith hatte Kro'artruth endgültig bezwungen und sprang auf. Die eingedrungenen Kampfmaschinen der Tefroder nahmen ihn unter

Beschuß. Er starb, bevor er den Boden berührte. Kro'artruth kroch halb benommen auf ihn zu. Er lächelte befriedigt, als er sah, daß der Plath tot war. Brank und Bradon verschwanden im Schacht.

Am anderen Ende des Raumes explodierte eine Maschine. Der Luftdruck preßte mich gegen den Schachteingang. Meine Ohren dröhnten. Der Major brüllte irgendeinen Befehl, doch ich war vollkommen taub.

Der Cheyenne packte Papageorgiu an den Armen und stieß ihn förmlich in den Schachteingang. Paroso war von den beiden Wissenschaftlern niedergeschlagen worden und lag bewegungslos einige Meter von mir entfernt. Ich beobachtete, wie seine beiden Gegner auf Kro'artruth zueilten, um ihrem Anführer auf die Beine zu helfen. An der Stelle, wo die Maschine explodiert war, begann es zu brennen. Die Qualmwolken nahmen den Angreifern die Sicht. Hunderte von toten Spionen lagen am Boden, aber der Kampf zwischen den Robotern war noch nicht zu Ende. Ich begriff, daß er erst aufhören würde, wenn der letzte Robotspion tot war. Redhorse bedeutete mir, Papageorgiu zu folgen, doch es widerstrebte mir, ihn allein zurückzulassen.

Durch den Vorhang aus Rauch und Flammen kamen die ersten tefrodischen Roboter herangestürmt. Die Wissenschaftler versuchten, hinter der nächsten Maschine Deckung zu nehmen, doch lediglich Kro'artruth erreichte sein Ziel. Noch immer kämpften die Robotspione gegeneinander.

Jetzt gab es kein Zögern mehr. So schnell es ging, schwang ich mich in den Schacht und kletterte in die Tiefe. Unten wartete Papageorgiu auf mich. Er deutete in den Seiteneingang und schrie mir irgend etwas zu. Ich gab ihm zu verstehen, daß ich ihn nicht hören konnte. Über mir sah ich den Major hereinklettern. Als er bei uns stand, beugte sich Kro'artruth über den Einstieg. Das Gesicht des Wissenschaftlers war vor Entsetzen verzerrt. Sein Körper wurde schlaff. Papageorgiu riß mich zur Seite. Fast gleichzeitig schlug Kro'artruth neben mir auf.

Wir stürmten durch den Seiteneingang davon. Doutreval, Brank und Bradon waren bereits vor uns und suchten nach dem Weg an die Oberfläche. Über uns explodierte eine weitere Maschine. Der Gang begann zu heben, der Boden wölbte sich auf, und von der Decke rieselte Gestein auf uns herab. Die tefrodischen Roboter waren nicht aufzuhalten. Es war mehr als unwahrscheinlich, daß in der großen Kraftstation noch jemand am Leben war. Das Reich des Plath war dem Untergang geweiht.

Der Gang, durch den wir rannten, schien endlos zu sein. Wir mußten unsere Scheinwerfer einschalten. Die Luft war schlecht. Schließlich mündete der Gang in einem runden Raum von nur zehn Meter Durchmesser. Hier warteten Bradon, Brank und Doutreval auf uns. Doutreval deutete nach oben.

Wir leuchteten die Decke ab. Sie bestand aus brüchigem Gestein. Ein halb zugeschütteter Schacht führte nach oben. Ich warf Redhorse einen skeptischen Blick zu.

„Glauben Sie, daß dies der Weg an die Oberfläche ist?“ schrie Bradon.

Ich war erleichtert, daß ich mein Gehör nicht verloren hatte. Redhorse überprüfte die Sprossen, die in die Wand eingelassen waren. Zwei ließen sich mühelos aus der Mauer lösen.

Redhorse schaltete seinen Antigravprojektor ein und ließ sich in die Höhe gleiten.

„Verteilen Sie sich unten an der Wand!“ rief er uns zu. „Ich will versuchen, den Schacht freizulegen.“

Während Redhorse die Trümmer wegzuschaffen versuchte, zog Papageorgiu mich wieder in den Seiteneingang hinein. Hinter uns fielen die ersten Steine herab. Wenn der Schachtausgang verschüttet war, hatten wir wenig Aussicht, ins Freie zu gelangen.

Papageorgiu deutete in den Gang.

„Wie lange wird es Ihrer Ansicht nach dauern, bis die ersten tefrodischen Roboter hier auftauchen?“

Ich sah ihn an. Daran hatte ich noch nicht gedacht, obwohl die Vermutung nahelag, daß die Kampfmaschinen ebenfalls den Weg einschlagen würden, von dem wir hofften, daß er an die Oberfläche führte.

„Es dauert höchstens noch ein paar Minuten“, beantwortete Papageorgiu seine eigene Frage. „Wenn wir dann nicht verschwunden sind, wird es zu spät sein.“

„Sie meinen, wir beide sollten versuchen, sie so lange aufzuhalten, bis die anderen in Sicherheit sind?“ fragte ich.

„Für so heroisch dürfen Sie mich nicht halten“, sagte er lächelnd. Er deutete in den Gang. „Wir holen die Decke herunter, Surfat.“

„Sie wollen die Decke zum Einsturz bringen?" fragte ich verblüfft.

Er nickte heftig. „Allerdings. Das wird die Roboter einige Zeit aufhalten."

„Sie vergessen, daß dies unser einziger Weg ist", erinnerte ich ihn. „Wenn Redhorse keinen Weg nach oben freilegen kann, *müssen* wir durch *diesen* Gang zurück. Das wird nicht gehen, wenn er verschüttet ist."

„Sie wissen ganz genau, daß wir auf keinen Fall zurück können", sagte er ärgerlich. Er zog seine Waffe. Ich hob die Schultern.

„Ich werde Ihnen Leutnant Bradon schicken", sagte ich. „Ich habe ja keine Waffe mehr."

Er winkte mir zu und begann zu schießen. Als ich in den runden Raum zurückkehrte, war Redhorse bereits so weit in den nach oben führenden Schacht eingedrungen, daß ich ihn nicht mehr sehen konnte. Noch immer fielen Trümmer herab. In der Mitte des Raumes hatte sich bereits ein kleiner Berg gebildet. Ich unterrichtete Bradon von Papageorgius Plan. Wortlos ging der Leutnant davon. Ich wußte, daß er Papageorgiu helfen würde. Jetzt konnten wir nur noch durch diesen verschütteten Schacht fliehen.

Einige Minuten später kam Redhorse zurück.

„Es ist ziemlich eng", sagte er mit einem besorgten Seitenblick auf meine korpulente Figur. „Trotzdem glaube ich, daß wir es alle schaffen. Weiter oben gibt es eine Galerie. Darüber beginnt das Eis. Wir müssen versuchen, es wegzuschmelzen. Ich denke, daß es an dieser Stelle nicht sehr dick ist, denn in diesem Teil Godlars war es immer warm."

Jetzt verstand ich, warum der Schacht halb zugeschüttet war. Weit über uns war das Eis durch die Wärmeentwicklung der großen Kraftstation ständig im Abtauen begriffen. Das Eiswasser hatte im Laufe der Zeit Steine und Platten gelockert. In ein paar Jahren würde der Schacht völlig zugeschüttet sein.

Was aber, wenn der Major sich täuschte und das Eis meterdick über dem Schacht lag?

Darüber, dachte ich, konnte ich mir noch Sorgen machen, wenn wir oben auf der Galerie standen und nicht weiterkamen. Ich wußte, daß der Vorrat an Sauerstoff innerhalb des Schachtes begrenzt sein würde. Wenn unsere Waffen in Tätigkeit traten, würde dieser

Vorrat bald aufgebraucht sein. Dann war es wichtig, daß wir schnell an die Oberfläche gelangten.

„Wir wissen alle, was auf dem Spiel steht", sagte Redhorse ernst. „Es ist nicht damit abgetan, daß wir einen Weg aus Godlar finden, sondern wir müssen auch an der Oberfläche um jeden Preis überleben. Perry Rhodan muß von diesen Zwischenfällen Kenntnis erhalten. Ich werde das Gefühl nicht los, daß wir von den Meistern der Insel mit Absicht auf die Erde gebracht wurden. Warum, weiß ich nicht, aber alles, was mit den Meistern zu tun hat, bedeutet Gefahr für uns und das Solare Imperium."

Er löste sich vom Boden und verschwand im Schacht. Wir folgten ihm nacheinander in angemessenem Abstand. Den Abschluß bildete Papageorgiu, der zusammen mit Bradon den tefrodischen Robotern die letzte Möglichkeit genommen hatte, uns einzuholen. Der Gang, der zurück in die Station führte, war mit Tonnen von Trümmern gefüllt.

Die Roboter konnten jetzt nicht in diesen Teil der Stadt.

Und wir konnten nicht zurück.

Das, was Don Redhorse als Galerie bezeichnet hatte, entpuppte sich als Überreste einiger Metallroste, die zu beiden Seiten des Schachtes in der Wand befestigt waren. Wir hatten Mühe, alle darauf Platz zu finden. Etwa zehn Meter über uns versperrte das Eis den weiteren Weg nach oben.

„Wenn wir zu schießen beginnen, muß das mit äußerster Konzentration geschehen", sagte Redhorse. „Es versteht sich von selbst, daß die Kombiwaffen auf Desintegratorwirkung gestellt sein müssen. Dadurch verhindern wir, daß Schmelzwasser entsteht."

Wir nickten kommentarlos. Dann begannen die Waffen zu feuern. Ich sah, wie sich die über uns liegende Eisschicht in eine Dampfwolke verwandelte, die rasch kondensierte. Ganz ohne Wasserbildung ging es nicht, doch diese war nur minimal.

Redhorse gab uns durch Handzeichen zu verstehen, daß wir unsere Antigravs einschalten und langsam nach oben, in die entstehende Öffnung fliegen sollten. Er selbst machte den Anfang.

Der Major unterdrückte mit Mühe einen Hustenanfall.

„Wir können ins Freie", sagte er bedächtig. „Aber es ist kalt, und es ist Nacht."

„Wir haben zuviel riskiert, um noch umzukehren, Major“, sagte Bradon ernst. „Unten im Schacht warten die tefrodischen Roboter auf uns, sofern es ihnen gelingt, den Gang freizulegen, den Papageorgiu und ich zum Einsturz gebracht haben. An der Oberfläche haben wir eine Chance zum Überleben. Bestimmt finden wir irgendwo eine Höhle, in der wir uns vorläufig verstecken können. Mit Hilfe unserer Waffen können wir es uns sogar gemütlich warm machen. Wenn es hell wird, gehen wir auf die Jagd.“

Redhorse leuchtete jedem von uns ins Gesicht. Wir nickten alle.

„Bradon sieht unsere Lage ausnahmsweise rosiger als sie ist“, sagte Redhorse schließlich.

Er flog voraus. Durch ein zwei Meter großes Loch gelangten wir ins Freie. Der eiskalte Wind traf mich wie ein körperlicher Schlag. Ich hielt unwillkürlich den Atem an und senkte den Kopf. Hinter mir wirbelten Dampfwolken ins Freie.

Stumm standen wir da, von der Kälte und der Einsamkeit dieser Nacht überwältigt. Kein einziger Stern war zu sehen, keiner besaß genügend Leuchtkraft, um den Nebel zu durchdringen, der aus dem Planeten Zeut entstanden war.

„Wir fliegen dicht über dem Boden“, ordnete Redhorse an. Seine Stimme kam gerade rechtzeitig, um uns davon abzuhalten, wieder in den Schacht zu klettern. „Paßt auf Schneewehen auf.“

Ich hob mich vom Boden ab. Vor mir ließ Papageorgiu das Licht seines Scheinwerfers über den Boden gleiten. Brank hustete gequält. Redhorse übernahm die Spitze. Wir folgten dem Licht seiner Lampe.

Der Wind war nicht so heftig, wie ich ihn in Erinnerung hatte, aber die Kälte erschien mir trotzdem unerträglich. Ich wußte, daß wir diese Nacht nicht überleben würden, wenn es uns nicht bald gelang, eine Höhle oder ein anderes Versteck zu finden.

Doutreval flog an meiner Seite. Unabhängig suchten wir mit den Scheinwerfern den Boden ab. Wir flogen jetzt in breiter Linie, um möglichst viel von der Oberfläche ableuchten zu können.

„Wir sind müde und hungrig“, sagte der kleine Funker. „Jetzt kommt noch die Kälte hinzu. Ich will nicht unken, Brazos, aber ich möchte keine Wette auf unser Überleben abschließen.“

„Wollen Sie mich mit solchen Worten aufheitern?“ erkundigte ich mich schroff.

„Wenn es mir gelingt, Sie dadurch zu erwärmen“, sagte er.

Nach einer Weile begann Brank wieder zu husten.

„Das halte ich nicht länger aus, Sir“, sagte er zu Redhorse. „Jeder Atemzug bereitet mir Schmerzen.“

„Wir werden bald eine Höhle finden“, sagte Redhorse geduldig.

„Ich glaube nicht mehr an Ihre verdammte Höhle!“ schrie Brank. Der Lichtstrahl seines Scheinwerfers beschrieb plötzlich einen Bogen. Dann schleuderte Brank die Lampe in die Nacht. Sie zerschellte im Eis und erlosch.

„Das ist Meuterei, Kanonier Brank“, sagte Redhorse ruhig.

„Ich kehre um“, verkündete Brank. „Ich fliege zum Schacht zurück und ergebe mich den tefrodischen Kampfrobotern, bevor ich hier erfriere.“

„Sie würden den Schacht nicht finden“, sagte Redhorse. „Außerdem gestatte ich Ihnen nicht, diese Gruppe zu verlassen.“ Er überlegte einen Augenblick, dann fügte er hinzu: „Übergeben Sie Korporal Surfat Ihre Waffe.“

Zwei Scheinwerfer richteten sich auf Branks verzerrtes Gesicht. In seinen Augen spiegelte sich Todesangst. Er nestelte an seinem Kombistrahler. Papageorgiu flog von hinten an ihn heran und entriß ihm die Waffe. Er übergab sie mir.

„Leutnant Bradon, achten Sie darauf, daß Brank bei uns bleibt“, befahl der Cheyenne.

Brank ergab sich in sein Schicksal, und wir setzten unseren Flug fort. Jetzt schwiegen wir. Ich fragte mich, was in Branks Gedanken vor sich ging.

Nachdem mindestens eine Stunde verstrichen schien, während der die Kälte immer tiefer in mich eindrang, ließ Redhorse uns anhalten.

„Das Gelände wird uneben“, stellte er fest. „Wir kommen jetzt in bergiges Land. Wahrscheinlich sind es die Ausläufer der späteren Sierra Nevada. Unsere Chance, eine Höhle zu finden, wird hier in den Bergen größer.“

In den Eisbergen, fügte ich im stillen hinzu.

Doch, wie schon so oft, sollte Redhorse auch diesmal recht behalten. Als wir an einem schroffen Eishang emporflogen, entdeckte Doutreval einen Spalt. Wir landeten und untersuchten ihn. Es war der Eingang einer geräumigen Höhle aus Eis. Mit Hilfe unserer Waffen vergrößerten wir den Zugang.

„Schafft zuerst Brank hinein!“ ordnete Redhorse an.

Als wir uns alle vor der Höhle versammelt hatten, trennten wir mit Impulsstrahlen Eisbrocken von den Wänden und verschlossen damit den Zugang zur Höhle. Durch den Gebrauch der Waffen wurde es in der Höhle schnell warm.

„Trocknet eure Kleider“, sagte Redhorse.

Ich war so müde, daß ich mich nur auf den Boden hätte legen müssen, um sofort einschlafen zu können. Wir schalteten die Antigravprojektoren aus, um eine Ortung unmöglich zu machen.

Unsere Kampfanzüge benutzten wir als Unterlagen. Es waren keine idealen Verhältnisse, aber wir konnten jetzt hoffen, den nächsten Tag zu überleben.

„Ich übernehme die erste Wache“, sagte Redhorse. „Die anderen können schlafen.“

Wir ließen uns auf unsere primitiven Lager nieder. Brank hustete und fluchte leise vor sich hin. Papageorgiu lag neben mir. Er wandte den Kopf und lächelte mir zu. Müdigkeit und Erschöpfung hatten ihre Spuren in seinem jungenhaften Gesicht hinterlassen. Doch sein unbekümmertes Lächeln war geblieben.

„Nun?“ fragte er. „Trauen Sie sich eine Prophezeiung zu?“

Ich schaute gegen die Höhlendecke, die im Licht eines Scheinwerfers schwach leuchtete.

„Was wollen Sie hören?“

„Vielleicht“, sagte er überlegend, „etwas über das Wild, das wir morgen erlegen und in dieser Höhle braten werden.“

„Glauben Sie, daß man einen tefrodischen Kampfroboter braten kann?“

Er ließ sich lächelnd zurücksinken. Ich hob den Kopf und sah Major Don Redhorse am Eingang der Höhle stehen. Er blickte durch einen schmalen Spalt ins Freie hinaus. Irgendwie, dachte ich, waren wir alle miteinander verbunden. Sogar Brank.

Diese Verbundenheit konnte so schnell nicht zerstört werden, dachte ich schläfrig. Wir hatten gewaltige Entfernungen durch Raum und Zeit überbrückt. Wahrscheinlich waren wir die verlorenste Gruppe von Menschen, die jemals um ihr Leben gekämpft hatten.

Ich schloß die Augen und versuchte, auf meiner unbequemen Unterlage eine Stellung zum Schlafen zu finden. Leutnant Bradon schaltete seinen Scheinwerfer aus. In der Höhle wurde es dunkel.

Ich hörte das Atmen der Männer und Branks Husten. Ab und zu verlagerte Redhorse das Gewicht seines Körpers von einem Bein auf das andere, seine Stiefelsohlen quietschten dabei auf dem Eis.

22.

Zeitagent Rovza war der Leiter der Transmitter-Zeitstation auf Lemur. Er war ein echter Tefroder, den die Meister der Insel vor einigen Jahren in die Vergangenheit geschickt hatten. Vor wenigen Tagen hatte er die Information erhalten, daß die Zeitstation auf Tanos VI um 500 Jahre in die Relativzukunft versetzt wurde.

Kurz darauf war der Befehl gekommen, seine Station ebenfalls in diese Relativzeit zu versetzen und mittels Fernschaltung den Materietransmitter auf Tanos VI zu aktivieren.

Rovza erhielt genaue Angaben darüber, was danach geschehen sollte. Doch seine Auftraggeber hatten anscheinend nicht damit gerechnet, daß mit den Terranern, die ihm angekündigt wurden, auch vier feuerspeiende Ungeheuer ankommen würden. Jene zehn Duplos, die in die Transmitterhalle abkommandiert worden waren, um die Terraner in Gewahrsam zu nehmen, wurden von den Ungeheuern getötet. Die Terraner konnten entkommen. Er, Rovza, und vier Tefroder-Duplos hatten nur überlebt, weil sie sich zu diesem Zeitpunkt nicht in der Transmitterhalle aufhielten.

Rovza hatte seine Roboter den Entkommenen nachgeschickt. Doch dann, vor zwei Stunden, wurde ihm ein neuerliches Ereignis angekündigt. Rovza hatte daraufhin alle Vorbereitungen getroffen und war mit seinen vier Untergebenen in die Transmitterhalle gegangen, wo das Ereignis stattfinden sollte.

Der Zeitagent blickte auf seinen Chronometer. Jeden Augenblick mußte er kommen. Sein Blick schweifte zu den vier Duplos, die angespannt vor dem Transmitter standen.

In diesem Augenblick hörte er das vertraute Signal, das nur ertönte, wenn ein Eingeweihter den Transmitter benutzte. Auf diese Weise sollte vermieden werden, daß die Wächter der Station Verbündete beschossen.

Rovza beobachtete schweigend, wie sich die beiden Säulen unter der Decke vereinigten und den Torbogen bildeten, der eine Transmittertätigkeit erst möglich machte.

Innerhalb des Torbogens herrschte vollkommene Dunkelheit. Das übliche Wallen und Flimmern innerhalb des Empfängers setzte ein.

Dann wurden die Konturen eines großen Mannes sichtbar, der eine silberfarbene Kombination trug. Rovza erstarrte.

„Verbeugt euch!“ rief er seinen vier Helfern zu.

Er senkte den Kopf und stand abwartend da. Er hörte, wie der Mann mit raschen und festen Schritten den Transmitterraum betrat.

„Blicken Sie auf, Zeitagent Rovza“, sagte eine beherrschte Stimme.

Rovza hob langsam den Kopf.

„Willkommen, Maghan“, flüsterte er.

Der Mann, der vor ihm stand, war nicht mehr jung, aber er hielt sich aufrecht. Sein Körper war muskulös. Sein schwarzes Haar war von silbernen Fäden durchzogen.

„Mein Name ist Toser-Ban“, sagte der Mann. „Ich möchte wissen, ob meine Befehle befolgt wurden.“

„Selbstvertständlich, Maghan“, beeilte sich Rovza zu versichern. „Wir haben alles getan, was angeordnet wurde.“

Toser-Ban ließ seine Augen über den Raum gleiten.

„Sollen wir den Transmitter abstellen, Maghan?“ erkundigte sich Rovza.

„Natürlich nicht“, sagte Toser-Ban lächelnd. Er winkte Rovzas Helfern zu. Die vier Männer richteten sich auf. Rovza konnte sehen, daß sie erleichtert waren. Der große Mann, der sich Toser-Ban nannte, wurde von einer Aura der Autorität umgeben.

„Heißt das, daß Sie noch jemanden erwarten?“ fragte Rovza vorsichtig.

„Ich werde Sie zu gegebener Zeit über unsere Pläne unterrichten, Zeitagent Rovza“, sagte der Mann. „Verlassen Sie jetzt diesen Raum!“

Rovzas Gesichtsausdruck veränderte sich. Enttäuschung und Angst mischten sich darin. Er zögerte jedoch nicht, den Befehl auszuführen.

„Sie gehen natürlich auch hinaus!“ befahl Toser-Ban Rovzas Helfern. Die Männer beeilten sich, dem Befehl nachzukommen.

Als die Duplos den Transmitterraum verlassen hatten, lächelte der große Mann verächtlich. Er ging an die Schalttafel des Transmitters und stellte den Hauptschalter auf Empfang.

Auf der Brust seiner silberfarbenen Kombination schimmerte das Symbol der Meister der Insel.

Toser-Ban war einer der mächtigsten Männer zweier Galaxien.

Er war ein Meister der Insel.

23. Brazo Surfat

Bei Anbruch des Tages starb Brank.

Er schied aus dieser Welt, die über fünfzigtausend Jahre von seiner eigenen entfernt war. In der Höhle war es noch dunkel, obwohl durch den Spalt im verbarrikadierten Eingang graues Dämmerlicht fiel.

Ein fürchterlicher Hustenanfall leitete Branks Ende ein.

Ich richtete mich auf und schaltete meinen Scheinwerfer an. Als ich zu Brank hinüberleuchtete, sah ich, daß der Kanonier sich aufgerichtet hatte. In seinem faltigen Gesicht hatten sich Verzweiflung und Hoffnungslosigkeit eingegraben. Seine Augen glänzten.

Papageorgiu, der am Eingang der Höhle Wache hielt, verließ seinen Platz und kam zu unserem Lager. Redhorse richtete sich auf und beugte sich zu Brank hinüber.

Brank sagte: „Ich sterbe, Major."

Don Redhorse lächelte ihm beruhigend zu und drückte ihn sanft auf das Lager zurück, das aus Branks Kampfanzug bestand.

„Reden Sie keinen Unsinn, Sennan. Sobald es richtig hell ist, gehen Surfat und ich auf die Jagd. Ein gutes Frühstück wird Ihnen auf die Beine helfen."

Brank verzog das Gesicht. „Ich glaube, ich habe ein bißchen verrückt gespielt, Sir", meinte er schwerfällig.

„Jeder hat mal eine schwache Stunde", sagte Redhorse.

Brank wandte den Kopf und blickte zu mir herüber.

„Vielleicht erwischen Sie einen fetten Bären, Korporal Surfat", sagte er.

Er lachte zufrieden – es war zum erstenmal, daß ich ihn zufrieden lächeln sah –, dann schloß er die Augen und war tot.

Eine Weile war es sehr still in der Eishöhle, dann stand Redhorse mit einem Ruck auf.

„Wir begraben ihn im Eis", sagte er. Er schaute Papageorgiu an, der vor Branks Füßen stand und den Kanonier fassungslos betrachtete.

„Gehen Sie an Ihren Platz zurück, Lastafandemenreaos!" ordnete Redhorse an.

Der Junge wandte sich schweigend ab und ging zum Höhleneingang. An Schlaf war jetzt nicht mehr zu denken. Im hinteren Teil der Höhle legten wir mit unseren Waffen ein Loch im Eis frei und betteten Sennan Brank auf seinen Kampfanzug. Dann lösten wir Eisbrocken von der Wand und stapelten sie auf dem toten Körper des Kanoniers.

Sennan Brank würde Jahrzehnte hier liegen, ohne daß er in Verwesung überging. Das Eis würde seinen kleinen mageren Körper davor schützen.

Als wir unsere Pflicht getan hatten, ließ Redhorse den Höhleneingang freilegen. Wir waren während der Nacht an diesen Platz gekommen. Als wir jetzt hinausblickten, sahen wir zum erstenmal etwas von unserer Umgebung.

Wir lagerten in einer Senke im Gebirge. Alles war mit Eis überzogen.

Redhorse blickte in die Morgendämmerung hinaus und versetzte mir einen leichten Stoß in die Seite.

„Was halten Sie davon, wenn wir bereits jetzt zur Jagd aufbrechen?" erkundigte er sich.

Ich erwiderte seinen Blick.

„Sie sind der Chef", sagte ich.

„Nun gut", meinte er. „Legen wir unsere Kampfanzüge an."

Die anderen beobachteten schweigend, wie wir uns zum Aufbruch fertigmachten. Wahrscheinlich beneideten Doutreval, Leutnant Bradon und Papageorgiu mich darum, daß ich den Major begleiten durfte. Auch ich wäre nicht gern in dieser Höhle zurückgeblieben.

„Hoffentlich haben Sie Erfolg, Sir", sagte Chard Bradon.

Redhorse befestigte das kleine Peilgerät, das gleichzeitig als Funkgerät für Normalfunk benutzt werden konnte, an seinem Gürtel.

„Wir werden nicht länger als drei Stunden unterwegs sein", sagte Redhorse zu dem Leutnant. „Sollten wir diese Frist überziehen, gebe ich Ihnen die Erlaubnis, mit den beiden anderen die Höhle zu verlassen und nach eigenem Ermessen zu handeln. Es könnte immerhin sein, daß wir den tefrodischen Robotern in die Hände fallen. Ich glaube nicht, daß die Suche nach uns aufgegeben wurde."

„Wenn die Roboter noch unterwegs sind, ist dieser Jagdausflug gefährlich, Sir", meinte Bradon.

„Sie denken daran, daß man uns orten könnte?" Redhorse stocherte mit einer Stiefelspitze im Eis. „Wir brauchen dringend etwas zum Essen."

Wir verabschiedeten uns von dem jungen Offizier und flogen los. Ich fühlte mich ausgeruht und kräftig, doch der eisige Wind, der uns von den Berghängen entgegenblies, ließ mich bezweifeln, daß wir es drei Stunden im Freien aushalten würden.

„Ich schätze, daß wir uns im Randgebiet der Gletscher befinden", sagte Redhorse.

„Sie glauben, daß wir uns an der südlichen Grenze des Eistriebes bewegen?" fragte ich.

Er grinste. „Hätten Sie in der Schule besser aufgepaßt, Brazos, dann wüßten Sie, daß das Nevabecken zum Höhepunkt der letzten Eiszeit völlig von Gletschermassen ausgefüllt war. Später wurde das Becken zu einem Urmeer, das jedoch austrocknete."

„Warum fliegen wir dann nicht einfach nach Süden?"

„Hm", machte Redhorse. „Das wäre ein Flug ins Ungewisse. Dazu müßten wir ausgeruht sein. Wenn wir hier keine Nahrung finden, wird uns jedoch keine andere Wahl bleiben. Ich wünschte, ich wüßte, wie viele Kilometer uns von eisfreiem Gebiet trennen."

Auch Redhorses Lehrer waren also nicht allwissend, überlegte ich sarkastisch. Aber es wäre auch zuviel verlangt, auf den Kilometer genau die Eisgrenze zu bestimmen.

Wir verließen die Senke. Auf dem nächsten Hang ging der Major nieder. Ich landete unmittelbar neben ihm. Vor uns breitete sich eine hügelige Eiswüste aus.

„Sir", erklärte ich, „hier werden wir nichts finden, was wir jagen können."

„Ich fürchte, Sie haben recht", sagte Redhorse. „Vielleicht haben wir mehr Glück, wenn es heller ist."

Ich schaute zum wolkenverhangenen Himmel hinauf. Die Sonne würde nur als kleiner, roter Ball sichtbar werden, der unfähig war, seine wärmenden Strahlen durch Staub und Trümmerwolken zu schikken.

Redhorse und ich gingen zu Fuß weiter. Es war ein beschwerlicher Marsch, weil wir ständig ausrutschten. Wir kamen nur langsam voran.

Als Redhorse endlich stehenblieb, war bereits über eine Stunde seit unserem Aufbruch von der Höhle verstrichen.

„Ein totes Land", sagte der Cheyenne. „Es ist fast unvorstellbar, daß es einmal ein Teil Nordamerikas sein wird."

„Fünfzigtausend Jahre sind eine lange Zeit", gab ich zurück. „Wir können nicht warten, bis die Büffel kommen."

In Redhorse schien der Indianer zu erwachen, denn er sagte begeistert: „Eine richtige Büffeljagd würde mir Spaß machen, Brazos." Er deutete auf seinen Strahler und sagte fast verächtlich: „Aber nicht *damit.*"

Ich versuchte, mir Redhorse in Kriegsbemalung auf einem Indianerpony vorzustellen, wie er ohne Sattel über die Prärie fegte, eine Hand in der Mähne des Pferdes verkrallt, mit der anderen den Bogen haltend.

Er schien meine Gedanken zu erraten, denn er begann hastig ein anderes Thema.

„Wenn wir wenigstens so viel Glück hätten und den eingefrorenen Körper eines Tieres entdeckten", sagte er. „Die Wahrscheinlichkeit spricht jedoch gegen uns."

Ich klopfte in meine Hände, um sie zu erwärmen. Obwohl uns in der Höhle keine Mahlzeit erwartete, sehnte ich mich danach, dorthin zurückzukehren. In der Eishöhle herrschte wenigstens eine erträgliche Temperatur.

„Ich glaube, Sie bekommen allmählich kalte Füße, Brazos", bemerkte Redhorse, der meine Bewegungen beobachtete. „Mir ergeht es ebenso. Wir kehren jetzt um. Vielleicht finden wir auf dem Rückweg etwas."

Wir flogen dicht über dem Boden zur Höhle zurück. Die Energieentfaltung unserer Antigravprojektoren war schwerer zu orten, wenn sie von den Eisbergen abgeschirmt wurde. Ein paar Minuten quälte mich der unsinnige Gedanke, wir könnten die Höhle nicht mehr finden. Doch außer unseren Armbandfunkgeräten besaßen wir noch das tragbare Peilgerät. Wir konnten uns jedoch auf Redhorses Instinkt verlassen. Er hätte die Höhle selbst bei Dunkelheit wiedergefunden.

„Die anderen werden enttäuscht sein, wenn wir mit leeren Händen zurückkommen“, vermutete Redhorse. „Ich werde Bradon und Papageorgiu hinausschicken. Sie sollen ebenfalls versuchen, irgendein Tier zu erlegen.“

„Ja, Major“, sagte ich.

„Um Himmels willen, Brazos, machen Sie nicht so ein Gesicht“, verlangte der Cheyenne. „Der Tod war uns schon erheblich näher als jetzt.“

„Das weiß ich“, gab ich zu. „Ich will versuchen, diesen...“

Redhorse hob einen Arm und unterbrach mich. Er deutete nach unten. Wir landeten nebeneinander. Redhorse nahm hastig einige Schaltungern an dem Peilgerät vor.

„Werden wir verfolgt, Sir?“ erkundigte ich mich unruhig.

„Still!“ zischte er.

Das Gerät knackte. Plötzlich glaubte ich, eine undeutliche Stimme zu vernehmen. Ich beugte mich hinab. Redhorse schaltete den Verstärker ein. Die Stimme wurde lauter.

„... halutische Raumschiffe scheinen das Gletschergebiet zu meiden“, kam es aus dem Lautsprecher. „Die Ruinen von Makata wurden bisher...“ Die Stimme wurde undeutlich, ein knisterndes Geräusch kam aus dem Lautsprecher. Verzweifelt drehte Redhorse an den Schaltknöpfen. Die Stimme kehrte zurück.

„... scheinen nie Ruinenstädte zu untersuchen. Die Haluter nehmen offenbar an, daß sich dort niemand mehr aufhält. In letzter Zeit wurden kaum noch Feindschiffe gesichtet. Wir haben unsere Jagdgebiete jetzt auf die Ebene von Saran aus...“

Die Stimme wurde leiser. Diesmal blieben alle Bemühungen des Majors erfolglos. Der Lautsprecher des Gerätes blieb stumm. Der Cheyenne richtete sich auf.

„Was hat das zu bedeuten, Sir?“ fragte ich verwirrt.

„Zweifellos ging dieser Funkspruch von einigen Lemurern aus, die sich irgendwo weiter südlich aufhalten. Diese Überlebenden der großen Katastrophe scheinen noch in ständiger Furcht vor den Halutern zu leben. Es sieht so aus, als versuchten sie sich durch Funksignale gegenseitig vor den Halutern zu warnen.“

„Es war von den Ruinen von Makata die Rede“, sagte ich. „Glauben Sie, daß die Lemurer, die für diese Funknachricht verantwortlich sind, dort leben?“

„Es ist möglich“, sagte Redhorse. „Ich habe versucht, den Standort des Funkgerätes anzupeilen, doch es gab zuviel Störquellen. Wenn wir weiter nach Süden fliegen, werden die Peilungen mehr Erfolg haben.“

„Ich bin froh, daß wir nicht allein auf dieser trostlosen Welt leben“, sagte ich. „Hoffentlich gelingt es uns, die Ruinen von Makata zu finden.“

Redhorse legte eine Hand auf meinen Arm und schaute mich an. „Ich möchte nicht, daß die anderen zu früh von unserer Entdeckung erfahren, Brazos. Ich will keine unnötigen Hoffnungen wecken. Bevor wir nach dem Süden aufbrechen, müssen wir mehr erfahren. Das bedeutet, daß wir weitere Funknachrichten auffangen müssen. Wenn sich weiter im Süden halutische Verbände aufhalten, habe ich keine Lust, ihnen in die Quere zu kommen.“

Ich verstand Redhorse, obwohl ich wußte, daß es mir schwerfallen würde, gegenüber den anderen zu schweigen.

Als wir die Höhle erreichten, war ich vollkommen erschöpft. Wir benötigten eine halbe Stunde, bis unsere Körper sich wieder erwärmt hatten. Bradon, Doutreval und Papageorgiu ließen sich ihre Enttäuschung über das Fehlschlagen unserer Jagd nicht anmerken. Unmittelbar nach unserer Ankunft brachen Papageorgiu und Leutnant Bradon auf.

„Benutzt sowenig wie möglich eure Antigravprojektoren“, ermahnte sie Redhorse. „Wir wollen die tefrodischen Kampfroboter nicht auf uns aufmerksam machen.“

Als Bradon und Papageorgiu ungefähr eine Stunde unterwegs waren, sprach das kleine Funk- und Peilgerät abermals an. Sofort war Redhorse auf den Beinen. Diesmal war die Nachricht, die wir auffingen, nur sehr kurz, aber gut zu verstehen.

„An der Küste ist ein ausgezeichnetes Jagdgebiet. Ihr müßt euch an den Vulkan von Eusarot halten.“

„Auf jeden Fall gibt es dort unten im Süden Nahrung“, sagte ich.

Olivier Doutreval warf Redhorse einen fragenden Blick zu. Mit wenigen Worten unterrichtete Redhorse den Funker von der ersten Nachricht, die wir empfangen hatten.

„Jetzt gibt es Arbeit für Sie, Olivier“, sagte der Major. Er überreichte Doutreval das kleine Gerät. „Sie müssen versuchen, den Standort des Senders anzupeilen. Es genügt, wenn Sie die ungefähre Lage herausfinden können.“

Doutreval nahm das Gerät mit solcher Vorsicht entgegen, als handelte es sich um einen kostbaren Schatz.

„Es wird nicht einfach sein, den Sender zu lokalisieren“, sagte der kleine Raumfahrer.

„Darüber bin ich mir im klaren. Doch dieses Gerät ist unsere einzige Möglichkeit, mit zivilisierten Menschen Kontakt aufzunehmen und Nahrung zu bekommen. Unsere Armbandfunkgeräte sind dazu zu schwach.“

Doutreval kehrte zu seinem Lager zurück. Er stellte das Gerät vor sich auf den Boden und hockte sich davor. Ich wußte, daß er es keine Sekunde unbeobachtet lassen würde. Ich zog meinen Kampfanzug aus und ließ mich darauf nieder. Immer wieder ertappte ich mich dabei, daß ich zu Doutreval hinüberblickte. Unwillkürlich wartete ich darauf, daß wir den nächsten Funkspruch empfangen würden. Der Lautsprecher blieb jedoch still. Leutnant Bradon und Papageorgiu kamen müde und erfolglos von ihrem Ausflug in die Gletscherspalte zurück. Ich schätzte, daß es später Nachmittag war. Papageorgiu legte seinen Kampfanzug ab, breitete ihn auf dem Boden aus und war sofort eingeschlafen. Ich beneidete ihn um diese Fähigkeit.

Bradon blickte von Doutreval zu Redhorse.

„Haben Sie Roboter angepeilt?“ erkundigte er sich bei Doutreval.

„Es ist nur eine Vorsichtsmaßnahme, sagte Redhorse rasch. „Ich will vermeiden, daß wir überrascht werden. Deshalb wird jetzt ständig einer von uns das Gerät im Auge behalten.“

Bradon runzelte die Stirn. Er wußte, daß er nicht die ganze Wahrheit erfahren hatte, aber er war klug genug, den Major nicht zu drängen. Zu meiner Enttäuschung blieb das kleine Gerät auch den Rest des Tages still. Als es draußen wieder dunkel wurde, bedauerte ich, daß Redhorse nicht sofort nach Süden aufgebrochen war. Vielleicht empfingen wir keine Funksprüche mehr. Dann waren wir gezwungen, aufs Geratewohl loszufliegen.

Wir tauten Eis auf, um unseren Durst zu löschen. Wir konnten ohne Nahrung noch ein paar Tage aushalten, doch wir würden immer schwächer werden, was die Gefahren eines längeren Fluges erhöhte. Ich spürte, daß die Männer auf Befehle von Redhorse warteten, doch der Major teilte lediglich Wachen für die Nacht ein. Als wir unsere Nachtlager hergerichtet hatten, bemerkte Leutnant Bradon vorsichtig:

„Ich glaube nicht, daß wir hier Jagdglück haben werden, Sir."
„Ich teile Ihre Ansicht", erwiderte Redhorse.
Bradon zupfte verlegen an seinem Kampfanzug. Es war offensichtlich, daß er gern erfahren hätte, was Redhorse plante.
„Haben Sie vor, morgen erneut auf Jagd zu gehen?" fragte er schließlich.
Redhorse gähnte. „Ich habe jetzt vor, ein paar Stunden zu schlafen", sagte er. „Morgen werde ich Ihnen sagen, was wir unternehmen werden."
Es blieb Bradon nichts anderes übrig, als diese Auskunft zu akzeptieren. Doutreval übernahm die erste Wache, er trug das Funkgerät mit zum Höhleneingang, den wir bis auf einen schmalen Spalt wieder verbarrikadiert hatten.
Während der Nacht brach ein Schneesturm los. Wir mußten mehrmals unsere Strahler betätigen, um die Temperatur innerhalb der Höhle über dem Gefrierpunkt zu halten. Von der Decke tropfte das tauende Eis. Draußen heulte der Wind und trieb Schneemassen vor sich her.

Am Morgen hörte der Sturm auf. Das Heulen des Windes verstummte, und Major Redhorse befahl uns, den Eingang freizulegen. Überall in unserer Umgebung waren neue Schneewehen entstanden, doch im Grunde genommen machte das keinen Unterschied, denn alles sah noch genauso trostlos aus wie zuvor.
„Wir werden nach Süden aufbrechen", sagte Redhorse. „Surfat und Doutreval wissen bereits von den Funknachrichten, die wir aufgefangen haben. Auch während meiner Wache heute nacht kamen zwei Funknachrichten über unseren kleinen Empfänger Weiter im Süden scheint es mehrere Ruinenstädte zu geben, in denen sich überlebende Lemurer aufhalten. Eine dieser Städte heißt Makata. In den Funknachrichten wird vor allem über halutische Schiffe, Jagdgebiete, Vulkantätigkeit und Wetterlage gesprochen. Ich vermute, daß diese Funkrufe einer lemurischen Gruppe gelten, die sich noch weiter südlich aufhält als jene, deren Signale wir empfangen. Wir können sicher sein, daß wir hier verhungern, deshalb werden wir nicht warten, bis wir für den Flug nach Süden zu schwach sind. Legt eure Kampfanzüge an und kontrolliert die Waffen. Wir fliegen los, sobald wir fertig sind."

Es hatte den Anschein, daß die Männer froh waren, die Höhle verlassen zu können. Redhorse kam zu mir und winkte auch Leutnant Bradon herbei.

„In einem der Funkrufe war von einem Segelschiff die Rede. Die weiter im Süden lebende Gruppe wurde gefragt, wie weit der Bau des Schiffes fortgeschritten sei. Leider konnte ich in keinem Fall die Antwort empfangen."

„Ein Segelschiff", wiederholte Bradon nachdenklich. „Was hat das zu bedeuten?"

„Die Lemurer, die im Süden leben, scheinen sehr aktiv zu sein", meinte Redhorse. „Wenn es uns gelingt, Anschluß an eine der Gruppen zu finden, sind wir den größten Teil unserer Sorgen los."

Ein paar Minuten später verließen wir die Höhle. Ich dachte an Brank, den wir tot zurücklassen mußten. Später dann, wenn das Eis taute, würde Sennan Branks Körper von dem Urmeer verschlungen werden, das das Nevada-Becken ausfüllen würde.

Bestimmt hätte sich Sennan Brank nie träumen lassen, daß er im Jahre 49 488 vor Christi Geburt sterben würde, über fünfzigtausend Jahre vor seiner eigenen Geburt.

„Die Roboter der Tefroder haben offenbar wieder unsere Spur aufgenommen", sagte Redhorse, der das Peil- und Funkgerät trug. „Es wird Zeit, daß wir hier verschwinden."

Wir schalteten die Antigravprojektoren auf Höchstleistung und flogen in die Kälte des neuen Tages hinein.

Auf der uns vertrauten Erde, die ein fremder Planet irgendwo in der Zukunft zu sein schien, schrieb man jetzt den 5. Juli 2404. Die Menschen würden zu ihren Arbeitsplätzen unterwegs sein, frühstücken, über belanglose Dinge streiten, sich glücklich oder unglücklich fühlen, lieben oder hassen. Keiner von ihnen würde auf den Gedanken kommen, daß *gleichzeitig* fünf Terraner in der Vergangenheit der Erde verzweifelt um ihr Leben kämpften.

Hätte man einem dieser Menschen von unserem Schicksal berichtet, hätte er sich bedeutungsvoll an die Stirn getippt.

Wir ließen die Höhle hinter uns zurück und flogen in Richtung Süden. Ich wußte nicht, wann wir die Grenze der Gletscher erreicht haben würden.

Ich wußte noch nicht einmal, ob wir diese Grenze je erreichen würden.

„Irgendwo dort drüben liegt die spätere Westküste", sagte Redhorse mit belegter Stimme. Sein Gesicht war von der Kälte verändert, die Augen lagen tief in den Höhlen. Dunkle Ringe hatten sich darunter eingegraben. Ich wußte, daß keiner von uns besser aussah. Mein Magen schien ein zusammengeschrumpfter Klumpen zu sein, der bei jeder heftigen Bewegung, die ich machte, Wellen des Schmerzes durch meinen Körper sandte.

„Los Angeles", sagte Doutreval. „Irgendwann wird dort einmal Los Angeles entstehen." Er schloß einen Augenblick die Augen. „Stellt euch das vor", sagte er auffordernd.

Ich schloß die Augen, genau wie er, doch meine Phantasie schien ebenso wie mein Körper unter dem strapaziösen Flug gelitten zu haben.

„Ich hoffe, daß wir uns bereits auf der Höhe des späteren San Diego an der mexikanischen Grenze befinden", sagte Redhorse. „Wir müssen vor Einbruch der Dunkelheit den dreißigsten Breitengrad erreichen. Dort gibt es mit Sicherheit noch kein Eis."

Das Land, über das wir flogen, hatte sich grundlegend verändert. Es war größtenteils flach. Hier gab es kein festes Eis mehr, dafür schneite es fast ununterbrochen. Der Wind war längst nicht mehr so kalt, aber dafür gab es in diesem Gebiet häufig Stürme. Hier trafen die kalten Luftmassen des Nordens mit den wärmeren des Südens zusammen und lösten orkanartige Stürme aus.

Redhorse versicherte uns jedoch, daß sich das ändern würde, sobald wir noch ein paar hundert Meilen zurückgelegt hätten. Ich schätzte, daß wir acht- bis neunhundert Meilen seit unserem Aufbruch von der Höhle überwunden hatten. Unser Vorteil war, daß wir direkt in Luftlinie fliegen konnten und die Hindernisse auf der Oberfläche nicht zu umgehen brauchten.

Ein paar Stunden zuvor war Doutrevals Antigravprojektor ausgefallen, doch Redhorse hielt Branks Projektor bereit, so daß es zu keinem Aufenthalt gekommen war.

Wir waren zu müde, um mehr als ein paar belanglose Worte miteinander zu wechseln. Lediglich wenn wir einen Funkspruch der Lemurer empfingen, erhöhte sich unsere Aufmerksamkeit. Der Inhalt der Funksprüche war immer ähnlich, er drehte sich stets um Haluter, Jagdgebiete und Wetterlage. Ab und zu wurde das im Bau befindliche Segelschiff erwähnt.

„Wenn die Lemurer den Funkverkehr nicht einstellen, fliegen wir direkt auf die Ruinen von Makata zu", sagte Redhorse mit grimmiger Entschlossenheit.

„Ob der Golf von Kalifornien schon existiert?" erkundigte sich Bradon.

„Ich weiß es nicht", sagte Redhorse, „wir werden jedoch bestimmt einige Überraschungen erleben."

Wir machten keine Rast, denn wir konnten sicher sein, daß wir dann endgültig von Müdigkeit und Erschöpfung übermannt wurden. Als es zu dunkeln begann, blieb uns jedoch nichts anderes übrig, als unseren Flug nach Süden zu unterbrechen. Wir suchten uns eine Bodensenke und türmten Schneeballen zu einem primitiven Iglu aufeinander. Im Innern war es eng, aber warm, außerdem waren wir vom Wind geschützt. Wenn wir dem Peilgerät vertrauen konnten, hatten die tefrodischen Roboter unsere Spur endgültig verloren.

„Das ist mit Sicherheit die letzte Nacht, die wir im Schnee und mit leeren Mägen verbringen", versicherte uns Doin Redhorse. „Wir brechen auf, sobald es wieder hell wird."

In der Nacht geschah etwas, das uns diese Worte glaubhaft machte.

Es begann zu regnen.

Die Eismassen schoben sich von beiden Polen in Richtung des Äquators. Vor ihnen her waren unzählige Tierarten in die gemäßigten Zonen geflüchtet. Ich wußte, daß wir im mittleren Mexiko alle möglichen Arten von gefährlichen Tieren antreffen konnten, deren ursprüngliche Heimat andere Gebiete der Erde waren.

Die Lemurer hatten trotz des hohen Standes ihrer technisierten Zivilisation großen Wert darauf gelegt, die Tierwelt ihres Planeten im vollen Umfang zu erhalten.

Inwieweit diese vierte und letzte Eiszeit die Bemühungen der Lemurer zunichte gemacht hatte, lehrte die Geschichte. Im Ausgang des Pleistozäns und zu Beginn des Holozäns war es zu einem plötzlichen Aussterben der riesenhaften Säugetiere gekommen, die in großer Zahl auf der Erde gelebt hatten.

Daran dachte ich, als wir am Morgen unseren Iglu verließen. Es hatte aufgehört zu regnen, der Boden war glatt vom gefrorenen Regenwasser.

Redhorse bestand darauf, daß wir den Iglu zerstörten, denn er konnte eventuelle Verfolger auf unsere Spur lenken. Unser Frühstück bestand aus aufgetautem Schnee, mit dem wir unseren Durst löschten. Unser Hunger blieb weiterhin ungestillt, obwohl wir uns berechtigte Hoffnungen machen konnten, im Laufe dieses Tages einige Tiere zu entdecken, die wir jagen konnten.

Ich hoffte, daß wir nicht gerade ein Mammut erlegen würden, denn keiner von uns wußte, wie man ein solches Riesentier auseinandernahm, um an das genießbare Fleisch heranzukommen. Die Geschichte lehrte, daß im Gebiet der Gletscher lange Zeit das Wollhaarmammut gelebt hatte, aber unserer eigenen Erfahrungen schienen dieser Erkenntnis zu widersprechen, denn wir waren keinem dieser Tiere begegnet.

Zwei Stunden nach unserem Aufbruch erreichten wir die Küste. Sie war unregelmäßig und zerrissen. In verschiedenen Buchten reichte das Meer kilometerweit landeinwärts.

Der riesenhafte Kontinent Lemuria war verschwunden. Er mußte im Pazifischen Ozean untergetaucht sein. Dieses Ereignis, so vermutete Don Redhorse, lag mindestens 450 Jahre zurück.

Die Erdformationen hatten sich verschoben, die Kontinente, wie wir sie aus unserer Zeit kannten, hatten sich in ihrer Grundform gebildet.

„Schade, daß wir nicht bis zum späteren Karibischen Meer fliegen“, sagte Leutnant Bradon, den dieser eindrucksvolle „Geschichtsunterricht“ offenbar faszinierte. „Die Landenge von Panama ist so ziemlich der einzige Landstrich, der sich in späteren Jahren noch grundlegend verändern wird. Jetzt ist die Landenge noch breit und ausgedehnt, aber Nord- und Südamerika werden sich nach beiden Richtungen verschieben, und der Golf von Panama wird entstehen.“

Vor uns breitete sich der Urwald aus. Wir gingen zwischen einigen hohen Bäumen nieder und schlugen ein primitives Lager auf. Diesmal war das Jagdglück auf unserer Seite. Von unserem Platz aus erlegten wir ein Tier, das wie ein kleiner Bär aussah.

Bradon und Papageorgiu gingen hinüber, um unsere Beute zu holen. Doutreval suchte trockenes Holz. Der Boden war feucht und sumpfig. Wahrscheinlich gab es irgendwo in der Nähe einen Sumpf oder einen See.

„Castoroides“, bemerkte Bradon, als er unsere Beute mühselig abhäutete. „Gehört zur Familie der Riesenbiber.“

„Wenn Gucky herausbekommt, daß wir ein Mitglied der Biberfamilie erlegt haben, werden wir Schwierigkeiten mit ihm bekommen“, prophezeite Redhorse.

Unsere Stimmung hob sich, die Schwierigkeiten des Fluges hierher waren bereits vergessen. Wir machten ein Feuer, nachdem Redhorse sich vergewissert hatte, daß das Holz auch völlig ausgetrocknet war.

„Nasses Holz gibt zuviel Rauch“, sagte er. „Wir wollen niemand auf unsere Anwesenheit aufmerksam machen.“

Wir schnitten Fleischbrocken aus dem Körper des Riesenbibers, spießten sie an langen Ästen auf und brieten sie im Feuer. Ich gestehe, daß ich niemals zuvor solch zähes, fad schmeckendes Fleisch mit einem derartigen Appetit verzehrt hatte.

Als wir unsere einfache Mahlzeit beendet hatten, löschten wir das Feuer. Papageorgiu übernahm die erste Wache, wir anderen fielen in einen totenähnlichen Schlaf. Wir blieben bis zum nächsten Morgen an diesem Platz, ohne angegriffen zu werden. Ab und zu krachten Äste im nahen Dschungel, ein sicheres Zeichen für die Anwesenheit größerer Tiere. In regelmäßigen Abständen hörten wir die Funknachrichten aus der Ruinenstadt Makata, die nur noch wenige Kilometer von uns entfernt sein konnte.

Zum Frühstück gab es gebratenen Riesenbiber und Regenwasser, das wir aus den trichterförmigen Blättern verschiedener Pflanzen schöpften. Während der Nacht hatte es wiederholt geregnet. Satt und ausgeruht brachen wir auf. Redhorse beseitigte die Reste des Feuers. Papageorgiu und ich vergruben die Überreste des Bibers.

Wir flogen los, dicht über die Riesenbäume des ausgedehnten Urwaldes hinweg. Zum erstenmal sahen wir jetzt größere Tiere. Darunter ein Riesengürteltier und ein Riesenfaultier, das bewegungslos an seinem Schlafbaum lehnte. Das Riesenfaultier war das größte Säugetier seiner Epoche überhaupt, schwerer als ein Elefant und sechs Meter hoch, wenn es sich auf seine Hinterbeine erhob.

Nachdem wir den Dschungel überquert hatten, hielten wir uns wieder dicht an der Küste. Redhorses Vermutung, daß Lemuria im Pazifik verschwunden war, schien den Tatsachen zu entsprechen, denn wir entdeckten nicht die geringste Spur dieses gewaltigen Kontinents.

Don Redhorse befahl uns, das Tempo zu verlangsamen.

„Seht ihr dort vorn das Hochplateau?“ fragte er uns. „Wenn mich nicht alles täuscht, befindet sich dort die Ruinenstadt Makata. Die einzelnen Gebäude sind von allen möglichen Pflanzen überwuchert, aber trotzdem noch gut erkennbar.“

Redhorse besaß gute Augen, aber auch ich konnte jetzt die Überreste einer einstmals großen lemurischen Stadt auf dem vor uns liegenden Hochplateau erkennen. An drei verschiedenen Stellen stiegen Rauchsäulen in den dunstigen Himmel.

„Dort liegt unser Ziel“, sagte Redhorse. „Wir wissen nicht, ob wir als Freunde empfangen werden, deshalb ist äußerste Vorsicht geboten. Wir werden . . .“

Der Rest seiner Worte ging im Knacken des kleinen Funkgerätes unter. Hastig schaltete Redhorse den Verstärker ein und drehte an den Einstellknöpfen.

Wir hörten die Stimme einer Frau, die offenbar voller Angst in das Mikrophon eines Funkgerätes sprach.

„. . . abgeschnitten worden. Die Mutanten haben mich eingekreist und werden versuchen, mich zu entführen. Helft mir, so schnell es geht, sonst bin ich . . .“, die Stimme verstummte.

„Es muß dort drüben sein!“ rief Redhorse. „Los! Wir sehen uns die Sache aus der Nähe an. Es kann sein, daß jemand in Lebensgefahr ist.“

Wir flogen am Rande des Urwalds dahin. Ich fragte mich, wie Redhorse die Frau inmitten des dichten Unterholzes finden wollte. Plötzlich tauchte schräg vor uns eine schlanke Gestalt mit langen Haaren auf. Es war ein Mädchen, das zwischen den Bäumen hervorrannte und ständig zurückblickte.

„Ich glaube, das ist sie!“ rief Redhorse.

Wenige Sekunden später brachen die Verfolger aus dem Dschungel. Es waren sieben fürchterlich verunstaltete Wesen, zum Teil nackt, zum Teil in Felle gehüllt. Sie trugen in ihren Klauen, Tentakeln und verstümmelten Händen schwere Holzkeulen und Steinbeile.

„Wer, um Himmels willen, sind diese Kerle?“ rief Doutreval stöhnend.

„Das Mädchen sprach von Mutanten“, erinnerte Redhorse.

Entsetzt sah ich, wie einer der Wilden sein Steinbeil schwang und es durch die Luft wirbeln ließ. Die Unbekannte wurde im Nacken getroffen und stürzte zu Boden. Bewegungslos blieb sie liegen. Mit einem Triumphgeheul beschleunigten die Barbaren ihre Geschwindigkeit.

Die Mutanten, oder wer immer die Widersacher des Mädchens waren, hatten uns bisher noch nicht gesehen. Redhorse und Bradon feuerten zwei Warnschüsse ab. Der Boden vor den Wilden wurde aufgefurcht. Qualmwolken stiegen auf.

Wir landeten wenige Meter von der Unbekannten entfernt. Die Mutanten blieben unschlüssig stehen. Ich bezweifle nicht, daß es sich um Nachkommen ehemaliger Lemurer handelte, die im Laufe der Zeit negativ mutiert und auf das Niveau von Steinzeitmenschen zurückgefallen waren.

Ihr Anführer war ein großer Mann mit Spinnenbeinen und einem länglichen Gesicht. Seine Arme hingen seltsam verdreht an seinem Körper. Er besaß nur ein längliches, starr blickendes Auge, die andere Gesichtshälfte war völlig mit Schuppen bedeckt.

Der häßliche Mann knurrte seine Begleiter mit tierähnlichen Lauten an. Mit wütendem Geheul zogen sich die Mutanten in den Dschungel zurück.

Jetzt hatten wir Zeit, uns um das Mädchen zu kümmern. Als ich mich ihr zuwandte, bewegte sie sich. Sie schrie auf, als sie begriff, daß sie gestürzt war, doch als sie uns sah, beruhigte sie sich schnell.

Sie war schlank und dunkelhaarig, und trug einen Umhang, der die Formen ihres Körpers verbarg. Das Mädchen, das wir gerettet hatten, war ungewöhnlich schön.

„Wer sind Sie?“ fragte sie. „Warum haben Sie mir geholfen?“

Redhorse überging die erste Frage. „Sie waren allein“, sagte er. „Das Kräfteverhältnis war also ziemlich ungerecht. Wir haben dafür gesorgt, daß es ausgeglichen wurde.“

Diese Antwort schien ihr zu gefallen. Sie lächelte und erhob sich. Mit hastigen Bewegungen streifte sie den Schmutz von ihrem Umhang.

„Mein Name ist Monira“, stellte sie sich vor. „Ich bin während der Jagd von meiner Gruppe abgekommen.“ Ihr Gesicht verzog sich in Erinnerung an das, was geschehen war. Dann sah sie uns der Reihe nach an und sagte mit seltsamer Betonung: „Ich glaube, Sie haben mir das Leben gerettet.“

„Sie sagen das, als sei es ein Verbrechen, jemanden zu helfen“, sagte Redhorse erstaunt.

Monira schien verlegen zu werden, fing sich jedoch schnell wieder. „Sagen Sie mir, woher Sie kommen“, verlangte sie erneut.

Redhorse machte eine unbestimmte Bewegung. „Aus dem Norden“, erklärte er. „Dort gibt . . .“, er verbesserte sich, „. . . *gab* es eine Stadt namens Godlar. Dort lebten wir, bis uns das Eis dazu zwang, nach Süden zu fliegen. Wir empfingen verschiedene Funksprüche. Wir haben vor, uns hier lebenden Lemurern anzuschließen.“

„Sie sprechen unsere Sprache mit einem eigenartigen Akzent“, sagte das Mädchen.

„Finden Sie?“ sagte Redhorse kaltblütig. „Ich wollte das gleiche gerade von Ihnen behaupten.“

Sie lachte und zeigte zwei Reihen perlweißer Zähne. Ihr langes Haar flog, als sie ihren Kopf schüttelte.

Brazos, du alter Narr, dachte ich ärgerlich. Hör auf, sie zu bewundern.

„Mein Name ist Don“, fuhr Redhorse fort. „Der junge Mann ist Chard Bradon. Das ist Olivier Doutreval, und der große Bursche heißt Papageorgiu.“ Endlich zeigte er auf mich. „Den Dicken nennen wir Brazos“, erklärte er.

Ich warf ihm einen wütenden Blick zu, den er jedoch ignorierte.

„Die Funknachrichten, die Sie erwähnten, stammen von unserer Gruppe“, sagte Monira. „Sie gelten weiter südlich lebenden Lemurern.“

Redhorse deutete zum Hochplateau hinüber.

„Leben Sie dort?“ wollte er wissen.

Sie erschauerte. „Zum Glück nicht. Die Ruinen von Makata werden nur von den Mutanten bewohnt. Wir halten uns in den Bunkerbauten in der Nähe des ehemaligen Raumflughafens auf.“

„Glauben Sie, daß wir mit dem Anführer Ihrer Gruppe verhandeln können?“ fragte Redhorse

Monira deutete auf Redhorses Strahler. „Wir sind für jede Verstärkung dankbar.“ Sie klopfte auf ihren Gürtel, wo ein Futteral für eine Waffe befestigt war. Offenbar hatte sie ihre Waffe verloren. „Zwar sind wir gut ausgerüstet, aber wir müssen immer damit rechnen, daß die Mutanten eines Tages einen Überfall riskieren.“

„Wie stark ist Ihre Gruppe?“ wollte Bradon wissen.

„Wir zählen dreihundertzweiundzwanzig Mitglieder“, berichtete das Mädchen bereitwillig. „Sie werden staunen, wenn Sie unsere

Ausrüstungen zu sehen bekommen. Wir haben eine Menge retten können."

„Wollen Sie behaupten, Sie wären im Besitz hochwertiger Geräte wie etwa Hyperfunkanlagen?" fragte Redhorse erstaunt.

„Natürlich", versicherte Monira eifrig. „Es ist uns auch gelungen, die Atomreaktoren unserer Vorfahren in Betrieb zu halten. Auf diese Weise verfügen wir über eine unerschöpfliche Energiequelle." Sie lächelte resignierend. „Nur was die Nahrungsmittelvorräte betrifft, sieht es sehr schlecht aus. Es bleibt uns nichts anderes übrig, als auf Jagd zu gehen. Dabei kommt es immer wieder zu Zusammenstößen mit den Mutanten von Makata."

Sie sah sehr entschlossen aus, wie sie da vor uns stand. Sie schien sich keine Gedanken darüber zu machen, daß es schließlich fünf Fremde waren, die sie gerettet hatten. Männer, die unter Umständen feindliche Absichten hegen konnten.

Lastafandemenreaos Papageorgiu schob sich an mir vorbei und näherte sich dem Mädchen. Er fuchtelte mit seinen großen Händen vor ihr in der Luft herum.

„Haben Sie sich bei Ihrem Sturz verletzt?" erkundigte er sich. Er lächelte entschuldigend in Redhorses Richtung, der offenbar nicht genau wußte, was er zu Papageorgius Vorgehen sagen sollte. „Sie müssen Don entschuldigen", fuhr der Junge fort. „Er ist technisch so interessiert, daß er alles andere vergißt."

„Oh, das macht nichts", sagte Monira. „Ich teile dieses technische Interesse. Außerdem ist mir bei dem Sturz nichts geschehen."

„So?" Papageorgiu ruderte wie wild mit seinen Armen und suchte nach einem geeigneten Grund für einen unauffälligen Rückzug. „Nun, wenn Sie keine Hilfe ... ich meine, wenn Sie ..." Er wurde rot und senkte den Kopf.

„Er wollte sagen, daß wir froh sind, daß Sie alles überstanden haben", sagte Doutreval in seiner galanten Art.

„Hören Sie sich diesen Burschen an", flüsterte mir Bradon zu.

„Vielleicht sollten Sie uns zu Ihrer Gruppe bringen und Ihrem Anführer vorstellen", schlug Redhorse vor.

„Folgen Sie mir", forderte Monira uns auf. Ohne sich darum zu kümmern, ob wir ihr folgten, ging sie in Richtung des Dschungels davon. Ich hatte fast den Eindruck, daß sie es lieber gesehen hätte, wenn wir uns zur Umkehr entschlossen hätten.

„Sie scheint nicht erfreut zu sein, daß wir ihr folgen wollen", sagte Redhorse. „Trotzdem müssen wir Kontakt zu ihren Freunden aufnehmen."

Wir marschierten los. Doutreval kam an meine Seite und schnalzte bewundernd mit der Zunge.

„Sehen Sie sich an, wie sie sich bewegt", forderte er mich auf.

Ich schaute ihn wütend an. „Ich finde, sie bewegt sich so, wie es in dieser Wildnis angebracht ist. Ich finde nichts Ungewöhnliches an ihrem Gang."

Doutreval bedachte mich mit einem verächtlichen Blick.

Am Rande des Dschungels blieb Monira stehen.

„Es ist besser, wenn Sie Ihre Waffen jetzt bereithalten", empfahl sie uns. Die Mutanten können jeden Augenblick mit einer größeren Streitmacht zurückkehren."

Sie verschwand zwischen den hohen Wurzeln der Riesenbäume. Wir beeilten uns, mit ihr Schritt zu halten. Sie kletterte geschickt über alle Hindernisse.

Nach einiger Zeit kamen wir auf eine Lichtung und stießen auf eine Gruppe bewaffneter Lemurer, die offensichtlich auf der Suche nach dem Mädchen waren.

„Nicht schießen!" rief Monira. Ihr Ausruf galt ebenso uns wie ihren Freunden.

Die Männer kamen langsam näher. Sie waren ausnahmslos groß und kräftig. Ihre Kleidung war zweckbedingt, aber sauber. Sie trugen Strahlenkarabiner und Wurfbomben in ihren Gürteln. In kurzen Worten schilderte Monira, was geschehen war.

Die Härte wich aus den Augen der Männer. Sie kamen auf uns zu und gratulierten uns. Einer schlug mir sogar auf die Schulter. Im Gegensatz zu Monira schienen sie erfreut darüber zu sein, daß wir vorhatten, mit ihrer Gruppe Kontakt aufzunehmen.

„Wir bringen Sie zu Baton, unserem Anführer", sagte einer der Männer. „Er wird sich freuen, Sie zu sehen."

„Dessen bin ich sicher", fügte Monira mit einem spöttischen Unterton hinzu.

Die Lemurer führten uns mit lärmender Fröhlichkeit durch den Dschungel, bis wir schließlich auf freies Land kamen.

Wir erblickten einige von Pflanzen überwucherte Gebäude.

„Wir haben nur die wichtigsten Gebäude saubergehalten", sagte einer unserer Begleiter. „Vor allem jene, in denen die technischen Anlagen montiert sind. Wir selbst leben in den Bunkerbauten auf der anderen Seite des Raumhafens. Diese Gebäude sind für die Mutanten von Makata unangreifbar."

Quer durch den ehemaligen Raumhafen führte ein gerodeter Pfad. Ungefähr in der Mitte des freien Geländes wurden wir von einer Wache angehalten, durften aber anstandslos passieren, als unsere Geschichte bekannt wurde.

Endlich erreichten wir die Bunker. Vor den flachen Gebäuden war der Boden gerodet und festgestampft. Auch hier waren mehrere Wachen aufgestellt. Aus dem größten Gebäude kam ein älterer, breitschultriger Mann auf uns zugeeilt.

„Das ist Baton!" rief Monira.

Trotz der Eile, mit der der Lemurer auf uns zukam, umgab ihn eine Aura würdevoller Autorität. Um seine schmalen Lippen spielte ein nichtssagendes Lächeln. Seine Augen waren wachsam, sie ruhten auf jedem einzelnen von uns, bis sie sich schließlich wieder auf Redhorse konzentrierten, den Baton offenbar sofort als unseren Anführer erkannt hatte.

„Willkommen in unserem Stützpunkt", sagte Baton mit ruhiger Stimme. Er hob eine Hand zum Zeichen des Willkommens.

„Wir bedanken uns für den freundlichen Empfang", sagte Redhorse.

Baton ging auf Monira zu und legte einen Arm um die Schulter des Mädchens. Ich hatte den Eindruck, daß Monira diese Berührung nur widerwillig duldete, aber sie lächelte zu dem großen Mann hinauf.

„Sie haben Monira gerettet", sagte Baton. „Das verpflichtet uns. Sie können sich in unserer Gesellschaft aufhalten, solange Sie es wünschen."

Redhorse bedankte sich und stellte uns der Reihe nach vor. Einer der Lemurer, ein schlanker Mann, der Roulos hieß, führte uns zu einem von Pflanzen überwucherten Bunker.

„Hier können Sie wohnen", sagte er. „Im Innern wird es ein bißchen verwahrlost aussehen, denn der Bunker war bisher unbewohnt. Wir werden Ihnen jedoch bei der Einrichtung helfen."

„Danke", sagte Redhorse.

Roulos zog sich zurück, und wir standen allein und unbeachtet vor dem Gebäude, das wir in den nächsten Tagen bewohnen sollten.

„Das war eine ziemlich knappe Begrüßung“, sagte ich. „Keiner der Lemurer scheint sich für unsere Vergangenheit zu interessieren. Ich hätte erwartet, daß sie uns ausfragen.“

„Sie stehen im harten Lebenskampf“, erklärte Redhorse. „Ihre Art gefällt mir besser, als wenn sie uns mit überschwenglicher Freundlichkeit begrüßt hätten. Ich bin überzeugt, daß sie uns beobachten. Sie werden ihr gesundes Mißtrauen jedoch nicht zu erkennen geben.“ Er kratzte nachdenklich an seinem von Bartstoppeln bedeckten Kinn. „Früher oder später werde ich den Lemurern sagen, wo wir herkommen.“

„Halten Sie das für richtig, Sir?“ fragte Bradon bestürzt.

„Es gibt hier irgendwo Hyperfunkgeräte“, erinnerte Redhorse den jüngeren Offizier. „Wenn wir sie benutzen wollen, müssen wir einen plausiblen Grund angeben. Warum sollten wir nicht erzählen, daß wir mit einem lemurischen Schiff von einer Kolonie aus gestartet sind, um den Wega-Sektor zu untersuchen? Alles andere können wir genauso erzählen, wie es sich in Wirklichkeit zugetragen hat. Vielleicht sind die Lemurer von der Existenz der tefrodischen Station im Gletschergebiet unterrichtet.“

„Ich schlage vor, daß wir uns zunächst einmal im Innern unserer neuen Behausung umsehen“, mischte sich Papageorgiu ein. „Bestimmt erwartet uns eine Menge Arbeit.“

Wir entfernten Schlingpflanzen und Gestrüpp vor dem Bunker und legten die Tür frei. Redhorse mußte das Schloß zerschießen, bevor wir eindringen konnten. Stickige Luft schlug uns entgegen. Wir schalteten die Scheinwerfer ein.

Hinter uns betrat ein Lemurer den Raum.

„Baton schickt mich“, erklärte der junge Mann atemlos. „Ich soll Ihnen behilflich sein, Ihre Wohnung in Ordnung zu bringen.“ Er lachte verlegen. „Wir haben darin schon einige Erfahrung. Mein Name ist Tebos.“

„Ich danke Ihnen“, sagte Redhorse.

Ich war mir darüber im klaren, daß Tebos nicht nur bei unserer Arbeit helfen, sondern uns auch beobachten sollte. Noch vertrauten uns die Lemurer nicht. Ich konnte ihnen das nicht verdenken.

Tebos, der einen eigenen Scheinwerfer besaß, schaltete die Energiezufuhr für den Bunker ein. Sofort flammten die Deckenlampen auf. Der Raum, in dem wir uns befanden, war etwa vierzig Quadratmeter groß. Seine gesamte Einrichtung bestand aus alten Maschinen, die mit durchsichtigen Planen abgedeckt waren. Überall lag Staub.

„Die Klimaanlage funktioniert auch noch“, stellte Tebos stolz fest und schaltete das Gebläse ein. „Die Maschinen stören Sie bestimmt nicht. Sie sind zum größten Teil unbrauchbar. Es wird Ihnen nichts anderes übrigbleiben, als Ihre Möbel aus Holz selbst herzustellen. Das gilt auch für die Betten.“

Doutreval rümpfte die Nase. „Zuerst muß der Dreck hinaus“, sagte er. „Ich habe keine Lust, inmitten von Staubwolken zu schlafen. Vielleicht gibt es hier sogar die Vorfahren jener kleinen Tierchen, die wir Wanzen nennen.“

Tebos blickte ihn verwirrt an. „Wanzen?“ wiederholte er. „Was meinen Sie damit?“

„Nichts!“ sagte Redhorse hastig und warf den schwarzhaarigen Funker einen warnenden Blick zu. „Es war nur ein Spaß.“

Doutreval verstand den Hinweis. Wir durften durch nichts verraten, daß wir aus einer andern Zeitepoche kamen. Das hätte nur zu unnötigen Verwicklungen geführt.

„Ist das Mädchen, das wir gerettet haben, verheiratet?“ erkundigte sich Papageorgiu bei Tebos.

„Verheiratet?“ Der Lemurer blickte den Griechen verständnislos an. „Was heißt das?“

„Ich meine, ob sie einen Mann hat?“ fragte Papageorgiu unsicher.

Tebos versteifte sich. Es war offensichtlich, daß ihm dieses Thema unangenehm war. Sicher wußte er nicht genau, was er uns sagen durfte und was weiterhin der Geheimhaltung unterworfen war.

Wir legten unsere Kampfanzüge ab und begannen mit der Reinigung des Raumes. Ich gestehe, daß Tebos uns allen überlegen war. Er allein schaffte mehr Dreck ins Freie als wir zusammen. Zum Schluß brachte er sogar zwei Eimer mit Wasser.

„Sie besitzen keinen eigenen Wasseranschluß“, sagte er entschuldigend. „Dort drüben zwischen den beiden großen Bunkern gibt es jedoch eine Quelle. Dort holen die meisten ihr Wasser.“

Bis zum Einbruch der Dunkelheit hatten wir unsere neue Behausung so weit hergerichtet, daß wir sie als sauber bezeichnen konnten. Tebos erklärte uns, daß wir diese Nacht noch auf unseren

Kampfanzügen schlafen müßten. Am nächsten Tag wollte er uns bei der Herstellung von Betten und anderen Möbeln helfen. Der junge Lemurer wünschte uns eine gute Nachtruhe und zog sich zurück.

„Ich befürchtete schon, er würde überhaupt nicht mehr gehen", bemerkte Bradon. „Es wird Zeit, daß wir uns über unsere Lage unterhalten." Er deutete zur Tür. „Ist Ihnen aufgefallen, Sir, daß die Lemurer noch nicht lange hier sind?"

„Wie kommen Sie darauf?" erkundigte sich Redhorse erstaunt.

„Ich habe mich genau umgesehen. Der Weg über den Raumhafen ist frisch angelegt. Auch die Gebäude, in denen die Lemurer leben, wurden erst in letzter Zeit von den Pflanzen befreit."

„Die Lemurer werden diese Arbeiten in regelmäßigen Abständen immer wieder ausführen müssen", widersprach der Major. „Die Pflanzen überwuchern Wege und Gebäude in kürzester Zeit. Es ist meiner Ansicht nach nicht ungewöhnlich, wenn es so aussieht, als hätten die Lemurer kurz vor unserer Ankunft aufgeräumt."

Brados Einwände kamen mir nicht unberechtigt vor, doch selbst, wenn sie der Wahrheit entsprechen sollten, besaßen wir keinen Grund, den Lemurern zu mißtrauen.

Als es vollkommen dunkel war, klopfte draußen jemand gegen die Tür.

Doutreval öffnete, und ich beobachtete, wie er erfreut lächelte, als Monira den Raum betrat. Das Mädchen trug einen Behälter mit Essen unter dem Arm.

„Ich bringe Ihnen etwas zum Essen", sagte sie. Sie durchquerte rasch den Raum und stellte den Topf auf einer Maschine ab, die uns vorläufig als Tisch diente.

„Vielen Dank", sagte Redhorse.

Sie nickte und wollte wieder gehen. Kurz vor der Tür hielt Redhorse sie zurück.

„Monira, wie lange sind Ihre Freunde und Sie bereits in diesem Gebiet?"

Sie sah bestürzt aus. Doutreval, der neben der Tür stand, drückte diese behutsam zu. Das Mädchen warf einen hastigen Blick hinter sich.

„Ich verstehe Sie nicht", sagte sie unsicher.

Redhorse deutete auf Bradon und meinte lächelnd: „Mein Freund vermutet, daß Ihre Gruppe erst vor ein paar Tagen hier eingezogen ist."

Sie schluckte. „Wie kommen Sie darauf?" wollte sie wissen. „Wir sind schon lange hier. Es . . . es ist ein guter Platz."

„Sie hat vor irgend etwas Angst", stellte ich fest.

Monira blickte mich an. Dann wandte sie sich zur Tür. Auf einen Wink des Majors öffnete Doutreval. Als das Mädchen an ihm vorbeiging, verbeugte der Funker sich spöttisch. Hinter ihr schlug er die Tür wieder zu.

„Irgend etwas stimmt hier nicht, Sir", knurrte Bradon.

„Das Gefühl habe ich allerdings auch", stimmte Redhorse zu. „Vergessen wir jedoch nicht, daß es hier irgendwo einen Hypersender gibt. Wir müssen uns mit den Lemurern einigen, damit wir ihn benutzen können."

Ich ging zu dem Topf, den Monira uns gebracht hatte.

„Gemüsesuppe mit Fleischeinlage", informierte ich meine Freunde. „Mit leeren Mägen diskutiert es sich schlecht. Nach dem Nachtessen können wir uns wieder unterhalten."

Als wir beim Essen saßen, sagte Papageorgiu nachdenklich: „Wenn die Mutanten von Makata nur mit Keulen und Steinbeilen bewaffnet sind, dann ist es mir ein Rätsel, warum die Lemurer mit ihren überlegenen Waffen die Ruinenstadt noch nicht angegriffen und die Bewohner vertrieben haben."

„Vielleicht", meinte Bradon, „sind sie dazu noch nicht lange genug hier."

24. Brazos Surfat

Bei Morgengrauen kam Baton zu uns. Wir waren gerade beim Frühstück, das Tebos zubereitet hatte. Baton nahm neben uns am Boden Platz und wartete schweigend, bis wir gegessen hatten. Dann schickte er Tebos mit einer Handbewegung hinaus. Der große Mann schien über uneingeschränkte Autorität zu verfügen.

Baton musterte uns mit spöttischen Blicken.

„Sie hatten eine Nacht Zeit zum Überlegen“, eröffnete er die Unterhaltung. „Ich bin gespannt, ob Sie bei uns bleiben wollen.“

Redhorse betrachtete Baton prüfend, als wollte er herausfinden, welche Gedankengänge sich hinter der Stirn des Lemurers abspielten.

„Wir sind uns darüber im klaren, daß wir innerhalb Ihrer Gruppe gewisse Aufgaben zu übernehmen hätten. Worin würden diese Aufgaben bestehen?“

Baton lachte. Sein Haar, das an verschiedenen Stellen bereits grau wurde, war sorgfältig gescheitelt. Baton hätte eher in einen großen Konferenzsaal gepaßt als in diese gefährliche Welt.

„Der größte Teil unserer Arbeit besteht im Warten der verschiedenen Maschinen und Energieanlagen“, sagte er. „Hinzu kommen Aufräumungs- und Bauarbeiten. Natürlich brauchen wir auch Männer, die auf die Jagd gehen.“

„Angenommen, wir nähmen Ihr großzügiges Angebot an“, unterstellte Redhorse. „Müßten wir uns dann in allen Fällen Ihren Anordnungen und Gesetzen beugen?“

Baton sagte gelassen: „Ich bin mir darüber im klaren, daß Sie unter völlig anderen Verhältnissen gelebt haben, wie wir sie gewohnt sind. Deshalb halte ich es für angebracht, Ihnen eine gewisse Zeit zum Einleben zuzugestehen. Danach jedoch hätten Sie sich, wie alle anderen auch, meinen Befehlen zu beugen.“ Wieder lächelte er. „Ich bin kein Tyrann, doch um in dieser Umwelt zu überleben, ist es wichtig, daß alle Befehle genau befolgt werden.“

„Das klingt vernünftig“, sagte Redhorse. „Wir haben . . .“

Draußen begann eine Sirene zu heulen. Baton stand auf und ging zur Tür.

„Alarm“, sagte er. „Das ist das Signal, das einen Angriff der Mutanten ankündigt.“

Ich tauschte einen schnellen Blick mit Papageorgiu. Galten die Bunker der Lemurer nicht als unangreifbar? Im Eingang blieb Baton stehen.

„Jetzt können Sie zum erstenmal eine Aufgabe übernehmen“, sagte er. „Helfen Sie uns, die Angreifer zurückzuschlagen.“

Ohne unsere Kampfanzüge anzulegen, folgten wir Baton ins Freie. Auf dem freien Platz hatten sich über hundert bewaffnete Lemurer versammelt.

Baton schrie einige Befehle. Die Männer verteilten sich. Baton deutete auf das von Pflanzen überwucherte Landefeld des ehemaligen Raumhafens.

„Sie werden von dort kommen“, sagte er. „Bestimmt greifen sie mit zehnfacher Übermacht an.“

Zusammen mit Baton und zwanzig Lemurern bezogen wir hinter einem Erdwall Stellung. Die Sirene war verstummt. Eine unheilvolle Stille breitete sich aus. Tiefhängende Regenwolken zogen über den Dschungel dahin.

Ich kauerte neben Redhorse und Papageorgiu. Auf der anderen Seite lagen einige Lemurer. Ich spähte über unsere Deckung hinweg. Vom Rand des Dschungels näherte sich eine seltsame Armee. Die Vorfahren dieser Wesen waren Lemurer gewesen, doch es gab nur wenige, die noch menschliches Aussehen besaßen.

„Noch nicht schießen!“ schrie Baton. Seine Stimme hallte über das Landefeld. „Wartet, bis sie näher herangekommen sind.“

Die Mutanten, die ihn rufen hörten, brachen in ein ohrenbetäubendes Geschrei aus.

„Wie oft haben sie schon angegriffen?“ fragte ich den Lemurer rechts neben mir. Er bedachte mich mit einem Achselzucken und schwieg. Entweder wollte er mir keine Auskunft geben, oder er wußte nicht, was er antworten sollte.

Plötzlich kam von hinten jemand auf uns zugerannt. Ich blickte zurück und sah Monira, die mit einem lemurischen Strahlenkarabiner bewaffnet in unsere Deckung kam. Sie ließ sich neben Redhorse nieder. Ich beobachtete, daß Baton die Stirn runzelte. Er schickte das Mädchen jedoch nicht zurück. Ich richtete mich auf, um festzustellen, wo weitere Lemurer lagen. Baton hatte seine Männer hinter sechs verschiedenen Deckungen aufgeteilt. Die Frauen standen in den Türen der Bunker. Auch sie waren bewaffnet.

Die Angreifer hatten die Mitte des Landefeldes erreicht. Drohend schüttelten sie ihre primitiven Waffen.

„Feuer!“ rief Baton.

Die Auseinandersetzung dauerte nicht länger als sechs Minuten. Dann flohen die Mutanten, die noch dazu in der Lage waren, in den Dschungel zurück. Baton stand auf und schob seine Waffe in den Gürtel.

„Das wird ihnen eine Warnung ein“, sagte er verächtlich. Er nickte

Redhorse zu. „Kommen Sie bitte mit Ihren Männern in einer Stunde in meinen Bunker, damit wir uns weiter unterhalten können."

Redhorse nickte schweigend. Die Lemurer zogen sich in ihre Behausungen zurück, nur Monira blieb bei uns. Sie blickte mit aufgerissenen Augen aufs Landefeld.

„Wie schrecklich", sagte sie. „Dort unten liegen einige hundert Tote."

„Bleiben Sie hier, Monira", sagte Redhorse entschlossen. „Surfat und ich werden nachsehen, ob wir Verwundete finden."

„Sie wollen aufs Landefeld hinaus?" fragte die Lemurerin entsetzt.

„Ja", bestätigte Redhorse. „Kommen Sie, Brazos."

„Einen Moment!" rief das Mädchen. Sie hängte den Strahlenkarabiner über ihre Schultern. „Ich folge Ihnen, Don."

„Das ist kein Anblick für eine Frau", lehnte der Major verdrossen ab. „Warten Sie bei meinen Freunden, bis ich zurück bin."

„Ich nehme keine Befehle von Ihnen entgegen", beharrte sie auf ihrem Standpunkt. „Ich folge Ihnen."

Ich dachte, Redhorse würde die Geduld verlieren, doch er drehte sich nur mit einem Ruck um und kletterte über den Erdwall hinweg. Monira und ich folgten ihm. Die Lemurer kümmerten sich nicht um die erschossenen Mutanten. Sie schienen damit zu rechnen, daß die Tiere des Dschungels in der kommenden Nacht die schrecklichen Überreste des Kampfes beseitigen würden.

Ich bemühte mich, meine Augen auf Redhorses breitem Rücken ruhen zu lassen, um die toten Mutanten nicht anblicken zu müssen. Monira ging mit blassem Gesicht und fest aufeinandergepreßten Lippen neben uns her.

Plötzlich hörten wir ein Stöhnen.

„Dort drüben!" rief Redhorse.

Eines der bedauernswerten Wesen hatte sich aufgerichtet. Es war tödlich verwundet.

Redhorse beugte sich hinab.

„Können Sie mich hören?" fragte er in Tefroda.

Das Wesen wollte nach dem Major schlagen, der jedoch schnell zurückwich.

„Seien Sie vorsichtig!" rief Monira.

„Wir wollten Ihnen helfen", sagte Redhorse zu dem Mutanten. „Bleiben Sie ruhig."

Die Katzenaugen des Mutanten verschwanden hinter Lidern, die wie Hornplatten aussahen. Die Kreatur stöhnte vor Schmerzen. Ihre wulstigen Lippen bewegten sich.

„Unsere . . . Höhlen . . .“, kam es undeutlich aus dem Mund des Mutanten.

Redhorse stützte den Sterbenden.

„Ja“, sagte er. „Was ist mit euren Höhlen?“

„Sie . . . haben uns vertrieben . . .“ stieß der Mutant mühevoll hervor. „Aber wir erobern sie . . . zurück.“

Blut rann über die wulstigen Lippen. Der Kopf des Mutanten sank zurück. Monira wandte sich aufschluchzend ab. Redhorse erhob sich.

„Was hat das zu bedeuten?“ fragte er Monira. „Haben die Mutanten in den Bunkern rings um den Raumhafen gewohnt, bevor Baton mit seiner Gruppe hier auftauchte?“

Monira schüttelte langsam den Kopf.

„Lassen Sie mich!“ schrie sie plötzlich auf. Ihre kleinen Hände ballten sich zu Fäusten, und sie schlug ein paarmal gegen Redhorses Brust.

„Warum quälen Sie mich?“ schrie sie. Sie fuhr herum und rannte in Richtung der Bunker davon. Bestürzt blickten wir ihr nach.

„Gehen wir zu Baton“, sagte Redhorse. „Ich möchte endlich wissen, was hier gespielt wird.“

25.

Die CREST III hatte Pigell verlassen, nachdem die Gen-Modulatoren alle feindlichen Handlungen eingestellt und ihre Hilfsgruppen zurückgezogen hatten. Die Zeitstation auf dem sechsten Planeten der Wega war von Thermoflammern und Polern so schwer beschädigt worden, daß sie nicht nur für die Terraner, sondern auch für die MdI vollkommen wertlos war.

Die Zeit würde über die Station hinweggehen und schließlich alle Spuren beseitigen.

Die Gen-Modulatoren waren auf eigenen Wunsch auf Pigell zurückgeblieben. Sie hatten alle Hilfsangebote Rhodans abgelehnt. Aus den Gesprächen mit dem Chefwissenschaftler Trolok und mit Gamola war herauszuhören gewesen, daß die Gen-Modulatoren keine Kraft mehr besaßen, eine Wende in ihrem Leben herbeizuführen. Sie hatten erkannt, daß sie am Ende ihres Weges angelangt waren, und wollten daher nichts anderes mehr, als auf Pigell in Ruhe und Frieden zu leben. Selbst Rhodans Hinweis, daß auf dem Planeten Pigell der Realzeit keine Spuren mehr über die Existenz der Gen-Modulatoren existieren, hatte sie nicht von ihrem Entschluß abbringen können.

Trolok hatte lediglich geheimnisvoll gelächelt und erklärt, daß die genetischen Manipulationen an ihren Körpern die Voraussetzungen dafür geschaffen hätten, daß die Spuren ihrer Existenz von Pigell verschwinden würden. Weder Rhodan noch seine Begleiter und Mutanten hatten Trolok dazu bewegen können, seine Aussage zu präzisieren.

Nachdem man sich von Trolok und Gamola verabschiedet hatte, gab Rhodan den Startbefehl.

Das ursprüngliche Vorhaben, die Verhältnisse auf Kahalo zu erkunden, mußte vorerst zurückgestellt werden, bis man über das Schicksal der Gruppe Redhorse Bescheid wußte. Untersuchungen hatten ergeben, daß Redhorse zusammen mit fünf Männern durch den Materietransmitter gegangen und in einem unbekannten Empfänger herausgekommen war. Es gab jedoch, aufgrund der vorgefundenen Justierung, keinen Zweifel daran, daß dieser Empfänger auf der Erde stationiert war – wenn auch der genaue Standort nicht bekannt war.

Da der Transmitter von den Thermoflammern nahezu vollständig zerstört war, war es den Technikern der CREST unmöglich gewesen, den Sprung der Gruppe nachzuvollziehen.

So war die CREST gestartet und hatte sich aus dem Wega-System zurückgezogen. In der Zentrale herrschten lebhafte Diskussionen über das, was man am Ziel dieses Fluges vorfinden würde.

Atlan und Rhodan standen beisammen und blickten auf die Panoramagalerie, wo auf den verschiedenen Bildschirmen die Riesensonne Wega noch deutlich zu sehen war. Nur noch wenige Minuten, dann würde die CREST in den Linearraum gehen.

Schließlich wandte sich Atlan von den Bildschirmen ab und nickte Rhodan zu.

„Ein Anflug zur Erde kann unter unzähligen, verschiedenen Voraussetzungen geschehen. Erlaube mir die Frage, wie du vorzugehen gedenkst. Schließlich müssen wir damit rechnen, auf halutische Schiffe zu stoßen. Es ist sogar möglich, daß noch ein paar lemurische Schiffe im Solystem stehen."

„Ich bin nur völlig im unklaren, welche Verhältnisse uns auf der Erde erwarten. In den fünfhundert Jahren, die wir in die Relativzukunft vorgedrungen sind, kann viel geschehen sein."

„Versuchen wir es mit einigen Hypothesen", schlug Atlan vor. „Die Lemurer sind fast ausgestorben. Die Gletscher sind bis zum vierzigsten Breitengrad vorgedrungen, und die Haluter beschränken sich auf Kontrollflüge."

„Und wie passen die Meister der Insel in dieses Bild?" erkundigte sich Rhodan.

„Überhaupt nicht", gestand der Arkonide. „Sie lassen sich nicht einfügen. Sie sind der Unsicherheitsfaktor in dieser Sache. Deshalb müssen wir mit äußerster Vorsicht operieren. Wir müssen uns mit dem Gedanken abfinden, daß Redhorses Gruppe sich möglicherweise in ihren Händen befindet."

„Im schlimmsten Fall könnte es so aussehen", stimmte Rhodan zu. „Ich hoffe jedoch, daß es Redhorse gelungen ist, sich und seine Männer in Sicherheit zu bringen. Wie jeder andere weiß auch der Major, was auf dem Spiel steht."

Atlan ließ sich in einen Sessel neben Rhodan niedersinken. Eine Weile beschäftigten sich die beiden Männer mit ihren Gedanken. Rhodan wußte, daß es ein Risiko war, sich mit der CREST III der Erde zu nähern.

Perry Rhodan unterdrückte das Gefühl der Hilflosigkeit, das in ihm aufkommen wollte. Die Meister der Insel schienen in allen Belangen überlegen zu sein, doch die Vergangenheit hatte bewiesen, daß sie verwundbar waren.

„Du solltest alle Männer darauf aufmerksam machen, daß die Erde, der wir uns nähern, ein fremder und gefährlicher Planet ist", unterbrach Atlans Stimme Rhodans Gedanken. „Viele werden verführt sein, in der Welt, der wir uns nähern, jenen Planeten zu sehen, von dem aus die CREST gestartet ist."

„Das ist psychologisch nur verständlich", sagte Rhodan.

„Es gilt auch für uns, in erster Linie für dich", sagte Atlan. „Wir müssen davon ausgehen, daß wir Krieg führen müssen. Krieg gegen eine Welt, die in fünfzigtausend Jahren unsere Heimat sein wird."

26. Brazos Surfat

Als wir den Bunker betraten, stand Baton neben einem Metalltisch und unterhielt sich mit Roulos und drei anderen Lemurern. Es fiel mir auf, daß die Männer ihrem Anführer mit fast unterwürfigem Respekt begegneten.

Baton wandte sich um, als er uns hörte.

„Ah!" sagte er. „Sie sind schon gekommen."

Auf einen Wink ihres Kommandanten zogen sich die vier Lemurer bis zur gegenüberliegenden Wand des Raumes zurück. Ich ahnte, daß sie dort standen, um uns zu beobachten und jede Feindseligkeit zu unterbinden.

„Wir können unser unterbrochenes Gespräch fortsetzen", schlug Baton vor und wies auf einige Stühle, die aus Ästen bestanden.

Redhorse stieß zwei Stühle achtlos zur Seite und trat bis an den Tisch heran.

„Bevor wir uns weiter darüber unterhalten, ob wir uns Ihrer Gruppe anschließen, möchte ich wissen, wer diese Mutanten von Makata sind", verlangte er. „Ich hatte Gelegenheit, mich mit einem Verwundeten zu unterhalten, bevor er starb."

Zum erstenmal hatte ich das Gefühl, daß Baton seine Selbstsicherheit verlor. Der große Lemurer umrundete den Tisch und stützte sich mit beiden Armen auf die Platte.

„Die Mutanten sind ebenso wie wir Nachkommen des großen Volkes der Lemurer", sagte er. „Sie konnten sich retten, bevor der Kontinent Lemuria im Meer verschwand."

„Warum gibt es in Ihrer Gruppe keine Mutanten?" fragte Redhorse scharf. „Wollen Sie behaupten, Sie seien von Mutationen verschont geblieben?"

Baton senkte den Kopf. Als er wieder aufblickte, machte er einen entschlossenen Eindruck.

„Wir dulden keine Mutanten in unserer Mitte“, sagte er. „Sobald ein Kind geboren wird, untersuchen wir es sorgfältig. Besteht auch nur der geringste Verdacht, daß es . . .“

„Ich verstehe“, unterbrach ihn Redhorse. „Ich halte diese Maßnahmen zwar für unmenschlich, doch wir haben nicht das Recht, Ihnen Vorschriften zu machen. Wir wollen jedoch weiterhin mit offenen Karten spielen. Sie sollen die Wahrheit über unsere Herkunft erfahren, Baton. Wir kommen zwar aus Godlar, doch wir gehören nicht zu den Überlebenden dieser Stadt. Weiter im Norden existiert eine Station eines Volkes, das Ihnen unbekannt sein dürfte. Innerhalb dieser Station steht ein Transmitter.“

Don Redhorse schilderte dem Lemurer in allen Einzelheiten die Geschichte unserer Flucht. Er verschwieg jedoch, daß wir Terraner waren und aus der Zukunft kamen. Redhorse ließ Baton in dem Glauben, daß wir zu einer Kolonistengruppe gehörten, die im Wega-Sektor Nachforschungen angestellt hatte. „Dabei“, so log der Major, „hatten wir uns zu weit von unserem Schiff entfernt und waren auf die Station von Pigell gestoßen.“

Baton unterbrach Redhorse nicht. Seinem Gesichtsausdruck war nicht zu entnehmen, ob er dem Major Glauben schenkte.

„Jetzt wissen Sie alles über uns. Ich hoffe, daß Sie Ihr Angebot, uns in Ihrer Gruppe aufzunehmen, aufrechterhalten.“

„Es ist mir bekannt, daß im Norden eine Station existiert, die von Fremden errichtet wurde“, sagte Baton zu unserer Überraschung. „Bisher hatten wir mit den Fremden jedoch keine Schwierigkeiten.“

„Hat man nie versucht, mit Ihnen Kontakt aufzunehmen?“ erkundigte sich Bradon verblüfft.

Baton schüttelte den Kopf. Mich erstaunte das Verhalten der Tefroder nicht. Es konnte ihnen schließlich gleichgültig sein, wenn über tausend Kilometer weiter im Süden ein paar hundert Lemurer um ihr Leben kämpften. Baton und seine Anhänger stellten keine militärische Macht dar, genausowenig wie die Mutanten.

„Wir möchten versuchen, mit unserem Schiff Funkkontakt aufzunehmen“, sagte Redhorse und unterbrach meine Überlegungen. „Glauben Sie, daß die Geräte des ehemaligen Raumhafens von Makata noch funktionsbereit sind?“

Ich merkte, daß Baton zögerte. Der Gedanke, daß wir unser Schiff herbeirufen könnten, schien ihm nicht zu gefallen. Sein Mißtrauen war berechtigt. Plötzlich änderte sich Batons Gesichtsausdruck.

„Keines der Hyperfunkgeräte ist intakt", sagte er. „Aber ich glaube, daß Sie zumindest eines davon in Ordnung bringen können. Die Spezialisten meiner Gruppe können Ihnen dabei helfen."

Redhorse atmete auf. Er bedankte sich bei Baton.

„Ich weiß, daß ich ein Risiko eingehe, wenn ich Ihnen Gelegenheit gebe, Ihr Schiff zu rufen", sagte der Lemurer. „Ich hoffe nicht, daß ich diese Entscheidung jemals bereuen muß."

„Bestimmt nicht", versicherte Redhorse.

Baton machte eine unbestimmte Handbewegung. „Sie werden verstehen, daß ich nach dem Angriff der Mutanten noch einige Dinge zu erledigen habe. Morgen werden wir uns um die Funkgeräte kümmern. Inzwischen können Sie auf die Jagd gehen. Tebos soll Sie begleiten. Seien Sie jedoch vorsichtig."

Wir verließen Batons Bunker. Ich wurde das Gefühl nicht los, daß dieser Mann uns überlistet hatte.

Am nächsten Tag kam Baton mit sechs Begleitern in unseren Bunker. Er begrüßte uns mit auffallender Freundlichkeit.

„Das sind die Männer, die Ihnen helfen werden, ein Funkgerät funktionsfähig zu machen", erklärte er. „Dieser Mann heißt Sanosta. Er ist unser fähigster Techniker."

Sanosta war ein großer, dürrer Mann mit hervorstehenden Zähnen und kurzgeschorenen Haaren. Er hielt seine Arme angewinkelt, die Daumen hatte er in den Gürtel gehakt. Er schien bei schlechter Laune zu sein, denn er nickte uns nur verächtlich zu.

Redhorse bedankte sich für die Unterstützung.

Baton ging hinaus. Sanosta durchmaß mit seinen langen Beinen unseren Wohnraum.

„Hier können wir das Gerät nicht aufstellen", erklärte er mürrisch. „Es wird am besten sein, wenn wir es an Ort und Stelle reparieren. Folgen Sie uns."

Wir legten unsere Kampfanzüge an, nahmen die Waffen an uns und gingen mit Sanosta nach draußen. Mit raschen Schritten durchquerten wir die Siedlung. Sanosta führte uns zu einem Bunker, der den Abschluß einer Gebäudereihe bildete. Dort blieb er stehen und stieß die Tür auf. Er trat ein und knipste das Licht an. Wir folgten ihm ins

Innere. Der Raum, den wir vor uns sahen, machte einen sauberen Eindruck. An der gegenüberliegenden Wand war eine komplette Funkanlage aufgestellt. Sanosta wandte sich zu uns um. Er entblößte seine häßlichen Zähne, als er lächelte.

„Wie gefällt Ihnen das?" erkundigte er sich bei Redhorse.

„Sehr gut", antwortete der Major. „Sofern es funktioniert."

„Es wird funktionieren", versprach der Techniker.

„Sobald das der Fall ist, werden wir einen Funkspruch abstrahlen", sagte Redhorse. „Sie werden Verständnis dafür haben, wenn wir dazu einen Kode benutzen."

„Natürlich", bestätigte Sanosta. „Schließlich wollen wir keine Haluter in dieses Gebiet locken."

Sanosta mochte ein übler Bursche sein, aber er verstand seine Arbeit. Er und Doutreval leiteten die Reparatur. Ab und zu verschwand einer der Lemurer, um Ersatzteile zu beschaffen. Ich wunderte mich, mit welcher Geschwindigkeit die benötigten Teile immer zur Stelle waren. Nach vier Stunden legten wir eine Pause ein, und einer von Sanostas Helfern holte etwas zum Essen.

Als wir die Arbeit wieder aufnahmen, erschien Baton, um nachzusehen, wie wir vorankamen.

„Ich glaube, in zwei Stunden haben wir es geschafft", sagte Doutreval. „Ich bin erstaunt, in welch gutem Zustand sich das Gerät noch befindet."

„Dachten Sie, wir lassen diese wertvollen Anlagen verkommen?" erkundigte sich Baton unfreundlich. „Sagen Sie mir Bescheid, wenn Sie fertig sind, Sanosta."

Ich bezweifelte jetzt nicht mehr, daß die Unterstützung, die uns die Lemurer-Nachkommen gewährten, reiner Selbstzweck war. Sie hofften tatsächlich, in den Besitz unseres Raumschiffes zu gelangen. Wahrscheinlich hatte Baton bereits einen festen Plan. Ich unterdrückte ein Lachen. Der Anblick der gewaltigen CREST III würde Batons Selbstsicherheit mit einem Schlag zerstören.

Da außer Doutreval nur Redhorse etwas von Funkanlagen verstand, waren Bradon, Papageorgiu und ich zu Handreichungen verurteilt. Deshalb war ich froh, als Sanosta schließlich verkündete, daß das Gerät sendebereit sei. Er schickte einen seiner Männer davon, um Baton zu informieren.

„Ich werde einen Kurzimpuls abstrahlen", sagte Redhorse zu uns.

„Wir werden die CREST über unseren Standort unterrichten. Dann müssen wir einige Zeit auf Antwort warten.“

Baton kam herein. Er verstand es meisterhaft, seine Befriedigung zu unterdrücken. Nach außen gab er sich gleichgültig.

„Nun rufen Sie Ihre Freunde“, forderte er Redhorse auf. „Ich wünsche Ihnen Glück.“

Redhorse und Doutreval traten an das Funkgerät. Ich hatte plötzlich das Gefühl, daß wir einen schwerwiegenden Fehler begingen. Für meine Bedenken gab es keine vernünftige Erklärung. Als Doutreval die ersten Schalttasten betätigte, hätte ich ihn am liebsten zurückgehalten. Neben mir stand Bradon und lächelte. Er, der ewige Pessimist, schien voller Hoffnung zu sein.

Baton lächelte auch.

Aber seine Hoffnungen waren mit Sicherheit anderer Natur.

27.

Das war also die Erde des Jahres 49 488 vor Christi Geburt. Auf dem großen Panoramabildschirm in der Kommandozentrale der CREST III sah sie auch wie die Erde aus. Durch die Teleskope betrachtet, glich Terra jedoch einem Eisplaneten. Von beiden Polen waren die Gletschermassen in Richtung des Äquators gewandert. Nur dort existierten noch die vielbesungenen grünen Hügel der Erde.

Perry Rhodan löste seine Augen von dem Bildschirm der Raumortung, der alles, was die Teleskope erfaßten, vergrößert wiedergab. Der Kontinent Lemuria, der vor fünfhundert Jahren noch einen Teil der Erdoberfläche bedeckt hatte, war jetzt im Pazifik verschwunden. Die übrigen Kontinente wiesen größtenteils bereits ihre charakteristische Form auf. Europa und Nordamerika waren vom Eis bedeckt.

„Kein sehr einladender Anblick, Sir“, stellte Oberst Carl Rudo fest. „Sollten sich Redhorse und seine Männer tatsächlich auf der Erde befinden, haben sie sich bestimmt schon kalte Füße geholt.“

Die CREST hatte ihren Linearflug unterbrochen und umkreiste die

Erde in einer mittleren Entfernung von 300 000 Kilometern. Rhodan hatte Atlans Wunsch entsprochen und war bisher noch nicht näher an Terra herangeflogen. Der Arkonide hatte nachdrücklich vor einem solchen Manöver gewarnt.

Atlan stand neben seinem Freund und beobachtete die Bildschirme. Auch die Mutanten waren anwesend. Rhodan überlegte im stillen, wie er nun vorgehen sollte.

In diesem Augenblick sprach das Hyperfunkgerät der CREST an. Der diensthabende Funker rief Rhodan aufgeregt zu sich. Atlan folgte dem Großadministrator zum Funkgerät.

„Wir haben einen Kurzimpuls aufgefangen, der zweifellos von der Erde kommt, Sir“, berichtete der Funker erregt.

„Geben Sie mir den genauen Text“, verlangte Rhodan.

„Sofort, Sir.“ Der Funker machte sich einen Augenblick an der Anlage zu schaffen und überreichte Rhodan dann einen dünnen Plastikstreifen.

Sind im späteren mittleren Mexiko, las Rhodan. *Sucht nach einem Hochplateau nahe der Küste. Holt uns hier heraus. Redhorse.*

Rhodan hielt die Nachricht so, daß Atlan sie mitlesen konnte.

„Sie leben“, sagte der Arkonide erleichtert.

„Sie scheinen nicht in unmittelbarer Gefahr zu sein“, stellte Rhodan fest. „Ich möchte wissen, wie sie an ein Hyperfunkgerät herangekommen sind.“ Neue Bedenken wurden in ihm wach. Sollten die Männer etwa als Lockvogel benutzt werden?

„Wir werden auf keinen Fall mit der CREST näher herangehen“, entschied Rhodan, „sondern eine Korvette mit zwanzig Spezialisten ausschleusen, Marschall und Gucky werden an Bord des Beibootes gehen. Bevor die Korvette landet, sollen John und der Mausbiber versuchen, Gehirnwellenmuster zu empfangen und zu untersuchen.“

„Ich bin ebenfalls dafür, daß die CREST nicht näher an die Erde herangeht“, unterstützte Atlan Rhodans Entscheidung. „Wir müssen die CREST mit feuerklaren Geschützen im Raum zurücklassen. Es besteht immerhin die Möglichkeit, daß halutische Verbände auftauchen.“ Er legte Rhodan eine Hand auf die Schulter.

„Ich werde das Kommando über die Korvette übernehmen“, sagte er entschlossen.

Zögernd stimmte Rhodan zu. Gern wäre er an Atlans Stelle an Bord der Korvette gegangen, doch er mußte zurückbleiben, um notfalls mit der CREST III eingreifen zu können. Innerhalb des Solsystems schien alles ruhig zu sein, doch das konnte sich rasch ändern.

Atlan verließ die Zentrale und begab sich zum Hangar. Eine Gruppe von Spezialisten wurde für den bevorstehenden Flug ausgesucht und ausgerüstet. Auch Gucky und Marshall gingen an Bord der Korvette. Ungeduldig wartete Rhodan die Startvorbereitungen ab.

Endlich kam die Meldung vom Hangar, daß die Korvette startklar wäre.

Rhodan gab Rudo ein Zeichen. Der Oberst öffnete die Hangarschleuse über die Steuerpositronik des Schiffes.

Sekunden später wurde das sechzig Meter durchmessende Raumschiff auf den Bildschirmen sichtbar. Es nahm direkten Kurs auf die Erde. Rhodan verzichtete darauf, Atlan über Funk anzurufen. Das konnten sie immer noch tun, wenn es die Lage erforderte. Unnötige Funksprüche konnten unter Umständen fremde Raumschiffe anlokken.

„Es scheint alles planmäßig zu verlaufen, Sir“, sagte Rudo zufrieden. In den Feuerleitzentralen des Ultraschlachtschiffes waren alle Kanoniere bereit, einen eventuellen Angriff sofort zurückzuschlagen. An Bord der CREST III herrschte höchste Alarmbereitschaft. Rhodan war nicht bereit, sich in eine Falle locken zu lassen.

„Auf den beiden amerikanischen Kontinenten ist es jetzt Tag“, stellte Major Hefrich fest. „Das wird die Aufgabe des Lordadmirals erleichtern.“

Rhodan versuchte sich die Verhältnisse vorzustellen, die auf der Erde herrschten. Wo mochten sich Redhorse und seine Begleiter aufhalten? Befanden sie sich noch innerhalb der Transmitterstation? Hatte man sie dazu gezwungen, einen Funkspruch abzustrahlen, oder war ihnen die Flucht gelungen?

Der Terraner schüttelte unmerklich den Kopf. Es war sinnlos, sich jetzt schon Gedanken zu machen. Auf Atlan und seine Begleiter konnte er sich verlassen.

Als die Korvette mit aktiviertem HÜ-Schirm in die Atmosphäre eindrang, empfingen ihre Antennen einen Funkspruch von der Erdoberfläche. Die Nachricht kam abermals von Redhorse. Atlan, der den Plastikstreifen mit der entschlüsselten Botschaft von dem Funker entgegennahm, gab sie an Marshall weiter.

An der Grenze der Eisfelder existiert eine tefrodische Transmitterstation, las Marshall. *Einige hundert tefrodische Kampfroboter befinden sich ständig im Einsatz.*

„Soll ich einen Teleportersprung auf die Erdoberfläche machen?“ erkundigte sich Gucky. „Der Indianer wäre bestimmt erleichtert, wenn er mich auftauchen sähe.“

„Du verläßt vorläufig nicht das Schiff“, entschied Atlan. „John, Sie und Gucky müssen sich jetzt auf Gehirnmuster und Gedankenwellen konzentrieren. Vielleicht erfahren wir auf diese Weise, was sich dort unten abspielt.“

Während die Korvette tiefer sank, konzentrierten sich Marshall und der Mausbiber auf psionische Strömungen. Atlan beobachtete die Bildschirme. Die Korvette flog jetzt unmittelbar über der Westküste Nordamerkas.

Die Eisgrenze war deutlich sichtbar. Im endlosen Weiß der Gletscher gab es nur wenig dunkle Stellen. Weiter im Süden sah Atlan den rauchenden Kegel eines aktiven Vulkans. Feuer und Eis lagen auf dem Planeten der Terraner jetzt dicht nebeneinander.

Atlan befahl den Besatzungsmitgliedern, nach einem Hochplateau in Küstennähe Ausschau zu halten. Der Arkonide suchte den Pazifik ab. Von Lemuria existierten nur noch ein paar winzige Inselgruppen. Der gewaltige Kontinent wurde jetzt von den Wassermassen des Ozeans überflutet.

„In den Dschungeln leben intelligente Wesen“, teilte John Marshall dem Lordadmiral mit. „Die Gedankenmuster sind allerdings verworren. Sie lassen sich nicht lokalisieren.“

„Auch ich empfange die Bewußtseinsimpulse einiger hundert Wesen“, bestätigte Gucky. „Ich glaube, es handelt sich um mutierte Nachkommen der ehemaligen Lemurer. Sie wohnen in einer Ruinenstadt, die sie in ihren Gedanken mit dem Namen Makata bezeichnen.“

„Es sind Barbaren“, erklärte Marshall. „Zum größten Teil sind ihre Gedanken primitiv und werden nur von Instinkten geleitet. In erster Linie denken sie an die Jagd und an irgendwelche Gegner.“

„Glauben Sie, daß Redhorse und seine Männer sich unter diesen Wesen aufhalten?“ fragte Atlan.

„Aus den Gedanken der Mutanten geht darüber nichts hervor“, sagte Marshall verwirrt.

„Dort unten liegt ein riesiges Hochplateau, Sir!“ rief in diesem Augenblick einer der Raumfahrer.

Atlan konzentrierte sich auf die Bildschirme. Das Hochplateau lag nur wenige Meilen von der Küste entfernt. Der Arkonide ließ die Korvette weiter westlich fliegen, bis sie hundert Meilen von der Küste entfernt über den Ozean schwebte. Dann befahl er dem Piloten, das Beiboot der CREST III bis dicht über die Meeresoberfläche herabsinken zu lassen.

„Nun nähern wir uns wieder der Küste“, ordnete er an. Er warf Marshall einen fragenden Blick zu, doch der Telepath schüttelte den Kopf. Auch Gucky schwieg.

Atlan bezweifelte nicht, daß sie Redhorse finden würden, aber die seltsamen Gedankenströme, die Marshall und der Mausbiber empfingen, beunruhigten ihn.

„Wir landen erst, wenn wir sicher sein können, daß wir in keine Falle fliegen“, sagte Atlan. „Schutzschirme einschalten und alle Bordwaffen gefechtsklar machen.“

Langsam näherte sich die Korvette der Küste des späteren Mexikos. An Bord war es still. Nur Atlan gab mit entschlossener Stimme die nötigen Befehle. Gucky hockte zusammengekauert in einem für ihn viel zu großen Sessel.

Marshall stand hinter Atlans Sitz. Er bot ein Bild äußerster Konzentration. Der Arkonide wußte, daß Marshall ununterbrochen psionische Strömungen empfing, ohne daraus jedoch wichtige Nachrichten entnehmen zu können. Die Mentaltaster der Korvette sprachen an, aber sie konnten nur das bestätigen, was Gucky und der Mutant bereits herausgefunden hatten.

Die Meeresoberfläche war verhältnismäßig ruhig. Die Küste bildete eine dunkle Linie am Horizont.

Noch waren keine Einzelheiten zu erkennen. Atlan fragte sich, was im Dschungel vorging, den sie bald überfliegen würden. Lediglich das Bewußtsein, die mächtige CREST als Unterstützung anfordern zu können, hielt den Arkoniden davon ab, das Unternehmen abzubrechen.

Ein untrügliches Gefühl sagte ihm, daß ihn an der Küste eine Falle erwartete.

Aber die beiden telepathisch begabten Besatzungsmitglieder der Korvette blieben stumm. Das bedeutete, daß sie keine Gefahr erkennen konnten.

28. *Brazos Surfat*

Der Anblick der hoch über der Küste dahinrasenden Korvette ließ mein Herz höher schlagen. Wir standen auf dem freien Platz zwischen den Bunkern. Ein paar Minuten zuvor hatte Redhorse einen zweiten Kurzimpuls gesendet und die Besatzung der CREST III vor der Station der MdI im Gletschergebiet gewarnt.

„Eine Korvette!" rief Redhorse. „Offenbar befand sich die CREST bereits im Anflug an die Erde, sonst könnte das Beiboot noch nicht hier sein."

Während er sprach, veränderte die Korvette ihre Flugrichtung und jagte in Richtung des Meeres davon. Gleich darauf war sie unseren Blicken entschwunden.

„Sie haben uns nicht entdeckt, Sir", sagte Bradon enttäuscht. „Wir müssen noch einen Funkspruch abstrahlen."

„Dieses Manöver ist nur eine Vorsichtsmaßnahme", beruhigte Redhorse den Leutnant. „Das Schiff wird bald zurückkehren."

Erst jetzt wurde ich mir wieder der Lemurer bewußt, die mit uns den Anflug des sechzig Meter durchmessenden Schiffes beobachtet hatten.

Baton schaute gedankenverloren zur Küste hinüber, wo das Schiff verschwunden war.

„Wir hatten Glück", sagte Redhorse impulsiv zu dem Lemurer. „Man wird uns nun bald abholen."

„Es war schon seit jeher der Fehler minderwertiger Intelligenzen, daß sie ihre Handlungen zu sehr von ihren Wünschen und Gefühlen leiten ließen", sagte Baton.

Redhorse warf uns einen warnenden Blick zu. Meine Hand näherte sich dem Strahler in meinem Gürtel.

„Was sollen diese Worte bedeuten, Lemurer?“ erkundigte sich Redhorse.

„Lemurer?“ wiederholte Baton und drehte sich mit einem Ruck zu uns um. Plötzlich zogen alle Männer, die uns umgaben, ihre Waffen. Ich schaute mich um und erkannte, daß wir von mindestens sechzig Strahlern bedroht wurden. Unter diesen Umständen war an eine Gegenwehr nicht zu denken. Baton schien die neue Situation auszukosten. Er ging auf Redhorse zu und zog dem Major die Waffe aus dem Gürtel. Achtlos warf er sie zu Boden. Dann tat er das gleiche nacheinander bei Bradon, Doutreval, Papageorgiu und mir.

„Diese Männer“, sagte er und deutete auf seine Begleiter, „sind ebensowenig Lemurer wie Sie.“

Ich wechselte einen bestürzten Blick mit Papageorgiu, Doutreval bewegte sich unruhig, doch ein Wink eines Lemurers ließ ihn erstarren.

„Es sind Tefroder, sogenannte Duplos“, fuhr Baton mit überlegenem Lächeln fort. Die Enthüllung der Wahrheit schien ihm Freude zu bereiten. Er hatte mit Erfolg ein hinterlistiges Spiel betrieben.

„Und wer sind Sie?“ fragte Redhorse ihn mit ruhiger Stimme.

Baton knöpfte seinen Umhang auf und ließ ihn zu Boden fallen. Eine silberfarbene Kombination wurde sichtbar.

„Mein Name ist Toser-Ban“, sagte er stolz. „Ich bin ein Meister der Insel.“

Das leuchtende Symbol, das er auf der Brustseite der Kombination trug, unterstrich seine inhaltsschweren Worte.

Wir hatten gewußt, daß dieser Mann eine Falle für uns vorbereitete. Die Tatsache, daß er ein MdI war, machte unser Wissen jedoch wertlos. Wahrscheinlich hatte Toser-Ban dieses Unternehmen bis ins kleinste Detail geplant. Sein endgültiges Ziel mußte die Vernichtung der CREST III sein. Bestürzt begriff ich, daß wir unbewußt die Lockvögel gespielt hatten, um das Flaggschiff zur Erde zu locken.

„Meine Vermutung, daß diese Bunker erst seit kurzer Zeit bewohnt sind, trifft also zu“, sagte Bradon, der sich nur mühsam von seiner Überraschung erholte.

„Wir kamen kurz vor Ihnen hier an“, bestätigte Toser-Ban höhnisch. „Sie werden sich sicher gefragt haben, warum der Materietransmitter auf Tanos VI, den Sie Pigell nennen, plötzlich aktiviert wurde. Nun, die Erklärung ist einfach. Nachdem wir die Aktivität des Zeittransmitters auf Tanos VI registriert und herausgefunden hatten, wer da in die Relativzukunft versetzt wurde, habe ich veranlaßt, daß der Zeittransmitter auf Lemur, der vom Zeitagenten Rovza geleitet wird und auf dieselbe Weise funktioniert wie jener auf Tanos VI, ebenfalls in jene Epoche versetzt wird, in der sich Ihre CREST befindet. Mittels einer Fernschaltung wurde der Materietransmitter auf Tanos VI aktiviert und hat Sie hierherbefördert. Ich rechnete damit, daß Ihr Schiff Ihre Spur aufnehmen und nach Lemur kommen würde. Die Rechnung ist nun aufgegangen. Für die Planung war es unerheblich, daß es Ihnen gelang, in Godlar unterzutauchen. Ich wußte, daß Sie früher oder später das Gletschergebiet verlassen würden, falls es Ihnen gelang, den Robotern zu entkommen. Alles Weitere war einfach. Ich kam kurz nach Ihnen durch denselben Transmitter. Danach folgten meine Duplo-Begleiter. Wir brachen sofort auf und errichteten hier eine Falle, an der Sie nicht vorbeigehen konnten. Wir hatten alles vorbereitet, um unser Schauspiel glaubhaft wirken zu lassen." Toser-Ban klopfte auf seine Waffe. „Sogar unsere Waffen sind echt. Auch das Funkgerät, das Sie benutzt haben, ist lemurischer Bauart."

Es war Toser-Ban alias Baton gelungen, uns zu schockieren. Major Redhorse gab sich zwar gelassen, aber ich wußte, daß er sich im stillen schwerste Vorwürfe machte, weil er den Plan des MdI nicht durchschaut hatte. Obwohl wir von Anfang an vermutet hatten, daß unsere Versetzung zur Erde eine gesteuerte Aktion war – die ganze Tragweite dieser Aktion war uns nicht klar gewesen.

Doch es war nicht nur die Tatsache, daß wir in eine Falle getappt waren, die uns schockierte. Weitaus bedeutender war die Erkenntnis, daß auch auf der Erde ein Zeittransmitter existierte. Mir war bekannt, daß unsere Telepathen alles versucht hatten, um aus Frasburs Gedächtnis sämtliche wichtigen Informationen herauszuholen. Dies war, zumindest was das Wega-System betrifft, auch gelungen. Über die Existenz einer Zeitstation auf Terra hingegen waren aus Frasburs Gedächtnis keinerlei Hinweise hervorgegangen. Dies konnte nur bedeuten, daß Frasbur keine Informationen über sie besaß.

„Und jetzt", sagte Toser-Ban verächtlich und machte eine nachlässige Bewegung, „schafft diese Narren hier weg. Sperrt sie in meinen Bunker. Dort können sie bleiben, bis wir das Mutterschiff des Beibootes vernichtet haben, das man zu ihrer Rettung ausgeschickt hat."

Diese Worte trafen mich wie Faustschläge. Ich spürte kaum, wie ich unsanft gepackt und davongezerrt wurde. Was, wenn es dem MdI gelang, die CREST III zu zerstören? Rhodan und Atlan hielten sich an Bord des Ultraschlachtschiffes auf.

Ich erhielt einen Stoß und fiel zu Boden. Man beraubte uns unserer Ausrüstung. Eine Tür knallte zu. Schweratmend lag ich in der Dunkelheit des Bunkers.

„Wir können ruhigen Gewissens sagen, daß wir es fertiggebracht haben, die CREST den Meistern der Insel in die Hände zu spielen", erklang Redhorses Stimme.

Ich richtete mich langsam auf und schwankte zur Tür. Ich lehnte mich dagegen und suchte nach dem Öffner. Meine Bemühungen erwiesen sich als sinnlos.

Plötzlich wurde die Tür von außen aufgerissen. Toser-Ban stand im Eingang, eine Waffe in der Hand. Er bildete eine große, eindrucksvolle Silhouette vor dem hellen Hintergrund, und er schien sich dessen auch bewußt zu sein, denn er zerstörte mit dröhnender Stimme unsere letzten Hoffnungen.

„Glauben Sie nicht, daß Ihre parapsychisch geschulten Männer an Bord des Raumschiffes etwas von meiner Anwesenheit erfahren werden", sagte er höhnisch. „Jeder einzelne Duplo trägt ebenso wie ich eine Abschirmung gegen Telepathen. Diese Geräte sind stark genug, um auch Ihre Gedanken abzuschirmen."

Die Tür schlug wieder zu. Wir konnten nicht hören, was sich im Freien abspielte, denn die Mauern des Bunkers waren zu stark. Ich tastete mich langsam in die Mitte des Raumes, bis ich gegen einen Körper stieß.

„Passen Sie doch auf!" rief Papageorgiu gereizt.

Das war für einige Zeit die einzige Äußerung, die einer der Männer von sich gab. Sie alle empfanden das gleiche schmerzliche Gefühl der endgültigen Niederlage wie ich. Toser-Ban hatte nicht nur triumphiert, er hatte seinen Triumph auch bis zur Neige ausgekostet.

„Wir müssen etwas tun", sagte Bradon nach einer Weile. „Wir können doch nicht warten, bis die Besatzung der CREST ins Verderben fliegt. Da wir nun wissen, daß auf der Erde eine Zeitstation existiert, ist damit zu rechnen, daß es auch hier ein Abwehrsystem gibt, welches ähnlich funktioniert wie jenes auf Pigell, das wir vor unserem Zeitsprung ausschalten konnten."

Ich nickte. Bradon hatte ausgesprochen, was uns alle bedrückte. Es lag auf der Hand, daß Toser-Ban über irgendeinen Trumpf verfügte, mit dem es ihm gelingen könnte, die CREST zu vernichten. Ein Abwehrsystem war ein derartiger Trumpf. Er brauchte nur zu warten, bis die CREST in den Wirkungsbereich der Abwehrwaffen gelangte, um die Besatzung tödlich zu überraschen. Und wir hatten keine Möglichkeit, wenigstens die Korvette zu warnen, denn außer unseren leichten Bordkombinationen, die wir unter den Kampfanzügen getragen hatten, besaßen wir keine technischen Hilfsmittel mehr.

Redhorse schaltete seinen Scheinwerfer ein. Die Lampen hatte man uns gelassen, doch damit konnten wir uns nicht helfen. Der Cheyenne leuchtete den Raum ab. Mit den vorhandenen Einrichtungsgegenständen konnten wir nichts anfangen.

„Wenn wir eine Explosion vernehmen, werden wir wissen, daß die Korvette nicht mehr existiert", sagte Redhorse erbittert. „Zum Glück scheint die CREST zu weit entfernt zu sein, als daß wir uns auch noch ihre Zerstörung anhören müßten."

Ich spürte die innere Verzweiflung, die Redhorse ergriffen hatte. Obwohl seine Stimme gelassen klang, fühlte ich, daß er sich schwere Vorwürfe machte. Ich wußte, daß es aus dem Bunker kein Entkommen gab, aber ich weigerte mich, es als Tatsache zu akzeptieren. Wie viele Menschen, die in eine aussichtslose Situation geraten, glaubte ich mit unsinniger Überzeugung, daß wir irgend etwas übersehen hätten, was uns weiterhelfen könnte.

Doch die Zeit verstrich, ohne daß etwas geschah. Ich grübelte darüber nach, was mit der Korvette geschehen würde. Vielleicht war sie noch nicht gelandet. Unter den gegenwärtigen Umständen konnten wir das nur hoffen.

Was den Meistern der Insel im Andromedanebel und in der Realzeit nicht geglückt war, schien nun fünfzigtausend Jahre in der Vergangenheit Wirklichkeit zu werden: die Vernichtung des Flaggschiffs der Solaren Flotte und die damit verbundene Ausschaltung der wichtigsten Männer des Imperiums.

Widerwillig bewunderte ich die Geschicklichkeit, mit der uns die MdI einmal mehr überlistet hatten. Jeder Schachzug war genau überlegt. Diesmal schien es kein Entrinnen zu geben.

„Ich wünschte, Toser-Ban hätte uns getötet", sagte Doutreval. „Dann müßten wir das Ende der CREST nicht miterleben."

Diese Worte schienen Redhorses alte Entschlossenheit wachzurufen.

„Nein!“ rief er und leuchtete dem kleinen Funker ins Gesicht. „So leicht geben wir nicht auf, Olivier.“

Doutreval blinzelte geblendet. „Was sollten wir Ihrer Ansicht nach tun, Major? Keiner von uns ist ein Mutant und kann durch dicke Betonwände spazieren, als seien sie nicht vorhanden.“

„Toser-Ban wird auf jeden Fall Schwierigkeiten bekommen“, erklärte Redhorse. „So einfach wird die Zerstörung des Ultraschlachtschiffes nicht sein, wie der Meister der Insel sich das vorstellt. Wir dürfen nicht resignieren. Vielleicht gibt es eine Chance, aus diesem Bunker zu entkommen.“ Er leuchtete die Decke ab. „Wir untersuchen alle Wände, den Boden und die Decke“, ordnete er an. „Ich bezweifle, daß wir einen Ausgang finden, aber diese Sache ist immer noch besser, als untätig darauf zu warten, daß Toser-Ban uns erschießen läßt.“

Redhorses Worte lösten neue Aktivität in uns aus. Zentimeterweise suchten wir die Wände des Bunkers ab.

Immer wieder leuchtete ich die Tür ab. Papageorgiu trug Doutreval auf seinen Schultern durch den Raum, so daß der kleine Funker die Decke abklopfen konnte.

Ein Geräusch, das vor der Tür entstand, ließ mich in meinen Bemühungen innehalten.

„Sir!“ rief ich Redhorse zu. „Ich glaube, es kommt jemand.“

Die anderen unterbrachen ihre Suche. Fünf Scheinwerfer richteten sich auf den Eingang und tauchten ihn in strahlende Helligkeit.

Die Tür wurde geöffnet. Monira schlüpfte herein. Hastig drückte sie die Tür wieder hinter sich zu. Über ihren Schultern hingen zwei lemurische Strahlenkarabiner. Ihr Gesicht war schmutzverklebt. Ich sah, daß sie geweint hatte. Ihre Haare hingen wirr herunter. Sie stand da und schaute uns an. Ihr Atem ging keuchend.

Ich glaube, es verstrich eine Minute, bevor wir unsere Überraschung überwunden hatten.

„Monira!“ rief Redhorse verwirrt. „Was hat das zu bedeuten?“

„Niemand hat mich gesehen!“ sagte sie schnell. Sie streifte die Karabiner ab und übergab sie Redhorse. „Die Männer beobachten das Schiff, das sich von der Küste aus nähert. Ihr müßt fliehen, bevor sie euch töten.“

„Monira!“ sagte Redhorse abermals.

Sie begann zu schluchzen. Redhorse blickte sie hilflos an. Er übergab mir einen der Karabiner.

„Wir können das Mädchen nicht zurücklassen“, sagte Doutreval „Toser-Ban würde sie erschießen.“

Heftig schüttelte Monira den Kopf.

„Ich bin ein Duplo“, sagte sie. „Ich bleibe bei den Tefrodern.“

„Geh mit uns!“ drängte Redhorse. „An Bord unseres Schiffes wird man dir helfen.“

Ich ahnte, daß Redhorse diese Worte wider besseres Wissen ausgesprochen hatte. Ein Duplo war nirgendwo vor den MdI sicher. Sein Reizwellenempfänger würde seiner Existenz ein Ende setzen, ohne daß irgend jemand in der Lage wäre, dies zu verhindern.

Sie schüttelte den Kopf und wich bis zur Tür zurück. Ich empfand Mitleid mit ihr. Gleichzeitig bewunderte ich sie für das, was sie gewagt hatte. Ich begriff, daß sie es nicht für uns, sondern für Redhorse getan hatte. Beide versuchten nicht, ihre Gefühle füreinander zu verbergen.

Der Major trat zur Tür, öffnete sie um einen Spalt und spähte hinaus.

„Niemand zu sehen“, stellte er erleichtert fest. „Sobald wir draußen sind, fliehen wir in Richtung der Ruinenstadt.“ Er gab uns ein Zeichen. „Geht voraus“, befahl er.

Wir verließen nacheinander den Bunker, nur Redhorse und Monira blieben zurück. So schnell es ging, rannten wir zur Rückseite des Gebäudes. Hier waren wir vor den Blicken der Tefroder sicher. Ich sah einige Duplos auf der anderen Seite des Landefeldes des ehemaligen Raumhafens von Makata. Sie schienen erregt zu sein. Offenbar war die Korvette im Anflug.

„Ich sehe nach dem Major“, sagte ich zu den anderen.

Als ich zur Vorderseite des Gebäudes schlich, sah ich, wie Monira den Bunker verließ. In diesem Augenblick tauchten auf der anderen Seite des freien Platzes drei Männer auf. Sie kamen aus einem der Bunker. Sie erblickten Monira und gleich darauf Redhorse, der hinter ihr ins Freie trat.

Ich warf mich zu Boden, um nicht gesehen zu werden.

Redhorse rief dem Mädchen eine Warnung zu, aber sie ging aufrecht weiter, als könnte sie nicht sehen, was rings um sie vorging.

Die drei Tefroder zogen ihre Waffen. Redhorse ließ sich fallen und brachte den Strahlenkarabiner in Anschlag. Monira blieb stehen und blickte zu dem Major zurück.

„Euer Schiffskommandant muß aufpassen!" rief sie Redhorse zu. „Auf dem Mond existiert eine . . .

Die drei Tefroder begannen zu schießen. Monira wurde getroffen und taumelte. Unmittelbar vor Redhorse brach sie zusammen. Ich eröffnete das Feuer auf die Duplos. Auf der anderen Seite des Raumhafens wurden die Tefroder auf uns aufmerksam.

„Major!" schrie ich. „Wir müssen hier verschwinden."

Er robbte auf das Mädchen zu, das in verkrümmter Haltung am Boden lag. Einer der drei Angreifer war tot, die beiden anderen hatten Deckung hinter Erderhebungen gesucht.

„Sie ist tot!" schrie Redhorse auf. Seine Stimme klang wie die eines Wahnsinnigen.

Zu meinem Entsetzen sah ich ihn aufspringen und auf die beiden in Deckung liegenden Tefroder zustürmen. Dabei gab er ununterbrochen Schüsse aus dem Strahlenkarabiner ab. Er war wie von Sinnen.

In diesem Augenblick hörte ich auf, vernünftig zu denken. Mit einem Satz war ich auf den Beinen und rannte Redhorse nach. Die beiden Tefroder feuerten aus ihrer sicheren Deckung heraus. Redhorses Tollkühnheit hatte sie jedoch so überrascht, daß sie nicht genau zielten. Jetzt kamen von der anderen Seite des mit Pflanzen überwucherten Landefeldes einige Dutzend Tefroder heran, um ihre in Bedrängnis geratenen Freunde zu unterstützen.

Einer unserer Widersacher verlor die Nerven und sprang aus der Deckung.

„Major!" schrie ich mit sich überschlagender Stimme. „Wir müssen zurück!"

Der zweite Tefroder sprang jetzt ebenfalls auf. Er streckte den Arm aus und zielte sorgfältig. In diesem Augenblick tauchte Papageorgiu hinter dem Bunker auf und schrie uns verzweifelt zu. Ich erschoß den Duplo, der auf Redhorse anlegte.

„Zurück!" schrie Papageorgiu. „Kehren Sie um, Major."

Redhorse verlangsamte sein Tempo. Der dritte Tefroder hatte seine Waffe weggeworfen und stand mit erhobenen Armen einige Meter von Redhorse entfernt. In seinen Augen flackerte Angst. Ich erreichte den Cheyenne und blieb schweratmend neben ihm stehen.

Don Redhorse legte auf den wehrlosen Mann an. Ich drückte den Lauf des Karabiners nach unten.

„Sir!“ rief ich eindringlich. „Um Himmels willen! Er hat keine Waffe mehr.“

Erst jetzt schien mich Redhorse wahrzunehmen. Ohne sich länger um den Tefroder zu kümmern, wandte er sich um.

„Zurück zum Bunker!“ keuchte er. „Wir müssen in den Dschungel fliehen, bevor uns Toser-Bans Männer einholen.“

Wir rannten an der toten Monira vorbei.

„Sie sagte etwas über den Mond, bevor sie starb“, erinnerte ich Redhorse. „Wir müssen die CREST warnen.“

„Wir kommen jetzt nicht an das Funkgerät heran“, gab er zurück.

„Die Korvette!“ schrie Papageorgiu in diesem Augenblick und warf beide Arme in die Luft. Ich drehte mich um. Das sechzig Meter durchmessende Schiff erschien über dem Landefeld. Die Trefoder waren in den Bunkern und anderen Deckungen verschwunden.

„Vorwärts!“ rief Redhorse. „Wir können hier nicht bleiben. Bis die Besatzung ausgeschleust ist, haben uns die Tefroder erwischt.“

Wir rannten weiter. Wer immer die Korvette kommandierte, schien nicht genau zu wissen, was er von den Vorgängen auf dem ehemaligen Landefeld halten sollte. Ich konnte dem Kommandanten nicht verdenken, daß er vorsichtig war.

Wir erreichten die ersten Bäume. Völlig außer Atem ließ ich mich zu Boden fallen. Redhorse lehnte sich gegen einen Baum. Zwischen den Bunkern tauchten einige gebückt rennende Gestalten auf. Die Tefroder wollten uns offenbar unter allen Umständen wieder gefangennehmen. Die Korvette schwebte noch immer in ungefähr tausend Meter Höhe über dem Raumhafen.

„Wir können uns von hier aus nicht verteidigen“, stellte Redhorse nach einem Blick auf unsere Umgebung fest.

Leutnant Bradon deutete auf den Dschungel. „Wir marschieren geradewegs auf die Ruinenstadt von Makata zu“, wandte er ein. „Ich befürchte, daß uns die Mutanten bereits mit wurfbereiten Speeren empfangen.“

„Haben Sie einen besseren Vorschlag?“ erkundigte sich Redhorse und deutete zu den schnell näher kommenden Verfolgern hinüber.

„Die Korvette wird bald landen, dann sind die Duplos unterlegen“, sagte Bradon.

„Solange können wir nicht warten“, erklärte der Major.

Er hatte sich wieder völlig in der Gewalt. Seine Entscheidungen kamen schnell wie immer. Und diese Entscheidungen erschienen mir richtig. Ich erhob mich. Wir drangen in den Dschungel ein. Redhorse und ich rannten an der Spitze, weil wir die beiden Karabiner hatten. Schon nach wenigen Metern mußten wir feststellen, daß wir nur schwer vorankamen, das Unterholz wuchs so dicht, daß es stellenweise undurchdringlich wie eine Mauer war. Wir kletterten über mannshohe Wurzeln hinweg, kämpften uns an Schlingpflanzen vorbei und schüttelten die herabhängenden Lianen von uns ab.

Hinter uns hörten wir den Lärm der Verfolger. Toser-Ban hatte uns mindestens fünfzig Männer nachgeschickt. Die Bäume standen so dicht beeinander, daß wir den Himmel und die Korvette nicht sehen konnten. Im Halbdunkel, das jetzt herrschte, hatten wir Mühe, unsere Umgebung zu erkennen. Wir konnten nur hoffen, daß uns nicht irgendein Raubtier entgegentrat.

Endlich erreichten wir eine kleine Lichtung, und Redhorse ordnete eine kurze Pause an. Erschöpft rang ich nach Atem. Da ich schwer und ziemlich korpulent bin, mußte ich weitaus größere Anstrengungen als meine Begleiter unternehmen, um mit Redhorse Schritt zu halten.

Unsere Atempause war nur von kurzer Dauer. Die Rufe der verfolgenden Tefroder trieben uns weiter. Wieder stürzten wir uns ins Dickicht des Dschungels. Von irgendwoher kam der Schrei eines aufgescheuchten Tieres. Das Blut hämmerte in meinen Ohren. Beine und Hüften waren wundgestoßen, die Hände von Dornen zerkratzt. Blut und Schweiß lockten Schwärme von Insekten an, die uns beharrlich folgten.

Plötzlich gab der Boden unter mir nach. Verzweifelt wollte ich nach einer herabhängenden Liane greifen, doch meine Hände verfehlten sie. Hinter mir stieß Papageorgiu eine lautstarke Verwünschung aus. Dann bildeten wir ein verschlungenes Knäuel am Boden einer Fallgrube. Als ich mich endlich wieder aufrichten konnte, standen über uns, am Rande der Fallgrube, mindestens dreißig Mutanten und starrten auf uns herab. Sie trugen Speere, Äxte und Keulen.

Ihr Anführer, ein Riese von einem Mann, der ein Säbelzahntigerfell trug, riß seinen zahnlosen Mund auf und schrie uns triumphierende Worte zu.

Ich suchte nach meinem Strahlenkarabiner. Als ich ihn fand und aufheben wollte, stieß mich Redhorse zur Seite.

„Sind Sie lebensmüde, Brazos?“ Er zeigte nach oben. „Sobald wir nur eine Waffe heben, werden wir von Speeren durchbohrt.“

Ich taumelte gegen die Grubenwand zurück. Sand und Dreck rieselten mir in den Nacken. Vor meinem Gesicht tanzten die Insekten. Von oben kamen die tierischen Stimmen der Mutanten. Vergeblich versuchte ich, ein paar Geräusche von unseren Verfolgern aufzufangen. Offensichtlich hatten sie uns verloren.

Fünf Mutanten, fleischgewordene Alptraumgestalten, sprangen mit Stricken zu uns in die Grube und begannen uns zu fesseln.

Unsere Flucht war vorläufig zu Ende. Wir befanden uns in Gefangenschaft der Mutanten von Makata, die uns für ihre Todfeinde hielten.

29.

Der flache Landstrich zwischen Küste und Dschungel war zweifellos das Landefeld eines ehemaligen Raumhafens der Lemurer. Ein Teil der Bunkerbauten war von Pflanzen befreit worden, ein sicheres Zeichen dafür, daß sie auch jetzt noch bewohnt waren.

„Nun wissen wir auch, wie Redhorse an ein Hyperfunkgerät herankam“, sagte Atlan zu dem neben ihm stehenden John Marshall. „Bestimmt gibt es dort unten noch intakte Anlagen.“

Marshall beobachtete mit zusammengekniffenen Augen die Landschaft, die sich unter der Korvette ausbreitete. Die empfindlichen Ortungsgeräte des Schiffes hatten vor wenigen Augenblicken Energieausstrahlungen von mehreren Schüssen aus Strahlwaffen registriert, doch nun lag das Landefeld scheinbar verlassen unter dem Schiff.

„Ich bin überzeugt, daß wir beobachtet werden“, sagte Gucky. „Aber außer den verworrenen Bewußtseinsimpulsen der Mutanten kann ich nichts feststellen.“

„Ich glaube, wir sollten es riskieren, ein bißchen tiefer zu gehen", sagte der Arkonide.

Atlan wußte, daß dieser Befehl das Ende des von ihm kommandierten Schiffes und den Tod aller Besatzungsmitglieder bedeuten konnte. Er hätte ausschleusen können, doch das hätte die Gefahr für diese Raumfahrer noch vergrößert.

„Eines verstehe ich nicht: Wenn Redhorse dort unten ist, hätte er uns schon längst über Funk anrufen müssen", sagte Marshall verwirrt. „Zumindest hätte ich irgendein Zeichen von ihm erwartet."

Atlan wurde immer unruhiger. Vielleicht waren Redhorse und seine Begleiter bereits in äußerster Lebensgefahr. Unter diesen Umständen durfte die Landung nicht länger hinausgezögert werden.

Atlan beugte sich zu dem Piloten hinüber.

„Wir landen!" befahl er. Er schaltete den Interkom ein.

„Wir landen jetzt!" rief er ins Mikrophon. „Alle Gefechtsstationen bleiben besetzt. Niemand verläßt ohne meinen ausdrücklichen Befehl das Schiff."

Die Korvette sank langsam tiefer. Der Antigravantrieb hielt das tonnenschwere Schiff ruhig in seiner Flugbahn.

„Glauben Sie, daß der Boden stabil ist?" erkundigte sich der Pilot.

Atlan nickte. „Wir werden höchstens ein paar Büsche zerdrücken", sagte er mit einem gezwungenen Lächeln. „Doch das ist schließlich nicht weiter tragisch."

„Da unten liegt jemand!" rief Marshall.

Atlan schaute auf den Bildschirm. Vor einem der Bunker lag ein Mädchen. Atlan sah sofort, daß sie tot war. Ihr Rücken wies die Spuren eines Strahlenschusses auf. Kalte Wut stieg in ihm hoch. Der Arkonide begann zu bezweifeln, daß Major Redhorse oder einer seiner Männer noch am Leben waren.

Die Korvette setzte auf ihren zwölf Landestützen auf. Die schweren Impulsgeschütze richteten sich drohend auf die Bunkerbauten des ehemaligen lemurischen Raumhafens. Atlans Blicke wanderten langsam über die Reihe der Bildschirme hinweg. Nichts rührte sich auf dem Landefeld.

„Alles still", sagte Gucky, der die gleichen Gedanken zu haben schien wie sein arkonidischer Freund. „Jetzt könnte ich einen Sprung riskieren."

„Nein", lehnte Atlan ab. „Ich bin sicher, daß man uns genau beobachtet. Sobald der erste von uns den Kopf aus der Schleuse steckt, werden wir angegriffen."

„Bist du sicher?" wollte der Mausbiber wissen. „Vergiß nicht, daß John und ich keine Impulse empfangen können."

„Das ist bedeutungslos. Es gibt genügend Abschirmungsmöglichkeiten für mentale Strömungen. Das ist schließlich nicht neu für uns."

„Wenn ich hier herumsitzen muß wie ein Pensionär, werden wir nie erfahren, was dort draußen vorgeht", nörgelte Gucky verärgert. Sein Tatendurst war unverkennbar.

„Hangarschleuse öffnen!" befahl Atlan über das Mikrophon des Interkoms. „Landestege ausfahren. Macht einen Shift einsatzbereit."

Gucky schlug seine Händchen über dem Kopf zusammen.

„Einen Shift?" ächzte er fassungslos.

„Wir werden die unsichtbaren Bunkerbewohner aus ihren Verstecken locken, wer immer sie sind", versicherte Atlan entschlossen. Er wandte sich an Marshall. „John, Sie übernehmen den Befehl über die Korvette. Warner und Gucky begleiten mich in den Hangar."

Warner, der Pilot, erhob sich von seinem Platz. Gucky folgte den beiden Männern in seinem charakteristischen Watschelgang. Normalerweise wäre er in den Hangar teleportiert, doch er wollte auf diese Weise gegen Atlans Anordnungen protestieren. Der Mausbiber wußte genau, daß Atlan ihn nur mitnahm, damit er nicht auf eigene Faust handeln konnte, sobald der Arkonide die Zentrale verlassen hatte.

Atlan, Warner und Gucky traten in den Antigravschacht und schwebten in den Hangar hinab. Der Shift war bereits startbereit. Atlan gab einen letzten Befehl an die Besatzung der Korvette.

„Sollte der Shift angegriffen werden, ist das Feuer zu erwidern", sagte er.

Sie bestiegen den Flugpanzer. Atlan nahm den Pilotensitz ein. Das leistungsstarke Triebwerk des Allzweckfahrzeuges sprang an. Der Shift hob sich vom Boden des Hangars ab und schwebte auf die offene Schleuse zu. Im HÜ-Schirm entstand eine Strukturlücke. Gleich darauf hatte er die Korvette hinter sich gelassen und flog auf das Landefeld hinaus.

Atlan steuerte direkt auf den freien Platz zwischen den Bunkern zu. Der Arkonide hatte diesen Planeten in vielen Geschichtsepochen erlebt, doch von der Zeit, in der sie sich jetzt aufhielten, wußte er nichts. Es war, als hätte sich ein guter Freund plötzlich grundlegend geändert.

„Warner, machen Sie das Geschütz klar", befahl Atlan dem Terraner, der ihn begleitete.

„Ich spüre etwas!" rief Gucky erregt. „Aber es kommt aus dem nahen Dschungel."

„Und dort unten?"

„Nichts!" rief der Mausbiber. „Es sieht so aus, als wären die Gebäude verlassen worden."

„Sir!" brüllte Warner. „Da kommen sie!"

Aus den Eingängen der Bunker quollen bewaffnete Männer und Frauen. Atlan sah sofort, daß sie Schutzanzüge trugen. Die Fremden eröffneten aus ihren schweren Strahlenkarabinern das Feuer auf den Shift.

„Ich lande!" knurrte Atlan grimmig. „Worauf, bei allen Planeten, warten Sie noch, Warner?"

Atlan blickte zurück. Er sah, wie Warners linke Gesichtshälfte zuckte. Der Mann war dicht über die Zieloptik gebeugt, aber er war von einem unerklärlichen Zögern befallen. Atlan begriff, daß der Mann sich nicht überwinden konnte, auf die Unbekannten dort unten zu schießen. Unter dem konzentrierten Feuer brach der Schutzschirm des Shifts zusammen. Der Flugpanzer begann zu schlingern.

Als der Shift sich noch fünf Meter über dem Boden befand, stürzte er ab. Der Aufprall trieb Atlan von seinem Sitz hoch und schleuderte ihn seitwärts gegen die Innenwand der Steuerkuppel.

Der Arkonide raffte sich auf und war mit zwei Sprüngen bei Warner, der sich am Geschütz festgehalten hatte. Mit einem Ruck riß Atlan den Mann von seinem Platz.

Ein Blick auf den Bildschirm zeigte Atlan eine triumphierend schreiende Horde von Gegnern, die auf den Shift zustürmten.

„Sie Narr!" schrie Atlan Warner an. „Worauf haben Sie gewartet?"

„Es sind Frauen dabei", verteidigte sich der Pilot.

„Sie haben Waffen", antwortete Atlan. „Sie schießen auf uns, um uns zu töten. Wann werdet ihr Terraner endlich begreifen, daß es ..." Er unterbrach sich, schüttelte den Kopf und schwang sich auf den Sitz des Kanoniers.

In diesem Augenblick zischte der Feuerstrahl eines Impulsgeschützes über den Shift hinweg. Die Korvettenbesatzung hatte eingegriffen.

Der Platz vor dem Flugpanzer stand in Flammen. Von den Angreifern war nichts mehr zu sehen.

Warner sah zitternd aus der Kuppel.

„Fahren Sie los!“ rief ihm Atlan zu. „Wir müssen aus den Flammen heraus, damit wir sehen, was sich bei den Bunkern abspielt.“ Er versetzte Gucky einen leichten Stoß. „Gib Marshall eine telepathische Nachricht, Kleiner. Er soll das Feuer vorläufig ruhig einstellen, damit der Shift nicht getroffen wird.“

„Alles klar!“ schrillte der Mausbiber.

Warner hatte im Pilotensitz Platz genommen. Der Shift ruckte schwerfällig an. Seine schweren Laufketten bohrten sich in den weichen Boden. Die Flammen, die von den brennenden Büschen hochschlugen, züngelten bis zur Kuppel hinauf. Atlan versuchte, in Rauch und Feuer irgend etwas zu erkennen.

Dann rollten sie aus dem brennenden Gebiet des Landefeldes heraus. Vor ihnen warteten hundert Gegner mit schußbereiten Waffen. Sie feuerten, sobald der Shift sichtbar wurde. Die Kuppel des Flugpanzers zerbarst mit einem explosionsartigen Knall. Die Luft schien vor Hitze zu kochen. Atlan duckte sich und zog den Abzugsbügel des Impulsgeschützes nach hinten. Der Shift rollte unaufhaltsam weiter.

„Warner!“ rief Gucky mit piepsender Stimme. „Er scheint verletzt zu sein.“

Atlan blickte zum Pilotensitz. Warner hing seitwärts im Sessel. Seine Hände umklammerten die Steuerung, aber er bewegte sich nicht. Atlan sprang auf. Ein einzelner Mann stand vor dem Shift und schoß. Gucky ließ ihn telekinetisch ein paar Meter in die Höhe schweben und dann fallen. Der Mann prallte auf und kroch hastig davon. Der Platz zwischen den Bunkern war jetzt verlassen.

Atlan zerrte Warner hoch. Der Mann verdrehte die Augen. Ein Teil der Kuppel war nicht sofort pulverisiert worden, sondern hatte sich in der Hitze zu einer glühenden Masse aufgelöst, die direkt auf Warner herabgetropft war. Das glühende Material hatte sich durch Warners Anzug gebrannt – und noch ein Stück weiter.

Warners Lippen waren blutleer, aber sie bewegten sich.

„Sie waren ziemlich unzufrieden mit mir, Lordadmiral?“ erkundigte sich der Mann. Es waren seine letzten Worte. Er wurde in Atlans Armen schwer.

„Ist er ...?“ begann Gucky entsetzt.

Atlan nickte. Der Tod war ihm in vielen Gestalten begegnet, aber das Ende dieses Raumfahrers ging ihm nahe. Er hatte diesen Mann mit hierhergebracht.

„Vorsicht!“ schrie Gucky. Atlan ließ Warner zu Boden gleiten und warf sich hinter den Kontrollen in Deckung. Ein Feuersturm aus mindestens hundert Strahlenkarabinern raste über den Shift hinweg und brachte seine Außenfläche zum Glühen.

„Marshall soll eingreifen, Gucky!“ rief Atlan. „Schnell!“

Von Gucky kam keine Antwort, aber Sekunden später traten die Waffen der Korvette in Aktion. Atlan hörte das Schreien eines Verwundeten. Dann erstarben die letzten Schüsse. Der Arkonide richtete sich schweißüberströmt auf.

„Niemand mehr zu sehen!“ rief er Gucky zu. „Teleportiere dich an Bord der Korvette, ich sehe mich hier ein bißchen um.“

„Ich kann dich jetzt nicht alleinlassen“, protestierte Gucky.

Atlan zog seine Waffe und zielte auf den Mausbiber. „Du willst doch nicht, daß ich dir den Pelz versenge?“

„Ich werde um meine Pensionierung nachsuchen“, schrie Gucky jämmerlich und löste sich vor den Augen des Arkoniden auf. Atlan lächelte und wollte mit einem Hebeldruck die Schleuse öffnen. Die Hitze hatte sie jedoch so verformt, daß sie dem elektronischen Impuls nicht nachgab. Atlan bedauerte, daß er keinen Kampfanzug trug. Mit Hilfe des Antigravprojektors hätte er sich ins Freie tragen lassen können.

Es blieb ihm nichts anderes übrig, als aus der Kuppel zu klettern. Das Material, das er berührte, war heiß. Er mußte hinten aussteigen, weil die Vorderseite des Shifts noch rotglühend war. Ununterbrochen knackte das überbeanspruchte Metall.

Atlan ließ sich zu Boden gleiten und ging hinter dem Shift in Deckung. Er ließ seine Blicke über die Umgebung schweifen. Es waren keine Gegner mehr zu sehen. Diejenigen, die nicht tot waren, hatten die Flucht ergriffen. Atlan fragte sich, ob es sich bei den Angreifern um Nachkommen der Lemurer handelte oder um Besatzungsmitglieder der Transmitterstation, die weiter nördlich lag.

Atlan verließ seine Deckung und rannte auf den nächstliegenden Bunker zu. Er wurde nicht beschossen. Ein paar Minuten blieb er hinter der Seitenmauer des Gebäudes liegen, dann verließ er seine

Deckung. Die Tür des Bunkers war halb angelehnt. Im Innern war es dunkel. Mit einem Fußtritt stieß Atlan die Tür vollständig auf.

„Rauskommen!“ befahl er. „Sonst fliegt eine Bombe hinein.“

Wenn sich ein Gegner im Innern aufhielt, dann würde dieser Trick mit Sicherheit wirken. Doch es blieb alles still. Atlan trat ein. Im Licht, das durch den offenen Eingang fiel, sah er drei tote Männer am Boden liegen. Sie hatten sich mit schweren Verwundungen in diesen Raum geflüchtet und waren dann gestorben.

Ein paar lemurische Maschinen standen auf der anderen Seite des Raumes. Der Arkonide hätte sie gern untersucht, doch dazu hatte er jetzt keine Zeit. Er verließ den Bunker.

Auf der anderen Seite erblickte Atlan ein anderes Gebäude, dessen Tür offenstand. Er ging darauf zu. Als er es fast erreicht hatte, tauchte im Eingang des Bunkers eine hochgewachsene Gestalt in einer silberfarbenen Kombination auf. Atlan ließ sich fallen und schoß. Rings um den Fremden entstand eine leuchtende Blase. Atlan begriff, daß der Mann einen ungewöhnlich starken Abwehrschirm trug.

Der Unbekannte lachte höhnisch und ging weiter auf den Arkoniden zu. Wütend schob Atlan die Waffe in seinen Gürtel.

Der Mann, der ihm gegenüberstand und spöttisch lachte, war älter, als es auf den ersten Blick den Anschein hatte.

„So ist es vernünftiger“, sagte er zu Atlan. „Sie glauben doch nicht im Ernst, daß Sie mit Ihrer unzureichenden Waffe den Schutzschirm eines Meisters der Insel zerstören können?“

Wie benommen schaute Atlan auf das Symbol, das der Unbekannte auf der Brust seiner Kombination trug. Er stand einem MdI gegenüber. Mit einem Schlag begriff der Arkonide alles. Sie waren von ihren teuflisch schlauen Gegnern hierhergelockt worden. Schleier legten sich über Atlans Augen. Etwas berührte ihn im Nacken – ein Regentropfen. Er warf einen Blick zum wolkenverhangenen Himmel hinauf.

„Es wird in ein paar Stunden dunkel sein“, sagte der Meister der Insel.

„Worauf warten Sie noch?“ fragte Atlan.

„Mein Name ist Toser-Ban“, stellte sich der Mann vor. „Ich möchte, daß Sie diesen Namen erfahren. Ich bin der Mann, dem es gelingen wird, dieses große Schiff zu vernichten, das uns schon so viel Schwierigkeiten bereitet hat.“

„Vernichten?“ wiederholte Atlan müde. Er deutete auf die Waffe des Meisters. „Wollen Sie die abschießen wie einen Vogel? Ich glaube, Sie sind verrückt. Ihre Männer sind tot oder geflohen. Sie sind noch nicht einmal mit dem Flugpanzer fertiggeworden. Und Sie träumen davon, die CREST zu vernichten."

Wieder lachte Toser-Ban. Er sah aus wie ein Dilplomat, dachte Atlan unbeteiligt. Groß, breitschultrig und mit silbernen Fäden im Haar. Ein gutaussehender Mann, dem man einen diplomatischen Auftrag anvertrauen würde.

„Halten Sie unsere Organisation für so naiv, daß wir mit dreihundertzwanzig Duplos dieses große Schiff angreifen würden?" fragte er. „Es ist an alles gedacht worden. Der Tod meiner Männer ist bedeutungslos, wir können in den Multiduplikatoren jederzeit Nachschub herstellen lassen."

Es regnete jetzt heftiger, und Atlan fühlte, wie er vor Kälte und Müdigkeit erschauerte. Die Worte Toser-Bans klangen selbstsicher und überlegen. War die CREST III tatsächlich dem Untergang geweiht?

„Wer sind Sie eigentlich?" erkundigte sich Toser-Ban. „Sie sehen nicht aus wie ein einfacher Soldat."

„Ich bin Offizier", entgegnete Atlan. „Ich hatte den Auftrag, diesen Raumhafen einer Untersuchung zu unterziehen."

„O nein. Sie sind auf der Suche nach den sechs Männern, die durch den Transmitter auf diese Welt gekommen sind. Einer dieser Männer liegt tot in einer Eishöhle im Gletschergebiet. Die fünf anderen sind in den Dschungel geflohen. Ich bezweifle, daß sie noch am Leben sind. Die Mutanten von Makata werden sie inzwischen erledigt haben."

Atlan fühlte, daß die durchdringenden Blicke des Mannes auf ihm ruhten.

„Sie sind nicht irgendein Offizier", sagte Toser-Ban nachdenklich. „Sie sind eine führende Persönlichkeit. Ich habe ein Gefühl für solche Dinge. Vielleicht sollte ich Sie foltern, um die Wahrheit zu erfahren."

Atlan antwortete nicht. Ein paar Minuten standen sie sich schweigend im Regen gegenüber. Es war, als wollte jeder die verborgenen Kräfte des anderen ermessen.

Schließlich zog Toser-Ban seine Waffe.

„Ich glaube nicht, daß es einen Weg gibt, unsere Interessen miteinander zu verbinden. Ich meine aber, daß Sie sich entscheiden könnten, bei unserer Organisation mitzuwirken."

„Es gibt nur eine Organisation, für die ich arbeite“, sagte Atlan. „Sie hat schon viele Niederlagen erlitten, aber eines Tages wird sie den Sieg davontragen, weil es immer wieder jemanden gibt, der für sie eintritt.“

„Wie poetisch“, spottete Toser-Ban. „Sie meinen die Freiheit, nicht wahr?“ Als Atlan nickte, fuhr der MdI fort: „Sie sehen, daß mir Ihre Ideen nicht unbekannt sind. Seien Sie jedoch versichert, daß totale Macht, wenn sie mit brutaler Präzision ausgeübt wird, Ihre Organisation zerschmettern kann.“

Toser-Ban hob die Waffe und zielte.

„Betrachten Sie Ihren Tod als den Teil einer Zeremonie, mein Freund“, sagte er. „Indem ich Sie erschieße, schwäche ich die Organisation der Freiheit.“

Als Toser-Ban abdrückte, fühlte sich Atlan in die Höhe gerissen. Der Schuß strich unter seinen Beinen hinweg. Im gleichen Augenblick wußte er, daß Guckys telekinetische Kraft ihn vor dem Tod bewahrt hatte. Unter ihm schaute Toser-Ban verwirrt auf die Stelle, wo sein Gegner gerade noch gestanden hatte.

Da feuerte eines der Impulsgeschütze der Korvette. Toser-Ban wurde trotz seines starken Schutzschirmes davongewirbelt. Der als unüberwindbar geltende Abwehrschirm brach zusammen, und der Meister der Insel taumelte aus einer Feuerlohe heraus. Atlan sank sanft nach unten. Vergeblich versuchte er Gucky zu entdecken.

Toser-Ban hatte seinen Schutzschirm verloren, aber er war noch am Leben. Atlan setzte auf dem Boden auf.

„Nun sind die Bedingungen gleich!“ schrie er dem Meister der Insel zu.

Toser-Ban gab ein irres Lachen von sich. Er zielte und drückte ab. Der Schuß zischte seitlich an Atlan vorbei. Der Arkonide zog den auf Impulsfeuer geschalteten Kombistrahler und feuerte. Toser-Ban, der auf ihn zustürmte, blieb stehen, als sei er gegen ein unsichtbares Hindernis gerannt. Der große Mann begann zu schwanken. Seine silberfarbene Kombination löste sich in Sekundenbruchteilen auf. Dann sackte der Meister der Insel in sich zusammen.

Atlan ging langsam auf ihn zu. Der Regen strömte auf ihn herab. Sein Haar hing ihm aufgelöst in die Stirn.

Toser-Ban lag mit dem Gesicht nach unten im aufgeweichten

Boden. Zu seinen Füßen bildete sich bereits eine Wasserlache. Atlan beugte sich hinab. Toser-Ban war tot.

Neben dem Toten lag ein eiförmiger Gegenstand.

Der Zellaktivator, schoß es Atlan durch den Kopf. Er wollte die Hand ausstrecken, um das Gerät an sich zu nehmen – und zuckte zurück. Der Aktivator begann von innen heraus aufzuglühen, und Sekundenbruchteile später verging er in einer kalten, grellen Leuchterscheinung.

Atlan schloß geblendet die Augen. Als er sie wieder öffnete, stand Gucky neben ihm.

„Danke, Kleiner", sagte er schlicht.

„Allerhand für einen Pensionär, was?" meinte Gucky.

Atlan brachte ein schwaches Lächeln zustande. „Sieh ihn dir an", forderte er seinen kleinen Freund auf. „Es ist wichtig zu erkennen, daß Toser-Ban und seinesgleichen niemals das Universum beherrschen dürfen."

„Ich bin schon völlig durchnäßt", beklagte sich Gucky. „Statt Reden zu halten, sollten wir lieber in die Korvette zurückkehren."

Atlan versetzte ihm einen leichten Schlag auf die Schulter.

„Los, Pensionär", forderte er den Mausbiber auf. „Reiß dich zusammen, wir müssen in den Dschungel."

30. Brazos Surfat

Die Mutanten hatten uns aus der Grube gezogen. Unsere Arme blieben auf dem Rücken gefesselt. Mit Bedauern dachte ich an die beiden Strahlenkarabiner, die auf dem Boden der Fallgrube zurückgeblieben waren. Mit Tritten und Hieben veranlaßten uns die Mutanten zu einem schnelleren Tempo. Zum Glück gab es hier einen Pfad durch den Dschungel. Sicher war er von Mammuten getrampelt worden.

Die Tatsache, daß man uns nicht sofort getötet hatte, ließ mich hoffen. Vielleicht wußten die Mutanten, daß wir nichts mit den Tefrodern zu tun hatten, die in ihr Gebiet eingedrungen waren.

Wir konnten uns nicht miteinander unterhalten. Jedes Wort löste sofort eine Serie von Stockhieben aus. An der Spitze gingen mindestens zwanzig Mutanten, dann folgten Redhorse und Papageorgiu. Danach kamen wieder ein Dutzend unserer Bezwinger. Leutnant Bradon, Doutreval und ich bildeten zusammen mit weiteren sieben Mutanten den Abschluß.

Ich konnte nicht verhindern, daß mir immer wieder Äste und Lianen ins Gesicht schlugen, denn meine Hände waren auf dem Rükken zusammengebunden. Der Strick gab nicht nach, sosehr ich mich auch bemühte, ihn zu lösen. Die Mutanten unterhielten sich mit unverständlichen Grunzlauten, die kaum noch etwas mit einer Sprache zu tun hatten. Mehrere dieser bedauernswerten Wesen konnten nicht aufrecht gehen, sie hüpften oder krochen am Boden entlang. Da sie unter ihresgleichen lebten, war ihre Mißgestalt für sie bedeutungslos, wahrscheinlich waren sie sogar auf ihre Art glücklich. Ich war froh, daß es keine zivilisierten Lemurer in diesem Gebiet zu geben schien. Sie hätten den Anblick ihrer mutierten Nachkommen nicht ertragen.

Endlich kamen wir auf einer Lichtung heraus, auf der drei Blockhütten standen. Ich sah sofort, daß dies nicht die Ruinenstadt war. Hier hatten die Mutanten ein Lager errichtet, wo sie während ihrer Jagdausflüge lebten.

Wir wurden auf eine der Hütten zugetrieben. Die Türöffnung war mit Säcken verhängt. Sie wurden zur Seite gerissen. Muffige Luft schlug mir entgegen, als die Tür aufschwang. Redhorse und die anderen waren bereits im Innern des Gebäudes verschwunden. Ein heftiger Tritt beförderte mich über die Schwelle.

Es dauerte kurze Zeit, bis ich mich an das Halbdunkel, das im Innern der Hütte herrschte, gewöhnt hatte. Hinter mir war ein Mutant eingetreten. Er schnitt meine Fesseln durch. Ich rieb meine Handgelenke, um die Durchblutung zu fördern.

Neben dem verhängten Fenster der Hütte stand ein Mann. Er sah völlig normal aus, aber das hatte bei den augenblicklichen Lichtverhältnissen nichts zu bedeuten. Ich sah, wie der Unbekannte einen Arm hob und das Tuch, mit dem das Fenster bedeckt war, zur Seite zog.

Das Gesicht des Mannes wurde sichtbar. Er war blind, aber seine hohe Stirn zeugte von Intelligenz. Er war mit einem Fell bekleidet.

Ich fühlte, daß es kein gewöhnlicher Mutant war, der uns gegenüberstand.

Die Tür wurde hinter uns zugeschlagen. Wir waren mit dem Blinden allein.

Der Mutant deutete auf einen Holzstamm, der offenbar als Bank diente.

„Sie können sich dort hinsetzen", sagte er in verständlichem Tefroda.

Redhorse nickte uns zu, und wir ließen uns auf dem von seiner Rinde befreiten Baumstamm nieder.

„Ich kann Sie nicht sehen", sagte er Mutant. „Seien Sie jedoch versichert, daß ich in der Lage bin, mir ein Bild von Ihnen zu machen."

„Gehören Sie zu den Mutanten?" fragte Major Redhorse.

Der Blinde schien dem Klang der Stimme zu lauschen. Ich hatte den Eindruck, als könnte dieser Mann aus dem Tonfall einer Stimme Rückschlüsse auf den Charakter des Menschen treffen, die gerade gesprochen hatte.

„Ich gehöre zu den Mutanten", bestätigte der Mann. „Aber nicht zu der Gruppe, die die Ruinen von Makata bewohnt hat."

„Die Tefroder sind nicht unsere Freunde", sagte Redhorse. „Wir mußten vor ihnen in den Dschungel fliehen."

„Darüber werden wir uns später unterhalten", sagte der Mutant. „Ich komme von einer Gruppe, die nur sechzig Kilometer von hier entfernt ihr Lager aufgeschlagen hat. Wir sind zahlenmäßig nicht so stark wie die Mutanten von Makata, aber dafür leben unter uns mehrere positive Mutationen. Eines dieser Wesen bin ich. Mein Name ist Sagranna. Ich kam hierher, um Verbindung mit anderen Mutanten aufzunehmen. Wir wollen uns allmählich wieder vereinigen und versuchen, eine der großen Städte wieder bewohnbar zu machen. Wir dürfen den Kampf nicht aufgeben."

„Es war also nur Zufall, daß Sie Zeuge dieser Zwischenfälle wurden?" fragte Redhorse.

„Ich bin schon längere Zeit hier", entgegnete Sagranna. „Die Bewohner von Makata erkannten sofort meine Überlegenheit an. Bald fand ich heraus, daß diese bedauernswerten Wesen zu primitiv sind, um uns bei unseren geplanten Arbeiten zu helfen. Sie werden immer tiefer sinken und schließlich nur noch eine Art Tierdasein führen.

Doch ich bin entschlossen, bei ihnen zu bleiben und ihnen zu helfen, so gut ich kann."

„Sie sind ein blinder Mann", sagte Redhorse hart. „Wollen Sie behaupten, Sie wären ohne Hilfe sechzig Kilometer durch den Dschungel marschiert?"

„Ja", sagte Sagranna einfach. Er griff hinter sich und zog einen schwarzen, etwa zehn Zentimeter langen Käfer aus seinem Fellumhang. „Er hat mich geführt."

„Das Insekt?" Redhorse schüttelte ungläubig den Kopf.

„Passen Sie auf!" forderte uns Sagranna auf.

Er setzte den Käfer auf seine Hand. Das Tier hob zögernd den Kopf. Die Fühler vibrierten.

„Sie sitzen jetzt nebeneinander auf dem Holzstamm", sagte Sagranna. „Zwei Männer sollen aufstehen."

Redhorse gab Doutreval und mir einen Wink. Wir erhoben uns lautlos.

„Der Mann neben der Tür ist aufgestanden", sagte Sagranna. „Auch der Dicke, der ganz rechts sitzt, hat sich erhoben."

Beinahe achtlos schob Sagranna den Käfer wieder unter das Fell.

„Es ist nicht einfach, die Sprache der Insekten zu erlernen", sagte er. „Vielleicht war es mir nur möglich, weil ich positiver Mutant bin. Zwei Monate habe ich geduldig mit diesem Käfer gearbeitet, bis es zu einer Verständigung kam. Es ist keine Sprache im üblichen Sinn. Der Käfer löst durch seine Mitteilungen gewisse Reize in meinem Gehirn aus."

„Sie und der Käfer, ein beinahe unglaubliches Gespann", sagte Redhorse staunend.

„In unserem Lager gibt es Paare, die noch verblüffender sind", entgegnete Sagranna.

„Vielleicht kann Ihnen das Insekt auch erklären, daß wir keine Feinde der Mutanten sind", sagte Redhorse hoffnungsvoll. „Unser Raumschiff wird bald über dieser Lichtung auftauchen, dann ist es besser für Ihre Freunde, wenn wir uns in Freiheit befinden."

„In Anbetracht der Katastrophe, die über mein Volk hereingebrochen ist, sind Ihre Drohungen gegenstandslos", sagte Sagranna voller Würde. Er stieß einen grellen Pfiff aus. Die Tür flog auf. Ein Dutzend bewaffneter Mutanten drängte herein. Ihr Knurren und Grunzen klang unheimlich.

Ihr Anführer sagte:, „Was soll mit den Fremden geschehen, Mann-mit-dem-Käfer?"

Sagranna machte eine wegwerfende Geste.

„Ich will sie nicht mehr sehen", sagte er. „Sie gehören euch."

Der Mutant übersetzte die Worte Sagrannas in einige unverständliche Laute. Die Horde heulte triumphierend auf. Wir wurden gepackt und ins Freie gezerrt. Innerhalb weniger Augenblicke lagen wir gefesselt am Boden. Immer mehr Mutanten tauchten in unserer Nähe auf.

„Dieser verdammte Narr mit seinem Käfer", sagte Bradon wütend. „Er hat uns diesen Barbaren übergeben."

In aller Hast trugen die Mutanten Holz zusammen und schichteten es zu einem Stapel aufeinander.

„Sie werden ein Freudenfeuer anzünden", vermutete Papageorgiu düster. „Ich wage nicht daran zu denken, was sie mit uns vorhaben."

Rund um das Feuer wurden fünf Pfähle in den weichen Boden gerammt.

„Sagranna!" schrie Bradon. „Kommen Sie heraus und verhindern Sie dieses primitive Schauspiel."

Der Anführer der Mutanten, ein Mann mit einem gewaltigen Hökker auf dem Rücken und Händen, die wie Vogelklauen aussahen, versetzte Bradon einen Tritt.

„Mann-mit-dem-Käfer nicht kommen", sagte er nachdrücklich. „Jetzt schweigen."

Bradon bäumte sich auf, doch die Stricke, mit denen er gefesselt war, gaben nicht nach.

„Hören Sie auf, Leutnant", ermahnte ihn Redhorse. „Damit vergeuden Sie nur unnötige Kraft. Ich hoffe, daß das Feuer die Besatzung der Korvette auf diesen Platz locken wird."

Bevor er zu Ende gesprochen hatte, begann es zu regnen. Die Mutanten heulten enttäuscht.

„Hoffentlich wird der Regen stärker", sagte ich. „Dann werden unsere Gastgeber Mühe haben, ein Feuerchen zu machen."

Wir wurden auf die Beine gestellt und zu den Pfählen gezerrt. Die Mutanten banden mich so fest an den Stamm, daß ich kaum noch atmen konnte. Der Regen wurde immer heftiger. Er kühlte mein brennendes Gesicht.

Einer der Mutanten versuchte das Feuer zu entzünden.

Sagranna trat aus seiner Hütte, lehnte sich an den Türpfosten und schien mit seinen leeren Augen zu uns herüberzustarren. Er hatte eine Hand ausgestreckt, auf der der schwarze Käfer hockte.

„Sagranna!“ schrie Redhorse. „Sie bringen den Mutanten den Tod, wenn Sie ihnen nicht Einhalt gebieten.“

Trotz des Regens begann der Holzstapel zu brennen. Ich hörte das Zischen der verdampfenden Regentropfen. Mit meiner ganzen Kraft stemmte ich mich gegen den Pfahl.

Er gab nach. Ich fühlte, wie er nach hinten kippte. Vergeblich versuchte ich, mein Gleichgewicht zu halten. Ich drehte mich beim Fallen und schlug schwer auf den aufgeweichten Boden. Papageorgiu, der neben mir festgebunden war, schrie auf.

Ich rollte auf das Feuer zu, doch da waren die Mutanten schon heran und schlugen nach mir. Ich konnte ihren Tritten und Hieben nicht ausweichen. Wasser lief über mein Gesicht. Dreck spritzte auf. Aus den Augenwinkeln beobachtete ich Sagranna: eine dürre, aufrechte Gestalt, die langsam auf den Holzstapel zuging. Schwarzer Rauch stieg gen Himmel.

Ich wurde auf den Rücken gedreht. Jemand riß meine Uniformjakke auf.

Plötzlich stand Sagranna über mir. Er gab den Mutanten irgendeinen Befehl. Sie zogen sich zurück. Ihr Geschrei klang wie das Geheul eines Wolfsrudels.

In diesem Augenblick rutschte der Holzstapel in sich zusammen. Funken sprühten bis zu uns herüber. Sagranna wich zurück. Er geriet ins Stolpern und verlor den Käfer. Ich sah das Insekt in den Schlamm fallen, seine Fühler vibrierten nervös. Sagranna tastete hilflos mit den Händen um sich. Die Mutanten verstummten.

Über der Lichtung tauchte plötzlich eine gewaltige Kugel auf. Meine Kehle war wie ausgetrocknet, aber ich brachte ein erleichtertes Krächzen zustande.

Die Rettung war da. Jetzt würde es nicht mehr lange dauern, bis ein Landekommando ausgeschleust wurde und unserer Gefangenschaft ein Ende setzte.

Doch es kam ganz anders. Ich sah, wie aus einem der Korvettengeschütze ein blaßgrüner, gefächerter Strahl hervorbrach und das Land bestrich.

Paralysestrahler, dachte ich. Der Kommandant der Korvette schien es nicht für notwendig zu erachten, uns erst durch ein mühevolles

Mann-zu-Mann-Gefecht hier herauszuholen. Er bestrich vorsorglich das ganze Lager. War erst alles gelähmt, brauchte er uns nur herauszupicken und an Bord zu holen, wo wir nach einiger Zeit wieder zu uns kommen würden.

Ich war soweit mit meinen Überlegungen angekommen – dann hatte mich der Paralysestrahler erreicht, und mein Bewußtsein versank in tiefer Nacht. Ich merkte nichts mehr davon, daß Minuten später Gucky erschien und uns nacheinander in die Korvette teleportierte, die nach getaner Arbeit wieder Fahrt aufnahm, um zur CREST zurückzukehren.

31.

Das war also die Macht, überlegte Zeitagent Rovza verwundert. Das war die Macht, auf einen Knopf zu drücken und dadurch Hunderte von fremden Wesen zu töten, die an Bord eines gewaltigen Kugelschiffes lebten.

Rovza wußte nicht genau, wann er diesen Knopf drücken würde, aber er ahnte, daß der Zeitpunkt nicht mehr fern war.

Der Zeitagent saß allein im Kontrollraum der Zeitstation auf Lemur und beobachtete die Bildschirme. Der flimmernde Leuchtpunkt unweit des Mondes war das riesige Raumschiff der Gegner. Der kleinere Leuchtpunkt war ein Beiboot, das die Fremden ausgesetzt hatten. An Bord des Beibootes mußte sich auch der Mann aufhalten, der Toser-Ban getötet hatte.

Vor ein paar Stunden, als der Meister der Insel gestorben war, hatte Rovza zunächst bezweifelt, daß ein solch mächtiger Mann wie Toser-Ban überhaupt umgebracht werden konnte. Doch die Kontrollgeräte trogen nicht. Toser-Ban trug ein Peilgerät bei sich, dessen Impulse von einem Empfänger innerhalb der Station aufgezeichnet wurden. Vor einigen Stunden waren diese Impulse plötzlich verstummt. Das konnte nur bedeuten, daß Toser-Ban nicht mehr am Leben war.

Rovza begriff erstaunt, daß der Meister der Insel seinen Tod in seine Überlegungen mit einbezogen hatte.

Rovza runzelte die Stirn. Eine solche Haltung war ihm unverständlich, sie war außergewöhnlich. Hier bewies sich einmal mehr, welch überragende Persönlichkeiten die Meister waren.

„Sollte ich während der Aktion den Tod finden, ist das nicht weiter tragisch“, hatte Toser-Ban kurz vor seinem Aufbruch nach dem Süden erklärt. „Sie werden hier sein, um alles zu tun, was getan werden muß.“

Rovza brauchte nur darauf zu warten, daß das terranische Schiff in den Wirkungsbereich seiner Waffen gelangte. Das große Schiff hatte eine konstante Umlaufgeschwindigkeit um Lemur eingeschlagen. Diese Geschwindigkeit war um einiges höher als die des Mondes. Dadurch hatte sich das Riesenschiff immer mehr dem Mond genähert, da es Lemur in derselben Richtung umkreiste wie dieser.

Rovza sah, wie der kleine Leuchtpunkt, der das Beiboot war, an der projizierten Linie entlangwanderte und langsam, aber sicher dem großen Leuchtpunkt näher kam.

Das große Schiff befand sich nun am Rand des Wirkungsbereiches der Mondfestungswaffen. Rovza mußte noch warten, bis es so nahe war, daß der volle Erfolg gewährleistet wurde.

Plötzlich erschien Rovza ein Knopfdruck armselig. Eine Bewegung des Zeigefingers genügte, um ein gigantisches Schiff auszulöschen. Es erschien ihm wie der Teil einer mathematischen Aufgabe, und er fühlte sich nur als untergeordnete Zahl in dieser Kombination unzähliger Zahlen.

Ein Zentimeter auf der Mattscheibe trennte die beiden Schiffe noch vor ihrem Untergang. Dann verschmolzen die beiden Lichtpunkte ineinander, der kleinere wurde von dem größeren aufgesogen. Die Linie, die die Flugbahn markiert hatte, war verschwunden.

Rovza warf noch einen letzten Blick auf die Kontrollen – und erschrak. Das Schiff war im Begriff, abzudrehen!

Der Zeitagent konnte nicht mehr länger warten. Er mußte sofort handeln, auch wenn bei dieser Entfernung die Waffen der Mondfestung noch nicht voll zum Tragen kamen.

Da war nur noch das große Schiff.

Rovza drückte den Knopf nach unten.

Der Bildschirm der Raumortung schien zu explodieren. Rovza versuchte sich vorzustellen, wie Hunderte von Geschützen gleichzeitig feuerten und ihre Energie in den Weltraum hinausschleuderten. Er hörte die Positronik rattern, während auf dem Bildschirm alles mit unheimlicher Lautlosigkeit geschah.

Das Glühen ließ nach, am Rande des Bildschirmes wurden schwarze Flecke sichtbar. Noch immer feuerten die Geschütze der Mondfestung. Rovza wurde sich der Tatsache bewußt, daß er den Knopf noch immer nach unten drückte; er drückte so fest, daß sein Zeigefinger weh tat.

Die glühende Wolke ballte sich in der Mitte des Bildschirmes. Die schwarzen Randgebiete wurden immer größer. Rovza ließ den Knopf nach oben schnellen. Die Spannung fiel von ihm ab. Er sank in den Sessel zurück.

In diesem Augenblick huschte ein großer Leuchtpunkt aus der zusammenschrumpfenden Energiewolke heraus.

Rovza schrie auf. Er warf sich nach vorn und drückte den Knopf abermals nach unten. Auf dem Bildschirm erschien blitzartig die Flugbahn des großen Schiffes, das den Beschuß offenbar überstanden hatte. Die Flugbahn reichte nur drei Zentimeter weit und brach dann ab. Rovza wußte, was das bedeutete. Das große Schiff war im Linearraum verschwunden.

Keine Macht dieser Welt konnte es noch aufhalten.

Rovza sank in sich zusammen. Im gleichen Augenblick, da der gegnerische Kommandant das Beiboot an Bord genommen hatte, war er mit höchstmöglicher Beschleunigung losgeflogen. Deshalb war das große Schiff von den Randgebieten der Energieflut nur gestreift worden. Es mußte einen leistungsstarken Abwehrschirm besitzen, wenn es diesem massiven Angriff widerstanden hatte.

Rovza schaltete die Bildschirme aus. Er fühlte sich um Jahre gealtert. Als er sich erhob, betrat Bellogh, einer der vier überlebenden Duplos, den Raum. Mit einem Blick erfaßte Bellogh, daß die gesamten Kontrollanlagen ausgeschaltet waren.

„Ist alles vorbei?“ fragte er.

Rovza gab keine Antwort. Mit steifen Schritten verließ er den Raum. Erst auf dem Gang sagte er zu Bellogh:

„Ja, es ist alles vorbei.“

Er hörte das Echo seiner eigenen Schritte von den Wänden widerhallen, und dieser Lärm schien ihm wie die höhnische Begleitmusik seiner unfaßbaren Niederlage.

32. Brazos Surfat

Als ich zu mir kam, hatte ich das Gefühl, als müßte mein Schädel auseinanderfliegen. Stöhnend gab ich den Versuch, mich aufzurichten, wieder auf.

Ich öffnete die Augen und sah zwei verschwommene Gestalten über mir. Es waren Redhorse und der junge Bursche mit dem griechischen Namen.

Die beiden mußten die Paralyse besser überstanden haben als ich. Ich wollte hochfahren, doch Redhorse drückte mich behutsam wieder auf mein Lager zurück. Ich bemerkte, daß ich mich in meiner Kabine an Bord der CREST befand.

In knappen Worten erzählte mir Redhorse, was inzwischen geschehen war. Er teilte mir mit, daß er bereits seit einer halben Stunde auf den Beinen war und Perry Rhodan einen genauen Bericht über unsere Erlebnisse auf Terra geliefert hatte.

Jedermann an Bord der CREST wußte nun, daß sich auf Terra eine Zeitstation befand.

„Wie wir vermutet hatten, gab es eine Abwehrfestung", kam Redhorse zum Ende. „Diese befindet sich auf dem Mond, daher auch Moniras Warnung. Gott sei Dank befand sich die CREST jedoch nur am Randbereich des Wirkungsfeuers und nahm sofort Fahrt auf, als wir eingeschleust wurden. Anscheinend wurden die Geschütze auf der Erde ausgelöst. Man hatte darauf gewartet, daß die CREST noch näher an den Mond kam. Ohne den HÜ-Schirm wären wir wohl nicht entkommen."

Ich hatte mit wachsendem Interesse zugehört. Inzwischen war die Paralysewirkung nahezu völlig verschwunden.

„Und jetzt?" fragte ich, als Redhorse geendet hatte.

„Jetzt befinden wir uns im Linearraum und in Sicherheit, Sergeant." Ich riß die Augen auf.

„Sergeant?" rief ich überrascht. „Bevor ich das Bewußtsein verlor, war ich noch Korporal."

Redhorse grinste. „So schnell kann sich das ändern“, meinte er wohlwollend. „Allerdings ist Ihre Beförderung mit einer Bedingung verknüpft, die von einem Offizier gestellt wurde.“

„Eine Bedingung?“ erkundigte ich mich argwöhnisch. „Welcher Offizier stellte sie?“

„Gucky“, entgegnete Redhorse. „Sie müssen schriftlich erklären, daß Sie nie wieder Biberfleisch zu sich nehmen werden, Sergeant Surfat.“

Ich würgte. „Biberfleisch? Kein Mensch würde das Zeug freiwillig essen.“

Papageorgiu kam näher an mein Bett heran.

„Lassen Sie das Gucky nicht hören“, warnte er mich. „Er ist inzwischen davon überzeugt, daß Biberfleisch die größte Delikatesse ist, die man sich vorstellen kann. Er bildet sich darauf etwas ein.“

„Aber ...“, begann ich und versuchte erneut, in die Höhe zu kommen.

Redhorse drückte mich nach unten. „Ruhen Sie sich aus“, empfahl er mir. „Sie werden noch alles verstehen.“

Dann richteten sich seine Augen auf etwas in weiter Ferne. Die Hände des Majors ballten sich zu Fäusten, seine Backenmuskeln zuckten.

Ich glaubte zu wissen, an wen er in diesem Augenblick dachte und daß er nicht ruhen würde, bis jene bestraft waren, die schuld waren an Moniras Schicksal.

Don Redhorse mußte mit der Erinnerung fertig werden. Keiner von uns konnte ihm das abnehmen.

Ich hörte, wie sie sich in Richtung der Tür entfernten.

„Ich will nicht Sergeant sein!“ schrie ich ihnen nach. „Nicht unter diesen Bedingungen, hört ihr mich? Nehmt die Streifen wieder mit, ich will nicht Sergeant sein.“

Sie ignorierten meine Worte. Die Tür knallte zu, und ich lag allein in meiner Kabine.
